HEYNE <

Zum Buch

Bisher lief bei Fremdsprachenkorrespondentin Mia Meinecke alles perfekt – bis sich ihr Leben dazu entschließt, den Bach runterzugehen. Ihr Freund Mark trennt sich von einem Tag auf den anderen von ihr, vor lauter Kummer blamiert sie sich vor ihrem Freundeskreis, und dann wird sie auch noch wegen sexueller Belästigung fristlos gekündigt! Mia will einfach nur noch vor ihrem Chaos fliehen und entschließt sich deshalb, mit ihrem besten Freund Hugo für drei Wochen um die Welt zu reisen. Damit nach ihrem großen Trip wieder alles besser läuft als vorher, schließen die beiden eine Wette ab: Mia muss ihren Herzschmerz besiegen, und Hugo will mit knapp dreißig endlich entjungfert werden. Ob es den beiden tatsächlich gelingt, ihre Ziele zu erreichen?

Zur Autorin

Victoria-Louise Seifried wurde 1987 in Berlin geboren. Seit 2007 schreibt sie Gedichte und Kurzgeschichten, die sie auf Poetry Slams, Stand-up-Comedy-Bühnen und bei unterschiedlichen Kulturprojekten vorträgt. Sie hat Psychologie studiert und Psychologische Diagnostik an der Universität Potsdam unterrichtet. Am Street College, einem sozialen Projekt des Gangway e.V. in Berlin, ist sie außerdem als Lehrerin tätig und unterstützt Jugendliche beim Erlangen ihres Hauptschulabschlusses.

Lieferbare Titel

Liebe zum Nachtisch

Victoria Seifried

Alles in Buddha

Roman

WILHELM HEYNE VERLAG
MÜNCHEN

MIX
Papier aus verantwortungsvollen Quellen
FSC® C014496

Verlagsgruppe Random House FSC® N001967

Originalausgabe 09/2016

Printed in Germany
Redaktion: Melike Karamustafa
Umschlaggestaltung: Eisele Grafikdesign, München
unter Verwendung von Silver & Sage Jewelry,
www.silverandsage.com
Satz: Uhl + Massopust, Aalen
Druck und Bindung: GGP Media GmbH, Pößneck

ISBN 978-3-453-41924-7
www.heyne.de

How wonderful! How wonderful!
All things are perfect, exactly as they are.

Buddha

1

»Ich habe Herrn Keppler aus Versehen einen Stift in die Poritze gesteckt.«

»Du hast *was?*«

»Es ist einfach so passiert.«

Vollkommen aufgelöst stehe ich vor Hugos Wohnungstür. Mein bester Freund macht ein Gesicht, als hätte ich ihm gerade eröffnet, dass ich schwanger von einem Schimpansen bin. Halb nackt, nur in Boxershorts und Muskelshirt, starrt er mich an. Von Muskeln kann allerdings keine Rede sein. Hugos Körperbau ähnelt eher einer Mischung aus Sams und Glücksbärchi.

»Man kann jemandem nicht *aus Versehen* irgendetwas in die Kerbe schieben. Und schon gar nicht seinem Chef. Du bist doch sonst nicht so kopflos. Was ist denn in dich gefahren?«

Statt zu antworten stürme ich wortlos an Hugo vorbei ins Wohnzimmer und lasse mich auf seine Couch fallen, die die Form eines Burgers hat. Es muss mich ja nicht jeder im Treppenhaus schluchzen hören.

Hugos Kater Marie kommt aus der Küche ins Wohnzimmer gerannt, als wäre er hocherfreut, mich zu sehen. Er springt auf meinen Schoß und rollt sich schnurrend darauf zusammen. Marie ist ein rot-beige gestreifter, zweijähriger Stubentiger mit einer hellbraunen Pfote und einem kleinen dunkelbraunen Fleck auf der Stirn. Es sieht aus, als wäre er zuerst unglücklicherweise in Hundekacke getreten und als hätte ihm dann noch ein Kolibri auf den Kopf gemacht, deshalb haben Hugo und ich ihn Marie getauft. Die Kurzform für Pechmarie.

Ich streichle den Transgenderkater traurig hinter den Ohren und erkläre Hugo meine Misere: »Als ich noch mit Mark zusammen war, war das ein Spiel zwischen uns. Immer, wenn er sich so weit runtergebeugt hat, dass ich seine Arschritze sehen konnte, habe ich ihm oben ins Bauarbeiterdekolleté irgendetwas reingesteckt. Und als Herr Keppler vorhin unter den Kopierer gekrochen ist, da…«

»Da hast du die Ritzen verwechselt?«

»Sozusagen. Ich bin im Moment völlig durch den Wind, ich vermisse Mark einfach so sehr. Und Herr Keppler hatte Marks Lieblingsboxershorts an! Also natürlich nicht wirklich *seine*, aber genau die gleichen: dunkelblau mit weißen Punkten. Es war eine vollkommen automatische Reaktion von mir. Als ich gemerkt habe, was ich da gerade mache, war es schon zu spät.«

Hugo sieht mich mitfühlend an. Mein bester Freund ist ein bebrillter braunhaariger Mann, der im vierzehnten Semester Jura studiert. Leider ist er nicht schwul. Das werfe ich ihm mindestens einmal die Woche vor, weil ich damit absolut nicht im Trend liege. Wo haben eigentlich alle plötzlich ihre schwulen besten Freunde hergezaubert? Natürlich ist Hugo trotzdem der verständnisvollste und treuste Freund, den ich je hatte. Und letztendlich kann man eigentlich auch noch gar nicht so genau sagen, ob er wirklich auf Frauen steht, er behauptet es nur. Er ist nämlich noch Jungfrau. Und wenn ich mir das gerahmte Sister-Act-Musicalposter über seinem Plasmafernseher ansehe, würde ich sagen, dass seine sexuelle Orientierung eindeutig noch offen ist.

»Und was hat Herr Keppler gesagt?« Hugo findet die ganze Sache plötzlich urkomisch. Er versucht, sich höflich das Lachen zu verkneifen, schließlich bin ich ernsthaft verzweifelt, aber dann prustet er los und verteilt dabei jede Menge Speicheltropfen auf seinem Glascouchtisch, auf dem eine Familienpackung Kinder Country liegt. »Sorry, aber«, er ringt nach Luft. »Ich habe mir das gerade bildlich vorgestellt.«

»Hugo, ich wurde fristlos gekündigt!«

Das Lachen verstummt. Marie gibt ein quengelndes Miauen von sich, weil ich aufgehört habe, ihn hinter den Ohren zu kraulen. Stattdessen verberge ich mein Gesicht in den Händen und versuche mich zu sammeln. Langsam wiederhole ich im Geist die Worte, die ich eben zu Hugo gesagt habe. Ich. Wurde. Fristlos. Gekündigt. Gefeuert. Entlassen. In die Arbeitslosigkeit befördert. Und das alles wegen einer Poritze. Ich kann's nicht glauben.

»Echt? Ach du Scheiße. Tut mir leid. Hast du dich nicht irgendwie rausreden können?«

Ich zucke mit den Schultern. »Das Problem war, dass es alle im Büro gesehen haben. Wenn Keppler und ich alleine gewesen wären, hätte ich ihn danach vielleicht noch beschwichtigen oder einfach behaupten können, der Stift sei mit runtergefallen und zufällig in seiner Poritze stecken geblieben. Aber es haben wirklich *alle* mitbekommen. Und danach wollte er vor den anderen Mitarbeitern natürlich nicht sein Gesicht verlieren. Ich kann ihn sogar verstehen.«

Hugo streichelt mir über den Rücken. »Und jetzt?«, fragt er besorgt.

»Jetzt habe ich nicht nur keine Beziehung mehr, sondern auch keinen Job. Und nach der Aktion von letztem Samstag kann ich außerdem meinem gesamten Freundeskreis nie wieder unter die Augen treten. Außer dir. Du bist der einzige Freund, der mich so liebt, wie ich bin.«

»Das tue ich, in der Tat. Aber Mia, meinst du nicht, dass du da ein bisschen streng mit dir bist? Das mit Samstag haben doch alle längst wieder vergessen.«

»Das glaube ich nicht«, sage ich aus tiefster Überzeugung, beginne wieder, den leidenden Kater auf meinem Schoß zu kraulen, und nehme mir ein Kinder Country.

»Seit wann isst du denn Schokolade?«, fragt Hugo verwirrt und sieht mich an, als würde ich nicht in einen Schokoriegel, sondern in meine Schuhsohle beißen.

»Seitdem ich nichts mehr zu verlieren habe«, antworte ich melodramatisch. Kein Mann, kein Job, keine Freunde mehr. Warum sollte ich mich noch bemühen, meinen Körperfettanteil in Schach zu halten?

2

Absolut Wodka

Während Hugo mir in der Küche einen Frauen-Balance-Tee macht, den er fragwürdigerweise im Haus hat, versuche ich noch einmal zu rekapitulieren, wann mein Leben sich dazu entschieden hat, den Bach runterzugehen. Eigentlich fing es tatsächlich damit an, dass Mark Bernd Lauterbach vor zweieinhalb Wochen mit mir Schluss gemacht hat. Er liebe mich nicht mehr, hatte er gesagt.

»Warum denn nicht?«, hatte ich ihn gefragt und auf meine Schuhspitzen gestarrt. Wir saßen im Tiergarten auf einer Parkbank. Mark hatte darum gebeten, sich draußen auf *neutralem Boden* zu treffen, um mit mir *zu reden*. Ich hatte sofort gewusst, was mich erwartet.

»Ich weiß es nicht. Ich fühle es einfach nicht mehr«, hatte er geantwortet.

Ich war am Boden zerstört. Jahrelang hatte ich mich so sehr bemüht, ihm zu gefallen. Ich drehte beim Kacken jedes Mal den Wasserhahn auf, damit er das Plumpsen in der Kloschüssel nicht hörte, versteckte meine TV-Serien-Sammlung im Wäschekorb, damit er mich nicht für einen Fernsehjunkie hielt, und trug farbige Kontaktlinsen, um meine langweiligen mausgrauen Augen zu verstecken. Mark kannte noch nicht mal meine natürliche Augenfarbe – wie konnte er da behaupten, mich nicht mehr zu lieben? Ich war die perfekte Freundin! Nie machte ich ihm eine Szene oder weinte vor ihm, um nicht nervig zu sein. Und wenn ich krank war, verbot ich ihm, mich besuchen zu kommen. Schließlich wollte ich nicht so rüberkommen, als ob ich mich nicht selbst um mich kümmern könnte. Und trotz meiner ganzen Bemühungen hat Mark sich von mir getrennt.

Es war traurig. In den ersten Tagen fühlte ich mich vollkommen hilflos, machtlos und wertlos. Wenn er eine andere gehabt hätte, dann hätte es wenigstens einen triftigen Grund für die Trennung gegeben. Aber Mark liebte mich *einfach so* nicht mehr. Dieses Gefühl war unerträglich. Drei Tage nach der Trennung schrieb ich ihm einen Brief, in dem ich ihm in einwandfreier Logik darlegte, warum ich liebenswert sei, und ihn fragte, ob er es sich mit mir nicht noch einmal überlegen wolle. Ich versuchte, dabei möglichst sachlich zu bleiben – ich wollte ihn zwar überzeugen, aber nicht unter Druck setzen. Die wichtigsten Punkte in meinem Brief lauteten:

1. Ich bin erfolgreich und unabhängig. Als Fremdsprachenkorrespondentin in einem renommierten Personaldienstleistungsunternehmen verdiene ich mein eigenes Geld. Ich spreche fließend Englisch, Spanisch und Chinesisch (der Begriff »fließend« trifft aufs Chinesische nicht ganz zu, aber das verschwieg ich an dieser Stelle).
2. Ich bin attraktiv, habe volles und langes rötliches Haar, das mit der richtigen Beleuchtung blond schimmert, dunkelblaue Augen (dass sie eigentlich grau sind, tut nichts zur Sache), bin groß und habe, dank täglicher

Bürstenmassagen, kaum Cellulitis. Außerdem bin ich im besten Alter, um eine Familie zu gründen (siebenundzwanzig). Und ich habe sogar Brüste, die ungefähr gleich groß sind.

3. Kinder und Tiere lieben mich, und die haben bekanntlich eine großartige Menschenkenntnis. Meine kleine Cousine Emma und ich sind ein Herz und eine Seele, und ich bin die einzige Frau, die Marie an Hugos Seite duldet, was etwas heißen will. Außerdem bin ich Vegetarierin, könnte keinem Tier etwas zuleide tun und habe deshalb wahrscheinlich total gutes Karma – und wer will so jemanden nicht an seiner Seite haben?

»Wenn du jetzt wieder Schokolade isst, willst du dann auch Zucker in deinen Tee?«, ruft Hugo mir aus der Küche zu und unterbricht damit meine Grübeleien.

»Was ist das denn für eine Frage? Immer her damit!«, antworte ich etwas schroffer als beabsichtigt, aber ich finde, in meiner derzeitigen Situation darf Hugo mir meine schlechte Laune nicht nachtragen.

»Ist ja gut«, grummelt er. Dann höre ich ihn mit Geschirr klappern und kurz darauf einen scheppernden Aufprall. »Scheiße!«

»Alles okay?«

»Mist, der dämliche Zucker ist mir runtergefallen.«

Ich beobachte, wie Hugo mit einem rumpelstilzchenroten Kopf aus der Küche kommt, den Flur entlangstolpert und den Staubsauger aus der Abstellkammer holt.

»Das kann wohl noch etwas dauern mit meinem Tee«, flüstere ich Marie zu, der inzwischen Hugos Platz auf der Couch eingenommen hat.

Worüber habe ich gerade nachgegrübelt? Ach ja, meinen Brief. Mark hat mir sogar darauf geantwortet. In Form einer E-Mail, in der er mir mitteilte, dass er erst mal alleine sein müsse. Trotzdem habe ich immer wieder versucht, ihn unter einem Vorwand anzurufen, nur um seine Stimme zu hören.

»Diese Nummer ist nicht vergeben«, verkündete beim achten Mal eine Frauenstimme seines Mobilfunkanbieters. Mark hatte tatsächlich seine Nummer gewechselt. Wegen mir. Ich bekam eine unglaubliche Wut auf ihn. Wir waren vier Jahre lang ein Paar gewesen, und plötzlich behandelte er mich wie eine Stalkerin. Was würde er als Nächstes tun? Eine einstweilige Verfügung gegen mich beantragen?

Hugo verstand Marks kindisches Verhalten auch nicht und bestand darauf, dass ich mich nicht zu Hause verkriechen, sondern auf jeden Fall zu Karos Geburtstagsparty gehen sollte, obwohl dort ein Großteil von Marks und meinen Freunden sein würde.

Sich überschneidende Freundeskreise sollten verboten werden! Am Anfang jeder Beziehung sollte die Anzahl gemeinsamer Facebook-Bekanntschaften festgestellt und zusammen mit einem Paarberater darüber entschieden werden, ob man in Anbetracht der sozialen Verflechtungen überhaupt eine Bindung miteinander eingehen darf. Im Fall einer Trennung wird man sonst nämlich immer und überall an den Verflossenen erinnert. Man bekommt Sätze zu hören wie: »Du, ich halte mich da lieber raus«, wenn man über den Ex herzieht, weil sich alle weigern, »sich einzumischen« oder für jemanden »Partei zu ergreifen«. Und im schlimmsten Fall wird man bei der nächsten Hochzeit mit Partner eingeladen und muss mit ansehen, wie der ehemalige Geliebte mit seiner Neuen eng umschlungen zu *When a man loves a woman* tanzt. Zum Glück wusste ich, dass Mark in keinem Fall zu der Party kommen würde, weil er für anderthalb Monate durch Afrika reiste. Das hatte er schon lange geplant. Natürlich war ich überzeugt davon gewesen, dass unsere Beziehung diese Zeit überstehen würde – wäre sie nicht schon vorher den Bach runtergegangen.

Meine Wut auf Mark hielt bis zum Tag der Party an. Ich beschloss, mich von diesem fiesen, bescheuerten Kellogsjunkie (Mark isst jeden, aber auch wirklich jeden Morgen eine Schüssel Smacks) nicht unterkriegen zu lassen. Zehn Tage lang stand ich jeden Morgen diszipliniert früh auf, ging zur Arbeit, danach zum Sport und war wild entschlossen, allen Partygästen zu zeigen, wie gut es mir ging und, vor allen Dingen, wie umwerfend ich aussah. Mein Vorhaben hätte sogar klappen können – wäre der Wodka nicht gewesen.

Hugo kommt zurück ins Wohnzimmer, stellt eine Tasse Tee auf den Couchtisch und sagt: »Hast du auch solchen Hunger wie ich? Soll ich uns noch schnell was vom Bäcker unten holen? Ich habe noch gar nicht gefrühstückt, es ist ja noch nicht mal zwölf. Danach höre ich dir ganz geduldig zu, versprochen!«

Ich könnte jetzt einen blöden Mama-Kommentar über sein faules Studentenleben bringen, lasse es aber lieber. Stattdessen muss ich mir eingestehen, dass ich Hugo ziemlich beneide. Der Studentenstatus ist doch was Schönes: ausschlafen, nicht gekündigt werden können, verantwortungslos sein und nur einen symbolischen Beitrag an die

Krankenkasse zahlen. Ich habe nie studiert, sondern gleich nach dem Abi eine Ausbildung zu meinem Traumberuf Fremdsprachenkorrespondentin gemacht. Das mit dem Job hat damals sofort geklappt, und so bin ich selten in den Genuss gekommen, unter der Woche bis zwölf Uhr auszuschlafen. Es sei denn, ich lag mit Grippe im Bett.

»Also, mir reichen die Kinder Country. Ich hatte ganz vergessen, wie lecker Schokolade schmeckt. Aber tu dir keinen Zwang an. Ich kann mich gerade gut alleine mit depressivem Grübeln beschäftigen.«

Hugo zieht die Augenbrauen zusammen und das Kinn zurück – er sieht mich an, als würde er sagen wollen: »Jetzt übertreibst du aber«, um anscheinend kurz darauf zu merken, dass meine Lage tatsächlich ziemlich beschissen ist. »Okay, ich bin gleich wieder da. Kuschel so lange mit Marie! Tiere spüren, was in einem Menschen vorgeht.« Mit diesen Worten läuft er ins Schlafzimmer, vermutlich um sich was Ordentliches anzuziehen, dann ruft er aus einem undefinierbaren Winkel seiner Wohnung: »Willst du wirklich nichts? Amerikaner? Nussecke? Belegtes Brötchen?«

»Du kannst ja fragen, ob sie eine fristlos gekündigte Poritzen-Terroristin brauchen!«, maule ich zurück.

»Also nichts. Bis gleich!« Die Tür fällt ins Schloss.

Ich sehe Marie an, der sich schnurrend in seiner Couchkuhle rekelt. »Du spürst also, was in Menschen vorgeht«, sage ich und kraule ihn am Hals. »Wärst du letzten Samstag bei der Party dabei gewesen, würdest du bestimmt nicht mehr neben mir sitzen wollen«, murmele ich gedankenversunken und nehme mir noch einen Schokoriegel. Und dann beginnt schon wieder dieser verdammte Film vor meinem geistigen Auge abzulaufen, diese dämliche

Aktion vom letzten Samstag. Es ist, als würde mein Gehirn mir einfach immer wieder klarmachen wollen, was alles schiefgelaufen ist, und das Einzige, was ich tun kann, ist zuzusehen…

Der Anlass für die Party war der Geburtstag von Karo, einer alten Freundin aus Schulzeiten. Karo und ich treffen uns jeden zweiten Montag um dieselbe Zeit im selben Café, um uns über die Neuigkeiten und Gerüchte unserer damaligen Mitschüler auszutauschen. Da sich weder in ihrem noch in meinem Leben viel ändert, finde ich es schön, immer wieder etwas von den Leuten aus der Schule zu hören. Mark ging auf dem Gymnasium in unsere Parallelklasse – der unglückliche Umstand, der später zu ungesunden Überschneidungen der Freundeskreise führte.

Außer Karo, die nur oberflächlich mit Mark befreundet ist, würden noch etliche andere seiner Freunde auf der Party anwesend sein, auch Lena, seine beste Freundin, der ich jedes Mal, wenn ich sie sehe, am liebsten ins Gesicht springen würde. Ich habe nämlich das Gefühl, dass sie seit der Oberstufe in ihn verliebt ist und sich an ihn ranschmeißt. Dass die beiden schon einmal miteinander geschlafen haben, hat meine Eifersucht nicht unbedingt gemindert. Und auch Marks Erklärung, dass das Ganze für ihn *rein sexuell* gewesen sei und er sich keine Beziehung mit Lena vorstellen könne, trug nicht gerade zu meiner Beruhigung bei. Außerdem vertrete ich grundsätzlich die Harry-und-Sally-Auffassung: Männer und Frauen können keine Freunde sein. Hugo und ich sind lediglich die absolute Ausnahme, die die Regel bestätigt.

Die Party fand in einem kleinen, etwas heruntergekommenen Club in Berlin Mitte statt, den Karo gemietet hatte. Es gab eine Bar, einen Dancefloor und, weil mehr als fünfzig Leute erwartet wurden, auch einen Türsteher. Zu Hause fühlte ich mich noch ausgeglichen, emotional stabil und fröhlich. Ich nahm mir vor, Lena reserviert und freundlich zu begegnen, allen von meiner spannenden Karriere zu erzählen, damit das Thema Mark gar nicht erst aufkommen konnte, und dann relativ früh zu verschwinden, um noch weiterzuziehen. In Wahrheit würden Hugo und ich jedoch zu ihm gehen und auf seiner Burger-Couch dem *Kleinen Vampir* lauschen. Hugo und ich haben wöchentliche Hörspielabende eingeführt, und nachdem wir alle Folgen von *Die drei Fragezeichen* und *Sherlock Holmes* gehört hatten, sind wir beim Vampirgenre gelandet. Ich hatte noch überlegt, Hugo als meinen neuen Liebhaber auszugeben, aber ich befürchtete, dass der Schuss nach hinten losgehen könnte. Hugo ist zwar der geduldigste, witzigste und hilfsbereiteste Mensch der Welt, aber rein optisch nicht gerade das, was man als Sahneschnitte bezeichnen würde. Außerdem wissen die meisten, dass er mein bester Freund ist, und würden mir eine plötzliche Beziehung mit ihm nicht abkaufen.

Als Hugo und ich den Club betraten, begrüßte uns als Erste Karo. Wir gratulierten ihr, und ich übergab mein Geschenk. Einen Gutschein von Douglas, weil ich mir nicht sicher gewesen war, was sie sich eigentlich wünschte. Dann sah ich Christina, die mir von der Bar aus zuwinkte. Christina und ich treffen uns immer donnerstags zum Serienabend. Hugo, der eine Blase wie eine Streifenmaus hat, verschwand aufs Klo, während ich betont lässig zu Christina hinüberschlenderte, vorbei an ein paar einstigen Klassenkameraden, deren Namen ich vergessen hatte. Ich bildete mir ein, dass mir einige Blicke folgten. Ich trug ein schwarzes Minikleid mit Taillengürtel, dazu fuchsbraune Overkneestiefel mit Keilabsatz. Meine gesteppte schwarze Handtasche, die etwa die Größe einer Packung Choco Crossies hat, baumelte an einem langen silbernen Kettchen von meiner rechten Schulter. Die Haare trug ich locker hochgesteckt, und mein Make-up konnte sich, dank eines Tutorials bei YouTube, ebenfalls sehen lassen. Der Lidstrich endete in einem perfekten Schwalbenschwanz, die Wimpern waren klumpfrei getuscht, und meine Wangen hatte ich mit dunklem Rouge konturiert.

»Hey Mia, du siehst wie immer super aus«, sagte Christina und gab mir einen Kuss auf die Wange.

»Danke, du auch!«

Ich bestellte mir einen Apfelsaft. Seit meinem Abiball habe ich nur an Silvester und zu den Jahrestagen mit Mark ein Glas Sekt getrunken, weil ich vermeiden wollte, dass er mich im betrunkenen Zustand erlebt. Wenn man beschwipst ist, sagt man schließlich angeblich die Wahrheit – was Mark gegenüber natürlich nicht hatte passieren dürfen. Ich meine, für wie schusselig hätte er mich gehalten, wenn ich ihm erzählt hätte, dass ich einmal fast mein Sehvermögen verloren hätte, weil ich mir Nagellackentferner statt Augenmakeupentferner mit einem Wattepad in die Augen gerieben habe und Hugo mich in die Notaufnahme fahren musste? Außerdem ist Alkohol ohnehin schlecht für die Gesundheit und die Haut. Immerhin werden meine Poren dann mit fünfzig nicht so groß wie die einer Erdbeere sein. Deswegen beschloss ich, trotz Marks Abwesenheit auch an diesem Abend keine Ausnahme zu machen, um möglichst cool und elegant bei den anderen rüberzukommen und nicht so tapsig und verzweifelt wie die ersten wilden Zappler auf dem Dancefloor.

Wenn Christina und ich uns zum *Grey's Anatomy-* oder *Germanys-Next-Topmodel-*Gucken treffen, reden wir meistens nur über die Schauspieler oder die Bemerkungen der Jury. Deshalb fühlte es sich ungewohnt an, ihr von meiner fabelhaften Arbeit und meinem großartigen Leben zu erzählen. Ich ließ Christina fast überhaupt nicht zu Wort kommen, weil ich in jeder Gesprächspause fürchtete, sie könnte fragen: »Und was ist mit Mark?«

Als mir langsam der Gesprächsstoff ausging und ich in mein leeres Apfelsaftglas schaute, merkte ich, dass meine Stimmung anfing zu kippen. Mein Leben war ja gar nicht mehr fabelhaft, sondern ziemlich beschissen. Ohne Mark war alles so, na ja, *leer*. Der Blick in die Gesichter unserer gemeinsamen Freunde, die mich an ihn erinnerten, ließ meine harte Fassade bröckeln. All die Wut und die guten Vorsätze schrumpelten in sich zusammen wie ein eben noch steifer Penis nach dem Geschlechtsakt.

Gedankenverloren unterhielt ich mich mit Thomas, einem guten Freund von Mark, der sich zu Christina und mir gesellte. Und plötzlich sagte dieser taktlose Idiot doch tatsächlich, dass unsere Trennung selbst für ihn ganz unerwartet gekommen sei und wie es denn erst mir damit gehen müsse.

»Wie? Ihr habt euch getrennt? Warum hast du mir das denn nicht erzählt?«, fragte mich Christina entgeistert, nicht ohne anschließend ebenso mitleidig wie Thomas zu gucken und sich zu erkundigen, wie ich klarkäme.

Im selben Moment kam Hugo endlich von seinem Toilettenbesuch zurück. »Sorry, bin aufgehalten worden. Von einem echt süßen Mädchen …«, sagte er stolz, dann zog er mich ein Stück beiseite und fragte, ob es mir gut gehe. Ich sähe etwas mitgenommen aus.

»Hugo, du brauchst dir echt keine Sorgen um mich zu machen, mir geht es blendend!« Das Wort »blendend« brüllte ich jedoch beinahe, und an diesem Punkt zeigte sich, dass Hugo letztendlich doch ein heterosexueller Mann ohne Einfühlungsvermögen ist: Er glaubte mir meine Lüge sofort.

Kurze Zeit später stand er mit seiner neuen Toilettenbekanntschaft neben der Tanzfläche – einer Frau, die noch kleiner war als er – und unterhielt sich angeregt. Allerdings sah es so aus, als würde es um seine Schuhe gehen, denn sie deutete ständig auf seine braunen Lederhalbschuhe. Ich beobachtete die Szene für einen kurzen Moment. Hugo beugte sich sogar runter, deutete auf die Sohle und fuhr fachmännisch mit dem Finger über die seitlichen Nähte. Nach erotischer Anziehungskraft sah das nicht gerade aus. Ob Hugo trotzdem auf seine Entjungferung hoffte? Bisher hatte er wegen seiner schüchternen Art und seines drolligen Aussehens noch keine Frau ins Bett bekommen.

Nachdem ich den Schuhtalk der beiden lange genug beobachtet hatte, ging ich wieder zur Bar, um mir einen Orangensaft zu bestellen. Christina und der taktlose Thomas waren zum Glück zum Rauchen nach draußen verschwunden, ich hatte sie mit einer Gruppe aus der ehemaligen C-Parallelklasse vor dem Fenster gesehen. Und dann passierte es. Ich habe mal eine Dokumentation auf RTL über Burn-out gesehen, bei der die Betroffenen immer wieder vom *Wendepunkt* oder dem *auslösenden Moment* ihres ersten Zusammenbruchs sprachen. Und das hier war mein ganz persönliches kritisches Ereignis: Lena, Marks beste Freundin, verließ mit einem Lächeln auf den Lippen die Tanzfläche und kam auf mich zu. Sie wirkte wie ein Raubtier, das es endlich geschafft hat, ein kleines Zebra, also mich, von seiner Herde zu trennen, um nun zum Angriff überzugehen. Sie trug ein rotes Kleid, das ihre Brüste derart zusammenquetschte, dass der Schlitz dazwischen wie eine Arschritze aussah. Lässig warf sie die kastanienbraune Haarmähne (ich tippe auf Clip-in-Extensions) über die Schulter. *Es war rein sexuell*, hallte Marks Stimme durch meinen Kopf, und ich spürte, wie mir übel wurde.

»Hey Mia, zum Glück ist Mark nicht hier, was? Dem Ex will man ja nicht unbedingt auf einer Party begegnen. Muss komisch für dich sein, gar keinen Kontakt mehr zu ihm zu haben. Ich habe gestern mit ihm telefoniert, er hat mich aus Uganda angerufen. Süß, oder? Ihm scheint es ganz gut zu gehen. Na ja, andere Mütter haben auch schöne Söhne!« Nach diesem Kommentar legte mir die dumme Pute auch noch pseudosolidarisch eine Hand auf die Schulter, bevor sie wieder auf die Tanzfläche verschwand und dabei ihren riesigen Hintern von links nach rechts schwenkte.

Mark hatte sie angerufen. Aus Uganda. Das hieß, dass er bereit war, eine Menge Geld zu bezahlen und viel Aufwand zu betreiben, um ihre Stimme zu hören. Ihre Stimme! Ihre beschissene Stimme, mit der sie in der achten Klasse bei der Musicalaufführung von *Les Misérables* die Éponine spielen durfte und engelsgleich *On my own* gesungen hatte, während ich in einem grauen Bettbezug gesteckt und mich stumm am Bühnenrand zusammengekauert hatte – ich war ein Stein gewesen. Meine Stimme, die damals eher nach Pumuckl geklungen hatte, hatte keiner hören wollen.

All das ging mir durch den Kopf, während ich drei Wodkashots hintereinander kippte. Ich hatte ein neues Ziel für diesen Abend: Mark zu vergessen.

Nach den Shots bestellte ich mir einen Wodka-Cranberry und wankte in Richtung Toilette. Dort schloss ich mich ein und fing, das erste Mal seit Jahren, so richtig an zu heulen. Bis jemand an die Tür klopfte.

»Besetzt«, würgte ich mit tränenerstickter Stimme hervor.

»Ich bin's, Karo.«

»Es ist trotzdem besetzt.«

»Mia?«

Ich hörte, wie zwei weitere Mädels die Toilette betraten und Karo fragten, was los sei. Ich erkannte die Stimmen von Jana und Valerie. Zwei gertenschlanke Schönheiten, die zu Schulzeiten immer gut im Bodenturnen gewesen waren und seit ihrem dreizehnten Lebensjahr nichts mehr getrennt voneinander machten. *Anscheinend gehen sie sogar zusammen kacken*, dachte ich verbittert.

»Es ist Mia«, flüsterte Karo den anderen vielsagend zu.

Ich hörte verständnisvolles Gemurmel. Super. Ganz große Spitzenklasse. Wahrscheinlich hatten sämtliche Ex-Mitschülerinnen bereits gewettet, wie lange es dauern würde, bis ich an diesem Abend heulend zusammenbrach.

»Wenn ihr euch schon über mich das Maul zerreißt, dann wenigstens so laut, dass ich es verstehen kann!«, brüllte ich.

»Ach Mia, komm da raus, wir meinen es doch nur gut mit dir!«, rief Karo.

»Nein!«, schrie ich.

Meiner Körperhaltung nach zu urteilen – Arme verschränkt, Unterlippe leicht vorgeschoben, Kopf zur Seite gedreht –, hätte ich glatt als Sorgenkind der Kindergartengruppe »Trotzköpfchen« durchgehen können, in die meine kleine Cousine Emma ging. Es fehlte nur noch, dass mir die Mädels vor der Klokabinentür einen Lutscher anboten, wenn ich ganz lieb wäre und die Tür öffnete. Das brachte mich auf eine Idee. »Ich komme erst raus, wenn mich draußen ein Wodka-Cranberry erwartet!«, forderte ich, während ich in mein inzwischen leeres Glas starrte. Ich schob es kurzerhand für einen Refill unter der Toilettentür hindurch.

Ich hörte, wie die drei darüber diskutierten, wer zur Bar gehen und mir mein Getränk holen sollte und wer bei mir blieb, falls ich doch vorher rauskommen wollte. Außerdem sollte jemand Hugo Bescheid sagen, dass es mir nicht gut ging.

»Mir geht es blendend!«, kreischte ich verzweifelt.

Den Geräuschen nach zu urteilen versammelten sich vor meiner Toilettentür immer mehr Partygäste. Ich hörte die dicke Giselle fragen, ob sie die Tür eintreten solle, und Lara mit ihrer Mausestimme etwas von »Depressionen« piepsen. Ich erinnerte mich, dass Lara inzwischen Psychologie studierte. Wahrscheinlich fühlte sie sich in dem Moment wie Sigmund Freud höchstpersönlich.

»Ich habe keine scheiß Depression!«, wetterte ich, woraufhin Karo flötete: »Ich habe hier deinen Wodka-Cranberry!«

Also gut. Ich tat es für den Alkohol. Noch einmal atmete ich tief ein und aus, dann schloss ich die Tür auf.

Lara schlug die Hand vor den Mund und piepste leise:

»Oh Gott!« Wenn sie später so mit ihren Patienten umging, würde sie garantiert nicht lange Therapeutin sein. Man stelle sich vor, es käme jemand zu ihr, der sagt: »Ich habe geträumt, ich habe Sex mit meiner Mutter.« Und Lara piepst: »Oh Gott! Das ist ja furchtbar! Schämen Sie sich denn gar nicht?«

Als ich mein Gesicht im Spiegel sah, verstand ich jedoch, was ihre spontane Reaktion ausgelöst hatte. Ich sah aus, als hätte ich die letzten zehn Jahre durchgekifft, so schwer und rot waren meine Lider vom vielen Weinen. Mein perfekter Schwalbenschwanz-Lidstrich hatte sich aufgelöst, die schwarze Farbe formte zwei dunkle Kreise rund um die Augen, und das Rouge hatte sich in unregelmäßigen Flecken über mein Gesicht verteilt, sodass es aussah, als hätte ich eine ansteckende Hautkrankheit. Meine Frisur war so wirr, wie ich sie mir immer bei Lumpi, dem Bruder vom kleinen Vampir, vorgestellt habe.

Karo, Jana, Valerie, Giselle und Lara standen im Halbkreis um mich herum. Ihre Augen mitleidend, ihre Kommentare hilflos.

»Du vermisst Mark, stimmt's?«, fragte Lara einfühlsam.

Ich brach wieder in Tränen aus.

Min-Li, eine hübsche Chinesin aus Marks ehemaliger Klasse, kam rein und erkannte die Lage sofort. »Ich kenne das. Mein Freund hat vor sechs Monaten mit mir Schluss gemacht, und ich könnte immer noch jeden Morgen heulen«, gestand sie, während sie sich die Hände wusch. Unsere versammelte Frauenrunde nickte verständnisvoll.

Ich begann, von Mark zu erzählen, dass er mich nicht mehr liebte, den Kontakt zu mir abgebrochen hatte und wahrscheinlich am liebsten Lena übers Telefon in Uganda bumsen würde. Weil Marks beste Freundin mit ihrer herablassenden Art auch bei den anderen nicht sonderlich beliebt war, fielen einige beleidigende Kommentare über ihren Hintern und ihre Brüste, und meine Stimmung hellte sich minimal auf.

Die Toilettentür schwang erneut auf, und Clara, das Matheass unserer alten Klasse, kam herein.

»Hi Clara«, riefen alle im Chor. Es hörte sich an, als befänden wir uns in einer Selbsthilfegruppe statt in einer Toilette.

Clara stellte sich zu uns und erzählte, dass ihr Exfreund, mit dem sie zwei Jahre lang zusammen gewesen war, sich einfach vom einen auf den anderen Tag nicht mehr bei ihr gemeldet und auch nicht mehr auf ihre Anrufe, E-Mails, Briefe und Mailboxnachrichten reagiert hatte. Das war seine Art und Weise gewesen, die Beziehung zu beenden. Am Anfang hatte Clara sich noch mit dem Gedanken getröstet, dass er tot sein könnte (das schützte sie eine Weile vor dem Totalzusammenbruch ihres Selbstwertgefühls), aber dann sah sie ihn nach sechs Monaten mit einer dunkelhäutigen Schönheit in einem Café sitzen. Während sie erzählte, wurden ihre hellblauen Augen feucht. »Ich habe immer gewusst, dass ich nicht sein Typ bin!«, schimpfte sie, dann kullerten zwei Tränen über ihre Wangen.

Auch die stämmige Giselle hatte ihre Erfahrungen mit den Männern gemacht. Sie hatte etwa ein halbes Jahr lang eine Beziehung mit einem Typen gehabt, der irgendwann beschloss, nicht mehr so recht zu wissen, ob er mit ihr zusammen sein wollte. Er bat sie um zwei Wochen Bedenkzeit, um sich seiner Gefühle klar zu werden. Aus Wochen wurden Monate und aus Monaten ein Dreivierteljahr. Giselle liebte ihn so sehr, dass sie geduldig darauf wartete, dass er sich für sie entschied, während sich *der blöde Bastard*, wie sie ihn jetzt nannte, durch die Weltgeschichte vögelte. Und ab und zu auch sie. Nach neun qualvollen Monaten brachte sie endlich die Willenskraft auf, eine Beule in sein Auto zu treten und ihn bei WhatsApp zu blockieren.

Ich war schockiert von all den Geschichten. Dieses Klo beherbergte eine Handvoll gebrochener Herzen, und ich konnte nicht einmal sagen, wer das schlimmste Schicksal erlitten hatte. Ich bin nicht sicher, ob es am Wodka lag, aber mich ergriff plötzlich ein warmherziges Gefühl der Verbundenheit.

Dann schlug Karo vor, dass wir uns langsam wieder unter die Menge mischen sollten. Mir dämmerte trotz meines Alkoholpegels, dass sie sich ihre Geburtstagsfeier wahrscheinlich anders vorgestellt hatte. Ich nahm einen großen Schluck meines Longdrinks, wir verließen das Klo, und ich schwankte auf die Tanzfläche.

Als der DJ *Somebody that I used to know* von Gotye spielte, gab es für mich kein Halten mehr. Ich kletterte auf die schwarzen Boxen und beschloss, mein Leid nun endlich in aller Öffentlichkeit einem größeren Publikum zugänglich zu machen. Die Toiletten-Selbsthilfegruppe hatte mir die Augen geöffnet: Wir Frauen sollten uns nicht länger für unsere Tränen schämen! Ich wollte endlich Schluss machen mit dem Versteckspiel. Alle Blicke richteten sich auf mich, und ich schrie mit meiner Pumuckl-Sing-Stimme los.

»But you didn't have to cut me off
Make out like it never happened
And that we were nothing
And I don't even need your love
But you treat me like a stranger
And that feels so rough
No you didn't have to stoop so low
Have your friends collect your records
And then change your number
I guess that I don't need that though
Now you're just somebody that I used to know
Somebody!«

In den Pausen zwischen den Zeilen ahmte ich sämtliche Instrumente nach, die der Song zu bieten hatte. Mein Blick fiel auf Laras Mund, der erneut die Worte »Oh Gott!« formte. Ich sah Lenas Gesicht, ihr Arsch-Dekolleté, ihr fettes Grinsen, und Wut stieg in mir auf. Sie konnte mit Mark telefonieren und ich nicht. Für mich interessierte er sich nicht mehr.

»But I don't wanna live that way
Reading into every word you say
You said that you could let it go
And I wouldn't catch you hung up on somebody that you used to know!«

Bevor ich mich Batman-mäßig von den Boxen auf Lena herabstürzen konnte, um sie umzubringen, packte mich jemand am Knöchel und zog mich herunter.

»Hey! Lass mich!«, rief ich.

»Ich dachte, dir geht's blendend«, zischte Hugo und schubste mich in Richtung Ausgang.

»Alles in Ordnung?«, fragte der Türsteher, als wir an der Kasse vorbeikamen. In meinem Leben habe ich eines mit absoluter Sicherheit festgestellt: Man kann sich bestens amüsieren, lachen, weinen, kreischen und trinken, aber wenn der Türsteher fragt, ob alles in Ordnung ist, dann ist das kein gutes Zeichen.

»Mir geht es *blendend*!«, quietschte ich hysterisch, dann beförderte mich Hugo unsanft nach draußen auf den Bürgersteig und winkte ein Taxi heran.

»Ich willaba wieder da rein! Ich will L-lena eine reinhaun!«, lallte ich.

»Du haust keinem eine rein. Ich bring dich jetzt nach Hause«, beschloss Hugo.

»Ich willaba nich. Biiiiitte Hugo, noch fünf Minutn!«

»Nein! Und überhaupt, seit wann trinkst du eigentlich Alkohol? Deinem Verhalten nach zu urteilen außerdem gleich drei Liter! Und weil du heute Abend mal wieder nichts Ordentliches gegessen hast, haut das natürlich total rein.« Dann packte er mich am Arm, bugsierte mich ins Taxi und schnallte mich an. Wahrscheinlich hatte er Angst, dass ich wieder aussteigen könnte, während er um das Auto herumlief und auf der anderen Seite einstieg.

»Mensch Mia«, sagte er, als wir um die nächste Ecke gefahren waren. »Ich find's ja gut, dass du endlich mal ein bisschen lockerer bist und einen draufmachst. Aber gleich so?«

»Warum nich? Die könn ruhig ma aaaalle sehn, dass Mark ein Arsch ist«, gab ich trotzig zurück.

Hugo brachte mich ohne weiteren Kommentar nach

Hause, ich kotzte ihm im Badezimmer auf die Schulter, und dann schlief ich auf dem Duschvorleger ein.

Weil mein bester Freund so klein ist, schaffte er es nicht, mich ins Schlafzimmer zu tragen, und ich wachte am nächsten Morgen auf dem Badezimmerteppich, zugedeckt mit mehreren Handtüchern, auf. Benommen torkelte ich ins Wohnzimmer. Hugo schnarchte auf meiner Couch. Ich weckte ihn und fragte: »Ist das gestern wirklich passiert?«

»Mhhhhm, ich fürchte ja«, schmatzte er.

Ich war zwischen zwei Optionen hin- und hergerissen: aus dem Fenster springen oder mir einen Marmeladentoast machen. Schließlich entschied ich mich für die weniger schmerzvolle Variante.

Und so endet mein innerer Film auch dieses Mal wieder mit dem katastrophalen Gefühl, die Zeit zurückspulen zu wollen, es aber nicht zu können. Verdammte Herzscheiße!

3

Zwei Singles, eine Packung Daim und ein Haufen Probleme

Ich habe es also innerhalb kürzester Zeit geschafft, mein Leben zu ruinieren. Die Trennung von Mark, die Aktion von letztem Samstag und die Arschritzenverwechslung heute – alles geht schief.

Ich höre die Eingangstür zuschlagen, und Hugo kommt ins Wohnzimmer gestürmt: »Sorry, sorry, sorry, da war ’ne superlange Schlange, die standen bis draußen, und dann bin ich doch zu dem türkischen Bäcker vorne an der Ecke gelaufen, weil ich dachte, da wäre es vielleicht leerer, aber da sah es genauso aus. Na ja, egal.« Hugo verscheucht Marie von seinem Platz, setzt sich neben mich auf die Couch und öffnet knisternd seine Bäckertüte. Ein Schweineohr kommt zum Vorschein.

Ich habe gerade die Familienpackung Kinder Country aufgegessen und glotze unzufrieden die leere Pappschachtel an.

»Ich habe auch noch Daim«, bietet Hugo schmatzend an.

Ich lächle schwach. Als hätte ich gerade eine schwere

Geburt mit Dammriss hinter mir und wäre froh, dass mich jemand aufheitert, obwohl ich noch höllische Schmerzen habe. »Ne, lass mal«, sage ich und schüttele den Kopf. Ich kann immer noch nicht fassen, was heute passiert ist. Da hilft auch keine Schokolade mehr. »Kannst du mir irgendwas erzählen, das mich ablenkt? Sonst drehe ich noch durch«, bitte ich Hugo und lasse den Kopf erschöpft gegen die Rückenlehne der Couch sinken.

»Mein Vater hat mir gestern eine WhatsApp-Nachricht geschrieben.« Hugo macht ein Gesicht, als würde er selbst nicht glauben, was er da gerade gesagt hat.

»Wie bitte? Dein Vater, der bis vor einem Jahr noch gedacht hat, dass Google eine Art Zeitmaschine ist, weil du mit deinem Laptop für ihn einen Zeitungsartikel aus dem Jahr Zweitausendzehn ausfindig machen konntest?«

»Genau der.«

»Wie hat er das denn hingekriegt?«

»Meine Schwester hat ihm ein iPhone zum Geburtstag geschenkt. Scheinbar ist mein Vater der einzige Mensch, der sich die Betriebsanleitung für dieses Ding von vorne bis hinten durchgelesen hat. Und bis auf die Tatsache, dass er es einfach nicht schafft, seinen Namen richtig zu schreiben, scheint er ziemlich weit damit zu kommen.«

»Was schreibt er denn statt seines Namens?«, frage ich amüsiert und bin froh, dass wir nicht mehr über mich sprechen.

»Deberhardt. Er weiß nicht, wie er das D löschen kann.«

»Ach, wie süß«, sage ich und nehme einen Schluck Tee. Schmeckt irgendwie nach aufgewärmtem Regenwasser mit Süßholz. Eigentlich unverschämt, dass man so was Frauen-Balance-Tee nennt.

»Außerdem hält er die Frage, ob er Push-up-Nachrichten erhalten möchte, für etwas Anzügliches, weil er vermutet, dass ihm dann Bilder von Brüsten in Wonderbras zugeschickt werden könnten. Und er unterschreibt nach jeder WhatsApp-Message, obwohl ich ihm mehrere Male erklärt habe, dass er das nicht muss. Er kapiert nicht, dass sein Name im Nachrichtenfeld steht. Nach jeder Nachricht steht dort: dein Papa *Deberhardt.*«

Ich kichere.

»Na ja, solange er noch nicht bei Facebook angemeldet ist, ist doch alles paletti«, beruhige ich Hugo.

»Das ist nur eine Frage der Zeit. Nachdem er mir gestern Abend geschrieben hat, habe ich ihn gegoogelt – und seinen Twitter-Account gefunden! Und nicht nur das, er hat auch noch *fünfzehn Follower*!« Hugo stopft sich den Rest des Schweineohrs in den Mund und kratzt sich nervös am Ellbogen. »Ich finde, das ist eine Zumutung. Was ist, wenn ich im Internet Fotos von irgendeiner Party hochlade, und mein Vater schafft es, sich die anzugucken?«

Ich mache ein brummendes Geräusch, als hätte Hugo auf einem Buzzer den falschen Knopf gedrückt. »Sag nie wieder das Wort ›Party‹!«, fordere ich. »Das erinnert mich zu sehr an Samstag. Ist ja nicht so, als würde dieser blöde Film nicht sowieso schon ständig in meinem Kopf ablaufen.«

»Ist ja gut, ist ja gut«, sagt Hugo und knüllt die Bäckertüte zusammen. »Ich weiß, du willst jetzt nicht darüber reden, aber was wirst du wegen deines Jobs machen? Solltest du nicht zum Betriebsrat gehen? Ich meine, kann er dich überhaupt einfach fristlos kündigen? Magst du mir nicht mal deinen Arbeitsvertrag zeigen? Wir finden bestimmt einen Paragrafen, der das genauer erläutert.«

Ich mache wieder das Buzzergeräusch. »Sag nie wieder die Worte ›Job‹ oder ›fristlos gekündigt‹!«

»Du benimmst dich gerade wirklich kindisch.« Hugo wirft mir einen seiner strengen Blicke zu, bei denen er immer ein bisschen so aussieht wie Finchen, die Schnecke aus der Sesamstraße, wenn sie das Gesicht verzieht. Ich habe ihm das jedoch nie gesagt, weil ich mir sicher bin, dass er gerne etwas männlicher rüberkommen würde.

»Ich werde nicht gegen die Kündigung vorgehen. Ich meine, selbst wenn ich Erfolg damit habe, werde ich für die Kollegen immer diejenige sein, die Kontakt mit der Arschritze ihres Chefs hatte. Bestimmt werde ich dann gemobbt. Außerdem kann ich Keppler sowieso nie wieder in die Augen sehen.«

»Verstehe ich ja. Aber willst du in Zukunft alleine von Luft und Liebe leben?«

»Von *Luft*, Hugo«, entgegne ich vorwurfsvoll. »Ganz alleine von *Luft*«.

»Darf ich dich mal drücken?«, fragt Hugo und nimmt mich, noch bevor ich antworten kann, fest in den Arm.

Nach zehn Sekunden kullern zwei Tränen auf den Rücken meines besten Freundes, und ich murmele verzweifelt in seinen Pulli: »Scheiße! Vor gerade mal drei Wochen war mein größtes Problem noch, dass ich Tim Bendzko und Matthias Schweighöfer nicht auseinanderhalten kann. Und jetzt?«

Hugo streichelt mir behutsam über den Kopf, als würde er sagen wollen: »Ich weiß, Liebes. Ich weiß.« Dann lösen wir unsere Umarmung.

»Das wird sich schon wieder einrenken. Es kann nicht immer alles perfekt sein.«

»Doch! Bei mir schon. Ich hatte die perfekte Beziehung, meinen absoluten Traumjob, Freunde, die ich regelmäßig getroffen habe. Und ich habe mich *nicht* den ganzen Tag lang mit Süßigkeiten vollgestopft. Und sieh mich jetzt an!« Ich blicke betreten auf den Boden und fahre mir mit der Zunge über den Mundwinkel, in dem sich ein bisschen Schokolade festgesetzt hat. »Ich kann es nicht ertragen, allein und mittellos zu sein. Das ist so ungerecht. Warum sind blöde Schnepfen wie Lena viel besser dran als ich? Die Arschkuh mit ihrem blöden Modeblog sieht immer so aus, als würde sie gerade von der Kosmetikerin kommen, und zu allem Übel hat sie auch noch Kontakt zu *meinem* Mark! Ich will das auch. Ich bin richtig neidisch.«

Hugo seufzt ratlos, bevor er einmal schnell einatmet, als würde er etwas sagen wollen, dann starrt er jedoch nur nachdenklich vor sich hin. »Weißt du noch, als du unbedingt das beste Abi machen wolltest?«, fragt er schließlich und senkt dabei die Stimme, als wäre er ein Psychoanalytiker.

»Ja.«

»Und wer hat das beste Abi gemacht?«

»Dietlinde.«

»Genau. Es wird dein ganzes Leben lang immer eine Dietlinde geben. Irgendjemanden, der etwas besser kann oder dem es besser geht als dir selbst. Und bei dir ist das vielleicht nur eine Person. Ich kann dir hundert Leute aufzählen, die ich beneide, aber was nützt es? Akzeptier endlich mal, dass du toll bist, so wie du bist. Egal ob mit oder ohne Mark, Job, toller Figur oder bestem Abschluss.«

»Ach Hugo, das hört sich so einfach an, wenn du es sagst. Aber du weißt doch, dass ich mir nichts aus diesem So-wie-ich-bin-Quatsch mache.«

»Solltest du aber.«

»Kann ich jetzt doch die Packung Daim haben?«, frage ich kleinlaut und trinke noch einen Schluck Regenwasser.

Nachdem ich Daim mampfend eine halbe Stunde lang mit Hugo erörtert habe, warum die Welt ungerecht ist, wieso es Arschritzen, Wodka und Trennungen gibt und ob ich meine aussichtslose Situation vielleicht als Neuanfang uminterpretieren könnte, beschließe ich, von meinen eigenen Problemen abzulenken und Hugos Lebenslage zu erörtern.

»Sag mal, konntest du eigentlich die Telefonnummer von dem süßen Mädel von der Party am Samstag ergattern?«

»Telefonnummer? Was glaubst du denn? Eine Frau nach ihrer Nummer zu fragen, traue ich mich doch in einer Milliarde Jahren nicht«, sagt Hugo aufgebracht, als hätte ich ihm gerade vorgeschlagen, er solle seiner Auserwählten doch mal neckisch in die Nippel kneifen.

»Und warum nicht? Ihr seid doch sowieso schon im Gespräch gewesen. Das war die perfekte Gelegenheit.«

»Erstens hätte sie sowieso Nein gesagt, weil sie mich mit Sicherheit nicht attraktiv fand, und zweitens hat sie mich nur angesprochen, weil sie dachte, ich bin in einen Hundehaufen getreten.« Hugo hebt Kater Marie, der schnurrend vor ihm steht, auf seinen Schoß.

»Wie bitte?«, nun bin ich diejenige, die sich das Lachen verkneifen muss, obwohl Hugo ernsthaft zerknirscht aussieht.

»Na ja, nachdem ich auf der Toilette war, habe ich einen Abstecher auf die Tanzfläche gemacht, und da hat es plötzlich so komisch gestunken, und sie hat mich gefragt, ob ich vielleicht ins Glück getreten sei.«

»Und dann?«, frage ich lauernd, denn es wäre doch möglich, dass das nur ein Vorwand von ihr gewesen war, um ins Gespräch zu kommen. Zugegeben, ein etwas uneleganter Gesprächseinstieg, aber denkbar.

»Dann habe ich ihr gesagt, dass Hundekacke an meinen Sohlen nicht gut haftet, weil die Lederhalbschuhe so ein niedriges Profil haben.« Hugo murmelt die Worte vor sich hin, als würde er sie nicht mir, sondern seinem rundlichen Bauch erzählen.

»Oh Mann Hugo, ich habe dir schon so oft gesagt, dass solche Themen keine guten Gesprächsaufhänger zum Flirten sind!«

Das letzte Mal, als er versucht hatte, mit einer Frau zu flirten, hatte er ihr von Maries Sommer- und Winterfellwechsel erzählt. Auf seinem Uniordner hatten ein paar Katzenhaare gelegen, und die Frau fragte ihn, ob er Haustiere habe. Aber anstatt die Chance zu ergreifen und über spannendere Dinge zu sprechen, erzählte Hugo ihr auch noch Maries gesamte Kastrationsgeschichte. Und die ist wirklich nicht schön.

»Du musst solche Gespräche irgendwie in eine andere Richtung lenken. Auf der Party hättest du die Frau einfach auf einen Drink einladen können«, schlage ich vor.

»Dann hätte sie bestimmt gedacht, ich will sie abfüllen«, empört sich Hugo.

»Quatsch! Aber wenn du weiter über Hundekacke und Schuhsohlenprofile sprichst, denkt jeder, du bist ein komischer Freak.«

»Bin ich ja auch!«

»Bist du nicht!«

»Ich bin achtundzwanzig, Langzeitstudent und noch

Jungfrau. Wenn mich das nicht zum Freak macht, dann weiß ich auch nicht.«

»Es macht dich zu etwas Besonderem. Eigentlich gibt es nur eine einzige Ursache für dein Langzeitstudium und die Jungfräulichkeit: Du bist einfach nicht mutig genug. Wenn du dich endlich mal *trauen* würdest, dein Staatsexamen zu machen und einer Frau zu sagen, dass du sie süß findest, wärst du längst ein entjungferter Star-Anwalt!«

»Ich weiß«, sagt Hugo kleinlaut. Allerdings sehe ich dem traurigen Ausdruck in seinen Augen an, dass die Sache für ihn leider trotzdem nicht so einfach ist.

»Ich glaube, ich gehe jetzt langsam«, sage ich schließlich.

»Was? Wohin willst du denn?«, fragt Hugo mit Grabesstimme, als würde er vermuten, dass ich umgehend die nächste psychosoziale Ambulanz aufsuche.

»Zu Emma.«

»Findest du es nicht bedenklich, dass du immer ausgerechnet zu Emma gehst, wenn unlösbare Probleme in deinem Leben auftauchen? Deine Cousine ist *fünf*.«

Ich bin gekränkt. »Hugo, mir ist schon klar, dass Emma keine qualifizierte Lebensberaterin ist, aber durch ihre einfachen Kommentare fällt bei mir nun mal irgendwie der Groschen. Außerdem ist sie neben dir und meiner Tante die einzige Person, der ich vertraue. Du kannst das so komisch finden, wie du willst. Übrigens auch schön zu wissen, dass du meine Probleme für *unlösbar* hältst. Vorhin hast du mir noch erzählt, ich könnte das Ganze auch als Neuanfang sehen.«

»Das war nicht so gemeint.«

»Das mit dem Neuanfang war also nicht so gemeint? Schön!«

»Doch. Mann Mia, das andere, das mit dem unlösbar. Du kriegst schon alles wieder in den Griff. Ich weiß das.«

Ich beschließe, mich nicht mit Hugo zu streiten, denn dann würde mein ohnehin schon sehr übersichtlicher Vertrauenszirkel um ein weiteres Drittel schrumpfen. Deshalb sage ich: »Ich weiß. Tut mir leid.«

Hugo sieht mich hilflos an. Wahrscheinlich wachsen ihm meine ganzen Probleme, zusätzlich zu seinen eigenen, langsam über den Kopf. Ich kann es ihm nicht verübeln, es werden schließlich immer mehr. Es wird wirklich höchste Zeit für etwas Ablenkung und die unverblümte Meinung meiner Cousine.

4

Eine Spardose voller Ideen

Eine halbe Stunde später zwingt mich ein verkleideter Afrikaner, Plumpsack zu spielen.

Nachdem ich von Hugo aufgebrochen bin, habe ich meine Tante Paula angerufen, um rauszufinden, ob sie ihre Tochter schon vom Kindergarten abgeholt hat. Aber Emma ist heute mit ihrer Trotzköpfchen-Gruppe im Kindermuseum, und ich habe mich dazu bereit erklärt, sie dort einzusammeln. Das Museum ist eine große Halle in Wedding, die nach Käsefüßen riecht, weil alle am Eingang ihre Schuhe ausziehen müssen, und in der Kinder etwas über die Kulturen der Welt lernen können, indem sie mit Instrumenten, Kleidung, Plastikessen und Gegenständen spielen, die aus anderen Teilen der Welt stammen. Die meisten von Emmas Kindergartenfreunden wurden schon abgeholt, nur Emma weigert sich, mit mir nach Hause zu gehen, weil sie noch weiter spielen möchte, und weil ich sowieso nichts Besseres zu tun habe, lasse ich meiner Cousine ihren Spaß.

Wenn ich Emma sehe, geht es mir immer gleich viel besser. Ihre rötlich blonden Haare sind heute zu zwei Zöpfen geflochten und ihre Wangen so rosa, dass man ihr Gesicht problemlos auf eine Packung Zwieback drucken könnte. Sie hat genau die gleiche tiefblaue Augenfarbe wie ich mit

Kontaktlinsen und trägt ein pinkfarbenes Kleid, auf dem in grünen Buchstaben *What a summer!* steht. Sie arbeitet gerade an einer Maske, die erschreckende Ähnlichkeit mit unserer Oma Greta hat, als ein Angestellter des Kindermuseums mit einer Rassel in der Hand an den Basteltisch gerannt kommt.

Er trägt ein traditionelles buntes Gewand mit einem kleinen Namensschild, auf dem *Kofi* steht, und einen Hut, der an einen riesigen umgedrehten Eierbecher erinnert. Begeistert ruft er: »Wer will Plumpsack spielen?« Dann rasselt er wild drauflos und setzt einen Gesichtsausdruck auf, den man im medizinischen Fachwörterbuch problemlos neben die Erklärung zum Begriff »Manie« setzen könnte.

»Iiiiich!«, schreit Emma mir ins Ohr, und die anderen Kinder am Basteltisch stimmen in ihre Euphorie mit ein.

Der Museumsangestellte freut sich und sagt an mich gewandt: »Mama spielt auch mit, ja?« Dann fasst er mich am Arm und zieht mich in die Mitte des Raumes. Die Kinder rennen uns begeistert hinterher.

»Ich bin aber nicht die Mama«, nörgele ich. Kann man denn nicht mal in Ruhe ausspannen? Das ist der Nachteil, wenn man Cousinen, Neffen oder eigene Kinder hat. Plötzlich wird man genötigt, aus imaginären Teetassen zu trinken, der Rockstar-Barbie Gute Nacht zu sagen oder eben Plumpsack zu spielen.

»Ach komm, wir machen ein lustiges Spiel, ja?«, Kofi lächelt mich ermutigend an.

Unter anderen Umständen könnte er ganz süß sein. Aber dieser Eierbecher-Hut geht gar nicht. Ich sehe auf Emma herunter, die bereits erwartungsvoll und brav mit den anderen Kindern im Kreis sitzt.

»Mia, du machst jetzt einfach mit!«, befiehlt sie. Oh Mann, dieses Kind ist so erwachsen. Fehlt nur noch, dass sie als Begründung angibt, dass gemeinschaftliche Spiele gut für das Zugehörigkeitsgefühl und die innere Balance sind.

»Na gut«, murmele ich und setze mich in den Kreis.

Kofi gibt einem der Kinder ein kleines Säckchen und beginnt, rhythmisch zu rasseln.

Ein braunhaariger Junge mit grüner Latzhose schlendert mit dem Sack um unseren Sitzkreis herum. Er macht es spannend. Plötzlich lässt er den Plumpsack hinter einem etwa zweijährigen Jungen fallen, der ein bisschen so aussieht wie Hugo in Klein. Der hat aber nichts bemerkt. Die anderen Kinder brüllen den Kleinen an: »Los *renn*! Du musst *rennen*! *Lauf!*«

Doch der Zwerg rührt sich nicht und fängt verzweifelt an zu weinen.

Der Junge in der Latzhose ist derweil einmal um den Kreis herumgesprintet, findet aber keinen leeren Platz, auf den er sich setzen könnte, weil der flennende Zweijährige keine Anstalten macht aufzustehen.

»Los! Mama geht helfen, ja?«, sagt der rasselnde Kofi an mich gewandt und setzt ein sympathisches Grinsen auf, dass es mir unmöglich macht, ernsthaft wütend auf ihn zu werden.

»Komm, setz dich auf meinen Platz!«, ermuntere ich den braunhaarigen Jungen, während ich aufstehe, um den kleinen verzweifelten Mini-Hugo endlich von dem hinter ihm liegenden Plumpsack zu befreien. Als ich den Sack in der Hand halte, stelle ich fest, dass er sich tatsächlich ein bisschen anfühlt wie ein Hoden. Die Hülle ist aus Gummi, und darin scheinen sich zwei mit Sand gefüllte, tischtennisgroße Bälle zu befinden.

Ich laufe im Kreis. Kofi trommelt mir zu Ehren etwas schneller, um die Spannung zu steigern, aber man könnte genauso gut die Filmmusik von *Der weiße Hai* zum Sandmännchen laufen lassen. Doch auch die Kinder sehen mich so erwartungsvoll an, als wäre diese Sack-Angelegenheit todernst. Was mache ich hier eigentlich? *Nicht dran denken, Mia,* rate ich mir im Stillen. *Lass es einfach geschehen.* Ich lasse das Klöten-Imitat hinter Emma plumpsen, die sofort aufsteht und mir hinterherrennt, während die anderen Mitspieler uns anfeuern. Ich schnappe mir ihren Platz, und dann geht der Plumpsack weiter.

Nach zwanzig Minuten haben alle bis auf Kofi keine Lust mehr. Der Sitzkreis hat sich nahezu vollständig aufgelöst, einige Windeln müssen gewechselt werden, quengelnde Kinder werden nach ihren Bedürfnissen gefragt, Heile-Heile-Lieder werden schmerzenden Körperteilen vorgesungen, und Emma fragt mich, ob wir jetzt zu McDonald's gehen können.

»Nein, deine Mama wartet doch schon zu Hause auf dich«, lüge ich schamlos, weil mir von der Packung Kinder Country und der Tüte Daim noch ganz schlecht ist und ich keine Lust auf den Geruch von Burgern und Pommes habe.

»Okay«, stimmt Emma zu. Dann ziehen wir uns die Schuhe an und machen uns auf den Weg zum Haus meiner Tante.

Als wir vor dem blauen Reihenhaus mit den weißen Fensterläden ankommen, öffnet uns nach zweimaligem Klingeln Onkel Werner die Tür. Werner ist groß, dick, sehr behaart und gesegnet mit einer gemütlichen, tiefen Stimme, mit der er problemlos Erzähler für irgendeine Janosch-Fernsehproduktion hätte werden können.

»Hi Emma, hi Mia, Paula ist noch bei der Krankengymnastik, sie kommt aber gleich«, brummelt er freundlich.

Emma guckt misstrauisch, und ich befürchte, dass sie gleich fragen wird, warum ich ihr denn erzählt habe, dass ihre Mama zu Hause auf sie wartet, aber stattdessen wirft sie ihre Schuhe ins Regal und fragt: »Papa, kann ich was essen?«

»Ja, wenn deine Mutter kommt. Ich muss jetzt arbeiten.«

Onkel Werner macht irgendwas mit Werbung. Was genau, habe ich nie verstanden. Es hat etwas mit Webseiten und Befragungen zu tun, auf jeden Fall kann er von zu Hause aus arbeiten, was Tante Paula und Emma großartig finden.

»Sag mal, Mia, ist irgendwas? Du siehst so … fertig aus«, sagt Werner, als Emma in die Küche verschwunden ist, um sich wahrscheinlich selbstständig am Kühlschrank zu bedienen.

»Ja. Ich wurde heute entlassen«, gebe ich zu. Es nützt ja nichts. Von meiner Arbeitslosigkeit werden sowieso bald alle erfahren.

»Warum das denn?«, fragt Werner geschockt.

»Nur so.«

»*Nur so* wird man nicht einfach rausgeworfen. Ist es wegen deiner Kollegin, dieser Birgit? Hast du sie wieder eine frigide Analfistel genannt?« Jetzt grinst er.

»Ich habe nicht *sie* so genannt. Sie hat in meiner Briefkorrespondenz mit meiner Kollegin Ina geschnüffelt und ist auf diesen Begriff gestoßen, der *nicht auf sie bezogen war.*«

Das hatte ich zumindest damals Herrn Keppler erzählt. Das Wort »Briefkorrespondenz« hatte ich an meiner Entschuldigung besonders gut gefunden. Dabei handelte es sich eigentlich um ein Gossip-Chatfenster bei Skype, über das sich Ina und ich immer schamlos über Birgit und Herrn Keppler ausgetauscht haben. Einmal hatte ich nur leider das falsche Fenster geöffnet und den Analfistel-Kommentar in unseren Gruppenmeeting-Chat geschrieben. Ich hatte Mark natürlich nie etwas von dem Vorfall erzählt, sonst hätte er mich wahrscheinlich für vulgär und unreif gehalten – aber Birgit hatte es wirklich nicht anders verdient.

»Und wie geht's dir jetzt? Kann ich irgendetwas für dich tun?«, fragt Werner, und ich bin froh, dass er nicht weiter nach dem Grund für meine Entlassung fragt.

»Danke, aber ich glaube, da muss ich einfach durch«, sage ich, ziehe die Schuhe aus und gehe in Emmas Zimmer, wo meine kleine Cousine vergnügt an einem Wassereis lutscht. Ich setze mich neben sie auf einen der rosafarbenen Hocker von Ikea, die mir ungefähr bis zur Mitte des Schienbeins reichen.

Emmas Zimmer hat etwas stillos Unbeschwertes. Während ich immer versucht habe, meine Wohnung für Mark möglichst stylish, minimalistisch und aufgeräumt zu halten, ist hier alles durcheinandergewürfelt: der rosafarbene Teppich, der grüne Plastikkronleuchter, das Benjamin-Blümchen-Maßband an der Tür, die rote Arielle-Bettwäsche, die Sterne an der Wand, die im Dunkeln leuchten, wenn sie tagsüber genug Licht abbekommen haben. Wir sitzen in der Malecke, die aus einem kleinen Tisch, besagten Hockern, zwanzig Wachsmalern und einem Stapel Schmierpapier, das Onkel Werner gespendet hat, besteht. Nicht, dass ich auch gerne wieder so ein Zimmer hätte, aber bei mir gibt es noch nicht mal eine Duftkerze, weil ich Mark nicht mit irgendwelchem Frauenkram verschrecken wollte.

»Also, was gibt's?«, fragt Emma abgeklärt, als hätte sie schon die ganze Zeit geahnt, dass ich mich mal wieder in irgendeine blöde Situation manövriert habe. Als ich ihr letztes Jahr verzweifelt erzählte, dass ich einer Geschäftsreise zugestimmt hatte, nur um danach zu merken, dass ich dann an meinem eigenen Geburtstag nicht zu Hause sein würde, sagte sie doch glatt zu mir: »Du kannst es nicht ändern. Es ist, wie es ist.«

»Ich habe heute meine Arbeit verloren«, gebe ich zu. Langsam gewöhne ich mich an diesen Fakt.

»So was passiert. Der Papa von Tamás ist jetzt auch tagsüber zu Hause.«

Sie lächelt mich an.

»Tagsüber zu Hause« hört sich doch schon mal viel besser als »arbeitslos« an, denke ich. Tamás ist der Freund von Emma, mit dem sie schon seit der Krippe spielt. Manchmal kann ich es kaum glauben, dass ich zwar zweiundzwanzig Jahre mehr Lebenserfahrung als diese Prinzessin-Lillifee-Posterbesitzerin habe, sie es aber, im Gegensatz zu mir, auf die Reihe bekommt, einen Mann in ihrem Leben zu halten. Wie macht die das bloß?

»Wenn du jetzt nicht mehr arbeiten musst, kannst du dann morgen wieder mit mir spielen?«, will Emma wissen und fängt an, mit einem lila Wachsmaler auf ihrem Tisch rumzukritzeln.

»Na ja, eigentlich schon«, überlege ich laut. »Aber ich muss trotzdem irgendetwas tun, weißt du. Vielleicht eine neue Arbeit finden«, füge ich hinzu, und mir wird gleichzeitig bewusst, dass das mit einer fristlosen Kündigung im Lebenslauf nicht allzu leicht wird. Was Keppler wohl als Begründung angegeben hat? Oh Gott, hoffentlich nicht sexuelle Belästigung.

»Wieso?«, fragt Emma verständnislos.

»Na, ich muss doch Geld verdienen.«

»Hast du denn kein Geld?«

»Doch schon, ich habe ein bisschen was gespart. Aber das reicht nur für ein paar Monate.«

»Ich habe auch noch was gespart«, ruft Emma begeistert, rennt zu ihrer Mein-kleines-Pony-Spardose, die im Regal steht, und stellt sie vor mich auf den Tisch. »Davon kannst du einmal um die Welt fahren!«, erklärt meine Cousine begeistert, dreht die Spardose um, zieht den Stöpsel am Boden und schüttet den Inhalt heraus. Eine Handvoll Fünf- und Zehncentstücke kullert über den Tisch.

»Ach Emma, du bist süß. Aber damit komme ich vielleicht gerade so bis Potsdam.«

»Und von da aus dann weiter nach ... Armenika!«, ruft Emma und streckt die Arme so weit aus, als könnte sie damit die ganze Welt umarmen.

»Und danach? Komme ich zurück und es ist alles beim Alten?«, versuche ich ihr einen weiteren Plan für mein Leben zu entlocken.

»Wer einmal um die Welt gefahren ist, der ist glücklich! Karla hat uns ein Buch vorgelesen von Fineas Fuchs, der hat eine Wette gemacht und ist einmal um die Welt gefahren, und am Ende hat er geheiratet und war ganz froh.«

»Du meinst Phileas Fogg? Hat Karla euch im Kindergarten *In 80 Tagen um die Welt* vorgelesen?«, frage ich und ahne nun langsam, woher Emmas Weltreisebegeisterung kommt.

»Nein, das war Fineas. Der sah aus wie ein Fuchs, und seine Frau Sati war eine schöne Tigerin. Ich habe sie doch im Buch gesehen«, erklärt Emma vorwurfsvoll, als hätte ich überhaupt keine Ahnung.

Ich frage mich, ob tatsächlich stimmt, was sie sagt. Ist nach einer Weltreise wirklich alles anders? Ist man danach glücklich und vielleicht sogar frisch verliebt? Könnte ich dadurch meinen Liebeskummer vergessen?

Ich höre die Eingangstür zuschlagen und die Stimme meiner Tante: »Hallo Emmchen, hallo Werner, hallo Lieblingsnichte!« Kurz darauf steckt sie ihren Kopf zu uns ins Zimmer.

Meine Tante Paula hat rote Haare, eine bernsteinfarbene Hornbrille und eine Stupsnase, die mich an Barbara Blocksberg erinnert. Fehlt nur noch, dass sie jetzt sagt, dass sie ihren Besen Baldrian mal eben zurück in die Besenkammer stellen muss, und ich sie darum bitte, mein Leben wieder in Ordnung zu hexen. Paula ist die Schwester meiner Mutter, und ich verstehe mich richtig gut mit ihr. Sie ist eigentlich immer gut gelaunt, wir haben denselben Humor, sie interessiert sich für das, was in meinem Leben passiert, und hat mir damals zwischen Abi und Ausbildung sogar finanziell unter die Arme gegriffen. Sonst hätte das wahrscheinlich keiner aus meiner Familie getan. Mein Vater hat uns verlassen, als ich zwei war, und mit meiner Mutter habe ich kaum Kontakt. Sie verbringt lieber Zeit mit ihren Single-Freundinnen als mit mir und geht leidenschaftlich in ihrem Beruf als Sozialarbeiterin auf. Nur in ihrer eigenen Familie ist ihr das Sozialleben scheißegal. Deshalb bin ich mit achtzehn ausgezogen und habe versucht, mich alleine über Wasser zu halten. Ich hatte nie Zeit für eine Selbstfindungsphase, ich musste einfach funktionieren, und das hat fast zehn Jahre lang auch ziemlich gut geklappt.

»Ich würde dir ja ein Stück Kuchen anbieten, aber es ist *der* Kuchen«, gesteht Paula und schenkt mir einen entschuldigenden Blick. Sie macht mit dem Kopf eine kreisende Bewegung, die scheinbar irgendetwas erklären soll, doch ich verstehe nur Bahnhof.

»Was soll das heißen, *der* Kuchen?«

»Na, der Mark-Kuchen«, sagt sie leise, als täte es ihr leid, den Namen laut auszusprechen. Und auch Emma wirft mir in diesem Moment einen kurzen, erwartungsvollen Blick zu, als würde sie hoffen, dass ich jetzt sage: »Ach ja, apropos Mark, wir sind doch wieder zusammen.«

Mark gehörte für meine Tante, Werner und Emma zur Familie. Wir haben gemeinsam mit meiner Cousine jede Woche einen kleinen Ausflug gemacht, sind in den Zoo, zum Spielplatz oder an den See gefahren. Und zu seinem Geburtstag hat meine Tante ihm zu Ehren ein eigenes Biorezept erfunden – den Mark-Kuchen. Eine Honig-Weizen-Torte, weil sie weiß, dass er so gerne Smacks isst.

»Egal, ich brauche keinen Kuchen«, sage ich tapfer und wende mich wieder Emma zu, die begonnen hat, mit ihrem lila Wachsmaler eine Weltkugel auf ein Blatt Papier zu zeichnen. Dieses Kinderbuch hat sie scheinbar schwer beeindruckt.

Meine Tante formt mit den Lippen das Wort »Sorry« und verschwindet aus dem Türspalt.

Nachdenklich sehe ich Emma an. Seitdem sie mir den Floh mit der Weltreise ins Ohr gesetzt hat, habe ich das Gefühl, dass es tatsächlich einen Ausweg aus meinem Schlamassel gibt. Das ist die Idee: Ich haue einfach ab und lasse den ganzen Mist hinter mir. Wenn ich zurückkomme, geht es mir wieder gut. Ich muss es nur schaffen, meinen Liebeskummer loszuwerden, aber wie sollte das besser klappen als durch ein bisschen eat, pray, love?

Emma lässt abrupt den Wachsmaler fallen, steht von ihrem Hocker auf, als wäre unser Gespräch beendet, und klettert auf ihr Hochbett. »Miaaaaa! Komm mal hoch!«, ruft sie, nachdem sie unter die Bettdecke gekrochen ist.

Ich klettere über die kleine Leiter zu ihr ins Bett, und sie kichert vergnügt. »Ich bin der Kapitän, du der Matrose, und das Bett ist unser Schiff, okay?«

Oh Mann, nach dem Plumpsack gleich das nächste Kinderspiel! Nachher muss ich bestimmt auch wieder ihrer potthässlichen Puppe Gwendolyn den Po abwischen. Doch dem Charme meiner Cousine kann man nur schwer widerstehen. »Aye, aye, Käpt'n!«, rufe ich deshalb und setze mein ganzes Körpergewicht ein, um Emmas Hochbett nach vorne und hinten wackeln zu lassen und so ein schweres Unwetter zu erzeugen.

Emma quietscht vor Freude, und ich bin froh, hierhergekommen zu sein. Erstens kann ich meine Cousine jetzt vor dem grausamen Seemonster retten, und zweitens habe ich endlich *die* Lösung für *alles*.

5

»Wir machen eine Weltreise.«

Zum zweiten Mal am heutigen Tag stehe ich bei Hugo vor der Tür, und er sieht mich mindestens genauso verdattert an wie am Morgen. Statt des Muskelshirts trägt er jetzt allerdings einen Bademantel, wahrscheinlich ist er gerade der Wanne entsprungen. Von seinen Haaren tropft es auf den Boden, und seine Füße haben nasse Abdrücke auf den Fliesen im Flur hinterlassen.

»Kann ich mich kurz abtrocknen, bevor ich mich dazu äußere?«, fragt er belustigt und stapft zurück ins Badezimmer.

Ich gehe in die Küche, in der Kater Marie gerade sein Abendbrot schmatzt und deshalb keine Notiz von mir nimmt. Essen vor Schmusen, da sind die Prioritäten ganz klar.

Ich setze mich auf einen Klappstuhl an den kleinen roten Küchentisch, und ein paar Minuten später kommt Hugo mit einem Handtuchturban auf dem Kopf im Schlafanzug in die Küche.

»Gehst du jetzt schon schlafen?«, frage ich irritiert und sehe auf die Uhr. Es ist acht.

»Nein, aber ich wollte mich schon mal bettfertig machen und dann auf der Couch die zweite Staffel von *Mad*

Men gucken. Aber dann bist du mit deinen Weltreiseplänen reingeplatzt.« Ich kenne keine Serie, mit der sich Hugo weniger identifizieren könnte als *Mad Men*, in der sich alle Männer als dominante Womanizer verstehen.

»Hugo, ich habe einen Plan«, beginne ich meine Spitzenidee zu erläutern. »Emma hat mir die Augen geöffnet. Was wir brauchen, um unsere Leben in den Griff zu bekommen, ist eine Aufgabe, eine Deadline und einen Ortswechsel. Kennst du das Buch *In 80 Tagen um die Welt*?«

Hugo nickt und zieht die Augenbrauen hoch, als würde er gespannt warten, was ich mir jetzt wieder Verrücktes ausgedacht habe.

»Okay, hier ist mein Vorschlag. Wir fliegen gemeinsam um den Globus. Damit wir dabei nicht unsere Zeit verplempern und genauso ratlos zurückkommen, wie wir losgeflogen sind, brauchen wir Druck. Eine Wette, so wie Phileas Fogg! Du musst mutiger werden, damit du einer Frau zeigen kannst, was in dir steckt, und dich endlich an dein Staatsexamen traust. Und ich will nicht warten, bis sich mein Liebeskummer in ein paar Jahren von alleine gelegt hat, ich will ihm den Kampf ansagen.«

Hugo blickt skeptisch auf meinen Hals. Ich schlucke schuldbewusst, denn dort baumelt die goldene Kette mit dem kleinen Swarovskistein als Anhänger, der das Licht so schön bricht, wenn die Sonne darauf trifft. Manchmal schmückt der winzige Stein ein ganzes Zimmer mit regenbogenfarbenen Lichtpunkten. Mark hatte mir die Kette zu unserem einjährigen Jubiläum geschenkt, und ich habe sie seitdem nicht mehr abgenommen, noch nicht einmal zum Duschen. Sie hat mich immer an ihn erinnert, und sie tut es bis heute.

Hugos Blick hat mich kurz aus dem Konzept gebracht, aber urplötzlich ist mir eine Idee gekommen, wie ich beweisen kann, dass ich Mark auf dieser Reise ganz und gar vergessen werde. »Ich wette, dass ich es unterwegs schaffe, die Jubiläumskette von Mark wegzuschmeißen!«, rufe ich triumphierend. »Und du ... könntest dich als Zeichen für deinen neu gewonnenen Mut endlich zum Staatsexamen anmelden«, schlage ich vor.

Hugo überlegt kurz und sagt dann: »Nein, ich weiß etwas viel Besseres. Ich wette, dass ich es in dieser Zeit schaffe, richtig mit einer Frau zu flirten.« Er räuspert sich kurz, als würde ihm der nächste Satz fast im Hals stecken bleiben: »Und nicht nur das. Ich wette, ich erlebe auf unserer Reise meine Entjungferung. Wenn ich das geschafft habe, ist das Staatsexamen ein Klacks.« Das erste Mal, seit ich bei ihm aufgetaucht bin, sieht Hugo mich hoffnungsvoll an. Wahrscheinlich wird auch ihm gerade richtig klar, welchen Zweck die Weltumrundung erfüllen soll: endlich das zu erreichen, was im Alltag einfach nicht machbar ist. Kampf dem Anbagger-Schuhtalk! Nieder mit dem Liebeskummer!

»Du bist also dabei?«

»Denkst du, ich würde dich alleine fahren lassen?«, fragt er und lächelt. »Außerdem hast du vollkommen recht. Mein letzter Flirt war ungefähr so aufregend wie ein pädagogisch betreuter Abenteuerspielplatz. Das muss endlich ein Ende haben. Außerdem habe ich gerade sowieso Semesterferien, und meine Eltern beschweren sich dauernd, dass ich so wenig von ihnen annehme. Dann können sie mir jetzt ein paar Wochen Urlaub bezahlen.«

Hugos Vater ist ein großes Tier in der Trockenbauindustrie und hat eine Firma, die weltweit erfolgreich ist. Hugos Eltern werfen ihm ständig vor, zu anspruchslos zu sein, und wollen ihm mehr geben, als er braucht. Wenn andere Kinder früher einen Wasserball zum Geburtstag bekommen haben, dann haben sie ihm einen ganzen Swimmingpool gebaut. Für den genügsamen Hugo eine totale Überforderung.

»Aber wirklich achtzig Tage? Ist das nicht ein bisschen lang? Was soll ich denn in der Zeit mit Marie machen?«, gibt Hugo zu bedenken.

»Es müssen ja nicht zwingend achtzig Tage sein. Wie wäre es mit drei Wochen? Marie nimmst du einfach mit.«

Hugo sieht zufrieden aus. Sich nicht von seinem Kater verabschieden zu müssen scheint ihm zu gefallen. »Und wenn du die Wette verlierst, dann musst du mit mir nach Houthalen-Helchteren kommen!« Mein bester Freund klingt nun richtig begeistert.

Er hatte mich schon vor einiger Zeit gefragt, ob ich ihn zur Hochzeit seiner sterbenslangweiligen Cousine Martha nach Belgien begleite, aber ich habe mich bisher erfolgreich rausgeredet. Hugos Familie ist nämlich so ziemlich die größte Fleischfresserbande, die die Welt je gesehen hat. Da ich seit meinem siebten Lebensjahr Vegetarierin bin, fühle ich mich dazwischen jedes Mal wie ein Guppy unter Haien. Und seine Eltern behandeln mich immer, als wäre ich eine Mastgans, die man permanent füttern muss, da ich ihren Aussagen nach viel zu knochig bin. Außerdem heiratet Martha einen Typen, der so zwielichtig aussieht, als würde er hauptberuflich Organhandel in Rumänien betreiben.

»Abgemacht. Wenn ich den Namen dieses Ortes nicht

aussprechen muss und mir niemand Hackfleisch in meinen morgendlichen Joghurt rührt, dann ja«, sage ich. »Aber nur, wenn ich verliere«, betone ich. Ich bin mir nämlich ziemlich sicher, dass das nicht passieren wird.«

Hugo scheint darüber anders zu denken, denn er freut sich sichtlich, geht zum Kühlschrank und holt sich ein Bier.

»Und wenn du verlierst«, sage ich genüsslich, »musst du für mich das Muffelfurz-Monster bei Emmas Theateraufführung *Die Olchis aus Schmuddelfing* spielen.« Vor lauter Euphorie darüber, diesen schrecklichen Job eventuell bald los sein zu können, weiß ich gar nicht, ob ich noch für Hugo hoffen soll, auf der Reise entjungfert zu werden. Ich will nämlich in gar keinem Fall diese Rolle übernehmen, in der man, mit brauner Farbe beschmiert, Rülpse und Pupse vortäuschend, auf die Bühne humpeln muss. Sehr kindisch und wahnsinnig peinlich! Aber Emma war so begeistert von der Idee, dass ein Erwachsener diese Rolle übernimmt, dass sie es sich schon zu Weihnachten von mir gewünscht hatte.

»Also schön, abgemacht. Aber sag mal, wo wollen wir denn eigentlich genau hin?«, fragt Hugo.

Wir tauschen einen vorfreudigen Blick. In diesem Moment wird mir erst richtig klar, dass uns tatsächlich die Welt offensteht. Das war die beste Idee, auf die mich Emma je gebracht hat!

Und als Hugo Reiseziele murmelnd aufsteht und aufgeregt in der Küche umherläuft, berühre ich mit einer automatischen Geste die Swarovskikette, die unschuldig um meinen Hals baumelt. *Oder?*

6

Where do broken hearts go?

Super. Absolute Spitzenklasse. Es ist halb sieben Uhr morgens, und ich bin hellwach. Die Erinnerung an den gestrigen Abend kommt schlagartig zurück. Der Gedanke, mit Hugo eine Weltreise anzutreten, kommt mir plötzlich wie ein Traum vor. Wo habe ich gestern bloß diese Euphorie hergenommen?

Normalerweise wäre es jetzt Zeit für mich, aufzustehen, zu duschen, zu frühstücken und zur Arbeit zu gehen. Deshalb hat meine blöde innere Uhr mich geweckt. Die Information, dass ich keinen Job mehr habe, ist in meinem Biorhythmus wohl noch nicht ganz angekommen. Wie auch? Ich musste mich beim Aufwachen selbst erst einmal daran erinnern. Ich kneife die Augen zusammen, weil allein der Gedanke an Kepplers Poritze mir ungeheuer peinlich vor mir selbst ist. Doch es hilft nichts, die Welt da draußen ist trotz meiner geschlossenen Augen noch viel zu real, weshalb ich die Decke über den Kopf ziehe und mir einrede, dass jedem Ende ein Anfang innewohnt. Wer hat das eigentlich noch mal behauptet? Goethe? Hesse? Der neunmalkluge Antoine de Saint-Exupéry? Ich frage mich, ob berühmte Schriftsteller den Mist, den sie manchmal so von sich gegeben haben, eigentlich selbst geglaubt haben. Irgendwo habe ich mal gehört, dass Therapeuten zwar wahnsinnig kluge Ratschläge geben können, doch ihr eigenes Leben nicht halb so toll auf die Reihe bekommen wie ihre Patienten, die sich an ihre Vorschläge halten. Ich glaube außerdem nicht, dass Antoine de Saint-Exupéry schon mal jemandem was in die Poritze gesteckt hat. Zumindest nicht seinem Chef. Für ihn und seine popeligen Probleme war es also bestimmt um einiges leichter, sich ein paar kluge Sprüche zurechtzulegen.

Plötzlich wird mir die Luft unter der Decke zu stickig, sodass ich nach Luft schnappend aus meiner Versenkung emporschieße. Doch mit dem Tageslicht wird alles wieder so grässlich sichtbar … die Lücke auf meinem Nachttisch zum Beispiel. Ich starre den Platz an, auf dem bis vor einigen Wochen noch ein Bild von Mark und mir stand – glücklich, lachend, Wange an Wange. Leider ist es nicht so, dass ich einfach vergessen kann, dass das Bild einmal dort stand. Ich könnte es genauso gut auch wieder hinstellen, denn ob mich nun das Bild selbst oder sein Fehlen an Mark erinnert, ist doch eigentlich egal. Ich greife in die Schublade meines Nachttischs und hole den Rahmen samt Foto heraus. Mark hat so ein attraktives Grinsen. Seine Haut ist auf dem Bild leicht gebräunt. Wann war das noch mal gewesen? Letztes Jahr im Sommer? Seine dunkelblonden Haare sind so niedlich zerzaust wie immer, und seine hellbraunen Augen strahlen in die Kamera, als würden sie mich direkt ansehen.

»Warum liebst du mich denn nicht mehr?«, frage ich das Foto und habe kurzzeitig die Hoffnung, dass es anfängt zu sprechen wie in *Die zauberhafte Welt der Amélie*. Aber die Realität ist leider nie so romantisch wie im Film. Eine Audrey Tautou, die mit Bildern kommuniziert, würde man in unserer Welt wahrscheinlich als schizophren abstempeln, eine Sandra Bullock, die mit einem vollkommen fremden Mann im Koma spricht und sich als dessen Freundin ausgibt, wäre wohl identitätsgestört, und bei einem Tom Hanks, der Wildfremden pausenlos seine Lebensgeschichte erzählt, würde vermutlich eine posttraumatische Belastungsstörung diagnostiziert. Womit wir wieder bei der gnadenlosen Oberhalb-meiner-Bettdecke-Realität angelangt wären. Ich lasse das Bild von Mark und mir wieder im Nachttisch verschwinden. Immerhin habe ich gestern mit Hugo gewettet, dass ich die funkelnde Kette von Mark in den Müll schmeißen werde. Wie soll ich das jemals schaffen, wenn ich noch nicht mal das Foto in der Schublade lassen kann?

Geschlagene drei Stunden später, die ich mit sinnlosem Grübeln verbracht habe, stehe ich endlich auf, gehe ins Badezimmer und betrachte mich im Spiegel. Ich korrigiere – ich starre meinen Hals an, genauer gesagt die Kette darum. Ist es eigentlich erlaubt, Geschenke des Ex wegzuschmeißen? Ich meine, wenn es moralisch verwerflich wäre, wäre Hugos und meine Wette quasi nicht vertretbar. Man sollte eine Beziehungs-Ethik-Kommission gründen, die darüber entscheidet, ob man Exfreunden zu ihrem Geburtstag gratulieren muss, was nach der Trennung mit gemeinsam gekauften Gegenständen passieren soll und ob man ihm und seiner neuen Partnerin ehrlicherweise Genitalherpes statt alles Gute wünschen darf. Dann müsste man sich keine Gedanken machen, ob man dadurch schlechtes Karma anhäuft und eventuell als Kopflaus wiedergeboren wird. Und man könnte sich vor vorschnell abgeschlossenen

Wetten schützen, die beinhalten, dass man in drei Wochen über seine Exbeziehung hinwegkommt.

Ein Sonnenstrahl fällt durchs Badezimmerfenster. Der eckige Kristallanhänger streut das Licht im Raum, vervielfacht die Strahlen so bunt und wunderschön, als würde er sich aktiv dagegen wehren, im Müll zu verschwinden wie ein alter Teebeutel. Habe ich mich mit der ganzen Weltreise-Sache womöglich übernommen? Heute Morgen bin ich noch nicht mal aus dem Bett gekommen, wie soll ich da bitte den Globus umrunden? Ist es außerdem nicht etwas übertrieben, nur für die Entsorgung einer Halskette die Koffer zu packen und für drei Wochen das Weite zu suchen? Als würde man extra zum Wertstoffhof fahren, um ein Milchschnittepapier wegzuwerfen.

Die Sonne verschwindet hinter einer Wolke, und mein Badezimmer wird nicht mehr mit Lichtpunkten geschmückt. Es ist fast wie ein Zauber, der plötzlich erlischt. Ob Hugo heute angesichts unserer Weltreise genauso skeptisch denkt wie ich? Vielleicht ist diese abenteuerliche Idee nur aus meiner gestrigen Verzweiflung entstanden, meinem Schock über die Arbeitslosigkeit. Als wenn man plötzlich anfängt zu lachen, obwohl einem eigentlich nach Heulen zumute ist. Eine unkontrollierte Reaktion, die man nicht so ernst nehmen sollte.

Ich ziehe mein Handy aus der Pyjamatasche, setze mich auf den Badewannenrand und wähle Hugos Nummer.

»Guten Morgen Miaaaaa!«, ruft er euphorisch ins Telefon.

»Hi Hugo«, sage ich weit weniger begeistert.

Stille. Schmatzen. Stille.

»Ich muss noch meinen Corny-Riegel runterschlucken.

Voll lecker, habe ich ewig nicht gegessen«, sagt Hugo. Er klingt so unbeschwert und glücklich, dass ich ihn sofort beneide. Wie soll ich den gestrigen Abend und unsere Wette am besten ansprechen? Komisch, wenn plötzlich eine Weltreise im Raum steht und man nicht weiß, wie man aus der Nummer wieder rauskommt.

»Wegen ... äh ... gestern ...«, stottere ich in sein Schmatzen, doch Hugo fällt mir ins Wort.

»Ich habe gerade mit meinen Eltern gesprochen«, berichtet er stolz. »Sie sind begeistert von unserer Reise und haben mir dazu geraten, endlich *mehr Erfahrungen zu sammeln*, wie sie es nennen.«

»Du hast ihnen doch nicht etwa erzählt, dass du eine Entjungferungswette gewinnen willst?«

»Natürlich nicht. Aber jeder weiß doch, dass man auf einer Reise das eine oder andere *erlebt*.«

Hugo hört sich an wie ein verklemmter Referendar, der überraschend Sexualkunde unterrichten muss, aber das Wort »Sex« nicht in den Mund nehmen möchte und stattdessen »etwas erleben« oder »Verkehr« sagt.

»Hugo, weißt du, ich ...«, versuche ich noch einmal meine Zweifel einzuleiten, aber er kommt mir schon wieder zuvor.

»Ich habe schon mal ein bisschen gegoogelt. Es gibt so viele coole Reiserouten! USA, Asien, Neuseeland ... Obwohl mich die Australienecke jetzt nicht so reizt, aber wie wäre es mit Lateinamerika? Und hast du mal über Russland nachgedacht?«

Ich verschweige lieber, dass ich seit dem Aufwachen eigentlich nur an Mark, Herrn Kepplers Poritze, Antoine de Saint-Exupéry und meine Kette gedacht habe.

»Sag mal, ist irgendwas? Du bist so schweigsam. Weshalb hast du eigentlich angerufen?« Hugo klingt plötzlich besorgt.

Ich bringe es nicht übers Herz, seine Begeisterung zu trüben. Er war gestern sofort bereit, diese Reise mit mir zu machen, und ich sollte mich wegen meiner dämlichen Stimmungsschwankungen nicht so anstellen. Was hatte ich denn erwartet? Morgens aufzuwachen und nicht mehr zu wissen, wer Mark ist? Abgesehen davon würde es mir wahrscheinlich tatsächlich guttun, nicht jeden Morgen in meinem Bett neben der Bildlücke aufzuwachen.

»Ach, nur so. Wollte mal hören, ob du schon mit deinen Eltern gesprochen hast und was die so meinen«, rede ich mich raus.

»Da ist alles klar. Mein Vater will mir diese Woche eine kleine Finanzspritze verpassen. Aber das macht die Auswahl nicht einfacher. Es gibt so viele mögliche Routen. Schau dich doch auch mal im Internet um, es macht echt Spaß zu planen«, ermutigt Hugo mich, als würde er ahnen, dass meine Reisemotivation etwas nachgelassen hat.

»Okay, das mache ich«, sage ich und gehe vom Bad ins Wohnzimmer, um den Laptop einzuschalten, der auf dem Esstisch steht. Meine Startseite ist Marks Facebook-Profil. Unverschämt fröhlich strahlt mich ein neues Bild von ihm in Afrika an. Er steht vor einer beeindruckenden Wildniskulisse, jahrhundertealte Bäume, ein kleiner See und … sind das etwa Antilopen? Was für ein Klischee, dass er sich nicht schämt! Er streckt die Arme weit zu beiden Seiten aus, als könnte er damit die Welt umarmen. Und er strahlt, als hätte es mich nie gegeben. Ich greife an meinen Hals, als würde ich mich versichern wollen, dass wenigstens die

Kette noch da ist. Als würde ich hoffen, dass sie die Realität darstellt und nicht das Foto vor meinen Augen. Diese ganze Wette wird weit schwieriger umzusetzen, als ich gedacht hatte. Ich *will* Mark vergessen. Aber genauso sehr will ich die Hoffnung nicht aufgeben, dass es noch mal etwas mit uns wird. Die Ambivalenz hat einen neuen Namen: Mia Meinecke.

»Geh zum Beispiel auf statravel.de, die haben viele Angebote für junge Leute«, gibt Hugo mir Anweisungen, als wüsste er, dass ich auf Facebook festhänge. Manchmal ist mir unsere telepathische Verbindung fast unheimlich.

»Okay, ich recherchiere dann mal ein bisschen. Wollen wir einfach später noch mal telefonieren?«

»Alles klar, ich melde mich, wenn ich was gefunden habe, und du sagst Bescheid, wenn dich was anlacht«, fasst Hugo zusammen.

Nachdem wir aufgelegt haben, verlasse ich Marks Profil und gebe in die Google-Bildersuche »Weltkarte« ein. Also, nach Russland will ich nicht. Aber Asien ist vielleicht eine gute Idee. Buddhismus, Meditation, Ruhe, Gelassenheit – genau die richtige Umgebung, um zu mir selbst zu finden. Von der Erleuchtung bin ich zwar noch so weit entfernt wie eine Qualle vom Bergsteigen, aber wie Goethe, Hesse oder Antoine de Saint-Exupéry mal gesagt haben: Was nicht ist, kann ja noch werden.

Seit ein paar Wochen bin ich so mies drauf, dass ich schon beim kleinsten Aufschwung meiner Laune am liebsten ein kleines Tänzchen hinlegen würde. Mache ich natürlich nicht. Ich sitze nämlich im Café. Und ich wage es kaum zu glauben, aber meine Weltreise-Aufbruchs-Begeisterung von gestern

Abend ist tatsächlich zurückgekehrt. Hugo hat vollkommen recht, die Reiseplanung macht wirklich Spaß. Ich sehe mich mit Jack Johnson am Strand von Hawaii Kokosnussmilch trinken, stelle mir vor, in Gibraltar mit Affen zu schmusen und Marks Kette im Tosen der Niagarafälle zu ertränken. Okay, etwas mulmig ist mir bei dieser Vorstellung schon noch zumute, aber immerhin merke ich, dass es so etwas in mir gibt wie den Wunsch nach … irgendetwas. Etwas Tollem. Als hätte ich eine Ahnung, dass da draußen vielleicht jemand oder etwas existiert, das mich wieder glücklich machen und mir die Kraft schenken wird, diese Kette zu entsorgen.

Mein Laptop steht vor mir, und ich schlürfe einen Chai Latte. Mittlerweile ist es schon halb sechs. Den ersten Tag meiner Arbeitslosigkeit habe ich also fast geschafft, allerdings nur mit einigen Tricks. Jedes Mal, wenn mir Herr Keppler in den Sinn kam, habe ich schnell versucht, stattdessen an Cosma Shiva Hagen zu denken, und immer, wenn der Gedanke an diese blöde Geburtstagsparty auftauchte, habe ich mir den Film *E-Mail für dich* in Erinnerung gerufen. Ich habe nämlich mal in einer Zeitschrift gelesen, dass Männer, die ihren Höhepunkt verzögern wollen, an Holz denken sollen, um sich von ihrer sexuellen Erregung abzulenken. Ich bin zwar kein Mann, und meinen Höhepunkt möchte ich auch nicht verzögern, aber ich will mich definitiv von all den Peinlichkeiten ablenken, die mir sonst durch den Kopf gehen würden. Der Gedanke an Holz gibt bei mir allerdings nicht so viel her. Bei Cosma Shiva Hagen (die erste Person, die mir komischerweise stattdessen eingefallen ist) kann ich mich hingegen so einiges fragen: Wie sieht sie inzwischen wohl aus? Hat sie eigentlich schon Kinder? Wie viel Geld hat sie für die Parship-Werbung bekommen, in der sie mitspielt? Und *E-Mail für dich* ist ein süßer Film, dessen Inhalt ich immer wieder vor meinem geistigen Auge abspielen kann, ohne mich zu langweilen. Außerdem hat die Visualisierung von Tom Hanks etwas Beruhigendes.

Passend zum Filmtitel, entdecke ich eine neue E-Mail in meinem Posteingang. Ich habe den ganzen Tag damit zugebracht, Reiseangebote zu lesen und Routen zu planen. Außerdem habe ich einige Reisebüros angeschrieben und um Informationen zu Tickets und Konditionen für Weltreisen gebeten. Nach einigen Antworten, die ziemlich unbefriedigend waren (zu teuer wegen Hochsaison, kein Studentenstatus beider Reisender, Weltreise in drei Wochen wenig sinnvoll), hat mir endlich jemand geschrieben, der tatsächlich daran interessiert zu sein scheint, uns bei der Planung zu unterstützen.

Sehr geehrte Frau Meinecke,

vielen Dank für Ihre E-Mail und Ihre Anfrage bezüglich der Konditionen und möglicher Routen für Ihre Reise. Wir haben bis einschließlich heute ein sehr günstiges Last-minute-Angebot für sogenannte Around-the-world-Tickets.
Sie müssten sich dabei auf mindestens drei Stopps festlegen (was bei Ihrem kurzen Reisezeitraum wahrscheinlich realistisch wäre) und sowohl den Pazifik als auch den Atlantik überqueren. Ich bin sicher, dass wir die passende Route für Sie und Ihre Reisebegleitung finden!
Wäre es Ihnen möglich, heute noch vorbeizukommen?
Für eine vorläufige Reservierung müssten wir lediglich

die Stationen Ihrer Reise absprechen, und ich bräuchte Ihre Kreditkarteninformationen. Falls Sie sich dann doch noch einmal umentscheiden sollten, könnten wir die Plätze umbuchen, aber heute würden Sie von unserem End-of-summer-Special profitieren. Ich bin bis sechs im Büro und würde mich über Ihren Besuch oder Anruf sehr freuen.

Mit freundlichen Grüßen
Yemaya Jawara

Ich werfe einen Blick auf die Uhrzeit, zu der die E-Mail kam: sechzehn Uhr und sechzehn Minuten. Laut kleinem Zifferblatt rechts unten auf dem Bildschirm ist es jetzt kurz nach halb sechs. Bis achtzehn Uhr – schaffe ich das? Vielleicht wenn der Bus rechtzeitig kommt. Aber was heißt eigentlich, *wir müssten lediglich die Stationen Ihrer Reise absprechen*? Diese Frau hat offensichtlich keine Ahnung, wie diffus Hugos und meine Ideen sind. Noch heute Morgen stand Russland im Raum, und in der letzten Stunde bin ich auf den karibischen Inseln hängen geblieben. Wenn man sich den Unterschied zwischen Wladimir Putin und Bob Marley vor Augen führt, wird schnell deutlich, dass Hugo und ich noch keine klare Vorstellung von unserem Wunschziel haben. Schnell greife ich zu meinem Handy und wähle die Nummer, die in der Signatur von Frau Jawaras E-Mail steht, um ihr zu sagen, dass es für einen Besuch in ihrem Büro heute etwas knapp wird. Vielleicht können wir die Details auch telefonisch klären. Aber es ist ständig besetzt und für weiteren E-Mail-Verkehr bleibt keine Zeit. Entweder ich mache mich jetzt auf die Socken, oder das

Angebot geht flöten. Ich zahle schnell meine Getränke und flitze zur Haltestelle.

Siebzehn Uhr neunundddreißig. Die digitale Anzeigetafel an der Haltestelle verrät mir, dass der Bus erst in sieben Minuten kommt. Sieben Minuten! Soll ich schnell in ein Taxi springen? Aber es ist weit und breit kein Stand zu sehen, und nachdem zwei besetzte Taxis an mir vorbeigefahren sind, sind es schließlich nur noch zwei Minuten, bis der Bus kommen soll.

Dicke Regenwolken ziehen auf, und es ist mit einem Mal so dunkel, als wäre es schon später Abend. Ob es sich überhaupt noch lohnt, zum Reisebüro zu fahren? Vielleicht würde die Zeit geradeso ausreichen, um der Dame meine Kreditkarteninformationen zu diktieren, aber fürs Planen und Abwägen der Routen ist es ohnehin zu spät. Die E-Mail klang allerdings sehr nett, vielleicht findet die Mitarbeiterin trotzdem eine Lösung für uns. Ich versuche noch einmal, sie anzurufen, um Bescheid zu sagen, dass ich auf dem Weg bin, aber es ist immer noch besetzt. Vielleicht telefoniert sie gerade mit einem ebenso unentschlossenen Reiseplaner wie mir.

Siebzehn Uhr achtundvierzig. Als ich endlich im Bus sitze (der auch noch zwei Minuten zu spät kam!), versuche ich Hugo zu erreichen, aber er geht nicht ans Telefon. Bestimmt badet er wieder. Hugo ist der einzige Mensch, den ich kenne, der dauernd in die Wanne steigt. Kann ich überhaupt ohne ihn entscheiden, wo wir hinfliegen? Auf der anderen Seite würden wir zu zweit bestimmt ewig überlegen, welche Ziele die richtigen wären. Vielleicht würde uns eine Bauchentscheidung guttun und vor allem schneller voranbringen? Bevor ich morgen früh wieder in mein

Mark-Loch falle und statt Reiserouten im Internet den ganzen Tag die Bildlücke auf meinem Nachttisch anstarre, ist dies auf jeden Fall die bessere Lösung.

Siebzehn Uhr sechsundfünfzig. Endlich bin ich an der richtigen Station angekommen. Ich starre auf die Karte meines iPhones. In welche gottverdammte Richtung muss ich mich denn jetzt bewegen? Der erste Donner ist zu hören, und ein kalter Regentropfen fällt auf meine Nase. Ich renne nach rechts. Der kleine blaue Punkt auf der Karte, also ich, bleibt stehen. Großartig! Kein Empfang.

Siebzehn Uhr siebenundfünfzig. Ich renne verzweifelt nach links in der Hoffnung, das nächste Straßenschild lesen zu können, und endlich bewegt sich auch das blaue Pünktchen. Das Straßenschild verrät mir, dass ich in die richtige Richtung gestürmt bin, doch als ich in die Holsteinische Straße einbiege und ganz am Ende die Nummer sieben entdecke, ist es zu spät. Achtzehn Uhr eins. Das Reisebüro *Beyond – Travel and Flights* sieht bereits geschlossen aus. Keine offene Tür, kein Licht brennt mehr, kein Kunde, der das Geschäft verlässt. Der Regen wird stärker, meine Füße, die in Ballerinas stecken, deren Sohlen so dünn sind wie Vollkornknäckebrote, werden kalt und nass. Ich blinzele durch die Scheibe, forme mit den Händen ein Dreieck, um meinen Blick abzudunkeln und zu erkennen, ob sich noch jemand im Büro befindet. Ein paar weiße Schreibtische stehen im Raum, umrahmt von grünen Zimmerpflanzen. Plakate von Stränden und Wahrzeichen bekannter Städte hängen an den Wänden, und zwei Liegestühle neben einem Wasserständer bilden wohl so etwas wie eine Warteecke. Ich kann niemanden entdecken, die Mitarbeiter haben anscheinend ziemlich pünktlich Feierabend gemacht. Wahrscheinlich wollten sie noch möglichst trocken nach Hause kommen. Schade, aber durchaus verständlich.

Als ich gerade meinen Blick abwenden will, um zurück zur Bushaltestelle zu gehen, fällt plötzlich Licht ins Reisebüro. Eine Hintertür geht auf, und jemand betritt den Kundenraum. Ich komme mir ein wenig merkwürdig vor, so an der Fensterscheibe zu kleben, deshalb gehe ich zur Tür, versuche sie zu öffnen und errege so die Aufmerksamkeit der Frau.

Sie will gerade nach ihrer Handtasche greifen, die auf einem Stuhl neben einem der Schreibtische steht, als sie mich entdeckt. Sie lächelt und kommt auf die Eingangstür zugelaufen, dann fängt sie an zu lachen, fasst sich an den Kopf, dreht wieder um und läuft zu ihrer Tasche zurück, aus der sie einen Schlüsselbund zieht.

»Frau Meinecke?«, fragt sie, nachdem sie die Tür aufgeschlossen hat. Ich bin erstaunt, dass sie sich sofort meinen Namen gemerkt hat, denn ich bin bestimmt nicht die einzige Kundin, die ihr heute eine E-Mail geschrieben hat.

»Ja, es tut mir sehr leid, ich habe es nicht früher geschafft«, gestehe ich und mustere Frau Jawara dabei interessiert. Sie erinnert mich an einen Weihnachtsbaum. Überall glitzert und blitzt etwas an ihr, gibt es etwas zu entdecken. Ihre Bluse ist mit bunten Stickereien geschmückt, strahlend blaue Armreifen baumeln um ihr rechtes Handgelenk, große goldene Ohrringe hängen von ihren Ohren, ein Meer aus Ketten liegt um ihren Hals, und ein orange-rot gestreiftes Haarband hält ihre krausen Locken zusammen. Trotz dunkler Haut hat sie stechend grüne Augen, die mich sofort faszinieren – so eine besondere Augenfarbe hätte ich zu gerne. Sofort schäme ich mich für meine Kontaktlinsen.

Irgendwie ist Frau Jawara so ein Whoopi-Goldberg-Typ, geht es mir durch den Kopf, als sie mich fragt: »Stimmt irgendetwas nicht?«

Sie schüttelt die blauen Armbänder an ihrem Handgelenk zurecht. Vermutlich habe ich sie zu lange stumm angestarrt.

»Ja, doch, alles bestens, ich habe versucht, Sie telefonisch zu erreichen, aber es war immer besetzt. Es ist nur ... Ich hatte einfach gehofft, dass es heute noch mit der Buchung klappt«, erkläre ich hoffnungsfroh. Ich bin mir nicht sicher, wie oft ich noch die Kraft aufbringen werde, so viel Energie in die Reiseplanung zu stecken wie heute. »Aber es ist schon achtzehn Uhr, und ich sehe, sie haben bereits Feierabend gemacht, also komme ich am besten morgen wieder«, schlage ich vor, gucke entschuldigend auf meine nassen Füße und bin gleichzeitig nicht sicher, wann und in welchem Zustand ich morgen aus dem Bett kriechen werde. *Arbeitslosigkeit,* schießt es mir durch den Kopf, und sofort versuche ich, den negativen Gedanken durch den an Cosma Shiva Hagen zu ersetzen. Ich muss mir wohl langsam eingestehen, dass ich auf dem besten Weg bin, den Verstand zu verlieren.

Anscheinend wirke ich auf Frau Jawara ziemlich hilfsbedürftig, denn sie sagt: »Ach, was soll's, kommen Sie rein. Wissen Sie, was das Schöne daran ist, den richtigen Beruf zu haben? Man arbeitet gerne.« Mit diesen Worten macht sie eine einladende Geste in den Raum, und ich trete zögerlich, aber erleichtert näher.

»Setzen Sie sich.« Frau Jawara deutet auf den Stuhl neben dem mit ihrer Tasche.

Ich setze mich ihr gegenüber, und während sie ihren

Computer einschaltet, warte ich auf den richtigen Moment, um ihr zu eröffnen, dass das mit der Reiseplanung nicht so leicht werden wird, wie sie denkt. Ich merke, dass meine Stimmung schon wieder gefährlich anfängt zu kippen. Ich bekomme plötzlich richtig Angst vor der Reise. Am liebsten würde ich einfach in meinem Beruf weiterarbeiten, jeden Abend zu Mark nach Hause gehen, meine Freunde treffen und wieder glücklich in meinem alten Leben sein. Aber mein altes Leben gibt es nicht mehr. Scheiße!

»Möchten Sie vielleicht erst mal einen heißen Tee?«, fragt die freundliche Mitarbeiterin, und ich nicke dankbar. Vielleicht spült der Tee den Kloß in meinem Hals runter.

Frau Jawara betritt wieder den rückwärtigen Raum, in dem sich anscheinend eine Teeküche verbirgt. Ich höre, wie sie den Wasserkocher füllt und einen Knopf drückt, dann kommt sie zurück in den Büroraum. »Dauert einen kleinen Augenblick«, sagt sie lächelnd und dreht dabei an einem Lichtschalter neben der Hintertür. Schlagartig wird es heller im Raum. Ich kann förmlich spüren, wie sich meine Pupillen zusammenziehen.

»Also, Sie suchen eine Reiseroute für ungefähr drei Wochen für sich, eine weitere Person und einen Kater. Sie wollen um die ganze Welt reisen, und es sollte möglichst schnell losgehen«, fasst Frau Jawara meine E-Mail-Anfrage zusammen und testet durch Bewegen der Maus, ob ihr Computer schon hochgefahren ist.

»Genau«, sage ich und bin froh, dass sie die Planung in die Hand nimmt.

»Geht denn irgendetwas gar nicht? Ein Land, in dem sie vielleicht schon waren, irgendein Ort, an den sie nicht noch einmal wollen?«

»Afrika.«

»Ganz Afrika?«, fragt Frau Jawara skeptisch.

Ich habe die Befürchtung, dass ich mich anhören könnte, als hätte ich irgendwelche Vorurteile, deshalb füge ich hinzu: »Da ist jemand, dem ich nicht über den Weg laufen möchte. Jemand der ... also ...« Eigentlich würde ich gerne sagen: »Jemand, den ich nur zu gerne sehen würde, jemand den ich liebe, mein Freund!« Aber Mark ist nicht mehr mein Freund. Und Mark will mich nicht sehen. Und Mark liebt mich nicht mehr. Verdammter Mist, meine Gedanken machen mich noch wahnsinnig!

»Ich verstehe«, sagt Frau Jawara einfühlsam, ohne dass ich meinen Satz beenden muss. »Ich würde sowieso vorschlagen, dass wir Reiseziele wählen, für die sie keine Impfungen brauchen. Wenn sie so schnell wie möglich losfliegen möchten, ist dafür nämlich keine Zeit. Einen Moment, ich hole Ihren Tee.«

Ich atme tief ein und aus. Diese Frau schickt der Himmel. Jeder andere Reisebüroangestellte hätte mir alleine bei meinem späten Aufkreuzen und den kryptischen Beschreibungen einen Vogel gezeigt.

Frau Jawara stellt eine Tasse vor mir ab. Darin steckt einer dieser Teebeutel, an denen eine kleine weise Botschaft am Ende des Schnürchens baumelt: *Nur wer sich selbst liebt, kann Liebe mit anderen teilen.*

»Ich bin total verrückt nach Yogi-Tees«, gluckst Frau Jawara zufrieden, als sie sieht, dass ich den Spruch lese.

Ich nicke lächelnd und finde Frau Jawara immer sympathischer. Die Atmosphäre in diesem Reisebüro ist irgendwie ... gemütlich. Draußen hört man den Wind pfeifen, wie er die Blätter von den Bäumen fegt, als wäre es bereits

Herbst, und der Regen rauscht mit lautem Platschen auf das Kopfsteinpflaster. Ich wärme meine Hände an der Teetasse und sehe Frau Jawara dabei zu, wie sie etwas eintippt.

»Also, wegen dieser Impfsache würde ich Ihnen auf jeden Fall vorschlagen, zunächst ein europäisches Reiseziel zu wählen, da ist das ja kein Problem. Dann würde ich in Richtung Nordamerika weiterfliegen, wobei wir dort sehr viel zur Auswahl haben, da müssten Sie mir ein paar Anhaltspunkte geben, was Sie interessiert. Und um den Pazifik zu überqueren, würde ich Ihnen zum Schluss ein asiatisches Reiseziel empfehlen, das impftechnisch unbedenklich ist.«

Ich nicke ehrfürchtig, die Frau weiß, was sie tut.

»Ich schaue gerade nach den günstigsten Flügen. Es sieht so aus, als würde sich Paris anbieten.« Frau Jawara sieht mich fragend an.

Ich schlucke. Paris. Die Stadt der Liebe. Wäre das nicht fast schon masochistisch? Aber vielleicht würde es Hugo in Verliebtsein-Stimmung bringen? Ich darf schließlich nicht nur an mich denken.

»Wie sieht es denn mit Ihrer Reisebegleitung aus. Hat er oder sie irgendwelche bestimmten Vorstellungen?«, fragt Frau Jawara, als könne sie meine Gedanken lesen.

»Ich denke, er würde Paris schön finden«, antworte ich wahrheitsgemäß.

»Dann halten wir das doch für den Moment fest. Und wie sieht es im nordamerikanischen Raum aus? Darf ich fragen, welchen Zweck Ihre Reise hat, also ob Sie gerne Entspannungsurlaub machen oder lieber etwas Abenteuerliches unternehmen? Städteurlaub oder lieber in die Natur?« Die nette Frau sieht mich beinahe entschuldigend an, als ahne sie, dass ich leicht überfordert bin.

Der Zweck unserer Reise ... wie soll ich ihr das bloß erklären? »Also, bei mir geht es um ein bisschen, äh, Ablenkung. Äh ... ich wollte sagen Abwechslung, und bei Hugo, ich meine, meiner Reisebegleitung, geht es um ... Gewissermaßen sucht er nach ...« Ich kann doch jetzt nicht sagen, dass er gerne mal Sex habe möchte. »Er möchte neue Leute kennenlernen«, rette ich meinen Satz auf ein sozial akzeptables Niveau.

»Ich verstehe«, sagt Frau Jawara wieder auf diese einfühlsame Weise, und ich fühle mich verstanden, obwohl ich mich gerade selbst dafür ohrfeigen könnte, wie verzweifelt und zerstreut ich vor mich hin stottere. Wo ist die schlagfertige, kompetente und eloquente Mia geblieben? Es fühlt sich an, als hätte ich sie irgendwo zwischen Afrika, Herrn Kepplers Poritze und einer Lautsprecherbox in einem Klub in Mitte verloren. Kann mich nicht bitte irgendjemand wieder zusammensetzen?

Völlig unvermittelt legt Frau Jawara ihre Hand auf meine, die ich auf dem Schreibtisch platziert habe, und sagt: »Das wird bestimmt eine tolle Reise.«

Ihre Handinnenfläche ist warm und weich, und mich durchfährt seit langer Zeit tatsächlich wieder so etwas wie Wohlbefinden. Als ob alles gut werden würde. Ich frage mich allerdings auch, ob das hier nicht etwas komisch ist. Noch nie hat eine Reisebürokauffrau einfach so meine Hand berührt, und noch nie hat ein Mensch in mir mit einer derart winzigen Berührung so ein angenehmes Gefühl ausgelöst. Fühle ich mich vielleicht plötzlich zum weiblichen Geschlecht hingezogen?

Während ich mit meinen wirren Gefühlen beschäftigt bin, schwebt Frau Jawaras Hand schon längst wieder über der Tastatur, als wäre nichts gewesen. »Ablenkung sagten Sie? Ich hätte da was in Las Vegas.« Sie strahlt mich an.

»Hört sich super an«, sage ich und bin wirklich positiv überrascht von diesem Vorschlag. Ich weiß zwar nicht, ob er Hugo gefallen wird, aber warum eigentlich nicht? Vielleicht lasse ich dann Marks blöde Kette über dem *Welcome-to-fabulous-Las Vegas*-Schild hängen, meine Sorgen in der nevadischen Wüste liegen, heirate einen gut aussehenden Millionär und gehe nie wieder arbeiten. Von dort schreibe ich Herrn Keppler und all meinen Kollegen eine Karte, dass sie sich die blöde Kündigung in den Arsch stecken können. Ich bin wohl wieder Ally-McBeal-mäßig abgedriftet und habe ein äußerst zufriedenes Gesicht gemacht, denn Frau Jawara fragt: »Mein Vorschlag scheint Ihnen zu gefallen?«

»Ja, ich kann mir das richtig gut vorstellen«, sage ich begeistert.

»Schön. Und in Asien hätte ich etwas, das relativ neu im Programm ist, aber ich bin total begeistert von der Idee. Sie können in der Nähe von Seoul an einem Temple-Stay-Programm teilnehmen. Das heißt, sie würden in einem buddhistischen Tempel schlafen und den Tagesablauf der Mönche miterleben. Das ist nicht jedermanns Sache, aber als Abschluss von Ihrer Reise könnte ich mir das gut vorstellen. Es wäre eine Ablenkung, äh, Abwechslung der anderen Art. Außerdem wäre der Aufenthalt sehr günstig, und für Korea bräuchten Sie keine Impfung.«

»Das hört sich interessant an.«

»Die Tempel sind oft wunderschön gelegen. Meistens zwischen Bergen …«

»Bei den sieben Zwergen«, scherze ich munter und frage

mich, woher ich meine plötzliche Gelassenheit nehme. Komme ich womöglich schon mit Ende zwanzig in die Wechseljahre und erlebe die Höhen und Tiefen der Hormonschwankungen?

»Na ja, wenn Sie die Mönche als Zwerge bezeichnen würden, kommt das schon hin, besonders groß sind die ja meistens nicht«, steigt Frau Jawara auf meinen Kommentar ein, und wir kichern beide.

»Ich fasse zusammen: Paris, Las Vegas und Seoul.« Frau Jawara wirft mir einen fragenden Blick zu.

»Jawohl«, bestätige ich voller Vorfreude, aber auch ein wenig unsicher. Was Hugo wohl zu der Route sagen wird?

»Dann schau ich jetzt mal, wo wir preislich landen«, murmelt Frau Jawara und tippt wild auf der Tastatur herum. Sie schreibt derart schnell, dass es fast wirkt, als würde sie nur so tun, als ob. Bewundernswert.

Das Gewitter hat sich inzwischen verzogen, und die Wolkendecke am Himmel scheint langsam aufzubrechen, denn ein erster Sonnenstrahl scheint direkt ins Reisebüro. Ich drehe mich zum Licht hin in Richtung der Fenster. Und auch Frau Jawara macht eine Tipppause und sieht neugierig nach draußen, als würde sie prüfen wollen, ob sich das Längerbleiben gelohnt hat und sie jetzt trocken nach Hause kommt. Von einer Sekunde auf die andere erstrahlt das Reisebüro von Tausenden Lichtpunkten. *Nanu*, denke ich, *so viele waren das doch noch nie*. Als befände ich mich im Planetarium, starre ich fasziniert zur Decke und drehe meinen Kopf dann zu Frau Jawara, die strahlend inmitten der Lichtblitze sitzt. Mein Blick fällt auf ihr Dekolleté, wo ich den Grund für das Spektakel entdecke: Frau Jawara besitzt haargenau die gleiche Kette wie ich.

7

Die Wette

Am nächsten Abend liege ich mit Hugo auf der Burger-Couch. Wir sehen uns *Ein Monster in Paris* an.

»Eigentlich ein total bescheuerter Film. Ein riesengroßer, verkleideter Floh, der durch Paris rennt«, sage ich. »Aber irgendwie auch niedlich«, füge ich hinzu, als der Floh anfängt, mit engelsgleicher Stimme zu singen und lustige Bewegungen mit seiner Gitarre zu machen.

»Es geht nicht um irgendeinen Floh, sondern um die Liebe, Mia«, echauffiert sich Hugo. »Darum, dass wir manche Menschen aufgrund ihres Aussehens als Monster abstempeln, obwohl sie eigentlich ganz anders sind. Es geht um innere Schönheit.«

Ich betrachte Hugo schmunzelnd von der Seite, während er den Film konzentriert weiterverfolgt. Ob er die Handlung gerade auf sich selbst bezieht und hofft, dass eine Frau in Paris auch seine innere Schönheit erkennt? Als ich ihn gestern angerufen und von Frau Jawara, unseren Reisezielen und meiner Entschlussfreude erzählt habe, war er ganz aus dem Häuschen. Zu meiner Überraschung war er mit allem einverstanden und sogar ziemlich erleichtert, dass ich die Route bereits ausgesucht hatte, da er sonst noch ewig hin und her überlegt hätte. Angehende Anwälte sind bekanntermaßen besonders gut darin, alle Argumente wieder und wieder abzuwägen, neue zu finden, die alten noch einmal zu analysieren, den Plan zu verwerfen, einen neuen zu entwickeln und dann wieder von vorne anzufangen. Gepaart mit meinem Mark-Blues wären wir weniger wie Phileas Fogg und Passepartout als vielmehr wie Bernd das Brot und Willi von der Biene Maja – deprimiert und ziemlich unentschlossen.

Ich dippe drei Nachos und meine Fingerkuppen gleich mit in die Käsesoße, die auf Hugos Couchtisch steht, und lecke danach sorgfältig jeden einzelnen Finger ab. Marie liegt neben dem Sofa und sieht mich an, als wäre ich ein Artgenosse. Reinigung mittels Speichel – verliere ich langsam, aber sicher meine Manieren? Es hat Jahre gedauert, bis ich mir die nötige Disziplin beim Essen angeeignet, keinen Hunger mehr auf Süßigkeiten und Chips hatte und mich freiwillig mit einem Quinoasalat zufriedengegeben habe, während Mark neben mir eine Vierkäsepizza verputzt hat. Mark. Wenn ich doch nur endlich nicht mehr ständig an ihn denken müsste!

»Was meinst du, wo wären wir gelandet, wenn ich mich gestern nicht für Paris, Las Vegas und Korea entschieden hätte?«, will ich von Hugo wissen, um mich abzulenken.

»Puh, wahrscheinlich hätte alles viel länger gedauert. Wir wären erst mal hier versauert und hätten uns dann von irgendeinem Reisebüromitarbeiter Mallorca andrehen lassen«, sagt Hugo, der gestern, als ich versucht hatte, ihn anzurufen, nicht in der Wanne gelegen, sondern mit rot unterlaufenen Augen vor seinem Laptop gesessen und wie in Trance ein Reiseziel nach dem nächsten gegoogelt hatte. Er war zu dem Zeitpunkt so benommen und ausgelaugt gewesen, dass er noch nicht mal mehr das Telefon gehört hatte.

»Man sagt ja, es gebe schöne Ecken auf Mallorca«, sage ich, als wäre die Wahl gar nicht so schlecht gewesen.

»Schöne Ecken! In Rumänien gibt's auch schöne Ecken, und trotzdem will ich da nicht hin.«

»Was hast du gegen Rumänien?«

»Gar nichts, aber es gibt nun mal romantische Reiseziele wie Paris oder die Seychellen, und es gibt ... Rumänien.«

Ich schüttele den Kopf. »Ich würde meine Stimmung zurzeit aber eher als transsilvanisch bezeichnen. Eigentlich lasse ich mich nur dir zuliebe auf die Paris-Sache ein.«

»Was für ein Quatsch. Insgeheim weißt du, dass Paris dir guttun wird. Die Stadt wird in dir die Hoffnung auf eine neue Liebe wecken.«

»Oder die Sehnsucht nach Mark.«

Hugo legt seinen Arm um mich, vermutlich um mich zu beruhigen und weil er nicht abstreiten kann, dass Paris beide Möglichkeiten bietet: Neuanfang und absolute Katastrophe. Marie springt sofort zwischen Hugo und mich auf die Couch und kitzelt mich mit seinem Schwanz an der Nase, während er demonstrativ von einem Schoß auf den anderen stolziert. Er ist manchmal etwas eifersüchtig, wenn Hugo mich tröstet, in den Arm nimmt oder länger mit mir spricht, ohne ihn zu beachten. Ich fuchtele mit einer Hand vor meinem Gesicht herum, als würde ich eine Fliege verscheuchen.

»Weißt du, was wir jetzt machen? Wir stellen einen Plan auf!« Hugo läuft in sein Arbeitszimmer und kommt mit einem schwarzen Notizbuch, auf dem ein »Discoqueen«-Sticker klebt, und einem Kugelschreiber zurück.

»Wie meinst du das? Einen Plan?«, frage ich verwirrt, schließlich steht unsere Reise inzwischen.

»Na wir brauchen einzelne Schritte, um unsere Wette zu gewinnen. Mein Cousin in Houthalen-Helchteren hat mal eine Therapie wegen seiner Höhenangst gemacht. Dafür hat der Therapeut einzelne Stufen zur Bewältigung festgelegt. Zuerst musste Pierre sich auf eine Leiter stellen, anschließend auf einen Balkon im zweiten Stock, dann im fünften und dann auf ein Hochhausdach. Und schwupps war seine Höhenangst verschwunden.« Hugo klatscht vor Begeisterung über seine eigene Geschichte in die Hände.

»Ich habe aber keine Höhenangst«, murmele ich, während Hugo, völlig unbeeindruckt von meinem Widerstand, *Mia* auf die erste Seite seines Notizbuchs schreibt und das Wort doppelt unterstreicht.

»Stufe eins. Was könntest du dir als ersten Schritt vorstellen, um Marks Kette irgendwann ganz abzunehmen?«, fragt Hugo einfühlsam.

»Ne Hugo, so funktioniert das bei mir nicht. Ich muss zuerst Mark vergessen, *und dann* kann ich die Kette abnehmen. Sonst bringt das doch alles nichts.«

»Okay, dann anders gefragt: Was könntest du tun, um Mark zu vergessen?«

»Mich neu verlieben.«

»Hm... Das lässt sich leider nicht so leicht beeinflussen. Aber du könntest dem Schicksal auf die Sprünge helfen und zum Beispiel... mit einem Mann etwas trinken gehen.«

Ich lasse mir den Vorschlag durch den Kopf gehen. Momentan kann ich mir überhaupt nicht vorstellen, einem anderen Mann in einem Restaurant oder einer Bar gegenüberzusitzen. Aber andererseits würde mich das vielleicht tatsächlich auf andere Gedanken bringen und zumindest dazu führen, dass ich nicht mehr pausenlos an Mark denke.

»Okay. Von mir aus.«

»Also, Stufe eins: Cocktail mit einem Fremden«, murmelt Hugo und schreibt es auf.

»Ein Cocktail mit einem Fremden – das hört sich an wie ein Porno.«

Doch Hugo geht gar nicht auf meinen Kommentar ein, sondern lächelt stattdessen zufrieden seinen Notizblock an. »Ich finde, du solltest trotzdem mal versuchen, die Kette abzunehmen. Vielleicht merkst du dadurch, dass du sie gar nicht brauchst. Und Mark auch nicht. Was hältst du von Stufe zwei: Kette für dreißig Minuten abnehmen?« Ohne meine Antwort abzuwarten notiert Hugo die Aufgabe bereits. Seine Brille rutscht dabei etwas weiter in Richtung Nasenspitze. »Stufe drei, mit einem anderen Mann Händchen halten«, schlägt er als Nächstes vor.

»Ach komm, das ist doch Kinderkram. Was soll das bringen?«, wehre ich mich schnell, bevor Hugo auch das einfach aufschreibt.

»So kannst du dich langsam an die Nähe eines anderen gewöhnen. Sonst verrate mir eine andere Strategie, um Mark zu vergessen. Du hast doch gesagt, du willst dich neu verlieben.«

Als ich einige Sekunden lang nicht antworte, schreibt Hugo Stufe drei kommentarlos auf.

»Okay, die vierte Aufgabe könnte sein, dass ich die Kette wenigstens nachts abnehme. Ehrlich gesagt habe ich morgens manchmal sogar rote Abdrücke auf dem Hals«, klinke ich mich wieder in die Planung mit ein, sonst schlägt Hugo als Nächstes womöglich Geschlechtsverkehr mit einem Fremden vor.

»Einverstanden.« Hugo notiert es und guckt mich dann über den Brillenrand hinweg an. Ich grinse und schiebe sie wieder auf seine Nasenwurzel. »Stufe fünf...«, Hugo blickt gedankenverloren in Richtung Fernseher. Der Floh in Paris täuscht gerade seinen eigenen Tod vor, um nicht mehr vom Bösewicht verfolgt zu werden und frei leben zu können. Ganz schön dramatisch.

»Ich weiß nicht. Vielleicht irgendwas mit Facebook. Wenn ich mir weiter Marks Afrikabilder angucke, drehe ich noch durch. Aber ihn aus meiner Freundesliste zu löschen wäre ungefähr so eine schwierige Aufgabe, wie die Kette abzunehmen.«

»Verstehe«, sagt Hugo mit verständnisvoller Life-Coach-Stimme. »Dann könnte Stufe fünf vielleicht sein, dass du nur jeden zweiten Tag auf seine Seite bei Facebook schaust. Und als Sechstes nimmst du die Kette nicht nur nachts ab, sondern auch beim Duschen.«

»Klingt okay«, sage ich und versuche die Vorstellung zu verdrängen, dass ich die Schritte tatsächlich *durchführen* muss. Diese Liste aufzustellen ist zwar ein netter Zeitvertreib, aber momentan hat das Ganze noch nichts mit der Realität zu tun. Es ist wie mit dem Vorsatz, mal wieder meine Mutter anzurufen: Die Idee ist in Ordnung, aber sobald ich den Hörer in der Hand halte, wird's schwierig. »Und Stufe sieben: die Kette wegschmeißen«, sage ich und seufze.

»Bist du dir sicher?«, fragt Hugo und sieht mich fast ein wenig bewundernd an. »Nicht noch einen Zwischenschritt?«

»Nein, das wird sonst nichts. Wir haben doch nur drei Wochen. Das heißt, ich muss in jeder Woche sowieso schon mindestens zwei Aufgaben durchziehen.«

»Okay, dann würde ich sagen, dass dein Plan steht«, ruft Hugo begeistert und notiert Nummer sieben.

»Und jetzt zu dir, mein Lieber«, sage ich genüsslich, denn Gott sei Dank bin ich nicht die Einzige, die sich auf dieser Reise ihren Ängsten stellen muss.

»Ich habe schon einen Plan.«

»Wie bitte?«

»Ich konnte gestern nicht einschlafen, da habe ich mir die einzelnen Schritte überlegt. Ich muss sie nur noch aufschreiben.« Hugo blättert um und notiert seinen Namen auf der nächsten Seite.

»Da bin ich aber gespannt. Lass hören!« Ich nehme mir eine Handvoll Nachos und lehne mich zurück. Hugos Plan ist auf jeden Fall spannender als *Ein Monster in Paris*.

»Stufe eins: visualisieren. Stufe zwei: eine Frau nach etwas Unverfänglichem, beispielsweise der Uhrzeit, fragen. Stufe drei: einer Frau ein Kompliment machen. Stufe vier: Small Talk mit einer Frau beginnen und die Unterhaltung langsam auf erotische Themen lenken. Stufe fünf: eine Frau zum Essen einladen. Stufe sechs: der erste Kuss. Stufe sieben: das erste Mal.« Hugo rattert seine Aufgaben herunter wie damals in der sechsten Klasse Fontanes *John Maynard*.

»Wow, ich bin beeindruckt. Aber was heißt bitte *visualisieren*?«

Hugo notiert und brummt dabei: »Das weiß ich auch noch nicht so genau, aber ich habe davon gelesen. Es ist eine Art Meditation. Man kann dadurch mehr Selbstvertrauen gewinnen.«

»Aha.« Ich klinge so skeptisch wie Onkel Werner, nachdem Paula ihm erzählt hatte, dass sie ab jetzt Edelsteinwasser trinkt, um ihre Vitalität zu steigern.

»So, damit sind wir gut ausgerüstet«, sagt Hugo, nachdem er alles aufgeschrieben hat. Er klappt das Discoqueen-Notizbuch zu und legt es auf den Couchtisch.

Und es stimmt, irgendwie fühle ich mich jetzt viel besser auf die ganze Sache vorbereitet. »Ach Hugo, kannst du dir vorstellen, dass wir schon in einer Woche zusammen im Flieger sitzen?«, frage ich aufgeregt, als zum wiederholten Mal im Film die Silhouette von Paris und der Eiffelturm zu sehen sind.

»Klar, warum nicht? Ich freue mich total. Hast du schon angefangen zu packen? Es sind nur noch vier Tage und fünf Nächte. Und sag mal, hat dir diese Frau Waramara inzwischen die Reiseunterlagen geschickt? Ich glaube ja immer noch, dass du dich verhört hast, als sie dir diesen Spottpreis genannt hat.«

»Frau *Jawara*«, verbessere ich Hugo, »hat gesagt, dass die Unterlagen morgen per Post kommen müssten. Ich rufe dich an, wenn sie da sind. Dann kannst du mit eigenen Augen sehen, dass ich mich nicht verhört habe. Das ist dieses supergünstige End-of-summer-Special. Und gepackt ist noch nichts. Ich habe in den letzten Tagen noch nicht mal Wäsche gewaschen.«

»Hey, du entwickelst dich ja doch noch zu einem ganz normalen Menschen«, witzelt Hugo, der weiß, dass ich sonst alle drei Tage waschen musste, da mein Wäschekorb sich nie mehr als bis zur Hälfte füllen durfte, weil ich dort ja meine TV-Serien-Sammlung vor Mark versteckt hielt.

»Ja, Gott sei Dank habe ich genug Sachen im Schrank,

um auch so für unsere Reise packen zu können«, winke ich ab. »Und meine DVDs befinden sich jetzt ganz öffentlich neben dem Fernseher.«

»Weißt du, was ich glaube?«, fragt Hugo.

»Nein. Was?«

»Ich glaube, dass die Trennung von Mark das Beste war, das dir passieren konnte.«

8

Die Ostseealternative

»Kann ich noch Kartoffelbrei haben?«, fragt Emma und sieht meine Tante an.

Emma, Paula, Werner und ich sitzen gemeinsam am Esstisch, und ich rutsche unruhig auf meinem Stuhl hin und her, während Emma ihren Nachschlag bekommt. Ich habe meiner Tante und meinem Onkel noch nichts von der Weltreise, die schon morgen beginnt, erzählt. Vor ein paar Tagen habe ich Paula gegenüber zwar einige Andeutungen gemacht, aber sie hat sofort gesagt, dass sie sehr froh ist, dass ich so vernünftig bin und mich nicht von meiner Krise zu irgendwelchen *überstürzten Aktionen* hinreißen lasse. Seitdem habe ich schlichtweg Angst, dass sie mir die Reise ausredet. Während Emma mir das Ganze munter vorgeschlagen hat, rechne ich mit weit weniger Begeisterung von meinen erwachsenen Verwandten, die etwas realistischer sind. Ich weiß einfach, dass sich die beiden Sorgen machen würden. Um meine Zukunft, mein Glück, meine Finanzen. Aber das ist das Letzte, was ich jetzt gebrauchen kann, denn mir ist ohnehin schon mulmig zumute. Ich könnte gut ein bisschen Zuspruch gebrauchen. Und egal wie, heute muss ich endlich mit der Sprache rausrücken, ich kann schließlich nicht einfach verschwinden. Vielleicht reagieren sie ja auch ganz anders? Sie waren bisher immer für mich da und haben mich in allem unterstützt. Und was wäre schon dabei, wenn sie Bedenken haben? Es ist sowieso alles gebucht, und auch wenn ich immer wieder Zweifel bekomme, werde ich morgen definitiv fliegen.

Ich lege mir zum hundertsten Mal die richtigen Worte zurecht, aber Emma kommt mir Gott sei Dank erneut zuvor. »Ist da Glutatomat drin?«, fragt sie und beäugt misstrauisch ihre Gabel, auf der eine große Portion Kartoffelbrei thront.

»Wo hast du denn das Wort gehört?«, fragt meine Tante verwundert, und ich muss grinsen, weil es wahrscheinlicher wäre, in Paulas Ökoessen einen Lottoschein mit sechs Richtigen zu finden als auch nur eine Prise Glutamat.

Emma zuckt mit den Schultern. »Von Oma«, sagt sie schlicht, und Werner guckt besorgt, weil er weiß, dass seine Mutter gerne Schauergeschichten erzählt. Sie vergisst dabei jedoch häufiger, dass Emma erst fünf ist. Neulich hat sie ihrer Enkelin von ihren altersbedingten Schluckbeschwerden erzählt. Daraufhin hatte Emma panische Angst, beim nächsten Arztbesuch eine *Magensonne* gelegt zu bekommen, wie sie sich ausdrückte.

»Sag Oma doch das nächste Mal, du willst lieber etwas vorgelesen bekommen, anstatt über Glutamat zu reden«, schlage ich Emma vor, doch die scheint ihre Frage schon wieder vergessen zu haben und schnappt sich ein Tofuwürstchen.

Wieder kehrt Ruhe am Tisch ein. Ich räuspere mich unsicher, als würde ich etwas sagen wollen, aber nicht recht wissen wie.

Tante Paula sieht mich nicht zum ersten Mal heute

Abend besorgt an, während sie ihr Würstchen viertelt. »Sag mal, Mia, ist irgendwas los? Du wirkst so nachdenklich«, sagt sie schließlich. In solchen Situationen macht es sich leider viel zu schnell bemerkbar, dass sie seit jeher wie eine zweite Mutter für mich ist. Sie kennt mich zu gut.

»Ja, was ist los, Mia?«, klinkt sich jetzt auch Emma ein. Wahrscheinlich hat sie bemerkt, wie einsilbig ich bin.

Es hilft alles nichts, die Stunde der Wahrheit ist gekommen. Ich lege mein Besteck neben dem Teller ab. Verdammter Mist, genauso eine Situation wollte ich vermeiden! Werner sieht mich gespannt an, Paula macht ein erwartungsvolles Gesicht, und Emma – hat anscheinend schon wieder vergessen, worum es geht, und beginnt konzentriert in der Nase zu bohren.

»Na ja, ehrlich gesagt gibt es da etwas, das ich euch erzählen will. Aber ich habe ein bisschen Bammel davor, weil ich nicht weiß, wie ihr reagiert. Ich bin gerade nicht sonderlich kritikfähig«, gestehe ich. Ehrlichkeit ist wahrscheinlich die beste Vorgehensweise.

»Du kannst uns alles sagen«, versichert mir meine Tante und sieht ernsthaft gekränkt aus, dass ich unserer Beziehung so wenig zutraue.

»Okay, die Sache ist die, Hugo und ich gehen morgen auf Weltreise.« Ich starre auf meine geschmorten Zwiebeln hinunter, als hätte ich nicht meiner Familie, sondern dem Essen auf meinem Teller ein Geständnis abgelegt.

»Wie... Ich meine... Was meinst du mit Weltreise?«, stottert Paula und wird ganz blass. Wahrscheinlich sieht sie mich schon in Australien vor einem Alligator fliehen.

Weltreise hört sich aber auch sehr extrem an. Ich hätte es anders formulieren sollen. In etwa so: »Ich habe ab morgen einen kleinen Urlaub geplant.« Aber hinterher ist man immer schlauer.

»Das klingt doch gut«, kommentiert Werner, und ich schenke ihm einen dankbaren Blick.

»Wir reisen in drei Wochen um die Welt. Mit Stopps in Paris, Las Vegas und Seoul«, erkläre ich.

»Seoul?« Paula sieht so entsetzt aus, als handele es sich dabei um die Hauptstadt von Mordor.

»Das liegt in Südkorea«, sagt Werner in Richtung Emma und verzieht anerkennend die Lippen.

»Drei Wochen?«, fragt meine Cousine skeptisch. »Bist du dann an Weihnachten wieder da?«

»Natürlich Emma, es ist August. Weinachten ist erst in vier Monaten.«

Einerseits ist es zwar schön, dass Zahlen Kindern noch nichts bedeuten, andererseits ist es für sie selbst manchmal wirklich unpraktisch. Als ich das letzte Mal mit Emma im Schwimmbad war und endlich gehen wollte, habe ich ihr angeboten, noch viermal zu rutschen, bevor wir uns auf den Weg machen. »Nein, dreimal!«, schrie sie daraufhin empört, worauf ich mich natürlich ohne Weiteres einließ.

Ich atme tief ein und aus. Anscheinend gefallen nur Paula meine Reisepläne nicht. Aber wenn Werner auf meiner Seite ist, dann kann er sie vielleicht beruhigen.

»Drei Wochen …«, murmelt meine Tante und sieht aus, als würde sie etwas im Kopf ausrechnen. »Aber dann bist du ja gar nicht an meinem Geburtstag da.«

»Äh, ja, stimmt. Ist das schlimm? Hast du irgendwas Besonderes geplant?«

»Nein, nein«, sagt sie etwas zu laut. Ihre Wangen färben sich leicht rötlich. »Aber … äh … du kannst doch nicht einfach wegfahren und deine ganzen Ersparnisse verschwenden. Mia, das passt gar nicht zu dir.«

Super. Das ist genau das Gespräch, auf das ich verzichten wollte. Ich sehe flehend zu Werner hinüber.

»Na ja, deine Tante nennt da einen wichtigen Punkt«, sagt er und sieht mich entschuldigend an. »Aber das weißt du bestimmt selbst und hast es dir gut überlegt«, fügt er hinzu und legt eine Hand auf Paulas.

Sehr gut, Werner! Weiter so!, denke ich und hoffe, dass er meiner Tante so weiterhin den Wind aus den Segeln nimmt. Doch Paula zieht ihre Hand unter seiner weg.

»Und ich gebe dir mein Geld aus der Spardose dazu.« Auch Emma beginnt mich nun zu unterstützen. Doch es hilft nichts. Auf Paulas Stirn zeigen sich mehr Falten als auf dem Po eines Shar-Pei-Welpen.

»Ich kann ja verstehen, dass du rauswillst aus deinem Chaos. Aber müssen es gleich drei Wochen sein? Wie wäre es stattdessen mit zwei Wochen an der Ostsee? Dann wärst du auch an meinem Geburtstag da.«

»Was soll denn das mit deinem Geburtstag?«, frage ich verwirrt. »Und außerdem ist die Reise ein super Angebot gewesen. Es ist nicht so teuer wie du denkst.«

»Wie teuer? Wenn du die Reise absagst, zahl ich dir den Urlaub an der Ostsee.«

»Ich will nicht an die Ostsee! Und ehrlich gesagt geht es dich auch nichts an, wie teuer die Reise ist«, sage ich und bereue es sofort. Aber ich komme mir plötzlich so vor, als müsste ich meiner Tante gegenüber im wahrsten Sinn des Wortes Rechenschaft ablegen. Und warum macht sie mir ein schlechtes Gewissen wegen ihres Geburtstags? Sie ist doch nicht mehr fünf!

»Mia, bist du sauer?«, fragt Emma ängstlich.

»Ja, ich bin gerade ein bisschen sauer. Ich habe etwas Schönes geplant, und es würde mir viel bedeuten, wenn deine Mama sich für mich freut.« Oh Mann, jetzt ziehe ich da auch noch Emma mit rein! Hätte ich die Reise bloß nicht beim Essen angesprochen.

»Jetzt mal ganz ruhig«, schaltet Werner sich ein. »Du darfst deine Tante nicht falsch verstehen. Wir wollen nur, dass es dir langfristig gut geht und du keine Pläne machst, die du nicht genügend durchdacht hast. Aber das hast du bestimmt, oder?« Er sieht mich so bittend an, als würde er hoffen, dass ich gleich einen einjährigen Businessplan aus der Tasche ziehe.

»Na ja … ja. Ich will doch auch, dass es mir gut geht«, murmele ich.

»Dann solltest du verdammt noch mal hierbleiben!«, echauffiert sich Paula.

»Als ich in deinem Alter war, bin ich nach Paraguay geflogen«, erzählt Werner, ohne auf seine Frau einzugehen. »Meine Eltern haben mich gehasst. Sie wollten, dass ich sofort nach dem Studium anfange zu arbeiten und bei ihnen ausziehe. Aber ich habe den ganzen Sommer über in der Eisdiele in unserer Straße gearbeitet und dann jeden Cent in Südamerika gelassen.«

»Aber du warst in einer vollkommen anderen Lebenssituation«, wirft Paula ein.

»Das Problem ist, je älter man wird, desto mehr vergisst man, wie es sich anfühlt, jung zu sein. Man beginnt, viel praktischer zu denken. Ich find's überhaupt nicht falsch, was du tust, Mia. Aber während du dich wahrscheinlich auf eine abenteuerliche Zeit freust, sorgen wir uns um …

deine Krankenkassenbeiträge zum Beispiel, jetzt wo du keine Anstellung mehr hast. Oder die Regelungen mit dem Arbeitsamt.«

Ich schlucke. Krankenkassenbeiträge. Arbeitsamt. Mir wird ganz schlecht. Warum bin ich nicht einfach weggeflogen, ohne meiner Familie etwas davon zu sagen?

»Das war nun mal alles nicht geplant. Ich habe nicht einfach meinen Job gekündigt, um einen draufzumachen. Und ich bin wegen Mark einfach ... echt im Arsch«, gestehe ich, forme das Wort Arsch jedoch nur mit den Lippen, damit Emma es nicht aufschnappt.

»Das verstehe ich ja. Aber wegzufliegen ist nicht die Lösung. Ich bin wirklich dafür, dass du hierbleibst. Wenigstens noch für ein paar Wochen. Durchdenk alles noch mal. Wenn du dann immer noch Fernweh hast, können wir über eine Reise sprechen.« Paula sieht mich durchdringend an.

»Dann können wir über eine Reise sprechen?«, wiederhole ich wütend. »Du redest mit mir, als wäre ich ein kleines Kind. Aber das bin ich nicht. Und du bist auch nicht meine Mutter.« Ich beiße mir auf die Lippen. Das wollte ich nicht sagen.

Paula sieht erschrocken, wütend und traurig zugleich aus »Weißt du Mia, ich liebe dich aber so sehr, als wäre ich es. Und ich würde mir wirklich wünschen, dass du mir in diesem Punkt vertraust.« Mit diesen Worten steht Paula vom Tisch auf und stürmt aus dem Esszimmer.

»Scheiße«, sage ich leise und stütze den Kopf in die Hände. Das ist ja wirklich großartig gelaufen.

»Mach dir nichts draus, sie beruhigt sich schon wieder.« Werner steht auf, setzt sich neben mich und legt einen Arm auf meine Stuhllehne.

»Ich verstehe sie nicht. Geht es ihr wirklich ums Geld? Oder ihren Geburtstag? Oder ist es wegen der Entfernung? Sie kann doch nicht einfach dagegen sein, ohne mich überhaupt richtig zu Wort kommen zu lassen.« Ich sehe Werner verzweifelt an.

»Weißt du, Paula würde alles tun, um dich wieder glücklich zu sehen«, antwortet er.

Ich werde immer verwirrter. Sie verhält sich nicht gerade so, als würde sie mir einen Gefallen tun wollen. »Meinst du, ich soll ihr hinterhergehen und mich entschuldigen? Ich will nicht im Streit mit ihr auseinandergehen und morgen wegfliegen.«

»Ach, ich glaube, sie ist dir nicht richtig böse. Sie macht sich nur Sorgen. Gib ihr am besten ein bisschen Zeit.«

Ich nicke und sehe zu Emma hinüber, die bedrückt auf ihren leeren Teller starrt. »Mama ist manchmal echt komisch«, sagt sie und blickt auf.

Ich lächele matt.

»Wann geht denn euer Flieger?«, fragt Onkel Werner und greift nach seinem Weinglas.

»Morgen früh um sechs.«

Ich kann gar nicht glauben, dass es wirklich schon so weit ist. Die letzten Tage vergingen wie im Flug. Ich habe alles gepackt und vorbereitet, meine Exkollegin Ina wird meine Pflanzen gießen und im Büro verbreiten, dass es mir fabelhaft geht und ich auf Reisen bin. Hugo hat sich, oder besser gesagt Marie, mit Katzenfutter für die Reise eingedeckt, und die Tickets sind auch endlich angekommen. Ich war durch all die Vorbereitungen so abgelenkt, dass ich nicht mehr ganz so tief im Mark-Blues versunken bin, aber nach dem Streit mit meiner Tante beschleicht mich nun wieder ein Gefühl der Unsicherheit. Was soll das Ganze überhaupt? Ob ich tatsächlich meine Wette gewinne und über Mark hinwegkomme? Ob ich an ihn zurückdenken werde wie an einen alten Freund, den man zwar nicht vergisst, aber an den man sich mit einem nostalgischen Ach-ja-das-war-einmal-Gefühl erinnert? Oder ob einfach alles beim Alten ist, wenn ich zurückkomme, außer dass meine Tante wütend auf mich ist, ich mir zusätzlich die schreckliche Hochzeit von Hugos Cousine eingebrockt habe und tatsächlich bei dieser albernen Theateraufführung von Emma mitspielen muss?

Meine kleine Cousine krabbelt unter den Tisch und taucht neben Werner und mir wieder auf. Dann sieht sie mich mit ihren großen Kinderaugen an, kramt eine kleine Packung Gummibärchen aus der Hosentasche und legt sie auf meinen Schoß. »Hier. Für dich. Ist aber Gelato drin«, warnt sie mich und meint wahrscheinlich Gelatine.

»Das ist lieb von dir Emma. Aber willst du die nicht lieber selbst essen?«

»Hm… Kann ich einen Roten haben?«, fragt sie vorsichtig und spielt verlegen an dem kleinen Tütchen rum.

»Na klar«, sage ich und öffne die Packung.

»Wann soll ich morgen früh bei dir sein?«, fragt Werner.

»Wieso?«

»Na, ich fahre dich natürlich zum Flughafen…«

9

Ein Kater auf Abwegen

»Ich mache mir Sorgen um Marie«, quengelt Hugo, der neben mir im Flugzeug sitzt.

Ich mache mir zur Abwechslung mal Sorgen um gar nichts und bin einfach nur froh, endlich wegzufliegen. Tante Paula hat sich gestern nicht mehr zu einem Versöhnungsgespräch erweichen lassen, was total untypisch für sie ist. Wir haben uns recht kühl verabschiedet, und das Letzte, was sie zu mir sagte, war, dass ich mir bitte überlegen solle, ob ich nicht doch zu ihrem Geburtstag kommen will. Wirklich merkwürdig. Vielleicht hat ihre Wut gar nichts mit mir zu tun, sondern mit dem Beginn einer Midlife-Crisis, und sie hat Angst, nicht mehr genügend gewürdigt zu werden. Oder sie ist neidisch auf meine Freiheiten. Aber egal, was es ist, ich kann es nicht ändern, und sie muss meinen Plan auch nicht gutheißen.

Die Krönung meines gestrigen Abends war allerdings noch, dass mir Karo, die Gastgeberin der Geburtstagsparty des Grauens, über Facebook eine Nachricht geschrieben hat. Sie erkundigte sich, wie es mir inzwischen ginge und ob sie etwas für mich tun könne. So weit, so gut. Aber dann schrieb sie, dass sie eine Bekannte habe, die in der Alkoholsuchtberatung tätig sei. Mal ehrlich, wie unverschämt ist das denn? Ich und abhängig? Da trinkt man einmal einen über den Durst und schwuppdiwupp gilt man als die neue Amy Winehouse. Außerdem, schlug Karo vor, könne ich mich ja auch von Lara beraten lassen, da sie doch inzwischen Psychologie studiere und vielleicht eine Idee habe, wie man am schnellsten einen Therapieplatz bekommt. Was ist in den letzten Wochen nur passiert? Seit der Trennung von Mark ist mein mühevoll aufgebautes Image komplett in sich zusammengefallen. Karos Mail war so herabwürdigend, dass ich nicht mal mehr einschätzen konnte, ob ihre Sorge ernst gemeint war oder ob sie vielleicht seit Neuestem mit Lena unter einer Decke steckt und mich fertigmachen will. Ist das paranoid? Ich weiß es nicht.

In jedem Fall verdünnisiere ich mich jetzt und will von meiner Vergangenheit nichts mehr hören und sehen. Ich werde erleuchtet und mit mir selbst im Reinen zurückkommen. Ich werde es Paula, Karo, Lena und Mark schon zeigen. Die Leute werden nach meiner Reise über mich sagen: »Mia war ja früher schon sehr organisiert und ausgeglichen, aber seit ihrer Weltreise strahlt sie eine Ruhe und Gelassenheit aus, die ich so noch bei keinem Menschen erlebt habe.« Ich grinse zufrieden bei dieser Vorstellung und werde sofort anfangen, deeskalierend zu wirken.

»Mensch Hugo, wir sind doch noch nicht mal losgeflogen. Außerdem scheint es Marie ganz gut zu gehen, er sitzt stumm und brav in seiner Transportbox unter deinem Sitz«, argumentiere ich und versuche dabei ein Dalai-Lama-mäßiges Lächeln aufzusetzen, um Hugo zu beruhigen, der neben mir immer noch vor sich hin jammert.

»Weil er in Schockstarre verfallen ist«, empört sich

Hugo, kniet sich in den Gang und brabbelt beruhigende Worte in Richtung Marie. Für Fluggäste, die nicht sehen können, dass er mit seinem Kater spricht, sieht es jedoch eher so aus, als würde er die Turnschuhe des Mannes, der hinter ihm sitzt, in Trance versetzen wollen.

»Du machst ihn damit nur vollkommen verrückt«, gebe ich zu bedenken und sehe entschuldigend zuerst zu Hugos Hintermann und dann zu meinem Sitznachbarn, einem etwa fünfzigjährigen Herrn im Anzug, der jedoch stoisch aus dem Fenster guckt.

Dann kommt eine Stewardess auf uns zugestürmt und fordert Hugo auf, sich umgehend wieder hinzusetzen und anzuschnallen, da wir bald starten würden.

»Sieh dir doch lieber die attraktive Stewardess an, anstatt dich verrückt zu machen«, schlage ich Hugo vor, als die hübsche Frau mit wackelndem Po zu ihrem Klappsitz neben dem Einstieg stöckelt. Kater Marie gibt ein argwöhnisches Miauen von sich, als würde er ahnen, worüber wir sprechen, und befürchten, dass sein Herrchen sich tatsächlich für die schöne Fremde interessieren könnte.

»Klar Mia. Das ist sehr realistisch. Ich und die Stewardess, die aussieht wie ein Playboymodel. Verarschen kann ich mich selbst.«

»Wieso nicht? Wenn du meinst, dass du keine Chance bei ihr hast, dann hast du auch nichts zu verlieren. Üb doch ein bisschen, und frage sie mal nach der Uhrzeit. Sie ist eine Angestellte, sie *muss* nett zu dir sein.«

»Das ist Stufe zwei. Ich habe noch nicht mal damit begonnen, zu visualisieren.«

»Ist es denn verboten, eine Stufe zu überspringen?«

»Hm, nein, eigentlich nicht. Aber … ach Mia, unsere

Reise hat noch gar nicht richtig begonnen. Lass mich erst mal in Paris ankommen.«

»War ja nur eine Idee.«

Ein paar Minuten später beschleunigt das Flugzeug. Ein bisschen mulmig ist mir zugegebenermaßen schon. Flugangst hatte ich noch nie, aber ich bekomme ein flaues Gefühl im Magen, wenn ich an die mir bevorstehende Zeit in Paris, Las Vegas und vor allen Dingen im Tempel denke. Ich bin zwar diszipliniert und willensstark, aber ich habe in der Broschüre, die Frau Jawara mit den Reiseunterlagen geschickt hat, gelesen, dass man im Tempel jeden Morgen um vier Uhr aufstehen muss, wenn einer der Mönche eine Glocke läutet. Dann geht man zur Morgenzeremonie, anschließend stehen Yoga und Gemeinschaftsarbeit an und abends eine Meditation. Außerdem hat man täglich ein Gespräch mit einem Mönch. Um neun geht es spätestens ins Bett, und, was mich am meisten beunruhigt, in der Broschüre war von einem traditionellen Feuerlauf die Rede. Ein Gang über glühende Kohlen, der am letzten Tag des Aufenthaltes stattfindet.

Ich atme tief ein und aus und besinne mich wieder darauf, die Ruhe selbst und im Hier und Jetzt zu sein. Das Flugzeug wird immer schneller, und schließlich heben wir ab. Marie gibt nun doch ein hilfloses Miauen von sich, und ich sehe eindringlich zu Hugo hinüber, damit er sich nicht abschnallt und wieder unter den Sitz krabbelt. Da müssen er und sein Kater jetzt eben durch.

»Willst du Uno spielen?«, wispere ich Hugo zu, als das Flugzeug die endgültige Flughöhe erreicht hat.

»Ja, später. Ich habe mir die Sache mit der Stewardess

noch mal überlegt. Ich werde zu ihr rübergehen und sie etwas fragen«, sagt Hugo und schnallt sich ab.

»Was denn?«, will ich irritiert wissen, doch Hugo antwortet mir nicht.

Er läuft schnurstracks in Richtung der kleinen Kabine, die durch einen Vorhang vom Passagierraum getrennt ist und in der gerade die Getränkewagen hergerichtet werden. Als Hugo schüchtern den Vorhang zur Seite schiebt, verstummt das Klappern und Rascheln der Vorbereitungen, und ich beobachte, wie er der attraktiven Stewardess, die vorhin an unseren Platz kam, für einen Moment direkt in die Augen sieht. Die Frau ist wirklich wahnsinnig sexy. Sie hat ein Gesicht wie eine Barbie und trägt einen strengen blonden Dutt, aber man kann sich genau vorstellen, wie ihr das lange, lockige Haar über die Schultern fällt, wenn sie ihn öffnet. Hugo muss in diesem Augenblick eine ähnlich erotische Assoziation gehabt haben, denn anstatt ihr beim Sprechen weiter ins Gesicht zu sehen, starrt er auf seine Schuhe!

Ich höre, wie Marie unruhig mit den Krallen an seinem Käfig kratzt, als würde es ihm gar nicht gefallen, dass sein Besitzer von seinem Platz aufgestanden ist, um mit dieser Traumfrau zu sprechen.

Hugo brabbelt irgendetwas, gestikuliert merkwürdig, beugt sich kurz runter, kommt wieder hoch und formt mit der Hand etwas, das aussieht wie ein großer Knödel. Ach du meine Güte, was macht er denn da? Die Stewardess lacht und nickt. Dann deutet Hugo auf seinen Platz, und sie legt ihm beruhigend die Hand auf die Schulter.

»Was hast du gefragt?«, will ich neugierig wissen, als er wieder neben mir steht.

»Ich habe das Unangenehme mit dem Nützlichen verbunden und diese wunderschöne Dame gefragt, ob ich meinen Babykater Marie auf den Schoß nehmen darf, weil er solche Angst hat.« Mit diesen Worten holt er Maries Transportbox unter dem Sitz hervor, stellt sie auf seinen Platz und beginnt sie zu öffnen.

»Hugo, das mit der Stewardess war großartig. Definitiv Stufe zwei mit Sternchen, aber was soll denn der Blödsinn mit Marie? Er ist kein Baby mehr. Was ist, wenn jemand allergisch ist? Die ganzen Katzenhaare könnten ihn stören oder sogar *töten.*« So ganz klappt das wohl noch nicht mit meinem Deeskalationsdenken.

»Mia, es ist doch völlig egal, ob hier irgendjemand allergisch ist oder stirbt. Du bist Maries Patentante und solltest gefälligst mehr an seinem Wohl interessiert sein als an dem irgendeines Allergikers.«

Damit hat Hugo zwar irgendwie recht, aber ich erinnere mich auch, dass meine ehemalige Kollegin Birgit, die Analfistel, schon einmal zwei Wochen lang krankgeschrieben war, weil sie einen allergischen Schock mit Atemnot erlitten hatte, nachdem sie eine Erdnuss gegessen hatte. Und wenn hier jemand im Flugzeug nicht mehr atmen kann, dann kann ich nur hoffen, dass wir einen Arzt an Bord haben, der denjenigen dann mit irgendeinem Kleiderbügel oder so operiert. Zumindest habe ich so etwas schon mal im Fernsehen gesehen.

Hugo sind die Blicke der anderen Passagiere vollkommen schnuppe. Selig betrachtet er Marie, nachdem er endlich die Transportbox aufbekommen und den gestreiften Kater auf seinen Schoß gehoben hat. »Mariechen, mein Engel. Wie geht's dir?«, fragt er.

Ich sehe erneut entschuldigend zu meinem Sitznachbarn hinüber, der den Blick inzwischen vom Fenster abgewandt hat und den Kater misstrauisch beäugt. Ich lächele ihn gequält an, ganz nach dem Motto: »Sorry, der Typ neben mir hat ein Rad ab, ist aber eigentlich ganz nett.« Doch das erhoffte verständnisvolle Lächeln bleibt aus, stattdessen ernte ich ein Kopfschütteln.

Marie wirkt etwas beunruhigt, sonst scheint mit ihm alles vollkommen in Ordnung zu sein. Er sitzt aufmerksam auf Hugos Schoß und lässt sich den Rücken streicheln. Hugo versucht ihn dazu zu bewegen, sich hinzulegen, aber vergebens. Sanftes Drücken, Pfoten nach vorne schieben, liebevoll auf ihn einreden, das alles nützt nichts. Marie sitzt aufrecht wie ein angespanntes Erdmännchen, das wissen will, was vor sich geht.

»Also, Uno?«, frage ich Hugo, um ein bisschen Normalität in die Kater-im-Flugzeug-Situation zu bekommen.

»Jep.«

Ich hole das Kartenspiel aus meinem Handgepäck, beginne die Karten zu mischen und dann auf meinem kleinen Klapptisch in zwei Stapel mit je sieben aufzuteilen.

Als Hugo die rechte Hand, mit der er Marie festgehalten hat, ausstreckt, um die Karten aufzunehmen, erschüttert ein heftiges Luftloch das Flugzeug – und Marie sucht das Weite. Der Kater springt wie von der Tarantel gestochen von Hugos Schoß und landet auf der Schulter des miesepetrigen Geschäftsmannes, der neben mir sitzt. Der schreit einmal erschrocken auf und rüttelt dann an der Fensterblende, als würde er Marie in seiner Panik einfach rausschmeißen wollen. Alle Passagiere drehen die Köpfe in unsere Richtung. Der Aufschrei des Mannes, gepaart mit dem

Luftloch, hat die restlichen Reisenden in Aufregung versetzt. Drei Reihen vor uns fängt ein kleines Mädchen an zu weinen, und eine Frau weiter vorne, die nicht sehen kann, was passiert, schreit laut »Hilfe!«, während die Maschine abermals von Turbulenzen durchgeschüttelt wird. Wahrscheinlich hat die Frau Flugangst und denkt, der schreiende Typ hat ein brennendes Triebwerk entdeckt. Der Kater, der von dem Anzugträger natürlich nicht in den Orbit befördert werden will, springt derweil munter weiter vor in der Hoffnung, diesem schrecklichen Flugzeug irgendwie zu entkommen.

Hugo stößt verzweifelte Befehle aus: »Marie, kommst du her! Aber sofort!«, dann steht er auf und versucht, den Kater einzufangen. Dabei klettert er in der Reihe vor uns einer älteren Dame auf den Schoß, doch bekommt Marie nicht zu fassen. Der gleitet ihm immer wieder aus den Händen wie ein Aal, landet schließlich im Gang und läuft schnurstracks Richtung Cockpit.

Auf halber Strecke öffnet sich plötzlich der Vorhang zu der kleinen Bordküche. Hugos sexy Stewardess schiebt den Snackwagen heraus, der haarscharf vor Marie stoppt und ihm den Weg versperrt. Die Flugbegleiterin blickt irritiert in den Gang. Wahrscheinlich hat sie die Aufschreie der Passagiere gehört, denkt aber, dass sie bloß den Luftlöchern geschuldet waren. Ich stehe von meinem Platz auf, um Maries Alleingang besser verfolgen zu können, und sehe den Kater nach rechts auf die Armlehne eines leeren Sitzes springen, um dem Getränkewagen auszuweichen. Die hübsche Flugbegleiterin schiebt den Wagen, ohne Marie bemerkt zu haben, weiter und versperrt Hugo damit den Weg.

Der Kater scheint derweil seinen ganz eigenen Plan zu verfolgen: Rache! Schließlich hat diese Frau Hugos Aufmerksamkeit auf sich gezogen und sie ihm damit genommen. Als sich die Stewardess auf Höhe der Armlehne befindet, rammt der Kater ihr die Krallen der rechten Pfote mitten in den wohlgeformten Apfelpo. Die Arme schreit wie am Spieß, was die Unruhe unter den Passagieren wieder schürt. Jeder ängstliche Fluggast weiß schließlich, wenn die Stewardess die Fassung verliert, ist wirklich alles verloren.

Das kleine Mädchen, das eben noch geheult hat, hat inzwischen den Kater entdeckt und ruft: »Mama, ein Tiger! Ein richtiger *Tiger*!«, sie scheint ganz begeistert zu sein von ihrer Entdeckung. Ihre Tränen trocknen schneller, als sie ihr in die Augen gestiegen sind.

Noch mehr Passagiere kreischen angesichts der Anwesenheit des wilden Tiers unbeherrscht los, als Hugo brüllt: »Das ist kein Tiger! Das ist ein *Kater*!« Entschuldigend sieht er die Stewardess an und deutet auf Marie, der entschlossen seinen Weg zum Cockpit fortsetzt.

Doch je öfter Hugo das Wort Tiger sagt, desto schlimmer wird es. Die Leute stehen von ihren Plätzen auf, wuseln durcheinander, und ich höre eine Frau irgendwo hinter mir fragen: »Da ist ein Tiger im Cockpit?« Sie klingt so ungläubig, als hätte ihr gerade jemand erzählt, dass Arnold Schwarzenegger unter Gebärmutterhalskrebs leide.

Ich überlege kurz, dabei zu helfen, Marie einzufangen, aber es erscheint mir sinnvoller, auf meinem Platz zu bleiben. Ich sage nur: Deeskalation. Ein Mensch weniger in der Menge der rumrennenden Leute ist besser als einer mehr. Stattdessen beginne ich in meiner nahen Umgebung Aufklärungsarbeit zu leisten und den Passagieren zu erklären, dass das nur ein kleiner, lieber, rot gestreifter Kater ist, der unglücklicherweise meiner Begleitung entlaufen ist.

Im selben Moment sehe ich, wie Hugo über den Getränkewagen klettert, um zu verhindern, dass Marie ins Cockpit gelangt. Dabei reißt er mit dem Fuß eine offene Kaffeekanne mit, dessen Inhalt sich über den Schambereich seiner angebeteten Stewardess ergießt, die sich bis eben immer noch mit schmerzverzerrtem Gesicht den Po gehalten hat. Nun krümmt sie sich nach vorne und brüllt: »Sind denn hier alle verrückt geworden?«

Ich halte mir die Augen zu, lasse mich auf meinen Platz sinken und bereue zutiefst, vorgeschlagen zu haben, Marie mit auf die Reise zu nehmen. Als ich mich wieder traue hinzusehen, ist die sexy Flugbegleiterin nicht mehr zu sehen, wahrscheinlich verarztet sie sich in der Toilette, und auch der Getränkewagen steht wieder in der Bordküche.

Endlich kommt Hugo aus Richtung des Cockpits gelaufen, auf seinem Arm – der Kater. Während Marie einen seltsam zufriedenen Gesichtsausdruck an den Tag legt, hat Hugo eine knallrote Birne, zwei tellergroße Schweißflecke zeichnen sich in Achselhöhe auf seinem hellgrauen T-Shirt ab, und er entschuldigt sich bei jeder Sitzreihe, an der er vorbeikommt.

»Darf ich den mal streicheln?«, fragt das kleine Mädchen, das das Tiger-Gerücht in die Welt gesetzt hat, doch Hugo lächelt nur gequält und läuft zurück zu seinem Platz.

Wortlos holt er mit der rechten Hand die Transportbox unter dem Sitz hervor, während er den Kater mit dem linken Arm eng umklammert hält. Dann setzt er Marie in die Kiste, verschließt den Käfig fest und rüttelt noch einige Male prüfend an den Gitterstäben. Er stellt die Transportbox unter den Sitz und setzt sich neben mich.

»Also, Uno?«, frage ich und grinse.

10

Baguettekauf mit Folgen

Zwei Stunden nach unserer Ankunft am Flughafen Paris-Charles-de-Gaulle stehe ich auf dem Balkon unseres Hotels in Paris und versuche, so natürlich in die Sonne zu blinzeln wie die Frau aus der Trivago-Werbung. Ganz verträumt, verspielt und frei. Die ersten fünf Minuten hat das sehr gut geklappt, aber mit der Zeit fühle ich mich ein wenig unbehaglich. Jetzt sind wir tatsächlich hier, und unsere Missionen müssen beginnen. Stufe eins – ein Cocktail mit einem Fremden. So in etwa stelle ich mir auch einen Fallschirmsprung vor: Wenn man noch am Boden ist, denkt man, dass es so schlimm schon nicht sein wird, aber sobald man dann vor der offenen Flugzeugtür steht, sieht das Ganze ein bisschen anders an.

»Wollen wir erst mal was essen gehen?«, frage ich und stecke meinen Kopf vom Balkon zurück in unser niedliches, kleines Zimmer. Frau Jawara hat uns in einem Hotel im zweiten Arrondissement einquartiert, und Hugo und ich teilen uns ein modern eingerichtetes Doppelzimmer. Marie liegt auf dem weiß bezogenen Bett, neben dem zwei quietschgrüne Stehlampen stehen, ein Teppich in derselben Farbe liegt in der Mitte des Raumes, ein leerer, goldener Vogelkäfig baumelt als Dekoration rechts neben dem Bett. Hugo sitzt im

Schneidersitz auf dem Fußboden, starrt in Richtung Badezimmer und hält mit den Händen seine Knie umfasst.

»Geht es dir gut?«, erkundige ich mich. Hugo wirkt, dem leeren Blick nach zu urteilen, leicht apathisch.

Statt zu antworten, legt er die Hände vor der Brust übereinander und verbeugt sich vor der Badezimmertür. Wahrscheinlich haben ihm der Flug und die Aufregung mit Marie doch mehr zugesetzt, als ich angenommen hatte. »Ja, ich habe soeben mit Stufe eins begonnen – der Visualisierung für mehr Selbstvertrauen.«

»Und du weißt inzwischen, wie das genau geht?«, frage ich misstrauisch, hebe Marie vom Bett und setze mich auf seinen Platz, der schön angewärmt ist.

»Ich visualisiere mich, wie ich gerne wäre: sexy, anziehend, entjungfert.«

Ich muss grinsen.

»Lach nur. Du wirst schon sehen. Dein Muffelfurz-Monster kannst du schön selbst spielen. An deiner Stelle würde ich auch lieber früher als später Aufgabe Nummer eins in Angriff nehmen. Du weißt ja, mindestens zwei Stufen pro Woche.« Hugo guckt so ernst, dass ich mir plötzlich vorkomme, als wären wir zwei erbitterte Kontrahenten bei *Die Tribute von Panem.* Dann steht er auf, geht zu seinem Koffer und kramt darin rum.

»Und warum starrst du beim Visualisieren das Badezimmer an?«, frage ich verwirrt.

»Ich starre nicht das Badezimmer an. Ich konzentriere mich auf mein inneres Auge. Und das geht nur, wenn mich nichts dabei ablenkt.« Er fördert ein rot-weiß kariertes Hemd zutage, zieht sein graues T-Shirt aus und schlüpft in das neue Oberteil.

»Gehen wir jetzt erst mal was essen?«, frage ich noch einmal, damit Hugo nicht noch länger den motivierten Guru raushängen lässt. Außerdem finde ich hier im Hotelzimmer bestimmt keinen Mann für einen Cocktail.

»Okay. Ich habe auch Hunger. Meinst du, wir können Marie einfach so im Zimmer lassen?«

»Na, was denn sonst? Mit einem Kater auf der Schulter hält dich garantiert jede Frau für einen Freak. Dann nutzen auch deine Visualisierungen nichts mehr.«

Hugo wirft einen Blick in den Spiegel, der neben der Eingangstür hängt und fährt sich mit der Hand durch die Haare. Eine recht untypische Geste für meinen sonst so uneitlen besten Freund. »Das ist es, Mia. Ich merke es ganz deutlich. Ich werde auf unserer Reise endlich eine Frau finden, die mit mir schlafen will.«

Kein Zweifel, Paris ist Hugo schon nach zwei Stunden zu Kopf gestiegen.

Manchmal ist es so: Man ist hungrig und wählerisch zugleich. Dabei kommt meistens nichts Gutes raus, es sei denn, man ist in Paris. Anstatt uns für ein Restaurant, eine Bäckerei oder einen Imbiss zu entscheiden, laufen Hugo und ich immer weiter durch die Straßen dieser wundervollen Stadt und sind viel zu fasziniert, um trotz leerer Mägen schlechte Laune zu bekommen. Die kleinen Gässchen mit Modeläden, die ihre Schaufenster liebevoll dekoriert haben, die Accessoires und Taschen, auf denen der Eiffelturm abgebildet ist, die beeindruckende Kirche Saint-Eustache, deren Fenster, wenn man ganz genau hinsieht, mit Herzen verziert sind, die Seine, an der Bilder und Bücher über Paris von Straßenhändlern verkauft werden, und die auffallend schick gekleideten Pariserinnen, die nach Parfüms von Chloé und Hermès riechen, wenn sie an uns vorbeirauschen – all das ist viel zu einnehmend, um noch an so banale Aktivitäten wie Nahrungsaufnahme zu denken. Außerdem komme ich aus dem Fotografieren gar nicht wieder raus. Jeder Blick gleicht einer Postkarte, und mit dem richtigen Filter wirken die Bilder wie das Paris des neunzehnten Jahrhunderts. Ich fühle mich wie im Film.

Wir überqueren gerade eine der zahlreichen Brücken über die Seine, an deren Geländer Hunderte von Schlössern befestigt sind, auf die Paare als Zeichen ihrer ewigen Liebe die Anfangsbuchstaben ihrer Namen geschrieben haben, als mich der Anblick wieder in mein Liebeskummer-Hamsterrad zurückbefördert – das Kreisen um Mark, der Schmerz, meine Angst, die Kette wegschmeißen zu müssen, meine Trauer. Liebeskummer ist wie Fahrradfahren, man verlernt ihn leider nicht. Und er fühlt sich jedes Mal, wenn man ihn für kurze Zeit vergessen hat, danach fast noch schlimmer an.

»Paris ist wie die Liebe selbst, schön und schrecklich zugleich«, sage ich, während ich die Schlösser betrachte, und seufze. »Schön für die, die sie gefunden, schrecklich für die, die sie verloren haben.«

»Du klingst, als wäre Mark gestorben«, entgegnet Hugo.

»Ist er das nicht auch irgendwie? Er hat seine Telefonnummer gewechselt, damit ich ihn nicht mehr kontaktiere. Er befindet sich nicht mal mehr mit mir auf einem Kontinent. Als hätte sich die Person, die ich am meisten liebe, plötzlich in Luft aufgelöst. Und ich soll einfach damit klarkommen? Wie denn bloß?« Meine Stimme klingt brüchig, und zu allem Überfluss entdecke ich jetzt auch noch in der

Ferne den Eiffelturm. Ein merkwürdiges Gefühl macht sich in mir breit. Als würde ich mich eigentlich über das Wahrzeichen von Paris freuen wollen, der Gedanke daran, dass Mark mich nicht mehr liebt, dabei aber gleichzeitig jegliches Glücksgefühl überschatten. Als sei mein Herz dumpf und grau geworden. Und alles, was mich fröhlich stimmen könnte, verstärkt nur den Schmerz, von Mark getrennt zu sein.

»Aber es gibt doch noch mehr Menschen und Dinge in deinem Leben, die dir etwas bedeuten. Und die sind noch da«, entgegnet Hugo meinem Paris-Blues und legt einen Arm um mich. Weil er so klein ist, umklammert er dabei lediglich meine Hüfte, und ich muss schmunzeln.

»Ich weiß, ich weiß. Es ist nur, ich will so gerne, dass es mir besser geht. Aber ich weiß einfach nicht, wie ich das bewerkstelligen soll. Es fühlt sich an, als wäre die einzige Möglichkeit, das zu erreichen, dass Mark zu mir zurückkommt. Und da das allem Anschein nach nicht passieren wird, bin ich wirklich verzweifelt. Alles, was mir von ihm bleibt, ist diese dämliche Swarovskikette. Wenn ich sie trage, dann fühle ich mich zumindest minimal mit Hoffnung und Leben erfüllt. Wie soll ich es nur übers Herz bringen, sie wegzuschmeißen?«

Wir haben jetzt Gott sei Dank die Brücke überquert und lassen die Liebesschlösser hinter uns.

»Indem sie dir nicht mehr so viel bedeutet.«

»Und wie soll ich das hinbekommen?«

»Indem du erkennst, wer du wirklich bist. Dein Leben besteht nicht aus Mark, deinem Job, deinen Freunden und schon gar nicht aus einer Kette. Es besteht aus dir.«

»Ich mag mich aber nicht.«

»Und genau da, meine Liebe, liegt der Hase im Pfeffer.«

»Du meditierst zu viel«, sage ich und grinse. Hugo hört sich an, als hätte er unseren Tempelaufenthalt schon hinter sich.

»Nein, du meditierst *zu wenig*. Morgen machst du bei meinen Visualisierungsübungen mit«, beschließt er. »Du visualisierst dich ohne Kette, um dich an den Anblick zu gewöhnen. Aber den Rest der Wette musst du schon alleine schaffen, ich werde dir das Ding nämlich nicht vom Hals reißen.«

Ich schweige dazu und deute auf eine kleine Bäckerei, die direkt neben der Seine in einem der Altstadtgebäude belegte Brötchen, Kuchen und Crêpes anbietet. *Boulangerie Florence* steht auf einem Schild über dem Eingang. »Wollen wir da jetzt endlich mal was essen?«, frage ich.

»Unbedingt. Mein Magen hängt mir inzwischen in den Kniekehlen«, antwortet Hugo und legt eine Hand auf seinen rundlichen Glücksbärchi-Bauch.

In der Bäckerei ist kein einziger Kunde, und das, obwohl das Gebäck und die belegten Baguettes in der Auslage so frisch und lecker aussehen, als wären sie gemalt. Nur der köstliche Geruch von Croissants, frisch aufgeschnittenen Tomaten und geschmolzenem Käse versichern mir, dass es sich bei den Leckereien in der Vitrine nicht um solche aus Plastik handelt. Da es gerade erst eins ist, kommen Hugo und ich zu einer günstigen Zeit. Die meisten Touristen haben wahrscheinlich schon gefrühstückt und noch keinen Appetit auf nachmittäglichen Kuchen.

Als Hugos Magen laut grummelt, schmunzelt ihn die junge Verkäuferin hinter der Theke an. Ihre bräunlichen

Haare sind zu einem lockeren Dutt hochgesteckt, der Pony ist ein wenig zu kurz geraten, die Pausbäckchen sind gut durchblutet, als hätte sie gerade etwas aus dem heißen Ofen geholt. Ihre Größe und Figur erinnern mich an Hugo – klein und gedrungen.

Fröhlich fragt sie Hugo auf Französisch, was er haben möchte, und er deutet verschüchtert auf ein Baguette mit Camembert. Nachdem sie ihn mit dem Snack versorgt hat, erkundigt sie sich freundlich, was es bei mir sein darf. Sie sieht zwar kurz zu mir rüber, dann wandert ihr Blick aber gleich wieder zu Hugo.

»Mensch, Hugo, die Verkäuferin himmelt dich ja richtig an. Meinst du nicht, du könntest Stufe zwei ausprobieren und sie nach dem Weg irgendwohin fragen oder so?«, flüstere ich ihm zu, nachdem ich ein Croissant bestellt habe.

»Aber Aufgabe zwei habe ich doch schon an der Stewardess ausprobiert. Und du weißt ja, wohin das geführt hat…« Hugo starrt schon wieder auf seine Schuhspitzen, wodurch ihm entgeht, dass die Verkäuferin ihn immer noch anlächelt.

»Findest du sie denn süß?«

»Ja, total, das ist ja das Problem.«

Nachdem ich die Tüte mit dem Croissant entgegengenommen und bezahlt habe, verlassen wir die Bäckerei. Hugo sieht richtig geknickt aus. Wahrscheinlich ist er enttäuscht von sich selbst.

»Wollen wir uns da drüben zum Essen hinsetzen?«, frage ich und deute auf eine Bank mit Blick auf die Seine.

Hugo nickt traurig, nestelt sein Baguette aus der Tüte und schiebt es sich so gierig in den Mund, als hätte er die letzten drei Tage nichts zwischen die Zähne bekommen.

»Ich bin ein Versager. Dieses Visualisierungszeug bringt nichts. Kurz danach habe ich mich gut gefühlt, aber jetzt geht's mir umso miserabler«, nuschelt er mit vollem Mund.

»Du bist kein Versager. Vielleicht braucht es einfach etwas Zeit.«

»Wie lange denn noch? Ich bin doch schon fast dreißig!« Er holt wütend Luft, als würde er noch etwas sagen wollen, doch dann hält er erschrocken inne.

»Was ist los?«, frage ich.

Sein Gesicht läuft langsam rot an.

»Hugo, *was ist los?*«

Statt zu antworten, springt er auf und fuchtelt mit den Armen herum, als würde er sich irgendwie helfen wollen, aber nicht wissen, wie. Tränen steigen ihm in die Augen, aus denen er mich so verzweifelt anblickt, dass mir ein Schock durch die Glieder fährt und plötzlich klar wird: Hugo droht zu ersticken! Das Camembert-Baguette ist zur Todesfalle geworden.

»Oh Gott, oh nein, oh nein, was soll ich tun?«, jammere ich hilflos und sehe mich um, als würde die Antwort irgendwo auf dem Pariser Bürgersteig liegen, doch ich sehe niemanden in unmittelbarer Nähe, der uns helfen könnte.

Hugo sieht mich so flehend an, als würde er sagen wollen: »Keine Ahnung, aber tu irgendwas!« Doch ich kann keinen klaren Gedanken fassen. Sein Gesicht verfärbt sich jetzt von Rot zu Blau, und er umklammert seinen Hals, als würde er versuchen, das Baguettestück von außen herauszuquetschen. Seine Knie beginnen zu zittern, und er droht jeden Augenblick in sich zusammenzusacken.

Ich kann das nicht länger mit ansehen. Sekunde um Sekunde vergeht, und ich renne um Hugo herum und weiß nicht, was ich tun soll. Könnte ich doch bloß die Zeit zurückspulen und Hugo am Verschlucken hindern! Dann kehrt plötzlich meine Geistesgegenwart zurück, und ich schlage ihm fest auf den Rücken. Keine Ahnung, ob das hilft. Warum zum Teufel habe ich nie einen Erste-Hilfe-Kurs besucht? Während Hugo die Schweißperlen von der Stirn tropfen, fange ich an zu heulen.

Und da, plötzlich erinnere ich mich an diesen Film, in dem jemandem ein Stück Steak in der Luftröhre steckte und ein anderer ihn von hinten umklammerte und ihm ruckartig die Fäuste in den Magen rammte. Ich trete hinter Hugo, ziehe ihn an mich heran und drücke ihm dabei stoßweise die Hände in die Körpermitte. Hugo gibt Geräusche von sich wie ein paarungsbereiter Eber, und auch ich stöhne ebenfalls völlig unkontrolliert vor Anstrengung. Wenn es nicht so eine ernste Lage wäre, würde das Ganze bestimmt ziemlich lustig aussehen, denn ich stoße Hugo nun erneut und in immer kürzeren Abständen von hinten, bis tatsächlich ein Stück Baguette aus seinem Mund fliegt und in der Seine landet. Erschöpft lasse ich ihn los. Ich hab's geschafft. Ich hab's *tatsächlich* geschafft! Hugo lebt.

Er umfasst schwer atmend seine Kehle, als könnte auch er nicht glauben, dass er wieder Luft bekommt, und starrt mich an, als wäre ich Superwoman. Dann keucht er, hustet und schließt schmerzverzerrt die Augen. Als er sie wieder öffnet, sehen wir uns erleichtert und ziemlich verdattert an. Komisch, wenn man so unvermittelt derart intensiven Körperkontakt hatte.

»Mia, du hast mir das Leben gerettet«, bringt Hugo hervor und nimmt meine Hand. »Ich weiß gar nicht, wie ich dir danken soll.«

»Dank nicht mir, dank Hollywood, dass sie solche dramatischen Rettungsszenen zeigen. Sonst wäre ich nie darauf gekommen, was ich tun soll.«

Hugo lächelt matt und setzt sich zurück auf die Bank. Ich lasse mich neben ihn fallen. »Ich dachte, es ist aus. Jetzt muss ich sterben«, sagt er und starrt auf die Seine.

Auch ich kann noch gar nicht glauben, was passiert ist. Gerade haben wir noch unbeschwert über Liebeskummer und Visualisierungen gesprochen, und jetzt kommt mir mit einem Mal alles so existenziell vor. Ich meine, mir ist schon klar, dass jeder irgendwann sterben muss, aber wenn ich ganz ehrlich bin, ist diese ganze Endlichkeitssache noch nicht hundertprozentig in meinem Bewusstsein angekommen. Als bestünde noch die Möglichkeit, dass mir eines Tages irgendjemand sagt: »Ach ja, die Sache mit dem Tod stimmt übrigens gar nicht.« Ist das naiv? Zumindest habe ich keine so dramatische Wendung an unserem ersten Tag in Paris erwartet.

Ich krame in meiner Tasche nach einem Taschentuch und reiche es Hugo, damit er sich die Schweißperlen von der Stirn wischen kann. »Ist alles wieder okay?«, frage ich, immer noch etwas besorgt.

»Ja. Denke schon.«

Ich beruhige mich langsam, und auch Hugo bekommt nach und nach seine gesunde Gesichtsfarbe zurück.

»Mia, mir ist etwas klar geworden«, sagt er dann mit feierlichem Unterton, von dem ich nicht weiß, woher er plötzlich kommt. »Das Leben ist zu kurz. Ich will nicht länger damit warten, Frauen anzusprechen. Ich will nicht mehr visualisieren, ich will es wirklich machen. Ich gehe jetzt da rein und springe direkt zu Stufe fünf!« Noch bevor ich etwas dazu sagen kann, steht Hugo auf und läuft entschlossen in Richtung Bäckerei.

Stufe fünf? Was war das noch gleich? Will er sie etwa *küssen*? »Hey, warte mal kurz!«, rufe ich ihm noch hinterher, doch er ist schon in der Boulangerie verschwunden.

11

Doppel-Date

»Was soll ich anziehen?«, Hugo sieht mich mit weit aufgerissenen Augen fragend an. Er steht vor dem Spiegel neben der Tür unseres Hotelzimmers. Bisher trägt er eine grüne Jogginghose und ein rot-weiß gestreiftes T-Shirt und sieht ein bisschen aus wie eine pummelige Weihnachtselfe.

Er hat die Konditorin tatsächlich gefragt, ob sie heute Abend mit ihm essen gehen will, und sie hat zugestimmt. Seitdem ist mein bester Freund natürlich ganz aus dem Häuschen – der Nahtoderfahrung sei Dank. Nach unserem Bäckereibesuch sind wir direkt zurück zum Hotel gelaufen, damit Hugo sich mental auf sein Treffen vorbereiten kann. Ich kann wirklich kaum glauben, dass er sofort zu Stufe fünf gesprungen ist. Das heißt, ich muss mich wirklich ranhalten.

»Weiß nicht. Wie hast du dich denn visualisiert?« Ich liege mit Marie auf dem Bett und blättere in einer Infozeitschrift vom Hotel.

»Oberkörperfrei.«

Ich lache. »Darf ich fragen, welche Szenarien du da genau visualisiert hast?«

»Nein.«

»Wie nein? Jetzt machst du mich aber neugierig. Wie

soll ich denn von dir lernen, wie man visualisiert, wenn du es mir nicht verrätst?«

Hugo seufzt und setzt sich zu uns aufs Bett. »Na gut. Aber du musst mir versprechen, dass du nicht lachst.«

»Solche Versprechen finde ich dämlich. Lachen heißt doch nichts Schlechtes, vielleicht freue ich mich einfach über deine Fantasie.«

»Ne, so läuft das nicht. Versprich es! Es ist wirklich etwas sehr Privates.«

»Okay. Ich verspreche es. Also?«

Hugo räuspert sich. »Ich stelle mir vor, wie ich als DJ einen ganzen Klub zum Beben bringe. Ich stehe mit freiem Oberkörper an den Turntables, und mein Körper ist genauso unförmig, wie er auch in Wirklichkeit ist, und trotzdem sehen die Frauen zu mir hoch und finden mich unheimlich begehrenswert und attraktiv. Einfach weil ich bin, wie ich bin.«

Ich presse die Lippen aufeinander, um kein erfreutes Glucksen von mir zu geben. Nicht, weil ich Hugos Fantasie zum Lachen finde, sondern einfach weil er so ungemein süß ist.

Meine Poker-Face-Reaktion scheint ihn zu motivieren weiterzuerzählen. »Und dann stelle ich mir vor, wie Jessica Alba den Klub betritt und mir bewundernd dabei zusieht, wie ich die Menge rocke.« Hugos Worte schweben einen Moment lang im Raum.

»Und wie kommst du darauf? Ich meine, wärst du denn gerne ein DJ?« Ich hatte keine Ahnung von Hugos Ambitionen.

»Na ja, ich habe doch einmal bei Emmas Ballettaufführung aufgelegt, weißt du noch?«

Und jetzt muss ich leider doch laut lachen. Emmas Tanzgruppe »Die Kichererbsen« hat vor einigen Wochen *Peter und der Wolf* einstudiert. Hugo hatte sich dazu bereit erklärt, bei der Aufführung die CDs zu wechseln, weil er der einzige Nicht-Angehörige im Publikum war und die Person, die sich um die Musik kümmern wollte, kurzfristig ausgefallen war. Ob man das allerdings als *auflegen* bezeichnen kann, da bin ich mir nicht so sicher…

»Siehst du, ich wusste doch, dass du dich über mich lustig machst! Es hat mich schon gewundert, dass du die ganze Zeit so ernst geblieben bist«, wirft Hugo mir vor.

»Nein, du verstehst das falsch. Ich wusste nur einfach nicht, dass es dir so viel Spaß gemacht hat, Prokofjew zu spielen. Aber das ist doch toll!«

»Ja, ist es auch. Es ist natürlich eine andere Sache, in einem Klub aufzulegen, aber für die Musik verantwortlich zu sein und die Leute zum Tanzen zu bringen, das stelle ich mir unglaublich großartig vor.«

»Vielleicht gibt es ja einen DJ-Kurs an der Volkshochschule oder so. Statt zu visualisieren, wird dann alles Realität. Nur die Sache mit Jessica Alba wahrscheinlich nicht«, überlege ich laut.

»Das ist egal, jetzt habe ich ja Lucille! Wie spät ist es überhaupt?«, fragt Hugo erschrocken und springt vom Bett auf. Er hält es natürlich für sehr schicksalhaft, dass die Bäckerin Lucille heißt – genau wie die Protagonistin in *Ein Monster in Paris*.

»Sechs.«

»Scheiße! Ich kann doch nicht in Jogginghose zum Essen gehen.« Er kramt in seinem Koffer herum und fördert schließlich eine schwarze Hose und einen dunkelblauen Pullover zutage, den ich ihm letztes Weihnachten geschenkt habe. Dann verschwindet er im Bad.

Während ich Marie hinter den Ohren kraule, flüstere ich ihm zu: »Dein Herrchen macht heute einen drauf. Wenn er Glück hat, siehst du seine Angebetete später noch. Und zwar genau da, wo wir jetzt liegen.« Mir läuft ein leichter Schauer über den Rücken, und ich erinnere mich daran, dass ich noch an der Rezeption fragen wollte, ob ein Einzelzimmer frei ist. Hugo und ich haben nämlich verabredet, dass ich ihm für die Nacht das Zimmer überlasse, falls er Lucille tatsächlich ins Hotel mitbringt. Bis zweiundzwanzig Uhr will er mir per SMS eine Einschätzung seiner Chancen schicken.

Marie bohrt die Krallen in die Bettdecke, und ich stehe auf, um ebenfalls einen Blick in meinen Koffer zu werfen. Ich habe beschlossen, das Hotelbuffet zu stürmen und danach noch einen Abstecher in die Bar auf dem Dach zu machen. Und dort werde ich Stufe eins erfüllen. Irgendein Mann wird sich schon finden, der mit mir einen Cocktail trinkt, und das bedeutet für mich: Ablenkung. *Mark Bernd Lauterbach, bald bist du Geschichte*, denke ich, als ich ein rotes Minikleid aus dem Koffer ziehe.

Hugo kommt mit einem zufriedenen Lächeln auf den Lippen aus dem Badezimmer. Mit der schwarzen Hose und dem dunklen Pullover sieht er sehr schick und seriös aus.

»Was passiert eigentlich, wenn wir beide unsere Wette gewinnen?«, frage ich neugierig.

»Hm … Dann geht es um Zeit. Wer sie zuerst gewonnen hat, dem gebührt der Sieg.«

»Das sagst du nur, weil dein erstes Date schon steht.«

»Tja, dann mal los, Mia! Du musst dich beeilen, um

mit mir mitzuhalten. Ich habe schon Stufe fünf von sieben erreicht.« Das betont er, seitdem er mit einem siegessicheren Lächeln aus der Bäckerei gekommen ist.

»Aber noch hast du nicht gewonnen. Hast du eine Strategie für heute Abend, wie du die letzten beiden Stufen erreichen willst?«

»Ja. Ich werde definitiv nichts von Marie oder meinen Schuhen erzählen. Stattdessen frage ich sie nach Tipps, was wir noch in Paris unternehmen könnten. Oder ich erzähle ihr von unseren weiteren Reiseplänen. Außerdem habe ich mir überlegt, dass sie mir ein paar Sätze auf Französisch beibringen könnte und ich ihr welche auf Deutsch. Und zu fortgeschrittener Stunde werde ich Blickkontakt mit ihr halten und ihr sagen, dass ich sie wunderschön finde und mich freuen würde, wenn der Abend noch nicht endet.«

»Das hört sich nach einem Plan an«, muss ich leider bewundernd zugeben.

»Ich bin trotzdem aufgeregt«, gesteht Hugo und betrachtet sich noch einmal im Spiegel.

»Das gehört dazu«, sage ich großmütterlich. »Aber du weißt ja, was man sagt: Die Letzten werden die Ersten sein. Vielleicht überhole ich dich schneller, als du denkst.« Ich schnappe mir mein rotes Kleid und gehe ins Badezimmer, um mich umzuziehen.

Stufe eins – los geht's!

Als ich in meinem auffälligen Outfit am Hotelbuffet im Erdgeschoss stehe, fühle ich mich so deplatziert wie die Queen im Pfadfinderlager. Alle anderen Hotelgäste tragen bequeme Jogginghosen, Leggings, Kapuzenpullover oder lockere T-Shirts und haben Schlappen an den Füßen.

Einem älteren Herrn baumelt sogar schon seine rot-blau gestreifte Schlafmütze vom Kopf. Und ich dachte immer, so etwas tragen nur Zeichentrickfiguren. Neben dem unangenehmen Gefühl, ein wenig fehl am Platz zu sein, hat es aber auch sein Gutes, denn das Kleid erfüllt seinen Zweck: Ich falle auf.

Während ich mir pampigen Nudelauflauf auf den Teller lade, bemerke ich, wie mir einer der beiden Kellner einen zweideutigen Blick zuwirft. Das ging schneller und einfacher, als ich dachte. Er lächelt mich an, dann zwinkert er sogar. Na bitte, wer sagt's denn. Während ich mich wegen Mark längst vom Single-Markt verabschiedet hatte, hat die Männerwelt mich scheinbar noch nicht aufgegeben. Der Kellner ist groß, hat schwarze Locken, einen Dreitagebart und ein Grinsen, das irgendwie frech, aber auch sehr anziehend wirkt. Männlich sieht er aus. Ich lächele gewagt zurück, doch nun wird er von einem Kollegen abgelenkt, und die beiden beginnen über irgendetwas zu diskutieren. Wahrscheinlich ist es ein ganz harmloses Gespräch, aber wenn ich eine Sprache nicht verstehe, macht das auf mich immer leicht den Eindruck, dass sich zwei Menschen ganz üble Dinge an den Kopf werfen, obwohl sie sich vielleicht einfach nur gemeinsam über ihren Chef oder den Dienstplan aufregen.

Ich suche mir einen Tisch in der Mitte des Raums. Während ich in den Nudeln herumstochere, lasse ich meinen Blick umherschweifen. Schließlich habe ich niemanden, mit dem ich mich unterhalten kann. Aber außer dem Buffet, den etwa zehn Tischen, einer merkwürdig geschwungenen weißen Deckenlampe, die auch gut ins Raumschiff Enterprise passen würde, und einer überdimensionalen grünen Zimmerpflanze gibt es nicht viel zu entdecken. Und draußen ist es schon so dunkel, dass man noch nicht einmal wirklich die Passanten beobachten kann. Ich bemerke, dass der Kellner sein Gespräch beendet hat und wieder zu mir herübersieht. Ich versuche, möglichst ladylike und sexy meinen Auflauf zu löffeln, doch leider schmeckt das Zeug nach eingeschlafenen Füßen. Außerdem ist es ein merkwürdiges Gefühl, einem anderen Mann außer Mark gefallen zu wollen. Es hat fast schon etwas Unnatürliches. Aber vielleicht bin ich auch nur aus der Übung? Als Angestellter in der Gastronomie stelle ich es mir jedenfalls viel einfacher vor zu flirten, weil die Hemmungen um einiges geringer sind. Schließlich kann man seinen Flirt zur Not als Freundlichkeit und Aufgeschlossenheit verkaufen, als Strategie, um ein besseres Trinkgeld zu erhalten, falls der andere nicht darauf anspringt. Besagter Kellner hat heute Abend jedoch Glück: Ich bin trotz meines mulmigen Gefühls mehr als bereit zum Flirten, schließlich muss ich Hugo unbedingt einholen. Ich stehe noch bei Stufe null! Außerdem habe ich irgendwo gelesen, dass eine neue Liebe oder zumindest ein wenig verknallt sein in Sachen Trennungsschmerz Wunder bewirken kann. Und genau das brauche ich, um meine Wette zu gewinnen – ein wahres Wunder.

Einem plötzlichen Impuls folgend, krame ich kurzerhand in meiner Handtasche nach einem Stift, nehme eine Serviette aus dem Spender auf dem Tisch und kritzele auf Englisch darauf: *Hallo schöner Fremder, wie wär's mit einem Cocktail in der Rooftop-Bar? Ich warte auf dich, Mia.*

Dann lächele ich meinen Auserwählten an, lege betont langsam die Serviette auf den Tisch, lasse die fade schmeckenden Nudeln links liegen und stolziere aus dem Speisesaal.

Erst nachdem ich den Buffetraum verlassen habe, wird mir klar, was ich da eben getan habe. *Hallo schöner Fremder*? Was ist denn in mich gefahren? Wette hin oder her, ich klinge wie eine verzweifelte Sextouristin. In der Hoffnung, dass der Kellner meine peinliche Serviettenbotschaft vielleicht noch nicht entdeckt hat und ich sie etwas weniger idiotisch formulieren kann, schleiche ich mich zurück zum Restaurant und starre aus einiger Entfernung in Richtung meines Tisches. Doch es ist zu spät, der attraktive Typ hält meine Nachricht in den Händen und grinst. Damit er nicht auch noch mitbekommt, wie ich durch die Vorhänge in den Speisesaal linse, mache ich mich schnell aus dem Staub. Jetzt gibt es kein Zurück mehr. Habe ich tatsächlich so etwas wie ein Date?

Als ich beim Fahrstuhl ankomme, umklammere ich meine Kette, die mir plötzlich vorkommt wie ein Ehering. Ein stechender Schmerz wütet in meinem Magen. Abgesehen von der beschämenden Ich-warte-auf-dich-Einladung, fühlt es sich auch sonst unendlich falsch an, mich an einen neuen Mann ranzuschmeißen. Als würde ich gegen den Strom schwimmen. Es wäre so leicht, mich einfach weiter im Tränenmeer treiben zu lassen. Aber wie sollte ich dann meine Wette gewinnen oder je wieder glücklich werden? Nein, ich muss nach vorne sehen, es fühlt sich nur so unangenehm an, weil es ungewohnt ist. Ein ziemlich großer Teil von mir möchte trotzdem einfach ins Hotelzimmer gehen, Marks Facebook-Profil aufrufen und seine Fotos ansehen, aber eine leise Stimme erinnert mich daran, dass ich auf dieser Reise bin, um über ihn hinwegzukommen und mich abzulenken. Außerdem hat der Typ meine Nachricht sowieso schon gelesen, und sein Grinsen sah nach einer positiven Reaktion aus.

Ich richte mich auf, strecke die Brust raus und hebe das Kinn. Ich werde jetzt in die Bar gehen, mir Mut antrinken, auf den Kellner warten und den Rest dem Schicksal überlassen.

Die Rooftop-Bar sieht genauso aus wie auf den Fotos im Internet. Natürlich hat man vom sechsten Stock aus keinen Blick über Paris, aber es hat etwas Extravagantes, auf einem Hoteldach Cocktails zu trinken. Es gibt einen Außenbereich mit Hängematten, Sitzsäcken und niedrigen Loungetischen, das Geländer ist pink beleuchtet. Die Einrichtung im Innenbereich der Bar gleicht eher einem Wohnzimmer. Moderne Sofas und Sessel, Bilder von Paris an den Wänden, die Fußbodenleisten sind ebenfalls pink beleuchtet, ansonsten gibt es kaum eine Lichtquelle im Raum. Um nicht mutterseelenallein eine der letzten beiden freien Sitzgruppen zu blockieren, setze ich mich auf einen Hocker direkt an den Bartresen und versuche, mithilfe einer Kerze die Getränkekarte zu lesen.

»Kann ich Ihnen helfen?«, fragt der Barkeeper auf Englisch und lächelt.

Er ist schon etwas älter, trägt eine Brille und hat einen Adamsapfel von der Größe des zweiten Arrondissements.

»Haben Sie …«, ich überlege kurz, kenne mich aber eigentlich viel zu wenig mit Alkohol aus. Und von Wodka-Cranberrys habe ich noch von Karos Party genug. Mark hat manchmal Whisky getrunken, aber schon der Geruch hat mich immer an frisch Erbrochenes erinnert. »Machen

Sie auch Cocktails?«, frage ich dümmlich. Es ist eine Bar, Mia! Natürlich gibt es Cocktails.

Der Barkeeper lacht. »Natürlich. Wir haben Cocktails mit Rum, Whisky, Wodka, Gin und Tequila. Was hätten Sie gerne?«

Ich erinnere mich daran, dass ich in Frankreich bin. »Äh, vielleicht doch lieber ein Glas Wein?«, schlage ich unsicher vor.

»Selbstverständlich. Das hier ist unsere Weinliste«, sagt der Barkeeper und reicht mir eine zehnseitige Karte.

Oh Gott, das ist doch hoffentlich nicht sein ernst! Ich blicke ihn fragend an, ohne die Karte aufzuschlagen.

»Würden Sie gerne einen süßen oder eher einen trockenen Wein trinken?«, fragt der nette Mann, der offensichtlich meine Verzweiflung bemerkt hat. Doch seine ganze Fragerei hilft mir überhaupt nicht weiter. Ich meine, ganz ehrlich: trockener Wein? Was soll der Blödsinn? Das ist ja, als würde man um ein Glas trockenes Wasser bitten!

»Süß?«, piepse ich.

Nachdem er mir einige weitere Fragen gestellt hat, von denen ich keine einzige beantworten konnte, hoffe ich, dass er meine Hilflosigkeit auf mangelnde Sprachkenntnisse schiebt. Das erinnert mich mit Grauen daran, wie ich in China einmal das Wort »Kohlensäure« pantomimisch darstellen musste, weil es mir auf die Schnelle entfallen war. Wenigstens bleibt mir das im Englischen erspart.

Schließlich steht endlich ein Glas Rotwein vor meiner Nase. Ich trinke einen Schluck und hole dann mein Handy aus der Tasche, um nachzusehen, ob Hugo mir schon eine Nachricht geschickt hat. Fehlanzeige. Seit einer Stunde ist er jetzt mit Lucille unterwegs, und ich würde zu gerne wissen, wie es bei den beiden läuft.

Und, Hugolein, wie ist es mit Lucille?, schreibe ich ihm. Danach stöbere ich ein wenig in meinem Fotoordner, sehe mir die Bilder von heute Nachmittag an, spiele Candy-Crush, bestelle irgendwann ein zweites Glas Wein und sehe ab und zu zum Fahrstuhl hinüber. Langsam werde ich nervös. Ob der Kellner meiner Einladung überhaupt folgen wird? Da überlege ich hin und her, ob ich mich wirklich auf einen Drink mit ihm einlassen soll, und er findet meine Direktheit vielleicht überhaupt nicht attraktiv. Wollen Männer nicht lieber selbst erobern? Na toll! Bestimmt hält er mich für eine Prostituierte oder ein Alphaweibchen, das ihn früher oder später zu veganer Ernährung und Partneryoga zwingen wird. Falls er nicht kommt, können Hugo und ich jedenfalls nicht mehr abends zum Buffet gehen. So viel steht fest. Aber was ist, wenn er tatsächlich kommt? Mist, ich habe das alles nicht genug durchdacht. Ein kleiner Flirt wäre ja nett, aber was, wenn der Typ überhaupt nicht mein Fall ist? Wenn ich aus der Nummer nicht mehr herauskomme, er mit mir auf mein Zimmer gehen will und ich zu betrunken bin, um mich zu wehren? Noch nicht einmal Hugo ist hier, um mich zu retten. Der Kerl könnte ein Perverser sein! Kater Marie wäre der einzige Zeuge. Ich schiebe mein zweites Glas Wein weit von mir. Ich muss einen klaren Kopf bewahren.

»Stimmt etwas nicht?«, fragt der Barkeeper.

»Ja. Ich meine, nein. Könnte ich bitte ein Glas Wasser haben?«

»Natürlich, gerne.«

Und dann ertönt ein *Ping* aus Richtung des Fahrstuhls.

12

Cocktail mit einem Fremden

Der Kellner vom Hotelbuffet tritt aus dem Lift und sieht sich um. Als der Barkeeper ihn entdeckt, winkt er ihm freundlich zu. Verdammter Mist, damit zieht er seine Aufmerksamkeit natürlich auch auf mich. Plötzlich will ich das alles überhaupt nicht mehr. Doch der Kellner hat mich bereits entdeckt und kommt auf mich zugelaufen. Ich würde am liebsten im Erdboden versinken, denn in der Hand hält er die bekritzelte Serviette. Unwohlsein ist gar kein Ausdruck für meine Stimmung.

»Hi, war die für mich?«, fragt er auf Englisch mit französischem Akzent und diesem frechen Grinsen auf den Lippen, stellt sich neben mich und zeigt mir meine dämliche Nachricht. Er trägt nicht mehr seine Arbeitsuniform, sondern eine Jeans, eine lockere braune Lederjacke und Schuhe in derselben Farbe. Ein angenehm frischer Duft steigt mir in die Nase, als hätte er sich gerade erst parfümiert. Ich rieche Zimt und irgendein orientalisches Gewürz, das Paula für ihren Couscous benutzt.

Ich bin kurz davor, mich etwas zu entspannen, als ich meinen Augen kaum traue. Aus der Tasche seiner Lederjacke schauen zwei schwarze Finger eines Handschuhs heraus. Die Fingerkuppen sind mit Gummi überzogen, damit man einen besseren Griff hat, und ich erkenne Reste von Erde, die sich zwischen den Gumminoppen festgesetzt haben. Verdammt, was habe ich getan? Habe ich mich auf einen Kriminellen eingelassen? Es ist Sommer, wozu braucht man zu dieser Jahreszeit Handschuhe, es sei denn, man will jemanden erwürgen und anschließend verscharren? Der Griffschutz, die Erde, es passt einfach alles zusammen. Er will keine Fingerabdrücke hinterlassen und sich die Hände nicht schmutzig machen, ganz klar. Und er macht es scheinbar nicht zum ersten Mal. Ein Serienkiller, na toll!

Am liebsten würde ich ihm auf seine Frage antworten: »Ich habe diese Serviette noch nie zuvor gesehen«, aber stattdessen gebe ich nur ein gemurmeltes »Äh« von mir. Warum habe ich diesem zwielichtigen Handschuhbesitzer vorhin bloß eine Nachricht auf den Tisch gelegt? *Weil du dich verlieben willst,* flüstert mir eine innere Stimme zu, als säße eine wohlwollende Souffleuse neben mir. *Aber doch nicht in einen kriminellen Verrückten!,* brüllt eine andere Stimme zurück, und ich weiß nicht mehr, auf wen ich hören soll. Ich atme tief durch. Vielleicht sollte ich die Zeichen nicht überbewerten. Er könnte die Handschuhe auch zum Fahrradfahren benutzen, oder er hat die Jacke lange nicht mehr getragen, und die Handschuhe stecken da seit letztem Herbst drin. Oder – und diesen Gedanken finde ich nicht sonderlich erotisch, aber dennoch beruhigender, als es mit einem Mörder zu tun zu haben – er ist Hobbygärtner?

»Ja, ich dachte, dass du vielleicht gerne etwas mit mir trinken würdest«, bringe ich schließlich mutig hervor. Ich werde mir diesen Typen jetzt einfach mal angucken, und wenn er mir nach einem Drink nicht gefällt oder irgendwie gefährlich erscheint, kann ich mich immer noch verdrücken und habe trotzdem Stufe eins erfüllt.

»Sehr gerne sogar«, sagt er geschmeichelt und deutet auf den Barhocker neben mir. »Darf ich?«

»Ja, klar.«

Der Barkeeper beobachtet das Schauspiel zwischen uns belustigt und wechselt dann einige Worte mit dem Kellner auf Französisch. Es scheint nur Small Talk zu sein, zumindest bilde ich mir ein, dass es nicht um mich geht. Keine Geste, kein Grinsen in meine Richtung.

Dann bestellt er sich einen Gin Tonic und wendet sich mir zu. »Ich bin Matéo«, sagt er und streckt mir die Hand entgegen.

»Ich heiße Mia«, sage ich und beruhige mich ein wenig. Vielleicht wird das hier einfach ein netter Abend, den ich nicht alleine verbringe. Zumindest ist bisher kein Erwürgen mittels Handschuhen oder sexueller Übergriff in Sicht. Aber woran sollte man auch merken, dass so etwas vielleicht passieren wird? Ist ja nicht so, als würde jemand seine Tat vorher ankündigen oder ein Schild um den Hals tragen, auf dem *Erwürger* steht.

»Was führt dich nach Paris? Bist du ganz alleine hier?«, beginnt Matéo das Gespräch.

»Nein, mit meinem besten Freund, aber der ist gerade in der Stadt unterwegs. Wir machen eine Weltreise.«

»Wow! Eine Weltreise? Was für ein Luxus! Aus welcher Stadt kommst du ursprünglich? Wo seid ihr gestartet?«

Und während ich Matéo von Berlin, unseren Reisezielen und meinem ersten Eindruck von Paris erzähle, entspanne ich mich langsam. Der attraktive Kellner scheint trotz der bedrohlichen Handschuhe wirklich ganz nett zu sein.

»Und was machst du beruflich?«, fragt er interessiert.

»Ich bin Fremdsprachenkorrespondentin«, antworte ich und versuche auszublenden, dass ich arbeitslos bin. Eine Sicht, die definitiv vom Rotwein unterstützt wird. Und die Ausbildung nimmt mir keiner mehr weg. Ich lüge also nicht, ich verschweige nur die jüngsten Ereignisse. »Ich spreche Deutsch, Spanisch, Englisch und Chinesisch.«

»Wow!« Dieses Wort hat Matéo nun schon einige Male benutzt, und ich fühle mich mit jedem Satz, den ich von mir gebe, besser. »Chinesisch? Ich bin beeindruckt.« Er nickt anerkennend.

Es tut gut, sich endlich nicht mehr wie ein Loser zu fühlen, sondern wieder wie ich selbst. So wie früher – vor der Trennung, meiner Arbeitslosigkeit und der Blamage auf der Party. Matéo weiß erfreulicherweise von alldem nichts.

»Du scheinst sehr gut zu verdienen, so eine Weltreise ist bestimmt nicht ganz billig.«

»Ja, na ja, ich weiß, wie man sein Geld spart«, sage ich.

»Wenn man so viel verdient, dass man die Möglichkeit dazu hat…«, murmelt Matéo und fragt mich nach einer kurzen Gesprächspause, ob ich noch etwas trinken möchte.

Ich traue mich inzwischen wieder an etwas Alkohol ran und nicke dem Barkeeper zu, dass ich noch einmal dasselbe möchte. Ich fühle mich cool, wie eine alte Weinkennerin, die ihrer Stammmarke treu bleibt. »Wein ist gut für die Durchblutung«, sage ich wissend, als ich einen ersten Schluck von meinem neuen Glas nehme.

Matéo nickt und schlürft seinen Gin Tonic. »Und Eigenurin ist gut für die Haut«, sagt er dann und klingt belustigt.

Ich nicke, doch ich finde, das ist ein ziemlich komischer

Kommentar. Vielleicht doch ein Perverser? Mein Blick fällt wieder auf die Handschuhe in seiner Tasche. »Und du, arbeitest du schon lange als Kellner?«, frage ich.

»Ja, schon seit ich vierzehn bin.«

»Cool. Studierst du nebenbei, oder hast du eine Ausbildung gemacht?«

»Nein. Ich, äh, ich arbeite nur als Kellner.«

»Warst du schon mal in Deutschland?«, will ich wissen, um das Gespräch aufrechtzuerhalten. Nichts ist unangenehmer als lange Pausen beim ersten Kennenlernen. Das wäre definitiv ein Zeichen dafür, dass es nicht gut läuft.

»Nein, ich bin immer nur in Paris gewesen.«

Ich erzähle Matéo von meinen Geschäftsreisen nach Peking, meinem letzten Urlaub in Kopenhagen und empfehle ihm einige Ecken in Andalusien, wo ich mal eine Sprachschule besucht habe. »Hast du irgendwelche Hobbys? Treibst du Sport?«, erkundige ich mich weiter. Vielleicht erwähnt er jetzt, dass er gerne Gartenarbeit macht, womit ich das Handschuhthema endlich zu den Akten legen könnte.

»Ich spiele manchmal Fußball mit meinem kleinen Bruder«, sagt Matéo, und seine Augen beginnen zu strahlen.

Doch ich unterbreche ihn, um stolz von meinem Sportpensum zu berichten: »Ich gehe jeden Tag nach der Arbeit zum Sport. Außerdem mache ich zu Hause Pilates und Yoga.«

»Oh.« Matéo verstummt abrupt. Erst nach einigen Sekunden fragt er: »Kannst du dann auch die Figur der hochnäsigen Seekuh?« Er lacht.

Die hochnäsige Seekuh? Ich habe noch nie von dieser Übung gehört, will mir aber auch nicht die Blöße geben, das zu verraten. »Natürlich«, antworte ich deshalb und mache ein wissendes Gesicht. »Wo spielt ihr genau Fußball?«, frage ich schnell, um nicht weiter über Yogastellungen reden zu müssen. Eigentlich bin ich ziemlich schlecht in diesen ganzen Bezeichnungen und finde die meisten Namen total albern. Ich meine, *Der Kosmische Tänzer* oder *Die Lustige Krähe* hören sich doch eher nach Kinderbuchtiteln als nach Sportübungen an.

»Mein Bruder besucht eine Sportschule, dort haben sie eine riesige Halle«, steigt Matéo zu meiner Erleichterung auf die Ablenkung ein.

»Und wie oft macht ihr das?«

»Einmal in der Woche, manchmal auch nur alle zwei Wochen.«

»Experten sagen, dass man dreimal in der Woche Ausdauertraining betreiben soll und mindestens zweimal Muskeltraining. Am besten wäre es, wenn man zusätzlich noch Dehnungs- und Entspannungsübungen macht«, erkläre ich und bin froh, dass mir wenigstens irgendetwas einfällt, das ich sagen kann.

Bevor Matéo darauf antworten kann, klingelt mein Handy.

»Entschuldige, ich muss diese Nachricht kurz lesen. Es ist ziemlich wichtig. Was Geschäftliches«, sage ich entschuldigend, denn ich will vor Matéo natürlich nicht zugeben, dass ich aus lauter Liebeskummer eine Wette mit Hugo abgeschlossen habe und nun auf die Info warte, ob er heute noch entjungfert wird.

»Klar. Vielleicht ist es ja der Kaiser von China«, brummt Matéo, und ich lächele gequält. Der Typ hat echt einen eigenartigen Humor. Und anstatt die Gelegenheit zu nutzen, um sein eigenes Handy rauszuholen, starrt er nur betreten in sein zweites Glas Gin Tonic.

Mia, Lucille kommt mit ins Hotel!!! Ich bin der glücklichste Mensch der Welt!!! Du musst leider in ein Einzelzimmer, meine Liebe. Sind in einer halben Stunde da!!!

Okay, tief durchatmen. Bei Hugo läuft es scheinbar bestens, aber ich kann schließlich auch nicht klagen. Zum Glück habe ich mich vor dem Abendessen schon an der Rezeption erkundigt, und mir wurde zugesichert, bis Mitternacht noch kurzfristig ein zusätzliches Zimmer buchen zu können. Jetzt ist es zweiundzwanzig Uhr, das heißt, es bleibt mir noch genug Zeit, um mit Matéo zu flirten. Wer weiß, vielleicht nehme ich ihn sogar auf mein Zimmer mit? Ich muss in die Vollen gehen, um Erfolg zu haben und meinen Kummer loszuwerden. Mein alter Kampfgeist ist zurückgekehrt. Falls Hugo glaubt, dass er der Einzige ist, der morgen früh mit einer wundervollen Nacht prahlen kann, dann hat er sich geschnitten.

»Hey Matéo, wollen wir vielleicht nach draußen auf die Terrasse gehen?«

Irgendwie ist er einsilbig geworden, und die Stimmung zwischen uns beiden ist gedämpft. Woran das wohl liegt? Ich habe doch alles richtig gemacht. Vielleicht sind es die schlechte Luft und das schummrige Licht hier drin.

»Äh«, murmelt Matéo, sieht auf die Uhr und dann auf sein halb volles Glas Gin Tonic. »Okay, warum nicht.«

Ich greife nach meinem Weinglas, nehme Matéo lässig bei der Hand und führe ihn nach draußen. Endlich fühle ich mich wieder selbstsicher. Unser Gespräch hat mich daran erinnert, wer ich bin. Und das ist nicht nur die verlassene, arbeitslose und verstörte Frau, die ich in den letzten Wochen war. Ich bin Mia Meinecke, die Frau, die ihr Leben absolut im Griff hat oder zumindest wieder in den Griff bekommen wird. Alles fühlt sich wieder nahezu perfekt an! Wie ich dieses Gefühl vermisst habe.

»Es ist wunderschön hier draußen«, sage ich und lehne mich verträumt an das pinkfarbene Geländer.

»Ja.«

»Kommst du oft hierher?«

»Manchmal, nach der Arbeit.« Matéo stürzt seinen Gin Tonic herunter, als würde er ihn so schnell wie möglich leeren wollen.

»Hast du eine Freundin?«, frage ich und verlasse damit endlich den Bereich des Small Talks.

»Nein. Und du einen Freund?«

Ich schüttele den Kopf, denn es fällt mir immer noch schwer, laut auszusprechen, dass ich Single bin.

»Wundert dich das?«, fragt Matéo.

Kurz überlege ich, ob der Satz tatsächlich als Frage formuliert war und er mir nicht eigentlich sagen wollte, dass es ihn sehr wundert, dass eine Frau wie ich ohne Mann unterwegs ist. »Äh«, bringe ich hervor, doch in diesem Moment hat Matéo seinen Gin Tonic ausgetrunken und stellt das Glas mit einem lauten Knall auf den runden Stehtisch zwischen uns.

»Ich meine, wenn jemand alles kann und alles weiß, wozu braucht er dann noch jemanden an seiner Seite? Ich muss jetzt jedenfalls aufs Klo, vielleicht noch irgendwelche Tipps in Sachen Stuhlgang?«

»Man sollte seine Füße auf einem kleinen Hocker abstellen, dann entstehen keine Hämorrhoiden, falls man zu stark presst«, rutscht es mir heraus, bevor ich überhaupt realisiere, was er da gerade noch von sich gegeben hat. *Wozu ich jemanden an meiner Seite brauche? Ob ich mich überhaupt darüber wundere, warum ich keinen Freund habe?* Wie unverschämt! Doch ich bin zu perplex, um mich zu verteidigen.

Matéo grinst abfällig, schüttelt den Kopf und läuft ins Innere der Bar.

Verdammt, hat er mich gerade wirklich eiskalt sitzen gelassen? Was fällt dem Typ eigentlich ein? Abgesehen davon: Kann man nur eine Beziehung führen, wenn man den anderen *braucht*? Das wäre doch eine ziemlich bescheuerte Motivation, um mit jemandem zusammen zu sein. Doch Matéo ist verschwunden, und ich kann ihm nichts mehr entgegensetzen.

Ich denke an Hugo, der gleich mit Lucille im Hotel auftauchen wird, um sein erstes Mal zu erleben. Ich denke an unsere Wette und wie erniedrigend es wäre, wenn er heute schon gewinnt und ich gerade mal Stufe eins mehr schlecht als recht hinter mich gebracht habe. Ich kann unmöglich die haushohe Verliererin sein! Kurzerhand beschließe ich, von Matéos Abgang getrieben, wenigstens noch Aufgabe Nummer zwei zu erfüllen, bevor ich Hugo unter die Augen treten und mir seine Erfolgsgeschichte anhören muss. Ich werde die Kette für die nächsten dreißig Minuten abnehmen. Was kann schon so schwer daran sein? Ich taste hektisch mit den Fingern nach dem Verschluss und öffne ihn. Für die nächste halbe Stunde sind es die letzten Berührungen dieses Schmuckstücks, die ich auf meinem Hals spüren werde. Es kitzelt. Und dann fühlt es sich an, als wäre ich nackt. Ein leichter Windhauch streicht über die Stelle, an der bis eben noch der Anhänger lag, und ein Schauer läuft mir über den Rücken. Es fühlt sich schlecht an. Und gleichzeitig gut. Doch ich versuche, jegliche Regung zu ignorieren, denn alles, was ich will, ist, einfach nur die nächste Stufe zu erfüllen.

Mit der rechten Hand umklammere ich die Swarovskikette, die von meiner Körpertemperatur noch warm ist. Ich halte sie fest und beuge mich lässig über das Terrassengeländer, als würde mir diese ganze Kettensache gar nichts ausmachen. Da meine ich plötzlich Hugo und Lucille zu sehen, die Hand in Hand die Straße vor dem Hotel entlanglaufen. »Hugo!«, rufe ich und winke eifrig, von Stufe zwei beflügelt. Nur leider vergesse ich dabei die Kette. Kein Wunder, schließlich lag sie sonst immer sicher um meinen Hals. Ich spüre, wie das Gewicht des Anhängers das ganze Schmuckstück in den Abgrund zieht. Mein reflexartiger Griff kommt zu spät. Nur meine Fingerspitzen berühren noch einmal den Verschluss, dann sehe ich das funkelnde Erinnerungsstück tiefer und immer tiefer in Richtung Bürgersteig fallen. Im gleichen Augenblick bemerke ich, dass die beiden Personen, denen ich gewunken habe, am Hotel vorbeigehen – es waren gar nicht Hugo und Lucille. Verdammter Mist!

13

Swarovski adieu!

Panik macht sich in mir breit. Ich wollte die Kette doch noch gar nicht loswerden, sondern nur probeweise abnehmen. Die Vorstellung, dass irgendeine dahergelaufene Pariserin sich jetzt Marks Geschenk schnappen und damit herumlaufen könnte, erwischt mich eiskalt. Ich umklammere meinen Hals so fest, als würde mich nicht wie befürchtet Matéo, sondern ich mich selbst erwürgen. Warum habe ich nicht besser aufgepasst? Sie ist weg, sie ist wirklich weg. Ich trinke mit einem Zug mein Weinglas leer. Soll ich nach unten stürmen und die Kette suchen? Plötzlich überfällt mich eine unglaubliche Wut auf Matéo. Wie kann er nur so skrupellos sein und mich einfach hier stehen lassen? Wäre er nicht verschwunden, wäre das alles nie passiert. Dann hätten wir vielleicht irgendwann Händchen gehalten, ich hätte Stufe drei erfüllt und Nummer zwei einfach übersprungen.

Ich stürme ins Innere der Bar und peile die Männerklos an, vielleicht erwische ich diesen Idioten noch und kann ihm die Meinung sagen. Ist mir doch egal, ob er denkt, ich sei eine durchgedrehte Irre. Ich werde ihm geradeheraus sagen, dass er an meinem Kettenverlust schuld ist und wer ich wirklich bin. Nämlich nicht die Weltreisende, sparende, sportliche, eloquente, perfekte Frau, für die ich mich ausgegeben habe. Jawohl! Ich werde mein Geständnis eröffnen mit: »Matéo, auch ich kacke!« Und dann werde ich ihm von Mark erzählen, von Hugo, unserer Wette und meiner Kette, und dann kann dieser feige Typ mir gefälligst suchen helfen. Kurz überlege ich, die Tür zu den Toiletten wie in einem Westernfilm einzutreten, aber das erscheint mir dann doch ein wenig übertrieben. Stattdessen öffne ich sie einen Spalt, stecke den Kopf hindurch und sehe eine Reihe Pissoirs. Kein einziger Mann steht davor.

»Matéo?«, frage ich unsicher.

Keine Antwort.

Es gibt nur eine einzige abgetrennte Kabine, aber die steht offen. Er wird doch wohl nicht öffentlich sein Geschäft verrichten? Zögerlich gehe ich näher heran und spähe ins Innere. Leer. Möglichst schnell verlasse ich die Männerklos wieder, Matéo ist anscheinend schon über alle Berge. Dann muss ich meine Kette wohl alleine suchen, während Hugo sich mit Lucille vergnügt. Den ersten Tag in Paris hatte ich mir definitiv anders vorgestellt.

Ich laufe zum Fahrstuhl, der sich Gott sei Dank bereits im sechsten Stock befindet, die Tür öffnet sich sofort. Ich drücke den Knopf für das Erdgeschoss. Ob mein Andenken noch auf der Straße liegt? Vielleicht ist es auch in einem Baum hängen geblieben. Mit einem *Ping* öffnet sich die Fahrstuhltür. Ich stürme an der Rezeption vorbei und will gerade auf die Straße rennen, als ich eine Person auf einem der Sessel in der Lobby bemerke. Sie hat zerzauste Haare, stützt das Gesicht in beide Hände und trägt den gleichen blauen Pullover, den ich Hugo letztes Jahr zu Weihnachten geschenkt habe.

Plötzlich hebt die Person den Kopf und sieht mich entgeistert aus verquollenen Augen an. »Mia! Da bist du ja!«

»Hugo? Aber ... was machst du denn hier? Wo ist Lucille? Warum seid ihr nicht ...?«

»Es war ein Desaster«, sagt Hugo niedergeschlagen, nur um im nächsten Moment so ungläubig die Augen aufzureißen, als hätte er einen Geist gesehen. »Wo ist Marks Kette?«

»Hier ist sie auch nicht.«

Ich sitze auf einem Baum und taste verzweifelt Ast für Ast ab, während mir die harte Baumrinde die Oberschenkel wund scheuert. Wobei »auf einem Baum sitzen« wohl die falsche Beschreibung ist, denn eigentlich hänge ich mehr oder weniger hilflos irgendwo im untersten Drittel eines Ahorns. Viele der Passanten, die Hugos und meine Suchaktion nach Marks Kette vor dem Hotel bemerkt haben, bieten ihre Hilfe an. Eine Gruppe Jugendlicher leuchtet mit ihren Handys den Gehweg ab, ein älteres Ehepaar inspiziert das Gebüsch, eine junge Frau starrt in einen Gully, und ich sitze nun schon im dritten Geäst – im roten Minikleid. Hugo passt auf, dass ich nicht runterfalle, beziehungsweise ist er der festen Überzeugung, er könne mich in diesem Fall auffangen. Mir ist das alles egal. Soll ich doch runterfallen und mir irgendwas brechen, sollen mir doch alle unters Kleid gucken können, soll Matéo sich doch verpissen – ohne Marks Kette ist sowieso alles für die Katz.

Apropos Katze: Hugo hat mir in der Lobby, kurz vor unserer Suchaktion, erzählt, warum sein erstes Mal mit Lucille gescheitert ist. Kater Marie hat sie mit Kraft seiner Krallen und spitzen Zähne attackiert. Nicht nur, dass Lucille allergisch gegen Katzen ist und deshalb Angst vor ihnen hat, Marie hat die Neue an Hugos Seite regelrecht vertrieben und sein Revier verteidigt. Laut Hugo ist Marie auf Lucille gesprungen, die anfing zu schreien, doch der Kater zeigte kein Erbarmen und rammte seine Krallen in Hals und Dekolleté der Ärmsten. Jegliche Hilfe von Hugo war vergebens, immer wieder ging Marie auf Lucille los, bis sie heulend aus dem Hotelzimmer gestürmt ist. Daraufhin ist Hugo ihr natürlich hinterhergerannt, hat sie aber nicht mehr eingeholt. Schließlich hat er sich verzweifelt in die Lobby gesetzt in der Hoffnung, dass sie vielleicht zurückkommen würde.

»Ich klettere jetzt wieder runter«, sage ich traurig, nachdem ich meine Kette nirgendwo in der Baumkrone funkeln sehen konnte.

»Viel weiter kann sie doch nicht geflogen sein«, sagt Hugo verwirrt und blickt nach oben zur Terrasse der Rooftop-Bar, um ungefähr abzuschätzen, welche Fluglinie sie genommen haben könnte.

Die junge Frau, die die Gullys inspiziert hat, kommt kopfschüttelnd auf uns zugelaufen, murmelt entschuldigend etwas auf Französisch und geht dann weiter ihres Weges. Genauso wie wenig später die Jugendlichen und das ältere Ehepaar. Niemand glaubt mehr daran, meine Kette noch zu finden.

»Wir dürfen nicht aufgeben«, sage ich verzweifelt.

»Irgendjemand könnte sie einfach mitgenommen haben«, gibt Hugo zu bedenken.

»Ja, du hast ja recht«, sage ich seufzend. Scheiß Realität!

»Komm Mia, wir gehen ins Bett. Wir können ja morgen

früh im Hellen noch einmal suchen. Das macht jetzt einfach keinen Sinn mehr.«

Ich nicke und gebe mich geschlagen.

Als wir wieder in der Lobby sind und zu den Fahrstühlen laufen, kommt mir noch eine Idee. »Vielleicht hat jemand die Kette an der Rezeption abgegeben«, mutmaße ich und sehe Hugo hoffnungsvoll an.

»Hm, glaube ich ehrlich gesagt nicht. Aber wenn du fragen magst …« Er deutet auf den Empfang, hinter dem eine blonde Frau mit Brille sitzt.

»Entschuldigung, wurde hier eventuell eine Kette abgegeben? Ich habe sie vor dem Hotel verloren und dachte, vielleicht ist jemand auf die Idee gekommen, dass sie einem Hotelgast gehören könnte.« Als ich unsicher meine Frage stelle, wird mir bewusst, dass es äußerst unwahrscheinlich ist, dass sich mein Schmuckstück plötzlich auf magische Weise hinter der Rezeption befindet.

Doch zu meiner Überraschung sagt die junge blonde Frau etwas zögerlich: »Ja, ehrlich gesagt war hier vorhin ein etwas seltsamer älterer Herr, der etwas von einer Kette erzählt hat. Aber ich dachte, er sei angetrunken und habe ihn deshalb nicht ganz ernst genommen. Warten Sie, er hat eine Telefonnummer hinterlassen, falls jemand danach fragt.«

Ich lächele Hugo begeistert an, während die Rezeptionistin den Papierkorb anhebt und darin herumkramt. Ist mir doch vollkommen egal, ob der Typ betrunken war. Von mir aus kann er auch einen Rüssel und drei Beine haben, solange er meine Kette hat. Das ist alles, was zählt.

»Entschuldigen Sie, dass es so lange dauert, aber ich habe den Zettel einfach weggeworfen. Wie gesagt, der Mann war etwas … merkwürdig.«

»Ach, dieser Verrückte mit der Teekanne?«, fragt Hugo plötzlich, als hätte er sich gerade an etwas erinnert.

»Genau!«, antwortet die Hotelangestellte und sieht ihn dankbar an.

»Teekanne?«, frage ich verwirrt.

»Als ich vorhin in der Lobby saß, kam ein verlumpter Typ rein, der unglaublich muffig roch. Er trug eine blaue Teekanne in der Hand. Total komisch!« Hugo schüttelt den Kopf.

»Hier ist der Zettel!« Die Rezeptionistin reicht mir einen Papierschnipsel, auf dem *François* steht und eine Telefonnummer. »Er sagte, man solle ihn einfach anrufen, wenn man die Kette vermisst.«

»Super. Vielen lieben Dank!« Ich könnte die blonde Frau vor Dankbarkeit küssen.

Hugo bemerkt scheinbar meine überschwänglichen Gefühle und zieht mich, Abschiedsfloskeln murmelnd, schnell in Richtung Fahrstühle.

»Was meinst du, soll ich jetzt gleich anrufen?«, frage ich aufgeregt.

Hugo wirft einen Blick auf seine Uhr. »Es ist kurz vor zwölf. Der Typ sah zwar nicht so aus, als würde er sonderlich viel Wert auf Etikette legen, aber ich würde damit trotzdem bis morgen früh warten.«

Bis morgen früh? Eine ganze Nacht ohne meine Kette?

»Jetzt guck nicht so verzweifelt. Dann hättest du gleich Stufe vier erfüllt.«

Ich seufze. Also gut, wenigstens mache ich unfreiwillig Fortschritte.

Als wir das Hotelzimmer betreten, kommt Marie uns so fröhlich entgegen, als wäre er wahnsinnig zufrieden mit sich selbst.

»Du kleiner Schädling«, sage ich zu ihm. »Du willst wohl, dass dein Herrchen für immer alleine bleibt?«

Der Kater beginnt zu schnurren und springt aufs Bett.

»Sag mal, wie kam es überhaupt dazu, dass Lucille mit ins Hotel gekommen ist? Euer Date scheint ja sonst sehr gut gelaufen zu sein«, will ich von Hugo wissen, um ihn ein wenig zu ermutigen. Immerhin war der Abend insgesamt gesehen ein erster Erfolg für ihn.

»Das ist es auch. Es war super! Wir haben uns unterhalten, gelacht, gegessen, getrunken – alle meine Pläne sind aufgegangen. Ich habe ihr Komplimente gemacht, sie war total geschmeichelt, und als wir aus dem Restaurant gekommen sind, habe ich sie geradeheraus gefragt, ob sie noch ins Hotel mitkommen möchte. Sie hat, ohne zu zögern, zugestimmt.« Hugos Gesichtsausdruck ist eine Mischung aus Freude und Bedauern. Als könne er nicht fassen, dass Glück und Schmerz sich so schnell abgewechselt haben. »Im Fahrstuhl haben wir schon angefangen, uns zu küssen«, erzählt er weiter und wirft seinem Kater einen vorwurfsvollen Blick zu. Doch Marie tut so, als wäre er ein absolutes Unschuldslamm, und streckt seinen flauschigen weißen Katerbauch in unsere Richtung.

»Und wie war der Kuss?«, frage ich aufgeregt und nehme schwer schluckend zur Kenntnis, dass Hugo ganz nebenbei auch Stufe drei, einer Frau ein Kompliment machen, und Stufe sechs, eine Frau küssen, erfüllt hat.

Er macht ein wehmütiges Gesicht und setzt sich aufs Bett. »Leidenschaftlich.«

»Ach Hugolein, es tut mir so leid. Konnte ja keiner ahnen, dass es wegen Marie solche Probleme geben würde. Sonst hätte ich den Killer-Kater vorher in mein Einzelzimmer gebracht. Ich meine, Marie ist ja immer etwas eifersüchtig, wenn du dich länger mit etwas anderem beschäftigst als mit ihm. Aber seine Attacke klingt nach einer ganz neuen Dimension von Eifersucht.«

»Es war furchtbar.« Hugo schüttelt resigniert den Kopf. »Egal. Ich will nicht mehr darüber nachdenken, sonst schmeiß ich den Kater noch genauso aus dem Fenster wie du deine Kette. Warum hast du das Ding überhaupt vom Dach gepfeffert, wenn du innerlich noch gar nicht so weit warst?«

»Habe ich nicht! Ich wollte sie nur kurz abnehmen, aber dann habe ich sie aus Versehen fallen lassen.«

Hugo legt fragend die Stirn in Falten.

Jetzt bin ich wohl an der Reihe, ihm etwas genauer von den Vorkommnissen meiner Nacht zu berichten. Ich setze mich zu ihm und Marie aufs Bett. »Eigentlich hat das alles mit einem sehr fade schmeckenden Nudelauflauf begonnen ...«

14

François

Wo bin ich? Wer bin ich? Warum liegt Hugo neben mir?

Paris. Unsere Wette. Matéo. Meine Kette!

Die ganze Bandbreite von Erinnerungen strömt auf mich ein, und ich wünsche mir, möglichst schnell wieder einzuschlafen, die Zeit zurückzudrehen, neben Mark aufzuwachen und irgendetwas anders gemacht zu machen. Noch besser zu sein, damit er nicht mit mir Schluss macht. Aber ich wüsste noch nicht mal was. Mark ist wie ein fieser Richter, der jemandem eine ordentliche Haftstrafe aufbrummt, der gar nicht weiß, was er falsch gemacht hat. Schön, er liebt mich nicht mehr, aber auch das muss irgendeinen Grund haben. Jeden Morgen das gleiche dämliche Gefühl. Warum kann man vor seinen eigenen negativen Erinnerungen, Gedanken und Emotionen nicht weglaufen? Sie kleben an einem wie künstliche Fingernägel. Bombenfest.

Hugo dreht sich schmatzend zu mir um und öffnet die Augen. Er sieht aus wie ein verschlafener Biber, und meine Stimmung hellt sich bei seinem niedlichen Anblick ein wenig auf.

»Hey, guten Morgen«, brummelt er.

»Morgen«, piepse ich zurück, meine Stimmbänder noch etwas eingerostet vom Schlaf.

»Wie spät ist es?«, fragt Hugo und greift zu seinem

Handy auf dem Nachttisch, um sich die Frage selbst zu beantworten. »Mensch, Mia! Es ist viertel nach elf. Wir haben das Frühstück verpasst.«

Mir fällt ein Stein vom Herzen. Nicht zum Frühstücksbuffet zu müssen heißt, dass ich Matéo nicht begegnen muss.

»Dann gehen wir eben zu irgendeiner Bäckerei. Wie wär's mit der Boulangerie Florence? Meinst du nicht, du könntest Lucille einfach um ein zweites Date bitten?«

Hugo macht ein Geräusch wie ein Ballon, aus dem man langsam die Luft rauslässt. »Das glaubst du doch wohl selber nicht«, antwortet er dann und gähnt. »Würdest du noch mal mit einem Typen ausgehen, dessen durchgedrehter Kater dich malträtiert hat?«

Ich schüttele entschuldigend den Kopf. Er hat leider recht, der gestrige Abend war wohl eine Nummer zu viel.

Hugo stapft ins Badezimmer. Kurz darauf höre ich seine elektronische Zahnbürste.

Ich seufze, stehe dann selbst auf und entdecke Marie neben der Tür. Der Kater hat sich eingerollt und wackelt lauernd mit der Schwanzspitze, als würde er darauf warten, dass weitere Konkurrentinnen auftauchen, die er vertreiben kann.

»Du verrücktes Vieh«, sage ich, gehe auf ihn zu und streichele ihm über den Kopf. Er schnurrt. Es ist ein kleines Wunder, dass Marie scheinbar spürt, dass zwischen mir und Hugo nie etwas laufen wird. Sonst hätte er auf mich im Doppelbett doch mit Sicherheit genauso reagiert wie auf Lucille.

»Ich rufe jetzt diesen François an«, rufe ich in Richtung Badezimmer. Dann schnappe ich mir mein Handy und die Telefonnummer des Kettenfinders vom Nachttisch. Irgendwie passt das alles nicht zusammen. Wie kann ein Typ mit einer Teekanne durch die Gegend laufen und einen verrückten Eindruck machen und gleichzeitig die Geistesgegenwart und Freundlichkeit besitzen, wegen einer verlorenen Kette ins Hotel zu gehen und seine Nummer zu hinterlassen? Wäre er ein Obdachloser, hätte er außerdem bestimmt kein Telefon und würde versuchen, die Kette zu verkaufen. Seltsam.

»Mach das«, sagt Hugo, als er aus dem Bad kommt. »Aber wundere dich nicht. Wie gesagt, der Typ sah echt aus, als hätte er eine Schraube locker.«

Ich wähle, kurz darauf ertönt ein Freizeichen. Dann hebt jemand ab, sagt aber nichts.

»Hallo?«, frage ich verwirrt.

»Bonjour?«

»Äh, hallo, mein Name ist Mia«, fahre ich auf Englisch fort. »Sie haben gestern meine Kette gefunden und Ihre Telefonnummer im Hotel hinterlassen. Könnten wir uns treffen? Ich hole sie gerne jederzeit und überall ab.«

Stille. Dann höre ich im Hintergrund merkwürdige Geräusche. Sind das Hühner, die gackern?

»Hallo?«, frage ich noch einmal unsicher. Vielleicht versteht der Typ kein Englisch. Ob ich an der Rezeption nach einer Übersetzungshilfe fragen könnte?

»Ach so, ja, ja, ja«, antwortet der Mann am anderen Ende der Leitung zu meiner Erleichterung. Seine Stimme klingt rau, aber freundlich.

Hugo steht in Boxershorts vor mir und beobachtet mich aufmerksam.

»Können Sie hierherkommen?«

»Ja, natürlich komme ich vorbei«, versichere ich. Ich würde sogar mit der Black Pearl zur Isla de Muerta segeln, um Marks Kette wiederzubekommen.

Hugo scheint da jedoch anderer Meinung zu sein, denn er sieht mich erschrocken an und formt mit den Lippen stumm die Worte: »Wohin? Wohin sollen wir kommen?« Er ist wirklich ein alter Angsthase. Was befürchtet er denn? Dass der Mann uns kidnappt? Zugegeben hört sich das alles etwas komisch an, aber es war nur eine Teekanne, kein Säbel.

François gibt mir eine Adresse durch, und ich versichere ihm, dass wir uns gleich auf den Weg machen. Dann bedanke ich mich mehrere Male und betone, wie nett ich es von ihm finde, dass er sich im Hotel gemeldet hat.

»De rien, de rien«, sagt François daraufhin und lacht sympathisch. Na bitte, er scheint total aufgeschlossen und nett zu sein.

Zum Schluss des Gesprächs höre ich jedoch nicht nur das Gackern von Hühnern im Hintergrund, sondern auch einen seltsamen Schrei. Ich habe absolut keine Idee, was oder wer das gewesen sein könnte. Ich beschließe, Hugo vorsichtshalber nichts davon zu erzählen, murmele »Au revoir!« und lege nun doch etwas verunsichert auf.

»Na, das Haus sieht doch wirklich ganz cool aus.« Ich deute auf das kleine Gebäude, vor dem wir stehen, und lächele Hugo ermutigend an. Wir haben uns einfach in ein Taxi gesetzt, dem Fahrer François' Adresse durchgegeben, und nun sind wir hier, in der Rue de l'Abreuvoir im Stadtbezirk Montmartre. François' Haus grenzt direkt an ein Parkgelände, und am Zaun hängt ein Schild mit der Aufschrift:

François Dupont
Artiste

»Das ist kein Haus, sondern eine etwas größere Laube«, verbessert mich Hugo.

»Von mir aus auch das. Aber es sieht doch sehr idyllisch aus.«

»Es sieht verrückt aus. Guck doch mal, da steht eine Vogelscheuche im Vorgarten. Mann ist die gruselig! Ein Grinsen wie Chucky die Mörderpuppe. Außerdem hat sich um den Garten scheinbar schon länger keiner mehr gekümmert, alles ist total wild bewachsen. Vielleicht hat der Typ Alzheimer.«

»Er hat kein Alzheimer, er ist Künstler, die sind eben etwas chaotisch. Hast du das Schild nicht gesehen? Da steht *Artiste.*«

»Artiste, Artiste«, brabbelt Hugo unzufrieden vor sich hin. »Los, wir holen jetzt deine Kette, und dann verschwinden wir von hier. Das ist mir alles nicht ganz geheuer. Du hast doch die Frau von der Rezeption gehört. Sie denkt auch, dass er ein Verrückter ist.«

Ich suche gerade am Zaun nach einer Klingel, als plötzlich der gleiche Schrei aus Richtung des Hauses ertönt, den ich schon am Telefon gehört hatte.

»Erzähl mir jetzt bitte nicht, dass du dieses Geräusch auch normal findest, Mia!«, zetert Hugo.

»Nein. Ich weiß auch nicht, was das ist. Hab's vorhin schon am Telefon gehört. Aber Marks Kette ist nun mal in diesem Haus, und François wird uns schon nicht auffressen wie die Hexe bei Hänsel und Gretel.«

Doch Hugo macht ein Gesicht, als wäre er sich da nicht ganz sicher.

Ich entdecke eine Hupe, die neben dem Zauneingang auf einer der Latten befestigt ist. »Meinst du, das ist die Klingel?«, frage ich unsicher.

»Wahrscheinlich.«

Zögerlich strecke ich eine Hand aus und hupe zweimal kräftig. Dabei muss ich lachen, denn das Geräusch erschreckt einige Passanten, die gerade am Parkgelände vorbeilaufen.

Ein paar Sekunden später öffnet sich die Tür von François' Häuschen, und ein Mann in rotem T-Shirt, grauer Leinenhose und weißen Birkenstocks erscheint. Seine gräulich braunen, halb langen Haare sehen etwas zerzaust aus, und um sein rechtes Handgelenk hängen einige Plastikarmbänder. Seine Haut sieht aus, als hätte er viel Zeit, um in der Sonne zu liegen. Sein Gesicht ist freundlich und voller Lachfalten.

»Bonjour. Sie sind Mia?«, fragt François und winkt uns heran.

Erst jetzt merke ich, dass das Gartentor nicht verschlossen ist, und wir laufen in Richtung Laube.

»Je suis François«, sagt der Mann und macht eine Geste ins Innere seines Hauses. »Kommen Sie herein.«

»Ich will nicht«, flüstert Hugo mir zu.

»Du bist unhöflich. Der nette Herr hat schließlich meine Kette gefunden. Magst du lieber hier draußen bei der Vogelscheuche bleiben?«, wispere ich zurück, und als François bereits im Haus verschwunden ist, ziehe ich Hugo einfach hinter mir her.

Die Wände in der Laube sind hellblau gestrichen, ein Patchworkteppich liegt auf dem Boden, und überall hängen selbst gemalte Bilder von Pfauen in allen möglichen Variationen: mit aufgestelltem Rad, mit eingeklapptem Rad, alleine, in Gruppen, weiße Pfauen, schwarze Pfauen, Babypfauen, Pfauennester und Eier. Eine zerschlissene

Couch steht an einer Wand, eine Staffelei befindet sich neben der Fensterfront, die den Blick auf die Terrasse freigibt, und von der Decke baumelt eine Glühbirne, über deren Kabel eine grüne Socke hängt.

»Sie haben ein sehr, äh, interessantes Haus. Haben Sie die Bilder alle selbst gemalt?«, frage ich schüchtern.

»Oui, oui«, antwortet der Künstler, der in der Teeküche verschwunden ist und mit Geschirr klappert. »Einen Moment, Ihre Kette, Ihre Kette… wo habe ich sie nur hingelegt? Pardon!« François läuft in die Mitte des Wohnraums und kratzt sich am Kopf.

»Der hat irgendwie was Helge-Schneider-mäßiges vom Aussehen, oder?«, frage ich Hugo, als plötzlich wieder der merkwürdige Schrei ertönt. Doch anstatt mir zu antworten, zuckt er zusammen.

»Entschuldigen Sie, woher kommt dieses Geräusch?«, frage ich mutig.

François sieht uns an, als hätte er eben erst bemerkt, dass wir in seinem Wohnzimmer stehen. »Das? Ach, das ist Victor. Er ist draußen in seinem Käfig und will endlich raus.«

Hugo sieht aus, als würde ihm die Käfig-Sache überhaupt nicht gefallen. »Und wer ist Victor?«, fragt er skeptisch, während François einen kurzen grauen Mantel von der Couch nimmt und in den Jackentaschen wühlt.

»Mein Pfau.«

»Sie haben einen echten Pfau?«, fragt Hugo.

»Bien sûr«, antwortet François, als wäre es das Normalste der Welt.

»Können… können wir ihn mal sehen?«, bringe ich verdutzt hervor. So ein Haustier sieht man schließlich nicht alle Tage.

»Wenn Sie möchten, natürlich. Ah, ici! Ihre Kette!«, ruft François erfreut und zieht sie aus seiner Hosentasche.

Mir fällt ein Stein vom Herzen, als ich mein geliebtes Geschenk von Mark wieder in den Händen halte. Sie ist es tatsächlich und noch dazu ganz und gar unversehrt. »Merci!«, sage ich fröhlich und wippe freudig auf den Füßen, während ich mir die Kette um den Hals lege. Es fühlt sich an, als sei sie nie weg gewesen. Gott sei Dank!

»Kommen Sie, Kommen Sie. Victor ist im Garten.« François öffnet eine Tür am Rande der Fensterfront und führt uns über die Terrasse einige Stufen abwärts, bis wir im Garten hinter dem Haus stehen.

Selbst Hugo sieht jetzt nicht mehr ängstlich, sondern ziemlich neugierig aus. Und tatsächlich befindet sich ein riesiges Gehege im Garten, in dem einige gackernde Hühner umherlaufen – und ein weißer Pfau.

François öffnet die Tür des Käfigs, sodass die Tiere frei auf der Wiese herumlaufen können. Der anmutige Vogel gibt noch einmal den fremdartigen Laut von sich und stolziert dann zufrieden umher, ohne uns jedoch zu nahe zu kommen.

»Wie kommen Sie zu einem Pfau?«, frage ich interessiert.

»Mein Großvater hat sie gezüchtet. Ich habe das Haus von ihm geerbt, und das Gehege war noch hier. Ich dachte mir, warum nicht? Ich kann einen Freund gut gebrauchen. Und so kam Victor zu mir.«

»Und Sie zeichnen nur Pfauen?«

»Mais oui, mademoiselle! Es sind wunderschöne Tiere, an denen es so viel zu entdecken gibt, dass man nie etwas anderes malen muss. Aber seit Kurzem habe ich noch eine andere Leidenschaft, die Fotografie. Als Künstler muss man mit der Zeit gehen, wissen Sie.« François zieht seine Birkenstocks aus und läuft ein wenig im Gras umher, als müsse er sich die Füße vertreten. »Eine schöne Kette haben Sie da übrigens«, sagt er dann und deutet auf meinen Hals. »Ich habe mir schon gedacht, dass jemand dieses Schmuckstück vermisst. Plötzlich lag sie einfach vor meinen Füßen. Als wäre sie vom Himmel gefallen!«

»Es ist wirklich nett, dass Sie so umsichtig waren und sie ins Hotel gebracht haben. Das ist nicht selbstverständlich. Ich dachte schon, ich hätte sie verloren.«

Ich umklammere erleichtert den Swarovskistein, um mich zu versichern, dass er wirklich wieder da ist.

»Also gut«, sagt Hugo, als hätte er langsam die Nase voll von unserem Small Talk. Nervös sieht er in Richtung Pfau, der genau auf ihn zukommt. »Dann werden wir mal wieder gehen.«

»Woher kommen Sie?«, will François wissen, als hätte er Hugo gar nicht gehört.

»Aus Deutschland, Berlin«, antworte ich.

François pfeift anerkennend. »Berlin, ah, c'est super. Haben Sie schon viel von Paris gesehen?«

»Nein, eigentlich noch fast gar nichts«, antworte ich und sehe belustigt zu Hugo, der verzweifelt versucht, vor dem weißen Pfau zu flüchten, der einen Narren an ihm gefressen zu haben scheint. Er kommt immer wieder auf ihn zu. Je bestimmter Hugo Reißaus nimmt, desto mehr scheint Victor das Spiel Spaß zu machen.

»Nun, äh, ich arbeite nebenbei als Fremdenführer. Wenn Sie möchten, kann ich Ihnen gerne etwas von der Stadt zeigen. Es kostet nicht viel, Mademoiselle, und ich würde ganz Ihnen gehören.« François macht eine kleine Verbeugung und lächelt mich an.

Ich überlege kurz. Das ist eigentlich kein schlechtes Angebot. Wir könnten tatsächlich etwas Unterstützung beim Sightseeing gebrauchen, und er kennt bestimmt einige interessante Ecken. »Was hältst du davon, wenn François uns ein wenig von Paris zeigt?«, rufe ich Hugo zu, der mittlerweile wieder in Richtung Laube gelaufen ist.

»Wenn wir dann endlich von hier verschwinden und dieser idiotische Vogel mich in Frieden lässt«, flucht er und flüchtet sich auf die Terrasse, woraufhin der Pfau einen empörten Schrei ausstößt.

»Victor mag Sie. Ich glaube, er möchte Sie begatten«, erklärt François, während er sich die Birkenstocks wieder anzieht. Dann machen auch wir uns auf den Weg zurück zum Häuschen.

»Wir sind nicht sehr lange in der Stadt. Wann hätten Sie denn Zeit für eine Führung?«, frage ich, während ich noch einmal François' Gemälde bestaune.

»Aujourd'hui? Heute?« Er greift nach der zerschlissenen grauen Jacke, die auf der Couch liegt.

»Heute wäre gut«, beschließe ich und sehe fragend zu Hugo rüber.

Er scheint mehr als froh darüber zu sein, dass er im Haus sicher ist und Victor ihn hier nicht weiter in seine Kopulierungsversuche verwickeln kann. »Von mir aus«, murmelt er und zuckt mit den Schultern.

»D'accord. Lassen Sie uns keine Zeit verlieren. Und, äh, hätten Sie etwas dagegen, wenn ich meine Teekanne mitnehme?«

15

Eine therapeutische Stadtführung

François, die Teekanne, Hugo und ich sitzen auf einer Bank an der Seine und essen Macarons. Es hat sich herausgestellt, dass unser Fremdenführer-Künstler gerade an einem Fotoprojekt arbeitet, für das er seine Teekanne an möglichst vielen Orten und mit verschiedenen Menschen in Paris fotografiert. Ich war ziemlich erleichtert. Vor allem weil Hugo mir vorher noch erzählt hatte, dass es irgendeine seltsame Sexualpraktik gibt, die Teapotting heißt und bei der es scheinbar darum geht, den Hoden in eine Teekanne zu halten, während jemand anderes Luft durch den Hals der Kanne pustet. Sozusagen ein Sack-Whirlpool.

Zugegeben, auch François' Fotoprojekt ist etwas skurril, aber als Künstler in Paris muss man sich schließlich irgendwie hervortun. Abgesehen von seinem seltsamen Haus, dem ungepflegten Aussehen, den Hühnern, dem Pfau und der Teekanne, hat er sich jedoch als weniger sonderbar entpuppt als zuerst gedacht. Als er uns durch den historischen Stadtteil Marais geführt hat, hat er uns sogar von seiner verflossenen Liebe erzählt, die hier gewohnt und ihn für einen anderen Mann verlassen hat. Das ist zwanzig Jahre her, und seitdem lebt er allein. François hat also auch ganz normale Probleme.

Hugo war sehr interessiert an seiner Geschichte und schien unglaublich beruhigt, dass es auch andere Menschen gibt, die jahrzehntelang Single sind. Er erzählte ihm geradeheraus, dass es ihm ähnlich ginge, und berichtete sogar von seinem Erlebnis mit Lucille.

Ich fühlte mich daraufhin etwas vernachlässigt und gestand François die ganze Ketten-Geschichte, in die er ja schließlich involviert gewesen ist, um auch etwas zum Thema Herzschmerz beizutragen. Immerhin hatte ich dazu einiges auf Lager. Und da er ohnehin schon viel zu viel über uns wusste, weihten wir ihn schließlich auch in unsere Weltreisewette ein.

François erwies sich als guter Zuhörer, und so bekam unsere Stadtführung nach und nach zusätzlich eine therapeutische Note. Dabei fand ich es sehr erleichternd, dass der Künstler so ein skurriler Vogel ist. Egal, was ich erzählte, ich wusste, dass er noch einen Tick merkwürdiger ist. Eine Kette nicht abnehmen? Das ist doch nichts dagegen, ständig mit einer Teekanne rumzurennen! Was wohl passieren würde, wenn alle Menschen ihre Eigenarten so offen nach außen tragen würden? Die Welt würde wahrscheinlich zu einem ehrlicheren Ort werden, und man würde jeden Menschen für verrückt halten. Aber wenn alle irre wären, was würde es dann noch für einen Unterschied machen? François brachte mich mit seiner Art wirklich ins Grübeln.

Nach der Marais-Führung führte uns der Künstler in seine Lieblingsbäckerei, wo wir uns eine riesige Tüte Macarons kauften und ich einem Passanten mein Handy anvertraute, damit er von uns dreien ein Erinnerungsfoto schießen konnte.

»Diesen blöden Liebeskummer gibt es scheinbar überall auf der Welt«, sage ich und stopfe mir ein rosafarbenes Gebäckstück in den Mund, das überraschenderweise nach Pfefferminz schmeckt. Ich hätte auf Himbeere getippt.

»Irgendwie ist das beruhigend, auf der anderen Seite aber auch traurig«, steuert Hugo bei.

»Ich finde, dass Ihr Liebeskummer nur ein halber Liebeskummer ist«, sagt François und sieht dabei Hugo an.

»Hugos Liebeskummer ist nur ein Katzenjammer«, pflichte ich ihm bei und komme mir ungeheuer witzig vor.

»Nein ehrlich, ich meine, er hat nichts mit der Liebe zu tun. Es war einfach eine ungünstige Situation. Ein Malheur. Sie sollten zu dieser Bäckerin gehen und sie um ein katerloses zweites Date bitten«, rät der Franzose Hugo, der gerade misstrauisch ein blaues Macaron beäugt.

Irgendwo in der Ferne beginnt ein Straßenmusiker Akkordeon zu spielen, und ich fühle mich wie in einem französischen Film. *Drei gebrochene Herzen auf der Seine*, könnte er heißen. Oder so ähnlich.

»Ach, ich weiß nicht. Der Gedanke, zu ihr in die Bäckerei zu gehen, fühlt sich gleichzeitig richtig und falsch an. Es ist ganz komisch.«

»Alles fühlt sich gleichzeitig richtig und falsch an«, sage ich, um philosophisch zu klingen, und François sieht mich tatsächlich an, als hätte ich etwas Wahres gesagt. »Aber du hast nicht mehr viel Zeit in Paris und musst dich entscheiden. Willst du sie jetzt einfach vergessen?«, hake ich nach.

»Ich weiß nicht. Ich glaube schon. Sie wird bestimmt sowieso nicht mit mir reden wollen. Die ganze Sache war zu peinlich und absurd. Ihr hättet sie gestern sehen müssen! Mein Kater hat sie schlimm zugerichtet. Sie ist bestimmt noch stinksauer. Und das zurecht. Ich bin froh, dass sie keine Anzeige gegen mich erstattet hat und Marie eingeschläfert werden muss.«

François wiegt den Kopf abwägend hin und her. »Vielleicht hat Ihr Kater ja recht. Tiere haben eine gute Menschenkenntnis, und wenn er Ihre Liebste vertreibt… dann hat er Ihnen vielleicht einen Reinfall erspart. So könnten Sie es auch sehen.«

Auf die Idee, dass ein Kater recht hat, kann wirklich nur François kommen. Aber es könnte etwas dran sein, vielleicht hat es mit den beiden einfach nicht klappen *sollen*. Auf mich und Mark will ich diese Theorie allerdings nicht beziehen. Ach, Mark. Ich sehe traurig auf das Wasser der Seine.

»Mademoiselle, Sie denken an Ihre Liebe, ich sehe es Ihnen an«, sagt François nach einer Weile.

Ich lächele müde. Es ist ein schönes Gefühl, wenn einem jemand die eigenen Stimmungen ansehen kann. Menschen, die mich nicht kennen, halten mich normalerweise für konstant gut gelaunt und voller Elan. Passt sich mein Körper jetzt plötzlich meinen Launen an? »Ja… leider.«

»Pourquoi leider? Warum wollen Sie Ihren Kummer überhaupt schon loswerden? Ich verstehe das nicht. Es ist doch gar nicht lange her, dass Sie mit ihm glücklich waren.«

»Warum ich meinen Kummer loswerden will? Wer möchte sich denn bitte freiwillig schlecht fühlen?«, entfährt es mir. Das kann doch wohl selbst François nicht ernst meinen. »Ich will glücklich sein. Am liebsten natürlich mit Mark, aber wenn das nicht geht, dann ohne ihn. Und das möglichst schnell. Koste es, was es wolle.«

Hugo und François tauschen einen Blick, von dem ich nicht weiß, was er bedeuten soll.

»Aber Ihr Schmerz ist kein Pickel«, stellt François wenig romantisch fest. »Sie können nicht einfach an ihm rumfummeln in der Hoffnung, dass er verschwindet.«

»Was soll ich stattdessen machen? Einfach leiden?«, frage ich verdattert. Was für ein absurder Vorschlag. Die Franzosen haben offensichtlich sehr merkwürdige Ansichten, wenn es um die Liebe geht.

»Wissen Sie, wie Pickel am schnellsten verschwinden? Wenn man sie in Ruhe lässt. Drücken Sie nicht an ihnen rum, überschminken Sie sie nicht. Dann entzünden sie sich nicht, gehen irgendwann von selbst weg und hinterlassen keine Narben.«

»Meine Liebe zu Mark ist aber kein Pickel«, sage ich und hätte nie gedacht, dass mir einmal so ein Satz über die Lippen kommen würde. »Außerdem würde ich mich untätig und hilflos fühlen, wenn ich nichts tue, außer darauf zu warten, dass dieses blöde emotionale Chaos endlich vorbei ist.«

»Sie machen ja nicht *nichts*. Sie essen Macarons«, sagt François, lächelt und fügt nach einer kurzen Pause hinzu: »Könnte ich Sie beide jetzt mit Estelle neben der Seine fotografieren? Es wäre mir eine Ehre!«

»Estelle?«, frage ich verdutzt, einerseits wegen des Gedankensprungs, andererseits wegen des Namens.

»Estelle, meine Teekanne«, sagt François und setzt mir den blau bemalten Porzellangegenstand auf den Schoß. Dann steht er auf, holt den Fotoapparat aus seiner Manteltasche und stellt sich seitlich vor uns.

»Ouistiti!«, ruft er mit so einem breiten Grinsen, dass Hugo und mir gar nichts anderes übrig bleibt, als zu lachen, während François auf den Auslöser drückt.

Ein Foto mit einer Teekanne an der Seine – Hugo und ich haben definitiv eine Stufe erreicht, mit der keiner von uns beiden gerechnet hätte.

Nach einem wunderschönen Tag und Abend in Paris mit unserem Fremdenführer folgt meine Psyche scheinbar der Devise »Ein Schritt nach vorn, zwei Schritte zurück«. Es ist fast so, als würde ich all die schönen Eindrücke der Stadt und die lustige Stimmung mit François durch miese Laune wieder zunichtemachen müssen, um meinen Kummer am Leben zu halten.

Wir waren im Louvre, auf dem Eiffelturm, sind Riesenrad gefahren, an der Seine spazieren gegangen und haben nach der riesigen Tüte Macarons noch eine Crêpe gegessen. Und trotz all dieser tollen Erlebnisse kann ich nicht loslassen. Vielleicht bin ich auch aus einem Traum aufgewacht, in dem ich wieder mit Mark vereint war, ich weiß es nicht. Auf jeden Fall ist es mitten in der Nacht, ich liege seit geraumer Zeit wach, grüble und – wie sollte es anders sein? – fange irgendwann an zu weinen. Mir ist mit einem Mal klar geworden, dass Mark sehr, sehr weit weg von mir ist – eigentlich weiß ich noch nicht einmal genau, wo er sich gerade aufhält – und dass ich ihn eigentlich viel lieber ganz dicht bei mir hätte. Neben mir. Optionsweise auch in mir. Unsere Wette ist mir plötzlich völlig egal.

»Sag mal, weinst du?«, brummelt Hugo, der scheinbar von meinem unterdrückten Schluchzen aufgewacht ist, und dreht sich zu mir um.

»Nein, es ist nur der Regen, der von meiner Nasenspitze tropft«, sage ich sarkastisch. Ich bin müde. Ich will schlafen. Liebeskummer ist scheiße.

Hugo knipst die giftgrüne Stehlampe neben dem Bett an und sieht zu mir rüber.

Ich liege da wie ein von Albträumen geplagtes Kleinkind. Und es scheint, als hätte jemand in meinem Kopf den Wasserhahn noch mal ordentlich aufgedreht, denn jetzt heule ich vollkommen ungehemmt los.

»Was ist los, hm?«, fragt Hugo liebevoll und streichelt meinen Arm.

»Es ist wegen Mark. Ich vermisse ihn so sehr! Er war der Mann meiner Träume, und ich kann mich einfach nicht daran gewöhnen, dass es das jetzt gewesen sein soll. Ich halte das nicht aus.«

Hugo nickt verständnisvoll. »Ich verstehe dich. Das ist hart. Aber weißt du, vor dieser Party gab es doch eine Zeit, da hast du ihn als blödes Sackgesicht bezeichnet, der dich als Stalker abtut. Vielleicht würde dir ein bisschen Wut ganz guttun, um von ihm loszukommen.«

»Ich kann nicht mehr wütend auf ihn sein. Ich liebe ihn. Ich werde das Gefühl nicht los, dass ich irgendetwas falsch gemacht habe. Wenn es mir gelingt, das geradezubiegen, dann können wir wieder glücklich sein. Ich weiß es.«

Hugo verzieht skeptisch den Mund und kratzt sich an der Stirn. »Mia, ich glaube, Mark ist gar nicht dein Traummann«, sagt er dann und sieht mich entschuldigend an, als würde er mich nicht verletzen wollen, sich aber nicht mehr anders zu helfen wissen. »Du hast nichts falsch gemacht. Und selbst wenn, wäre das in Ordnung, deshalb macht man nicht gleich mit jemandem Schluss.«

»Na, schönen Dank auch. Gut, dass du so super darüber Bescheid weißt, wer mein Traummann ist und wer nicht. Das kann ich ja wohl immer noch selbst entscheiden. Oder willst du mich jetzt entmündigen, weil ich mein Leben komplett gegen die Wand fahre?«, poltere ich, bereue es jedoch sofort, denn ich verhalte mich ganz schön undankbar. Aber meine Nerven liegen einfach blank, ich habe seit der Pubertät nicht mehr geweint, und in den letzten Wochen scheine ich das alles nachholen zu wollen.

»Weißt du noch, als ihr in diesem romantischen Restaurant gewesen seid und du dachtest, dass er dir gleich einen Heiratsantrag macht? Als er dir so verliebt in die Augen gesehen hat?«

»Ja«, sage ich zögerlich und werde unruhig. Warum kramt er denn jetzt ausgerechnet diese alte Geschichte raus?

»Erinnerst du dich, was er stattdessen zu dir gesagt hat?«

»Wusstest du, dass Blauwale von allen Lebewesen den längsten Schniedel haben«, gebe ich kleinlaut zu. »Aber das beweist doch noch lange nicht, dass er nicht der Richtige für mich ist!«, verteidige ich mich gleich darauf. »Gut, er hat in dem Moment eben nicht dasselbe gefühlt wie ich und einfach irgendeinen Blödsinn von sich gegeben. Du kennst ihn doch, manchmal ist er ein Quatschkopf.«

»Verstehst du nicht, dass dein Traummann so fühlen würde wie du? Zumindest in den für dich wichtigen Momenten? Und dass er vor allen Dingen mit dir zusammen sein wollen würde?«

Hugos letzte Worte treffen mich wirklich hart. Ich weiß zwar, dass Mark nicht mit mir zusammen sein will, aber wenn man es noch mal so deutlich gesagt bekommt, dann tut es richtig, richtig weh. Es ist unglaublich, dass der Schmerz immer noch intensiver werden kann, als gäbe es kein Maximum. »Stimmt schon, aber vielleicht ist die Trennung nur temporär. Das kannst du nicht wissen. Jeder kann mal zweifeln. Das Wichtige ist doch, dass man wieder zueinanderfindet. Das kann die Liebe sogar noch stärker machen. Wie bei Carrie und Mister Big!«

»Das ist nur eine *Serie*!«

»Ich hasse Leute, die sagen: Das ist *nur* eine *Serie*!«

»Schön, du hasst mich also. Hätten wir das geklärt.« Hugo setzt sich auf und greift nach seinem Handy auf dem Nachttisch, als wäre unser Gespräch für ihn beendet.

»Es tut mir leid, Hugo. Ich wollte das nicht sagen.«

Widerwillig sieht er zu mir rüber und lässt das Handy auf seinen Kullerbauch sinken. »Ich hatte noch nie eine Freundin. Ich weiß nicht, wie sich eine Trennung anfühlt. Und so bescheuert es klingt, irgendwie beneide ich dich darum. Aber du weißt es gar nicht zu schätzen. Du hast Mark gegenüber so große Gefühle. Ich wünsche mir das auch.«

»Du möchtest Gefühle für Mark haben?«, frage ich, um die Situation etwas aufzulockern.

»Nein, ich möchte mit jemandem zusammen sein.« Hugos Stimme vibriert leicht, und ich fürchte, dass er gleich anfängt zu weinen.

Ich habe ihn schon einige Male ein paar Tränen verdrücken sehen. Am schlimmsten war es, nachdem sein erster Kater Franz gestorben war, aber auch als Mike Delfino in *Desperate Housewives* erschossen wurde, konnte er sich das Schluchzen nicht verkneifen. So viel dazu, *das ist nur eine Serie*. Doch ich beschließe, das Thema nicht noch einmal aufzugreifen. Stattdessen lege ich liebevoll eine Hand auf seinen Arm.

»Ist schon in Ordnung. Ich habe mich damit abgefunden, dass ich wohl nie ein Liebesleben haben werde«, sagt er und klingt schon wieder etwas gefasster.

»Sag doch so was nicht! Dein Leben ist noch lang, irgendwann wird schon die Richtige kommen.«

Hugo zuckt mit den Schultern, als würde er vermuten, dass ich nur eine Floskel von mir gebe. »Was ich eigentlich sagen wollte, ist, dass du erstens froh sein kannst, dass du überhaupt schon eine liebevolle Beziehung erlebt hast, und zweitens, dass du dir mal genauer überlegen solltest, was deinen Traummann wirklich ausmacht. Sich mit dir im Park zu treffen, dich abzuservieren, sich dann nach Afrika zu verpissen und den Kontakt abzubrechen, das klingt für mich ehrlich gesagt nicht nach irgendwas … Tollem. Ich meine, was muss denn *noch* passieren, damit du endlich die Hoffnung aufgibst? *Was bloß?*« Hugo klingt jetzt richtig verzweifelt.

Ich überlege kurz. »Weißt du, manchmal denke ich, es würde mich irgendwie erleichtern, wenn ich wüsste, dass Mark eine neue Freundin hat. Dann wäre ich mit Sicherheit so enttäuscht, dass meine Hoffnungen endgültig in sich zusammenfallen.«

»Aber darauf kannst du unmöglich warten! Es kann sein, dass er monate- oder jahrelang Single bleibt.«

»Und so lange werde ich wahrscheinlich immer irgendwie hoffen, dass er mich noch liebt. Denkst du nicht, es ist ein Zeichen, dass er sich bisher auf keine andere Beziehung eingelassen hat? Es gibt kein einziges Foto von ihm und einer anderen Frau in Afrika. Kein einziges!«

»Aber das weißt du doch gar nicht. Vielleicht macht er es nur nicht öffentlich.« Hugo reißt plötzlich die Augen auf, als wäre ihm eine grandiose Idee gekommen. Das letzte Mal hat er so ausgesehen, als er eine Hausarbeit schreiben musste und Google Scholar entdeckt hat. »Mia, ich hab's! Wenn du wirklich glaubst, es würde dich sozusagen aufwecken, wenn du wüsstest, dass Mark sich auf andere Frauen einlassen kann, dann gibt es nur eine Möglichkeit, es herauszufinden: Du gibst dich einfach als jemand anderes aus und beobachtest, wie er reagiert.«

»Wie meinst du denn das? Soll ich mich wie Mrs. Doubtfire verkleiden und nach Afrika fliegen?« Hugos Idee verwirrt mich, und ich merke, dass ich bei dem Gedanken daran, mit Mark in Kontakt zu treten, nervös werde.

»So weit musst du ja nicht gehen. Du könntest dir bei Facebook ein Fake-Profil erstellen, ein attraktives Foto einer anderen Frau verwenden und ihm schreiben. Wenn er sich zurückmeldet, dann weißt du, dass er kein Unschuldslamm ist.«

»Und falls nicht, würde es bedeuten, dass er nicht interessiert ist«, spinne ich die Idee weiter.

»Ja, in gewisser Weise schon. Aber das muss trotzdem nicht heißen, dass er dich noch liebt. Du bekommst damit nur so etwas wie eine Tendenz heraus. Aber vielleicht hilft es dir trotzdem, mehr Klarheit zu gewinnen. Vor allem, wenn er zurückschreibt.«

Ich nehme enthusiastisch mein Handy vom Nachttisch und rufe Facebook auf. »Vorname«, sage ich und sehe Hugo belustigt an. Wenn mir die ganze Sache nicht so ernst wäre, könnte sie sogar Spaß machen.

»Roxana«, sagt Hugo und prustet los.

»Das, mein Lieber, stinkt doch schon zweihundert Kilometer gegen den Wind nach einem Fake-Namen. Wir brauchen was Realistisches. Wie … Susanne.«

»Ne, Susanne hört sich langweilig an. Als würde sie im Waldorfkindergarten arbeiten.«

Ich verstehe Hugos Einwand nicht ganz, überlege aber trotzdem weiter. »Annabelle«, schlage ich nach einigem Grübeln vor.

»Annabelle ist nicht schlecht«, pflichtet Hugo mir bei, und ich trage den Namen ein.

»Nachname?«

»Gabi.«

»Gabi ist doch kein Nachname.«

»Das war das Erste, was mir eingefallen ist«, verteidigt sich Hugo.

»Vielleicht etwas Außergewöhnliches«, schlage ich vor. »Wie wär's mit … Hagebusch?«

»Hagebusch? Hört sich an, als hätte sie viele Schamhaare.«

»Wie bitte?«, ich kugele mich vor Lachen.

»Na, wegen *Busch*! Das geht nicht. Wir brauchen etwas Feuriges. Was hältst von einem spanischen Namen? Annabelle Garcia!«

Annabelle Garcia … Ich lasse mir den Namen auf der Zunge zergehen. Klingt nicht schlecht. »Aber hat man in Spanien nicht zwei Nachnamen?«, frage ich irritiert.

»Ach, egal. Den zweiten Namen muss sie doch nicht angegeben haben.«

»Stimmt auch wieder. Gut. Annabelle Garcia, willkommen bei Facebook.«

Hugo und ich grinsen uns so zufrieden an, als hätten wir

keine Fake-Identität kreiert, sondern mindestens ein Kind gezeugt. Dann suche ich im Internet nach einem Bild, das zu unserem Namen passt.

»Guck mal, was hältst du von dem?«, frage ich und zeige ihm ein Foto von einer Frau, etwa Mitte zwanzig mit langen dunklen Haaren, braunen Augen und einem sympathischen Lächeln.

»Das nenne ich mal volle Lippen«, sagt Hugo und gähnt.

»Denkst du, es ist gut? Wenn Mark diese Frau nicht attraktiv findet, dann weiß ich auch nicht weiter. Zumindest wäre es ein echtes Kompliment für mich, wenn er ihr nicht zurückschreibt.«

»Ja, ich denke, das passt. Sie ist hübsch, aber nicht aufgetakelt. Natürlich schön.«

»Sehr gut.« Ich speichere das Bild in meinem Fotoordner und lade es dann auf die Facebook-Seite hoch. »Soll ich ihm einfach ganz unvermittelt eine Freundschaftsanfrage schicken? Das ist doch ein bisschen komisch, oder? Wie sollte sie auf seine Seite gestoßen sein?«

»Hm... Vielleicht wegen der Afrikafotos?«

»Wie meinst du das?«

»Sie könnte die Bilder entdeckt haben und sich genauso wie er für Afrika interessieren. So was verbindet. Es gibt doch auch Japanfreaks oder Südamerika-Communitys. Solche Leute finden sich bei Facebook.«

Ich atme tief durch und lasse Annabelle Garcia eine Freundschaftsanfrage an Mark schicken. Dazu schreibe ich: *Habe deine coolen Afrikapics gesehen – Lust auf 'ne Freundschaft?* Gott steh mir bei! Hoffentlich nimmt er die Anfrage nicht an, und die Sache wird schon im Keim erstickt.

»Hast du es abgeschickt?«, fragt Hugo und legt den Kopf zurück aufs Kissen.

»Mhm. Jetzt habe ich allerdings ganz schön Schiss.«

»Lieber ein Ende mit Schrecken als ein Schrecken ohne Ende«, sagt Hugo und knipst das Licht aus. »Ich hoffe zumindest, dass es dir bald wieder besser geht. Oder, dass du wenigstens nicht mehr so viel weinen musst – zumindest nicht wegen dieses Volltrottels«, sagt er dann in die dunkle Stille hinein.

»Ja, das hoffe ich auch«, antworte ich und füge nach einer Weile flüsternd hinzu: »Du bist der beste Freund, den ich mir wünschen kann.« Doch in diesem Moment höre ich schon ein Schnarchen neben mir.

16

Where dreams come true

»Ich rufe jetzt Emma an.«

Hugo und ich sind gerade vom späten Frühstück zurück ins Hotelzimmer gekommen. Wir hatten uns am Morgen bei der Rezeption erkundigt, ob Matéo Dienst hat, und weil das der Fall war, konnten wir nicht im Hotel essen. Ich habe wirklich überhaupt keine Lust, ihm nach seinem Verschwinden noch einmal zu begegnen, und Hugo hat Verständnis dafür. Meine Wut auf Matéo ist zwar noch nicht ganz verflogen, aber mein Bedürfnis, ihm die Meinung zu sagen, ist definitiv verschwunden. Also waren wir in einem kleinen französischen Lokal, das uns François empfohlen hat. Das Essen war dort zum Glück viel frischer als im Hotel und noch dazu supergünstig.

»Wieso? Vermisst du sie schon?«, fragt Hugo, nimmt den leeren Wassernapf von seinem Kater und geht damit ins Badezimmer.

Ich setze mich aufs Bett und ziehe die Schuhe aus. »Das auch. Aber eigentlich hoffe ich, dass sie meinen Gehirnwindungen mal wieder einen Stoß versetzt, damit ich eine Idee bekomme, wie es weitergehen soll. Ich meine, wir haben beide versucht, unserem Plan zu folgen und uns von Stufe zu Stufe hochzuarbeiten. Aber ich habe das Gefühl, dass wir nach dem ersten Hoch genauso schlau sind wie vorher. Wie wollen wir weitermachen? Wir haben uns die Stadt angesehen, aber was machen wir die nächsten Tage?«

Hugo kommt mit gefülltem Napf zurück ins Zimmer und stellt das frische Wasser neben die Tür. Marie stürzt sich darauf, als hätte er seit Wochen nichts getrunken. »Ich weiß nicht«, gesteht Hugo. »Du könntest mit Stufe drei weitermachen und mit jemandem Händchen halten. Und ich könnte wieder anfangen zu visualisieren?«

»Ach, hör mir mit deinem Hare-Krishna-Zeug auf! Was soll das denn bringen? Wir müssen irgendetwas unternehmen. Ich kann nicht einfach mit irgendjemandem Händchen halten, bevor ich nicht dazu bereit bin. Wir sollten uns einen Ort suchen, der mich ablenkt und an dem du Frauen ansprechen kannst. Dauernd nur durch die Stadt zu schlendern ist langweilig. Je weniger ich am Tag an Mark denke, desto besser. Mein Gehirn muss die Mark-Neuronen ausrotten, damit ich ihn endlich vergesse.«

Irgendwie gefällt mir diese Vorstellung ganz und gar nicht. Das eigentliche Problem ist ja, dass ich Mark im Grunde genommen gar nicht vergessen *will*. Ich will ihn nur nicht mehr lieben. Noch besser wäre natürlich, wenn er mich einfach zurücklieben würde und wir die Vergangenheit wieder aufleben lassen könnten. Mir kommt mein Liebeskummer vor wie ein Seil, das eine Klippe runterbaumelt und das ich krampfhaft festhalte, weil ich hoffe, dass Mark noch unten dranhängt. Der Knackpunkt ist jedoch, dass dort höchstwahrscheinlich überhaupt nichts und niemand baumelt, und ich mache mich zum Deppen, weil ich trotzdem nicht loslasse.

»Ich muss loslassen«, sage ich resigniert zu Hugo, der

sich zu mir aufs Bett gesetzt hat. »Aber ich kann nicht. Außerdem hat Mark die Freundschaftsanfrage von Annabelle Garcia noch nicht angenommen. Das heißt, es gibt noch Hoffnung.«

Hugos Gesicht wird kurz von einem Lächeln erhellt, vermutlich wegen unseres selbstkreierten Namens, dann sagt er entschlossen: »Los, ruf jetzt deine Cousine an! Die heitert dich bestimmt auf.« Er kramt in meiner Handtasche nach dem Handy und legt es mir auf den Schoß.

Ich werfe einen Blick auf das Display. Kurz nach halb zwei. Ich hoffe, Emma ist zu Hause, bei ihren ganzen Playdates weiß man das nie so genau.

Hugo formt stumm die Worte »Ich gehe duschen«, während das Freizeichen an meinem Ohr ertönt.

»Hallo?«

»Hi Paula, hier ist Mia.« Vor Schreck hätte ich fast aufgelegt. Ich hatte ganz vergessen, dass höchstwahrscheinlich meine Tante ans Telefon gehen würde. Ob sie noch sauer auf mich ist?

»Hey Mia, schön dich zu hören! Seid ihr gut angekommen? Wie geht's dir?« Merkwürdig. Scheinbar hat sie sich tatsächlich beruhigt, und es ist alles palletti. Sie hört sich fröhlich an. Fast etwas *zu* fröhlich. Ob doch noch irgendwas im Busch ist?

»Ja, sind wir. Alles ganz gut hier. Wir haben schon viel von Paris gesehen.«

Im Hintergrund höre ich Emma kreischen.

»Ja, Emmchen, es ist Mia«, zischt meine Tante am Hörer vorbei. »Wie ist die Stadt? Was habt ihr unternommen?«

»Hallooooo Miaaaaaa«, brüllt Emma im Hintergrund.

Dann folgt ein Rauschen und zwischendurch die Stimme

meiner Tante: »Lass mich doch auch mal zwei Worte mit meiner Nichte wechseln!«

»Sie ist nicht deine Nichte! Sie ist meine Cousine!«, kontert Emma.

»Emma will dich unbedingt sprechen, aber ich wollte dir noch erzählen, dass ich meine Geburtstagsfeier um ein paar Tage verschoben habe. Halte dir also bitte den Samstag nach deiner Ankunft frei. Und dieses Mal gibt es keine Ausreden!«

Himmelherrgott, was hat sie denn bloß mit ihrem Geburtstag? »Okay. Das heißt, du hast doch eine größere Party geplant? Und die hast du wegen mir umgelegt?«

Doch bevor meine Tante antworten kann, reißt Emma ihr den Hörer aus der Hand, denn eine Sekunde später höre ich die aufgeregte Stimme meiner Cousine: »Miaaaaaa! Bist du bei Winnie Puuh?«

Sie hört sich seltsam weit weg an, als würde sie versehentlich eine Hand über das Mikro des Telefons halten.

»Äh, nein. Wie kommst du denn darauf?«

»Winnie Puuh wohnt in Paris«, erklärt sie selbstbewusst, als wäre das elementares Grundschulwissen.

»Emma, ich kann dich nur ganz schlecht verstehen, nimm mal deine Hand vom Hörer.«

Ich höre ein Rascheln in der Leitung.

»Warum sollte Winnie Puuh denn in Paris wohnen? Ich dachte, der wohnt im Hundert-Morgen-Wald«, versuche ich das Gespräch aufrechtzuerhalten.

»Nein! In Paris! Tamás hat ihn da besucht!«

»Sie meint Disneyland«, höre ich Onkel Werner im Hintergrund brummeln. »Emma, dreh mal den Hörer um!«, sagt er dann, und es raschelt wieder in der Leitung. Das erklärt natürlich einiges.

»Mia?«, fragt Emma. Jetzt höre ich sie endlich glasklar. »Bist du im Disneyland? Kaufst du mir einen Puuh?«

»Nein, Emma, im Disneyland war ich noch nicht.« Ich überlege kurz. »Aber das ist eigentlich keine schlechte Idee.«

»Dann gehst du hin und bringst mir was mit?«

»Ich kann's dir nicht versprechen. Ich bin mit Hugo hier, weißt du. Vielleicht mag der da nicht hin.«

Emma schweigt fassungslos. »Warum nicht?«

»Na, das ist ja eher was für Kinder«, erkläre ich, erwische mich aber dabei, wie ich mir ausmale, wie ich durch das Märchenschloss stolziere. Wenn Disneyland mich nicht von meinem Kummer ablenken kann, was dann? Außerdem wird mir bewusst, dass sich dort sicher viele Frauen tummeln, die bestimmt nichts gegen ein wenig Walt-Disney-Romantik hätten. Vielleicht ist das Hugos Chance. Ich stelle mir vor, wie ich ihn neben eine ängstliche Lady in die Achterbahn setze und er ihr einen starken Arm zum Festhalten bietet.

»Bist du noch dran?«

»Ja, bin noch da. Ich gucke mal, ob ich ein Winnie-Puuh-Kuscheltier auftreiben kann.«

»Kein Kuscheltier. Den echten.«

»Das geht nicht. Ich kann ihn doch nicht einfach von Tigger, I-Aah und Ferkel trennen.«

»Dann nimmst du die eben auch mit.«

»Im Flugzeug?«

Emma kichert. »Na gut, dann ein Kuscheltier«, lenkt sie ein.

»In Ordnung. Und was machst du heute noch so?«

»Ich muss Kacka.«

»Mhm. Na dann geh mal lieber schnell. Kannst du mir vielleicht noch mal deine Mama geben?« Ich bin inzwischen wirklich neugierig, was Paula für ihren Geburtstag geplant hat. Normalerweise veranstaltet sie immer nur ein großes Kuchenessen. Aber das müsste sie nicht extra wegen mir verschieben.

»Das geht nicht.«

»Warum nicht?«

»Sie ist gerade einkaufen gegangen.«

»Ach so, schade. Na dann, mach's gut und bis bald!«

»Tschüüüüüüss!«, brüllt Emma so laut, dass ich wünschte, sie würde den Hörer noch falsch rum halten, dann lege ich auf.

Als Hugo im Bademantel ins Zimmer kommt, sieht er mich erwartungsvoll an. »Und? Hat dich Emma inspiriert?«, fragt er belustigt und rubbelt sich dabei die Haare mit einem Handtuch trocken.

»Oh ja, ich habe *die* Idee. Wir gehen ins Disneyland!«, rufe ich, springe euphorisch auf und hebe eine Hand, um mit Hugo einzuschlagen. Doch sein Gesichtsausdruck ist in etwa so begeistert wie der eines Adipösen beim Ausdauersport.

»Und was soll uns das bitte bringen? Wie soll ich denn da Frauen kennenlernen?«

»Im Disneyland gibt es bestimmt viele alleinerziehende Mütter«, versuche ich Überzeugungsarbeit zu leisten.

»Ich will aber kein Stiefvater, sondern entjungfert werden«, sagt Hugo trotzig und wirft das Handtuch mit dramatischem Schwung auf den Nachttisch.

»Ach Hugo, Frauen sind doch überall«, beruhige ich ihn. »Du kannst deiner Traumfrau auch auf dem Weg dorthin in der Bahn begegnen. Der einzige Fehler, den wir machen können, ist, im Hotelzimmer zu versauern.«

»Aber gibt's im Disneyland nicht nur so kitschigen Kleinkinderkram? Ich habe keine Lust, mir einen Schmetterling auf die Wange malen zu lassen – noch nicht mal für ein Date mit einer Alleinerziehenden.«

»So ein Quatsch! Disneyland ist ein riesiger Vergnügungspark. Da gibt's Achterbahnen, Actionkinos, einfach total viel Kram, der uns ablenken wird. Wir werden eine spaßige Zeit haben, versprochen!«

»Mann, Mia, ich finde die Idee trotzdem lahm. Können wir nicht lieber was anderes machen?«

»Was denn?«

»Keine Ahnung.«

»Eben. Wir fahren da morgen hin, es wird dich schon nicht umbringen. Und wer weiß, vielleicht triffst du dort eine echt süße Schnecke. Disneyland – where dreams come true«, zitiere ich das Motto und schnipse mit den Fingern, als könnte ich Hugo seine Traumfrau herbeizaubern.

17

Zum Kotzen

Ich habe mich im Labyrinth der Herzkönigin verlaufen. Verdammt! »Hugo?«, schreie ich verzweifelt. Hier waren doch eben noch ganz viele Kinder, die fröhlich durchs Gelände getobt sind. Irgendwo bin ich falsch abgebogen, und jetzt sehe ich niemanden mehr. Und dann diese vielen aberwitzig kleinen Türen mitten in der Hecke … »Hugo!«, rufe ich noch einmal. Vielleicht war diese ganze Disneyland-sache doch keine gute Idee. Wir hätten lieber shoppen gehen sollen.

»Mia?«, höre ich plötzlich Hugos Stimme von der anderen Seite der Hecke.

»Ich bin hier drüben.«

»Warte, ich komme«, verspricht er, und ein paar Sekunden später steht er neben mir. Der Mann scheint sich bestens im Wunderland auszukennen.

»Warum rennst du denn weg?«

»Bin ich nicht. Ich bin vorgelaufen, dann wollte ich umkehren, aber der Weg war mit einem Mal eine Sackgasse.«

»Komm, ich führ dich zum Schloss der Herzkönigin. Ich habe da einen Spiegel entdeckt, in dem sieht man ganz fett aus«, gluckst Hugo fröhlich.

Ich muss lächeln. Hugos anfängliche Disneyland-Skepsis ist vollständig verflogen, und er scheint es zu genießen, dass man sich hier so richtig zum Affen machen kann. Kein Wunder. Schon nach dem Reinkommen, in der Disney Main Street, kam uns jeder Zweite mit riesigen Mickey-Mouse-Ohren entgegen, die man hier überall in den Shops kaufen kann, andere trugen alberne Goofy-T-Shirts. Und dann startete auch noch die Disneyparade, bei der von verkleideten Disneycharakteren Konfetti über die Passanten geworfen wurde. Die Menschen essen Pommes, Popcorn, blaue Gummischnüre und bunte Ufos, gefüllt mit Traubenzucker aus den Süßigkeitenläden, und Hugo fühlt sich ganz wie zu Hause – in Disneyland ist es so, als seien alle Schönheits- und Schlankheitsideale außer Kraft gesetzt.

»Guck, wie fett du aussiehst!«, freut sich Hugo, der mich vor den Spiegel, der alles in die Breite verzerrt, im Eingangsbereich des Schlosses der Herzkönigin geschleppt hat.

»Guck, wie fett *du* aussiehst«, lache ich. »Ein schwangerer Karlsson vom Dach.«

Je mehr wir uns amüsieren, desto witziger sieht es im Spiegel aus, und desto mehr müssen wir lachen. Zwei glückliche Fettklopse, die sich nicht mehr einkriegen.

Als einige Kinder angerannt kommen, die den Spiegel ebenfalls sehr komisch finden, beschließen Hugo und ich, das Feld zu räumen. Wir verlassen das Schloss und gehen zum Teetassen-Karussell, das sich vor dem Eingang des Labyrinths befindet. Es ist an den verrückten Hutmacher und seine Nicht-Geburtstags-Tee-Party angelehnt. Sowohl die Plattform, auf der die Tassen stehen, dreht sich als auch das überdimensionierte Geschirr selbst. Mir wird schon vom Zuschauen ein bisschen schwindelig, aber schließlich ist das Karussell für Kinder geeignet und wirkt nicht allzu schnell.

»Los, Mia, wir schnappen uns die blaue!« Hugo steht schon in den Startlöchern, und sobald wir aufs Karussell dürfen, sprintet er los und sichert uns die auserwählte Tasse. Mannomann, mittlerweile ist er echt nicht mehr weit davon entfernt, sich doch einen Schmetterling auf die Wange malen zu lassen. Es ist, als hätten wir die Rollen getauscht.

Und dann drehen wir uns im Kreis. *Ein mir durchaus vertrauter Zustand*, denke ich und frage mich, ob man auch an dem mentalen Sich-im-Kreis-Drehen so etwas wie Freude empfinden könnte. Zum Beispiel indem ich meinen Liebeskummer nicht als Qual ansehe, sondern als etwas Freiwilliges. Als eine Art Hobby. Augenblicklich wird mir total schlecht.

»Hugo, hör mal auf, dieses Ding zu drehen«, bitte ich ihn, denn er steuert fröhlich die Drehungen der Tasse mit einem Metallrad, das sich zwischen uns befindet.

»Alles okay?«

»Ja, mir ist nur … total schlecht.«

Gott sei Dank verlangsamt sich das Karussell in diesem Moment, und die Fahrt ist ohnehin zu Ende.

»Wir müssen was essen gehen«, beschließt Hugo, als wir vom Fantasyland in Richtung Adventureland laufen. »Du hast heute Morgen nur einen Joghurt gefrühstückt, da ist es doch klar, dass dir flau im Bauch wird.«

Da Matéo schon wieder Frühstücksdienst hatte, wollte Hugo für mich das Hotelbuffet plündern und mir etwas aufs Zimmer bringen. Aber der alte Angsthase hat es dann gerade einmal fertiggebracht, einen Naturjoghurt in seinem

Pulloverärmel verschwinden zu lassen. Alles andere wäre seiner Meinung nach zu auffällig gewesen, da das Hotelpersonal ihn angeblich schon misstrauisch beäugt hätte.

»Und was schlägst du vor? Lieber mit vollem Magen Karussell zu fahren? Außerdem sind wir doch gerade erst angekommen.« Ich krame den Lageplan des Parks aus meiner Handtasche. »Lass uns wenigstens noch hier um die Ecke dieses Peter-Pan-Ding angucken. Dann suchen wir uns irgendetwas Essbares«, beschließe ich, denn seitdem das Karussell gestoppt hat, geht es mir schon wieder viel besser.

Peter Pan scheint der Renner zu sein. Die Schlange ist hier viel länger als bei den Tassen vom verrückten Hutmacher, aber mir ist es ganz recht, denn dann kann sich mein Magen beim Warten weiter beruhigen.

»Also, ich habe bisher noch keine alleinerziehende Mutter gesehen«, sagt Hugo, nachdem er sich in der Schlange umgesehen hat.

»Ich glaube, du bist einfach viel zu fasziniert von den ganzen Attraktionen. Disneyland als Ablenkung scheint bei dir zumindest gut zu funktionieren. Ich fühle mich noch nicht so ganz wie in einer anderen Welt.« Ich beschreibe mit der Hand einen Bogen durch die Luft, um das Gesagte mit einer magischen Geste zu unterstreichen.

»Nur weil du dich im Labyrinth verlaufen hast, du kleiner Griesgram?« Hugo knufft mich gegen die Schulter. »Die perfekte Mia, die sonst ein Orientierungsvermögen hat, als würde sie jeden Morgen Google Maps zum Frühstück essen, findet nicht aus den Fängen der Herzkönigin. Skandal!« Hugo lacht.

»Haha. Mach dich nur lustig über mich. Finde *du* erst mal *deine* Herzkönigin, dann reden wir weiter.«

»Touché!«

Nach zwanzig Minuten sind wir endlich an der Reihe und setzen uns in einen Zweierwagen, der oben an einer Stange befestigt ist, sodass unsere Füße in der Luft baumeln. Wenige Sekunden später beginnen wir zu schweben. Im Gegensatz zu den Tassen des verrückten Hutmachers findet die Peter-Pan-Attraktion drinnen statt. Wir fliegen durch einen dunklen Raum. Unter uns ist eine Miniaturstadt aufgebaut, in den winzigen Fenstern der Häuser leuchtet helles Licht, und um uns herum glitzern Sterne an Wänden und Decke.

»Schön, oder?«, zischt Hugo mir zu.

»Ja, total«, flüstere ich zurück und muss an Mark denken. Es wäre so toll, diesen romantischen Flug mit ihm zusammen zu erleben. Was ist bloß schiefgelaufen in unserer Beziehung? Wenn ich doch nur noch mal mit ihm darüber reden könnte. Ich umfasse meine Kette. Mark hat die Freundschaftseinladung von Annabelle Garcia immer noch nicht angenommen, und meine Hoffnung wächst, dass er wirklich nicht an anderen Frauen interessiert ist. Ob ich ihm in ein paar Tagen von meinem echten Account eine Nachricht schreiben sollte, um zu prüfen, ob er wieder bereit ist, mit mir zu reden?

In diesem Augenblick ist die schöne Fahrt vorbei. Mist, in meine Gedanken versunken, habe ich kaum etwas davon mitbekommen. Aber bei der langen Schlange lohnt es sich nicht, sich noch einmal anzustellen.

»Das war super!«, freut Hugo sich, als wir durch einen hölzernen Torbogen laufen, auf dem *Adventureland* steht.

»Wirklich schön. Und mir war gar nicht mehr schlecht«, pflichte ich ihm bei und verschweige, dass ich während des Fluges eigentlich nur an Mark gedacht habe. Soll das jetzt den ganzen Tag lang so weitergehen? Das kann doch nicht mein Ernst sein! Wozu bin ich denn hergekommen? Ich will mich ablenken und nicht mehr mit Mark beschäftigen, verdammt! Liebeskummer im Disneyland – das ist ja wie Rapunzel mit Schuppen. Es raubt dem Ganzen den Zauber. Ich darf mich nicht so hängen lassen.

»Hugo, was hältst du davon, die Indiana-Jones-Tempel-Minen-Bahn zu fahren?«, frage ich und deute auf den Felsen, aus dem in regelmäßigen Abständen die Wagen schießen.

»Sicher? Ist dir wirklich nicht mehr übel?«

»Ach Quatsch. Mir ging es nie besser.« Ich nehme den Lageplan zur Hand, um nachzusehen, welche Attraktionen das Adventureland sonst noch zu bieten hat. »Und danach klettern wir hier rauf«, schlage ich vor und zeige Hugo auf der Karte La Cabane des Robinson, ein riesiges Baumhaus.

»Alles klar, Chef. Aber danach will ich endlich was essen. Auch wenn dir nicht mehr schlecht ist, ich bekomme langsam wieder Hunger.«

Als wir in einen den Holzwagen der Indiana-Jones-Mine steigen, wird mir doch etwas mulmig. Ich bin seit Ewigkeiten keine Achterbahn mehr gefahren. Als ich klein war, hatte ich total viel Spaß an solchen Sachen, aber heute? In der Warteschlange haben wir immer wieder Leute schreien gehört. Scheint also nicht ganz ohne zu sein, dieses Ding.

Doch nun gibt es kein Zurück mehr, der Wagen setzt sich in Bewegung. Und schon geht es mit Karacho um die erste Kurve. Dann stürzen wir erst in die Tiefe, um kurz darauf wieder emporzuschießen. Der Wagen fährt ruckartige Schlangenlinien. Hugo krallt sich am Sicherheitsbügel fest, der uns auf den Schoß drückt, und jauchzt vor Freude. Wir fahren aus der Mine raus, dann geht es wieder rein, mit Schwung über einige Hügel, und plötzlich … meldet sich meine Übelkeit zurück. Ein ganz ungünstiger Zeitpunkt. Merkwürdig viel Speichel sammelt sich in meinem Mund. Ich versuche, ruhig zu bleiben, doch leider will das nicht so recht klappen.

»Mir ist nicht gut!«, brülle ich zu Hugo hinüber.

»Was?«

»Mir ist übel!«, schreie ich, und in diesem Moment hält der Wagen ruckartig an, um ganz langsam einen Berg hochzufahren. Ich ahne, was danach folgen wird – der Abgrund. »Hugo, mir ist wahnsinnig schlecht, was soll ich machen?«, zische ich hysterisch.

»Ich habe dich doch extra gefragt, ob du wirklich mit diesem Ding fahren willst!«, antwortet Hugo wenig hilfreich und sieht jetzt auch ziemlich unsicher den Berg hoch. Immerhin sitzt er mit mir und meiner Übelkeit in diesem Wagen fest. Unsere Fahrt ist noch nicht vorbei, so viel ist sicher. »Atme ganz tief ein und aus«, rät er mir und hechelt wie eine drittklassige Hebamme.

Ich versuche brav, seinen Anweisungen zu folgen. »Das hilft aber nicht«, rufe ich verzweifelt, doch die Sache ist aussichtslos. Wir haben die Spitze des Berges erreicht, und nach einem kurzen Schwebemoment geht es steil bergab. Mein Magen dreht sich gefühlt einmal komplett um sich selbst, als fände eine ganz persönliche Achterbahnfahrt in meinem Inneren statt. Gott sei Dank kann ich jetzt das Ende der Schienen sehen, gleich sind wir wieder am Ausgangspunkt angekommen, nur noch eine schnelle Kurve an der frischen Luft. Ich atme tief ein und aus, wie Hugo mir geraten hat, doch beim zweiten Mal verschlucke ich mich und muss aufstoßen, mein Magen krampft, und schließlich kann ich mich nicht mehr zusammenreißen. Mich überfällt ein schreckliches und zugleich befreiendes Gefühl, als ich mich über den Wagenrand lehne und in die Tiefe kotze. Zu meinem eigenen Entsetzen direkt auf Cinderella. Panisch drehe ich mich zu Hugo um.

»Ich konnte es nicht mehr zurückhalten«, sage ich entschuldigend, als die Bahn endlich zum Stehen kommt. Die nächsten Fahrgäste stehen schon zum Einsteigen bereit, und ich sehe mich vorsichtig um, um herauszufinden, ob jemand meine Kotzaktion beobachtet hat. Doch zum Glück scheint niemand Notiz davon genommen zu haben.

»Bei mir brauchst du dich nicht zu entschuldigen. Aber hoffentlich hast du niemanden unter uns getroffen.«

Wir steigen aus dem Wagen und laufen in Richtung Ausgang. Meinem Magen geht es inzwischen wieder blendend, wahrscheinlich hat irgendetwas mit dem Joghurt nicht gestimmt, den ich heute Morgen gegessen habe. Das Hotelbuffet ist wirklich das Letzte! Und die Schlangenlinien haben dann ihr Übriges getan.

»Äh... da war schon jemand«, druckse ich herum. »Aber sie hatte ein Kostüm an, also kann sie sich bestimmt umziehen. Außerdem war es sowieso fast nur Magensäure.«

»Wer denn?«, fragt Hugo und grinst.

»Cinderella.«

»Du hast Aschenputtel vollgekotzt? Wie hast du das so schnell sehen können?«

»Na ja, ich habe mich übergeben, und dann hat sie erschrocken hochgeguckt.«

Hugo lacht.

»Oh Mann, wie blöd. Es tut mir wahnsinnig leid für die Arme. Sie hatte bestimmt eine Perücke auf, die jetzt im Arsch ist«, sage ich zerknirscht.

»Aber ein bisschen witzig ist es auch«, bemerkt Hugo.

»Ein bisschen«, gebe ich zu, doch als wir endlich den Ausgang aus der Mine gefunden haben, stockt mir der Atem, denn die besudelte Cinderella läuft direkt an uns vorbei. Ich halte Hugo am Arm fest und bleibe stocksteif stehen. Eine Aktion, die wahrscheinlich viel auffälliger war, als wenn wir einfach weitergelaufen wären.

Cinderella wendet den Blick in unsere Richtung, und zu meinem Horror sehe ich ihr an, dass sie mich erkennt! Sie kommt direkt auf uns zu und ruft ziemlich empört etwas auf Französisch. Von ihrem Kopf tropft Erbrochenes auf den Boden. Igitt!

»Komm, Hugo, bloß weg hier!« Ich renne los und schleife Hugo hinter mir her. Ich hätte nicht gedacht, dass sie immer noch hier herumläuft. Und wie wütend sie ausgesehen hat. Bekommt das Personal hier keine Schulung, unter allen Umständen freundlich ihre Rollen weiterzuspielen?

Nach etwa hundert Metern drehe ich mich um – und sehe, dass uns die Märchenfigur immer noch auf den Fersen ist. Einige Kinder finden die sprintende Cinderella scheinbar sehr witzig, denn sie schließen sich dem Rache-Kotz-Feldzug an.

Hugo verfällt in einen keuchenden Lachkrampf.

»Oh Mann, Hugo, was machen wir denn jetzt? Wir

müssen irgendwo untertauchen!« Ich überlege, was Cinderella überhaupt von mir wollen könnte. Auch eine Frage, die ich mir noch nie gestellt habe. Schadensersatz? Eine neue Perücke? Eine Entschuldigung? Mich *verhauen?*

»Komm, wir verstecken uns hinter dem Eiswagen!«, ruft Hugo und biegt urplötzlich ab. Ich folge ihm. Atemlos knien wir uns hinter den Eisverkäufer.

»Qu'est-ce que vous faites? *Qu'est-ce que vous faites?*«, fragt er immer wieder aufgebracht.

»Ja, wir machen hier gerade eine Fete! Eine Kinderfete mit Versteckenspielen!«, zische ich ungeduldig, doch er versteht mich natürlich genauso wenig wie ich ihn. Vielleicht denkt er, wir wollen ihn ausrauben.

»Sie ist vorbeigerannt«, stellt Hugo fest, der durch eine Lücke zwischen Rad und Wagen späht.

»Bist du sicher?«

»Ja. Mann, das ist der älteste Trick der Welt, und sie ist tatsächlich darauf reingefallen.«

Wir tauchen hinter dem Eiswagen auf und machen uns schnell aus dem Staub. Der Verkäufer sieht uns verdutzt hinterher.

»Komm, da ist ein Restaurant«, sagt Hugo und deutet auf ein Gebäude, das von außen mit Timon und Pumbaa bemalt ist. »Wie wär's mit was zu essen?«

Es läuft Trommelmusik, das Personal trägt knielange Röcke aus Bambus und kakifarbene T-Shirts. Überall stehen große Pflanzen, die Tische und Stühle sind aus Holz, die Wände bunt bemalt, und auf den Tabletts der Leute sehe ich frittiertes Hühnchen und Pommes. Alles in allem lässt sich das Ambiente am besten als »Dschungel-McDonald's« beschreiben.

»Willst du uns schon mal einen Tisch suchen, und ich stelle mich an?«, frage ich und zeige auf die Schlange. Ich sehe zu Hugo hinüber, doch der guckt so schockiert in Richtung Bestelltheke, als würde dort Arielle Kondome verkaufen.

»Halloooo?«, frage ich und bewege meine Hand einmal vor Hugos Augen hin und her.

Er schluckt. »Können wir bitte doch woanders hingehen?«, fragt er geistesabwesend.

»Nein. Ich habe jetzt wirklich Hunger. Warum können wir nicht hier etwas essen?«

Hugo treten Schweißperlen auf die Stirn. Er greift sich nervös mit den Händen in die Haare. »Ich muss hier raus!«, sagt er dann entschlossen, als sei er soeben aus seiner Trance erwacht. Er packt meine Hand und zieht mich durch den Ausgang, wobei er noch einen letzten erschrockenen Blick in Richtung der wartenden Leute wirft. Aus den Lautsprechern vor dem Restaurant schallt fröhlich *Hakuna Matata*, aber Hugo wirkt eher so, als hätte er alle möglichen Sorgen, nur teilt er sie nicht mit mir. Ist die Rache-Cinderella plötzlich im Restaurant aufgetaucht, ohne dass ich sie gesehen habe?

»Kannst du mir bitte mal sagen, was in dich gefahren ist?«, frage ich, reiße mich los und bleibe einfach stehen.

»Könnte ich. Will ich aber nicht«, antwortet Hugo. »Nicht jetzt.«

So merkwürdig hat er sich noch nie benommen. Noch nicht mal, als er aus Versehen Weichspüler in seinen Latte macchiato gekippt und getrunken hatte, weil er dachte, es sei Vanillesirup. Er hatte sich noch so über den üppigen Schaum gefreut. Das hat man von einer Waschmaschine in der Küche.

»Ich bleibe so lange hier stehen, bis du mir sagst, was los ist«, drohe ich.

»Dann bleibst du eben stehen. Ich will schleunigst weg. Falls du mich suchst, ich bin im Frontierland.« Hugo eilt davon und sieht sich noch ein paar Mal dabei um, als könnte ihm irgendjemand aus dem Timon-und-Pumbaa-Dschungel-McDonald's folgen.

Kurz überlege ich, ob ich noch einmal zurück ins Restaurant gehen soll, um herauszufinden, wen oder was ihn so verschreckt hat. Aber ich entscheide mich stattdessen dafür, ihm hinterherzulaufen. Blöderweise habe ich ihn durch mein Zögern jedoch schon aus den Augen verloren.

18

Ein Ende mit Schrecken

Den Hundert-Morgen-Wald alleine zu erkunden, macht ungefähr so viel Spaß, wie einen entzündeten Harnleiter zu haben. Ich habe versucht, Hugo auf dem Handy zu erreichen, aber er ist nicht rangegangen. Hat er es überhaupt mitgenommen? Ich bin so stinksauer auf ihn, ich könnte ihm den Kopf abreißen. Ein Zustand, der auch nicht ganz zur Heimat von Winnie Puuh passen will, denn hier wird lustige Kindermusik gespielt, eine rote kleine Eisenbahn fährt herum, die künstlichen Bäume haben lächelnde Gesichter, und aus einem Plastikbienenstock kommen summende Geräusche. Es gibt auch einen kleinen Laden, in dem Winnie-Puuh-Souvenirs verkauft werden. So kann ich wenigstens, wie versprochen, ein kleines Kuscheltier für Emma kaufen.

Wie stellt sich Hugo das eigentlich vor? Will er jetzt die nächsten Wochen vor mir davonlaufen? Er hat ganz klar den Verstand verloren oder benimmt sich zumindest wie ein Fünfjähriger. Das ist sonst überhaupt nicht seine Art. Und das als angehender Anwalt! Vielleicht kann ich ihn irgendwo ausrufen lassen?

Ich verlasse den Hundert-Morgen-Wald und betrachte etwas lustlos die Aladdin-Attraktion, während ich weiter nach Hugo Ausschau halte. Als Nächstes komme ich an der Piratenburg aus *Der Fluch der Karibik* vorbei und laufe durch das indianische Dorf von *Pocahontas* – bis ich endlich Hugo in der Schlange vor einem Wurststand entdecke. Eigentlich hätte ich mir gleich denken können, dass ich ihn irgendwo in der Nähe einer Imbissbude finde.

»Hugo, sag mal, bist du vollkommen durchgeknallt? Du kannst mich nicht einfach so alleine stehen lassen! Ich habe dir doch gar nichts getan«, platze ich heraus und merke, dass ich wirklich verletzt bin.

Hugo zuckt zusammen, als ich ihn vor Wut gegen den Arm boxe. »Mia! Gott sei Dank, da bist du ja! Es tut mir leid. Ich bin gleich zurückgelaufen, um dich zu suchen, aber da warst du schon weg.«

»Und dein Handy?«

»Habe ich nicht dabei.«

»Was war denn eigentlich los? Kannst du mir das jetzt mal sagen?«

Hugo seufzt. »Ich kann nicht.«

»Warum nicht?«

»Weil du mich nicht verstehen würdest. Bitte, können wir die Sache einfach auf sich beruhen lassen? Zumindest solange wir hier sind.«

»Was heißt *hier*?«

»Na im Disneyland.«

»Von mir aus. Wenn das für dich irgendeinen Unterschied macht.«

Hugo macht ein erleichtertes Gesicht. Dann bestellt er sich eine überdimensionale Bratwurst und lädt mich auf eine große Portion Pommes ein. Meinen Hunger hatte ich schon ganz verdrängt.

»Ein Stück Heimat in der Fremde, was?«, frage ich dämlich und deute auf sein Essen, um das Kriegsbeil zu begraben und auf andere Gedanken zu kommen.

»Mhhhhm, die Wurst schmeckt super«, antwortet er. »Was hast du in der Zwischenzeit gemacht?«

»Ich war bei Winnie Puuh.« Ich zeige ihm Emmas Kuscheltier. »Und anschließend bei Aladdin und der Piratenburg. Und du?«

»Bin *Big Thunder Mountain* gefahren«, erzählt er stolz. »Ich dachte mir, dass das mit einer Kotzschleuder wie dir sowieso nichts wird.« Hugo grinst.

»Hahaha. Sehr witzig. Weißt du, was ich wirklich noch gerne sehen würde? Die *Haunted Mansion.*« Ich sehe Hugo, den alten Hasenfuß, gespannt an. Er erschreckt sich ziemlich leicht und kann sich keinen Horrorfilm ansehen, ohne danach unters Bett und in alle Schränke zu gucken. Ich bin mir nicht sicher, ob er mich tatsächlich freiwillig ins Spukschloss begleiten wird.

»Ich glaube, das ist nichts für mich«, brummt er und kaut auf seiner Bratwurst rum.

»Ach komm schon Hugo, hab nicht so viel Schiss! Du machst diese Weltreise doch gerade, um mutiger zu werden. Eine einzige Frau anzusprechen reicht dafür nicht.«

»Sag mal, wo ist eigentlich deine Kette hin?«, fragt Hugo ernst und starrt erschrocken meinen Hals an.

Panisch greife ich danach – und halte den Anhänger erleichtert und verwirrt in den Händen.

»Na, wer hat hier Schiss?«, fragt Hugo und zwinkert.

»Okay, spätestens jetzt bist du mir wirklich was schuldig. Ab ins Spukschloss!«

Die Schlange zur *Haunted Mansion* ist kurz, sodass wir schon mit dem nächsten Einlass ins Schloss kommen. Wir stehen in einem Vorraum, in dem einige Porträts hängen, und ein Mitarbeiter warnt uns, dass es sehr schwer für uns sein wird, hier jemals wieder lebend rauszukommen.

Hugo formt stumm die Worte »Na toll« mit den Lippen, dann bewegt sich der Boden, auf dem wir stehen, plötzlich nach unten. Anscheinend stehen wir in einem riesigen Fahrstuhl. Je tiefer wir fahren, desto mehr offenbart sich von unserer gruseligen Umgebung. Die hübschen Zeichnungen von Frauen- und Männerköpfen, die wir zuerst gesehen hatten, haben Skelettkörper, die neben Gräbern stehen und umgeben von lachenden Teufeln sind. Um uns herum wird das Licht immer schummriger.

»Nichts für Klaustrophobiker«, flüstere ich Hugo zu.

»Nichts für Hugos«, wispert er zurück. Als ich nach seiner Hand fasse, um ihm Beistand zu leisten, zieht er sie panisch weg und stößt einen erschrockenen Schrei aus. Wahrscheinlich dachte er, dass ein Geist aus der Tiefe nach ihm greift.

»Mensch, das war doch nur ich«, beruhige ich ihn, während uns die anderen Leute im Grusel-Fahrstuhl anstarren, einige von ihnen stoßen ein verunsichertes Lachen aus.

In diesem Moment öffnet sich die verborgene Tür des Fahrstuhls wieder, und wir stehen vor einem mit Fackeln beleuchteten Raum, in dem schwebende schwarze Sessel auf ihre Passagiere warten.

»Mann, war das peinlich. Lass in Zukunft deine Hände bei dir, wenn wir im Fahrstuhl sind!«, sagt Hugo, während wir das Zimmer durchqueren, dessen Wände mit Spinnweben verhangen sind.

»Du tust ja gerade so, als hätte ich dich befummelt.«

»Hast du ja auch.«

»Habe ich nicht.«

Wir werden von einem Angestellten, der als Werwolf verkleidet ist, aufgefordert, in einen der Zweisitzer einzusteigen. Nachdem wir uns hingesetzt haben, beginnt die Fahrt durch das Schloss.

Ich muss daran denken, dass ich mal irgendwo gelesen habe, dass sich ein waschechter Mörder in einer Geisterbahn versteckt hatte, um einen Fahrgast zu erschlagen, beschließe aber, Hugo nichts davon zu sagen. Sonst wird die Geschichte am Ende noch wahr, weil er mich vor Wut umbringt.

Wir fahren an einer Spiegelwand vorbei. Es sieht so aus, als würde ein Gespenst über unseren Sitzen schweben und die Arme um uns legen. Hugo dreht sich ruckartig um und stellt beruhigt fest, dass es sich nur um eine optische Täuschung handelt. Dann fahren wir an Folterkammern vorbei, aus denen schreckliche Schreie ertönen, Nebel wird aus Düsen über und unter uns gesprüht, Fledermäuse aus Plastik fliegen um uns herum. Ein kopfloser Mann baumelt von der Decke, verschimmeltes Essen liegt hinter Glaswänden auf zusammengebrochenen Tischen verteilt. Schließlich kommen wir an einem Raum vorbei, in dem Äxte, Beile und riesige Schlachtwerkzeuge hängen, von denen Blut tropft. Hugo verbirgt sein Gesicht hinter einer Hand.

»Das ist doch nur Farbe«, sage ich, doch er kommt trotzdem nicht aus seinem Versteck hervor.

Während Hugo die Fahrt zum Fürchten findet, langweile ich mich ein wenig. Wahrscheinlich entgeht mir deswegen nicht, dass mein Handy in der Tasche vibriert, und ich bin froh über die Ablenkung. Als wir gerade durch eine Höhle voller schwarzer Plastikspinnen fahren, in der unangenehmes Stöhnen zu hören ist, durchfährt mich ein Schock. Doch das hat nichts mit dem Grusel um uns herum zu tun, sondern mit der Push-up-Nachricht von Facebook, die auf meinem Display aufleuchtet: *Mark Bernd Lauterbach hat Annabelle Garcias Freundschaftseinladung akzeptiert.* Oh. Mein. Gott. Ich hätte nicht gedacht, dass sich die Fahrt durch das Spukschloss tatsächlich noch als Horrortrip entpuppen würde. Kurz überlege ich, ob ich mein Handy einfach irgendwo in die Tiefen der Geisterbahn schleudern und so tun sollte, als wäre nichts passiert. Aber so eine radikale Form von Verdrängung kriege selbst ich nicht hin. Außerdem habe ich Annabelle Garcia ins Leben gerufen, um endlich Klarheit zu gewinnen. Das habe ich nun davon. Wie lautet dieser dämliche Spruch? *Wenn das die Lösung ist, hätte ich gern mein Problem zurück.* Wie wahr.

Während ich immer noch starr vor Schreck bin, fahren wir in einen hell beleuchteten Raum. Die Fahrt ist zu Ende. Ich sehe zu Hugo hinüber, der ein Gesicht macht, als hätte er gerade eine Blinddarm-OP ohne Narkose hinter sich.

»Es ist vorbei«, sagt er erleichtert. Dann sieht er mich verdutzt an. »Aber du siehst auch nicht wirklich aus wie das blühende Leben. War wohl doch gruselig, was?«

»Mark hat Annabelle Garcias Freundschaftsanfrage angenommen.«

»Oh.«

Wir klettern aus unseren Schwebesesseln, laufen ins Freie und atmen beide tief durch.

»Mir ist nicht mehr nach Disneyland. Ich will nach Hause«, murmele ich und meine damit insgeheim nicht unser Hotel, sondern Berlin, meine Wohnung, meine Familie. Mir reicht es mit der blöden Klarheit-Gewinnerei und der ganzen Fortschritte-Macherei.

»Okay. Ich habe für heute auch genug. Und die Nachricht kam gerade im Spukschloss?«

»Passenderweise ja.«

»Na ja, vielleicht nimmt er ja jede Freundschaftsanfrage an. Du solltest ihm schreiben, um zu sehen, ob ein Flirt zustande kommt.«

»Ein Flirt? Ich raste aus, wenn er mit ihr flirtet!«

»Mit ihr? Mia, darf ich dich daran erinnern, dass *du* Annabelle Garcia bist?« Hugo sieht mich an, als befürchte er, ich würde mehrere Persönlichkeiten ausbilden, die nichts voneinander wissen.

»Du hast recht. Ziemlich merkwürdig, eifersüchtig auf sich selbst zu sein. Aber Annabelle ist eben das Sinnbild für alle anderen Frauen. Wenn Mark *sie* will, will er *alle*.«

»Und genau dann hast du endlich den Beweis dafür, dass er nicht mehr an dir hängt. Das ist doch das, was du wolltest: Gewissheit.«

Als wir am Schloss von Sleeping Beauty vorbeilaufen, frage ich mich, wie wir es geschafft haben, in dieser zauberhaften Umgebung so viele Dramen zu erleben. Der Irrgarten, in dem ich mich verlaufen habe, die Kotz-Verfolgung, das plötzliche Verschwinden von Hugo aus mysteriösen Gründen, der Facebook-Schock im Spukschloss. Der Slogan »Where dreams come true« trifft für uns wohl nicht ganz zu. Es sollte besser heißen »Der Ort, an dem Albträume wahr werden«.

Ich ziehe mein Handy aus der Tasche und rufe Facebook auf. »Also gut, was soll ich schreiben?«, frage ich Hugo, während wir langsam auf den Ausgang zusteuern. Schließlich besteht noch die minimale Chance, dass Mark Annabelle gar nicht antwortet.

»Das fragst du ausgerechnet den Flirtmeister?«

Ich muss an die schreckliche Hallo-schöner-Fremder-Nachricht denken, die ich Matéo geschrieben habe, und nicke Hugo zu, als sei er meine einzige Hoffnung.

»Ich würde mich langsam herantasten. Schreib doch einfach nur: Hey, danke fürs Annehmen. Wie geht's dir?«

Hugo hat recht. Wenn ich gleich mit der Tür ins Haus falle und ihm sage, dass ich ihn kennenlernen möchte, ist das vielleicht etwas merkwürdig. Mark könnte stutzig werden. Wahrscheinlich gibt es nicht allzu viele Schönheiten bei Facebook, die sich einem einfach so an den Hals werfen. Ich tippe die vorgeschlagenen Sätze ein und drücke auf Senden.

»Oh Mann, Hugo, vielleicht ist das alles ein riesengroßer Fehler. Es bricht mir jetzt schon das Herz, Kontakt zu Mark zu haben, ohne dass er weiß, dass ich es bin.«

»Mia, du kannst jederzeit das Profil löschen. Du musst das nicht machen, nur weil ich es vorgeschlagen habe.«

»Ich weiß«, sage ich. Doch jetzt habe ich ohnehin schon mit dem Mist angefangen, also werde ich ihn auch zu Ende bringen.

19

Hugos Geheimnis

»Jetzt erzähl!«

Hugo und ich sitzen beim Abendessen in unserem Hotel, da Matéo endlich mal keinen Dienst hat. Ich stochere etwas lustlos in einer Paprika rum, die mit etwas Undefinierbarem gefüllt ist. Hugo hat sich an der Salatbar bedient, vor ihm steht ein Teller mit einem riesigen Berg aus Tomaten, Gurken und Fetakäse.

»Du hast es versprochen«, betone ich. Durch die ganze Facebook-Sache hatte ich Hugos Geheimniskrämerei kurz verdrängt, aber da bisher von Mark keine Antwort an Annabelle kam, bin ich wieder neugierig geworden.

Hugo schiebt sich schnell eine große Tomate in den Mund, als würde die ihn davor bewahren, sprechen zu müssen, doch ich warte geduldig ab und sehe ihn durchdringend an, bis er geschluckt hat. Er seufzt. »Es gibt da etwas, das du nicht über mich weißt.«

»Bist du schwul?«, frage ich, weil es das Erste ist, das mir bei so einem Satz einfällt.

»Nein.«

»Du bist gar keine Jungfrau mehr.«

»Nein.«

»Du bist in Wahrheit eine Frau?«, frage ich zögerlich.

»Nein. Mein Gott, bist du genderfixiert! Was sollte denn das mit dem Timon-und-Pumbaa-Restaurant zu tun haben?«, fragt er aufgebracht.

»Das weiß ich doch nicht! Wenn du mir endlich verraten würdest, *was* in der Welt *überhaupt* etwas mit einem Timon-und-Pumbaa-Restaurant zu tun hat, wären wir schon einen riesigen Schritt weiter.«

»Dazu muss ich aber ein wenig weiter ausholen«, druckst Hugo widerwillig herum, als würde er ernsthaft glauben, sich so aus der Affäre ziehen zu können.

»Nur zu«, erwidere ich erbarmungslos.

Er steckt sich wieder eine große Tomate in den Mund.

»Jetzt reicht's, raus mit der Sprache!«, rufe ich etwas lauter als beabsichtigt, nehme ihm den Salatteller weg und stelle ihn neben mich auf die andere Seite des Tisches. Jetzt hat er keine Möglichkeit mehr, sich vor dem Sprechen zu drücken.

Hugo schluckt den Bissen runter, wird ungeheuer rot im Gesicht und sagt dann: »Ich bin verliebt.«

Ich muss zugeben, dass ich mich dermaßen über dieses Geständnis erschrecke, als hätte er mir gerade eröffnet, dass sein Traumberuf Totengräber ist. Mir wird kalt, dann wieder heiß, als mir ein Gedanke kommt, den ich bisher noch nie hatte. *»In mich?«*, piepse ich und habe Angst vor der Antwort.

Hugo verzieht das Gesicht, als hätte er etwas derart Abwegiges lange nicht mehr gehört. Ich bin fast ein wenig gekränkt. »Nicht in dich, Mia.«

»In wen denn dann? Und wie kommt das so plötzlich?«

Hugo stößt ein verzweifeltes Lachen aus. »So plötzlich! Das ist der Witz des Jahrtausends.« Dann sieht er auf einmal ziemlich hilflos aus, greift über den Tisch und holt sich seinen Salatteller zurück.

»Gut, ich habe zwar keine Lust auf dieses Frage-Antwort-Verhör, aber scheinbar kriege ich es nicht anders aus dir heraus. Ich nehme an, du hast die Person, in die du verliebt bist, vorhin in diesem Restaurant gesehen?«

Hugo nickt.

»Und sie weiß nichts davon, dass du in sie verliebt bist?«

»Genau.«

»Und du bist schon sehr lange in sie verliebt?«

»Ja.«

»Kenne ich sie?«

Hugo nickt wieder. Ich komme mir vor wie bei dem Spiel »Wer ist es?«, das ich manchmal mit Emma spielen muss. Dabei sucht man sich eine berühmte Person aus, und der Mitspieler muss durch Fragen herausbekommen, um wen es sich handelt. Aber Hugo kann doch unmöglich von mir verlangen, dass ich jetzt frage, ob sie eine Brille hat oder nicht, kurze oder lange Haare, blaue oder braune Augen, bis ich irgendwann vielleicht seine Auserwählte identifiziert habe.

»Es ist Jennifer Schimmelpenninck«, rückt Hugo jetzt endlich von selbst mit der Sprache heraus.

»Jennifer Schimmelpenninck?«, frage ich irritiert, denn ich muss kurz überlegen, wer das ist. »Aus unserer Parallelklasse in der Grundschule? Die mit uns dann während des Abiturs in einer Klasse war?«, dämmert es mir langsam. Ich habe ein unscharfes Bild von einem dunkelblonden, kräftigen Mädchen in unförmiger Hose vor mir. Ich hatte mit Jennifer eigentlich nie etwas zu tun. So viel ich weiß auch kaum ein anderer aus meinem Jahrgang, vor allem nicht Hugo – oder doch?

»Ja.«

»Wann hast du sie getroffen und dich in sie verliebt? Davon weiß ich gar nichts.«

»Ich habe sie nicht getroffen.« Hugo schluckt und fährt dann fort: »Ich bin seit zwanzig Jahren in sie verliebt.«

»Ach komm, das ist doch albern. So lange ist kein Mensch in irgendjemanden verschossen, mit dem er keinen Kontakt hat.«

»Ich schon.«

»Und warum hast du mir nie davon erzählt? Du hättest es mir doch sagen können.« Ich trinke einen Schluck Wasser, mein Hals ist vor Aufregung ganz ausgetrocknet. Dieses Geständnis wirft ein ganz anderes Licht auf Hugos Liebesleben. Er kann sein Herz also nicht verschenken, weil er es schon längst getan hat.

»Ich habe krampfhaft versucht, sie zu vergessen. Und ich dachte, wenn ich darüber rede, wird es nur noch schlimmer. Ich habe mir immer wieder gesagt, wie bescheuert es ist, so lange an jemandem zu hängen, den man jahrelang nicht gesehen hat und im Grunde genommen gar nicht kennt. Ich meine, ich bin seit Beginn der ersten Klasse an in sie verliebt. Wir sind damals ein paar Mal zusammen nach Hause gelaufen und einmal … sogar Hand in Hand. Und in der Oberstufe hat sie mir fünfzig Cent geliehen, als ich im Schulcafé nicht genügend Geld parat hatte. Ich habe ihr als Dankeschön am nächsten Tag eine Rose mitgebracht.«

Ich muss lächeln. »Hugo, das klingt wirklich süß, aber du bist jetzt fast dreißig. Ist das nicht einfach eine Kinder-Teenager-Liebe?«

»Genau das habe ich mir auch die ganze Zeit gesagt. Und manchmal war ich mir fast sicher, sie vergessen zu haben, aber jedes Mal, wenn es darum geht, mit einer anderen Frau zu flirten, kommt die Erinnerung an sie zurück. Dann ist es, als würde ich mich selbst sabotieren, indem ich nur noch Mist erzähle.«

»Und warum bist du dann nicht einfach mit ihr in Kontakt getreten? Ist sie bei Facebook? Du hättest ihr schreiben und dich mit ihr treffen können.«

»Damit sie mich für einen abgedrehten Freak hält, der seit zwanzig Jahren in sie verknallt ist?«

»Das hättest du ihr nicht sagen müssen. Heutzutage ist es vollkommen normal, dass man Leuten schreibt, die man lange nicht gesehen hat. Bei mir hat sich auch mal ein Typ aus dem Kindergarten gemeldet, und da habe ich auch nicht gedacht: Uiuiui, der ist bestimmt in mich verliebt.« Ich muss lachen. Hugo hat manchmal wirklich merkwürdige Vorstellungen. Wenn ich mich als Annabelle Garcia ausgeben und meinem Exfreund nachstellen kann, dann wird er es doch wohl schaffen, einer alten Schulfreundin eine Nachricht zu schreiben.

»Aber sie würde es bestimmt merken. Du hast schließlich mit eigenen Augen gesehen, wie bekloppt ich mich vorhin in ihrer Gegenwart verhalten habe.«

Ich nicke zustimmend und stecke mir ein Stück gefüllte Paprika in den Mund. »Und mit wem war sie in dem Restaurant?«, frage ich.

»Alleine. Sie arbeitet anscheinend dort.«

»Bist du überhaupt sicher, dass sie es war?«

»Absolut. Mein Herz hat sofort wie verrückt angefangen zu schlagen.«

»Und warum konntest du mir das alles nicht einfach schon heute Nachmittag erklären?«

»Weil du mich dann gezwungen hättest, sie anzusprechen.«

»Nur zu deinem eigenen Glück«, gebe ich zu.

»Siehst du!«

»Aber Hugo, was willst du denn machen? Die nächsten vierzig Jahre lang verliebt in Jennifer Schimmelpenninck sein und niemals mit einer anderen Frau schlafen? Nie eine Familie gründen? Das ist doch … verrückt!«

»Sagt die Frau, der ihre Halskette wichtiger ist als ihre Leber.«

»Du hast recht, das ist mindestens genauso wahnsinnig. Aber wir sind doch auf dieser Reise, um etwas zu verändern, oder? Wenn nicht jetzt, wann dann? Du hast eigentlich nur drei Möglichkeiten: Du nimmst Kontakt zu Jenni auf, und vielleicht ist sie tatsächlich die Frau, mit der du glücklich und zufrieden bis ans Ende deiner Tage lebst. *Oder* du lässt die Vergangenheit hinter dir, hörst auf, dein eigenes Liebesleben zu sabotieren, und schläfst endlich mit einer anderen. *Oder* du beschließt, dass du bis an dein Lebensende so weitermachst wie jetzt. Ohne Jenni. Und ohne eine andere Frau an deiner Seite. Mich mal ausgenommen.«

In diesem Moment kommt Matéo aus der Küche und füllt das Salatbuffet auf. Verdammter Mist! Hugo hatte doch extra an der Rezeption nachgefragt, und man hatte ihm versichert, dass er heute Abend *nicht* da sein würde. Ich lasse mich langsam vom Stuhl unter den Tisch gleiten.

Vorsichtig hebt Hugo das weiße Leinentuch an. »Alles in Ordnung da unten?«

»Da ist Matéo! Der Kellner am Salatbuffet. Du hast doch gesagt, er hat heute keinen Dienst.«

Hugo lässt kurz die Tischdecke sinken, als würde er sich umsehen, dann steckt er den Kopf wieder zu mir nach unten. »Der Typ mit den dunklen Locken? Der ist jetzt wieder nach hinten gegangen. Vielleicht musste er kurzfristig einspringen oder so. Tut mir leid, Mia. Komm jetzt hoch, die Leute gucken schon zu uns rüber. Die denken garantiert, du bist nicht mehr ganz dicht.«

So würdevoll wie eben möglich schlängele ich meinen Oberkörper unter dem Tisch hervor.

»Also noch mal zurück zu Jennifer«, setzt Hugo an, als wäre nichts gewesen, und seufzt. »Ich bin irgendwie erleichtert, dass es endlich raus ist und du Bescheid weißt. Aber ich muss erst darüber schlafen, dann entscheide ich mich, ob ich ihr eine Nachricht über Facebook schicke. Ein gutes Vorbild habe ich ja schon mal.« Hugo lächelt mich an. Ich kann nicht glauben, wie abhängig unser Liebesleben von diesem dämlichen sozialen Netzwerk ist. Mein Akkuladegerät kommt mir mittlerweile vor wie eine Nabelschnur.

»Trotzdem bin ich ein bisschen gekränkt, dass du dieses Geheimnis so lange für dich behalten hast«, sage ich vorwurfsvoll und sehe dann nervös in Richtung Buffet. »Können wir vielleicht aufs Zimmer gehen? Ich will Matéo wirklich nicht begegnen.«

Hugo stopft sich sein letztes Salatblatt in den Mund und steht auf. »Ich bin bereit, Prinzessin.«

»Ich habe mich entschieden. Ich werde Kontakt zu ihr aufnehmen«, verkündet Hugo am nächsten Morgen.

Wir liegen noch im Bett, ich habe gerade erst die Augen

aufgeschlagen. Er hingegen scheint schon eine Weile wach gelegen und gegrübelt zu haben.

»Das sind gute Neuigkeiten«, murmele ich und gähne.

»Ja, ich habe mir gedacht: Was habe ich zu verlieren? Entweder sie weist mich ab, und ich kann sie danach vielleicht endlich ein für alle Mal loslassen, oder sie trifft sich mit mir, und wir werden glücklich.«

»Stell dir das mit dem Ein-für-alle-Mal-Loslassen bloß nicht so einfach vor«, sage ich wissend und rolle mich müde aus dem Bett, um aufs Klo zu gehen.

Doch Hugo ignoriert meine Warnung und starrt angestrengt auf sein Handy, wahrscheinlich sucht er Jennis Profil.

Im Badezimmer betrachte ich mich etwas ratlos im Spiegel. »Und was ist mit dir?«, frage ich mein Spiegelbild in der Hoffnung, das Universum möge mir eine Antwort schicken und sagen, was ich tun soll, um Mark zu vergessen. Doch dann bemerke ich, dass ich einen Fortschritt gemacht habe, ganz ohne ihn zu bemerken. Ich habe nach dem Aufwachen nicht sofort auf mein Handy geguckt, um nachzusehen, ob es etwas Neues auf Marks Facebook-Seite gibt oder ob er Annabelle zurückgeschrieben hat. Leider währt der Fortschritt nicht besonders lange. Ich gehe zurück ins Zimmer, schnappe mir mein Telefon und lege mich wieder ins Bett. Sofort gefriert mir das Blut in den Adern – eine Nachricht von Mark an Annabelle.

»Mark hat geschrieben«, sage ich enttäuscht. Komisch, dass es plötzlich ein gutes Zeichen wäre, wenn er *nicht* schreibt.

»Was hat er geantwortet?«, Hugo sieht von seinem Handy auf und schenkt mir seine volle Aufmerksamkeit.

»Kennen wir uns?« Ich werfe Hugo einen fragenden

Blick zu. Doch er schaut mich an, als würde er vermuten, ich leide unter einer besonders frühen Form von Demenz, bis ich hinzufüge: »Das hat er geschrieben. Er fragt Annabelle, ob sie sich kennen.«

»Ach so. Und keine Antwort auf die Wie-geht's-dir-Frage?«

»Nein, nur das.« Irgendwie bin ich seltsam froh, dass Mark nur so kurz und knapp schreibt. Es wirkt fast, als würde er Annabelle Garcia, die willige Spanierin, sofort wieder löschen, wenn sich herausstellt, dass sich die beiden nie persönlich begegnet sind. »Was soll ich antworten?«, frage ich ratlos.

»Schreib ihm: Nein, wir kennen uns nicht persönlich. Aber ich finde, dein Profil sieht nett aus. Bist du gerade in Afrika? Da wollte ich auch immer schon mal hin.«

»Du mit deinem Reiseaufhänger. Ich bin doch gar kein Afrikafan.«

»Heißt du Annabelle Garcia?«

»Stimmt. Na gut.« Ich tippe Hugos Vorschlag ein und drücke auf Senden. »Hast du Jenni gefunden?«, frage ich anschließend.

»Gefunden habe ich sie schon vor Jahren. Ich habe mich nur nicht getraut, ihr eine Freundschaftsanfrage zu schicken.«

Ich schüttele den Kopf. »Hast du es jetzt endlich gemacht?«

»Oh ja. Und ich fühle mich nicht gut damit.«

»Warum?«

»Jetzt muss ich auf eine Antwort warten. Und morgen ist unser letzter Tag in Paris. Was ist, wenn sie mich bis dahin nicht addet?«

»Dann musst du eben noch mal ins Disneyland fahren. Vielleicht hast du Glück, und sie hat wieder Dienst.«

»Ich? Alleine? Kommst du nicht mit?«

Ich überlege. Große Lust, noch einmal dorthin zu fahren, habe ich nicht. Andererseits hat Hugo mit mir diese Weltreise angetreten, ohne mit der Wimper zu zucken. Ich sollte ihn jetzt genauso unterstützen. »Wenn du willst, dass ich dich begleite, dann mache ich das natürlich«, sage ich. »Aber jetzt will ich erst mal frühstücken. Und heute halte ich mich definitiv von den Joghurts fern.«

»Dann rufe ich bei der Rezeption an und frage, ob Matéo heute Morgen da ist. Die denken wahrscheinlich schon, dass ich ein Rad abhabe«, mutmaßt Hugo amüsiert.

»Frag dieses Mal aber auch, ob sie sich wirklich vollkommen sicher sind. Danke, Hugo, du bist der Beste!«

»Hoffentlich denkt das auch irgendwann Jennifer Schimmelpenninck von mir.«

»Sie hat meine Freundschaftsanfrage angenommen«, kreischt Hugo, während er mit der einen Hand einen Teller mit zwei Croissants und vier kleinen Nutella-Packungen zu unserem Tisch balanciert und mit der anderen fest sein Handy umklammert hält, den glückseligen Blick fest auf den Bildschirm gerichtet. Leider übersieht er dabei den Tisch von zwei älteren Herrschaften und rennt mit voller Wucht dagegen. Zwei Nutella-Päckchen landen in der Müslischale des betagten Mannes, die anderen beiden in seiner Kaffeetasse. Die Croissants rutschen der weißhaarigen Dame, die einen strengen Blick aufgesetzt hat, in den Schoß.

»Oh, das tut mir leid«, stammelt Hugo, aber ich sehe ihm an, dass noch nicht einmal diese peinliche Aktion seine Freude trüben kann. Er sieht aus, als wäre in seinem Inneren eine Lampe angeknipst worden.

Zwei Kellner, von denen heute zum Glück wirklich keiner Matéo ist, haben das Spektakel beobachtet und bringen dem Ehepaar sofort frischen Kaffee und räumen die Tasse und die Müslischüssel ab, während Hugo seine Croissants einsammelt und sich schnell zu mir an den Tisch setzt.

»Sie hat mich geaddet!«, sagt er noch einmal glücklich, ohne seinen Zusammenstoß überhaupt zu erwähnen. Stattdessen beißt er genüsslich in ein Croissant. Ich fürchte, er befindet sich gerade nicht mehr ganz in der realen Welt.

»Ich weiß, deine Reaktion darauf war für alle sichtbar. Hat sie auch etwas dazugeschrieben?«, frage ich neugierig.

»Nein, da steht nur, dass sie meine Freundschaftsanfrage akzeptiert hat.«

»Dann schicken wir ihr jetzt eine Nachricht«, beschließe ich, und bin froh, dass uns die zweite Fahrt nach Disneyland wahrscheinlich erspart bleibt. »Steht da, dass sie in Paris lebt?«

»Ja.«

»Dann wäre das doch ein guter Aufhänger. Schreib ihr, dass du hoffst, dass sie sich noch an dich erinnern kann, und dass du gesehen hast, dass sie inzwischen in Paris wohnt, wo du zufälligerweise gerade Urlaub machst. Vielleicht schlägt sie dann ein Treffen vor.«

»Sollte ich sie nicht lieber gleich fragen, ob wir uns sehen?«, fragt Hugo, von der Tatsache beflügelt, dass Jenni und er nun Freunde sind.

»Ich weiß nicht. Das ist vielleicht ein bisschen direkt.«

»Aber wir haben keine Zeit zu verlieren! Morgen ist unser letzter Tag hier.«

»Keine Zeit zu verlieren?«, frage ich belustigt. »Du hast zwanzig Jahre lang damit gewartet, sie zu kontaktieren.«

»Stimmt auch wieder.«

»Hat sie eigentlich einen Beziehungsstatus angegeben?«

»Ja, sie ist Single«, gluckst Hugo fröhlich. Er beginnt, eine Nachricht an seine Jenni zu schreiben, während mir jetzt erst richtig bewusst wird, dass wir übermorgen tatsächlich schon nach Las Vegas fliegen. Ich habe nicht mehr viel Zeit, um meine Kette loszuwerden und unsere Wette zu gewinnen – und Hugo scheint mir schon wieder gefährlich weit voraus zu sein.

Lieber Hugo, natürlich kann ich mich noch an dich erinnern! Es ist wirklich lange her, dass wir uns das letzte Mal gesehen haben. Und dass du inzwischen Jura studierst … wow! Unser Abi ist jetzt schon fast zehn Jahre her, die Zeit rennt.

Ja, wie du auf meinem Profil gesehen hast, hat es mich auf Umwegen nach Paris verschlagen. Ich arbeite für sechs Monate im Disneyland, und es macht mir wahnsinnig viel Spaß. Falls du während deiner Pariszeit mal hierherkommst, dann schreib mir. Du findest mich im Timon-und-Pumbaa-Restaurant im Adventureland.

Lieben Gruß, Jenni

»Das hört sich doch total nett an«, sage ich, nachdem wir zurück in unser Zimmer gegangen sind und Hugo mir Jennis Antwort gezeigt hat, die prompt kam.

»*Nett*? Sag mal, spinnst du? Sie schlägt vor, dass wir uns treffen. Das ist mehr, als ich mir je erhofft hatte. Warum habe ich ihr nicht schon viel früher geschrieben?«

Marie springt zu uns aufs Bett, wahrscheinlich ist er über Hugos plötzliche Aufregung etwas verwundert. Normalerweise hat sein Herrchen eher das Temperament eines Koalabärs.

»Das ist doch jetzt egal. Besser spät als nie. Was antwortest du ihr?«, frage ich gähnend. Heute habe ich mich, im Gegensatz zu gestern, am Frühstücksbuffet ziemlich überfressen.

»Puh, keine Ahnung. Wenn ich heute ins Disneyland fahre, würde sie mir bestimmt nicht abnehmen, dass es mich *zufällig* dorthin verschlagen hat.«

»Und wenn du einfach zugibst, dass du sie gerne sehen würdest und deshalb heute vorbeikommen willst?«

»Das traue ich mich nicht. Da riecht sie den Braten sofort und ahnt, dass ich in sie verliebt bin. Das wäre mir peinlich.«

»Na, dann ist die Sache doch klar. Du schreibst ihr, dass du wahrscheinlich morgen in der Nähe des Parks bist, und fragst sie, wann sie Mittagspause hat. Dann schlägst du ihr vor, dass ihr zusammen etwas essen geht. Das ist unverbindlich.«

»Oder ich hole sie abends von der Arbeit ab«, überlegt Hugo.

»Oder beides. Wenn es mittags gut läuft, fragst du sie, wann sie Feierabend hat, und schlägst vor, sie anschließend abzuholen. Bis dahin kannst du dich im Disneyland vergnügen.«

»Ja, das ist gut! Du bist ein Genie.«

Irgendwie merkwürdig, dass Hugo immer genau die richtigen Worte für meine Nachrichten an Mark einfallen und mir die passenden Sätze für ihn an Jenni. Vielleicht sollten wir einfach unsere Telefone tauschen.

In diesem Moment rollt sich Marie demonstrativ auf Hugos Handy zusammen, das auf dem Bett liegt, als würde er nicht zulassen wollen, dass sein Herrchen weitere Fortschritte in Sachen Fraueneroberung macht.

»Ich kann gar nicht glauben, dass ich ihr vielleicht schon bald gegenübersitzen werde«, schwärmt Hugo, während er unter Maries Po greift, um sein Telefon hervorzuholen. »Ehrlich gesagt habe ich auch unglaublichen Schiss davor. Wahrscheinlich bringe ich keinen Pieps raus und starre sie an, als wäre sie Schneewittchen. Und ich bin der Zwerg«, seufzt er.

»Ach komm, jetzt mach dich mal nicht so klein! Sie scheint ganz beeindruckt davon zu sein, dass du Jura studierst. Denk einfach an das unglaubliche Gefühl, vor der Frau zu sitzen, von der du seit über zwanzig Jahren träumst. Dann wird es schon laufen«, sage ich und überlege mir im Stillen, welche Saltos mein Herz schlagen würde, wenn Mark mir eines Tages wieder gegenübersäße.

»Mia?«

»Mhm?«

»Was wollen wir heute noch machen?«

»Ach, ich weiß nicht. Ich habe gerade keine Lust, irgendetwas zu tun«, murmele ich und kuschele mich unter die Bettdecke. Passend zu meiner Stimmung fängt es in diesem Moment an zu regnen, und Marie klettert schnurrend auf meinen Brustkorb. »Lass uns heute hier bleiben.«

»Und was ist mit deiner Kette? Willst du nicht langsam etwas … unternehmen? Dich ablenken?«

»Was denn?«

»Vielleicht gehen wir heute Abend wenigstens ins Kino. Du hast selbst gesagt, der einzige Fehler, den wir machen können, ist, im Hotelzimmer zu versauern.«

»Ja, vielleicht. Erst mal ist es aber Zeit für ein Nickerchen«, beschließe ich, setze Marie neben mich und drehe mich auf die Seite. Vielleicht hat François recht, und es ist überambitioniert, meinen Schmerz vom einen auf den anderen Tag loswerden zu wollen. Vielleicht muss ich mir heute einfach die Zeit gönnen, im Bett zu liegen und den Gedanken an Mark freien Lauf zu lassen. Irgendwann werden sich meine Gefühle schon selber auf die Nerven gehen und verändern. *Irgendwann*, denke ich frustriert, als ich die Augen schließe und Marie schnurren höre. Dicke Regentropfen prasseln an die Fensterscheiben. Ich erinnere mich an die zahllosen Male, an denen ich in Marks Armen lag und diesem Geräusch gelauscht habe. Wie oft dachte ich damals, dass ich die glücklichste Frau der Welt bin. Habe ich ihm das eigentlich jemals gesagt?

20

Die Geister, die ich rief …

»Et voilà! Der Abendstern!«, ruft François begeistert, als ich am nächsten Abend bei ihm im Garten sitze, und gibt den Platz hinter dem Teleskop frei, damit ich einen Blick auf den Nachthimmel werfen kann.

Jenni hatte Hugo gestern zurückgeschrieben, dass sie die nächsten beiden Tage freihat, und vorgeschlagen, dass sie sich heute zum Abendessen treffen. Mir war nicht danach, den letzten Abend in Paris alleine zu verbringen, deshalb habe ich François angerufen und ihn nach Tipps für das Pariser Nachtleben gefragt. Ich hätte mir gleich denken sollen, dass sich François' und meine Vorstellungen in dieser Sache nicht ganz decken, denn was er mir am Telefon als spektakuläre Pariser Nachtattraktion verkaufte, entpuppte sich als der stinklangweilige Sternenhimmel. Er hat mir bereits den Mond und den großen und kleinen Wagen gezeigt, nun ist er in heller Aufregung über den Abendstern. Wahrscheinlich ist er froh über die Gesellschaft, denn er hat noch keinen Pieps über ein Honorar von sich gegeben. Nach der Stadtführung war er da nicht so zimperlich.

Ich blicke durch das Fernrohr und entdecke den Abendstern tatsächlich als helle Lichtkugel in der Nähe des Mondes.

»C'est magnifique!«, freut sich François und schnappt mir das Teleskop wieder vor der Nase weg, um den nächsten Himmelskörper zu suchen.

»Ja, das sieht wirklich hübsch aus«, sage ich und hole mein Handy aus der Tasche. Der Anblick des nachrichtenlosen Displays übertrifft meine Begeisterung für den Sternenhimmel jedoch bei Weitem – ich glaube nämlich, dass ich, alias Annabelle Garcia, Mark erfolgreich vergrault habe. Zugegeben, ich musste mich eindeutig der Manipulation bedienen, um Hugo beweisen zu können, dass Mark kein Interesse an anderen Frauen hat, aber ich war einfach zu verzweifelt, als er Annabelle heute Morgen zurückschrieb.

Ach so. Na ja, wenn du dich für Afrika interessierst, kann ich dir bestimmt ein paar Tipps geben. Hast du denn eine Reise geplant? Ich bin gerade in Namibia und kann dir nur empfehlen, irgendwann einmal hierherzukommen. Schon mal Zebra gegessen?

Daraufhin entschloss ich mich, Mark dazu zu bringen, Annabelle blöd zu finden, indem ich ihm unzensiert schrieb, was ich dachte.

Ehrlich gesagt interessiere ich mich ungefähr so viel für Afrika wie für die Bundesliga. Ich habe das nur geschrieben, um ein Gespräch mit dir anzufangen und dir zu gefallen. Und nein, Zebra habe ich noch nie probiert, ich esse noch nicht einmal Schwein.

Ha! Seitdem herrscht Funkstille. Das waren glatt zwei Fausthiebe auf einmal. Mark interessiert sich nämlich brennend für Fußball. Annabelle Garcia – du bist so gut wie raus aus dem Spiel.

»Mademoiselle?«

»Ja?«

»Der Sternenhimmel wartet darauf, von Ihnen betrachtet zu werden. Schauen Sie, das Einhorn.« François rückt seinen weißen Plastikstuhl zur Seite, damit ich mir die Sternenkonstellation des Einhorns ansehen kann. Ich möchte nicht unhöflich sein, aber für mich sehen alle Sterne gleich aus. Selbst der Mond ist für mich nur eine überdimensionale Murmel. Wirklich ganz hübsch, aber nicht sonderlich aufregend.

»Ah, ich sehe schon, die Sterne sind nicht Ihr Fall«, stellt François fest, und mir ist es etwas peinlich, dass ich mir meine Langeweile so habe anmerken lassen. Ich komme mir vor wie ein pubertierender Teenager im Botanischen Garten.

»Ehrlich gesagt nicht so richtig.« Ich werfe ihm einen entschuldigenden Blick zu.

»Das ist schade. Was interessiert Sie denn?«

Was soll ich jetzt bloß sagen? Mark? Die nicht existierende Annabelle Garcia? Hugo und Jenni? Unsere Wette, die ich heute vielleicht verliere?

François sieht mich an, als könne er meine Gedanken lesen. »Sagen Sie nichts, Chérie. Es ist die Liebe, nicht wahr? Immer nur die Liebe.« Er schüttelt den Kopf, als handele es sich dabei um einen hoffnungslosen Fall.

»Na ja, nicht nur. Wenn ich ehrlich sein soll, beschäftigt mich heute auch, dass Hugo vielleicht unsere Wette gewinnt.«

»Weil er sich mit seiner Jugendliebe trifft?«

Ich nicke. Als François sich vorhin gewundert hat, wo ich Hugo gelassen habe, habe ich ihm die Geschichte erzählt.

»Da wäre ich mir nicht so sicher. Mit Jugendlieben ist es meistens so wie mit lang aufbewahrter Hochzeitskleidung. Sie ist immer noch schön, und man verfällt bei ihrem Anblick sofort in Nostalgie, aber deshalb passt man noch lange nicht wieder in sie rein.«

»Sie meinen, die beiden passen nicht zusammen?«

»Wahrscheinlich nicht.«

François' Worte beruhigen mich ein wenig, aber ich muss trotzdem daran denken, dass Hugo schon viel mehr Stufen als ich erfüllt hat, teilweise sogar mehrfach. Ich habe zwar mit Matéo einen Wein getrunken und meine Kette für mehr als dreißig Minuten und eine Nacht abgenommen, aber das waren gerade mal Aufgabe eins, zwei und vier. Stufe drei – mit einem anderen Mann Händchen halten – ist jedoch noch so weit von mir entfernt wie die Erde vom Abendstern. Oder? Ich sehe zu François rüber, der trotz meines Desinteresses für den Nachthimmel weiter so fasziniert durch das Teleskop starrt, als könne er die aktuellen Schlagzeilen vom Firmament ablesen. Dann fällt mein Blick auf seine rechte Hand, die auf seinem Oberschenkel ruht. Er trägt einen schrulligen, großen Silberring mit einem Siegel, auf dem ein Adler abgebildet ist. Passt überhaupt nicht zu ihm. Aber was passt an François überhaupt zueinander? Er trägt ein lilafarbenes Batik-Langarmshirt und eine grüne Armeehose. Die zotteligen Haare hat er zu einem zu kurz wirkenden Zöpfchen gebunden, und der körperlichen Einschränkung, Schuhe zu tragen, hat er heute gleich ganz entsagt. Ich sehe mir noch einmal seine Hand an. Ich könnte sie einfach ergreifen, dann hätte ich wenigstens Stufe drei erfüllt. François ist schließlich ein Mann. Von einem attraktiven Typ, den ich mir auch als potenziellen Freund vorstellen könnte, war schließlich nie die Rede. Ab morgen könnte ich dann versuchen, die Kette nachts und beim Duschen abzunehmen, und schwupp wäre auch Aufgabe sechs erledigt. Stufe fünf, nur alle zwei Tage auf Marks Facebook-Seite zu schauen, könnte ich auch hinbekommen, wenn sich die Sache mit Annabelle erledigt hat. Ich fühle mich gleich besser mit dieser Planung im Hinterkopf. Und vielleicht hat François ja recht, und es kommt heute gar nicht zu Hugos Entjungferung. Ich könnte also noch als Siegerin aus unserer Wette hervorgehen – vorausgesetzt, ich überwinde mich jetzt und halte mit François Händchen.

Ich bewege meine linke Hand zögerlich in Richtung seiner rechten. Aber was ist, wenn er meine Berührung fehlinterpretiert und danach mehr will? Schnell ziehe ich die Finger wieder zurück. Und wenn er es nur als freundschaftliche Geste sieht? Als Ausdruck meiner Wertschätzung dafür, dass er Hugo und mich mit Paris vertraut gemacht hat? Ich strecke meine Hand wieder näher zu seiner. François bemerkt von alldem nichts, denn er starrt immer noch angestrengt durch sein Teleskop. Und plötzlich, als würde ich mich dazu überwinden, vom Zehnmeterturm zu springen, lasse ich meine Hand schnell und ungeschickt auf François' platschen.

Er wendet den Blick vom Teleskop ab und starrt mich an.

Wie peinlich! Was habe ich getan?

»Mais mademoiselle, haben Sie eine Fliege auf meiner Hand zerschlagen?«

Ich muss lachen. Meine Hand liegt immer noch leblos auf seiner. Aber egal wie, Stufe drei, ich habe dich bewältigt!

»Ich? Nein, äh, ich wollte mich bei Ihnen bedanken, dass Sie mir die Sterne zeigen. Das ist wirklich nett.« Ich streichle kurz mit dem Daumen über François' Handrücken. Wäre er nicht ein älterer, barfüßiger Pfaubesitzer mit Batikshirt, könnte die Situation unter dem Sternenhimmel tatsächlich romantisch sein.

»Aber ich denke, Sie mögen den Sternenhimmel nicht?«, fragt François verwirrt, zieht seine Hand unter meiner weg und kratzt sich an der Nase.

»Nein. Also doch, ich muss mich nur etwas an den Anblick gewöhnen, dann ist es bestimmt, äh, spannend.«

»Genauso ist es. Hier, ich habe die Venus für Sie gesucht. Schauen Sie mal!«

Ich sehe durch das Teleskop und erkenne einen wunderschönen sandfarbenen Planeten. Die Venus sieht aus wie ein Edelstein. Eine perfekte Kugel. Ich frage mich, wie das Universum eine so makellose Form erzeugen kann. »François, sie ist wirklich unglaublich. Und das meine ich ganz ernst.«

»Nehmen Sie zum Dank noch einmal meine Hand?«, fragt er, und ich sehe ihn überrascht an. Er zwinkert. »Ich mache nur Spaß. Ich suche jetzt den Jupiter. Vielleicht kommen Sie doch noch auf den Geschmack des Sterneguckens.«

Und das tue ich. Bis spät in die Nacht sehe ich mir mit François alle möglichen Planeten und Sternbilder an, bis ich langsam merke, dass die Langeweile, die das In-den-Himmel-Schauen zuerst bei mir ausgelöst hat, gar nicht den Sternen geschuldet war, sondern mir selbst. Ich bin das absichtslose Tun einfach nicht gewöhnt. Doch mit jedem neuen Blick durch das Teleskop wird das bloße Betrachten schöner. Und aufregender. Es bringt nichts, und doch scheint es mir etwas zu nützen. Ich kann nur nicht genau sagen, was.

Wirklich schade, dass wir morgen nach Las Vegas fliegen und François dann nicht mehr sehen werden. Trotz seiner seltsamen Erscheinung und der ausgefallenen Hobbys ist er ein prima Kerl. Am Ende seiner Sternenshow geht es mir so gut, dass ich sogar kurz davor bin, noch einmal seine Hand zu ergreifen. Und dieses Mal tatsächlich aus Dankbarkeit.

»Da bist du ja!«, ruft Hugo und springt vom Bett auf. Er trägt nur eine Boxershorts und ein T-Shirt mit einer großen Mickey Mouse vorne drauf, das er sich bei unserem Besuch im Disneyland gekauft hat. »Wo warst du denn?«

»Bei François«, sage ich zufrieden und ziehe die Schuhe aus.

»Bei François?«

»Ja. Er hat mir sein Teleskop gezeigt.«

Hugo sieht mich an, als würde es sich dabei um eine Obszönität handeln. Vermutlich kommt die Erinnerung an das Teapotting wieder hoch.

»Aber jetzt erzähl *du* mal! Wie war dein Date?« Ich bin plötzlich so gespannt, von Hugos Abend zu hören, dass sich meine Astronomie-Ruhe schlagartig verflüchtigt. Mit Jenni geschlafen hat Hugo schon mal nicht, aber das war mir bereits auf dem Nachhauseweg klar, denn wir hatten ausgemacht, dass er mir eine SMS schreibt, falls er bei ihr übernachtet.

»Es war … Wo soll ich anfangen? Wollen wir uns vielleicht auf den Balkon setzen?«

»Klar.«

Erst jetzt bemerke ich, dass die Balkontür offen steht und Hugo unsere Kissen rausgelegt hat. Auf einem davon liegt Marie.

»Du bist ja süß. Hast du hier die ganze Zeit auf mich gewartet und schon alles vorbereitet?«

»Ja. Ich habe mit Marie die Straße überwacht in der Hoffnung, dass du bald kommst.« Hugo lässt sich auf ein Kissen plumpsen, hebt den Kater vom anderen herunter und setzt ihn auf seinen Schoß.

»Also, schieß los!«, sage ich, während ich mich im Schneidersitz niederlasse.

»Na ja, in einem Satz gesagt: Sie ist nicht die Richtige für mich.« Hugo grinst fröhlich.

»Äh, willst du mich jetzt auf den Arm nehmen?«

»Nein.« Er lacht jetzt so laut, als hätte er den Verstand verloren. Verdammt, beim Versuch, mein Leben durch diese Weltreise wieder auf die Reihe zu bekommen, habe ich Hugo scheinbar in den Wahnsinn getrieben.

»Geht's dir gut?«, frage ich mitfühlend.

»Mir geht es bestens. Nein. Mir geht es noch besser. Ich habe das Gefühl, dass ich endlich weiß, was es bedeutet, wenn man sagt: Es geht mir gut.«

»Und warum? Wie war es denn jetzt mit Jenni?«

»Eigentlich ganz nett. Wir waren Käsefondue essen und haben uns gut unterhalten.«

»Und bist du nicht vor Aufregung gestorben?«, frage ich verwirrt, da Hugo vor seinem Date so kreidebleich war, als hätte er seine letzten Lebensjahre in einem Luftschutzbunker verbracht.

»Jep. So war's. Bevor Jenni im Restaurant aufgekreuzt ist, habe ich gezittert und sogar mehrere Male überlegt, einfach wieder zu gehen.«

»Und dann?«

»Dann ist sie gekommen, und ich habe gemerkt, dass

ich überhaupt nicht weiß, wer mir da gegenübersitzt. Diese Frau hatte nichts mit der Person gemein, die ich mir jahrelang vorgestellt hatte. Ich konnte gar nicht mehr verstehen, wieso ich ihr damals diese Rose mitgebracht hatte. Total übertrieben und bescheuert.«

»Wie war sie denn?«

»Irgendwie rabiat. Schon ganz nett, aber überhaupt nicht mein Fall.«

Ich muss an François' Prophezeiung denken. Daran, dass lange aufbewahrte Hochzeitskleidung oft einfach nicht mehr passt. »Das musst du mir näher erklären. Was heißt rabiat? Hat sie laut gerülpst?«

»Nein, es war irgendwie subtiler. Sie hat zum Beispiel erwähnt, dass ihr Opa vor ein paar Wochen gestorben ist, aber statt *gestorben* hat sie *abgekratzt* gesagt.«

»Waaas?« Ich fange laut an zu lachen. »Im Ernst, mein Opa ist *abgekratzt*?« Ich habe lange nicht mehr so etwas Absurdes gehört.

»Ja. Und sie hat ständig das Wort *Kiki* benutzt.«

»Wie bitte? Was bedeutet denn das?«

»Das musste ich auch erst mal herausfinden. Aber sie hat es, glaube ich, statt *Scheiße* gesagt. Das war richtig Kiki, hat sie dauernd gesagt. Ich weiß Mia, das hört sich alles total merkwürdig an, aber genauso war sie auch – merkwürdig! Zumindest hatte ich nicht eine Sekunde lang das Bedürfnis, mit ihr zu schlafen. Noch nicht mal, um unsere Wette zu gewinnen.«

»Bist du nicht enttäuscht?«

»Komischerweise nicht. Eher erleichtert. Ich kann dieses Kapitel endlich abhaken. Auf der einen Seite ist es natürlich ernüchternd, dass mich die Vorstellung von dieser

Frau jahrelang verfolgt hat. Auf der anderen Seite habe ich mir die ganze Geschichte vielleicht auch nur eingeredet, um einen Vorwand zu haben, nicht versuchen zu müssen, das Herz einer anderen zu erobern. Eine Ausrede, um nicht aus mir rauskommen zu müssen. Vielleicht bin ich jetzt endlich bereit dafür.«

Marie steht gähnend von Hugos Schoß auf und läuft ins Zimmer.

»Und wie seid ihr verblieben?«

»Das Schöne ist, dass wir gar nicht irgendwie verbleiben mussten. Wir sind Freunde bei Facebook, aber sie wohnt in Paris und ich in Berlin. Da erübrigt sich ein weiteres Treffen von selbst.«

»Stimmt.«

Wir schweigen für einen Augenblick.

»Hat Mark Annabelle noch mal zurückgeschrieben?«

Ich habe Hugo heute Morgen nicht genau erzählt, was ich Mark auf sein Afrika-Tipp-Angebot geantwortet habe. Ich habe ihm nur gesagt, dass ich es weiter mit Small Talk versuchen und dann erst langsam aus ihm herauskitzeln wolle, ob er mit Fake-Annabelle flirten würde. Ich weiß, das war geflunkert, aber dass ich versucht habe, Mark mit meiner absurden Nachricht zu vertreiben, kann ich selbst vor Hugo nicht zugeben.

»Nein, bisher nicht.« Ich ziehe mein Handy aus der Hosentasche. In diesem Moment erscheint eine neue Push-up-Nachricht. Das kann doch nicht sein – Mark hat Annabelle tatsächlich noch einmal geschrieben, und das trotz meiner unpassend ehrlichen Nachricht. »Gerade eben kam was.«

»Lies vor!«, ruft Hugo, der die Sache scheinbar total spannend findet.

»Schwein mag ich auch nicht.« Dahinter befindet sich ein Smiley.

»Wie bitte?« Hugo nimmt mir das Handy aus der Hand. Für ihn ergeben die Worte natürlich überhaupt gar keinen Sinn.

Ich erobere das Telefon schnell zurück, bevor er den gesamten Verlauf lesen kann und meine abschreckende Nachricht entdeckt. Dabei scheint sie für Mark überhaupt nicht abschreckend gewesen zu sein. Fand er sie etwa *witzig*? Das kann doch nicht sein.

»Er hatte geschrieben, dass man in Afrika Zebra isst, und ich hatte geantwortet, dass das nichts für mich wäre, weil ich noch nicht einmal Schwein esse«, erkläre ich.

»Komische Gesprächsthemen«, sagt Hugo und runzelt die Stirn. »Du hängst deinen Vegetarismus doch sonst auch nicht an die große Glocke.«

»Ja, ich weiß, ich habe ihm ja auch nicht geschrieben, dass ich überhaupt kein Fleisch esse, da wäre die Parallele zu meiner wahren Identität zu groß gewesen.« Mannomann, die ganze Sache stinkt bis zum Himmel. Ob Hugo wirklich nicht merkt, dass ich versuche, Mark zu vergraulen?

»Weil es auf der Welt nur eine Vegetarierin gibt«, ärgert er mich jedoch nur und lacht, wobei sein niedlicher Kullerbauch auf und ab wippt. »Und was schreibst du zurück? Er hat dir keine weitere Frage gestellt, das ist blöd.«

»Ich weiß auch nicht. Vielleicht überlege ich mir das bis morgen, ich muss ihm ja nicht immer sofort antworten.«

In Wahrheit hoffe ich, dass Mark vielleicht noch so etwas zu seiner Nachricht hinzufügt wie: *Na gut, Annabelle, dann wünsche ich dir ein schönes Leben, denn obwohl wir beide kein Schwein mögen, passen wir eindeu-*

tig nicht zusammen. Es ist zwar ziemlich unwahrscheinlich und unlogisch, dass er diese Abfuhr noch hinterherschiebt, aber abgesehen davon, weiß ich gerade wirklich nicht, was Annabelle auf diese Schwein-Sache entgegnen könnte. Dass sie dann ja schon mal eine Gemeinsamkeit hätten? Bloß nicht! Am Ende interessiert sich Mark immer mehr für dieses imaginäre Miststück. Ich kann sowieso kaum glauben, dass er ihre Nachricht nicht für vollkommen dämlich gehalten hat. Ich meine, sie hat ihn angelogen und ihre Lüge in der nächsten Nachricht sogar zugegeben. Wer macht denn so was? Wer schreibt schon: Ich habe das nur geschrieben, um dir zu gefallen. Total hirnrissig!

»Ich habe übrigens Stufe drei erfüllt und François' Hand gehalten«, erzähle ich Hugo, um das Thema zu wechseln.

»*François'* Hand? Ach komm, Mia, das zählt nicht.«

»Warum nicht?«

»Da kannst du auch gleich Maries Pfötchen halten. Das hat doch nichts mit Flirten zu tun.«

»Zählt trotzdem. Er ist schließlich ein Mann und kein Kater.«

»Na gut, von mir aus. Wenn es dich glücklich macht.«

»Und du bist jetzt endlich frei und kannst dir eine brandneue Frau suchen, ganz ohne Jenni im Hinterkopf«, fasse ich Hugos Fortschritt zusammen, obwohl es nicht auf seiner Liste steht.

»Lass mich raten. Du vermutest, diese brandneue Frau befindet sich in Las Vegas?«

»Bingo!«

21

»Sind das Piraten, oder halluziniere ich?«

Wir sind gerade aus dem Taxi gestiegen, und ich deute auf einige Männer mit Augenklappe und Schwert, die vor unserem Hotel auf einem Schiff ihr Segel hissen.

Wir haben einen sechzehnstündigen Flug mit Zwischenstopp in Philadelphia hinter uns, damit Kater Marie durchschnaufen und mithilfe von Hugos Katzenleine einige Runden auf den Grünflächen rund um den Flughafen drehen konnte. Dank eines homöopathischen Beruhigungsmittels für Langstreckenflüge von Hugos Tierarzt schlummert der Kater noch immer in seiner Transportbox vor sich hin, während der Taxifahrer unser Gepäck vor dem Treasure Island Hotel in Las Vegas auslädt.

»Ja, es gibt mehrmals am Tag eine Piratenschlacht mit Schiffsuntergang im Wasserbecken vor unserem Hotel. Und nebenan im Mirage bricht stündlich ein Vulkan aus«, sagt Hugo abgeklärt.

»Woher weißt du denn so was?«

»Habe ich im Internet gelesen.«

Ich brumme anerkennend. Ich hatte mir auch die Homepage des Hotels angeguckt, aber von Piraten stand da nichts.

Hugo bezahlt den Taxifahrer, und kurz darauf stehen wir mit sämtlichen Koffern und Maries Transportbox auf dem Las Vegas Boulevard. Heiß ist es hier. Gefühlte vierzig Grad. Doch das ist kein Wunder, schließlich liegt die Stadt mitten in der Wüste Nevadas.

Ich lasse meinen Blick schweifen. Merkwürdigerweise kommt mir hier alles unglaublich bekannt vor – die Palmen links und rechts am Straßenrand, die Leuchtreklamen und Souvenirshops, die Stripklubwerbungen auf den vorbeifahrenden Autos, die Hotels mit den dazugehörigen Spielkasinos. Als befände ich mich nicht in der Realität, sondern in einer Filmkulisse. Ich kann nicht widerstehen und mache gleich ein paar Bilder mit dem Handy. Plötzlich traue ich meinen Augen kaum, denn ein Anblick ist nun tatsächlich alles andere als neu für uns: »Das gibt's doch nicht, da ist er ja schon wieder!« Ich deute lachend auf den nachgebauten Eiffelturm in einiger Entfernung auf der anderen Straßenseite.

»Meinst du, der verfolgt uns?«, fragt Hugo und greift nach unserem Gepäck.

»Sieht ganz danach aus«, murmele ich.

»Komm, wir gehen rein. Marie wacht bestimmt bald auf und hat Hunger.«

Wir schlendern durch den Eingang, haben anscheinend aber nicht den richtigen erwischt, denn statt in einer Lobby stehen wir mitten im Kasino.

»Wie spät ist es gleich?«, frage ich verwundert.

»Es ist…«, Hugo lässt Maries Transportbox auf den Boden sinken, um auf die Uhr zu sehen. »Zweiundzwanzig Uhr Pariser Zeit, das heißt… dreizehn Uhr.« Er fummelt an dem kleinen Drehrädchen herum, um die Uhr bei der Gelegenheit gleich umzustellen.

»Hier drinnen kommt es einem vor, als wäre es mitten in der Nacht.« Ich sehe mir die vielen Menschen an, die im schummrigen Licht an Spieltischen und Maschinen sitzen, die pausenlos irgendwelche aufmunternden Geräusche von sich geben.

»Das machen sie mit Absicht. Damit die Leute spielen und nicht mitbekommen, dass draußen die Sonne scheint und sie sich genauso gut an den Pool legen könnten«, erklärt Hugo.

»Oh, der Pool! Darauf hätte *ich* aber Lust. Komm, wir suchen die Rezeption, bringen unsere Sachen nach oben und legen uns dann draußen auf eine Sonnenliege.«

Doch die Lobby ist gar nicht so leicht ausfindig zu machen. Wir laufen vorbei an einarmigen Banditen, Roulette- und Black-Jack-Tischen, Restaurants, Bars, Boutiquen, Schönheitssalons. Eines steht fest: Das ist kein Hotel, das ist ein Kreuzfahrtschiff. Egal, was man braucht, man muss diesen Ort nie wieder verlassen, um es zu bekommen. Vermutlich eine weitere Strategie, um die Leute an den Spieltischen zu halten.

Nach langem Suchen entdecken wir endlich die Rezeption. Der Concierge verspricht uns ein katerfreundliches Zimmer, und tatsächlich stehen sogar schon ein Wasser- und Fressnapf für Marie bereit, als wir unser neues Domizil im zehnten Stock betreten. Der Raum ist von der Wandfarbe bis zur Einrichtung komplett in Brauntönen gehalten, in der Mitte steht ein großes Doppelbett, und es gibt ein eher kleines Badezimmer.

»Die Farbe hier erinnert etwas an ungesunden Zungenbelag«, sagt Hugo und deutet auf den beige-grünlichen Teppich.

»Das ist bestimmt gerade modern. Nennt sich garantiert Urban Olive oder Green Light Cappuccino«, erkläre ich, da ich mich vor einiger Zeit mit Wandfarben auseinandergesetzt habe, um Mark beim Streichen seiner Küche zu beraten und bei ihm Eindruck zu schinden.

»Green Light Cappuccino – ist das nicht ein Diätgetränk bei Starbucks?«, fragt Hugo verdutzt.

Ich kichere, laufe durch unser Zimmer zum Fenster und ziehe die Vorhänge auf. »Wow, die Aussicht ist der Hammer!« Ich bewundere den Blick über die Stadt. Wir haben freie Sicht auf den Las Vegas Boulevard – den *Strip* – und die Vorstadt, in weiter Ferne lassen sich sogar der Flughafen und die Wüste erahnen.

»Das ist echt cool! Ich frage mich, wie deine Frau Waramara den Preis für das alles so niedrig halten konnte. Das geht doch eigentlich gar nicht.«

»Frau *Jawara*!«, verbessere ich. »Ich weiß auch nicht. Vielleicht lohnt es sich doch, im Reisebüro zu buchen, statt alles im Internet selbst zusammenzusuchen.«

»Anscheinend.«

»Sieh mal einer an, wer da wach ist!« Ich sehe zu Marie rüber, der langsam aus seiner Transportbox, die neben dem Bett steht, kriecht und einen Katzenbuckel macht.

»Hey, kleiner Mann!«, begrüßt Hugo sein Haustier und nimmt ihn auf den Arm. Marie gähnt. »Meinst du wirklich, diese Tropfen waren homöopathisch? Auf mich macht Marie eher den Eindruck, als hätte er eine ordentliche Dosis THC im Blut. Guck mal, wie klein seine Augen sind!«

Es stimmt. Maries Augen sind lediglich zwei schmale rote Schlitze. »Das kommt bestimmt vom Flug. Dein Kater ist das Reisen nicht gewohnt, das schlaucht ihn natürlich.«

»Ich mache mir Sorgen um ihn. Vielleicht hätte ich ihn doch zu Hause lassen sollen.«

»Und du denkst, ihm würde es drei Wochen lang ohne dich besser gehen? Als du einmal ein Wochenende mit deiner Familie auf Rügen warst und ich ihn gefüttert habe, hat er vor Wut die ganze Wohnung vollgepinkelt. Abgesehen davon kann er sich jetzt wieder eine Woche lang ausruhen. Und ehe er sich's versieht, ist er wieder in Berlin in seiner vertrauten Umgebung.«

Bei meinen Worten sehen Hugo und ich uns mit großen Augen an, denn das trifft leider nicht nur auf Marie, sondern auch auf uns zu. Ein Drittel unseres Urlaubs ist schon vorbei.

»Okay, mein Vorschlag für heute ist: Wir ruhen uns kurz aus, dann gehen wir runter zum Pool, du checkst dort die Frauen aus, während ich entspanne und dabei feststelle, dass ich Mark nicht brauche, um ein erfülltes und schönes Leben zu haben. Das wird dann dazu führen, dass ich Stufe sechs erledige und die Kette nachts und beim Duschen abnehme. Und heute Abend ziehen wir uns was Schickes an und machen Las Vegas unsicher«, verkünde ich schnell, um unserem Fortschritt auf die Sprünge zu helfen.

»Klingt nach 'nem Plan«, sagt Hugo, füllt Maries Futternapf und lässt sich dann aufs Bett fallen.

Ich bestaune noch einige Momente lang unsere wunderschöne Aussicht auf Las Vegas und lausche dabei Maries Schmatzgeräuschen. Dann plumpse auch ich ins Bett. Die weite Reise nimmt definitiv nicht nur den Kater mit.

»Findest du es eigentlich auch komisch, dass man immer ganz unbewusst weiß, auf welcher Seite man liegen will?«, frage ich und sehe Hugo an, dessen Lider bereits gefährlich tief hängen.

»Total«, brummt er und dreht sich auf den Bauch.

Dann fallen auch mir die Augen zu.

Als ich sie wieder öffne, verrät mir ein Blick aus dem Fenster, dass es bereits stockdunkel ist – oder zumindest so dunkel, wie es in Las Vegas eben werden kann. Ich höre die Piratenschlacht vor dem Hotel, die Leuchtreklamen funkeln unter uns wie ein Lichtermeer, der Mond steht am Himmel, und ich bin kurz versucht, mich wieder umzudrehen und weiterzuschlafen. Mein Gott, bin ich müde! Aber es ist definitiv Zeit aufzustehen.

»Hugo, wach auf! Wir haben den ganzen Tag verschlafen.« Ich rüttele ihn.

»Was? Das kann nicht sein …«, er schlägt langsam die Augen auf und sieht nach draußen. »Wie spät ist es denn?«

»Was fragst du mich das? Du bist der Mann mit der Uhr.«

»Der Mann mit der Uhr … Das hört sich an wie ein Film mit Leonardo DiCaprio«, nuschelt Hugo verschlafen. Ich frage mich, ob es ihm gar nichts ausmacht, dass wir den ersten Tag in Las Vegas verpasst haben. Seinen Scherzen nach zu urteilen, anscheinend nicht. Wie in Zeitlupe tastet er auf dem Nachttisch herum und starrt dann das Ziffernblatt an, als würden dort keine Zahlen, sondern Hieroglyphen stehen. »Es ist kurz nach neun«, sagt er schließlich.

»Abends?«, frage ich verwirrt. Jetzt weiß ich, wie sich Topmodels fühlen müssen, die von einer Stadt in die nächste jetten und überhaupt nicht mehr wissen, in welcher Zeitzone sie sich gerade befinden. Kein Wunder, dass Naomi Campbell dauernd so schlecht drauf ist.

»Natürlich abends.« Hugo lächelt müde und gähnt. »Wir haben quasi die ganze Nacht europäischer Zeit geschlafen. Von zweiundzwanzig Uhr bis sechs Uhr früh. Also heißt es: guten Morgen!«

»Findest du es nicht schade, dass wir gar nichts mit dem Tag angefangen haben?«

»Ach, ist doch egal. Nach allem, was ich über Las Vegas gelesen habe, beginnt das Leben hier sowieso erst nach Sonnenuntergang. Wir sind sozusagen total im Rhythmus. Und an den Pool können wir auch noch morgen gehen. Am besten wir duschen erst mal, und dann starten wir durch.«

Während Hugo mit zufriedenem Gesichtsausdruck aus dem Bett steigt und ins Bad geht, drehe ich mich noch einmal um und sehe aus dem Fenster. Die Aussicht wirkt wie ein Magnet. Und dann beginnt auch noch ein Feuerwerk vor unserem Hotel – vermutlich das spätabendliche Highlight der Piratenschlacht. Automatisch taste ich an meinem Hals nach der Kette und denke an Mark. Eigentlich tue ich das die ganze Zeit, auch wenn ich es Hugo gegenüber nicht halb so oft zugebe. Es ist wie atmen, man tut es ununterbrochen. Manchmal bewusst. Manchmal läuft es einfach im Hintergrund ab. Was er wohl gerade macht? Wie spät ist es in Afrika? Ich nehme mein Handy vom Nachttisch, um auf der Weltuhr nachzusehen. Doch dazu komme ich nicht, denn eine neue Facebook-Nachricht leuchtet mir entgegen. Plötzlich bin ich hellwach, setze mich im Bett auf und lese Marks Mitteilung an Annabelle.

Wenn du dich weder für Afrika noch für die Bundesliga interessierst, für was denn dann?

Mein Kiefer klappt nach unten. Ich dachte wirklich, dass die Unterhaltung nach Annabelles etwas zu ehrlicher Nachricht und der Schweinefleisch-Unterhaltung ein abruptes Ende finden würde. Ist Mark so verzweifelt auf der

Suche nach einer Neuen, dass er über all das hinwegsieht? Das kann doch nicht wahr sein! Vielleicht muss ich noch deutlicher werden, um ihn zu vergraulen.

Ach, es gibt gar nicht so viele Sachen, die mich interessieren. Wenn ich den ganzen Tag lang nur tun könnte, was ich wollte, würde ich bloß auf der Couch sitzen und TV-Serien gucken.

Ha! Wenn sich das nicht unterirdisch unattraktiv und langweilig anhört, dann weiß ich auch nicht. Und theoretisch entspricht diese Aussage sogar der Wahrheit. Schließlich habe ich Mark gegenüber oft behauptet, ich hätte fleißig das ganze Wochenende durchgearbeitet, während ich in Wahrheit mit Hugo alle Staffeln *True Blood* angesehen habe. Und ich hätte mit Sicherheit nie Wäsche gewaschen, Sport gemacht oder Gemüse gegessen, wenn Mark nichts davon mitbekommen hätte.

Zufrieden lasse ich mich zurück in die Kissen sinken. Als ich mich auf die Seite drehe, starren mich Maries Kifferaugen an. Ich erschrecke mich fast zu Tode. Gedankenversunken, wie ich war, habe ich gar nicht gemerkt, dass der Kater aufs Bett gesprungen ist. »Mann, ich krieg noch einen Herzinfarkt!«, murmele ich, als das Nachrichtensignal ertönt. Bestimmt schreibt Mark jetzt, wie langweilig er mich, also Annabelle, findet und dass er der Meinung ist, man solle mehr mit seinem Leben anfangen, als auf der Couch zu sitzen. Zum Beispiel eine Afrikarundreise machen. Ich greife nach meinem Handy, doch es ist nur irgendeine Willkommensnachricht eines amerikanischen Netzanbieters. Schade.

Irgendwie entgleist mir diese ganze Annabelle-Garcia-Sache langsam. Ich meine, habe ich nicht eigentlich schon meine Antwort? Mark schreibt anderen Frauen zurück, selbst wenn sie sich so merkwürdig verhalten wie Fake-Annabelle. Also könnte ich jetzt einfach zu Hugo gehen und ihm sagen, dass er recht hatte und Mark mich abgeschrieben hat. Hoffnung und Kette ade! Aber irgendwie hoffe ich trotzdem noch darauf, dass er Annabelle entweder irgendwann gar nicht mehr zurückschreibt oder ihr klipp und klar sagt, dass er nicht an ihr interessiert ist, weil er noch an seiner Ex hängt. Aber um das aus ihm herauszukitzeln, bin ich scheinbar noch nicht weit genug gegangen.

Ich stehe schwerfällig auf. Woher nimmt Hugo nur die Energie, fröhlich unter der Dusche zu singen? Ich fühle mich so gerädert, als hätte ich den Tag nicht im Bett eines Luxushotels mit Urban-Olive-Teppich, sondern mitten in der nevadischen Wüste ohne Wasservorrat verbracht. Mühsam krame ich in meinem Koffer auf der Suche nach einem vorzeigbaren Partyoutfit.

»Du bist dran!« Hugo kommt aus dem Bad gesprungen und deutet mit dem Finger auf mich und dann auf noch ein paar weitere imaginäre Personen im Raum, als wäre er ein Tanzprofi aus den Neunzigern. Er trägt ein weißes Polohemd und eine weiße Jeans, die Haare hat er mit Gel nach hinten gekämmt, seine silberne Uhr funkelt am Handgelenk, und er trägt Schuhe, die ich noch nie zuvor an ihm gesehen habe. Es sind weiße Sneakers mit einer goldenen Lasche und einer großen, funkelnden Krone an der Seite. Ich weiß nicht, was ich sagen soll. Er erinnert mich an Liberace.

»Ist das dein Las-Vegas-Outfit?«, frage ich vorsichtig.

Hugo sieht an sich hinunter. »Gefällt's dir nicht?«

»Doch, doch, aber es sieht gar nicht nach dir aus.«

»Das ist doch gut.«

Ich stutze. »Seit wann ist das denn gut? Es ist doch dein Wunsch, so geliebt zu werden, wie du bist.«

»Das hat in Paris ja super funktioniert …«, stellt Hugo missmutig fest. »Deshalb gibt's jetzt Plan B.«

»Aha.«

»Mensch Mia, wo soll ich diese Schuhe denn jemals anziehen, wenn nicht in Las Vegas?« Ich sehe Hugo an, dass er doch nicht ganz so überzeugt von seinem Outfit ist, wie es zuerst schien.

»Keine Ahnung.« Ich muss lachen. »Woher hast du die überhaupt?«

»Meine Eltern haben mich bei ihrem letzten Besuch in einen dieser extravaganten Schuhläden geschleppt und mich so lange genervt, bis ich mir ein Paar ausgesucht habe. Ich schwöre dir, dass diese hier noch die beste Wahl waren.«

»Was war denn das für ein Laden? Ein Kostümverleih?«

»Sehr witzig. Keine Ahnung wie das Geschäft hieß. Auf jeden Fall haben sie doppelt so viel gekostet wie meine Monatsmiete, also werde ich sie tragen. Vielleicht stehen die Frauen ja drauf.«

»Vielleicht«, sage ich skeptisch und ziehe ein hautenges schwarzes Kleid aus dem Koffer. *Wenn Hugo einen auf Harald Glööckler macht, versuche ich es als Eva Longoria*, denke ich entschlossen, werfe mir meine rötlichen Haare über die Schulter und marschiere ins Badezimmer.

22

»Viva Las Vegas!«

Hugo prostet einer Gruppe Frauen zu, die, genau wie wir, den Strip entlangläuft. Die Ladys prosten mit ihren überdimensionalen Cocktailgläsern zurück. Ich erkenne Hugo kaum wieder.

Wir haben bereits in einer Bar unseres Hotels einige Bloody Marys getrunken, obwohl weder Hugo noch ich bisher Erfahrungen mit diesem Getränk gesammelt haben. Ich kenne es eigentlich nur aus Filmen. Aber es gab eine Zwei-für-eins-Aktion, und so kam eins zum anderen. Bei Hugo scheint das Zeug jedenfalls deutlich enthemmend zu wirken. Sein Gang wirkt viel selbstbewusster als sonst, seine Stimmung ist bombastisch, er spricht mit lauter Stimme, und einfach so ein paar Damen zuzuprosten ist ja sonst auch nicht seine Art.

Aber auch mir tut der Alkohol ausgesprochen gut. Unglaublich, dass mir diese Form der Ablenkung durch meine Mark-bedingte Abstinenz vollkommen durch die Lappen gegangen ist! Ich fühle mich wohl und habe sogar schon mehreren Männern einen verstohlenen Blick zugeworfen.

»Hey guck mal, warum stehen die denn alle da rum?«, fragt Hugo und deutet nach rechts auf ein Wasserbecken, das in etwa die Ausmaße eines Freibads hat.

»Keine Ahnung. Komm, wir stellen uns dazu!«

Wir suchen uns einen freien Platz mit Blick auf den überdimensionalen Pool. Und in diesem Moment bekommen wir bereits unsere Antwort auf das Mysterium der Menschentraube. *My heart will go on* von Céline Dion dröhnt aus versteckten Lautsprechern, und riesige Wasserfontänen schießen in die Höhe. Abwechselnd tauchen sie über die ganze Länge des Beckens auf und bewegen sich dann in einer Linie rhythmisch zum Song, als würden sie miteinander tanzen.

»Das ist so romantisch«, wispere ich Hugo zu.

Die meisten Touristen filmen das Spektakel, doch mir ist nicht danach, ich will diesen Moment lieber im Gedächtnis festhalten. So etwas Merkwürdiges und gleichzeitig Schönes kann es wirklich nur in Las Vegas geben.

Love can touch us one time
And last for a lifetime
And never let go till we're gone.

Überraschenderweise kann ich den Text auswendig und flüstere ihn vor mich hin, während ich der Performance zusehe. Ohne die Bloody Marys intus würde ich das Ganze vielleicht nur kitschig finden, aber in diesem Moment rührt mich sogar das tanzende Wasser.

Near …
Far …
Wherever you are
I believe that the heart does go on

Ich bemerke, wie Hugo mich von der Seite ansieht. »Alles okay?«, raunt er mir zu, als würde er vermuten, dass ich gleich vor sämtlichen Schaulustigen einen Liebeskummer-Nervenzusammenbruch kriege. »Wollen wir lieber weitergehen?«

Ich schüttele den Kopf. Ich muss da durch. Ich kann nicht bei jedem romantischen Song, jedem turtelnden Pärchen, jedem Typ, der Mark ähnlich sieht, die Fassung verlieren. *Der Schmerz gehört zum Leben*, denke ich melodramatisch und erinnere mich an François und seine tolerante Einstellung zum Liebeskummer. Ob ich auch langsam so werde wie er, bloß ohne Teekanne?

Wir scheinen uns dem Höhepunkt der Show zu nähern. Alle Fontänen schießen gleichzeitig mindestens zehn Meter nach oben und werden vom Scheinwerferlicht angestrahlt, als wären sie Stars auf dem roten Teppich, während Céline mit ganzer Kraft dazu schmettert.

You're here
There's nothing I fear
And I know that my heart will go on

Eine Träne läuft mir übers Gesicht. Ich weine in der Öffentlichkeit. Merkwürdigerweise ist es mir nicht mal mehr peinlich. Inzwischen habe ich ja einige Erfahrung in dieser Sich-Öffnen-Sache gesammelt.

We'll stay forever this way
You are safe in my heart
And my heart will go on and on

Plötzlich sehe ich das Bild der uralten Frau aus *Titanic* vor mir, die ihre Kette in den Ozean wirft. Diese niedliche Dame in ihrem Nachthemd, die gerade so über die Reling des Schiffes blicken kann. Und dann fällt es mir wie Schuppen von den Augen. »Mensch Hugo, ich bin Rose Dawson!«, rufe ich erleichtert.

Hugo sieht mich an, als würde ihm meine Identitätskrise langsam ernsthafte Sorgen bereiten. »Du bist wer?«, fragt er möglichst liebevoll, während sich die Menschentraube um uns herum auflöst. Die Springbrunnenshow ist vorbei, meine Euphorie jedoch nicht.

»Rose! Die von der Titanic! Und das hier ...«, ich hebe mit dem Daumen den Swarovskianhänger meiner Kette hoch. »Das ist das *Herz des Ozeans*!«

Langsam scheint es Hugo zu dämmern. »Und du bist froh, dass es noch eine andere Frau gibt, die unter zwanghaftem Ketten-Tragen gelitten hat?«

»Ja. Und das, obwohl Jack bereits tot war und es nun wirklich keinerlei Hoffnung mehr für die beiden gab. Aber die Kette hat sie immer an ihn erinnert, weil er sie nur damit gemalt hatte.« Ich überlege kurz. »Jack, ich will, dass du mich so malst wie die Frauen in Paris«, sage ich, als ich mich an den Satz aus dem Film erinnere. Es gibt so viele Parallelen zwischen mir und Rose! Vielleicht sollte ich auf unserer Reise lieber kein Schiff betreten. »Endlich fühle ich mich nicht mehr so alleine. Warum ist mir das nicht früher aufgefallen?«, begeistere ich mich weiter.

»Ich ... ich weiß nicht«, stammelt Hugo schulterzuckend. »Aber Mia, du weißt schon, dass das nur ein Film ist?« Jetzt kommt Hugo wieder mit seiner Das-ist-nur-eine-Serie-Sache!

»Na und? Ich fühle mich dadurch besser. Und darauf kommt es schließlich an.«

»Du fühlst dich besser, weil diese Frau, die niemals wirklich existiert hat, es mit über hundert Jahren endlich geschafft hat, ihre Kette ins Wasser fallen zu lassen? Sorry, aber du solltest dir vielleicht ein anderes Vorbild suchen.«

»So lange muss ich ja nicht warten. Alles, was ich brauche, ist ein Ozean, um das Ding um meinen Hals loszuwerden.«

»Gut, dass wir mitten in der Wüste sind«, sagt Hugo und blickt sich ratlos um, als würde er hoffen, auf wundersame Weise irgendwo den Atlantik zu entdecken.

Schon während der nächsten Viertelstunde stellt sich heraus, dass mein Enthusiasmus, die Kette im Ozean zu versenken, mal wieder nicht von Dauer ist. Kaum sind wir fünfzig Schritte weiter den Strip entlanggelaufen, hat sich das kurze Gefühl von Verbundenheit und Mut schon wieder verflüchtigt. Die plötzliche Euphorie war wohl bloß dem Alkohol und Céline Dions berührendem Song geschuldet.

»Hast du Lust, ein bisschen zu spielen?«, fragt Hugo und deutet auf das Kasino des Caesars Palace Hotels.

»Ist das nicht das Hotel aus dem Film *Hangover*?« Mir kommt der Anblick so bekannt vor. Das große weiße Gebäude, die römische Architektur mit Säulen, Statuen und Torbögen.

»Kann gut sein. War das jetzt ein Ja?«

»Ich weiß nicht… Ich kann, glaube ich, keins von diesen Spielen. Die einzigen Regeln, die ich kenne, sind die von Uno. Und das gibt's da drin bestimmt nicht.«

»Ich doch auch nicht, aber so schwer wird's schon nicht sein.«

»Wie genau funktioniert das?«, fragt Hugo den Croupier am Pokertisch.

Eigentlich habe ich genauso viel getrunken wie er, aber seine Hemmungen scheinen wie weggeblasen. Meine dagegen sind gerade so weit außer Gefecht gesetzt, dass ich Hugo nicht daran hindere, sich zum Deppen zu machen. Ich weiß auch gar nicht, warum er überhaupt Poker spielen möchte. Das Kasino im Caesars Palace ist noch größer als das in unserem Hotel, und es sind genügend Spielautomaten frei, an denen wir ungestört ein bisschen rumprobieren könnten. Aber Hugo war ganz versessen darauf, sein Geld in Spielchips umzutauschen und an einen der Tische zu gehen.

Überraschenderweise lässt der Croupier die laufende Runde zu Ende spielen und erklärt Hugo dann tatsächlich in Kurzform die Regeln, während sich die anderen Spieler am Tisch neue Getränke bestellen und ein paar Worte miteinander wechseln. Ich versuche angestrengt, dem Croupier zu folgen, verstehe allerdings kein Wort. Ich bin der festen Überzeugung, dass ich unter Spielamnesie leide. Nie kann ich mir die Regeln zu irgendwas merken und muss immer wieder nachlesen, wie viele Karten jeder bekommt und was genau zu tun ist. Es ist, als würde sich mein Gehirn der Sache komplett verweigern.

Hugo scheint jedoch verstanden zu haben, denn er lässt sich gerade auf den Hocker neben einer alten Dame fallen. Außer Hugos Nachbarin, die so viele Goldketten trägt, dass ich mich wundere, dass sie sich noch aufrecht halten kann, sitzt ein dicklicher Mann mit weißen Haaren und Ziegenbart am Tisch. Seltsamerweise trägt er eine Sonnenbrille, und er kaut so umständlich mit offenem Mund Kaugummi, dass er aussieht wie eine wiederkäuende Kuh. Die Runde wird von einem spargeldünnen Asiaten komplettiert, dem ein Freisprechgerät im Ohr steckt. Der Croupier starrt mich an, als würde er irgendetwas von mir erwarten.

»Hello«, sage ich und winke. Mannomann, diese Bloody Marys! Ich blamiere mich und sehe mir auch noch fröhlich dabei zu. Gott sei Dank ist mir so etwas nie vor Mark passiert.

»Wenn Sie nicht mitspielen, müssen Sie sich vom Tisch entfernen«, erklärt der Mitarbeiter etwas ungeduldig. Wahrscheinlich fürchtet er, dass die Leute abspringen, wenn sich der Beginn des Spiels noch weiter verzögert.

»Ich, äh«, stammele ich. Ich möchte nicht weggehen, schließlich will ich Hugo zusehen. Aber ich kann unter keinen Umständen mitspielen.

Doch der Croupier deutet nachdrücklich auf einen der noch freien Plätze am Tisch. Die anderen Spieler sehen mich genervt an.

»Komm, setz dich einfach, du kannst das schon«, sagt Hugo ermutigend.

Sehr witzig. Mich als Pokerspielerin zu bezeichnen hat ungefähr so viel Wahrheitsgehalt wie die Behauptung, dass Kim Kardashian keinen Wert auf ihr Äußeres legt. Meine Erfahrung beschränkt sich darauf, dass ich mal jemandem bei einem im Fernsehen übertragenen Turnier »All-in« habe sagen hören – aber das war's dann auch schon mit meinem Wissen. Doch der soziale Druck ist so hoch, dass ich zu meiner eigenen Überraschung registriere, wie meine Beine sich in Richtung Hocker bewegen. Das wird definitiv ein riesiger Reinfall. Ich glaube eigentlich nicht an Learning by Doing. In meinem Leben bin ich bisher eher der logischeren Devise Learning by Learning gefolgt, aber es sieht so aus, als würde mir gerade nichts anderes übrig bleiben.

Hugo gibt mir die Hälfte seiner Chips ab, und schneller als ich gucken kann, landen zwei Karten vor meiner Nase. Dürfen die anderen die sehen? Wahrscheinlich nicht. Zumindest starren alle geheimniskrämerisch ihr Blatt an. Der Asiate flüstert irgendetwas. Ich vermute, dass er in sein Headset spricht. Oder redet er mit sich selbst? Ich spitze die Ohren, und tatsächlich höre ich ein paar vertraute chinesische Worte aus seinem Gemurmel heraus. Das kann doch nicht sein Ernst sein – gibt er tatsächlich jemandem sein Kartenblatt per Telefon durch? Und ist er sich wirklich so sicher, dass hier niemand Chinesisch spricht? Wenn ich die Pokerregeln kennen würde, könnte ich mir das jetzt vielleicht zunutze machen. Doch viel Zeit zum Überlegen habe ich nicht, denn Hugo und die Goldkettenfrau haben schon einige ihrer Chips nach vorne geworfen, und nun bin ich an der Reihe. Schüchtern schiebe auch ich meinen Einsatz in die Tischmitte.

Der Croupier sieht mich verwundert an.

»Das geht nicht«, flüstert Hugo mir zu. »Du musst genauso viel oder mehr setzen als wir.«

Kurzerhand schiebe ich noch mehr Chips nach vorn. Erst jetzt wird mir bewusst, dass ich keinen blassen Schimmer habe, wie viel Geld Hugo eigentlich in diese Plastikdinger umgetauscht hat, und dass ich mir meine Karten noch gar nicht angesehen habe, weil mich mein chinesischer Tischnachbar so verwirrt hat. Ich nehme mein Blatt auf. Zwei Asse. Bube, Dame, König, Ass – dieser Reihenfolge nach dürfte mein Blatt nicht ganz schlecht sein.

Ich versuche zu hören, was der Chinese nuschelt, während der Mann mit dem Ziegenbart den Einsatz erhöht. »Ich kann verstehen, was er sagt«, flüstere ich Hugo zu.

»Wer? Was?«

»Na, der Asiate. Hörst du nicht, dass er die ganze Zeit vor sich hin brabbelt?«

»Du kannst das übersetzen?« Hugo scheint ganz aus dem Häuschen zu sein. Er legt seine Karten verdeckt auf den Tisch, reibt die Hände an seiner Hose ab und sieht mich erwartungsvoll an. »Was sagt er denn?«

Ich versuche etwas zu verstehen, aber leider spricht er sehr leise, und Chinesisch war, wie gesagt, noch nie meine Stärke.

Der Croupier legt drei einzelne Karten für alle sichtbar auf den Tisch legt. Ein Ass und zwei Könige.

»Hm… Wenn mich nicht alles täuscht, hat er eben gemurmelt, dass er gerne Brillen isst«, sage ich verwundert. Das kann er doch unmöglich gesagt haben.

»Dass er *Brillen* isst?«, fragt Hugo.

»Oh, und gerade hat er einige Zahlen erwähnt«, stelle ich erleichtert fest. Die Zahlen kann ich im Chinesischen ganz gut. »Sechs und acht. Und danach habe ich entweder etwas über einen König oder Schlamm gehört.«

Hugo grinst und schiebt fleißig weitere Chips auf den Tisch. Ich tue es ihm gleich und achte darauf, dass es etwas mehr sind. »Das heißt, seine Karten sind nicht so gut«, flüstert Hugo.

Aha. Und was ist mit meinen? Wenn ich das nur wüsste… Der Chipshaufen vor uns ist schon ordentlich gewachsen, und ich frage mich langsam ernsthaft, um wie viel Geld es hier überhaupt geht. Ich beobachte den Chinesen, doch obwohl seine Karten laut Hugo nicht so besonders sind, lässt er sich das nicht anmerken. Er sieht sogar ziemlich zufrieden aus. Ob Hugo sich vielleicht irrt?

»Jetzt hat er etwas über einen Hund auf Hawaii gesagt«, zische ich zu ihm hinüber.

»Hättest du nicht etwas mehr Zeit in dein Chinesisch investieren können? Das könnte uns jetzt echt nützen«, flüstert Hugo zurück.

»Sorry, er spricht so leise. Ich kann nichts dafür.«

Nervös sehe ich mir die Gesichter der anderen Spieler an. Auch die Goldkettenfrau und der dicke Typ sehen ganz ruhig aus. Es ist mir überhaupt nicht geheuer, nicht zu wissen, was ich hier eigentlich tue. Normalerweise kenne ich mich mit den Dingen, die ich mache, ziemlich gut aus. Vielleicht sollte ich einfach die einzigen mir bekannten Wörter im Poker benutzen, dann fühle ich mich sicher schon besser. »All-in«, sage ich mutig, als ich das nächste Mal an der Reihe bin.

Hugo sieht mich entsetzt an. Ob ihm jetzt erst bewusst wird, dass ich hier mit seinem Geld spiele und nicht mit meinem? Auch der Croupier schaut verwundert, als würde er erwarten, dass ich noch irgendetwas tue.

»Du musst alle Chips nach vorne schieben«, sagt Hugo.

Ups. »Ich habe nur Spaß gemacht«, sage ich schnell, doch hier werden solche Aussagen offensichtlich sehr ernst genommen.

Der Croupier schnappt sich meinen gesamten Einsatz. Die Goldkettenfrau und der Chinese schieben ihre Karten resigniert Richtung Tischmitte. Nach kurzem Zögern tut Hugo es ihnen gleich. Nur der Wiederkäuer ruft belustigt: »Call!«, und deckt seine Karten auf. Ein Ass und ein König. Aber warum ruft er *Call*? Ist das wie bei *Wer wird Millionär*, und er will seinen Telefonjoker einlösen? Ob ich auch *Call* rufen sollte? Vielleicht kann man dann noch eine Karte tauschen oder so.

»Du musst jetzt dein Blatt zeigen«, erklärt Hugo, der so blass aussieht, als würde er in der Twilight Saga mitspielen.

»Ach so«, sage ich und drehe meine Asse um.

Der Croupier legt noch zwei letzte Karten offen zu den beiden Königen und dem Ass auf die Tischmitte. Eine Sieben und eine Neun. Die Goldkettenfrau und der Chinese raunen sich etwas zu.

»Herzlichen Glückwunsch! Sie haben gewonnen«, sagt der Croupier in meine Richtung.

Verblüfft und irritiert sehe ich zu Hugo hinüber. Ich dachte, das Spiel geht noch irgendwie weiter.

»Weißt du, wie viel Geld du gerade gewonnen hast?«, fragt Hugo mit offenem Mund.

»Hugo, ich weiß ungefähr so viel über Poker und diese komischen Chips wie Emma über den Bundestag.«

»Fünftausend Euro.«

23

Annabelle, die Pokerqueen

»*Fünftausend Euro!*«, rufe ich immer wieder laut, während Hugo und ich den Strip entlanglaufen. Ich habe eine pinkfarbene Afroperücke auf dem Kopf, Hugos Stirn verschwindet zur Hälfte unter einem schwarzen Zylinder, und wir tragen beide T-Shirts, auf denen *I am Single* steht. Wer hat, der hat und kann sein Geld ruhig für solchen Schrott ausgeben.

»Eigentlich ist es ja dein Geld«, sage ich, als wir in einer Schlange zu einem Klub stehen. Aus dem Innern tönt laute Rapmusik.

»Ne, ich habe es dir schließlich geliehen, du hast es vervielfacht. Solange ich meinen Einsatz zurückbekomme, bin ich glücklich. Der Gewinn gehört dir«, beschließt Hugo.

In diesem Moment werden wir in den Klub gelassen. Der Raum ist komplett im Westernstil eingerichtet, die Bar befindet sich hinter einem verschnörkelten Holzzaun, die Barkeeper sind als Cowboys verkleidet, ein schwarzer Plastikbulle hängt von der Decke, und neben der Tanzfläche stehen Stühle und Tische, die mit großen, geschnitzten Sheriffsternen verziert sind. Kakteen prangen auf jedem Tisch, die mich daran erinnern, dass wir hier mitten in der Wüste sind – bei dem ganzen Tohuwabohu vergisst man das in Las Vegas leicht.

Während ich noch dabei bin, mich umzusehen, kommt ein braunhaariger Typ auf mich zugelaufen und fragt, ob ich etwas trinken will. Unglaublich, welche Wirkung so ein T-Shirt haben kann.

»Bloody Mary«, entgegne ich selbstbewusst, als wäre das mein neuer Vorname, und deute auf Hugo und mich, um ihm zu verstehen zu geben, dass er uns beide einladen muss.

Der DJ spielt *Let's get it started* von den Black Eyed Peas. Hugo beginnt, seinen Körper im Takt zu bewegen, und singt enthusiastisch den Text mit. Er sieht in diesem Moment unglaublich glücklich aus. Trotz des Zylinders, des lächerlichen T-Shirts und der Liberace-Schuhe hat er eine Ausstrahlung wie Prince. Als er übermütig nach meiner Hand greift, bleibt mir nichts anderes übrig, als ihm auf den Dancefloor zu folgen. Tanzen ist normalerweise nicht gerade meine Stärke, aber hier kennt mich keiner, also bewege ich langsam meine Hüften.

Wo bleibt nur der Typ mit den Bloody Marys? Wahrscheinlich ist er schon so betrunken gewesen, dass er ganz vergessen hat, dass er mich auf einen Drink einladen wollte. Aber egal, ich habe *fünftausend Euro* gewonnen und bin in Las Vegas! Von einem plötzlichen Glücksgefühl gepackt, schüttele ich meinen Brustkorb in Hugos Richtung, und er macht roboterartige Bewegungen mit den Armen, die erstaunlich gut zum Beat passen. Vielleicht hat er ja tatsächlich den Rhythmus im Blut, und diese ganze DJ-Sache ist keine schlechte Idee.

Während ich versuche, mich möglichst locker zu bewegen, fällt mir auf, wem ich verdammt gerne von meinem Las-Vegas-Gewinn erzählen würde: Mark. Ich habe mich einfach noch nicht daran gewöhnt, dass er nicht mehr der Erste ist, mit dem ich eine so gute Nachricht teilen kann. Doch als ich den Gedanken weiterspinne, wird mir bewusst, dass ich es theoretisch doch könnte. »Ich geh mal kurz aufs Klo«, sage ich zu Hugo, dem bereits der Schweiß auf der Stirn steht.

Er nickt und gibt einen lauten Schrei von sich, als der DJ den nächsten Song anspielt – *Wild Wild West* von Will Smith. Ich war schon immer der festen Überzeugung, dass sich Betrunkene in Discos einfach über die Lieder freuen, die sie kennen. Unabhängig davon, ob sie die Musik auch bei Tageslicht und klarem Verstand anhören würden. Zumindest wäre es mir neu, dass Hugo ernsthaft auf Rapmusik von Will Smith steht.

Nach kurzem Suchen finde ich die Toiletten, zu denen man durch eine Saloontür gelangt. Ich stelle mich neben das Waschbecken und hole mein Handy aus der Tasche. Oh Mann, Mark scheint wirklich einen Narren an Annabelle gefressen zu haben. Vor ein paar Minuten hat er ihr geschrieben.

Dann scheinen wir viel gemeinsam zu haben. Unter uns gesagt, war ich schon ein paar Mal kurz davor, meine Afrikatour abzubrechen, um endlich wieder House of Cards *gucken zu können. Was schaust du denn gerne?*

Ohne lange überlegen zu müssen, schreibe ich zurück.

Game of Thrones, Modern Family, 30 Rock!

Nur eine Minute später piept mein Handy.

Cool! Von 30 Rock habe ich auch alle Folgen gesehen. Es gibt ja jetzt auch eine neue Serie von Tina Fey, die heißt Unbreakable Kimmy Schmidt – *schon angeschaut?*

Für einen kurzen Moment bin ich so fasziniert von dieser Info, dass ich ganz und gar vergesse, dass ich mit Mark kommuniziere. Ich wusste überhaupt nicht, dass er die gleichen Serien gut findet wie ich. Meistens habe ich darauf bestanden, dass wir abends etwas unternehmen, weil ich panische Angst hatte, dass unsere Beziehung sonst langweilig werden könnte. Schließlich weiß doch jeder, dass Vor-dem-Fernseher-Gammeln die beste Formel für den Untergang ist. Außerdem bin ich immer davon ausgegangen, dass er Serien wie *30 Rock* für sinnlosen Quatsch hält. Deshalb mussten alle meine DVD-Boxen ihr Dasein im Wäschekorb fristen.

Oh Mann – gerade wird mir wieder klar, wie abgedreht das alles ist. Ich stehe mit einer pinkfarbenen Perücke in einer Westerntoilette in Las Vegas und schreibe mit meinem Exfreund unter falscher Identität zum Thema TV-Serien ... So verrückt es ist, es fühlt sich irgendwie gut an, und ich tippe sofort die nächste Nachricht.

Echt? Ne, das wusste ich gar nicht. Danke für den Tipp. Die nächsten Wochen werde ich leider noch gar nicht dazu kommen, sie mir anzuschauen, denn ich bin in Las Vegas. Und weißt du was? Ich habe gerade fünftausend Euro beim Pokern gewonnen! Ist das nicht der Hammer? Ich kann's noch gar nicht fassen.

Kurz zögere ich noch, die Nachricht abzuschicken, weil ich mich frage, ob Mark irgendwelche Rückschlüsse auf mich ziehen könnte, falls er von jemandem erfährt, dass ich tatsächlich in Las Vegas bin. Aber die Einzigen, die von meiner Weltreise wissen, sind meine Exkollegin Ina und meine Familie. Zu beiden hat Mark keinen Kontakt. Also sende ich ihm meine Nachricht, sehe mich im Spiegel an, richte meinen Afro zurecht und sage ganz langsam: »Ich.

Schreibe. Mit. Mark.« Ich musste das einfach einmal laut aussprechen, denn das Ganze ist noch total irreal für mich. Was tue ich hier eigentlich? Will ich ihn immer noch abschrecken, damit er Annabelle nicht mehr schreibt? Das funktioniert ja nicht so wirklich. Irgendwie habe ich gerade auch gar keine Lust mehr, irgendeine dämliche Strategie zu verfolgen. Es ist doch eigentlich vollkommen egal, worauf das Ganze hinausläuft. Ich will einfach Kontakt zu ihm haben und den Moment genießen.

Ich höre eine Frau in der Toilettenkabine kotzen, als die nächste Mitteilung von Mark kommt.

Du spielst Poker? Dein Ernst? Ich spiele jeden Monat mit meinen Kumpels. Und das mit den fünftausend Euro ist der Wahnsinn, herzlichen Glückwunsch! Respekt, Annabelle.

Und schon ist der Moment des Genießens wieder vorbei. Mein Gesicht wird plötzlich ganz heiß, und mich überkommt eine unglaubliche Traurigkeit. Ohne dass ich es kontrollieren kann, werden meine Augen feucht. *Respekt, Annabelle*, hat er geschrieben. Aber ich bin doch gar nicht Annabelle! Ich bin *seine Mia*. Mit dem Handrücken wische ich ein paar Tränen weg, die mir die Wangen runterkullern. Natürlich weiß ich, dass Mark gerne Poker spielt. Ich habe ihm jedes Mal ein schlechtes Gewissen gemacht, wenn er zu seinem Spielabend aufgebrochen ist. Ich wusste einfach nicht, dass es wirklich Spaß machen kann, und dachte immer nur, das sei was für spielsüchtige Typen, die nichts Besseres mit ihrer Zeit anzufangen wissen. Ich war ganz schön hart zu ihm.

»Mia?« Hugo streckt den Kopf über die Saloontür.

Wie lange war ich hier drin? Ich war so eingenommen

von Marks Nachrichten, dass ich Hugo auf der Tanzfläche ganz vergessen hatte.

»Ja, ich bin hier.« Ich drücke die Tür auf und stehe aufgelöst vor ihm.

»Was hast du in letzter Zeit nur mit den ganzen Klos? Lösen die in dir spontane Wehmut aus? Ein Symbol der Vergänglichkeit?«

Ich lächele müde. »Ich habe Mark geschrieben. Irgendwie glaube ich langsam, dass du recht hattest und er sich tatsächlich für andere Frauen interessiert.« Ich schlucke schwer. Das zuzugeben ist wirklich alles andere als leicht für mich. »Aber ich fürchte, ich kann trotzdem nicht aufhören, ihm zu schreiben.«

Eine Frau, die nur einen roten Pailletten-BH und eine Jeans-Hotpants trägt, läuft an uns vorbei, und ich rechne Hugo hoch an, dass er sich in diesem Moment nicht davon ablenken lässt. Er ist eben ein wahrer Freund.

»Mia, wohin soll das führen? Du willst doch keine Onlinefreundschaft mit ihm, oder? Zumal er gar nicht weiß, wer du wirklich bist.«

Beim Gedanken daran dreht sich mein Magen um.

»Du hast deine Antwort, jetzt reicht es. Lösch das Profil!«

»Aber wir verstehen uns so gut.«

»Wer versteht sich gut? Mark und Annabelle? Wach auf, Mia. Mark denkt, du bist eine andere. Er will jemanden kennenlernen und sich neu verlieben.«

Ich seufze. Für den Moment hat Hugo mir tatsächlich die Lust darauf verdorben, Mark noch einmal zu antworten. Er will nicht *mich*. Er will etwas Neues – Annabelle, die TV-Serien guckende Pokerqueen. Wenn er jemals erfahren würde, dass ich ihm unter falschem Namen geschrieben habe, würde er mich wahrscheinlich einweisen lassen.

»Ich weiß, die Enttäuschung ist groß, aber vielleicht ist das auch gut so. Lass deine Hoffnung los. Ihr kommt nicht mehr zusammen«, tröstet mich Hugo. »Und Gott sei Dank weiß ich, was dich über deinen Schmerz hinwegtragen wird!«

Aha. »Und das wäre?«

Er holt einen Flyer aus der Hosentasche und überreicht ihn mir feierlich. *Forever Sexy* steht quer über sieben Männern mit durchtrainierten Körpern und Waschbrettbäuchen, die nur eine Fliege um den Hals tragen. »Wir gehen morgen zu … den *Chippendales*!«, verkündet Hugo so begeistert, als wäre das die Lösung all unserer Probleme.

»Muss das sein?«, frage ich und verziehe das Gesicht. Ich möchte gerne mal wissen, welche Frau diese Typen wirklich erotisch findet. Sie sehen allesamt aus wie aufgeputschte Barbie-Kens.

»Ja, es muss. Ich werde der Hahn im Korb sein, und die Frauen werden sich auf mein Testosteron stürzen wie auf einen Erdbeereisbecher mit Sahne. Und du siehst endlich mal wieder einen anderen nackten Arsch als Marks. Los, wir gehen gleich die Karten kaufen! Du hast sowieso zu viel Geld.« Und mit diesem Machtwort zieht Hugo mich von den Toiletten weg über die Tanzfläche hinaus in die rauschende Nacht von Las Vegas.

24

Sexy and I know it

An unserem zweiten Tag in der Stadt schlendern wir also den Las Vegas Boulevard in Richtung Rio Hotel entlang, um die Show der Chippendales zu sehen.

»Falls ich vor Lachen nicht mehr atmen kann, müsstest du mir dieses Mal das Leben retten«, sage ich, während ich einen Flyer von einem Mexikaner entgegennehme, auf dem eine nackte Frau abgebildet ist, über der die Worte *Sex, Sex, Sex* stehen. Ein besonders einfallsreicher Werbeslogan. Abgesehen davon sieht der Flyerverteiler ungefähr so begeistert aus, als würde er Kotproben ausgeben. Aber ich habe Mitleid mit den vielen Leuten in Las Vegas, die Stunden über Stunden den Passanten etwas andrehen müssen, deshalb stopfe ich den Zettel in meine Handtasche.

»Du sollst dich nicht kaputtlachen, sondern endlich mal auf den Gedanken kommen, wieder mit einem anderen Mann schlafen zu wollen«, entgegnet Hugo.

»Dafür müsste ich erst meine Vorliebe für Männer im Tanga entdecken.«

»Vielleicht ist das wie mit Schokorosinen. Zuerst ein ungewohnter Geschmack, aber wenn man einmal damit angefangen hat, sie zu essen, kann man nicht mehr damit aufhören«, vermutet Hugo schulterzuckend.

»Du meinst, wenn ich einmal einen eingeölten Mann im Leopardenstring gesehen habe, komme ich quasi auf den Geschmack? Das könnte im Alltagsleben etwas schwierig werden. Ich glaube nicht, dass besonders viele Typen Reizwäsche tragen.«

»Wahrscheinlich nicht. Das zwickt ja auch im Po, oder?« Hugo verzieht leidend das Gesicht, als würde er selbst gerade ziemlich unbequeme Unterwäsche tragen.

»Man gewöhnt sich an alles«, sage ich, während eine Horde kreischender Mädels mit den allgegenwärtigen riesigen Cocktailbechern an uns vorbeizieht. Allerdings in die entgegengesetzte Richtung, sie sind also Gott sei Dank nicht auf dem Weg zum Rio Hotel. Ich muss gestehen, dass ich mindestens genauso gespannt auf die Stripshow wie auf das Publikum bin. Wer geht zu so etwas hin? Junggesellinnenabschiedstruppen? Alte Schachteln, die knackig gebräunte Männerhaut sehen wollen? Neugierige Mädels, die gerade erst volljährig geworden sind? Vollkommen normale Frauen, die ganz offen mit ihrer Sexualität umgehen und sich denken: »Ach Mensch, ich bin sexuell erregt, so eine Stripshow wär doch mal was Schönes heute«?

Je näher wir dem Ort des Geschehens kommen, desto aufgeregter werde ich. Außerdem schäme ich mich ein wenig. Irgendwie ist es mir peinlich, dass es bei dieser Veranstaltung so ganz offen um Lust, Sex und nackte Haut geht. Als würde ich ein T-Shirt tragen, auf dem steht: *Ich bezahle dafür, dass sich Männer in Bauarbeiterkostümen vor mir ausziehen!* Auch nichts, worauf man so richtig stolz sein kann. Als wir wenig später in der Schlange zum Einlass stehen und der Mitarbeiter des Rio Hotels meine Karte kontrolliert, würde ich ihm am liebsten erzählen, dass ich im Philosophie-Leistungskurs mal eine Hausarbeit zu Immanuel Kants *Kritik der Urteilskraft* geschrieben habe – einfach, um danach etwas würdevoller den Veranstaltungssaal betreten zu können.

»Hugo, irgendwie ist das doch alles niveaulos, oder? Ob wir lieber wieder gehen? Ich fühle mich nicht wohl.«

»Mann Mia, entspann dich! Das ist eine Show! Du hast dir in Hamburg doch auch das Musical *Der König der Löwen* angesehen. Das ist im Prinzip genau das Gleiche. Menschen haben mühevoll Tänze und Gesänge einstudiert, und wir bezahlen dafür, uns das anzugucken und uns zu amüsieren. Fertig.«

»Aber Simba hat nicht plötzlich sein Löwenkostüm runtergezogen und seinen Schniedel gezeigt. Das ist doch alles total unnatürlich hier.«

Wir haben inzwischen unsere Plätze gefunden, und ich setze mich zögerlich hin. Der Saal um uns herum sieht so seriös aus, dass problemlos auch das *Phantom der Oper* hier aufgeführt werden könnte. Die Bühne ist von Vorhängen aus rotem Samt verdeckt, auf die die Worte *Forever Sexy* und *Chippendales* projiziert werden. Über uns hängt ein riesiger Kronleuchter, die Ränge sind goldverziert.

»Nicht wirklich. Wenn du genauer darüber nachdenkst, ist es eigentlich das Natürlichste der Welt. Die Männer heute Abend sind nackt, wie Gott sie schuf.« Bei seinen Worten beschreibt Hugo eine Geste in Richtung Decke und folgt der Bewegung mit den Augen, als wäre er die Jungfrau Maria. »Außerdem glaube ich nicht, dass die ihren Schniedel zeigen. Höchstens ansatzweise.«

»Wie du meinst… Vielleicht ist es für mich einfach nur ungewohnt, einen anderen Mann als Mark nackt zu sehen.«

»Deshalb sind wir ja hier. Du musst dich daran gewöhnen. Auch andere Mütter …«

»Ja, ja, ich weiß.« Leider hat Mark wohl auch mitbekommen, dass andere Mütter auch schöne Töchter haben. Heute Morgen kam schon wieder eine Nachricht von ihm an Annabelle.

Und was machst du sonst so in Las Vegas? Bist du professionelle Pokerspielerin? Siegfried-und-Roy-Fan? Urlaub? Hochzeit?

Nachdem ich die Nachricht gelesen hatte, ist mir ein großartiger Gedanke gekommen. Solange ich Mark als Annabelle bei der Stange halte, wird er sich höchstwahrscheinlich auf keine andere Frau einlassen. Es klingt paradox, aber indem ich ihn durch die Fake-Identität davon abhalte, sich in eine reale Person zu verlieben, steigen meine Chancen, dass er den Weg zu mir zurückfindet. Weiß doch jeder, dass man sich mit zunehmender Zeit immer mehr vermisst, und irgendwann wird er schon die Nase voll haben von dieser Facebook-Schönheit. Und das Beste an der Sache ist: Seitdem ich die neue Strategie verfolge und Mark wieder, wenn auch auf verquere Weise, in meinem Leben habe, fällt mir der Gedanke, meine Kette wegzuschmeißen, etwas leichter. Ich habe sie sogar heute Morgen beim Duschen abgenommen – Stufe sechs! Ich könnte also unsere Wette gewinnen *und* Mark zurückerobern. Aber es gibt auch einen Haken. Ich habe Hugo noch nichts von meinen neuen Annabelle-Plänen erzählt. Nach unserem Gespräch gestern glaubt er wahrscheinlich, dass ich ihr Profil inzwischen gelöscht habe. Ich habe mich nicht getraut, ihn einzuweihen, denn er würde mir die Sache bestimmt sofort ausreden wollen, und das Risiko möchte ich nicht eingehen.

Das erste Mal seit Wochen fühle ich mich endlich wieder ganz okay. Ich habe Mark vorhin zurückgeschrieben.

Professionelle Pokerspielerin bin ich wohl kaum, mein Gewinn gestern war eher Anfängerglück. Es war mein allererstes Spiel. Ich bin mit meinem besten Freund in Las Vegas, und ehrlich gesagt mache ich diese Reise, um ein ganz neues Kapitel zu beginnen. Kennst du das Gefühl, in die Fremde zu müssen, um wieder bei dir anzukommen?

Ich habe lange überlegt, ob ich ihm diese persönliche Nachricht schicken soll. Aber es ist die Wahrheit, und die kam bei ihm bis jetzt immer gut an.

»Warum fragst du eigentlich nicht, wie ich mich fühle? Ich scheine hier schließlich der einzige Mann zu sein«, sagt Hugo und sieht sich um.

Tatsächlich sind die Stuhlreihen erwartungsgemäß nur von Frauen besetzt. Für einen Moment hatte ich ganz und gar vergessen, dass mich gleich eine Stripshow erwartet. »Ich dachte, das sei Teil deines Plans. Aber gut, wie fühlst du dich, Hugolein, so umringt vom anderen Geschlecht?«

»Großartig. Ich kann das erste Mal in meinem Leben behaupten, dass ich der attraktivste Mann im Raum bin.«

Zumindest solange die Bühnenshow nicht losgegangen ist, denke ich etwas uncharmant.

Als die Gespräche im Saal immer lauter werden, sehe ich auf die Uhr. Kurz vor acht. »Noch zehn Minuten«, sage ich. Meine anfängliche Unsicherheit ist inzwischen ein wenig der Neugierde darauf gewichen, was uns erwartet.

Doch Hugo ist scheinbar abgelenkt. Interessiert lässt er den Blick die Reihen entlangwandern, als würde er Ausschau halten, ob eine der Frauen ihm gefällt.

»Und, ist was Nettes dabei?«, frage ich.

»Ne. Hast du die da hinten gesehen? Die sieht aus wie unsere alte Biologielehrerin Frau Drombusch. Hättest du gedacht, dass solche Leute zu einer Stripshow gehen?«

»Ich dachte, es ist das Natürlichste der Welt«, zitiere ich ihn und ahme seine Jungfrau-Maria-Geste gen Himmel nach. »Aber ehrlich gesagt bin ich auch etwas überrascht vom Publikum.« Der Altersdurchschnitt liegt in etwa bei vierzig, die dominierende Haarfarbe ist Wasserstoffblond, und die meisten Frauen hier scheinen einen Großteil ihrer Zeit im Solarium zu verbringen. Andere sind deutlich älter und eher unscheinbar. Aber stille Wasser sind ja bekanntlich tief …

»Die meisten sehen ein bisschen billig aus, oder?«, fragt Hugo und sieht mich Bestätigung suchend an.

»Ein bisschen ist gut. Hier ist leider definitiv nichts für dich dabei. Obwohl … manchmal liegt das Gute so nah«, sage ich und deute auf eine Frau, die nur zwei Plätze von Hugo entfernt sitzt. Sie hat dunkelblonde Haare, trägt Jeans, ein lockeres T-Shirt, das sexy, aber nicht aufdringlich ist, und Sneakers.

»Die ist süß«, sagt Hugo, als es im selben Moment dunkel im Saal wird.

Kreischen. Pfeifen. Quietschen. Die Akustik erinnert an einen Hühnerstall zur Paarungszeit. Es ist, als wären mit dem Licht auch der Verstand und jegliche Hemmungen beim Publikum kollektiv ausgeschaltet worden. Meine Sitznachbarin fiept so durchdringend, dass ich mir die Ohren zuhalten muss. Ich hatte mir eingebildet, dass man sich die Show ganz entspannt im Sitzen anguckt, aber die Frauen in den Reihen vor uns springen sofort auf, als der Vorhang aufgeht. Hugo und ich müssen uns also ebenfalls hinstellen, um etwas sehen zu können. Wir tauschen einen entgeisterten Blick. Ich habe das Gefühl, mich auf einem Backstreet-Boys-Konzert in den Neunzigern zu befinden.

Alle zwölf Chippendales stürmen die Bühne. Sie tragen Jogginganzüge in Neonfarben und tanzen zum Song *Sexy and I know it* auf der Bühne. Das Publikum bekommt sich kaum noch ein, obwohl – rein objektiv betrachtet – nicht so richtig viel passiert. Zwölf Männer rennen auf der Bühne hin und her, und sobald einer von ihnen eine stoßende Bewegung mit der Hüfte macht, strapazieren die Frauen um uns herum ihre Stimmbänder dermaßen, dass sie in jedem Fall morgen heiser sein werden. Ich sehe zu Hugo hinüber, der zu meiner Verwunderung mittlerweile so munter in die Hände klatscht, als wäre er beim Musikantenstadl. Um mich nicht wie ein Außenseiter zu fühlen, tue ich es ihm gleich.

In diesem Moment lassen vier Chippendales, die in der ersten Reihe tanzen, ihre Hüllen fallen. Sie werfen die Kapuzenjacken hinter sich und zerreißen ihre weißen Unterhemden, als wären sie aus Papier. Die Menge tobt. Hugos Sitznachbarin rastet vollkommen aus, quetscht sich an uns vorbei zum Mittelgang und rennt in Richtung Bühne – wo sie von zwei Bodyguards davon abgehalten wird, zu den Strippern hochzuklettern. Wahrscheinlich ein verrückter Fan, der keine Show verpasst.

Ich beobachte, wie Hugo zu der attraktiven Frau zwei Plätze weiter hinübersieht und sich beide über die Aktion ihrer ehemaligen Sitznachbarin amüsieren. »Du kannst ruhig einen Platz weiter nach links rücken«, rufe ich ihm zu.

Doch Hugo grinst nur verschämt, während auf der

Bühne jetzt auch die Hosen fallen und knackig gebräunte Pos zum Vorschein kommen. Ich ertappe mich dabei, wie ich einen kleinen Schrei ausstoße und danach lachend auf meinen Sitz zurückfalle. Hugo sieht zufrieden auf mich herunter, als würde er sagen wollen: »So ist es recht, meine Liebe. Endlich hast du mal einen anderen Schambereich gesehen als Marks.«

Ich stehe wieder auf. Gerade wird ein neues Bühnenbild aufgebaut. Einer der Tänzer, ein makelloser, dunkelhäutiger Schönling, legt gleichzeitig einen Rap hin, während er so tut, als würde er den Boden begatten. Ich lache Tränen. Dann verschwindet der Rapper, und einer der Jungs hüpft in Feuerwehruniform auf die Bühne. Zwei andere schieben riesige Schläuche zwischen ihren Beinen hindurch und lassen dann die Hüften kreisen. Im Hintergrund wird Feuer auf eine Leinwand projiziert.

Als Hugo einen weiteren Blick zu dem süßen Mädel neben sich wirft, schubse ich ihn kurzerhand einen Platz weiter. Die Frau fängt ihn lachend auf, während ich so tue, als wäre das vollkommen unbeabsichtigt in meiner Ekstase geschehen. Um möglichst authentisch rüberzukommen, schwinge ich daraufhin ein imaginäres Lasso und ahme eine Feuerwehrsirene nach. Mit dem *König der Löwen* hat das Ganze hier wirklich absolut nichts zu tun, aber langsam bin ich drin. Mittlerweile stehen die Feuerwehrjungs auf der Bühne nur noch in roten Tangas da, dann drehen sie sich um, knipsen die winzigen Höschen seitlich auf und – in diesem Moment geht das Licht aus, und neue Musik setzt ein.

Es folgen fünf oder sechs weitere Sets, in denen sich die legendären Chippendales vor immer anderen Bühnenbildern die passende Kleidung vom Leib reißen: Pilotenanzüge, Smokings, Sportleroutfits, Pyjamas, Uniformen, Bademäntel. Dann folgt die Pause.

»Mia, hast du was dagegen, wenn ich dich kurz alleine lasse?«, fragt Hugo, als wir den Saal verlassen.

»Wieso? Möchtest du etwa mit deiner Stehnachbarin auf die Toilette verschwinden?«

»Haha, und morgen fliegen wir auf den Mond. Natürlich nicht, aber ich würde sie gerne auf einen Drink einladen.«

»Und da darf ich nicht dabei sein, oder wie?« Wir stehen mittlerweile vor der Bar des Hotels, um die sich alle trinkwütigen Frauen scharen.

»Ja. Nein. Doch klar, eigentlich schon. Aber ich bin tausendmal nervöser, wenn du dabei bist. Du bist so… kritisch.«

»Ich? Kritisch? Ich verspreche dir, dass ich keinen Mucks von mir geben werde. Selbst wenn du wieder anfängst, über Schuhsohlenprofile zu reden.«

»Siehst du, genau das meine ich«, sagt Hugo und deutet mit dem Finger auf mich, als sei ich schuld an seiner Jungfräulichkeit.

»Woher willst du überhaupt wissen, dass sie alleine hier ist und etwas mit dir trinken will?«

»Na, ich habe sie gefragt. Sie hat mir erzählt, dass die Freundin, mit der sie eigentlich herkommen wollte, krank im Hotelzimmer liegt«, erklärt Hugo. »Da ist sie«, fügt er begeistert hinzu, lässt mich an Ort und Stelle stehen und läuft zu seiner Auserwählten, die mit einem pinkfarbenen Cocktail in der Hand an einem der Stehtische ihr einsames Dasein fristet.

Ehrlich gesagt gefällt mir die Sache mit Hugo und den Frauen zum ersten Mal überhaupt nicht. Was wird passieren, wenn er tatsächlich mal eine feste Freundin hat? Wäre es dann vorbei mit unseren wöchentlichen Hörspielabenden? Dürfte ich nicht mehr spontan vor seiner Tür auftauchen, weil er eventuell gerade Sex hat? Andererseits hat er sich vielleicht genauso einsam und fehl am Platz gefühlt, als ich noch mit Mark zusammen war. Bin ich jetzt an der Reihe, unglücklicher Single zu sein, während er verliebte Pärchenabende genießt?

Ich sehe zu Hugo und seinem Flirt hinüber. Er redet ziemlich viel. Kein gutes Zeichen. Ich kann aber natürlich nicht verstehen, was. Ich hoffe, es hat nichts mit seinen Schuhen, Hundekacke oder Kastrationen zu tun. Aber das sympathische Mädchen strahlt ihn fröhlich an, und nachdem er etwas zu ihr gesagt hat, knufft sie ihn gegen die Schulter. Ich versuche die Situation zu analysieren. Lächeln ist super. Sie scheint ihn zu mögen und unterhaltsam zu finden. Aber das freundschaftliche Boxen gegen den Arm, wie ist das zu bewerten? Als erster unbeholfener Körperkontakt? Oder als Hinweis: »Hey, ich finde dich witzig, aber nur als Kumpel?«

Ich beschließe, die Hugo-freie Zone zu nutzen, und hole mein Handy raus, um nachzusehen, ob Mark mir geschrieben hat. Tatsächlich. Eine neue Nachricht blinkt auf dem Display.

Ja, das Gefühl kenne ich nur zu gut. Ich bin auch froh, gerade nicht in meiner vertrauten Umgebung zu sein. Darf ich fragen, was dich genau in die nevadische Wüste getrieben hat?

Oh, jetzt wird's natürlich knifflig. Klar möchte ich, dass

das Gespräch weitergeht, und irgendwie bin ich auch froh, dass wir den Small Talk hinter uns lassen, aber ich kann ihm unmöglich besonders detailreich von meinem Leben erzählen. Dann würde alles auffliegen. Aber Liebeskummer an sich ist kein seltenes Phänomen, darüber kann ich also ruhig berichten.

Ich habe gerade eine Trennung hinter mir. Und meinen Job verloren. Und mich vor meinem Freundeskreis blamiert. Also Erfolg auf der ganzen Linie ... Und was ist es bei dir?

Es tut so gut, ihm das alles so selbstverständlich zu erzählen. Ich hätte mir schon viel früher eine falsche Identität zulegen sollen, um mir alles von der Seele schreiben zu können. Innerhalb von Sekunden kommt Marks Antwort.

Das tut mir leid. Aber du scheinst es mit Fassung zu tragen, so offen, wie du damit umgehst. Bei mir liegt auch viel im Argen, zum Thema Trennungen könnte ich dir so einiges erzählen ...

Mein Mund ist plötzlich ganz trocken. *Er könnte mir viel zum Thema Trennungen erzählen?* Oh mein Gott! Das heißt, er könnte mir viel über *mich* und *sich* erzählen. Will ich das wirklich hören? Würde er über mich herziehen? Hat er mich vielleicht betrogen? Wie viele intime Details würde er Annabelle wohl preisgeben? Schließlich besiegt meine Neugierde die Angst, und ich schreibe mit klammen Fingern: *Was denn?*

Ich zucke zusammen, als plötzlich ein Gong ertönt. Die Pause ist vorbei. Ich sehe mich um. Hugo und seine Bekanntschaft stehen immer noch neben der Bar, also mache ich mich kurz entschlossen alleine auf den Weg zurück in den Saal. Die beiden werden schon nachkommen. Bevor ich den Saal betrete, werfe ich noch einen letzten Blick auf mein Handy, doch von Mark kam noch nichts zurück. Seine Antwort scheint entweder länger auszufallen, oder er muss erst darüber nachdenken, wie viel er preisgibt. Kaum bin ich auf meinem Platz angekommen, merke ich, dass ich vor lauter Mark-Wahn in der Pause überhaupt nichts getrunken habe, doch nun ertönt der Gong schon zum zweiten Mal, und es lohnt sich nicht, noch einmal rauszugehen. Stattdessen sehe ich Hugo alleine und mit stolzgeschwellter Brust in den Saal schlendern.

»Und, wie ist es gelaufen?«, frage ich, als er sich sofort auf den Platz weiter von mir entfernt setzt, um näher bei Miss-Pinker-Cocktail zu sein.

»Sehr gut. Ich werde immer besser im Flirten«, freut er sich.

»Du wirst auch immer besser darin, mich links liegen zu lassen«, sage ich etwas undankbar, wenn man bedenkt, dass Hugo, seitdem ich ihn kenne, immer zu mir gehalten hat. Ich wünsche ihm natürlich Erfolg bei den Frauen, aber wir sind zusammen hier, und er könnte mich seinem Flirt einfach vorstellen. Er tut geradezu so, als hätte ich zwei Köpfe.

»Sorry. Aber du hättest doch nachkommen und dich zu uns an den Tisch stellen können.«

»Klaro, wenn du mir vorher nicht so taktvoll gesagt hättest, dass du die Pause lieber ohne mich verbringen möchtest, hätte ich das vielleicht auch getan. Wo ist deine Eroberung jetzt überhaupt?«

»Auf dem Klo. Sie kommt gleich nach.«

Der Gong ertönt zum dritten Mal. Nachdem das Licht ausgegangen ist und das Kreischen der wild gewordenen

Frauen wieder eingesetzt hat, quetscht sich Hugos Sitznachbarin an mir vorbei. Kurz überlege ich, ihr ein Bein zu stellen, bin aber froh, dass mir das im letzten Moment doch zu kindisch erscheint. Sie stellt sich strahlend neben Hugo, und kaum ertönt der erste Song, *Work hard, play hard*, traue ich meinen eigenen Augen kaum – die beiden tanzen miteinander. Sie steht vor ihm und reibt ihren, zugegeben recht attraktiven, Hintern im Takt an ihm. Auf der Bühne sind inzwischen wieder die Chippendales zu sehen. Sie tragen Latzhosen und schwingen lange Hammer von links nach rechts, doch das Schauspiel neben mir finde ich viel interessanter. Das kann doch nicht wahr sein! Vor unserer Reise hätte ich mir nie träumen lassen, dass ich so etwas tatsächlich einmal erlebe. Hugo legt sich mächtig ins Zeug, um seine Wette zu gewinnen. Der erotische Tanz, den die beiden da miteinander veranstalten, grenzt fast schon an Petting. Wahnsinn. Und plötzlich trifft mich die Erkenntnis wie ein Schlag ins Gesicht. Alles verändert sich. Aus irgendeinem Irrglauben heraus hatte ich immer angenommen, dass im Grunde alles immer so bleiben wird, wie es ist. Hugo bleibt Jungfrau, ich bleibe mit Mark zusammen und habe bis zur Rente denselben Job, Emma bleibt immer meine kleine süße Cousine und ich die von allen beneidete Mia, wenn ich nur gut genug mein Image kontrolliere. Absurderweise kommt mir diese philosophische Erkenntnis der ständigen Veränderung, als ich beobachte, wie einer der Chippendales sein Gemächt an einem Bettpfosten reibt. »Nichts wird so bleiben, wie es ist«, murmele ich vor mich hin, denn bei diesem Lärm hört sowieso niemand, ob ich etwas oder was ich sage. Hugo wird früher oder später entjungfert werden, Mark sich neu orientieren und

Emma in die Pubertät kommen, sich einen Irokesenschnitt verpassen und nichts mehr von mir wissen wollen. Und mein Bekanntenkreis wird wohl oder übel mitbekommen, wenn es bei mir nicht gut läuft. Warum wehre ich mich gegen diesen Prozess? Selbst wenn Mark und ich jemals wieder ein Paar werden, wird es nicht mehr dieselbe Beziehung sein wie früher. Langsam greife ich an meinen Hals, spüre Marks Kette zwischen den Fingern und taste mich zögerlich in Richtung des Verschlusses. Vielleicht ist es Zeit. Vielleicht kann ich es jetzt tatsächlich schaffen, mich von ihr zu trennen, und sie in einer dramatischen Geste auf die Bühne schleudern. Stufe sieben erfüllen. Was nützt das Festhalten an etwas, das sich nicht festhalten lässt? *Umarmen Sie die Veränderung, Mademoiselle,* höre ich François' Stimme in meinem Kopf, während ich nervös am Verschluss herumspiele.

Gerade will ich die zweite Hand zur Hilfe beim Öffnen hinzunehmen, als Hugos Tanzpartnerin an mir vorbei durch die Sitzreihe stürmt, ein leuchtendes Handy in der Hand. Ich lasse von meiner Kette ab und sehe fragend zu Hugo. Einer der Chippendales singt auf der Bühne inzwischen ein schnulziges Solo von Bruno Mars.

Hugo kommt enttäuscht zu mir herüber. »Sie hat einen Freund«, sagt er traurig.

»Wie bitte? Das Luder! Wie kann sie so eng umschlungen mit dir tanzen und schon vergeben sein?«

»Sie dachte, ich stehe nicht auf Frauen.«

Ich sehe Hugo mitleidig an. Ich hatte also richtig vermutet, dass das freundschaftliche Knuffen in der Pause so etwas in der Art bedeuten könnte. »Wann hat sie dir das gesagt?«, frage ich verwirrt.

»Ihr Handy hat geklingelt, und sie sagte, dass ihr Freund dran sei. Ich habe sie gefragt, warum sie mit mir flirtet, wenn sie vergeben ist. Und sie hat geantwortet: Ich dachte, du bist schwul! Warum bist du sonst auf einer Chippendalesshow? Dann ist sie mit dem Handy in der Hand rausgerannt.«

Ich wiege den Kopf hin und her. Ganz unschlüssig erscheint mir ihre Logik nicht. Vielleicht hatte sie einfach Lust zu tanzen, und der vermeintlich homosexuelle Hugo schien ihr genau der richtige Partner zu sein.

Auf der Bühne findet gerade das große Finale statt, jeder der Chippendales wird namentlich und unter lautem Getöse verabschiedet, lässt noch einmal die Brustmuskeln wackeln, zeigt seinen Po oder schlägt halb nackt einen Salto. Irgendwie haben die Typen etwas von dressierten Äffchen.

»Wollen wir gehen?«, schlage ich Hugo vor. Ich kann mir vorstellen, dass er sich nicht die Blöße geben will zu warten, bis sein Flirt zurückkommt, und ich bin definitiv auch nicht mehr in Strip-Stimmung.

Er nickt, und wir verlassen als Erste den Veranstaltungssaal. Irgendwie bin ich erleichtert. Hugo bleibt vorerst Jungfrau, und ich werde meine Kette nicht abnehmen. Zumindest nicht, bevor ich herausgefunden habe, was Mark Annabelle zum Thema Trennungen sagt.

25

Hugos großer Auftritt

Wenn ich das Wort »Pool« jemals mit Entspannung verbunden habe, hat mich Las Vegas definitiv eines Besseren belehrt.

Am nächsten Tag liegen Hugo und ich auf zwei Sonnenliegen im Halbschatten unter einer Palme im Innenhof unseres Hotels, um uns herum Hunderte anderer Urlauber, Cocktails, weiße Handtücher und – ein Soundtrack wie auf der Love Parade. Volle Dröhnung. Ich habe nichts gegen Partys. Schließlich sind wir hier, um etwas zu erleben. Aber die Musik und der DJ, der dazu pausenlos etwas in sein Mikro brüllt, sind so penetrant, dass sämtliche Animateure in Lloret de Mar dagegen wie Qigong-Meister wirken. Ich freue mich gerade wirklich auf die Stille im koreanischen Tempel.

»Mia, bitte geh zum DJ und wünsch dir etwas von Tschaikowsky. Ich halte diesen Lärm nicht mehr aus«, ruft Hugo mir zum wiederholten Mal flehend zu.

»Das wird nicht viel bringen. Ich glaube, der Kerl würde denken, Tschaikowsky ist ein Cocktail.«

»Wollen wir wieder hoch aufs Zimmer gehen?«

»Lass uns noch eine halbe Stunde warten. Vielleicht hört die Musik ja irgendwann auf. Gibt's hier nicht so was wie Mittagsruhe?«, brülle ich.

Ich hole mein Handy unter der Liege hervor, um auf die Uhr zu gucken. Doch eine SMS von Tante Paula hält mich zunächst davon ab.

Hallo Mia, ich hoffe, es geht euch gut? Bei uns alles okay. Ich wollte nur noch mal sichergehen, dass der Samstag nach deiner Ankunft bei dir im Kalender steht. Wir treffen uns um zwanzig Uhr bei unserem Griechen. Und ich würde dich bitten, mir eine rote Rose mitzubringen. Ich freue mich schon! Deine Paula.

Ich soll ihr eine rote Rose mitbringen? Sind wir plötzlich bei *Der Bachelor*? Konkrete Geburtstagsgeschenkwünsche sind eine Sache, aber diese Bitte ist doch sehr merkwürdig.

»Wie spät ist es?«, schreit Hugo.

»Äh, halb fünf«, antworte ich, nachdem ich nachgesehen habe.

»Das mit der Mittagspause können wir vergessen.« Hugo winkt ab, lässt mit einem Nicken die Sonnenbrille von der Stirn auf die Nase rutschen und lehnt sich zurück.

Ich werfe noch einmal einen Blick auf mein Handy, bevor ich es wieder unter meiner Liege verschwinden lasse. Ich bin etwas verunsichert, dass seit gestern immer noch keine Antwort von Mark kam. Vielleicht hat er den Satz – *Zum Thema Trennungen könnte ich dir so einiges erzählen* – nur so dahingesagt. Wenn ich genauer darüber nachdenke, klang es nicht gerade nach einer festen Absicht. Und ich dumme Nuss frage natürlich auch noch vollkommen naiv nach. Verdammt! Kein Blatt vor den Mund zu nehmen ist wohl doch nicht immer eine gute Idee. Ich hätte lieber abwarten sollen, anstatt ihm alles aus der Nase ziehen zu wollen.

Hugo habe ich auch immer noch nichts von Marks und meinen Nachrichten erzählt. Mittlerweile kommt mir das überhaupt nicht mehr richtig vor. Ich würde gerne mit ihm darüber sprechen, aber dann würde er mich wahrscheinlich für disqualifiziert erklären, sollte ich unsere Wette gewinnen. Und ich bin mir inzwischen ziemlich sicher, dass ich es schaffen werde, die Kette in den nächsten Tagen loszuwerden. Heute habe ich sie schon wieder die ganze Nacht lang nicht getragen. Aber das schaffe ich nur, wenn Marks Nachrichten mir Sicherheit geben. Und das wird Hugo nicht gelten lassen, wahrscheinlich sogar zu Recht. Schließlich geht es nicht in erster Linie darum, die Kette wegzuschmeißen, sondern Mark zu vergessen. Doch was Hugo nicht weiß, macht ihn nicht heiß. Wenn Mark mich in ein paar Wochen so vermisst, dass er genug von Annabelles ehrlicher Art hat und zu mir zurückkommt, kann ich Hugo das als plötzlichen Neuanfang verkaufen. Und falls mein Ex weiter abtrünnig bleibt, bin ich immerhin die Kette los. Ende gut, alles gut. Mir gefällt mein neuer Plan. Ich fühle mich viel wohler damit als mit dem alten, deshalb schweige ich Hugo gegenüber weiter, auch wenn es mir schwerfällt.

»Also, entweder ich bestelle mir jetzt einen Cocktail und mache bei dem Wahnsinn hier mit, oder ich gehe ins Zimmer«, ruft Hugo mir zu und macht ein ernstes Gesicht. »Für was bist du?«, brüllt er hinterher.

»Cocktail«, beschließe ich nach einiger Überlegung. Der Alkohol wird mich vielleicht ein wenig vom Warten auf Marks nächste Nachricht ablenken. Ich winke eine der

Kellnerinnen im Bikini heran und bestelle nach einem Blick in die Getränkekarte zwei Piña Colada.

Drei Stunden später, gerade als Hugo und ich so betrunken sind, dass die Geräuschkulisse uns nicht mehr stört, wird die Musik leiser gedreht, und der DJ spricht zum ersten Mal etwas halbwegs Verständliches in sein Mikrofon: »Ladys, es ist so weit! Habt ihr Lust auf den Wettbewerb der ganz besonderen Art? Los, seid nicht schüchtern, und zeigt uns, was ihr habt! Wer hat den schönsten Körper im nassen Shirt?« Die letzten Worte unterlegt er mit einem billigen Effekt, der seine Stimme in die Länge verzerrt.

Hugo und ich sehen uns erstaunt an. »Oh mein Gott! Ein Wet-T-Shirt-Contest!«, stelle ich lediglich fest, zu mehr Worten bin ich nicht fähig.

»Ein Wet-T-Shirt-Contest?«, wiederholt Hugo. »Wo Frauen ohne BH im weißen Oberteil mit Wasser übergossen werden?«

»Hört sich ganz danach an«, sage ich und deute zum Pool, an dessen Rand sich nach und nach tatsächlich ziemlich viele Frauen versammeln, die bereit sind, ihre Oberweite zu präsentieren. Unglaublich!

»Wie niveaulos«, sagt Hugo empört, während ich nicht leugnen kann, dass ich ziemlich neugierig bin, was gleich passieren wird. Es ist sehr entspannend, mit einem Cocktail am Pool zu liegen, während sich andere Leute zum Affen machen.

»Mia, ich kann das nicht zulassen!«, ruft Hugo, der nun richtig böse aussieht, und steht auf.

Ich halte ihn an seinen Badeshorts fest. »Was machst du denn da Hugo? Willst du den Contest boykottieren?«

»Findest du es etwa richtig, dass diese Frauen sich gleich die Blöße geben und eklige Typen wie die da drüben, über ihren Körper urteilen lassen?« Hugo deutet auf den Pool, in dem sich die Männer, dicht gedrängt wie Krokodile kurz vor der Fütterung, tummeln. Sie sehen definitiv nicht annähernd so attraktiv aus wie die Kandidatinnen. Zugegeben, ich finde Hugos Protest sehr nobel und mutig, aber wir sind nun mal in der Partystadt überhaupt. Wenn er versuchen will, in Las Vegas die Fleischeslust abzuschaffen, kann er genauso gut probieren, den Asiaten den Reiskonsum auszureden.

»Ach Hugolein, das sind bestimmt bezahlte Models. So ist das nun mal in Las Vegas. Gestern bei den Chippendales hattest du auch kein Problem mit der nackten Haut. Hier geht's um Alkohol, Geld, Party, Poker und Sex.« Oh Gott, die Cocktails scheinen mich in einen skrupellosen Macho verwandelt zu haben! »Aber ich finde es natürlich auch nicht toll, dass die Frauen sich so zur Schau stellen«, füge ich schnell hinzu.

»Die Chippendales sind etwas vollkommen anderes. Das sind gestandene Männer, die mit ihrem Körper Karriere machen. Aber siehst du die Kleine da vorne? Die ist bestimmt nicht mal achtzehn«, schimpft Hugo, und ehe ich noch etwas erwidern kann, läuft er auf die Kandidatinnen und den DJ zu.

»Alles klar, wir haben hier elf wunderschöne Frauen, die sich dem Urteil der Jury stellen wollen! Und wer ist die Jury?«, brüllt der DJ-Moderator ins Mikro und hebt auffordernd die Arme.

»Wir!«, rufen die Poolbesucher, und es wird geklatscht. Wahrscheinlich findet die Show tatsächlich jeden Tag statt, alles wirkt ziemlich einstudiert.

»Eine junge Dame brauchen wir noch, damit immer zwei gegeneinander antreten können. Los Ladys, das ist euer Moment! Gebt euch einen Ruck!« Dann entdeckt der DJ Hugo, der sich einfach in die Reihe der Frauen gestellt hat. »Hey, ab in den Pool mit dir, Cupcake!«, ruft der Moderator ihm zu und lächelt.

»Nein!«, brüllt Hugo entschlossen, verschränkt die Arme vor der Brust und bleibt weiter zwischen den Kandidatinnen stehen, von denen eine ihm jetzt noch einmal erklärt, dass er verschwinden muss. Doch Hugo scheint wie ein Greenpeaceaktivist die Aktion vereiteln zu wollen, indem er sich sozusagen im übertragenen Sinn ankettet.

»Los, ab ins Wasser mit dir!«, fordert der DJ noch einmal, während eine der Kellnerinnen bereits weiße T-Shirts an die Teilnehmerinnen verteilt, die darunter sofort eifrig ihre Bikinioberteile ausziehen.

»Oder willst du etwa mitmachen, Dickerchen?«, fragt der Typ hinter den Turntables jetzt belustigt, und zu meinem eigenen Erstaunen beginnt die Menge zu applaudieren.

Hugo sieht irritiert aus. Damit hat er offensichtlich nicht gerechnet. Wahrscheinlich wollte er einfach die Stimmung drücken, indem er sich weigert, vom Poolrand zu verschwinden, sodass der Contest nicht starten kann, doch nun bietet ihm die Kellnerin eines der T-Shirts an. Die Zuschauer pfeifen und lachen, was das Zeug hält. Unter tosendem Beifall greift Hugo zögerlich nach dem Shirt – und obwohl sein Boykottplan nicht aufgegangen ist, finde ich meinen besten Freund brillant. Durch ihn als Teilnehmer im Wet-T-Shirt-Contest bekommt das Ganze eine witzige Note. Auch die Frauen haben etwas zu lachen, während der erotische Aspekt keine so große Rolle mehr spielt. Hugo gegen den Sexismus – wie Rosa Parks kämpft er für die Rechte der Unterdrückten. Gerührt stehe ich von meiner Sonnenliege auf und beginne Hugo anzufeuern. Ihm scheint allerdings noch nicht ganz klar zu sein, welchen Beitrag er da gerade leistet, denn er sieht nur hilflos zu mir herüber. Erst als auch ein paar andere Frauen in meine Hugo-Schreie einstimmen, erscheint ein schüchternes Lächeln auf seinem Gesicht.

»Okay Party-People, es sind offiziell zwölf Teilnehmerinnen!«, verkündet der DJ.

Ich kann es nicht glauben, Hugo macht tatsächlich beim Wet-T-Shirt-Contest mit. Schnell zücke ich mein Handy, um ihn neben den anderen Teilnehmerinnen zu fotografieren.

Während er sich das weiße T-Shirt überstülpt, das ihm viel zu klein ist, beginnt bereits der Wettbewerb. Neben dem Pool gibt es eine Dusche mit kaltem Wasser. Die jungen Frauen stellen sich nacheinander unter den Strahl und laufen danach eine Art Catwalk am Pool entlang. Anschließend stellen sich immer zwei von ihnen nebeneinander auf, der DJ fragt sie nach ihren Namen, und durch ein Stechen wird entschieden, welche der Teilnehmerinnen im Contest bleibt. Die jeweilige Verliererin muss in den Pool springen.

Mir ist nicht wirklich klar, nach welchen Kriterien das Publikum die Favoritin auswählt, denn die Teilnehmerinnen sehen alle nahezu gleich aus: groß, mindestens Körbchengröße C und braune, blonde oder schwarze lange Haare. Vielleicht liegt es genau an dieser Eintönigkeit, dass die Menge Hugo fanatisch feiert, als er unter die kalte Dusche muss. Ein ungläubiges, breites Lächeln breitet sich bei dem Lärm über seinem Gesicht aus. Langsam scheint er sich einen richtigen Spaß aus der Sache zu machen, denn er reibt sich nun verführerisch über die Brust, als sei er eine Tänzerin in irgendeinem obszönen Videoclip. Ich bin überrascht. Auch wenn Hugo zwei Cocktails mehr getrunken hat als ich, hätte ich nicht gedacht, dass er so aus sich herausgeht. Vielleicht hat auch er inzwischen den Schluss gezogen, dass seine Show von den jungen Mädels ablenkt – und das wollte er schließlich erreichen. Als er neben seiner Konkurrentin Vanessa steht, einer makellosen Schönheit aus Südamerika mit so gebleichten Zähnen, dass sie schon fast blau wirken, gewinnt er das Stechen glasklar. Die Leute rufen seinen Namen, feuern ihn an, und irgendwo auf der anderen Seite des Pools kreischt eine Frau so laut, dass selbst die Teilnehmerinnen lachen müssen.

Die Anzahl der Kandidatinnen hat sich inzwischen halbiert. Der zweite Teil des Wettbewerbs besteht darin, dass jede von ihnen eine Minute Zeit hat, sich selbst mit einer Art Gartenschlauch abzuspritzen. Wer sich dabei am erotischsten bewegt, hat gewonnen. Ich gluckse vor Vorfreude auf Hugos Performance. Und während sich die übrig gebliebenen Kandidatinnen nacheinander der Aufgabe widmen, bemerke ich, dass auch die anderen Zuschauer auf Hugo deuten, miteinander plaudern, sich freuen und wahrscheinlich nur darauf warten, dass er an der Reihe ist.

Dann ist es endlich so weit. Hugo greift nach dem Schlauch und legt sich ins Zeug. Zuerst reckt er sich nach oben, lässt das Wasser über seinen Kopf den Körper hinunterlaufen, wobei das zu enge T-Shirt nach oben rutscht und seinen Kullerbauch preisgibt. Durch eine geschickte Bewegung zieht er es wieder nach unten, dreht sich um und geht dann in die Knie, macht eine Art tiefes Plié, richtet sich mit dem Po zuerst auf und dreht sich wieder mit dem Gesicht zum Pool. Als Höhepunkt steckt er sich den Schlauch zwischen die Beine, wirbelt ihn einige Male hin und her – das hat er sich garantiert bei den Chippendales abgeschaut –, und zum Schluss schüttelt er den Brustkorb, lässt das Wasser vom Schlauch leger über den Mund laufen und macht in einer abschließenden Pose ein Gesicht wie Dita Von Teese. Keine Frage, Hugo hat bisher unentdecktes Showpotenzial, und das scheint das Publikum genauso zu sehen. Die Menge macht sich weniger über Hugo lustig, als dass sie ihn offensichtlich extrem unterhaltsam findet. Sogar die Männer im Pool grölen ihm zu. Die letzte Kandidatin hat es deshalb besonders schwer, und sie scheint nach einer eher langweiligen Darbietung erleichtert zu sein, als ihre Minute um ist.

Dann kommt die Schlussabstimmung. Die Frauen und Hugo stellen sich in einer Reihe auf, und nacheinander wird für jeden applaudiert. Unruhig stelle ich fest, dass Kimberley, eine blonde Barbie mit Silikonbrüsten, ziemlich lauten Zuspruch erhält, und zwar von den Idioten aus dem Pool. Als das Publikum für Hugo Lärm macht, scheint sich auch der DJ nicht ganz sicher zu sein, wer von den beiden der Sieger ist. Die anderen Kandidatinnen werden verabschiedet und springen in den Pool, nur Kimberley und Hugo bleiben vorne stehen.

Die Kellnerin reicht dem DJ ein tragbares Mikro, und er stellt sich zwischen die beiden Finalisten für ein letztes Stechen. »Bevor wir noch einmal abstimmen, wer unseren Contest nun wirklich gewonnen hat, ist es an der Zeit, das Geheimnis zu lüften, was ihr heute gewinnen könnt«, verkündet er, und die mitfiebernde Menge wird etwas ruhiger.

Auch ich spitze die Ohren. Ich hatte nicht damit gerechnet, dass es auch einen Preis gibt. »Zwei Karten für unsere exklusive Mystikshow *Let the future begin* mit der weltbesten Wahrsagerin Dr. Samira in unserem Hotel!«

Während alle um mich herum klatschen, verstehe ich nur Bahnhof. Dr. Samira? Hört sich an wie eine neue TV-Arztserie.

»Und nicht nur das. Nach der Show gibt es für den Gewinner oder die Gewinnerin noch ein Meet and Greet und eine ganz persönliche Weissagung durch die Meisterin!«

Jetzt klatsche auch ich in die Hände. Das hört sich vielversprechend an. Eigentlich glaube ich nicht an Wahrsager, Horoskope oder Orakel, aber ich hätte nichts dagegen, einen Blick in meine Zukunft werfen zu lassen – gerade jetzt, wo ich mit Mark neue Pläne verfolge.

»Also, wer von den beiden hat sich den *Sieg verdient?*«, brüllt der Moderator. »Für Kimberley, applaudiert jetzt!«

Wieder kommt das Grölen vor allem aus Richtung des Pools.

»Und jetzt euer Applaus für Hugo!«

Sämtliche Frauen, inklusive mir natürlich, kreischen sich die Kehle aus dem Leib, und als Hugo noch einen kleinen Hüftschwung hinlegt, wird der Lärm sogar noch lauter.

»Ladys und Gentlemen, der Gewinner des heutigen Wet-T-Shirt-Contests im Treasure Island ist erstmalig ein Mann! Herzlichen Glückwunsch!«

In diesem Moment sieht Hugo mich an. Sein Gesichtsausdruck ist so voller Freude, als hielte er nicht den Sieg beim Wet-T-Shirt-Contest, sondern endlich seinen Uniabschluss in den Händen. Unter tosendem Applaus steht er in Siegerpose am Poolrand, während Barbie Kimberley ins Wasser springt.

26

Magisches Rätsel

»Dr. Samira – hast du von der schon mal was gehört?«, frage ich Hugo, als wir am nächsten Abend vor dem Veranstaltungssaal in unserem Hotel stehen, in dem die Wahrsagershow stattfinden wird. Ich deute auf eines der Plakate, die an den Türen zum Einlass kleben, auf denen eine violett leuchtende Kristallkugel abgebildet ist und eine mit Tüchern vermummte Frau, die beschwörend die Hände darüberhält.

»Nein, bis auf David Copperfield, Uri Geller und Bibi Blocksberg kenne ich mich mit solchen Hokuspokus-Gestalten nicht aus. Was meinst du, warum verhüllt die sich so?«, fragt Hugo skeptisch.

»Vielleicht hat sie ganz miese Akne«, spekuliere ich. »Oder sie verdeckt einen verkorksten Friseurbesuch.«

»Oder aus religiösen Gründen«, vermutet Hugo sachlich.

»Kann sein, glaube ich aber nicht. Wahrscheinlich sieht sie in Wahrheit aus, als würde sie Sabine Müller heißen, und versteckt deshalb ihre Durchschnittlichkeit unter den orientalischen Tüchern. Oder sie will nicht erkannt werden. Nichts entzaubert die Magie so leicht, als wenn du deine Wahrsagerin nachmittags im Drogeriemarkt an der Kasse triffst, wenn sie gerade Slipeinlagen kauft.«

»Klingt logisch«, gibt Hugo zu und grinst. »Sag mal,

meinst du eigentlich, ich bin jetzt im Hotel eine kleine Berühmtheit?«, will er dann wissen, und schon wieder stiehlt sich dieses Leuchten in seine Augen, das seit gestern immer dann auftaucht, wenn er über seinen Contestgewinn spricht.

»Na ja, der eine oder andere Gast wird dich bestimmt wiedererkennen«, antworte ich wahrheitsgemäß, sehe ihm jedoch an, dass ihn mein Kommentar nicht ganz befriedigt.

»Bist *du* denn stolz auf mich?«, fragt er schüchtern.

»Machst du Witze? Ich platze vor Stolz. Dass du dich das getraut hast, kann ich immer noch nicht ganz glauben. Und wie sexy und souverän du mit dem Schlauch umgegangen bist, das war der Hammer! Alle Frauen um mich herum haben dich fasziniert beobachtet, wirklich!«

Es ist nicht das erste Mal, dass ich Hugo das versichere. Aber er hat sich die Lobhudelei auch wirklich verdient. Gestern haben wir nach seinem Auftritt noch den ganzen Abend am Pool verbracht. Hugos Selbstbewusstsein ist so in die Höhe geschossen, dass er sogar mit mehreren Frauen geflirtet hat. Nur war er um Mitternacht leider schon so betrunken, dass er keine Palme mehr von einem weiblichen Wesen unterscheiden konnte. Ich habe ihn dann unter Protest ins Zimmer gebracht, wo er bis heute Nachmittag seinen Rausch ausgeschlafen hat.

»Schade, dass wir den Wet-T-Shirt-Contest-Gewinn nicht als Stufe bei unserer Wette festgehalten haben«, seufzt er enttäuscht.

»Hat ja keiner ahnen können, dass sich die Gelegenheit dazu bietet. Außerdem finde ich sowieso, dass diese ganze Stufen-Geschichte am Anfang zwar ganz hilfreich war, aber wir haben jetzt beide fast alle Aufgaben erfüllt. Irgendwie steht und fällt die Wette eben doch mit dem

Endziel«, wird mir klar. »Und das müssen wir langsam mal erreichen. Oder wir fragen einfach Dr. Samira, wer von uns beiden gewinnen wird«, scherze ich.

»Du hast recht. Eigentlich fehlt uns beiden nur noch Stufe sieben.« Hugo überlegt kurz, als würde er unsere Aufgaben in Gedanken noch einmal durchgehen. »Wobei mir einfällt, dass das bei dir nicht ganz stimmt – oder loggst du dich jetzt nur noch alle zwei Tage bei Facebook ein? Hast du das Profil von Annabelle eigentlich gelöscht?«

In diesem Moment wird Gott sei Dank der Veranstaltungsraum für die Besucher geöffnet, und da wir ziemlich weit vorne stehen, werden wir einfach mit der Menge mitgerissen. Ich hätte sonst auch nicht gewusst, was ich auf Hugos Frage hätte antworten sollen. Die Wahrheit nicht laut auszusprechen ist eine Sache, lügen eine ganz andere. Abgesehen davon hat sich die ganze Annabelle-Mark-Geschichte vielleicht ohnehin bald erledigt. Es kam zumindest immer noch keine Antwort von Mark. Klar, es sind erst zwei Tage vergangen, aber ein gutes Zeichen ist das sicher nicht – zumindest nicht für Annabelle. Ob Mark sich schon nach mir sehnt und ihr deshalb nicht zurückschreibt? Ob er nach Annabelles Nachricht über unsere Trennung nachgedacht hat und zu einem neuen Schluss gekommen ist?

»Hier«, ruft Hugo stolz, der bereits in der ersten Reihe angekommen ist. Sein Sieg beim Wet-T-Shirt-Contest hat uns tatsächlich die teuersten Plätze eingebracht.

Neugierig sehe ich mich um. Vielleicht kann man die Tricks ja schon im Vorhinein durchschauen und Falltüren entdecken, Hinterausgänge ausmachen oder Hebebühnen sichten. Doch zunächst gibt es nichts Sonderbares zu entdecken. Ein großer runder Tisch mit einer schwarzen

Decke darüber steht mitten auf der Bühne, und im Hintergrund leuchtet an der Wand der Name der Show: *Let the future begin.* Die Vorhänge am Bühnenrand sind aus glänzendem goldenem Stoff, künstlicher Nebel wabert dahinter hervor, und plötzlich leuchtet ganz kurz etwas in einer hinteren Bühnenecke auf. Wie ein Reflektor. Ich lehne mich nach vorne, um besser sehen zu können – und mir gefriert das Blut in den Adern. Da liegt eine Schlange. Ohne Käfig. Ohne Terrarium. Wenn ich es richtig in dem schummrigen Licht erkennen kann, handelt es sich um ein riesiges Exemplar, die Hälfte des langen Körpers verschwindet abseits der Bühne hinter den Vorhängen.

»Sag mal, siehst du da hinten links auch das, was ich sehe?«, frage ich Hugo unsicher. Bisher ist noch niemand auf der Bühne aufgetaucht, die Angestellten am Einlass scheinen die einzigen Verantwortlichen zu sein, und diese Schlange kann hier vollkommen unbeaufsichtigt ihr Unwesen treiben. Ob das alles seine Richtigkeit hat?

Hugo kneift die Augen zusammen und starrt in die Bühnenecke. »Stimmt, da ist was«, murmelt er. Dann fügt er erschrocken hinzu: »Ist das etwa eine Schlange?«

»Genau das sehe ich zumindest auch.«

Wir rutschen unruhig auf unseren Sitzen hin und her. Mit einem Mal sind die Plätze in der ersten Reihe nicht mehr ganz so komfortabel. Die Leute neben uns scheinen das Tier überhaupt nicht zu bemerken. Allerdings habe ich es ja auch nur entdeckt, weil das Auge des Reptils ein Blitzlicht oder einen Scheinwerfer reflektiert hat.

»Vielleicht ist es eine Attrappe«, vermutet Hugo.

»Ja, vielleicht«, entgegne ich wenig überzeugt, denn ich glaube nicht, dass die Augen von Kuscheltierschlangen

Licht reflektieren. Aber das hier wird nicht die erste Show von Dr. Samira sein, und es ist bestimmt alles auf Sicherheit geprüft worden. Nur dass mir in diesem Moment blöderweise Siegfried, Roy und die Tigerattacke einfallen. Ich sehe die Schlagzeile schon vor mir: *Show-Schlange frisst Wet-T-Shirt-Contest-Champion.*

Bevor ich mir weitere Horrorszenarien ausmalen kann, schließen die Ordner die Tür zum Veranstaltungssaal, und es wird dunkel. Na toll. Das macht die Schlange nicht weniger bedrohlich. Das ohnehin schon spärliche Licht erlischt vollkommen, und mir wird mulmig zumute. Kurz überlege ich, nach Hugos Hand zu greifen, aber ich muss an den Vorfall im Fahrstuhl im Spukschloss in Disneyland denken und lasse es deshalb lieber. Sonst kreischt er wieder laut.

Gerade als die Dunkelheit und die knisternde Atmosphäre im Saal ihren Höhepunkt erreicht haben, geht das Wort *Future* an der hinteren Wand der Bühne in Flammen auf, und eine Gestalt steht urplötzlich hinter dem schwarzen Tisch. Sie sieht genauso mysteriös aus wie die Person auf den Plakaten und ist durch die vielen Tücher fast vollkommen unkenntlich gemacht. Wenn ich es nicht wüsste, könnte ich noch nicht einmal beurteilen, ob es sich um einen Mann oder eine Frau handelt, nur die weiblichen Farben ihrer Vermummung lassen darauf schließen, dass es sich um eine Wahrsagerin handelt. Wahrscheinlich um Dr. Samira höchstpersönlich.

Das Publikum klatscht, die Spannung entlädt sich merklich. Nur meine nicht, denn im Licht des Feuers erkenne ich, dass die Schlange nicht mehr da ist. Mich ergreift ein ähnliches Gefühl wie das, wenn man tagelang eine Spinne an der Zimmerdecke beobachtet hat und sie plötzlich verschwunden ist. Unangenehm. Man weiß, irgendwo krabbelt die jetzt rum.

Während die Bühne von der Seite blau beleuchtet wird, ertönt eine tiefe Frauenstimme aus dem Off: »Herzlich Willkommen! Dies ist eine Warnung: Die heutige Veranstaltung wird Ihr Leben für immer verändern. Alles, was Sie glauben, wissen oder meinen, wird sich in Rauch auflösen. Zeit und Raum werden ihre Bedeutung verlieren, und die Regeln Ihres Verstandes werden durch die der Magie ersetzt.«

Während des Monologs macht die Gestalt auf der Bühne Bewegungen, als würde sie die Worte sprechen, aber da wir in der ersten Reihe sitzen, sehen wir, dass die Person in Wahrheit keinen Mucks von sich gibt. Dann zählt die körperlose Stimme mit eiskalter Tonlage einen Countdown herunter, und als dieser vorbei ist, lässt ein einzelnes helles Scheinwerferlicht die Gestalt auf der Bühne erstrahlen. Während das Publikum nach dieser mystischen Ansprache den Atem anhält, streift Dr. Samira nach und nach die Tücher ab, die zuvor ihren Kopf und den Großteil ihres Gesichts bedeckt haben.

Ich sehe gespannt zu Hugo hinüber. Gleich werden wir die Antwort auf die Vermummungsfrage haben. Ist es Akne? Eine schreckliche Frisur? Durchschnittlichkeit? Nichts von alledem trifft zu, und trotzdem fällt mir fast die Kinnlade aufs Brustbein. Auf der Bühne steht eine Frau, die genauso aussieht wie Frau Jawara.

Die ganze Show über bin ich abgelenkt. Ständig versuche ich, Unterschiede zwischen Dr. Samira und Frau Jawara festzustellen. War die Reisekauffrau nicht ein wenig kleiner und hatte kürzere Haare? Hat Dr. Samira nicht etwas hellere Haut? Was ist mit ihrem Schmuck? Frau Jawara hatte seltsamerweise die gleiche Kette wie ich, trägt Dr. Samira sie auch? Und gleichzeitig sagt mein Verstand mir immer wieder, dass es vollkommen unmöglich ist, dass sich eine Reisebürokauffrau aus Berlin innerhalb weniger Wochen in eine berühmte Magierin in Las Vegas verwandelt. Doch wie lautete die Warnung der Stimme aus dem Off? *Die Regeln des Verstandes werden durch die der Magie ersetzt. Zeit und Raum werden ihre Bedeutung verlieren*, oder so ähnlich. Aber diese Worte können doch unmöglich auf mich gemünzt gewesen sein! Ich lasse mich etwas tiefer in meinen Sessel sinken, als würde ich mich verstecken wollen. Vor was auch immer. Dem Schicksal vielleicht. Die einfachste Erklärung für die ganze Sache ist, dass Dr. Samira und Frau Jawara sich einfach wahnsinnig ähnlich sehen, vielleicht haben sie denselben ethnischen Hintergrund, die gleiche Frisur. Ja, so wird es sein, alles ist logisch erklärbar und normal.

Ich versuche, mich auf die Show zu konzentrieren. Bisher ist das ganze Geschehen etwas an mir vorübergegangen. Ich erinnere mich vage, dass verschiedene Zuschauer auf der Bühne waren und an bestimmte Farben denken sollten, die dann in Frau Jawaras, äh, Dr. Samiras Kristallkugel erschienen. Dann hat die Wahrsagerin durch die Kraft ihrer Gedanken Gegenstände von Leuten aus dem Publikum bewegt. Eine Person wurde unter Hypnose gesetzt und konnte sich nicht mehr an den eigenen Vornamen erinnern. Und jetzt wird endlich das Geheimnis um die Schlange gelöst. Dr. Samira lässt das riesige Reptil zu sich auf die Bühne kriechen, wo es sich sofort um ihren Körper windet. Hugo und ich sehen uns ängstlich an. Eine

Schlange in so unmittelbarer Nähe zu haben ist nicht gerade beruhigend. Doch Dr. Samira scheint alles im Griff zu haben, zumindest löst die Schlange sich langsam wieder von ihr, und es sieht tatsächlich so aus, als würde sie ihre Bewegungen steuern. Das Reptil kriecht über den Arm der Wahrsagerin auf den Tisch, und während Dr. Samira kreisende Handbewegungen macht, beginnt die Schlange sich langsam zusammenzukringeln. Das Publikum klatscht.

Es folgen noch einige andere Tricks. Dr. Samira verschwindet urplötzlich von einem Punkt der Bühne und taucht an einem anderen wieder auf, ein anderes Mal scheint sie im Schneidersitz über die Bühne zu schweben, und während das Publikum ihren Auftritt aufmerksam verfolgt, driften meine Gedanken wieder ab. Trotz der ganzen unerklärlichen Ereignisse in der Show fasziniert mich nach wie vor am meisten diese unglaubliche Ähnlichkeit. Ich beginne mir auszumalen, wie das Meet and Greet mit der Wahrsagerin wohl verlaufen wird. Ich bin wirklich gespannt darauf. Erstens habe ich dann die Gelegenheit, sie mir aus nächster Nähe anzusehen und mit Frau Jawara zu vergleichen. Vielleicht ist ihre dunkle Hautfarbe nur Theaterschminke, und bei den Locken handelt es sich um eine Perücke. Zweitens bin ich gespannt, ob Hugo und ich ihr tatsächlich eine Frage zu unserer Zukunft stellen dürfen. Ich muss einfach wissen, ob Mark mich noch liebt und ob wir wieder zusammenkommen. *Ich muss es wissen.* Wer, außer einer Wahrsagerin, könnte mir sonst eine Antwort darauf geben?

Eine halbe Stunde später ist die Show vorbei. »Und, wie fandst du es?«, fragt Hugo. Er hat ganz aufgeregte rote Bäckchen und strahlt. Seine Verfassung beantwortet mir schon mal die Frage, wie ihm die Veranstaltung gefallen hat.

»Ja, war ganz unterhaltsam. Aber da gibt es vor allem etwas Komisches, das mir an dieser Frau aufgefallen ist. Sie sieht aus wie *Frau Jawara*!« Ich bin froh, dass ich meine Verblüffung endlich mit Hugo teilen kann.

»Frau Waramara? Die Reisebürokauffrau?« Hugo sieht aus, als hätte ich gerade angemerkt, dass Boris Becker und Samuel L. Jackson eine gewisse Ähnlichkeit miteinander haben.

»Ja, ich schwöre es dir! Ich dachte, ich spinne, als sie die Tücher abgenommen hat.«

»Na und? Das kann doch sein. Es gibt viele Menschen, die sich total ähnlich sehen.«

»Ja, aber findest du das nicht merkwürdig? Schließlich hat sie doch dieses Hotel für uns gebucht und …«, eigentlich hatte ich sagen wollen, dass sie damals zu allem Überfluss auch noch die gleiche Kette getragen hat wie ich, aber ich weiß selbst überhaupt nicht mehr, wie diese Details etwas aussagen sollen. Na schön, sie besitzt ähnlichen Schmuck. Und sie schickt uns auf eine Reise, während der wir einer Wahrsagerin begegnen, die aussieht wie sie. So what? Ich schüttele den Kopf, um die Hirngespinste abzuschütteln.

»Ist ja auch egal. Wie geht's denn jetzt weiter mit dem Meet and Greet? Sollen wir den Angestellten da an der Tür fragen?« Ich deute auf den Ausgang.

»Gute Idee. Ich werde zumindest nicht einfach hinter die Bühne gehen, solange die Schlange dort rumkriecht.« Hugo wirft einen letzten verstörten Blick in Richtung Kulisse, dann steht er auf, und ich folge ihm.

27

Blick in die Zukunft

Nachdem uns endlich ein Mitarbeiter vom Einlasspersonal Aufmerksamkeit geschenkt und uns nach ewigem Suchen zu einem weiteren Angestellten geführt hat, der uns wiederum mit hinter die Bühne nahm, stehen wir nun backstage vor einer Tür, an der ein Schild mit Dr. Samiras Namen hängt. Anstatt für uns zu klopfen und der Wahrsagerin zu erklären, was es mit unserem Besuch auf sich hat, hat der Mitarbeiter einfach auf die Tür gedeutet und uns alleine gelassen. Was für ein spärlicher Service.

Ich sehe mich beunruhigt um, als könnte jeden Augenblick die Boa constrictor auftauchen und uns durch die Gänge jagen. »Los, klopf mal!«, fordere ich Hugo auf.

»Ich traue mich nicht«, wispert er zurück.

»Was soll denn passieren?«

»Keine Ahnung. Wenn du so mutig bist, dann klopf du doch.«

Ich hebe eine Hand, mache dann aber doch einen Rückzieher. »Vielleicht zieht sie sich gerade um und ist nackig«, gebe ich zu bedenken.

»Oder sie schmust mit ihrer Schlange«, bekräftigt Hugo mein Zögern.

»Oder beides«, sage ich und verziehe das Gesicht, als mir klar wird, was ich da gerade gesagt habe.

In diesem Moment geht die Tür ganz von alleine einen Spalt auf. Vielleicht war es ein Luftzug, der sie geöffnet hat. Oder sie war die ganze Zeit nicht richtig geschlossen. Eventuell handelt es sich auch um eine automatische Tür, und ein Sensor hat das Öffnen ausgelöst. Alles logische Erklärungen, trotzdem bekomme ich eine Gänsehaut. Vielleicht hat Dr. Samira gewusst, dass wir hier stehen, und die Tür durch die Kraft ihrer Gedanken geöffnet.

Hugo sieht mich an, als wären wir mitten in einer Akte-X-Folge gelandet. Dann räuspert er sich und fragt vorsichtig: »Hallo? Können wir hereinkommen?«

»Wie Sie sehen, ist die Tür offen«, lautet die Antwort. Es ist eine tiefe Frauenstimme, die gesprochen hat, und zu meiner Erleichterung klingt sie nicht wie die von Frau Jawara.

»Komm!«, flüstert Hugo mir zu, und wir treten ein.

Der Backstageraum wirkt kahl. Ein Spiegel hängt gegenüber der Tür, ein Kleiderständer steht rechts an der Wand, in der Mitte befindet sich ein kleiner Tisch mit drei Stühlen. Dr. Samira sitzt auf einem von ihnen und sieht noch genauso aus wie kurz zuvor auf der Bühne. Sie trägt dieselbe weite dunkelblaue Stoffhose, ein lilafarbenes Oberteil, das aussieht, als würde es aus unendlich vielen Lagen Tüchern bestehen, und die Locken stehen aufgebauscht von ihrem Kopf ab. Ihre Augen sind dunkel geschminkt, die dunkelroten Lippen glänzen, und eine ganze Palette Armbänder gibt rasselnde Geräusche von sich, als sie eine Geste macht, die wohl bedeutet, dass wir uns zu ihr setzen sollen.

Während Hugo und ich einige Begrüßungsfloskeln von

uns geben, prüfe ich noch einmal eingehend ihre Ähnlichkeit mit Frau Jawara. Es ist merkwürdig: Einerseits sieht Dr. Samira so aus wie sie und andererseits wieder nicht. Durch irgendetwas unterscheiden sie sich grundlegend. Ich komme bloß nicht darauf, was es genau ist. Vielleicht die fehlende Swarovskikette?

Hugo ist der Erste, der sich an den Tisch setzt, ich folge ihm zögerlich. Irgendwie hatte ich mir die ganze Sache ein bisschen anders vorgestellt. Ich dachte, wir kommen in einen abgedunkelten Raum mit orientalischen Kissen, Räucherstäbchen und Zauberrequisiten, und Dr. Samira wirft für uns einen Blick in ihre lila leuchtende Kristallkugel. Aber das Ambiente hier ist in etwa so mystisch wie das Wartezimmer beim Bürgeramt. Fehlt nur noch, dass wir draußen eine Nummer hätten ziehen müssen.

»Schön, schön, Sie haben unser Treffen also bei irgendetwas gewonnen?«, fragt die Wahrsagerin und lächelt sympathisch.

»Äh … ja«, stammelt Hugo. Ihm ist es jetzt natürlich ein wenig peinlich, dass wir das Ganze einem Wet-T-Shirt-Contest zu verdanken haben. Hoffentlich müssen wir ihr nicht die genaueren Umstände erklären.

»Ich hoffe, die Show hat Ihnen gefallen?«, will sie weiter wissen, während ich mich immer noch auf der Suche nach etwas Geheimnisvollem in diesem spärlich eingerichteten Raum umsehe.

»Ja, es war großartig!«, versichert ihr Hugo. »Ich habe so etwas noch nie live gesehen. Wirklich beeindruckend.«

»Und Sie mochten die Performance auch?« Dr. Samira sieht mich an und folgt dann meinen Blicken durch den Raum. »Suchen Sie etwas?«, fragt sie belustigt.

»Ich? Nein, nein. Äh ... na ja, wo ist denn ihre Kristallkugel? Ich dachte, Sie könnten uns die Zukunft vorhersagen.« Ups, das ist mir jetzt so rausgerutscht.

»Ach so. Und Sie denken, die Zukunft befindet sich in der Kugel?«

»Nun ja«, ich überlege kurz. »Doch, ja.«

»Dann wäre ich ziemlich überflüssig. Jeder könnte sich eine Kristallkugel kaufen, und die Sache mit dem Wahrsagen wäre ganz leicht.« Dr. Samira sieht äußerst zufrieden aus. Als würde sie es genießen, diese Dinge klarzustellen.

»Wozu haben Sie dann überhaupt eine?«, fragt Hugo, den das Thema nun auch zu interessieren scheint.

»Die Leute sehen das, was sie sehen möchten. Wenn sie mich die Zukunft aus einem glasklaren Ball lesen sehen wollen, dann wird es so sein. Wenn sie mich durch den Raum schweben sehen wollen, trifft auch das ein. Und wenn sie mich mit Schlangen sprechen sehen wollen, dann tue ich das.«

Bei dem Wort »Schlange« sehe ich mich abermals unruhig im Raum um.

»Keine Sorge, Percy ist nicht hier, sondern nebenan«, versichert Dr. Samira und gibt ein abgehacktes Lachen von sich, das sich ein wenig hexenhaft anhört.

Erleichtert atme ich aus. Dann denke ich über die Worte nach, die die Wahrsagerin da gerade von sich gegeben hat. Ich verstehe sie nicht ganz. Meint sie damit, dass die Zuschauer ihre eigenen Illusionen erzeugen und sie mit den ganzen Requisiten nur ein Klischee bedient? Dass das Publikum mit bestimmten Erwartungen in eine Zaubershow geht und deshalb auch gerne die Tricks glaubt, die gezeigt werden?

»Sie sind also wegen der Zukunft hier. Darüber kann ich Ihnen in der Tat etwas erzählen. Wer in die Zukunft sehen will, muss nur in die Vergangenheit blicken. Wenn Sie wissen möchten, wer Sie morgen sein werden, müssen Sie sich anschauen, wer Sie jetzt sind.«

»Das verstehe ich nicht«, gebe ich offen zu. Ich sehe zu Hugo hinüber, der an Dr. Samiras Lippen hängt wie Apostel Petrus am Messias.

»Das müssen Sie auch nicht. Dafür bin ich da. Was möchten Sie denn über Ihre Zukunft erfahren?«

Ich räuspere mich unsicher. Für einen kurzen Augenblick bin ich mir gar nicht mehr so sicher, ob ich die Wahrheit über mich und Mark hören will. Was, wenn sie mir nicht gefällt? Doch es ist wohl an der Zeit, dass ich auch das in Kauf nehmen muss. »Also ich, äh … Ich wüsste gerne, ob mein Exfreund mich noch liebt«, gestehe ich und spüre, wie Hugo mich mit seinem Blick durchbohrt.

»Mia, das ist nicht dein Ernst! Ich dachte, du hast die Hoffnung endlich aufgegeben. Frag sie lieber, wie du es schaffst, deine Kette loszuwerden«, sagt er empört. Doch ich ignoriere ihn. Er kann seine Frage stellen und ich meine.

»Wissen Sie, dass mir die meisten Fragen zum Thema Liebe gestellt werden?«, fragt Dr. Samira, als würde sie das selbst für einen Augenblick verwundern. »Es liegt in der Natur der Menschen, das kontrollieren zu wollen, was sie nicht kontrollieren können. Als könnten sie damit das letzte Rätsel unserer Existenz lösen.«

»Ich will seine Liebe nicht kontrollieren«, stelle ich klar, obwohl ich mir eingestehen muss, dass die Vorstellung verführerisch klingt, »ich will es nur wissen. Sagen Sie es mir, bitte! Liebt er mich noch?«

»Sagen Sie es mir«, kontert Dr. Samira.

Ich glaube, ich höre nicht richtig. »Wenn ich das könnte, wäre ich nicht hier«, sage ich trocken.

»Nein, nein, nein. Sie sind hier, *weil* Sie es können. Ich kann Ihnen nichts sagen, was Sie nicht selbst schon wissen. Es ist wie mit dem Schweben. Oder dem Sprechen mit Percy. Wie könnte es irgendetwas davon geben, wenn Sie es nicht wahrnehmen würden?«

Okay, langsam beginnen mich diese kryptischen Wahrheiten zu nerven. Es ist fast so, als würde sich Dr. Samira einen Spaß daraus machen, dass sie Dinge weiß, die wir nicht wissen. Vielleicht legt sie gleich wie Rumpelstilzchen ein kleines Tänzchen hin und beginnt zu singen: »Ach wie gut, dass niemand weiß, wie die Antwort zu der Frage heißt.«

Doch das passiert zum Glück nicht. »Entspannen Sie sich. Ich will Ihnen damit nur sagen, dass *Sie* die Wahrheit kennen und dass *Sie* die übersinnlichen Phänomene möglich machen. Das sind gute Nachrichten. Ich helfe Ihnen jetzt dabei, das zu verstehen. Ihr Exfreund hat sich also von ihnen getrennt«, stellt Dr. Samira fest, und ich bin froh, dass wir endlich zur Sache kommen. »Er hat sich von Ihnen getrennt, weil er Sie nicht mehr liebt, und Sie wollen das nicht glauben«, fährt sie fort, und ich bin etwas überrascht, dass sie das weiß. Allerdings liegt es vielleicht auf der Hand. Es trennt sich wahrscheinlich niemand, wenn er noch abgöttisch viel Liebe für die andere Person verspürt. »Was hätte er denn an Ihnen lieben können?«, fragt sie.

Ich gerate ins Grübeln. Für einen Moment ist es mucksmäuschenstill im Raum. »Meine Pünktlichkeit. Mein Selbstbewusstsein. Meine Höflichkeit und Disziplin.« Das sind die ersten positiven Eigenschaften, die mir einfallen, die Mark nun wirklich an mir bemerkt haben müsste.

»Dann werde ich Ihnen mal sagen, was ich darüber denke: Sie waren eine halbe Stunde zu spät hier. Unser Meet and Greet war eigentlich für zehn Uhr angesetzt, und jetzt ist es Viertel vor elf. Ihr Selbstbewusstsein war so groß, dass Sie sich nicht getraut haben, an die Tür zu klopfen, und Ihre Höflichkeit und Disziplin haben Sie dazu gebracht, dass Sie mich innerhalb von zwei Minuten gefragt haben, wo ich meine Kristallkugel versteckt habe, ob ich Ihnen bitte die Zukunft voraussagen möge und dass Sie mir Ihren Liebeskummer gestanden.«

»Aber das weiß Mark doch nicht!«, entfährt es mir, und ich fühle mich ein wenig ertappt. Die positiven Eigenschaften, die ich gerade aufgezählt habe, passen tatsächlich überhaupt nicht zu meinem Verhalten.

»Und *warum* weiß er davon nichts?«, bohrt sie nach.

»Weil ich meine negativen Eigenschaften vor ihm versteckt habe.«

»Und warum?«

»Aus Angst, ihn zu verlieren.«

»Und was ist passiert?«

»Ich habe ihn verloren.«

Das Frage-Antwort-Spiel hinterlässt bei mir ein Gefühl, als hätte ich alles falsch gemacht. Diese Wahrsagerei bringt mir gar nichts. Ich hätte es lassen und diesen Frau-Jawara-Verschnitt nie um Antworten bitte sollen.

»Dann sagen Sie also, dass ich selbst an der Trennung schuld bin? Dass Mark mit mir Schluss gemacht hat, weil ich mich verstellt habe?«

»Nein, das ist doch gut. Er hat Ihnen dadurch die Gelegenheit gegeben, zu sich selbst zu finden. Wenn er Sie nicht verlassen hätte, hätten Sie ewig so weitermachen müssen. Wäre das nicht schrecklich? Möchten Sie nicht viel lieber so sein, wie sie sind?«

Plötzlich steigen mir Tränen in die Augen. Ich weiß nicht, ob es an der Wut liegt, die ich spüre, weil diese Wahrsagerin so nüchtern den Finger in eine Wunde legt, von der ich bisher nicht mal wusste, dass es sie überhaupt gibt, oder an meiner Traurigkeit darüber, dass sie recht hat. Wie schön wäre es, einfach zu sein, wie ich bin?

»Nicht weinen, Kindchen. Sie sind auf dem richtigen Weg. Eine Frage möchte ich Ihnen noch mit auf den Weg geben: Lieben Sie Mark?«

»Natürlich tue ich das«, sage ich und wische mir die Tränen von den Wangen. »Ich liebe ihn mehr als alles andere. Ich liebe seine tollpatschige Art, das Falsche zu sagen, und seine Witze, bei denen er immer das Ende vergisst. Ich liebe, dass er schnarcht und sich dabei anhört wie ein erschöpftes Walross und dass sein selbst gekochtes Essen so schmeckt, als hätte er es in Salzlake getaucht. Ich liebe, dass er jeden Käfer vor dem Ertrinken rettet und dass er meine Cousine so behandelt, als wäre sie eine Prinzessin. Ich liebe, dass er morgens unter der Dusche schreckliche Songs aus den Neunzigern singt und mir danach einen Tee ans Bett bringt. Ich liebe …«

»Genug!«, unterbricht mich Dr. Samira und lächelt zufrieden. »Das Allerwichtigste ist doch: Weiß er davon?«

Ich zucke mit den Schultern. Ich habe ihm nie gesagt, dass ich ihn liebe, weil ich ihm nicht das Gefühl geben wollte, ihn einzuengen oder zu klammern. Jeder weiß

doch, dass sich Männer unabhängig fühlen wollen, oder?
»Ich denke schon«, schluchze ich leise.

»Ja, dass Sie das *denken*, weiß ich. Aber haben Sie es ihm je gesagt?«

»Nein.«

»Dann sollten Sie das tun. Ich will ehrlich zu Ihnen sein. Wenn ich mir Ihre Vergangenheit ansehe, gibt es nicht viel Hoffnung auf ein Happy End. Nur wenn Sie Ihr Heute verändern, kann das Morgen vielleicht anders werden. Lieben Sie nicht nur Mark, lieben Sie sich selbst. Wissen Sie Ihre Offenheit, Unpünktlichkeit, Traurigkeit, Ihren Humor und Ihre Unsicherheit zu schätzen. Teilen Sie Ihre Eigenschaften am besten gar nicht in gute und schlechte ein. All das, was Sie sind, macht Sie liebenswert. Und geben Sie auch Mark die Chance, Sie zu lieben, indem Sie sich ihm öffnen.«

Wie aus dem Nichts fällt mir die Botschaft von Frau Jawaras Tee ein, den sie mir im Reisebüro gemacht hat: *Nur wer sich selbst liebt, kann Liebe mit anderen teilen.*

Dr. Samira legt für einen Augenblick eine Hand auf meine, und ich habe das Gefühl, als löse sich irgendetwas in mir auf. Als würde eine Wolke verschwinden, die bisher die Sonne verdeckt hat. Für eine Millisekunde kommt es mir vor, als säße ich nicht in Las Vegas im Hinterzimmer einer Showbühne, sondern im Reisebüro in Berlin mit Frau Jawara, die meine Finger berührt, während draußen der stürmische Regen wütet und eine dampfende Tasse Tee vor mir steht. Es ist, als hätte ich dort schon alles wissen können. Als hätte die Botschaft dieser ganzen Reise schon da direkt vor meiner Nase gebaumelt. Und plötzlich sehe ich Marks Kette auch um Dr. Samiras Hals liegen, so funkelnd und strahlend wie damals im Reisebüro bei Frau Jawara.

Doch als ich das nächste Mal blinzele, ist das Bild schon wieder verschwunden. Ich muss kurz in Erinnerungen versunken sein. Die Wahrsagerin hat ihre Hand längst wieder von meiner genommen, und sie trägt auch keine Kette.

»Und nun zu Ihnen«, sie wendet sich an Hugo: »Was möchten Sie über Ihre Zukunft wissen?«

Hugo will gerade ansetzen zu erzählen, als ich ihn unterbreche. »Einen Moment noch. Sie haben mir meine Frage überhaupt nicht beantwortet. Liebt Mark mich noch oder nicht?«

»Ach, habe ich das nicht erwähnt? Vielleicht können Sie mir ja erklären, wie man jemanden lieben kann, dem man noch nie begegnet ist?« Dr. Samira spricht zwar mit mir, wendet sich aber bereits Hugo zu, als wäre sie ganz sicher, dass ich mir die Antwort auf ihre Frage selbst geben kann.

Und nach kurzem Stutzen kann ich das tatsächlich. Während sie mit Hugo zu erörtern beginnt, wann er seine erste Freundin kennenlernt, wird mir endlich eines klar: Mark liebt mich nicht. Und ich hätte mir beim besten Willen nie träumen lassen, dass sich diese Erkenntnis so gut anfühlen könnte. Wahrscheinlich liegt es daran, dass mir nach wochenlangem Grübeln und Rätseln endlich bewusst ist, *warum* er es nicht tut. Er kennt mich überhaupt nicht.

28

Die Stunde der Wahrheit

»Du hast Mark nie gesagt, dass du ihn liebst?«, platzt Hugo heraus, als wir auf dem Weg zu unserem Hotelzimmer sind.

Dr. Samira hat ihm durch ein ähnliches Frage-Antwort-Spiel prophezeit, dass er seine erste Freundin nicht durch größeres Selbstvertrauen, spannende Gesprächsthemen oder erotisches Aussehen kennenlernen würde, sondern dadurch, dass ihm eine Frau begegnen würde, die genau auf ihn und seine Art abfährt. Das war natürlich nicht genau ihre Wortwahl, aber sinngemäß trifft es zu. Auf Hugos Nachfrage, wann das geschehen würde, hat die Wahrsagerin geantwortet: »Sehr bald. Weit weg von hier wartet Sie schon. Ich kann Ihnen nicht genau sagen, wo, aber es erscheint ein Buddha vor meinem inneren Auge, wenn ich versuche, den genauen Ort zu sehen.«

Hugo war natürlich sofort ganz aus dem Häuschen und hat mich gefragt, ob wir unseren Flug nach Korea nicht vorverlegen wollen. Auch mich hat die Prophezeiung überrascht, denn Dr. Samira konnte nicht wissen, dass unsere nächste Station ein buddhistischer Tempel sein wird – oder etwa doch?

»Nein. Ich habe es ihm nie gesagt«, gebe ich zu.

»Warum hast du mir das nicht erzählt?«

»Was hätte ich denn sagen sollen? Ach übrigens, ich sage Mark nie, dass ich ihn liebe? Ich war überzeugt, das Richtige zu tun, für mich gab's da keinen Redebedarf.«

»Schade. Sonst hätte ich dir gleich gesagt, dass es keine gute Idee ist.«

»Ja, ja. Hätte, könnte, wollte. Du hast Dr. Samira gehört. Ich muss *jetzt* etwas ändern, damit das Morgen anders wird. Es nützt nichts, über die verkorkste Vergangenheit zu sprechen.«

»Das heißt, du wirst Mark sagen, dass du ihn liebst?«

»Ja.«

»Ach Mia, irgendwie glaube ich nicht, dass das der richtige Weg ist. Aber ich kann auch nicht sagen, dass es falsch ist. Immerhin fühle selbst *ich* mich so, als hätte ich Mark Unrecht angetan, als ich ihn nach der Trennung als selbstbezogenen Trottel abgetan habe. In so einer langen Beziehung niemals gesagt zu bekommen, dass man geliebt wird, ist echt hart. Hat er es dir denn gesagt?«

»Ja. Oft.«

»Oh Mann. Wie willst du es anstellen? Du schreibst ihm das doch nicht über Facebook, oder?«

»Ehrlich gesagt, keine Ahnung. Er ist in Afrika. Ich kann ihn nicht anrufen, da er seine Nummer gewechselt hat. Was soll ich sonst machen?«

Wir sind inzwischen vor unserem Zimmer angekommen. Als wir die Tür öffnen, kommt uns Kater Marie mit vorwurfsvollem Miauen entgegen. Er scheint Las Vegas nicht sonderlich zu mögen. Das Zimmer ist zwar größer als das in Paris, aber die Schiffschlachten vor dem Fenster irritieren ihn, und dass Hugo und ich uns die Nächte um die Ohren schlagen, scheint ihm auch nicht zu gefallen. Ich kann es ihm nicht verübeln. Eine ganze Woche in dieser Partystadt ist ganz schön lang.

Hugo nimmt Marie auf den Arm, setzt sich mit ihm aufs Bett und streichelt ihn ausgiebig. »Du schreibst ihm, dass du ihm etwas Wichtiges sagen musst und ihn in Berlin treffen willst, sobald er wieder da ist. Das macht es persönlicher.«

»Oder ich schreibe ihm eine lange Nachricht und erkläre darin, was ich fühle. Dann bin ich endlich ich selbst. Das muss jetzt einfach alles raus! Ich kann nicht warten, bis wir wieder in Berlin sind. Oh Mann, was er wohl dazu sagen wird …« Durch meine neuen Erkenntnisse bin ich gerade sogar etwas stolz, dass ich mich bei Karos Geburtstagsparty so blamiert habe. Das war zwar nicht sonderlich würdevoll und ladylike, aber immerhin war es *echt*. Wenn die Mädels mich deshalb nicht mehr leiden können und denken, ich sei Alkoholikerin, kann ich es auch nicht ändern.

Ich lege mich aufs Bett und hole mein Handy aus der Tasche. Mein Herz fängt wie wild an zu pochen, als ich auf dem Display sehe, dass Mark Annabelle zurückgeschrieben hat.

»Stell dir mal vor, ich hätte den Wet-T-Shirt-Contest nicht gewonnen. Dann hätten wir nie ein Meet and Greet mit Dr. Samira gehabt und nichts über unsere Zukunft erfahren«, resümiert Hugo fröhlich, während sein Kater vor Glück über die Streicheleinheiten so laut schnurrt wie ein bengalischer Tiger.

»Mhhhhmmm«, brumme ich, während ich ungeduldig Marks Nachricht öffne.

Hi Annabelle, sorry, dass ich dir erst so spät zurückschreibe. In Afrika ist es zeitweise etwas schwierig, einen Internetanschluss zu finden.

Aber jetzt endlich mein Senf zum Thema Trennungen: Sie sind scheiße. Und obwohl ich dieses Mal derjenige war, der Schluss gemacht hat, fühlt es sich an wie eine mittlere Katastrophe. Ständig diese Fragen in meinem Kopf, ob ich das Richtige getan habe. Vielleicht liegt es daran, dass mein Grund für die Trennung etwas merkwürdig war. Ich kam mir neben meiner Exfreundin vor wie ein Regenwurm neben einem Flamingo. Und das soll nicht heißen, dass ich ein geringes Selbstwertgefühl habe. Ich mag Regenwürmer. Aber ich habe nicht das Gefühl, dass meine Ex das genauso gesehen hat. Sie hat immer das Richtige gesagt, ich meistens das Falsche. Sie wollte mich ein paar Mal die Woche sehen, ich sie am liebsten jeden Tag. Sie kocht gerne und gut, ich bestelle lieber was nach Hause. Sie macht dauernd Sport, während ich mir Sportsendungen im Fernsehen anschaue. Sie spricht fließend Mandarin, ich esse einfach nur gerne Chinesisch. Sie ist immer superfrüh aufgestanden, ich schlafe dagegen am Wochenende bis mittags. Sie hat über ihre Gefühle geschwiegen, ich habe sie ausgesprochen. Sie sieht aus wie ein Model, ich wie ein stinknormaler Typ. Ihre Wohnung roch immer nach Vanille, meine nach Kreuzkümmel (ist mir irgendwann mal ausgekippt, den Geruch kriegt man einfach nicht mehr raus). Natürlich sind das alles keine Trennungsgründe, aber letztendlich hatte ich immer das Gefühl, dass sie mich nicht so liebt, wie ich bin. Zumindest hat sie das nie gesagt. Und sie wurde im Verlauf der Beziehung immer distanzierter und abweisender, bis auch ich nicht mehr wusste, wen ich da überhaupt liebe. Ich habe mich vor Jahren in die Frau verknallt, deren Kopf auf meine Schulter geplumpst ist, als sie vor Langeweile im Geschichtsunterricht eingeschlafen ist. Aber die ist im Laufe der Zeit verschwunden.

Traurige Geschichte, doch das Leben muss weitergehen. Was ist mit dir Annabelle? Falls du mich jetzt nicht für eine ziemlich nervige Labertasche hältst, erzähl mir mehr von dir. Würde mich freuen. Und zu meiner Verteidigung: Du hast gefragt.

Mark

Ich lese die Nachricht so oft, bis ich sie auswendig kann. Hugo füllt währenddessen Maries Napf auf, der jedoch keine Notiz davon nimmt und einfach bei mir auf dem Bett bleibt. Vielleicht spürt er, dass in mir gerade etwas Entscheidendes geschieht. Ich kapiere es jetzt endlich. Plötzlich passt alles zusammen. Es ist, als hätte ich nach langem Suchen die Ursache für eine chronische Krankheit gefunden und könnte sie heilen.

Meinst du nicht, dass es für euch beide noch eine Chance gibt, wenn du ihr das so sagst? Vielleicht kann sie dir erklären, warum sie sich so »perfekt« verhalten halt. Ich könnte mir vorstellen, dass sie einfach Angst hatte, dich zu verlieren, und in Wirklichkeit ganz anders ist.

Ohne lange zu überlegen, schicke ich die Nachricht ab. Das musste ich einfach loswerden, denn hätte Mark mir seine Seite genauso erklärt, als er Schluss gemacht hat, hätte er uns beiden viel erspart. Aber ob ich ihn zu diesem Zeitpunkt, vor unserer Reise, vor meiner fristlosen Kündigung, vor meinen ganzen Tiefpunkten verstanden hätte? Wahrscheinlich nicht. Doch noch ist es nicht zu spät, ich kann die Sache geradebiegen. Innerhalb von Sekunden kommt Marks Antwort.

Das würde ich gerne glauben, aber das Problem ist, dass ich einfach nicht die richtigen Worte finde, sobald sie vor mir sitzt. Ein Beispiel: An unserem Jahrestag saßen wir bei Kerzenschein beim Italiener, die Stimmung war wahnsinnig romantisch. Ich wollte irgendetwas Passendes sagen, ihr ein Kompliment machen, über unsere Zukunft sprechen, und weißt du, was ich gesagt habe? »Wusstest du, dass Blauwale von allen Lebewesen den längsten Schniedel haben?« *Einfach so. Die Stimmung war dann natürlich im Eimer. Du darfst jetzt ruhig laut lachen und mich für einen merkwürdigen Volltrottel halten, denn genauso benehme ich mich in Gegenwart meiner Ex. So möchte ich mich nicht mehr fühlen.*

Jetzt aber wirklich genug von mir. Was ist bei dir so los? Schütte mir dein Herz aus.

Ich bin so in Gedanken versunken, dass ich gar nicht bemerkt habe, dass Hugo vor mir steht. Scheinbar hat er irgendetwas gefragt, zumindest sieht er mich abwartend an. Ich denke an Dr. Samira und mein neues Lebensmotto, so zu sein, wie ich bin. Dann reiche ich Hugo wortlos mein Handy. Ich kann es ihm gerade nicht erklären, er soll es einfach lesen.

Und das tut er. Während er Annabelles und Marks Nachrichtenverlauf durchklickt, blickt er mich immer wieder staunend an, und als er ein paar Minuten später das Gröbste verdaut hat, legt er sich neben mich aufs Bett.

»Warum hast du denn nichts gesagt?«

»Weil es bescheuert ist, dass ich Mark unter Annabelles Namen weiter geschrieben habe.«

»Na und? Dann ist es eben bescheuert. Wie fühlst du dich nach seiner letzten Nachricht?«

»Erleichtert. Aber auch traurig. Die ganze Beziehung ist einfach gründlich den Bach runtergegangen, und das nur wegen meines blöden Pseudo-Perfektionismus.«

»Dr. Samira hat recht. Er denkt tatsächlich, dass du ihn nicht geliebt hast.«

»Aber ich mag Regenwürmer! Ich bin doch selbst einer und kein blöder Flamingo.« Mit einem Mal fühle ich mich gekränkt, dass Mark mich für so eine eingebildete Superfrau hält. Das war nie mein Ziel. Ich wollte einfach geliebt werden und dachte, das klappt nur, wenn ich mich besonders liebenswert mache.

»Wie kommt er überhaupt darauf, dass du gerne kochst?«

»Weil ich ihm im Sari verkleidet indisches Essen serviert habe, das ich im Indian Palace an der Ecke gekauft hatte. Das weiß er natürlich nicht. Er denkt bis heute, dass ich es selbst zubereitet habe. Ein anderes Mal habe ich dann arabisch ›gekocht‹ und griechisch.«

»Und woher hat er die Idee, dass du am Wochenende früh aufstehst?«

»Weil ich mir bei ihm den Wecker gestellt habe, nach Hause gegangen bin und dort weitergeschlafen habe. Damit er nicht denkt, dass ich faul bin.«

»Und wieso wolltest du ihn nicht jeden Tag sehen? Du hast doch so oft gesagt, dass du ihn vermisst.«

»Weil ich diese ganze *Scheiße* nicht mehr als dreimal die Woche ausgehalten hätte. Weißt du, wie anstrengend es ist, sich so zu verstellen, immer perfekt für jemanden zu sein?«

»Warum hast du dann überhaupt mit diesem Blödsinn

angefangen?«, poltert Hugo so laut, dass Marie erschrocken vom Bett springt.

Ich seufze und schließe die Augen in der Hoffnung, dass mir die Geschichte dann leichter über die Lippen geht. Vielleicht liegt es daran, dass es mir manchmal so vorkommt, als hätte ich sie selbst nur geträumt. Oder als hätte sie sich jemand ausgedacht, mir erzählt und ich müsste mich anstrengen, um mich an sie zu erinnern. »Weil ich weiß, wie es sich anfühlt, nicht gut genug zu sein«, sage ich und öffne nun doch die Augen.

Hugo dreht sich auf die Seite und sieht mich schuldbewusst an. »Es tut mir leid, ich wollte nicht laut werden. Aber ich verstehe dich manchmal nicht. Bitte erklär es mir.«

»Weißt du noch, dass ich etwas später zu euch in die erste Klasse gekommen bin?«

Hugo stutzt, als hätte er nicht damit gerechnet, dass meine Erklärung mit einer so merkwürdigen Frage beginnen würde. »Ja.«

»Das lag daran, dass meine Mutter mich zuerst auf eine Sonderschule geschickt hat.«

»Wieso das denn?«, fragt Hugo und sieht ernsthaft verwirrt aus.

»Weil ich bis zur Einschulung quasi nicht gesprochen habe. Ich weiß selbst nicht, was in mir vorgegangen ist, ich hab's einfach nicht getan. Ich glaube, ich wusste einfach nicht, dass es wichtig ist, zu sein wie alle anderen. Vielleicht wollte ich meiner Mutter auch eins auswischen, weil mein Vater uns verlassen hatte, vielleicht dachte ich, es sei ihre Schuld. Ich weiß es nicht. Ich erinnere mich nur, dass ich ziemlich gerne mit meinen Puppen gesprochen habe, aber mit niemand anderem.«

»Und dann?«

»Im Kindergarten wurde damit noch relativ locker umgegangen. Man hat abgewartet, ob ich irgendwann nicht doch losplappere. Und als ich das nicht tat, schleppte mich meine Mutter zum Psychologen, der mich irgendwelchen Tests unterzog.«

»Wie schrecklich. Was für *Tests?*«

»Ich musste auf Bilder zeigen oder Zahlenreihen legen. Außerdem wurden mit für mich total furchteinflößenden Geräten meine Gehirnströme gemessen, während ich mir verschiedene Sätze anhörte. Besonders demütigend wurde es, als ich mich bis auf die Unterhose ausziehen und vor meiner Mutter und diesem Typen einen Parcours entlanglaufen musste. Nur damit der blöde Arzt irgendeinen motorischen Mist testen konnte. Wie dieser Idiot mich dabei angesehen hat … Als wäre ich messbar, als könnte er über mich urteilen. Als würde er diagnostizieren, wie *schwach* ich bin.« Ich spüre, wie sich ein Kloß in meinem Hals formt. Doch auch wenn sich meine Stimme gepresst anhört, spreche ich weiter. »Nach den Tests hat der Psychologe empfohlen, mich auf eine Sonderschule zu schicken. Ein Ort, wo auf meine speziellen Bedürfnisse eingegangen werden sollte, da ich seiner Meinung nach in einer normalen Grundschule gehänselt worden wäre und nicht die geforderten Leistungen hätte bringen können.« Ich mache eine kurze Pause und rutsche näher zu Hugo. Er streichelt mir liebevoll über den Kopf. Ich habe noch nie jemandem diese Geschichte erzählt. Natürlich weiß Paula durch meine Mutter davon, aber ich habe niemals selbst mit ihr darüber gesprochen.

»Und dann hast du angefangen zu reden?«, fragt Hugo,

als würde er meinem damaligen Schicksal eine gute Wendung geben wollen.

»Ja, sobald ich auf der Sonderschule war, hat es irgendwie klick gemacht. Ich begriff, dass ich dort nicht hingehöre und dass der einzige Grund, weshalb ich da war, meine Sprachlosigkeit war. Nach zwei Wochen, in denen ich maßlos unterfordert war, alle Aufgaben erfüllte und ohne Punkt und Komma sprach, drängte meine Lehrerin dann Gott sei Dank darauf, mich möglichst schnell umzuschulen, damit keine größeren Lernlücken entstehen. Und auf der neuen Schule haben wir uns dann getroffen«, schließe ich und lächele Hugo an.

»Als ich dich gesehen habe, wusste ich gleich, dass wir beste Freunde werden«, sagt Hugo und lächelt zurück.

»Und ich wusste gleich, dass ich dir vertrauen kann«, stelle ich fest.

Als ich Hugo das erste Mal sah, hatte er gerade in die Hose gemacht und stand verzweifelt vor unserer Klassenlehrerin. Eigentlich sollte so etwas in der Schule nicht mehr vorkommen, und das wusste er. Bevor unsere Mitschüler sein Malheur bemerken konnten, half ich ihm mit meiner Sporthose aus. Ich wusste, dass Hugo nach diesem Erlebnis nie über mich urteilen würde. Das war das schönste Gefühl, das jemand in mir auslösen konnte.

»Bist du deshalb Fremdsprachenkorrespondentin geworden? Weil du allen zeigen wolltest, wie gut du in Sprachen bist?«

»Ich denke, ja.«

»Und du möchtest keine Fehler machen, weil du denkst, dass man dich dann irgendwie runterstuft und nicht für voll nimmt?«

Ich nicke, und es fühlt sich an, als würde mir eine Last vom Gewicht des Eiffelturms vom Herzen fallen. Obwohl Hugo jetzt mein bestgehütetes Geheimnis kennt, sieht er mich genauso an wie vorher. Keine Abwertung. Kein Mitleid. Nur Verständnis und Zuneigung. Kaum zu glauben, dass Hugo und ich es geschafft haben, uns auf der Reise *noch* näher zu kommen.

»Danke, dass du mir das erzählt hast«, sagt er leise.

»Danke, dass du mir zugehört hast«, flüstere ich zurück und schließe für einen kurzen Moment die Augen. Diese Sich-Öffnen-Sache ist wirklich ganz schön anstrengend. Ich muss mich wohl erst daran gewöhnen.

»Willst du Mark jetzt gleich zurückschreiben?«

Ich seufze ratlos. »Ich muss irgendwie aus dieser Annabelle-Geschichte rauskommen. Aber ich weiß nicht wie.«

»Hm … Lösch doch einfach ihr Profil. Wenn du ihm unter deiner richtigen Mia-Identität eine Nachricht schickst, wird ihn das bestimmt davon ablenken, dass sich Annabelle plötzlich von Facebook verabschiedet hat. Ich glaube übrigens auch nicht, dass er sich ernsthaft für sie interessiert, sonst würde er ihr nicht so ehrlich über dich schreiben. Offenheit hin oder her, eine derart lange Mail über seine Ex zu verfassen, macht nicht gerade attraktiv. Das müsste auch ihm klar sein. Er scheint ihr also gar nicht gefallen zu wollen.«

»Da hast du wahrscheinlich recht.« Ein Lächeln huscht bei diesem Gedanken über mein Gesicht. Er hat geschrieben, dass die Trennung für ihn eine Katastrophe ist. Dass er sich ständig fragt, ob er das Richtige getan hat. Wenn ich ihm die ganze Sache erkläre, könnte es vielleicht tatsächlich einen Neuanfang für uns geben.

»Du siehst gerade ziemlich glücklich aus«, bemerkt Hugo, während der Kater zurück zu uns aufs Bett springt. Er spürt anscheinend, dass sich die Wogen geglättet haben.

»Ich habe einfach das Gefühl, auf dem richtigen Weg zu sein. Vielleicht hat Dr. Samira recht damit, dass ich durch die Trennung von Mark endlich die Chance bekomme, zu mir selbst zu finden. Vielleicht sollte ich mich bei ihm dafür bedanken, dass er gemerkt hat, dass etwas ganz Grundlegendes in unserer Beziehung nicht stimmte.«

Ich greife nach dem Handy, das zwischen mir und Hugo liegt, melde mich mit meinem Fake-Profil ab und logge mich mit meiner wahren Identität ein. Ich war schon ein paar Tage lang nicht mehr mit meinem Mia-Profil online und entdecke, dass ich drei neue Nachrichten habe.

»Ich glaube, ich gehe duschen und dann ins Bett. Aber lies mir deine Nachricht an Mark vor, bevor du sie abschickst!«, sagt Hugo und geht ins Bad.

»Mache ich«, versichere ich ihm und werfe zuerst einen Blick in meinen Posteingang.

Die erste Nachricht stammt von Ina, die mir schreibt, dass meine Orchidee im Badezimmer eingeht, und fragt, ob sie sie vielleicht zu viel gießt. Die Zweite ist von Karo, die sich für ihre letzte Mail entschuldigt, falls sie mir damit zu nahe getreten sein sollte. Sie bittet mich, mich bei ihr zu melden. Darauf kann sie lange warten. Die Dritte kommt von der dicken Giselle. Was will die denn von mir? Mir dämmert, dass ich sie das letzte Mal bei Karos Geburtstagsparty auf der Toilette gesehen habe, in der wir uns solidarisch über unseren Herzschmerz ausgetauscht und über Lena gelästert haben. Hoffentlich fängt sie jetzt nicht auch noch mit dieser absurden Alkoholsucht-Besorgnis an.

Mia, ich hab's gerade auf Facebook gesehen. Diese blöde Schlampe! Ihr seid keine zwei Monate getrennt, und schon packt sie ihre riesigen Titten aus. Wenn du jemanden brauchst, der ihre Hauswand mit Farbbomben bewirft, sag Bescheid. Ich bin jederzeit für dich da. Giselle.

Was? Wer? Hä? Riesige Titten? Komische Nachricht. Ob sie nur versehentlich auf meiner Seite gelandet ist? Vielleicht kann sich Hugo ja einen Reim darauf machen. Ich muss jetzt erst mal mein Liebesleben retten.

Mit pochendem Herzen rufe ich Marks Facebook-Profil auf. Auch hier habe ich fast zwei Tage lang nicht reingeschaut, durch den Kontakt mit Annabelle hatte sich das erübrigt. Zufrieden stelle ich fest, dass sich auf den ersten Blick nicht viel geändert hat. Kein neues Profilfoto, kein geänderter Beziehungsstatus. Gespannt scrolle ich bis zu seiner Pinnwand. Zwei Einträge von Lena Jänicke mit dem Titel: *Ich und mein Liebster in Kapstadt.* Darunter ein Schnappschuss von Lena. Neben ihr steht Mark. Beide tragen alberne rote Hüte mit Riemen, die ums Kinn spannen, im Hintergrund erkennt man einen Markt. Sie strahlen in die Kamera. Ich schlucke. Was soll das denn bitte? Für einige Sekunden bin ich bewegungsunfähig und so schockiert, dass ich es noch nicht einmal schaffe, mir das zweite Bild darunter anzusehen. Als ich meine Finger wieder bewegen kann, wünsche ich mir allerdings sofort, für immer in Schockstarre geblieben zu sein. Das zweite Foto zeigt genau das gleiche Motiv wie das erste, mit nur einem Unterschied: Lena und Mark küssen sich.

29

Zurück in die Zukunft

Die Wüste. So sieht sie also aus. Hier kugeln tatsächlich trockene Knäule aus Geäst durch die Pampa, die Klimaanlage unseres Mietwagens läuft auf Hochtouren, und weit und breit ist kein anderes Auto zu sehen. Würde am Straßenrand kein Hinweisschild für eine Outlet Mall stehen, könnte man sich glatt Sorgen machen zu verdursten, wenn man eine Panne hätte. Allerdings hat Hugo vorsorglich den ganzen Kofferraum mit Wasserkanistern beladen – wahrscheinlich fühlt er sich verantwortlich für unser Überleben, das Ganze war nämlich seine Idee.

Nachdem ich den gestrigen Tag heulend im Bett verbracht habe, hat Hugo vorgeschlagen, unseren letzten Tag in den USA noch einmal voll auszukosten. Wir hatten beide die Schnauze gestrichen voll von Las Vegas, keine Lust mehr auf Party, Bloody Marys, durchgedrehte Leute, Shows, laute Musik, Pool, Wet-T-Shirt-Contests, Vulkanausbrüche, Piratenschlachten und das Gedudel der Spielautomaten. Es ist eine tolle Stadt, keine Frage, spannend und außergewöhnlich. Aber wäre sie ein Kleidungsstück, dann ein asymmetrisches Minikleid mit schwarzen Pailletten – definitiv nichts für jeden Tag. Hugos Lösungsvorschlag für unser Las-Vegas-Problem war ein Ausflug nach Los Angeles. Vier Stunden mit dem Mietwagen durch die Wüste, Hollywood erkunden und abends wieder zurück. Da mein Körper nach einem ganzen Tag Flennen keine Tränenflüssigkeit mehr übrig hat, passe ich gerade genauso gut in die Wüste wie ein Hipster nach Friedrichshain.

»Magst du ein bisschen Musik hören?«, fragt Hugo und sieht mich für eine Millisekunde von der Seite an, dann richtet er den Blick wieder auf die Straße.

»Ne danke. Ich habe gelesen, dass zu viel genutzte Elektronik das Auto überfordert. Wegen der Hitze. Eigentlich sollte man auch die Klimaanlage ausschalten, aber das wäre mir zu krass.«

»Ach, das war vielleicht früher so. Heutzutage halten die Autos das bestimmt aus. Wie viele Kilometer sind es denn noch?«, fragt Hugo, dem das Fahren langsam wahrscheinlich zu anstrengend wird. Ich habe den ersten Teil der Strecke am Steuer gesessen und kann aus Erfahrung heraus sagen, die Eintönigkeit der Wüste macht ganz schön müde. Es gibt so gut wie nichts zu beachten: keine Ampeln, Fußgänger, Kreuzungen oder Straßenschilder.

»Noch zweiundsechzig Meilen«, antworte ich nach einem Blick aufs Navi. »Soll ich noch mal fahren?«

»Nein, nein, du kannst dich zurücklehnen. Ich mache das schon.«

Dankbar lasse ich mich in den Beifahrersitz sinken und streiche mit der Hand über meinen nackten Hals. Gestern Abend, nach meiner Intensiv-Trauer-Phase, habe ich zuerst Annabelles Profil gelöscht. Dass Mark deswegen in ein tiefes Loch fällt, ist ziemlich unwahrscheinlich. Schließlich hat er jetzt Lena. Dann habe ich die Kette abgenommen und sie heute Morgen nicht wieder umgelegt. Mit einem Mal fühlte es sich einfach falsch an. Hugo vermutet, dass es daran liegt, dass ich sauer bin, weil Mark sich so schnell tröstet, und das auch noch mit meiner Erzfeindin. Mag sein. Immer wieder geht mir durch den Kopf, dass er Annabelle geschrieben hat, das Leben muss weitergehen. Damit muss er gemeint haben, dass er eine neue Freundin gefunden hat. Eine, die ihm sagt, dass sie ihn liebt. Außerdem erklärt das auch, warum er Annabelle so viel über seine Ex erzählt und offensichtlich kein Interesse an ihr hat – er ist bereits vergeben. Es ist nicht so, dass ich ihm nicht trotzdem gerne schreiben möchte, um ihm meinen Teil der Geschichte zu erzählen, aber ich bringe es einfach nicht übers Herz, seit ich dieses Kussfoto gesehen habe. Würde er Lena meine Nachricht vorlesen, um ganz offen und ehrlich mit ihr zu sein? Ist es nicht ohnehin schon zu spät? Würde ich Mark noch zurückwollen, nachdem er mit Lena in sämtlichen Ländern Afrikas Sex hatte? Und was würde Mark überhaupt zu so einer Nachricht sagen? »Ich habe eine neue Freundin, bitte Mia, lass es gut sein?« Schreckliche Vorstellung. Abgesehen davon möchte ich, dass Mark glücklich ist. Ich verstehe zwar nicht, wie Lena es geschafft hat, aber die Fotos sprechen eine eindeutige Sprache. Jetzt heißt es: Vergangenheit ade! Ich werde in Südkorea ein schönes Plätzchen suchen, um die Kette loszuwerden – vielleicht ein Fluss, ein Wasserfall, eine Felsspalte, eine Schlucht. Irgendetwas Dramatisches. Und dann werde ich meine Zeit im Tempel nutzen, um zu mir selbst zu finden. Nach meinem Gespräch mit Dr. Samira habe ich immerhin eine ungefähre Vorstellung davon, wie das geht.

»Was meinst du, gibt es im Tempel überhaupt Frauen?«,

fragt Hugo und greift nach der Sonnenbrille, die er sich an den T-Shirt-Kragen gesteckt hat.

»Ich habe auch gerade an Südkorea gedacht. Bestimmt. Immerhin werde ich dort wohnen, also scheint es nicht strikt nach Geschlechtern getrennt zu sein. Aber du weißt, sobald ich Marks Kette versenkt habe, habe ich unsere Wette gewonnen. Ich glaub nicht, dass du schneller entjungfert wirst. Dr. Samiras Prophezeiung hin oder her.«

»Na, das werden wir ja sehen. Ich glaube, wenn du die Kette wirklich wegwerfen wollen würdest, hättest du es schon getan. Du suchst nur eine Ausrede. *Der richtige Platz* – wozu der Heckmeck? Ist doch ganz egal, wo du das Ding loswirst.«

»Das verstehst du nicht. Als Mark mit mir im Park Schluss gemacht hat, kam das für mich urplötzlich, es war emotionslos und kalt. Lass mir wenigstens eine angemessene zweite Trennung. Jeder hat das Recht, würdevoll Abschied zu nehmen!«, zitiere ich einen Slogan, den ich mal irgendwo im Schaufenster eines Bestattungsunternehmens gelesen habe. In Las Vegas kann es auf jeden Fall keinen würdevollen Abschied geben, so viel ist sicher. Da könnte ich den Schmuck höchstens zwischen den Pobacken einer Stripperin versenken.

»Na ja, wir werden es sehen ...«, sagt Hugo und lächelt siegesgewiss.

»Sieh dir das an! Kermit der Frosch hat seinen eigenen Stern auf dem Walk of Fame.« Hugo kniet sich begeistert auf den Bürgersteig neben seine Entdeckung. »Machst du mal ein Foto?«

Seit wir in Hollywood angekommen sind, habe ich mein

Handy quasi nicht mehr in die Tasche zurückgesteckt. In einem Stadtviertel, in dem Superman auf der Straße herumläuft, ist das nur schwer möglich – ständig gibt es etwas Spannendes zu entdecken. Ich befürchte die ganze Zeit, dass mich die Leute nach meiner tränenreichen Nacht für einen der Zombies aus Michael Jacksons Thriller-Video halten und auch mit mir ein Foto schießen wollen. Diese Sorge teilt Hugo natürlich nicht. Er freut sich, als er das Foto von sich und Kermits Stern begutachtet.

Der Hollywood Boulevard wird aber nicht nur von Menschen bevölkert, die als Marylin Monroe, Hulk, Spiderman oder Captain Jack Sparrow verkleidet sind, sondern auch von unzähligen Touristen, Straßenkünstlern und Angestellten von Busunternehmen, die Touren durch Los Angeles anbieten. Von einem der Letzteren wird Hugo in ein Gespräch verwickelt, während ich mich noch über den Stern von Godzilla wundere.

Schnell eile ich Hugo zu Hilfe. »Komm, wir gehen weiter!«, sage ich und will ihn am Ärmel von dem penetranten Flyer-Verteiler wegziehen.

»Warte mal, Mia, was hältst du von so einer Bustour? So könnten wir in kürzester Zeit ganz viel von LA sehen!« Es klingt, als hätte dieser Typ ihm schon das Gehirn gewaschen.

»Wir haben ein Mietauto, schon vergessen? Wir können überall selbst hinfahren, dafür musst du keine dreißig Dollar ausgeben.«

Der Angestellte des Busunternehmens verfolgt gespannt unsere Diskussion, ohne ein Wort zu verstehen.

»Darf ich dich daran erinnern, dass du *fünftausend Euro* beim Pokern gewonnen hast und wir heute Abend noch nach Las Vegas zurückfahren müssen? Ich weiß ja nicht, wie es dir geht, aber ich will mich vom Autofahren entspannen, solange ich hier bin, und würde mich einfach gerne rumfahren lassen. Hop-on, Hop-off!«

»Also schön«, gebe ich nach kurzem Überlegen nach.

»Zwei Tickets bitte«, sagt Hugo zufrieden zu dem Verkäufer, und kaum haben wir bezahlt, können wir auch schon den Bus besteigen.

Bereits nach den ersten zehn Minuten Fahrt bin ich froh, dass Hugo mich zu der Tour überredet hat. Über ein Audiogerät wird das Wichtigste über alle Sehenswürdigkeiten gesagt, aber es ist nicht so langweilig wie die Führungen, die ich in anderen Städten mitgemacht habe. Die Attraktionen in Hollywood sind einfach viel spannender: Das Restaurant El Pollo Loco, vor dem Brad Pitt, bevor er berühmt wurde, im Hühnerkostüm Flyer verteilt hat, der Comedy Club Laugh Factory, in dem schon Eddie Murphy, Adam Sandler und Jim Carrey Auftritte hatten, die Melrose Avenue, Einkaufsmeile der Stars, und wenig später das Ortsschild von Beverly Hills – ein Stadtteil, den ich durch die berühmte Serie schon kannte, bevor ich wusste, in welchem Bezirk ich selbst überhaupt wohne. Das alles mit eigenen Augen zu sehen ist großartig und manchmal auch ganz anders, als ich es mir vorgestellt hatte. Der Strand in Santa Monica zum Beispiel kommt mir vor wie ein Sitzsack – sieht einladend aus, ist aber total ungemütlich. Mit Strand verbinde ich eigentlich Hitze, Bräunen und Baden, aber daran ist nicht zu denken, denn während es in Hollywood brütend heiß war, ist es an der Küste windig und kalt, der Himmel ist von Wolken bedeckt.

»Komisch, oder? Warum ist das Wetter hier so anders

als in der Stadt?«, fragt Hugo, während er sich die Oberarme reibt, um sich aufzuwärmen.

»Keine Ahnung. Ein Meteorologe könnte dir das bestimmt erklären.«

»Sieh mal, sind das nicht diese kleinen weißen Holzhäuschen von Baywatch? Die mit den orangefarbenen Rettungsbojen davor.«

»Stimmt, sieht so aus.«

Sofort sehe ich David Hasselhoff vor meinem inneren Auge den Strand entlangsprinten. Diese Stadt ist wirklich kurios. Genau wie in Las Vegas komme ich mir vor, als würde ich mich in einer Filmkulisse bewegen. Unglaublich, dass hier tatsächlich Menschen wohnen, die Klopapier kaufen, zur Arbeit gehen, ihre Kinder erziehen, faul auf der Couch liegen und Serien auf Netflix ansehen.

»Cool, da oben kann man einen Burrito to go essen, hast du Hunger?«, Hugos Augen funkeln so sehnsüchtig, als hätte er gerade seine Traumfrau entdeckt.

»Ja, ich könnte auf jeden Fall was zu essen vertragen. Aber wolltest du nicht zu Pink's Hot Dogs? Das liegt auch auf der Busstrecke.«

»Danach, Mia, danach. Mein Körper ist vielleicht nicht sonderlich groß, aber mein Magen ist riesig.«

So vertreiben wir uns den Tag in Los Angeles mit Essen, Sightseeing und Entspannen, bis es mit dem Auto zurück nach Las Vegas geht. In weniger als zwölf Stunden startet unser Flieger nach Seattle, von wo wir weiter nach Seoul fliegen. Und während ich mich auf der Rückfahrt durch die Wüste frage, ob Mark wirklich glücklich mit Lena und ihren Riesenmöpsen ist, träumt Hugo wahrscheinlich von einer Koreanerin, die ihn so liebt, wie er ist. Zumindest schnarcht er zufrieden auf dem Beifahrersitz. Beneidenswert.

Obwohl ich in den letzten zwei Wochen so viel über mich gelernt habe und drauf und dran bin, unsere Wette zu gewinnen, fühlt es sich überhaupt nicht nach Happy End an. Zumindest hatte ich mir das alles ganz anders vorgestellt. Doch das erste Mal seit Jahren bin ich mir zumindest über eines im Klaren: Ganz egal, ob Mark mich nun liebt oder nicht, in Zukunft werde ich endlich wieder ganz ich selbst sein.

30

Katerbraten oder Erleuchtung?

»Ein Tempel, Mia! Was haben wir uns nur dabei gedacht? Das ist total abgedreht. Wir sind doch gar keine Buddhisten. Ich bin mir nicht sicher, ob ich mich überhaupt irgendeiner Religion zuordnen würde, und wenn ich es mir recht überlege, könnte ich noch nicht mal definieren, was eine Religion *ist*. Was, wenn mich dort jemand danach fragt?«

Seit wir Las Vegas verlassen haben, bekommt Hugo in regelmäßigen Abständen Panikattacken. Als hätte ich ihm erst vor einigen Stunden erzählt, dass er die nächste Woche in einem buddhistischen Tempel verbringen wird. Mittlerweile stehen wir am Gepäckband und warten auf unsere Koffer. Noch ist hier gar nichts buddhistisch. Der internationale Flughafen in Incheon ist eher der Inbegriff von Hektik und Moderne.

»Du glaubst ernsthaft, dass ein Mönch zu dir sagen wird: Definieren Sie bitte den Religionsbegriff? Mensch Hugo, das ist doch keine Sozialkundeklausur.«

»Aber irgendetwas müssen die mich doch fragen. Jeden Tag steht ein persönliches Gespräch mit einem Mönch an, über was sollen wir sonst reden? Espadrilles?«

Ich muss lachen. »Du mit deiner merkwürdigen Vorliebe für Schuh-Small-Talk! Das Gespräch mit dem Mönch ist ein Angebot. Du musst das alles nicht machen, keiner wird dich zwingen, vor Buddha niederzuknien und ein lüsternes Verhältnis zu Räucherstäbchen zu entwickeln. Was hältst du davon, wenn du den Mönch, der uns vom Flughafen abholt, gleich mit deinen Bedenken konfrontierst? Vielleicht kann er dir Näheres erklären, und du kommst beruhigt im Tempel an.«

»Ja, mal sehen. Wenn der Typ mir sympathisch ist, vielleicht. Da vorne kommt übrigens dein Koffer.«

Kurz darauf ist auch Hugos Gepäck da, und wir verlassen den Ankunftsbereich. Ehrlich gesagt bin ich ebenfalls ziemlich nervös, was diese ganze Tempel-Sache betrifft. Aber eher im positiven Sinn, denn nach der Enttäuschung mit Mark habe ich das Gefühl, mich erholen zu müssen. Ich hätte nicht gedacht, dass es innerhalb so kurzer Zeit dazu kommen würde, aber ich habe tatsächlich aufgegeben. Das ist zwar kein gutes Gefühl, aber immerhin mal was Neues. Meine Kette habe ich in ein kleines Souvenirladentütchen aus Las Vegas gesteckt. Dort wird sie bleiben, bis ich den richtigen Platz gefunden habe, um sie loszuwerden. Auch vor einem Gespräch mit einem Mönch habe ich, im Gegensatz zu Hugo, keine Angst. Dafür bin ich ziemlich gespannt, wer uns vom Flughafen abholen wird. Wird es wirklich ein Mönch sein? Trägt er eine rote Robe wie der Dalai Lama? Hat er eine Glatze? Lächelt er ununterbrochen, als würde er der Welt zu verstehen geben wollen: »Ich bin total mit mir im Reinen.« Oder sind das alles nur Klischees?

Hugo und ich sehen uns suchend um, während wir von den anderen Passagieren, die ebenfalls den Gepäckbereich verlassen, mitgerissen werden.

»Und wenn uns niemand abholt?«, quengelt Hugo.

»Dann rufen wir an und fragen, was los ist. Ist ja nicht so, als befänden wir uns in der Antarktis und hätten nur unsere Badesachen dabei. Wir haben genug Geld, um uns einfach ein Hotel zu nehmen und ...«

»Sieh mal, da vorne steht ein glatzköpfiger Typ in einer grauen Robe. Er trägt ein Schild, auf dem irgendwas mit Tempel steht.«

»Ja, du hast recht. Der wartet bestimmt auf uns.«

Während ich mich in Bewegung setze, um zu dem Mönch zu laufen, bleibt Hugo wie angewurzelt stehen.

»Na komm! Worauf wartest du denn?«, frage ich und drehe mich zu ihm um.

»Ich ... ich kann da nicht hingehen«, bricht es aus Hugo heraus. »Was ist, wenn das irgendeine Sekte ist, und wir laufen blindlings in unser Unglück?«

»*Eine Sekte*? Jetzt wirst du langsam paranoid.« Ich versuche, Hugo am Ärmel vorwärtszuziehen wie einen alten Esel, doch er bewegt sich nicht.

»Wirklich Mia, ich habe Angst.«

»Ach Hugolein«, sage ich und trete dicht vor ihn. »Wenn sie uns im Tempel zwingen, ihnen eine Vollmacht für unsere Konten zu geben, Gruppensex zu haben oder Marie am Spieß zu grillen, dann gehen wir einfach wieder. Denkst du wirklich, ein seriöses Reisebüro würde uns diesen Aufenthalt vorschlagen, wenn er gefährlich wäre? Ich meine, sieh dir den Mönch da vorne bitte an, und sag mir allen Ernstes, dass du dir vorstellen kannst, dass er dir gleich einredet, es gebe nur noch eine begrenzte Anzahl an Plätzen im Paradies.« Ich deute auf den Mönch, der tatsächlich noch einen Kopf kleiner ist als Hugo und sich zwischen den geschäftigen Passanten so unschuldig und interessiert umschaut wie ein Hundewelpe. Er trägt eine Brille mit kreisrunden Gläsern, die ihn, gepaart mit der Glatze, ein wenig so aussehen lässt wie einen der süßen Minions aus *Despicable Me*. Ich könnte mir vorstellen, dass er auch eine genauso niedliche Piepsstimme hat.

»Marie am Spieß grillen?«, fragt Hugo und sieht noch verängstigter aus.

»Komm jetzt«, sage ich kurzerhand, greife nach Maries Transportbox und laufe einfach voraus. Die Entführung seines Katers scheint Hugo wenigstens dazu zu motivieren, einen Fuß vor den anderen zu setzen.

»Hallo, sind Sie Mia und Hugo?«, fragt der Mann in der grauen Robe, als wir vor ihm stehen. Er lächelt und hält uns sein Schild entgegen, auf dem *Temple Stay* steht.

»Ja, wir freuen uns sehr, hier zu sein«, sage ich.

Zu meiner Überraschung hat der Mönch keine hohe, sondern eine besonders tiefe Stimme, die überhaupt nicht zu seiner Statur passt. Er könnte bestimmt gut *Unbreak my heart* von Toni Braxton singen, wobei das eine etwas schräge Vorstellung ist. Außerdem fällt mir bei seinen ersten Worten auf, wie unbeschwert und heiter er wirkt, er sieht Hugo und mich ganz unvoreingenommen und wohlwollend an. Sehr bescheiden scheint er auch zu sein, denn er verbeugt sich ein paar Mal vor uns, als handelte es sich bei uns um hohen Besuch.

»Herzlich willkommen.«

Hugo und ich neigen ebenfalls die Köpfe, und als mein Blick dabei nach unten fällt, sehe ich, wie Marie sein Pfötchen aus der Transportbox streckt, um eine Schnur zu fangen, die von der hellgrauen Robe des Mönchs baumelt.

Auch Hugo bemerkt das Interesse des Katers und wird sofort nervös. Wahrscheinlich vermutet er, dass Marie direkt in die Höhle des Löwen laufen wird – sozusagen nur einen wortwörtlichen Katzensprung vom Grillspieß entfernt. »Marie, lass das!«, zischt er verzweifelt.

»Oh, und wer ist das?«, fragt unser Gastgeber unbeeindruckt von Hugos Bemühungen, Marie von ihm fernzuhalten, beugt sich hinunter und wirft einen Blick in den Käfig.

»Das ist Hugos Kater Marie«, stelle ich sein Haustier vor.

»Herzlich Willkommen«, sagt der Mönch zu Marie, richtet sich dann wieder auf und strahlt uns an.

Hugo atmet neben mir hörbar aus, wahrscheinlich hat ihn der respektvolle Umgang des Mönchs mit Marie etwas beruhigt.

»Ich bin Bong-Soo Lee, Mönch im Yak-Chon-Sa-Tempel, und werde Sie nun nach Anyang bringen.«

»Kommen Sie bitte«, fügt er dann hinzu und bahnt sich wieselflink seinen Weg durchs Flughafengetümmel.

Der Mönch, Hugo, Marie und ich müssen zusammen ein ähnliches Bild abgeben wie die Bremer Stadtmusikanten. Zumindest werden wir so angestarrt. Nachdem wir mit dem Zug vom Flughafen zur Seoul Station gefahren sind, warten wir nun auf einen Reisebus, der uns nach Anyang, einen kleinen Ort in der Nähe der Hauptstadt, bringen wird.

Hugo ist sichtlich irritiert von Seoul. »Ich dachte, hier gibt es Straßenmärkte und Hahnenkämpfe«, sagt er und sieht kritisch zur Dunkin'-Donuts-Filiale im Hauptgebäude des Busbahnhofs hinüber.

Bong-Soo Lee lacht herzlich über seine Verblüffung und antwortet: »Tja, Korea hat sich in den letzten Jahrzehnten sehr verändert.«

»Das hier ist kein Dritte-Welt-Land. Denkst du, Firmen wie LG, Samsung und Hyundai wurden in einer Lehmhütte auf dem Land gegründet?«, frage ich ein wenig zu selbstbewusst dafür, dass ich Korea vor Kurzem selbst das erste Mal bei Google eingegeben habe.

»Nein, aber ich habe es mir hier ganz anders vorgestellt. Am Flughafen dachte ich noch, na gut, vielleicht haben sie da ein bisschen Geld reingesteckt. Aber hier draußen ist auch alles so modern.«

»Wie hattest du es dir denn vorgestellt?«

»Lehmhüttiger.«

»Vielleicht kommst du ja in der Nähe des Tempels auf deine Kosten. Da ist es bestimmt etwas ländlicher, wenn du das meinst.«

Hugo wischt sich den Schweiß von der Stirn. Die Hitze ist unangenehm schwül und dadurch noch erdrückender als in Las Vegas. Er beugt sich zur Transportbox hinunter, die zwischen seinen Füßen steht. »Wann kommt denn der Bus, und wie lange dauert es bis zum Tempel? Marie hat schon wieder fast kein Wasser mehr«, sagt Hugo besorgt und deutet auf die nahezu leere Trinkflasche, die an den Gitterstäben befestigt ist. »Außerdem will ich die Katzenstreu endlich austauschen, das stinkt schon«, nörgelt er weiter.

»Der Bus sollte gleich eintreffen. Die Fahrt dauert etwa dreißig Minuten«, sagt Bong-Soo Lee, der anscheinend Verständnis dafür hat, dass Hugo um sein Tier besorgt ist.

Es kommt mir vor, als sei der Zwischenstopp in Seattle

ewig her. Deshalb freue auch ich mich, wenn Marie endlich aus der Box kann – und ich in ein Bett. Eine Mutter mit einem etwa fünfjährigen Jungen an der Hand kommt an uns vorbei, verneigt sich kurz vor Bong-Soo Lee und setzt sich dann mit ihrem Kind auf eine Bank an der Haltestelle. Sie trägt bunte, sommerliche Kleidung, einen großen braunen Sonnenhut und eine Sonnenbrille, während ihr Sohn die Augen zusammenkneifen muss, weil ihn das Licht blendet, als er irritiert in unsere Richtung schaut. Dann murmelt er seiner Mutter etwas auf Koreanisch zu.

»Er will wissen, warum Sie rote Haare haben«, erklärt der Mönch mir belustigt. »Sie sind hier eine Attraktion. Nur Puppen haben so eine Haarfarbe.«

Ich weiß nicht recht, ob ich mich geschmeichelt fühlen soll. Der kleine Junge sieht mich zumindest nicht so an, als halte er mich für eine wunderschöne Barbie, sondern eher für die fiese Anführerin aus *Hexen, Hexen*. Ich versuche, ihn aufmunternd anzulächeln, als würde ich sagen wollen: »Alles okay, ich bin eine ganz nette Frau aus dem Ausland«, doch der kleine Zwerg versteckt sich ängstlich unter dem Arm seiner Mutter.

Endlich fährt unser Bus ein. Die Frau steigt mit ihrem Sohn zuerst ein, dann lässt Bong-Soo Lee Hugo und mir den Vortritt. Er selbst erklimmt als Letzter die vierstufige Treppe und zeigt dem Fahrer drei Fahrkarten, die er aus seinem Gewand genestelt hat. Der Busfahrer verneigt sich kurz und winkt den Mönch durch, ohne die Tickets näher zu begutachten. Mönch müsste man sein – alle Menschen sind dann scheinbar total nett zu einem.

Der Bus ist angenehm klimatisiert. Trotzdem miaut Marie laut, sehnsüchtig, endlich aus dem blöden Käfig entlassen zu werden. Das homöopathische Beruhigungsmittel scheint bei der zweiten Anwendung keine große Wirkung mehr zu zeigen.

»Gleich kannst du ihn rauslassen«, wispere ich Hugo zu.

Der Bus verlässt den Bahnhof und fährt schnurstracks auf die Autobahn. Bong-Soo Lee, der vor Hugo und mir sitzt, lehnt den Kopf an die Stütze des Sitzes und schließt die Augen. So viel dazu, dass Hugo ihm einige seiner besorgten Fragen stellen kann. Doch der wirkt gar nicht mehr so verunsichert und schaut, genau wie ich, gespannt aus dem Fenster.

»Korea sieht schön aus«, sagt er nach einer Weile und deutet auf die grüne Landschaft.

»Wie das Auenland«, pflichte ich ihm bei, und nachdem ich mir die Umgebung ein paar Minuten länger angesehen habe, erinnert mich die Szenerie merkwürdigerweise auch an die Schweiz. Korea ist voll von Bergen. Das wusste ich gar nicht. Egal, wo man hinsieht, die Sicht endet immer bei grünem, braunem oder schneebedecktem Gebirge. Vielleicht hat meine Mutter in der Schwangerschaft zu viele Après-Ski-Hits gehört, oder ich habe als Kind zu gerne *Heidi* geguckt, aber irgendwie habe ich mich in den Bergen schon immer zu Hause gefühlt. Als würden sie mich rundum beschützen und mir Halt geben. Vielleicht ist unsere Reise ja vom Schicksal vorherbestimmt, und ich wandere eines Tages nach Korea aus, werde Nonne und lebe im Tempel. Nur die Sache mit der Glatze gefällt mir gar nicht.

Der Bus verlässt die Autobahn und biegt in eine Landstraße ein. Bong-Soo Lee rappelt sich auf. »Wir müssen gleich aussteigen.«

Etwa fünf Minuten später halten wir an einer Böschung neben einem Waldgebiet. Ein Ort, den man mit »in der absoluten Pampa« wohl am besten beschreiben würde. Kein Auto fährt auf der Straße, kein Tourist oder Wanderer ist zu sehen, keine Häuser oder Hütten sind in Sicht, nur ein kleines Holzschild, auf dem der Name des Tempels steht, deutet auf einen schmalen Pfad.

Der kleine Junge, der uns vorhin mit seiner Mutter an der Haltestelle begegnet ist, sieht erleichtert und ein bisschen neugierig aus dem Fenster, als der Bus in Richtung seiner Endstation Wonju weiterfährt.

Bong-Soo Lee erklärt uns, dass wir nun noch einen kleinen Fußmarsch vor uns haben, und besteht darauf, etwas von unserem Gepäck zu tragen.

»Kommt gar nicht infrage«, sage ich und umklammere mein Handgepäck und meinen Koffergriff.

»Geht schon«, brummt Hugo, aber es kommt mir vor, als würde er nur aus Höflichkeit ablehnen. Die Hitze scheint ihm wirklich zu schaffen zu machen.

Dann marschieren wir auf dem Pfad in die Berge hinein.

»Gibt es hier Schlangen?«, fragt Hugo, der hinter mir läuft und laut schnauft.

»Nein, aber die Dornfinger-Sackspinne«, antworte ich, denn das habe ich im Internet gelesen, als ich vor unserer Abreise bei Google *Gefährliche Tiere Korea* eingegeben habe. »Dornfinger-Sackspinnen kopulieren, indem sie sich gegenseitig ihre Ventralseiten zuwenden«, zitiere ich den Satz aus dem Wikipediaartikel, den ich mir gemerkt habe, weil er sich so bescheuert anhört.

»Du willst mich doch verarschen.«

»Nein, die gibt's wirklich. Aber richtig giftig sind sie

auch nicht, die Bisse tun nur weh. Früher gab es in Korea frei lebende Leoparden, Tiger und Schwarzbären, aber die sind alle ausgerottet worden.«

Als sich Bong-Soo Lee noch einmal erkundigt, ob er uns wirklich nichts abnehmen soll, drückt ihm Hugo vertrauensvoll Maries Käfig in die Hand. Seine Grillspießangst scheint er inzwischen vollkommen überwunden zu haben.

Die Hitze wird, je höher wir auf den Berg steigen, immer unangenehmer, und gerade, als es auch für mich fast unerträglich wird, taucht ein Turm hinter den Baumwipfeln auf. Der Pfad endet hier am Fuß einer langen, gewundenen Steintreppe.

»Das ist unser Tempel«, sagt Bong-Soo Lee. Man merkt ihm deutlich an, wie er sich freut, uns an diesem Ort willkommen zu heißen.

»Oh Mann«, sagt Hugo, keuchend beim Anblick des noch vor uns liegenden Weges.

»Sollen wir eine Pause machen?«, fragt der Mönch.

»Nein, den Rest schaffen wir jetzt auch noch«, sage ich. Mit jeder Stufe, die ich höher steige, kann ich den Tempel ein bisschen besser erkennen, und das motiviert mich. Ich will endlich wissen, wo wir unsere letzte Reisewoche verbringen. Bald kann ich mehrere Pagodenhäuser erkennen. Ein großes Haus steht in der Mitte, zwei weitere sind im Halbkreis darum angeordnet, sodass vor ihnen ein Platz entsteht, auf dem sich ein siebenstöckiger Turm aus Stein befindet. Ich höre das Rauschen von Wasser, und nach weiteren fünf Treppenstufen entdecke ich neben dem rechten Gebäude einen Wasserfall, der den Berg hinunterfließt. Zwei Stein-Löwen mit furchterregenden Fratzen thronen wie Wachen vor dem Haupttempelgebäude in der Mitte, und eine große goldene Buddhastatue steht links neben der Eingangstür. Zu den Gebäuden hinauf führen niedrige Treppen, deren Geländer in Drachenfiguren enden, die die Krallen ausstrecken und eine runde Kugel tragen. Die Pagoden sind rot und haben grüne Fensterläden, gelbe Dachbalken und so dunkelblaue Ziegel, dass sie fast schwarz wirken.

Nachdem ich schwitzend und außer Atem die letzte Stufe erklommen habe, drehe ich mich um und sehe zurück in die Richtung, aus der wir gekommen sind. Der Hügel, auf dem der Tempel steht, ist nicht bepflanzt, sodass man auf die scheinbar grenzenlose Fläche des Waldes hinunterblicken kann, die uns wie ein grünes Meer von allen Seiten umgibt. Der Wasserfall zur rechten Seite ist so kraftvoll, dass ich immer wieder ein paar feine Tropfen auf meinem Gesicht spüre. Ich hätte unglaubliche Lust, einfach eine Arschbombe ins kühle Nass zu machen. Aber das wäre wohl nicht allzu buddhistisch. Dieser Tempel ist wie eine Oase im Wald, als wäre man mitten in der Wildnis auf einen Schatz gestoßen.

»Die anderen Mönche sind gerade bei der Teezeremonie«, sagt Bong-Soo Lee, der sich scheinbar dafür entschuldigen möchte, dass uns niemand in Empfang nimmt. »Bitte folgen Sie mir, ich zeige Ihnen Ihren Schlafplatz.«

Ich sehe zu Hugo hinüber, der aussieht, als hätte er gerade geduscht, so verschwitzt ist er. Wenn ich seinen Gesichtsausdruck richtig deute, ist er vom Temple Stay momentan so begeistert wie von einer Bronchitis mit Auswurf.

31

Ein religiöser Fettnapf

Ich sitze frisch geduscht in meiner brandneuen Nonnen-Gast-Uniform, in der man ungefähr die Taille einer Litfaßsäule hat, auf einem dünnen Baumwollfuton, der für die nächste Woche mein Bett darstellt. Mein Schlafraum ist nicht größer als Tante Paulas zweites Badezimmer, und die weitere Einrichtung beschränkt sich auf einen kleinen Tisch und einen Holzstuhl. Bong-Soo Lee hat mir die Kleidung gegeben, mich hierhergeführt und danach Hugo zu seinem Zimmer gebracht, denn Männer und Frauen müssen im Tempel getrennt schlafen. Ziemlich schlechte Aussichten für Hugos Entjungferung, aber ich werde die Wette so oder so vor ihm gewinnen. Sobald ich mich etwas ausgeruht und Freizeit habe, werde ich mir einen spektakulären Entsorgungsort für die Kette suchen. Vielleicht werfe ich sie in das Netz einer Dornfinger-Sackspinne – wenn es schon keinen Tiger mehr in den Wäldern gibt, in dessen Rachen ich mein Andenken versenken kann.

Ich bin das erste Mal seit unserer Ankunft alleine. Eine ganze Woche werde ich in diesem Zimmer schlafen. Das ist ganz schön lange, wird mir klar, als ich mich umsehe. Das hier ist definitiv kein Luxushotel in Las Vegas. Die Wände sind kahl, die Tapete blättert ab, mein Schlafplatz ist hart, und im Gegensatz zum restlichen Tempel wirkt mein Zimmer farblos und trist. Ob die letzte Station der Reise wirklich eine gute Idee war? Jeden Morgen um vier Uhr aufstehen. Kein Wochenende vor dem Fernseher oder Freitagabend gemütlich mit einem Buch und einer Tasse Tee auf einem weichen Sessel. Stattdessen ein streng organisierter Tagesplan.

Bevor ich mich weiter in meine Zweifel hineinsteigern kann, klopft es an der Tür. »Kann ich reinkommen?«, höre ich Hugos Stimme.

»Ja«, antworte ich.

Neugierig betritt Hugo mein Zimmer. Er hält Marie auf dem Arm und trägt ebenfalls seine Mönchs-Gast-Uniform, die – genauso wie meine – zartrosa ist.

»Ich dachte, du bekommst eine andere Farbe«, pruste ich los. Ich weiß wirklich nicht, wie Dr. Samira auf die Idee kommt, dass Hugo hier, in diesem Aufzug, seine Traumfrau findet. Vielleicht hat sie in ihrer Jugend zu viele bewusstseinserweiternde Drogen genommen und deshalb einen Buddha vor ihrem inneren Auge gesehen, als sie für Hugo in die Zukunft gesehen hat.

»Ich fühle mich eigentlich ganz wohl in der Kutte. Sie ist richtig gemütlich«, sagt Hugo und sieht an sich runter.

Ich bemühe mich, sofort aufzuhören zu lachen. Eigentlich steht ihm die Mönchskluft wirklich gut, während ich mich fühle, als hätte ich den Schlafanzug von Onkel Werner an.

»Wow, da hast du ja das ganz große Los gezogen, mein Zimmer ist ungefähr halb so geräumig wie deins«, stellt Hugo fest und sieht sich um.

»Echt? Tut mir leid. Ich finde meins ja schon … beschissen.«

»Hm, dann kannst du nachvollziehen, wie ich mich da drüben fühle. Und mein Handy hat auch keinen Empfang. Deins?«, fragt er und lässt Marie auf den Futon plumpsen. Der Kater scheint sich inzwischen gut vom Flug erholt zu haben, er stolziert schnurrend auf meinen Schoß und lässt sich kraulen.

Ich krame mein Telefon aus dem Handgepäck, das neben mir steht, und werfe einen Blick auf den Bildschirm. »Äh, nein, gerade nicht. Aber das ist vielleicht auch besser. So können wir uns ganz auf unsere Erleuchtung konzentrieren«, sage ich und lache, dabei ist mir etwas mulmig zumute. Eine Woche ohne Handy? Mein Facebook-Doppelleben hat sich zwar erledigt, aber ich brauche den Kontakt zur Außenwelt. Was ist, wenn Emma etwas passiert und meine Tante mich nicht erreichen kann? Was, wenn ich ein koreanisches Wort googeln muss, aber Safari nicht funktioniert? Dieser Aufenthalt wird mehr und mehr eine Übung in Verzicht. Wahrscheinlich soll das so sein.

»Ich kann immer noch nicht ganz glauben, dass ich mich darauf eingelassen habe«, sagt Hugo und schüttelt den Kopf. Aber eigentlich sieht er ziemlich glücklich aus, er lächelt, und seine Wangen sind gerötet, als hätte er bereits einen leichten Sonnenbrand. Er riecht frisch, und seine Haare sind noch nass vom Duschen.

»Warst du schon mit Marie draußen?«, frage ich.

»Ja, gerade eben kurz. Aber er findet die Leine, wie schon auf den Zwischenstopps, nicht sonderlich toll. Hat immer reingebissen.«

»Er wird sich schon noch dran gewöhnen«, sage ich und streichle Marie unter dem Kinn.

»Das muss er wohl – und ich mich auch«, stellt Hugo fest, der es ebenso wenig gewohnt ist, mit seinem Kater Gassi zu gehen, wie der mit ihm.

Es klopft erneut an der Tür, und Bong-Soo Lee steckt seinen Kopf ins Zimmer. »Frau Mia, Herr Hugo, die anderen Mönche haben gerade ihre Teezeremonie beendet. Dürfte ich Sie jetzt vorstellen?«

Ich stehe vom Futon auf und richte meine neue Kleidung zurecht. Hugo räuspert sich unsicher. Irgendwie ist es merkwürdig, dass Männer und Frauen nicht in einem Raum schlafen dürfen, deshalb kommt es mir fast schon verboten vor, dass Hugo mich hier besucht. Doch Bong-Soo Lee kommentiert unser Zusammensein Gott sei Dank nicht.

Der Raum, in dem die Teezeremonie stattfindet, hat helle Wände, die mit rechteckigen Holzrahmen verziert sind. Ein gezeichnetes Bild von einem Tiger hängt gegenüber der Tür, und durch ein Fenster an der rechten Außenwand kann man den Wasserfall erahnen. Sieben Mönche hantieren mit Geschirr und schieben die bodennahen Tische an den Rand des Saales. Ich muss sofort an Frau Jawara und meinen Sieben-Zwerge-Witz denken, denn irgendwie erinnert mich das Treiben der kleinen Männer in ihrer Einheitsgarderobe tatsächlich an die drolligen Märchenfiguren – und dann sind es auch noch genau *sieben*!

Hugo und ich wollen einen guten Eindruck machen und helfen sofort bei der Arbeit mit, doch anstatt freundlich und ermutigend angelächelt zu werden, wie ich es mir eigentlich erhofft hatte, werden wir nur verwundert beäugt.

Ich dachte, mir würde ein weiser alter Mönch großväterlich auf die Schulter klopfen und mich herzenswarm ansehen, als würde er sagen wollen: »Alle Probleme in deinem Leben werden sich in Wohlgefallen auflösen«, oder so ähnlich. Stattdessen werde ich angestarrt, als hätte ich Fußpilz, zumindest kommt es mir so vor. Vielleicht weil es sich komisch anfühlt, die einzige Frau unter Männern zu sein. Eine Tatsache, über die ich vorher gar nicht nachgedacht habe. Der Tempel ist scheinbar so abgelegen, dass sich nicht viele Touristen hierher verirren.

Nachdem der Raum aufgeräumt ist, stellen sich die Mönche in einer traubenförmigen Formation auf und neigen die Köpfe vor Hugo und mir. Wir verbeugen uns ebenso höflich.

Bong-Soo Lee hält eine etwas längere Ansprache auf Koreanisch, während der alle Mönche interessiert zuhören, dann wiederholt er seine Worte noch mal für uns auf Englisch: »Wie ihr seht, haben wir für die nächste Woche Besuch aus Deutschland, Frau Mia und Herr Hugo werden mit uns leben. Wir sind sehr froh, Sie und Ihren Kater bei uns willkommen zu heißen. Sollten Sie irgendwelche Fragen haben, steht Ihnen jeder von uns gerne zur Verfügung. Kyusung spricht ebenfalls Englisch und ist immer zu Übersetzungen bereit, ebenso wie der Leiter unseres Klosters, den Sie heute Abend zur Meditation treffen werden.« Bong-Soo Lee deutet auf einen Mönch, der wahrscheinlich Kyusung ist.

Besonders hilfsbereit schaut der allerdings nicht. Hugo und ich neigen noch einmal die Köpfe, und ich sage unbeholfen: »Hallo. Wie geht's?«, ganz nach amerikanischem Vorbild, schließlich waren wir bis vor ein paar Stunden noch in Las Vegas, und diese einfachen englischen Worte müssten die Bewohner hier doch verstehen.

Aber die Mönche verlassen einfach nach und nach den Saal. Ganz unerwartet lächelt uns beim Rausgehen aber doch noch fast jeder von ihnen schüchtern zu. Einer schenkt uns sogar zwei Kakaobonbons. Wahrscheinlich ist die anfängliche Ernsthaftigkeit einfach buddhistischer Zurückhaltung geschuldet. Ich meine, die Mönche hier halten sich die ganze Zeit abseits der Zivilisation in den Bergen auf und haben wahrscheinlich noch nie ein Gruppendynamiktraining gemacht, so wie wir dauernd in meiner Firma. Hier gibt's sicher auch keinen Human-Resources-Beauftragten, an den man sich wenden könnte, obwohl Bong-Soo Lee sich wirklich herzlich dafür einsetzt, uns zu integrieren, und den Eindruck macht, als würde er jederzeit alles tun, damit wir uns wohlfühlen. Ich hoffe, dass sein Bemühen bald Wirkung zeigt.

»Der Legende nach trägt dieser Buddha die Mala von Siddhartha Gautama.«

Wenig später stehen wir gemeinsam mit dem Mönch Kyusung vor einer goldenen Statue, deren Hals von einer langen silberfarbenen Perlenkette geziert wird, die glänzt, als würde sie jeden Tag poliert. Aufgrund der silbernen Farbe sieht es aus, als sei sie nicht Teil des goldenen Kunstwerkes, als könne man sie der Skulptur einfach über den Kopf ziehen.

Nachdem fast alle Mönche aus dem Teezeremoniensaal verschwunden waren, hatte Bong-Soo Lee Kyusung die Anweisung gegeben, Hugo und mich durch den Tempel zu führen und uns dabei die Besonderheiten und den Tagesablauf zu erklären. Kyusung war der einzige Mönch, der nach der Begrüßung in der Gruppe nicht aufgetaut ist und uns weder ein Lächeln noch einen freundlichen Blick geschenkt hat. Er sieht auch jetzt nicht so aus, als würde ihm seine Aufgabe allzu viel Spaß machen. Seine Erläuterungen sind eher sparsam, monoton erklärt er uns nur das Nötigste. Die Führung scheint sich dadurch ewig in die Länge zu ziehen.

»Cindy... was?«, fragt Hugo und zieht skeptisch die Augenbrauen zusammen.

»Siddhartha Gautama«, sagt Kyusung noch einmal, ohne weitere Informationen zu liefern.

»Siddhartha Gautama ist *der* Buddha. Er hat ungefähr fünfhundert vor Christus in Indien gelebt und die Erleuchtung unter einer Pappelfeige erlangt. Deshalb ist er quasi der Begründer des Buddhismus«, erkläre ich Hugo, wenn es der miesepetrige Mönch schon nicht tut. Durch meine Chinareisen kenne ich immerhin die wichtigsten buddhistischen Eckdaten. Doch das scheint Kyusung auch nicht recht zu sein. Da ich Deutsch gesprochen habe, sieht er mich so misstrauisch an, als würde er vermuten, dass ich Hugo gerade die Vorteile einer künstlichen Vagina erklärt habe.

»Und der war Maler?«, fragt Hugo weiter.

»Nein, er hatte *eine Mala*. Das ist eine Gebetskette mit hundertacht Perlen. Die Mönche benutzen sie, um nicht mitzählen zu müssen, wie oft sie ein Mantra rezitiert haben. Sie hangeln sich einfach von Perle zu Perle, und sobald sie bei der Letzten angelangt sind, hören sie auf zu meditieren.«

»Ach so«, sagt Hugo, dem langsam ein Licht aufzugehen

scheint. »Darf ich die mal in die Hand nehmen, damit ich es auch ausprobieren kann?«, fragt er dann, wahrscheinlich von seinen anfänglichen Visualisierungsversuchen beflügelt, und grapscht nach der Gebetskette, die der Statue um den Hals liegt.

Kyusung haut ihm energisch auf die Finger.

»Aua!«, ruft Hugo und schüttelt die Hand aus.

Der Mönch läuft um uns herum wie ein aufgescheuchtes Hühnchen und zetert etwas auf Koreanisch.

»Psssst, ganz ruuuhig!«, versuche ich ihn zu besänftigen, dann werfe ich Hugo einen bösen Blick zu. »Du kannst doch nicht einfach die Mala befingern!«, sage ich vorwurfsvoll. »Der Typ hier kann uns sowieso schon nicht leiden!«

»Ich habe die Mala nicht *befingert*! Ich wollte sie nur mal kurz berühren.«

»Tu mir einen Gefallen und versuch, dich in Zukunft zusammenzureißen.«

»Ich mich zusammenreißen? Spinnst du? Jetzt darf man hier noch nicht mal etwas anfassen, oder wie?«

»Doch, du kannst alles anfassen. Nur keine *heiligen Reliquien*!«

Während ich mit Hugo streite, ist uns entgangen, dass Kyusung kurz verschwunden ist, um mit Bong-Soo Lee im Schlepptau wieder aufzutauchen.

»Ist alles in Ordnung?«, fragt der verwirrt.

»Ja, es ist alles bestens. Wir dachten nur, dass man die Mala des Buddhas in die Hand nehmen könnte. Sie sieht so wundervoll aus«, erkläre ich entschuldigend.

Hugo verbeugt sich tief und murmelt: »Sorry.«

»Wir Mönche verehren diese Reliquie und verneigen uns jedes Mal in Ehrfurcht vor ihr, wenn wir sie sehen. Sie symbolisiert unser spirituelles Ziel. Wir würden sie niemals mit den Händen berühren, sie ist heilig.«

»Natürlich, klar, das verstehen wir«, sage ich schnell und bin froh, dass Bong-Soo Lee nicht ernsthaft böse mit uns zu sein scheint.

Kyusung scheint das jedoch gar nicht zu freuen, denn er versucht, Bong-Soo Lee noch einmal aufgebracht etwas zu erklären, doch der macht nur eine beschwichtigende Handbewegung und nickt verständnisvoll.

»Darf ich noch etwas fragen?«, erkundige ich mich schnell, um das Thema zu wechseln.

»Ja, selbstverständlich«, antwortet Bong-Soo Lee.

»Warum ist diese Kette hier? Müsste sie nicht in Indien, im Heimatland des Buddha, sein?«

Bong-Soo Lee nickt, als hätte er die Frage schon häufiger gehört. »Das ist nicht vollständig zu beantworten. Siddhartha Gautama hat fünfhundert Jahre vor unserer Zeitrechnung gelebt. Das heißt vor über zweitausendfünfhundert Jahren. In dieser Zeit wurden seine persönlichen Gegenstände, genau wie die Überlieferungen zu seiner Person, in der ganzen Welt verteilt. Unser Tempel wurde vor tausendfünfhundert Jahren von einem indischen Mönch gegründet, der diese Reliquie mitbrachte und um sie herum den Tempel aufbaute. Ob sie wirklich dem Buddha gehört hat, lässt sich nicht beweisen. Soll ich Ihnen das Besondere an der Kette zeigen?«, fragt er dann und lächelt, als würde er sich sehr darüber freuen, noch einen Trumpf in der Hinterhand zu haben.

Er stellt sich hinter die Statue und winkt uns heran. Hugo und ich folgen ihm, sodass wir die Perlen sehen, die sich im Nacken des Buddhas befinden.

»Sehen Sie nur wie wundervoll!«, begeistert sich der Mönch.

»Äh…«, stottere ich, denn ich kann nichts Besonderes entdecken.

»Da ist eine ganz normale Holzperle zwischen den anderen«, stellt Hugo fest, und Bong-Soo Lee nickt mehrere Male freudig.

Na toll. Das Geheimnis dieser heiligen Kette besteht darin, dass sie eine kackbraune zwischen lauter silberfarben funkelnden Perlen hat. Wie spannend. Doch für Bong-Soo Lee scheint es das Highlight des Tempels zu sein. Mannomann, hier muss einem mit der Zeit wirklich langweilig werden, wenn man sich für so etwas begeistern kann.

Mit einem breiten Grinsen auf den Lippen lässt uns der freundliche Mönch alleine, nickt Kyusung zu, um ihm zu signalisieren, dass auch er gehen kann, und dann stehen Hugo und ich etwas durcheinander vor der Buddhastatue mit der Mala. Unsere Tempelführung ist anscheinend vorbei, und ich bin nicht böse darum.

»Zum Glück sind sie nicht ernsthaft sauer auf mich«, sagt Hugo und sieht wirklich erleichtert aus. »Stell dir mal vor, sie hätten mich aus dem Tempel geschmissen.«

»Ja, das wäre echt blöd gewesen. Tut mir leid, dass ich dich so angepflaumt habe. Aber du musst ein bisschen vorsichtiger sein mit den ganzen goldenen Statuen. In der Kirche läufst du ja auch nicht nach vorne zum Kreuz und grapschst Jesus an die Füße oder der Jungfrau Maria an die…«

»Ich weiß, ich weiß«, unterbricht mich Hugo. »Trotzdem hätte dieser Kyusung nicht gleich petzen müssen.«

»Ach, der spinnt irgendwie, wenn du mich fragst. Aber Bong-Soo Lee hat ihn gnadenlos auflaufen lassen.«

»Stimmt. Ist noch mal gut gegangen. Weißt du, was mir trotzdem Sorgen macht?«

»Nein, was denn?«

»Es gibt hier überhaupt keine Frauen. Dr. Samira lag scheinbar falsch mit ihrer Buddha-Vorhersage, vielleicht braucht ihr inneres Auge eine Brille.«

»Warten wir es ab, Hugo. Manchmal kommt alles ganz anders, als man denkt. Es ist unser erster Tag hier. Vielleicht verirrt sich schon morgen eine bildschöne Touristin in unser Kloster.«

»Dein Wort in Buddhas Ohr.«

32

Guten Abend, gute Nacht

»Der Einzige, der hier Erleuchtung finden wird, ist Marie.«

Hugo steht in seiner niedlichen rosa Mönchskutte am Hinterausgang des Tempelhauptgebäudes und sieht seinem Kater dabei zu, wie er dekorativ auf einem Stein in der Abendsonne hockt und sich die braune Pfote leckt. Ohne Leine. Wir hatten zwar Angst, dass Marie einfach das Weite suchen würde, kamen dann jedoch zu der Erkenntnis, dass es sich sowieso nicht vermeiden lassen würde, dass er früher oder später durch irgendeine Tür huscht. Bevor wir Marie in die Wildnis ließen, haben wir ihn jedoch gefüttert, damit er weiß, wo sein Zuhause ist, und hoffentlich immer zu uns zurückkehrt.

»Wenn ich Marie verliere, bringe ich dich um«, sagt Hugo zu mir und wendet den Blick zum ersten Mal seit einer halben Stunde vom Hinterausgang ab.

»Es entspricht nicht deiner rosa Mönchskutte, derartige Drohungen auszusprechen«, scherze ich munter.

Nachdem unsere Führung mit Kyusung wegen der Mala-Befingerung ein abruptes Ende genommen hatte, beschlossen Hugo und ich, in die Meditationshalle zu gehen und dort zu warten, bis die Mantrameditation am Abend beginnt. Eine große Buddhastatue, vor der sich Wasserschalen mit frischen Blütenblättern befinden, steht am Kopf des Raumes. Die Wände sind mit bunten asiatischen Zeichnungen verziert. Die Decke der Halle ist mit Lotuslaternen aus Papier in leuchtenden Farben geschmückt. Acht große, dicke Sitzkissen liegen in der ersten Reihe vor dem Buddha, etwa zwanzig weitere dünnere Unterlagen sind am Rand des Raumes gestapelt. Wie gerne würde ich an diesem wunderschönen Ort übernachten anstatt in meinem tristen Zimmer. Aber so müde wie ich bin, werde ich sowieso schlafen wie ein Baby, egal ob in einem Märchenschloss oder im Haunted Castle – bei sechzehn Stunden Zeitunterschied von Las Vegas nach Seoul kein Wunder.

Auch Hugo gähnt in diesem Moment herzhaft. »Ich will jetzt langsam ins Bett. Wir sind seit Ewigkeiten wach«, sagt er und lässt sich einfach auf den Boden plumpsen.

»Geht nicht. Erst die Mantrameditation. Aber danach hauen wir uns sofort aufs Ohr.« Ich versuche, den Gedanken zu verdrängen, dass wir schon um vier Uhr morgens wieder auf den Beinen sein müssen. »Komm, wir setzen uns auf die Meditationskissen und tun so, als wären wir schon total erleuchtet, bis die anderen Mönche kommen«, schlage ich vor.

Hugo grinst und schnappt sich Marie, dann setzt er ihn zu uns in den Meditationsraum und schließt die Glastür zum Hinterausgang. Wir nehmen uns zwei dünne Sitzkissen vom Stapel und lassen uns im Schneidersitz im hinteren Teil des Raumes nieder. Marie erkundet derweil sein neues Territorium. Nach einigem Schnuppern entdeckt er die Blütenschale vor dem Buddha und beginnt mit seiner kleinen Zunge das heilige Wasser zu trinken. Der Kleine kommt eben ganz nach seinem Besitzer: kein Gefühl für religiöse Tabus.

Hugo formt mit Daumen und Zeigefinger einen Kreis und legt die Hände auf den Knien ab. »Ooooooooohhhhhm! Ooooooooohm!«, brüllt er förmlich in den Raum. In diesem Moment hören wir den lauten, dumpfen Gong einer Glocke, und Hugo macht mit einem Mal ein so erschrockenes Gesicht, dass ich laut loslachen muss.

»Du hast mit dem Quatsch die Ahnen geweckt«, scherze ich. »Mach das bloß nicht, wenn die anderen Mönche da sind!«

Als hätte ich das Stichwort dazu gegeben, kommen während weiterer Glockenschläge nach und nach die Mönche mit ihren Gebetsketten in den Händen in den Saal, begeben sich zu den Sitzkissen in der ersten Reihe und verbeugen sich dreimal vor dem Buddha. Dabei lassen sie sich auf die Knie hinab, lehnen die Oberkörper nach vorne, bis sie den Boden berühren, und strecken die Hände aus. Dann drehen sie die Handflächen nach oben, führen sie vor der Brust zusammen, drücken sich zurück auf die Knie und kommen wieder zum Stehen.

Das kenne ich doch! Eine Fitnessübung, die ich schon mal im Body-Attack-Kurs gemacht habe. Ich beschließe, trotz meiner neu gewonnenen Ich-will-so-sein-wie-ich-bin-Identität noch einmal mit meinem Können zu glänzen. Warum sollte ich mir dieses sportliche Überbleibsel aus meiner Perfektionismuszeit nicht zunutze machen? Hugo und ich können auf jeden Fall einen Pluspunkt bei den Mönchen gebrauchen. Also mache ich die vertraute Übung mit, und genau wie im Sportkurs springe ich danach noch in die Höhe, klatsche in die Hände und rufe laut »Hey!«.

Die Mönche drehen sich, einer nach dem anderen, zu mir um und beobachten meine zackigen Bewegungen.

Ich lächele ihnen stolz zu – bestimmt sind sie beeindruckt von meinem schnellen Einstieg in ihre Routine. Wahrscheinlich gibt es diese Übung nicht nur im Body-Attack, sondern auch im Shaolin-Kung-Fu oder so. Allerdings fällt mir im selben Moment ein, dass dies hier gar kein Shaolin-Kloster ist. Ich glaube, die Mönche machen nur Yoga. Schnell lasse ich meine Bewegungen etwas sanfter werden, bis einer der Mönche seine Hand hin und her schüttelt, als würde er mir zu verstehen geben wollen, dass ich irgendetwas lassen soll. Ich räuspere mich und höre mit den Sprüngen auf.

Unsicher sehe ich zu Hugo, der betreten auf den Boden starrt und dann plötzlich einen stummen Lachanfall bekommt. Sein Gesicht wird ganz rot, aber damit die Mönche, die sich inzwischen wortlos auf ihren Sitzkissen niedergelassen haben, ihn nicht hören, unterdrückt er jeden Mucks.

»Was denn?«, zische ich wütend. »Ich kenne diese Übung!«

»Du kennst vielleicht Kniesprünge und Liegestütze, aber das hier ist eine religiöse Verbeugung«, flüstert Hugo und grinst.

»Aha«, brumme ich peinlich berührt und versuche, den Vorfall zu verdrängen.

Die Mönche haben jetzt eine rostbraune Schärpe um ihre grauen Kutten gewickelt, und ich bin ein bisschen verwundert, warum Hugo und ich Rosa tragen – gibt es Mönchskutten zweiter Klasse? Sitzkissen zweiter Klasse? Immerhin sind unsere viel dünner.

Bong-Soo Lee kommt in den Raum, und wir tauschen ein Lächeln, bevor auch er die drei Verbeugungen macht und sich zu den anderen in die erste Reihe setzt. Gott sei Dank hat er meinen unangemessenen Auftritt nicht mitbekommen.

Zuletzt betritt ein Mönch den Raum, den wir bisher noch nicht gesehen haben. Er ist sehr alt, sein Gesicht ist von Falten durchzogen, und seine Haare sind schneeweiß, doch seine Schritte sind so leichtfüßig und leise wie die von Marie. Sein Blick ist seltsam leer und in die Ferne gerichtet, als würde er nicht gut sehen oder sogar blind sein. Er strahlt eine Autorität aus, von der ich nicht sagen kann, woher sie genau kommt, aber mir läuft bei seinem Anblick ein Schauer über den Rücken. Er wirkt so kraftvoll, bestimmt und ruhig. Auch er wirft sich trotz seines Alters dreimal nieder und setzt sich anschließend aufrecht und mit ungeheurer Körperspannung direkt vor den Buddha. Ohne Begrüßung oder Einführung beginnt er ein Mantra zu rezitieren. Zuerst auf Koreanisch und anschließend, wahrscheinlich extra für Hugo und mich, auf Englisch: »Form ist nichts anderes als Leere, Leere nichts anderes als Form.«

Die Mönche beginnen, den Vers, auf Koreanisch mit tiefer Stimme singend, zu wiederholen, dabei lassen sie langsam die Perlen ihrer Gebetskette durch die Hände gleiten. Hin und wieder verbeugen sie sich, wenn der Mönch links neben der Buddhastatue mit einem Holzstock auf seine Handinnenfläche schlägt.

Ich schaue hilflos zu Hugo hinüber.

»Form ist nichts anderes als Leere, Leere nichts anderes als Form«, zischt er mir zu, wahrscheinlich für den Fall, dass ich das Englisch des Mönchs nicht verstanden habe, aber sein Vorsagen hat irgendwie etwas Witziges. So ein

Mantra ist ja nichts, was man jemandem mal eben zwischen Tür und Angel zuraunt. Während ich kichere, blickt Hugo weiter wissend nach vorne und rezitiert, verbeugt und verhält sich, als würde er seit Jahren eine strenge Meditationspraxis durchziehen. Was ist denn mit dem los?

Dann beginne ich selbst, den Vers leise zu wiederholen, versuche, mich dabei zu entspannen und an nichts zu denken. Ich glaube, so macht man das bei einer Meditation. Und wenn dabei nicht immer wieder das Bild von Lenas monströser Oberweite vor mir auftauchen würde, könnte ich schon fast als Nonne durchgehen.

Mitten in der Nacht wache ich von einem merkwürdigen Geräusch auf. Es hört sich an wie das Brüllen eines Bären, nur leiser, und dann verzerrt sich der Laut zu einem Schreien. Ich sehe neben mich und stelle fest, dass Hugo das erste Mal seit zwei Wochen nicht bei mir ist. Ich bin ganz alleine in diesem kahlen Zimmer, und mir ist unbehaglich zumute, schließlich bin ich hier mitten in der südkoreanischen Wildnis. Wer weiß schon so genau, ob die Wölfe, Tiger und Bären in den Wäldern wirklich ausgerottet wurden? Vielleicht haben sich ein paar Exemplare verkrochen und Nachkommen gezeugt. Eine gefährliche Kreuzung aus verschiedenen Raubtieren, so unberechenbar wie bei *Jurassic Park*.

Ich stehe auf, um aus dem Fenster auf den Vorplatz zu sehen. Vielleicht lässt sich dort die Ursache dieses grässlichen Schreis ausmachen. Doch ich kann nichts erkennen, vor meinem Fenster ist niemand. Aber da, schon wieder dieser furchterregende Laut! Und dieses Mal scheint er lauter zu klingen, die Bestie kommt näher. Okay, ganz ruhig.

Die Bestie kommt näher, so einen Blödsinn habe ich schon lange nicht mehr gedacht. Ich kneife die Augen zusammen, um in der Dunkelheit bis zum Waldrand sehen zu können. Die Bäume bewegen sich, es scheint windig zu sein. Dann knackt irgendetwas in meinem Zimmer, und ich drehe mich mit Herzklopfen um, doch da ist nichts. Es muss der alte Holzboden gewesen sein, vielleicht schleicht auch jemand auf dem Flur rum. Gibt es hier so etwas wie eine Nachtwache? Dann könnte ich mich sehr viel sicherer fühlen, als es gerade der Fall ist.

Als ich mich wieder hinlegen will, ertönt das Bärengeheul erneut, dieses Mal noch lauter. *Sehr* laut. Da ich inzwischen so hellwach bin, dass ich sowieso nicht mehr einschlafen kann, gehe ich zur Tür, öffne sie langsam und strecke den Kopf raus auf den Flur, um zu sehen, ob dort jemand auf und ab läuft. Doch da ist niemand. Auf Zehenspitzen schleiche ich in die Richtung, in der Hugos Zimmer liegt. Bestimmt kann er auch nicht schlafen und freut sich, genauso wie ich, über ein wenig Gesellschaft. Würde mich wundern, wenn er bei den Geräuschen nicht aufgewacht ist. In diesem Tempel könnte man einen neuen Film zu *Paranormal Activity* drehen.

Kurz darauf stehe ich vor einer Tür – und bin mir plötzlich nicht mehr sicher, ob dahinter tatsächlich Hugos Zimmer liegt. War es das neben dem Ausgang oder noch eins weiter? Hier sieht alles so gleich aus. Ich habe eine Fünfzig-fünfzig-Chance, einer von den beiden Räumen muss es sein, da bin ich mir ganz sicher. Ich öffne langsam die Tür, vor der ich stehe. In der Dunkelheit kann ich kaum etwas erkennen. Links geht das Badezimmer ab, in der Mitte des Raums liegt ein Futon, und unter der Bettdecke kann ich einen Menschen erahnen. So weit, so gut. Doch ich sehe keinen Koffer. Ist der Klotz da hinten Hugos Gepäck oder ein Hocker? Es ist wirklich großartig, mitten in der Nacht in einer fremden Umgebung seinen besten Freund zu suchen.

Ich trete näher an den Schlafenden heran. »Hugo?«, frage ich mit gedämpfter Stimme.

Keine Regung.

»Hugo?«, raune ich etwas lauter, und um den Schlafenden, der mit dem Rücken zu mir liegt, besser erkennen zu können, klettere ich auf den Futon und beuge mich hinunter.

Jemand mit einer rauen Stimme, die leider nicht Hugo gehört, räuspert sich und dreht sich zu mir um. Es ist die Stimme des Ältesten des Klosters. Verdammter Mist! Schockiert ringe ich nach Worten. Wie soll ich rechtfertigen, nachts in seinen Schlafraum gekommen zu sein? *Wie bloß?*

»Ich wollte nur mal nach Ihnen sehen«, sage ich. Huch, wo kam das denn jetzt her? Der Klosterleiter ist doch kein zweijähriger Junge.

Der Mönch sieht mich irritiert an, als würde er noch überlegen, ob das vielleicht alles nur ein Traum ist.

Das ist der erste sinnvolle Gedanke, den ich in dieser Situation habe. Ich muss ihm weismachen, dass er nur träumt. Aber wie? In Träumen passiert ja häufig der größte Blödsinn, aber könnte diese Begegnung noch absurder werden? Ich beschließe, das Abwegigste und Merkwürdigste zu tun, das mir gerade einfällt. Leise beginne ich zu singen: »Es tanzt ein Bi-Ba-Butzemann«, dabei bewege ich mich tanzend Richtung Tür.

Einen Moment lang habe ich Angst, der Älteste könnte

einfach laut losbrüllen und damit die anderen Mönche wecken. Aber nachdem ich ein paar Sekunden lang gesungen habe, scheint mein Plan, ihn glauben zu lassen, dass er träumt, aufzugehen. Passenderweise bei der Zeile: »Er rüttelt sich und schüttelt sich, er wirft sein Säcklein hinter sich«, schüttelt er den Kopf und legt sich zurück auf sein Kissen.

Gott sei Dank! Endlich bin ich bis zur Tür gelangt und kann zurück auf den Flur flüchten. Schnell husche ich nebenan in Hugos Zimmer – das muss es jetzt ganz sicher sein.

Hugo steht vor dem Fenster und starrt in die Nacht, während Marie mir miauend entgegenläuft. »Mia?«, fragt Hugo entgeistert, nachdem er sich zu mir umgedreht hat. »Hast du auch dieses gruselige Schreien gehört? Ich glaube, ich habe draußen etwas im Gebüsch rumkriechen sehen.«

Ich stoße erschöpft den Atem aus und lehne mich von innen gegen die Tür. Die Geräusche aus dem Wald hatte ich tatsächlich für einen Moment vergessen.

»Hat dich jemand verfolgt?«, fragt Hugo weiter und sieht mich skeptisch an.

»Ich bin ins falsche Zimmer gegangen. Ich dachte, das nebenan wäre deins«, sage ich so vorwurfsvoll, als sei die Verwechslung Hugos Schuld.

»Nein, neben mir schläft der …«, beginnt er und prustet dann los. »Der Älteste!«, bringt er irgendwann hervor und quietscht vor Freude. »Hat er dich bemerkt?«

»Ja! Aber ich glaube, er dachte, ich wäre Teil eines Traums.« Ich gehe zu Hugos Futon und setze mich hin. »Ich bin wirklich bescheuert. Warum ist mir nicht sofort aufgefallen, dass Marie nicht da war? Ich hätte ungesehen wieder verschwinden können. In den letzten Tagen glaube ich manchmal, langsam zu verdummen.«

»Ach Quatsch, dein Gehirn entspannt sich nur. Außerdem kann der Älteste doch sowieso nicht gut sehen, oder? So wie er sich bewegt, scheint er fast blind zu sein. Sein Blick ist vollkommen leer.«

»Stimmt. Daran habe ich gar nicht gedacht«, sage ich erleichtert. »Und was hast du im Gebüsch rumkriechen sehen?«

Hugo setzt sich neben mich und seufzt. »Also, lach mich jetzt bitte nicht aus, aber es sah aus wie ... wie Aragog.«

»Die Riesenspinne aus *Harry Potter*?«, frage ich nach kurzem Überlegen.

Hugo nickt und macht dabei ein verängstigtes Gesicht.

»Gut, dass ich nicht die Einzige bin, die hier durchdreht.«

33

Spiel mit Hugos Schicksal

»Hatten Sie letzte Nacht Kontakt?«

Bong-Soo Lee hat Hugo und mich morgens beziehungsweise nachts, noch vor dem Läuten der Glocke, abgefangen und in den Saal gebeten, in dem sonst die Teezeremonie abgehalten wird.

»Äh, ja«, antworte ich. »Wir … Ich meine, ich bin nachts in Hugos Schlafzimmer gegangen.«

Der Mönch sieht betreten zu Boden, als wäre ihm die ganze Sache höchst unangenehm. Er sitzt auf einem Hocker, während Hugo und ich vor ihm auf dem Boden hocken, und ich habe das ungute Gefühl, dass hier ein kleines Missverständnis vorliegt.

»Und hat da irgendein *Kontakt* stattgefunden?«, fragt Bong-Soo Lee, und ich fürchte, dass er damit vielleicht Sex meinen könnte. Warum macht er sonst so ein Theater darum?

»Nein, wir haben nur gesprochen. Zwischen Hugo und mir ist nichts Körperliches passiert. Draußen waren so merkwürdige Geräusche, und ich habe mich ein bisschen … gefürchtet.«

Der Mönch nickt, als hätte er sich so etwas schon gedacht. »Es tut mir leid, dass dieses Treffen stattfinden muss, aber es ist meine Pflicht, für Frieden im Tempel zu sorgen. Einer der Mönche hat gesehen, wie Sie heute Nacht aus Hugos Schlafraum gekommen sind, und darauf bestanden, dass ich der Sache nachgehe.«

Hugo schüttelt den Kopf und sagt leise: »Na, wenn das mal nicht unser bester Freund Kyusung war.«

»Ich bin sicher, dass wir alle in Zukunft gut miteinander auskommen werden«, sagt der Mönch gelassen. Ich bin froh, dass er keine weitere verklemmte Kontaktfrage stellt. Der erste Glockenschlag ertönt. »Und nun kommen Sie, wir wollen den Tag beginnen.« Bong-Soo Lee steht so schnell auf, als hätte ihn eine Hummel in den Po gepikt, und geht in Richtung Tür.

Wir verlassen das Zimmer der Teezeremonie und gehen in den Saal, in dem gestern die Mantrameditation stattgefunden hat. »Warum läutet man eigentlich morgens die Glocke?«, frage ich auf dem Weg dorthin interessiert.

»Um uns und alle Lebewesen an den Dharma, Buddhas Lehre, zu erinnern«, antwortet Bong-Soo Lee und hastet weiter.

Marie ist plötzlich neben uns aufgetaucht und hält mit dem Mönch Schritt. Neugierig sieht er sich um und marschiert eifrig Richtung Morgenzeremonie. Ob der Kater im früheren Leben mal Buddhist war?

»Sperrst du Marie tagsüber nicht mehr in dein Zimmer ein?«, frage ich Hugo irritiert.

»Ne, der scheint sich hier so wohlzufühlen, dass er bestimmt nicht wegrennt.«

»Und wenn Aragog ihn nachts frisst?«

»Haha, sehr witzig.«

Hinter den Hauptgebäuden des Tempels erspähe ich auf

einem Hügel den Glockenturm, der mir bisher noch gar nicht aufgefallen ist. Er sieht aus wie eine hohle Pagode, in der eine große glänzende goldene Glocke baumelt. Davor hängt, an zwei Seilen befestigt, ein schwerer Holzblock, der von einem der Mönche in Bewegung versetzt wird, um die Glocke zum Schwingen zu bringen. Der Klang ist zunächst dumpf, hallt gegen Ende jedoch hell und klar durch den Wald.

»Morgens wird die Glocke achtundzwanzigmal geschlagen, abends dreiunddreißigmal«, erklärt Bong-Soo Lee, und noch bevor ich fragen kann, was es mit diesen Zahlen auf sich hat, schiebt er die Tür auf, die zum Saal der Morgen- und Abendzeremonie führt, und verschwindet eilig dahinter.

Einige Mönche sind bereits da, andere kommen wenig später und setzen sich auf die gemütlichen Kissen in der ersten Reihe. Nach einem kurzen Moment der Stille schlägt der Mönch links neben der Buddhastatue wieder mit dem Holzstock auf seine Handinnenfläche, sodass ein heller Laut entsteht. Die anderen nehmen, wie gestern Abend, ihre Mala zur Hand, stehen auf, gehen in eine Kniebeuge, lassen danach die Knie vollkommen auf das Kissen sinken, beugen den Oberkörper zu Boden, drehen die Handflächen nach oben, wieder zurück, und anschließend gehen sie mit den Händen vor der Brust erneut in die Hocke und kommen zum Stehen.

Dieses Mal folge ich den Bewegungen ganz bedächtig und buddhistisch. Ich bin überrascht, als nicht wieder nach drei der Ganzkörperverbeugungen Schluss ist. Nach fünf Niederwerfungen spüre ich meine Pomuskeln, nach acht merke ich deutlich, dass meine hintere Beinmuskulatur nicht mehr trainiert ist, nach fünfundzwanzig brennen die Vorderseiten meiner Oberschenkel und sind so versteift und hart, als wären sie in Beton gegossen. Nach vierzig Niederwerfungen weiß ich, warum Kyusung immer schlechte Laune hat. Das ist das reinste Bootcamp! Es ist halb fünf Uhr morgens, und ich schwitze, als hätte ich bereits einen Marathon hinter mir. Das hatte ich mir einfacher vorgestellt. Ich sehe zu Hugo, dessen Gesicht eine ungesunde violette Farbe angenommen hat. Im Gegensatz zur Mantrameditation scheint ihm dieser Teil der buddhistischen Praxis nicht so leichtzufallen. In mir wächst das ungute Gefühl, dass wir diese Verbeugungen hundertachtmal wiederholen müssen, denn die Mönche scheinen sie jeweils mit einer Perle ihrer Mala abzuzählen. Ich frage mich, ob sie auch darüber nachdenken, wie anstrengend die Körperübungen sind, oder was ihnen sonst durch den Kopf geht. Buddha? Demut? Vielleicht sollte ich auch versuchen, meine Gedanken von dem Schmerz in meinen Beinen abzulenken, indem ich mir etwas anderes vorstelle. Aber was? Frühstück. Mark. Duschen. Lena. Schlafen. Meine Kette. Aua, meine Beine! Mein Po! Nach jeder Niederwerfung bleibe ich etwas länger auf dem Boden, um Zeit zu schinden. Hugo und ich haben noch keine Mala, deshalb werden wir die Übung einfach so lange wiederholen, bis die Mönche fertig sind.

Plötzlich bleibt Hugo leblos neben mir mit dem Oberkörper auf dem Meditationskissen liegen. Ich stupse ihn an, um zu prüfen, ob mit ihm alles in Ordnung ist. Ist er in Ohnmacht gefallen?

»Was ist denn?«, zischt er leise und macht widerwillig die Augen auf.

»Was ist los?«, flüstere ich.

»Ich bin schon fertig«, lügt Hugo.

»Ja klar, das kannst du deiner Großmutter erzählen«, murmele ich, worauf sich Kyusung, der in der Reihe vor mir seinen Niederwerfungen nachgeht, umdreht und mir einen vorwurfsvollen Blick zuwirft. Mann, geht mir dieser Typ auf die Nerven.

Am Ende habe ich keine Ahnung, wie viele Verbeugungen ich tatsächlich gemacht habe. Hundertacht waren es nicht. Aber irgendwann hören die Mönche auf, und ich kann nur schwer der Versuchung widerstehen, mich auf den Boden purzeln zu lassen und meine Oberschenkel auszuklopfen. Das gibt definitiv Muskelkater. Ich bin ich kurz davor, in die Runde zu rufen: »Wie wär's mit ein bisschen Stretching, Jungs?« Aber ich verkneife mir diesen Vorschlag lieber. Die Erfahrung von gestern hat mich eines Besseren belehrt.

»Das ist ganz schön anstrengend, nicht wahr?«, fragt Bong-Soo Lee, der aus der ersten Reihe zu Hugo und mir nach hinten kommt, als die Zeremonie zu Ende ist. Vermutlich um zu sehen, ob wir noch atmen.

»Ach nö«, sagt Hugo.

»Es geht«, lüge ich. »Wie oft werden die Niederwerfungen am Tag gemacht?«, füge ich vorsichtig hinzu.

»Dreimal je hundertacht Niederwerfungen«, antwortet der Mönch, und ich lächele gequält.

Nach der anstrengenden Morgenzeremonie folgt ein sehr viel angenehmeres Ritual – das Frühstück. Die Mönche essen morgens eine Art Reispudding, der, abgesehen von der schleimigen Konsistenz, ganz gut schmeckt.

»Das sieht ja aus wie Schneckenschleim«, sagt Hugo und blickt skeptisch auf seine Schüssel hinunter.

»Ich glaube, das ist Reispudding«, erkläre ich.

»Das kann jeder behaupten. Für mich sieht das aus wie …«, setzt Hugo zu einem weiteren Vergleich an.

»Bitte spar dir den Kommentar, sonst vergeht mir auch der Appetit. Und wir müssen das noch eine Weile morgens essen.«

»Was meinst du mit einer Weile?«

»Na, ich denke nicht, dass hier jeden Tag etwas anderes auf der Frühstückskarte steht.«

»Jeden Morgen?«, Hugo sieht verzweifelt aus. »Gibt's nicht mal Toast? Kaffee?«

»Du wirst dich daran gewöhnen«, sage ich und merke, dass ich das genauso ihm einzureden versuche wie mir selbst.

Ich sehe mir den Frühstücksraum etwas genauer an. Es handelt sich um ein kleines Zimmer, das hinter dem Saal zur Teezeremonie liegt und das wir bisher noch nicht betreten hatten. Hier sieht es wenig nach Tempel aus, keine Statuen, keine Verzierungen oder religiösen Symbole. Stattdessen sitzen wir an zweckmäßigen Bambustischen auf dem Boden, mit Blick auf die spartanische Küche, die mit dem Essensraum verbunden ist und in der eine Köchin mit Töpfen und Kochstäbchen hantiert. Die etwa siebzig Jahre alte Koreanerin, die ein ebenso freundliches wie faltiges Gesicht hat, lächelt hin und wieder zu Hugo und mir herüber. Dann entdecke ich noch jemanden in der Küche. Eine junge Frau, etwa Mitte zwanzig, die trotz ihrer bekleckerten Küchenuniform sehr hübsch aussieht, ganz natürlich irgendwie. Die dunklen Haare hat sie zu einem lockeren Pferdeschwanz zusammengebunden, und ihre Haut ist ganz rosig und glatt, obwohl sie vollkommen ungeschminkt zu sein scheint. Die mandelförmigen Augen strahlen, und sie hat sinnliche, volle Lippen. Verdammt! Ich muss an die Prophezeiung von Dr. Samira denken und beschließe kurzerhand zu verhindern, dass Hugo diese asiatische Schönheit zu Gesicht bekommt. Zumindest nicht, bevor ich meine Kette weggeschmissen und unsere Wette gewonnen habe.

»Ähm, weißt du, die Mönche essen hier oft mit geschlossenen Augen, um ihre… äh… Achtsamkeit zu schulen. Damit sie sich nur auf den Geschmack des Essens konzentrieren«, sage ich zu Hugo, weil mir auf die Schnelle nichts anderes einfällt, um ihn davon abzuhalten, einen Blick in die Küche zu werfen. »Wollen wir das nicht auch mal versuchen?«

Hugo schließt die Augen und nimmt einen Löffel Brei. »Hm, ich verstehe nicht, was das bringen soll. Schmeckt noch genauso eklig«, kommentiert er, öffnet die Augen wieder und zuckt mit den Schultern.

Mist. »Äh, möchtest du dich nicht gegenüber von mir hinsetzen? Ich finde es viel schöner, dich beim Essen anzusehen«, schlage ich als Nächstes vor, damit Hugo mit dem Rücken zur Küche sitzt.

»Gegenüber von dir sitzt Kyusung. Du glaubst doch nicht im Ernst, dass der mit mir den Platz tauscht. Außerdem kannst du dich doch selber rübersetzen, wenn dir die Sitzordnung nicht gefällt.« Hugo sieht mich verwundert an, und ich befürchte, dass er langsam vermutet, dass ich etwas im Schilde führe.

In diesem Moment setzt sich die wunderschöne Küchenhilfe in Bewegung und steht plötzlich auf der Türschwelle zum Essensraum. Panisch sehe ich zu Hugo hinüber, der gerade irgendetwas mit dem Finger aus seinem Brei pult, doch wahrscheinlich wird er gleich hochsehen, und zwar direkt ins Gesicht dieser für ihn geradezu perfekten Frau. Die einzige Chance, die ich habe, ist, Hugo abzulenken. Kurz überlege ich, sein Gesicht in den Reisbrei zu tauchen, aber das würde er mir wohl nie verzeihen, deshalb entschließe ich mich für das kleinere Übel – und trete den gegenüber von mir sitzenden Kyusung mit voller Kraft unter dem Tisch gegen sein Schienbein.

Mein Plan geht auf. Sofort fährt der Mönch aus der Haut und zieht Hugos Aufmerksamkeit auf sich. Er stößt einen entsetzten Schrei aus, sein schmerzendes Bein zuckt nach oben, sodass der ganze Tisch hochgehoben wird und sämtliche Frühstücksschalen meiner Tischnachbarn ins Wanken geraten. Mit einem lauten *Dong* landet Kyusungs Schale auf dem Boden, nachdem sie den Tisch entlanggerutscht ist wie eine Bowlingkugel.

Ich sehe erleichtert zu Hugo, der das Spektakel aufmerksam verfolgt und die Küche keines Blickes würdigt.

»Tut mir leid, tut mir so leid, ich bin das Auf-dem-Boden-Sitzen nicht gewohnt und wollte nur zur Entlastung mein Bein ausstrecken«, bringe ich hervor und sehe Kyusung so entschuldigend wie möglich an. Dann werfe ich schräg über den Tisch einen Blick zu Bong-Soo Lee hinüber, der das Gesicht verzieht, als würde er sagen wollen: »Na ja, so was passiert jedem Mal.«

Kyusung stößt einen fauchenden Laut aus, der sich so böse anhört, als hätte ich nicht seinen Reisbrei ausgekippt, sondern ihm gleich mehrere Finger abgehackt. Ich sehe ihm an, dass er nur zu gerne fluchen würde, aber so etwas macht man als Mönch natürlich nicht.

Doch dann traue ich meinen Augen kaum. Die schöne Fremde kommt mit einem Lappen in der Hand aus der Küche gelaufen, um den Schaleninhalt aufzuwischen, der aussieht wie Erbrochenes.

Kurzerhand nehme ich Hugos Gesicht in beide Hände, wende es von der Küchenhilfe ab und sage: »Vertrau mir, schau dir nicht an, wie dieses Zeug, das wir hier essen, auf dem Boden aussieht. Sonst wirst du jeden Morgen hungern müssen.«

»Sag mal, spinnst du? Ich hab's doch schon längst gesehen«, schimpft Hugo verständnislos und versucht, sein Gesicht aus meinem Griff herauszudrehen, doch ich halte ihn mit aller Kraft fest.

Ich spüre die Blicke der Mönche um uns herum, die wohl vermuten, dass es sich bei meinem merkwürdigen Verhalten um ein deutsches Spiel handelt, bei dem man das Gesicht des Gegenübers zusammenquetschen muss, bis es aussieht wie Kartoffelbrei. Hugo versucht, etwas zu sagen und mit den Händen meinen Griff zu lösen, doch ich schaffe es ihn festzuhalten, bis die schöne Frau zurück auf dem Weg in die Küche ist. Dann lasse ich ihn los. Er ist puterrot im Gesicht, seine Haare sind zerzaust, und sein Gesichtsausdruck ist vernichtend.

»Tickst du noch ganz richtig?«, brüllt er los. »Bist du bescheuert? Du kannst doch nicht einfach mein Gesicht festhalten, du… du…«, Hugo ringt nach Worten, er hat mich noch nie beleidigt, aber ich sehe ihm an, dass er jetzt kurz davor ist. »Du dumme Nuss!«, sagt er schließlich und rettet sich damit auf ein für mich aushaltbares Niveau.

»Sorry, ich wollte nicht, dass du das siehst!«, verteidige ich mich, bekomme aber langsam einen Anflug von schlechtem Gewissen. Zuerst verhindert Marie Hugos Entjungferung und jetzt ich. Das ist nicht fair, aber so kurz vor dem Ziel möchte ich die Wette unbedingt gewinnen. Er kann der Küchenhilfe ja näherkommen – nur noch nicht jetzt.

Hugo steht wutentbrannt auf und stürmt aus dem Essensraum. Okay, vielleicht bin ich tatsächlich zu weit gegangen. Auch Kyusung sieht mich weiter so drohend an, als hätte ich seine Mutter auf dem Gewissen. Ich fürchte, mich hier nicht allzu beliebt gemacht zu haben.

»Bitte entschuldigt mich«, murmele ich und traue mich in diesem Moment noch nicht mal mehr, in Bong-Soo Lees Richtung zu schauen. Stattdessen stehe ich auf und laufe ebenfalls aus dem Zimmer. Ich muss jetzt schleunigst einen Platz für Marks Kette finden. Hugo darf die Wette nicht vor mir gewinnen!

34

Ein Abschied und ein Neuanfang

Ein paar Minuten später stehe ich mit der Las-Vegas-Souvenirverpackung, in der sich meine Kette befindet, auf dem Tempelvorplatz und weiß nicht, wohin mit mir. Hugo ist nach seinem Abgang scheinbar in sein Zimmer gestürmt, hier draußen ist er jedenfalls nirgendwo zu sehen. Mir ist gerade ziemlich egal, ob ich das Tempelprogramm unterbreche oder ob die Mönche und Hugo sauer auf mich sind, ich muss jetzt das tun, wozu ich hergekommen bin. Abschied nehmen. Von Mark. Von meinem alten Leben. Von den Erinnerungen. Von meiner Kette.

Einer plötzlichen Eingebung folgend, laufe ich zu dem kleinen Wasserfall neben dem Tempel. Dort setze ich mich auf einen Stein und starre das unscheinbare Tütchen an. Mark… In den letzten beiden Tagen habe ich die Gedanken an ihn so oft wie möglich verdrängt. Es hat keinen Sinn mehr. Inzwischen überwiegt meine Dankbarkeit für das, was ich auf dieser Reise alles über mich gelernt habe, die Trauer darüber, dass ich Mark verloren habe. Und letztendlich lag nicht alles nur an mir, zu einer Trennung gehören immer zwei. Auch Mark hat sich verändert. Er hat irgendwann nicht mehr durch meine harte Schale hindurchsehen können und kein Vertrauen mehr in uns gehabt. Ob ich daran schuld bin? Vielleicht. Aber er hätte das, was ihn stört, auch klarer ansprechen können. Möglicherweise hätte meine persönliche Entwicklung dann nicht zwingend ohne ihn stattfinden müssen. Verwundert stelle ich fest, dass ich tief in mir drin eine Frau bin, die Sätze sagen kann wie: »Ich bereue nichts.« Denn so ist es tatsächlich. Am Ende hatte alles, was geschehen ist, einen Grund.

In diesem Moment springt Marie neben mich auf den Stein und beginnt schnurrend seinen Kopf an meinem Oberschenkel zu reiben.

»Hey Patensohn, kommst du auch zum Abschiednehmen?«, frage ich ihn und streichle über seinen Rücken. Tatsächlich kommt es mir vor wie ein Begräbnis. Ein Ritual, um Lebewohl zu sagen und wieder nach vorne sehen zu können. Ich bin froh, dass ich nicht mehr alleine hier sitze, denn trotz meiner Dankbarkeit für die Veränderungen in meinem Leben, ist die Erkenntnis über das, was hinter mir liegt, natürlich bitter. Vor allem wegen der miserablen Umstände. Warum muss Mark ausgerechnet Lena als neue Freundin an seiner Seite haben? Die Vorstellung, dass sie sich mir jetzt noch überlegener fühlt und mir ihr Liebesglück bei unserer nächsten Begegnung genüsslich unter die Nase reiben wird, ist furchtbar. Und Mark verstehe ich auch nicht. Klar, ich habe ihm ein allzu perfektes Leben vorgespielt, das ich in Wahrheit niemals geführt habe, aber Lena ist eine aufgesetzte, künstliche Ziege. Was will er stattdessen mit ihr? Das ergibt keinen Sinn. Außerdem bin ich gekränkt, dass er mich während unserer Beziehung angelogen hat. Er hat immer wieder beteuert, dass die Nacht mit ihr ein Ausrutscher gewesen ist und er sich nicht mehr als eine Freundschaft mit ihr vorstellen könne. Aber so ist das nun mal, die Dinge ändern sich, und das muss ich hinnehmen.

Ich seufze und hebe Marie auf meinen Schoß. Der Wasserfall prasselt mit lautem Rauschen den Hügel hinab. Feine, kalte Tröpfchen landen auf meinem Gesicht. Ich recke den Hals, um zu sehen, ob der Fluss, in den er mündet, weiter in den Wald führt. Und tatsächlich, er windet sich über weite Strecken den Berg hinab – wohin auch immer. »Hoffentlich ins Nirgendwo …«, murmele ich, denn langsam bereite ich mich darauf vor, mein Andenken an Mark hier und jetzt zu versenken. Am besten nehme ich die Kette gar nicht mehr aus der Verpackung, sondern übergebe sie lieber wie in einem Sarg der Natur. Wer weiß, vielleicht werde ich sonst noch einmal schwach.

»Okay«, sage ich und bewege meine Beine, damit Marie zurück ins Gras springt. Dann stehe ich auf und blicke andächtig auf den Wasserfall. Ich stelle mir vor, wie die Tüte gleich hinuntersegeln wird, unten am Abhang im tosenden Wasser landet und dann weiter den Fluss hinabtreibt. Es sind natürlich nicht die Niagarafälle, aber es ist trotzdem ein würdiger Abschiedsort für Marks und meine Liebe. Wenn er nur wüsste, dass ich es gleich tun werde … Ich lasse ihn los. Kurz denke ich noch an unsere letzten Facebook-Nachrichten, daran, dass er sich bis jetzt nicht sicher zu sein scheint, ob er mit der Trennung das Richtige getan hat. Doch wie hat er es formuliert? »Das Leben muss weitergehen«, sage ich laut und ertaste noch einmal mit den Fingerspitzen die Kette in der Las-Vegas-Tüte, dann lasse ich sie fallen. Mein geliebtes Andenken trifft fast geräuschlos auf dem Wasser auf und ist viel schneller verschwunden, als ich es mir vorgestellt hatte. So rasch, dass ich seinen Weg überhaupt nicht verfolgen kann. Kein Vergleich zum Herz des Ozeans, das würdevoll ins Wasser hinabsank und Rose Dawson noch ein letztes Mal zufunkelte. *Eher wie bei einer Klospülung*, denke ich unromantisch und finde es sehr bedauernswert, dass es im wahren Leben nie so zugeht wie im Film.

»Ich habe unsere Wette gewonnen!«, rufe ich und stürme einfach in Hugos Zimmer. Letztes Mal habe ich mir ganz genau gemerkt, welche Tür die richtige ist.

Ich traue meinen Augen kaum. Dort stehen Hugo und die hübsche Küchenhilfe. Sie scheint ihm gerade eine Schale zu reichen.

»Was?«, bringt Hugo erstaunt hervor, klingt aber Gott sei Dank nicht mehr so, als sei er böse auf mich. Im Rausch meiner Gewinnereuphorie hatte ich die merkwürdige Gesichtsquetsch-Aktion von vorhin fast verdrängt.

Die Koreanerin nickt leicht mit dem Kopf, als würde sie sich vor mir verbeugen wollen, und verschwindet dann aus dem Raum. Sie ist so zierlich und zart, dass man ihre Schritte kaum hört. Etwas beschämt sieht sie aus, als wäre es ihr unangenehm, dass ich so reingeplatzt bin.

Hugo stellt die Schale, die mit Reis gefüllt ist, auf einem Stuhl ab.

»Was war das denn?«, frage ich und bin etwas beleidigt, dass plötzlich Hugo im Mittelpunkt steht. Ich hatte mir eine anerkennende Reaktion von ihm erhofft, Nachfragen dazu, wie, wann und wo ich die Kette weggeworfen habe, und vor allem etwas Neid und Respekt. Aber Hugo sieht ziemlich unbeeindruckt von meinem Auftritt aus.

»Das war Miri. Sie arbeitet hier im Tempel«, sagt er und grinst, als hätte er zu lange an einer Flasche Lösungsmittel gerochen.

»Aha. Und hast du gehört, was ich gerade gesagt habe?«, hake ich nach.

»Du …«, Hugo überlegt kurz, »hast die Wette gewonnen?«

»Bingo!«, rufe ich und strahle. »Ich habe Marks Kette weggeworfen, ein für alle Mal. Und das Beste ist, ich habe es nicht nur für die Wette getan, sondern für *mich*.«

Mein bester Freund zeigt sich so unbeeindruckt, als würde ich über die Vorteile natürlicher Kompostierung sprechen.

»Okay, lass uns mal kurz den rosa Elefanten ansprechen, der sich hier im Raum befindet. Es gibt eine wundervolle junge Frau im Tempel, und sie ist bis eben in deinem Zimmer gewesen. Magst du mir erzählen, warum?« Ich gehe zu dem Stuhl hinüber, stelle die Reisschale auf den Boden und setze mich hin.

Hugo steht immer noch, wie vom Donner gerührt, mitten im Zimmer. »Sie hat mir Reis gebracht. Sie hat beim Abräumen gesehen, dass ich meinen Brei kaum angerührt hatte. Da dachte sie, dass ich bestimmt noch Hunger habe und vielleicht lieber normalen Reis essen möchte als diesen Schleim.«

»Und du weißt, was das bedeutet?«

»Ähm, ich weiß gar nicht, was ich denken soll. Mia … ich bin etwas durcheinander.«

»Und ich glaube, da bist du nicht der Einzige.«

Noch bevor ich mit Hugo erörtern kann, ob sich die hübsche Miri tatsächlich für ihn interessieren könnte, und ich ihm ausgiebig von meinem heldenhaften Kettenabschied erzählen kann, kommt Bong-Soo Lee ins Zimmer und kündigt an, dass es Zeit für die Gemeinschaftsarbeit ist. Zu meiner Erleichterung spricht er den Vorfall beim Frühstück nicht an, und ich nehme mir fest vor, mich beim nächsten Treffen mit den Mönchen etwas unauffälliger zu verhalten – was wahrscheinlich nicht sonderlich schwer ist.

Hugo und ich sollen den Tempelvorplatz fegen, und ich freue mich richtig über diese banale Aufgabe. Wir können dabei quatschen und uns bewegen, wie wir wollen, ohne unter Aufsicht zu stehen. Außerdem ist endlich Zeit, ein paar Fotos zu machen, von Hugo und mir in unseren rosa Roben und den wunderschönen Gebäuden. Die anderen Mönche putzen das Innere des Tempels, waschen die Tempelkleidung, verrichten Gartenarbeit im angrenzenden Waldgebiet oder fahren in die Stadt, um einzukaufen.

»Und jetzt erzähl mal, die Kette ist wirklich weg?«, fragt Hugo, der gerade den Bereich um die Steinpagode fegt.

»Irgendwo im Gebirgsfluss verschwunden. Und das Beste ist, ich habe keinerlei Bedürfnis, nach ihr zu tauchen, um sie wiederzubekommen. Im Gegenteil: Ich kann mir kaum noch vorstellen, dass es mir tatsächlich so schwergefallen ist, sie ein paar Minuten lang nicht zu tragen.«

»Ich freue mich für dich. Obwohl ich wirklich wenig Lust habe, das Muffelfurz-Monster zu spielen. Muss ich dafür Text auswendig lernen?«

»Na klar, was denkst du denn? Du bist der Erzähler. Und du musst vorher zur Kostümprobe. Außerdem solltest du üben, mit den Händen Pupslaute zu machen.«

»Und du magst nicht trotzdem einfach mit zur Hochzeit meiner Cousine kommen? Das wird bestimmt… lustig.« Hugo macht ein Gesicht, als wäre er davon ungefähr so überzeugt wie von der Wirksamkeit von Auraarbeit.

»Vergiss es! Da musst du alleine durch. Obwohl, vielleicht hast du ja bis dahin eine andere weibliche Begleitung?« Ich wackele, so gut es geht, mit den Augenbrauen.

Hugo wird rot und lässt aus Versehen den Besen los, der mit einem lauten Knall auf den Steinboden aufprallt. »Meinst du wirklich, dass Miri mir den Reis gebracht hat, weil sie mich irgendwie gut fand?«

»Ich weiß nur eins, mir hat sie kein zweites Frühstück gebracht, obwohl ich nicht sehr viel mehr gegessen habe als du.«

»Aber warum sollte sie sich für mich interessieren? Und darf sie überhaupt mit jemandem eine Beziehung eingehen? Ich meine, sie ist hier doch im Tempel.«

»Auf deine erste Frage brauche ich dir wohl kaum zu antworten. Du bist ein großartiger Mann und für sie noch dazu ein echter Exot! Vielleicht findet sie deine blauen Augen toll oder hat deine aufbrausende Art beim Frühstück bewundert. Bestimmt wird einem hier auf Dauer sterbenslangweilig mit den Mönchen. Und zu deiner zweiten Frage: Natürlich darf sie mit jemandem eine Beziehung haben. Sie ist keine Nonne, und, selbst wenn, viele buddhistische Mönche sind verheiratet und haben Kinder.« Mir gefällt die Vorstellung, dass ich Hugo durch seinen Ausraster vielleicht sogar dazu verholfen habe, das Interesse von Miri zu wecken.

»Hm«, brummt Hugo zufrieden, schwingt den Besen auf der untersten Stufe der Steinpagode hin und her und sieht sich dabei suchend um. »Meinst du, sie ist hier irgendwo? Ich kann kaum erwarten, sie wiederzusehen.«

»Keine Ahnung. Aber spätestens morgen beim Frühstück wird sie bestimmt wieder da sein.«

Ich kehre ein paar Äste und Blätter vom Vorplatz. Je länger ich fege, desto ruhiger werde ich innerlich. Zuerst gehen meine Gedanken noch wild durcheinander. Ich lasse die Ereignisse des Morgens Revue passieren, denke an Berlin, an meine berufliche Zukunft, dann an Emma und meine Tante, manchmal sogar an meine Mutter, die keinen blassen Schimmer hat, dass ich in Korea bin, doch irgendwann scheint mein Gehirn genug zu haben. Ich höre das Rauschen des Wasserfalls neben dem Tempel, den Klang meiner neu gewonnenen Freiheit, der sich mit Hugos Besengeraschel vermischt, und bin wohlig entspannt. Ich fege, also bin ich.

Nach der Gemeinschaftsarbeit versammeln wir uns zum Yoga. Bong-Soo Lee holt Hugo und mich vom Vorplatz ab und bringt uns zu einer Lichtung im Wald neben dem Tempel. Der Boden ist mit einem dünnen Baumwolllaken und einzelnen Isomatten bedeckt, auf denen alle Mönche Platz finden. Hugo und ich stellen uns in der letzten Reihe auf, und zum ersten Mal am heutigen Tag sehe ich auch den Klosterleiter. Mit Grauen erinnere ich mich an die Nacht zurück. Ich habe vor ihm getanzt, wird mir plötzlich wieder bewusst. Ich schlage mir mit der Hand vor die Stirn, weil ich die peinliche Vorstellung daran kaum ertragen kann.

Doch der Älteste zeigt keinerlei Anzeichen von Irritation. Er scheint die Yogaübungen zu lehren, wobei er nicht viele Worte verliert. Er nennt nur die Namen der einzelnen Positionen, und die Mönche wissen genau, was zu tun ist. Nach den ersten beiden Verrenkungen huscht plötzlich Miri in die Reihe genau vor Hugo.

Erschrocken sieht Hugo mich an, als würde er sagen wollen: »Oh mein Gott, da ist meine Traumfrau! Direkt vor meiner Nase.«

Miri führt die Yogaübungen so geschmeidig und fast schon verführerisch aus, dass Hugo kurze Zeit später Schweißperlen auf der Stirn stehen, obwohl die Gymnastik nicht allzu anstrengend ist. Sie beugt ihren Oberkörper nach vorne, sodass ihr Po nur eine Armlänge von Hugo entfernt ist, und als sie dann noch eine Grätsche macht, steht mein bester Freund kurz davor zu kollabieren. Er hat einen hochroten Kopf, und ich höre seine Schnappatmung.

Ich dagegen staune über die Beweglichkeit der Mönche. Ich schaffe es gerade so, meine Fingerkuppen auf den Boden zu bringen, und Hugos Hände baumeln ungefähr auf Kniehöhe, wenn er seinen Oberkörper runterbeugt, aber die Klosterbewohner haben es wirklich drauf. Wir machen noch ein paar Übungen im Liegen, heben unsere Beine abwechselnd, gehen in eine halbe Kerze, und schließlich lassen wir die Knie links und rechts neben unseren Körper fallen. Die größte Herausforderung bei den letzten Positionen im Stehen ist, das Gleichgewicht zu halten. Ich schwanke hin und her, und Hugo schafft es noch nicht einmal, seinen Fuß länger als zwei Sekunden vom Boden anzuheben. Das mag allerdings auch an Miri liegen, die jetzt ihren Fuß auf einen Oberschenkel legt und den Po nach hinten schiebt. Selbst ich muss mehrmals auf ihr wohlgeformtes Hinterteil starren.

35

Buddhismus für Dummies

Nach dem Sportprogramm steht die Zeit bis zur Teezeremonie zur freien Verfügung, es sei denn, man möchte mit einem Mönch sprechen und sich spirituell führen lassen.

Während Hugo nach dem Yoga begonnen hat, sich mit Miri zu unterhalten und sich wohl Spannenderes ausmalen kann als eine buddhistische Unterweisung, kann ich ein bisschen spirituelle Führung gut vertragen – jetzt, wo eine vollkommene Neuorientierung ansteht. Doch plötzlich bin ich total aufgeregt. Ein Gespräch mit einem Mönch, das ist doch fast wie eine Audienz beim Papst. Auf dem Weg in den Teezeremonienraum, in dem das Gespräch stattfinden soll, fallen mir alle möglichen blöden Sachen ein, die ich jemals gedacht, gesagt oder getan habe. Die ständigen Sexfantasien über Mark in der Zeit unseres Kennenlernens, meine Alkoholeskapaden, seitdem er sich von mir getrennt hat, mein Analfistelkommentar über Birgit, und die Badeperle, die ich als Kind mal als Mutprobe im Body Shop geklaut habe – und dabei habe ich mich auch noch erwischen lassen. Ich fürchte, dass ein weiser Mönch so etwas nie getan hat. Er kann mir bestimmt ansehen, dass ich jemand bin, der sich aus Nachlässigkeit nachts nicht die Hände wäscht, wenn er auf dem Klo war. Aber egal. Ich bin nun mal ich und zum Glück nicht mehr das perfekte Monster, für das ich mich die letzten Jahre ausgegeben habe. Außerdem habe ich mich freiwillig dazu entschlossen, dieses Gespräch zu führen.

Selbstbewusst klopfe ich an die Tür zum Teezeremonienraum.

»Ja?«, ertönt die tiefe Stimme des Ältesten.

Oh Mist! Ich bin davon ausgegangen, dass ich mit Bong-Soo Lee reden werde. Was ist, wenn er sich doch an unsere nächtliche Begegnung erinnert und nur aus Höflichkeit beim Yoga nichts vor den anderen gesagt hat? Doch jetzt sind wir allein, und nichts wird ihn mehr davon abhalten. Verdammt! Aber es gibt kein Zurück mehr, ich habe mich schließlich für die Unterhaltung angemeldet.

Ich öffne die Tür und sehe den Ältesten an einem niedrigen Tisch sitzen. Vor ihm stehen eine Teekanne und zwei winzige Tassen. »Setzen Sie sich«, sagt er freundlich. »Tee?«

»Ähm, ja gerne.«

Der leere Blick des Mönchs folgt keiner seiner Bewegungen, und trotzdem schafft er es, meine Tasse zu füllen, ohne einen Tropfen zu verschütten. Ist er blind oder nicht? Ich traue mich nicht zu fragen. Ehrfürchtig und ein wenig ängstlich, setze ich mich ihm gegenüber auf ein Sitzkissen.

»Und wie lief es gestern Abend mit der Meditation?«, fragt er und grinst, als würde er ahnen, dass mir die Übungen nicht leichtgefallen sind.

Ich bin zunächst froh, dass er den Vorfall von letzter Nacht nicht erwähnt – bis ich mich an meinen erbärmlichen Versuch erinnere, bei der Abendmeditation meine tausend Gedanken zu unterdrücken. Noch vor ein paar

Wochen hätte ich jetzt wohl einfach gelogen und behauptet, inneren Frieden gespürt zu haben und dass mir nichts besser gelingt, als loszulassen. Aber die Dinge haben sich geändert. »Überhaupt nicht gut. Ich konnte keine Sekunde lang an nichts denken.«

Der Mönch bricht in schallendes Gelächter aus, und weil er gerade dabei war, seine Teetasse an den Mund zu führen, kleckern ein paar Tropfen auf sein Gewand. Er stellt das Gefäß hin und wischt mit der Hand über die Flecken.

»Äh, was ist daran so witzig?«, frage ich verdattert.

»Wenn Sie versuchen, an nichts zu denken, ist das so, als wollten Sie den Wind stoppen. Können Sie den Wind stoppen?«

»Nicht dass ich wüsste.«

Ein paar Sekunden verfallen wir in Schweigen, und ich werde immer verwirrter. War das jetzt alles, was der Mönch zu sagen hat? Ist das spirituelle Führung? Irgendwie scheint es mir, als wären all die Menschen hier nicht ganz so weise und mystisch, wie ich immer gedacht hatte. Zuerst die Wahrsagerin in Las Vegas, die auf ihre Kristallkugel pfeift, und jetzt der Mönch, der sich vor lauter Lachen Tee über den Latz gießt und ansonsten wortkarg dasitzt.

»Sie meinen also, ich soll einfach denken, was ich will? Aber das ist dann keine Meditation, oder? Ich denke schon den ganzen Tag lang, was ich will. Das würde ja heißen, dass ich immer meditiere.«

Der Mönch nickt. »So ist es. Und so ist es nicht. Meditation bedeutet nichts weiter, als alle Vorgänge in Ihrem Geist, alle Wahrnehmungen, jedes Geräusch, jeden Schmerz, jeden Gedanken, alles Gesehene und Gefühlte zu beobachten. Wenn Sie das tun, meditieren Sie. Denken ist nicht das Problem, es ist auch keine Schande, es ist eine Fähigkeit, der sie sich bewusst werden können. Wie die Atmung des Geistes.«

»Verstehe ich nicht.«

»Das ist gut.«

Ich nehme einen Schluck Tee. Ist das so ein Motivationsgespräch, in dem man nur Positives gesagt bekommt? Dieser Mann tut ja gerade so, als wäre alles vollkommen in Ordnung. Ich darf denken, was ich will, ich darf tun, was ich will, alles ist Meditation? Wo ist der Haken?

»Aber wenn ich zum Beispiel in der Meditation bei der Abendzeremonie daran denken muss, dass ich auf jemanden so wütend bin, dass ich ihn am liebsten umbringen möchte«, beginne ich und erinnere mich an die Lena-Mordfantasien, die gelegentlich in meinem Kopf auftauchen, »dann ist das doch nicht in Ordnung.« Fast wünsche ich mir, dass er jetzt sagt: »Ja, das ist wirklich schlecht«, nur um mein Weltbild nicht durcheinanderzubringen. Doch merkwürdigerweise lächelt der Mönch, als hätte ich etwas Wunderschönes gesagt. Bevor ich diesen Raum betreten habe, hatte ich Sorge, dass mit mir etwas nicht stimmt. Dass ich feststellen könnte, dass dieser weise Buddhist selbst ein bisschen komisch ist, ist mir gar nicht gekommen. Vielleicht hat er auch mein Englisch nicht so gut verstanden?

»*Was* Sie denken, *was* Sie fühlen, *was* Sie wahrnehmen, ist vollkommen egal. Meditation ist wie Training. Sie üben sich in der Erkenntnis, dass alles in Ihrem Geist letztendlich nichts Dauerhaftes ist. Erinnern Sie sich an das Mantra von gestern?«

»Form ist Leere, Leere ist Form«, sage ich, muss mir aber selbst eingestehen, dass ich den Satz überhaupt nicht verstehe.

»Sehr gut. Ihre Gedanken sind eine Form, aber ihre wahre Natur ist Leere. Dass etwas *leer* ist, bedeutet aber nicht, dass es *nichts* ist. Es bedeutet nur, dass es sich aus so vielen verschiedenen Teilen zusammensetzt, dass Sie nichts tatsächlich Unveränderliches feststellen können. Nehmen wir mal Ihre Mordfantasien und Ihr schlechtes Gewissen darüber, dass es aus irgendeinem Grund nicht in Ordnung ist, während der Meditation an so etwas zu denken. Wen möchten Sie denn ermorden? Wer ist diese Person? Können Sie das wirklich genau sagen?«

Aha. Er hat mich also sehr gut verstanden. »Na ja, ich kenne ihren Namen, ich weiß, wie sie aussieht, und mir passt nicht, was sie tut.«

»In Ordnung. Wie heißt diese Person?«

»Lena«, antworte ich zögerlich und kann nicht glauben, dass ich den Namen tatsächlich dem Mönch gegenüber laut ausgesprochen habe.

»Gut. Das Wort Lena setzt sich aus mehreren Buchstaben zusammen. Aus einem L, einem E, einem N und A, richtig?«

»Ja.«

»Und haben Sie etwas gegen den Buchstaben A?« Ich muss lachen, weil diese Frage so absurd ist. Ehe ich antworten kann, spricht der Mönch schon weiter. »Gehen wir noch einen Schritt weiter. Den Buchstaben A können Sie nur wahrnehmen, weil Sie hören können. Sie können hören, weil Sie Ohren haben. Aber auch Ihr Ohr setzt sich aus Millionen Zellen zusammen, die Ihnen nur in einem komplexen Zusammenspiel gestatten, den Klang des Buchstabens A oder den Namen Lena wahrzunehmen. Sind Sie also sauer, dass Sie ein Ohr haben?«

»Natürlich nicht.«

»Aha.«

Wir schweigen für einen Augenblick, und ich trinke einen Schluck Tee. Auf verrückte Art und Weise interessiert mich, was dieser Mönch sagt. Ich kann allerdings nicht beschreiben, warum, so abgedreht und weltfremd klingt das alles.

»Aber das ist nur ihr Name. Er hat nichts mit der Person zu tun oder dem, was sie tut«, erkläre ich mich weiter.

»Gut. Sie haben noch gesagt, dass Sie das Aussehen dieser Person kennen. Aber stimmt das wirklich? Was ist *das Aussehen*? Nicht nur Ihr Ohr, sondern auch dieser Mensch setzt sich aus Milliarden Zellen zusammen. Können Sie also sagen, dass diese Person beispielsweise ihre Nase oder ihr Fuß ist? Oder können Sie sagen, dass sie es nicht ist? Was macht *das Aussehen* dieser Person aus?«

»Alles zusammen. Augen, Nase, Mund, Arme, Beine.« Trotz aller Offenheit verschweige ich an dieser Stelle Lenas Riesenmöpse.

»Aber diese Körperteile setzen sich wiederum aus vielen verschiedenen Teilen zusammen. Tatsächlich besteht ihr Körper zum Beispiel zu siebzig Prozent aus Wasser. Haben Sie etwas gegen Wasser?«

Ich schüttele den Kopf.

»Wenn Sie diese Überlegungen weiterführen, werden Sie feststellen, dass es nichts gibt, was diese Person für sich alleine ausmacht. Mit anderen Worten: Sie ist leer. Genauso wie ich oder Sie. Wenn Sie diese Person also umbringen wollen, wer bringt dann wen um? Die Leere sich selbst?«

Plötzlich kommt mir sämtliche Wut, Eifersucht und Ernsthaftigkeit fehl am Platz vor. Als hätte ich sie mir nur eingebildet. Für einen kurzen Moment fühle ich mich entspannt und sogar fast belustigt von meinen ganzen Problemen.

»Meditieren Sie darüber. So verhält es sich mit allen Phänomenen. Auch mit Ihren Gedanken. Woraus setzen sie sich zusammen? Aus irgendwelchen Personen, die leer sind, aus Wahrnehmungen, die leer sind, aus dem Zusammenspiel der Neuronen in Ihrem Gehirn, die wiederum aus immer winzigeren Molekülen bestehen. Natürlich können Sie nicht sagen, dass diese Gedanken nicht existieren oder dass wir nicht existieren oder diese Frau, die sie so hassen. Aber die Existenz sämtlicher Phänomene ist abhängig von vielen Faktoren, und wenn Sie diese immer näher betrachten, sehen Sie die Leere in allen Dingen. Und gleichzeitig ihre Form. Ihr Geist ist wundervoll. Er ist jederzeit fähig, Unterscheidungen vorzunehmen und gleichzeitig die Erkenntnis zu schulen, dass diese Unterscheidungen nur relativ sind. Wenn Sie Ihre Mordfantasien also irgendwann fallen lassen, dann nicht, weil sie moralisch falsch sind, sondern weil sie in Anbetracht der Leere überhaupt keinen Sinn mehr machen.«

Okay. Irgendwie verstehe ich es und gleichzeitig auch überhaupt nicht, und genauso scheine ich den Mönch anzusehen, denn er fährt mit seinen Erklärungen fort.

»Stellen Sie sich vor, wir wären Figuren in einem Roman. Der Leser kann uns problemlos unterscheiden. Ich bin der Mönch, Sie sind die Schülerin, das ist unser Tempel, dies ist unser Tee, das sind unsere kleinen Tassen. Gleichzeitig kann sich der Leser aber darüber bewusst sein, dass wir alle derselben Quelle entspringen und es eigentlich keinen Unterschied zwischen uns gibt. Oder? Wir wären alles nur Produkte der Fantasie des Autors. Sie, ich, Ihre Probleme, der Tee, der Tempel wären nur Vorstellungen. Es gibt uns in Wirklichkeit nicht, und gleichzeitig gibt es uns doch. So verhält es sich in Wahrheit mit allen Dingen. Werden Sie sich einfach dieser Erkenntnis mehr und mehr bewusst.«

Obwohl es scheint, dass unser Gespräch für den Mönch mit diesen abschließenden Worten beendet ist, sage ich trotzdem: »Aber ich verstehe das noch nicht so richtig.«

»Das müssen Sie auch gar nicht. Es heißt, Weisheit mit dem Verstand erfassen zu wollen ist wie der Versuch, eine Tonne voranzurollen, in der man sich selbst befindet. Es geht nicht. Sie müssen diese Wahrheiten *erfahren*. Deshalb meditieren wir. Glauben Sie mir nichts, probieren Sie es selbst.«

Der Mönch sieht plötzlich erschrocken auf. Für eine Millisekunde habe ich den Eindruck, er würde mich direkt ansehen.

»Da fällt mir ein, ich hatte letzte Nacht einen merkwürdigen Traum von Ihnen.« Mir fährt ein Schock in die Glieder, und ich will gerade etwas Entschuldigendes murmeln, als der Mönch unbeirrt fortfährt: »Sie haben mit einer schrecklichen Stimme irgendein Lied gesungen und sich dazu bewegt, als hätten Sie starke Rückenschmerzen.«

Ich bin verdutzt. Zwar bin ich auf meine nächtliche Gesangs- und Tanzeinlage im Zimmer des Mönchs nicht sonderlich stolz, aber ein bisschen beleidigt bin ich bei seinen Worten schon. Was soll das heißen, *schreckliche Stimme*?

»Ach wirklich?«, frage ich unschuldig. »Das ist ja komisch.«

»Ja, ich träume für gewöhnlich nicht«, sagt der Mönch nachdenklich, und bevor er auf die Idee kommen kann, dass unsere Begegnung vielleicht doch Realität war, verabschiede ich mich schnell.

»Na ja, Wirklichkeit und Träume, wenn alles leer ist, wo liegt dann noch der Unterschied?«, sage ich, und ein wenig überrascht von meiner plötzlichen Weisheit und der Fähigkeit, den Mönch mit seinen eigenen Waffen zu schlagen, verschwinde ich schnell aus dem Zimmer.

36

Tempelliebe

Erst später am Nachmittag gehe ich wieder ins Gebäude zur Teezeremonie. Weder Hugo noch Miri sind mir während meiner verbliebenen Freizeit nach dem Gespräch über den Weg gelaufen, und ich hoffe, dass das ein gutes Zeichen im Sinne der Liebe ist. Ob sich die beiden irgendwo im Wald näher kennenlernen?

Ich bin die letzte Person, die den Teezeremonienraum betritt, alle anderen sitzen schon im Schneidersitz auf dem Boden vor den flachen Tischen, die aneinandergeschoben wie eine lange Tafel wirken. Hugo winkt mir freudig zu und deutet auf den Platz neben ihm. Miri ist nicht da. Auch den Klosterleiter kann ich nirgends entdecken, hoffentlich zerbricht er sich nicht noch den Kopf über seinen »Traum«.

Drei Teekannen und viele der winzigen Tassen, mit denen ich schon beim Gespräch mit dem Ältesten Bekanntschaft gemacht habe, stehen vor uns auf den Tischen. Einer der Mönche erhebt sich und nimmt ein Sieb in die Hand, das auf einem Beistelltisch liegt, der über und über mit koreanischer Schrift bedeckt ist. Dann greift er in ein Tongefäß und holt einige Kräuter hervor, die er in das Sieb fallen lässt. Anschließend gießt er heißes Wasser, das sich in den Kannen befindet, darüber und lässt den so frisch aufgebrühten Tee in die kleinen Teetassen fließen, die nicht viel größer sind als Fingerhüte. Zum Schluss verteilt er die Tassen, und die Mönche beginnen, bedächtig zu trinken.

Hugo nimmt einen kräftigen Schluck, und schon ist sein Tee-Fingerhut leer. Die Mönche lachen. »Was denn?«, fragt Hugo und schaut verdutzt in die Runde.

»Sie müssen langsamer trinken«, erklärt Bong-Soo Lee und kommt zu Hugo hinübergelaufen. Er zeigt ihm, wie man die Teetasse hält. Mit der rechten Hand soll er sie greifen und mit der linken ganz leicht den Boden stützen, um so in winzigen Schlückchen zu trinken.

Hugo nickt. »Wäre ich drei Zentimeter groß, würden die paar Tropfen wahrscheinlich meinen Durst löschen«, zischt er zu mir rüber.

»Die Mönche trinken den Tee wahrscheinlich nicht, weil sie Durst haben, sondern für den Genuss«, wispere ich zurück.

»Ich habe aber Durst«, hält Hugo dagegen.

Ich kann ihn gut verstehen. Gerade wäre mir eine Saftschorle auch lieber. Doch stattdessen nehme ich noch einen Schluck grünen Tee, der durch das kurze Aufgießen wenigstens kaum bitter schmeckt. »Und wie läuft's mit Miri?«, frage ich leise, merke aber durch die eindringlichen Blicke der Mönche, dass Reden bei der Teezeremonie nicht so gerne gesehen wird.

»Wir haben einen Spaziergang im Wald gemacht«, gluckst Hugo fröhlich.

»Echt? Das ist ja großartig!« Doch bevor ich Hugo weitere Fragen stellen kann, sehe ich zu Kyusung rüber und vermute, dass es wahrscheinlich besser ist, jetzt die Klappe zu halten.

Als wir nach der Teezeremonie alle zusammen unter Glockengeläut in den Meditationssaal hinübergehen, fühle ich mich schon wie ein alter Hase im Buddhismus-Business. Die Abendzeremonie haben wir schon einmal mitgemacht, das heißt, wir wissen, was uns erwartet. Es war ein wahnsinnig langer und anstrengender Tag, und ich bin froh, dass wir jetzt nur entspannt sitzen müssen. Danach geht es noch zum Abendbrot, und der zweite Tag ist vorüber.

Die Mönche setzen sich auf ihre Kissen. Hugo sperrt Marie aus, damit er nicht wieder das heilige Lotuswasser trinkt, während ich uns routiniert die Meditationskissen hole und mich irgendwo in der Mitte des Saales niederlasse.

Schließlich kommt der älteste Mönch in den Zeremonienraum, und es wird das heutige Mantra verkündet, zunächst auf Koreanisch, danach auf Englisch: »Nichts zu sein bedeutet alles zu sein.«

Ich sehe zu Hugo, der selig vor sich hin grinst, aber keine Anstalten macht, das Mantra zu wiederholen. Wahrscheinlich nutzt er die ruhige Zeit, um in Tagträumen an seine neue Flamme zu versinken. Ich schließe die Augen und beginne in meinem eigenen Tempo die Zeile zu wiederholen. Und dieses Mal verstehe ich sogar ungefähr, wovon die Rede ist: Alles ist leer bedeutet, dass alles gleichzeitig vorhanden ist. Man kann, so wie es der Mönch heute Nachmittag getan hat, die Wirklichkeit in immer kleinere Teile zerlegen, bis sie sich quasi auflöst, oder es so sehen, dass sich alles aus dieser Leere zusammensetzen kann. Und genauso betrachte ich auch meine Gedanken, während ich das Mantra rezitiere. Taucht ein Gedanke an Mark oder Lena, an den heutigen oder den morgigen Tag auf, stelle ich fest, dass er sich bald verändert oder verschwindet. Als würde er auf einer Bildfläche verblassen. Und für ein paar Sekunden ist es, als würde ich zwischendurch nur *die Bildfläche* sehen. Wahrscheinlich ist das die Erfahrung, von der der Älteste gesprochen hat. Ein zufriedenes Lächeln breitet sich auf meinem Gesicht aus. *Ich kann es! Ich kann meditieren*, denke ich glücklich.

Erst am nächsten Nachmittag, während unserer Freizeit, komme ich dazu, in Ruhe mit Hugo über seine neue Bekanntschaft zu sprechen. Wir sitzen gemeinsam auf einem größeren Felsen vor dem Wasserfall. Der vertraute Anblick weckt Erinnerungen an gestern, meine Kette, meinen Abschied. Und auch wenn ich über meinen Entschluss, die Kette loszuwerden, nicht mehr traurig bin, löst der Gedanke an Mark immer noch einen Haufen Gefühle in mir aus – Liebe, Reue, Sehnsucht, Verständnis, Unverständnis, Wehmut. Es wird wohl noch eine Weile dauern, bis sich mein inneres Chaos vollständig gelegt hat. Aber ich bin auf einem guten Weg, und die Zeit hier im Tempel scheint mir tatsächlich dabei zu helfen. Das Gespräch mit dem Mönch gestern hat mir eine vollkommen neue Perspektive eröffnet. Eine weniger absolute Sicht, die mir dabei hilft zu begreifen, dass ich ohne Mark leben kann, auch wenn es mir zunächst nicht leichtfällt, die ganzen neuen Entwicklungen zu akzeptieren. Ich meine, Lena schläft mit Mark – um dieser Tatsache gelassen gegenüberzustehen, bräuchte ich wahrscheinlich ein halbes Jahrhundert im Tempel und eine

Dosis Valium. Aber abgesehen von den noch zu meisternden Herausforderungen ist die Umgebung hier so traumhaft schön, dass man sich quasi entspannen *muss*. Das Bild vom Wasserfall, vom Wald und von der Sonne zwischen den Baumkronen vor uns könnte man problemlos auf eine Postkarte drucken.

»Und wie war es nach dem Yoga gestern? Ich habe dich bis zur Teezeremonie gar nicht mehr zu Gesicht bekommen«, versuche ich, Hugo intime Geständnisse zu entlocken.

»Na ja, Miri ist einfach auf mich zugekommen und hat mich gefragt, woher wir kommen, wie lange wir bleiben, wie es uns im Tempel gefällt und so weiter. Ich war total überrumpelt.«

»Das kann ich mir vorstellen. Lustig, dass sie dich nach uns beiden fragt, mich aber kaum eines Blickes würdigt.«

»Ja. Sie zeigt so auffällig Interesse an mir, dass es fast wie selbstverständlich wirkt. Meinst du, das macht sie mit jedem Neuankömmling so?«, fragt Hugo und spielt verlegen am Saum seiner rosafarbenen Mönchskutte.

»Ach Quatsch, Hugolein! Das kann ich mir nicht vorstellen.«

»Oder sie interessiert sich nur für mich, weil ich aus Deutschland komme. Sie hat nämlich Germanistik studiert, das hat sie mir gleich erzählt. Vielleicht wollte sie deshalb gerne wissen, woher ich komme.«

»Dann kann sie Deutsch sprechen? Das ist doch super! Und noch einmal, dann könnte sie doch genauso gut mit mir ins Gespräch kommen. Das wäre von Frau zu Frau viel unverfänglicher. Aber sie hat nur Augen für dich.« Ich lege Hugo eine Hand auf die Schulter, als könnte ich ihn mit dieser Geste endlich davon überzeugen. Am liebsten würde ich ihn durchschütteln, damit er seine Selbstzweifel verliert. Aber wer weiß, vielleicht findet Miri gerade seine schüchterne Art attraktiv und will ihn erobern. »Und was ist dann passiert?«

»Wir haben einen langen Spaziergang gemacht.«

»Und?«, frage ich aufgeregt, während sich Hugos Wangen röten.

»Wir haben uns supergut verstanden. Sie klingt so niedlich, wenn sie Deutsch spricht, und irgendwie sind wir von ganz allein auf immer neue Themen gekommen. Ich kam gar nicht in die Verlegenheit, mir etwas aus den Fingern saugen zu müssen, um dann am Ende wieder bei meinen Schuhen zu landen. Aber auch das hätte sie wahrscheinlich nicht gestört, denn sie schien *alles* interessant zu finden, was ich gesagt habe. Irgendetwas stimmt zwischen uns beiden.«

»Die Chemie«, sage ich und nicke.

Wir schweigen für eine Weile, und ich lächle in mich hinein. Diese Reise war eine sehr gute Idee. Hugo hat nach langem Suchen vielleicht tatsächlich eine Frau gefunden, die ihn zu schätzen weiß, und ich habe mich selbst endlich verloren. Kein Selbstbild mehr, das ich krampfhaft versuche aufrechtzuerhalten. *Ich kann einfach locker mitfließen,* denke ich ganz buddhistisch, während ich dem Wasser dabei zusehe, wie es sich auf jedes Hindernis stürzt und es so ganz leicht überwindet.

»Sag mal, hörst du das auch?«, fragt Hugo nach einiger Zeit verdutzt.

Ich spitze angestrengt die Ohren. »Den Wasserfall?«

»Nein, da ist so ein Klang. Wie eine Melodie.«

»Mensch Hugo, du bist wirklich verliebt!«

»Nein, nein, ich höre keine Engelsgesänge. Klingt eher wie ...«

»Oh, mein Handy!«, rufe ich, als mir einfällt, dass ich es mir vorhin in die Tasche meiner Kutte gesteckt habe, um zu prüfen, ob man irgendwo auf dem Tempelgelände ein Netz findet. Als ich das Telefon zu fassen bekomme, ist es schon zu spät. Ein Anruf in Abwesenheit von einer unbekannten Nummer.

»Hast du hier etwa Empfang?«

»Scheinbar für ein paar Sekunden. Jetzt ist das Netzzeichen schon wieder weg.«

»Und wer war es?«

»Keine Ahnung, war anonym.«

»Vielleicht deine Tante?«, vermutet Hugo.

»Meine Tante?« Ich überlege einen Augenblick. »Mist, die hat ja heute Geburtstag! Da hat sie mich zwar bestimmt nicht angerufen, aber ich sollte mich schleunigst bei ihr melden. Gott sei Dank hast du sie erwähnt, sonst hätte ich es total vergessen.« Unzufrieden starre ich auf das fehlende Empfangssignal auf meinem Handy.

»Schreib ihr doch eine E-Mail, die wird früher oder später schon abgeschickt, wenn sich zwischendurch mal wieder eine Sendewelle zu uns verirrt«, schlägt Hugo vor, der meinen frustrierten Blick bemerkt.

»Du hast recht«, sage ich und fange gleich an zu tippen. »Auf diese Art und Weise kann sie mir auch keine weiteren Instruktionen für ihre mysteriöse Geburtstagsparty geben.«

»Wäre das so schlimm?«, scherzt Hugo. »Vielleicht sollst du nicht nur eine einzelne rote Rose mitbringen, sondern auch in einem Tinkerbellkostüm kommen.«

»Mhm, und dabei noch ein rohes Ei auf einem Plastiklöffel balancieren und die Nationalhymne von Aserbaidschan singen.«

Wir grinsen uns an.

»Kannst du dir vorstellen, dass diese seltsame Geburtstagsnachfeier von deiner Tante nächste Woche stattfindet und wir in ein paar Tagen schon wieder in Berlin sind? Irgendwie traurig, dass unsere Reise fast vorbei ist. Das ging wahnsinnig schnell.«

»Finde ich auch. Aber bevor es nach Hause geht, steht uns hier noch der Lauf über glühende Kohlen bevor. Das wird noch mal eine echte Herausforderung«, befürchte ich, während ich auf den Sendebutton für die Geburtstags-E-Mail drücke.

»Meinst du wirklich, wir müssen da mitmachen?«, fragt Hugo ängstlich.

»Keine Ahnung, aber du wolltest doch mutiger werden, oder?«

»Ja, das schon, aber möglichst ohne Brandblasen an den Füßen.«

37

Gutes Karma

»Heute werden Sie sich selber eine Mala basteln!«, verkündet Bong-Soo Lee am nächsten Morgen freudig. Sein Gesichtsausdruck erinnert mich ein bisschen an Plumpsack-Kofi aus dem Kindermuseum.

Eine Mala basteln, das klingt langweilig. Auch Hugo kann sich bestimmt aufregendere Aktivitäten vorstellen. Gestern Abend ist er wieder mit Miri in den Wald verschwunden – und noch nicht einmal zur Mantrameditation aufgetaucht. Er hat mir versichert, dass zwischen den beiden noch keine körperliche Annäherung stattgefunden hat, und merkwürdigerweise scheint ihn das gar nicht zu stören. Er wirkt so versonnen, als hätte er Zuckerwatte zwischen den Ohren, und die spirituelle Praxis interessiert ihn bestimmt gerade ungefähr so sehr wie Apnoetauchen.

Bong-Soo Lee hat uns gleich nach dem Frühstück in den Raum der Teezeremonie bestellt. Zuerst dachte ich, dass Kyusung wieder Sexpolizei gespielt hat und Hugo und mir unterstellen will, dass wir gestern in unserer Freizeit am Wasserfall Unsitte getrieben haben. Aber scheinbar haben wir nichts zu befürchten außer Langeweile und Holzperlen.

Der Mönch überreicht uns zwei Säckchen, in denen sich

Schnüre und durchlochte Kugeln befinden. »Zuerst müssen Sie zählen. Es sollen hundertacht sein«, lehrt er uns und schlürft zufrieden seinen Tee.

Ich beginne Perle für Perle zu zählen, doch hundertacht sind ganz schön viele, und ich muss ein paar Mal von vorne anfangen, weil ich mich immer wieder vertue. Als ich fertig bin, sehe ich zu Hugo rüber. Er grinst grundlos in die Gegend und hält dabei ein paar Perlen in den Händen.

»Hugo, du sollst zählen!«, raune ich und bin ein bisschen neidisch, dass ich nicht im siebten Himmel schwebe.

»Was?«, fragt er abwesend und sieht mich an. Allerdings scheint er eher durch mich hindurchzublicken.

Ich sehe zu Bong-Soo Lee hinüber, der seinen gelassenen Mönchsgesichtsausdruck zeigt. Ob ich den bald auch draufhabe, wenn ich weiter meditiere? Gestern Abend hat es wieder super geklappt mit dem Mantra. Ich habe mich zwischendurch vollkommen ruhig, klar und wohlgefühlt.

»Zählen ist gut für die Konzentration. Wenn Sie die Perlen durch die Finger laufen lassen, fokussieren Sie Ihren Geist. Das ist eine sehr gute Übung. Wenn Sie Ihren Geist nicht zähmen, ist er wie ein wild gewordener Affe, der von einem Gedanken zum nächsten hüpft«, erklärt der Mönch und wirft Hugo einen ermutigenden Blick zu.

Hugo nickt und beginnt dann endlich, die Perlen zu zählen. Ich fühle mich ein bisschen an die Zeit in der ersten Klasse erinnert, in der er immer der Letzte bei allen Aktivitäten war. Alle standen bereits auf dem Sportplatz – Hugo saß noch in Unterhose in der Umkleidekabine. Ich hatte beim Versteckspielen bereits bis zwanzig gezählt – Hugo stand noch immer direkt vor mir und wusste nicht, wohin mit sich. Unsere Klassenlehrerin sammelte den unterschriebenen Zettel für den Elternabend ein – Hugo hatte ihn noch nicht einmal zu Hause abgegeben.

Doch kurze Zeit später halten wir tatsächlich unsere fertige Mala in den Händen. Hundertacht kleine und eine größere Holzperle, in der die Schnüre von beiden Seiten zusammenlaufen. Bong-Soo Lee hat die Enden der Kettenbänder mit einem Feuerzeug angesengt, sodass ich zunächst dachte, er will unser schönes Bastelprodukt abfackeln, aber er hat die Schnüre nur zusammengeschmolzen, damit sie nicht wieder aufgehen. Trotzdem sah es lustig aus, wie der Mönch plötzlich ein blaues Feuerzeug aus seiner Robe zog. Als wolle er heimlich auf dem Tempelgelände rauchen.

Beim Thema Feuer fällt mir der Kohlenlauf wieder ein, von dem bereits in der Temple-Stay-Broschüre die Rede war, und ich beschließe, Bong-Soo Lee danach zu fragen. »Übermorgen ist der Feuerlauf, sollen Hugo und ich da eigentlich mitmachen?«, frage ich, während der Mönch sich Tee nachgießt.

»Nein, nein«, antwortet er und sieht amüsiert aus. »Natürlich nicht. Sie würden sich die Füße verbrennen. Aber Sie können zusehen.«

»Und warum verbrennen Sie sich nicht? Wie machen Sie das?« Ich bin gespannt, ob er mir auf diese Frage eine Antwort gibt. Vielleicht will er seine geheime Technik nicht verraten. Andererseits geht es dabei um Körperbeherrschung und nicht um einen Zaubertrick, und wir sind schließlich hier, um etwas zu lernen. Warum sollte er uns etwas vorenthalten?

»Nun, gewissermaßen gehen wir im Buddhismus davon aus, dass es möglich ist, jede Erfahrung objektiv zu betrachten – Gedanken, Gefühle, Empfindungen, alle Sinneseindrücke bis hin zu körperlichem Schmerz. Mit jahrzehntelanger Übung in dieser Praxis ist es möglich, all diese Zustände mit Gleichmut zu erleben, ohne seelisch oder körperlich darauf zu reagieren.«

Aha. Das kommt mir inzwischen ein wenig bekannt vor. Das mit dem Beobachten der Gedanken hat mir gestern in der Meditation sogar richtig Spaß gemacht. Das erste Mal habe ich nicht mehr so sehr unter meiner Lena-Abneigung gelitten. Es war ähnlich wie im Aquarium. Als sei mir plötzlich klar geworden, dass zwischen mir und meinen Gedanken eine schützende Glaswand ist, durch die ich sie beruhigt betrachten kann, ohne Gefahr zu laufen, sozusagen von ihnen gefressen zu werden. Aber körperlichen Schmerz von außen betrachten? Das klingt weniger spaßig. Ich sehe zu Hugo hinüber. Er sieht so abwesend aus, dass er es wahrscheinlich nicht mal merken würde, wenn jetzt eine glühende Kohle unter seinem Po läge.

»Das mit den Gedanken und Gefühlen habe ich schon ein wenig geübt«, sage ich schüchtern. »Und Sie meinen, wenn Sie körperliche Empfindungen betrachten, spüren Sie gar keinen Schmerz mehr? Selbst dann nicht, wenn Sie über die Kohlen gehen?«

»Haben Sie keine Gedanken mehr, sobald Sie einen neutralen Fokus auf sie legen? Natürlich spüre ich den Schmerz. Aber ich nehme ihn nicht persönlich. Er ist eine Erfahrung, weder gut noch schlecht. Sie können die Fülle des Lebens nur auskosten, wenn Sie alles zulassen. Und das können Sie wiederum nur, wenn Sie wissen, dass es nichts gibt, was Sie wirklich bedrohen kann. Würde ich mich gegen den Schmerz wehren, bräuchten wir nach der Feuerlaufzeremonie einen Krankenwagen.«

»Beeindruckend«, sage ich anerkennend. »Und warum kann mich nichts bedrohen? Wenn ich einen Unfall habe und mich verletze, ist das doch sehr bedrohlich«, gebe ich nach einigem Überlegen zu bedenken.

»Das kommt auf Ihre Sichtweise an. Sehen Sie sich und Ihren Körper als etwas Eigenständiges, das getrennt von allem anderen existiert, ist ein Unfall oder der Tod eine Katastrophe. Oder das Ende. Aber Sie können es auch anders betrachten. Zum Leben brauchen Sie und all Ihre Vorfahren zum Beispiel Sauerstoff, er ist ein essenzieller Teil von Ihnen. Wenn Sie den Sauerstoff aus Ihrem Körper nehmen, existieren Sie nicht. Der Stoff wird von Pflanzen hergestellt. Wenn Sie nun eine Pflanze sehen, können Sie dann sagen, dass diese nicht *Sie* sind? So ist es mit allen Dingen. Werden Sie also tatsächlich nicht mehr existent sein, wenn Sie sterben? Oder nicht mehr gesund, wenn Sie verletzt sind?«

»Okay, es ist alles irgendwie miteinander verbunden«, gebe ich zu. »Aber was hat das mit meiner Unfallfrage zu tun?«, bohre ich weiter, denn ich habe es noch nicht ganz verstanden.

»Wenn Sie üben, sich nicht getrennt von der Welt zu erleben, dann sehen Sie sich in allen Dingen. Natürlich ist es tragisch, wenn Sie einen Unfall haben, aber es ist nichts, was Sie zerstören kann, weil Sie *mehr* sind als das, für was Sie sich halten. Sie sind keine Person, die irgendwann geboren wurde und irgendwann wieder vergeht. In Wahrheit sind Sie immer schon da gewesen. Wenn wir uns nicht in dieser Einsicht üben, sind wir Sklaven der Evolution.

Wir nehmen uns als getrennt war, um unser Überleben zu sichern. Wir rennen Dingen nach, die wir meinen zu brauchen, und vermeiden solche, die uns schmerzen. Daran ist an sich auch gar nichts falsch. Es bringt nur viel Leiden mit sich, weil es uns nie voll und ganz befriedigen kann.«

»Und warum nicht?«, frage ich neugierig. Ich muss an die Trennung von Mark denken. Vielleicht wäre es ohnehin nicht die Lösung gewesen, ihn zurückzugewinnen, möglicherweise hätte es mich dauerhaft gar nicht glücklich gemacht.

»Weil all diese Dinge, Personen, Erlebnisse, auf einer tieferen Ebene betrachtet, überhaupt nichts Äußeres sind. Alles ist eins. Sie müssen sie nicht vermeiden oder ihnen hinterherlaufen, sie sind jederzeit in Ihnen vorhanden. Mit anderen Worten: Sie haben schon alles, was sie brauchen.«

»Heißt das jetzt, wir müssen beim Feuerlauf nicht mitmachen?«, klinkt Hugo sich plötzlich in das Gespräch ein.

»Nein, müssen Sie nicht. Ich würde Ihnen sogar vehement davon abraten«, versichert der Mönch geduldig.

Hugo sieht zufrieden aus. Dann nimmt er seine Mala in die Hand und hebt sie hoch. Nach kurzem Überlegen hält er meine daneben und murmelt verwirrt: »Irgendwie sieht meine viel kürzer aus als deine.«

Als ich nach unserer Bastelstunde in mein Zimmer komme, sehe ich, dass eine Nachricht auf meinem Handy aufleuchtet. Ich schnappe mir schnell das Telefon und lasse mich auf den Futon fallen. Eine Mailboxnachricht, aber kein Anruf. Komisch, wahrscheinlich vom anonymen Anrufer gestern, und die Nachricht ist bei dem schlechten Empfang heute erst angekommen. Ich versuche sie abzuhören, aber es klappt nicht. Erst als ich mich aus dem Fenster lehne, schaffe ich es für einen kurzen Moment, einen Empfangsbalken auf meinem Handy zu haben.

»Guten Tag Frau Meinecke, hier ist Frau Jawara vom Reisebüro. Ich habe gute Nachrichten für Sie. Bei all Ihren Flügen haben Sie automatisch an unserem Gewinnspiel Jeder Flug eine Chance teilgenommen, und Sie hatten Glück! Sie haben zwei Übernachtungen für zwei Personen in einem Luxushotel im Spreewald gewonnen. Ich beglückwünsche Sie und würde mich freuen, wenn Sie mir per Telefon oder E-Mail Bescheid geben, ob Sie Ihren Gewinn gleich im Anschluss an Ihre Reise einlösen möchten, dann würde ich das selbstverständlich für Sie arrangieren. Alles Gute und bis dahin noch eine schöne Zeit.«

38

Breaking Bad

Als ich am nächsten Tag beim Frühstück sitze, die hundertacht Niederwerfungen der Morgenzeremonie sitzen mir noch in den Knochen, und den Reisbrei löffele, den Hugo mittlerweile als Grützbeutelinhalt bezeichnet, wird mir eines klar. Mittlerweile geht mir dieser Fraß gehörig auf die Nerven. Und das Tempelleben ist auch wirklich anstrengend. Ich brauche eine Pause. Ich will ausschlafen. Ich will keine Niederwerfungen und kein Yoga mehr machen.

»Ich würde so unglaublich gerne eine Pizza essen. Ob die im Wellnesshotel auch Fast Food servieren?«, frage ich Hugo, der dazu übergegangen ist, morgens Diät zu halten und nur Tee zu trinken. Miri bringt ihm erst vormittags eine Schale Reis auf sein Zimmer, sodass es die Mönche nicht mitbekommen.

»Keine Ahnung, aber ich will fernsehen. Und baden!«

Ich muss lächeln, als mir bewusst wird, dass Hugo sich ohne seine Badewanne fühlen muss wie Rolf Zuckowski ohne Gitarre. Wir haben auf unseren Zimmern zwar eine Dusche, aber Bong-Soo Lee hat uns angewiesen, das Wasser in einer Plastikschale aufzufangen und uns dann damit zu waschen, damit kein Tropfen vergeudet wird. Nach dieser Askese könnte ich auch gut ein heißes Bad oder einen Saunagang vertragen – den Luxushotelgewinn schickt wirklich der Himmel.

Als ich Hugo gestern von unserem Glück erzählt habe, hat er sich vor Luftsprüngen nicht mehr eingekriegt, obwohl er, glaube ich, gleichzeitig nur ungern daran denkt, dass er Miri bald nicht mehr täglich sehen wird. Ich habe Frau Jawara sofort eine E-Mail geschrieben, dass wir unseren Gewinn nur allzu gerne gleich nach unserer Zeit in Korea einlösen würden. Man wird uns also direkt vom Flughafen in Berlin abholen und in den Spreewald chauffieren.

»Sag mal …« Hugo räuspert sich unbeholfen.

»Ja?«, frage ich neugierig, denn ich rechne jederzeit damit, dass Hugo mir erzählt, dass er und Miri sich geküsst haben.

»Du bist ja ziemlich drin in dieser ganzen Spiritualitätssache, aber wie ernst ist es dir mit dem Fast Food?«

»Wie meinst du das?«

Wir stecken verschwörerisch die Köpfe zusammen. Irgendwie habe ich den Eindruck, dass Hugo mir gleich ein unmoralisches Angebot machen wird. Er räuspert sich schon wieder und sieht sich einmal in der Mönchsrunde um. Als er überzeugt davon ist, dass alle in ihren Reisbrei vertieft sind, wendet er sich wieder mir zu.

»Die Sache ist die, Miri hat ein Auto. Sie hat mir angeboten, uns abends nach Seoul zu fahren. Dort könnten wir eine Nacht lang tun und lassen, was wir wollen.«

»Ist das legal?«, frage ich misstrauisch.

»Was heißt legal? Wir sind erwachsene Menschen und können den Tempel jederzeit verlassen.«

Aus dem Augenwinkel bemerke ich, dass Kyusung

unser Gespräch argwöhnisch verfolgt. Bevor ich Hugo antworte, warte ich einen Augenblick ab, bis er wieder wegsieht. Das ist zwar albern, weil er ohnehin kein Deutsch versteht, aber ich möchte kein Risiko eingehen. Vielleicht ist Miri nicht die Einzige, die Germanistik studiert hat. Und das Wort »Seoul« versteht er auch so.

»Verlassen können wir den Tempel schon, die Frage ist, ob sie uns dann aus dem Programm rauswerfen«, überlege ich.

»Und wenn schon. Ist doch sowieso nur noch morgen. Übermorgen fliegen wir nach Berlin.«

»Hm … Das heißt aber eigentlich auch, dass wir uns bis dahin noch mit Fast-Food-Eskapaden und wildem Nachtleben gedulden könnten.«

»Wirklich?«, fragt Hugo, zieht die Augenbrauen hoch und blickt auf meinen Reisbrei, als handele es sich dabei um pürierte Pferdeäpfel.

»Na schön«, lenke ich ein und seufze. »Aber ich bleibe nicht die ganze Nacht weg.«

»Super!«, freut sich Hugo und grinst. »Wir kommen heute etwa zwei Stunden nach der Abendzeremonie in dein Zimmer und holen dich ab.«

Ich sehe die Mönche um mich herum an und spähe dann in die Küche, Miri trocknet dort gerade einen Teller ab. Als unsere Blicke sich treffen, zwinkert sie mir konspirativ zu. Wer hätte gedacht, dass so eine zarte, fleißige und anmutige Person dazu fähig ist, einen Haufen buddhistischer Mönche zu hintergehen – und dass ich meinen spirituellen Fortschritt für eine Pizza aufs Spiel setzen würde?

Während des ganzen Tages denke ich an nichts anderes als unseren Ausbruch. Beim Yoga kann ich das Gleichgewicht nicht halten, bei der Teezeremonie verschütte ich ein ganzes Fingerhuttässchen, und bei der Abendzeremonie gelingt es mir weder, das Mantra meditativ zu wiederholen, noch, meine Gedanken zu beobachten. In meinem Kopf herrscht ein solches Chaos, dass ich mir selbst kaum noch folgen kann. Erst als ich abends in meinem Zimmer sitze und auf Hugo und Miri warte, komme ich dazu, meine Bedenken etwas zu ordnen. Am meisten beschäftigt mich die Frage, was passiert, wenn der Klosterleiter Wind von der Sache bekommt. Ob wir das Temple-Stay-Programm dann tatsächlich abbrechen müssen? Wir zahlen für unseren Aufenthalt nur einen symbolischen Betrag, daher haben wir genau genommen kein Recht, hier zu bleiben. Unsere einzige Pflicht ist es, uns an die Regeln zu halten. Aber ausgerechnet heute nachzufragen, ob diese Regeln auch beinhalten, dass man das Tempelgelände nachts nicht verlassen darf, wäre wohl etwas auffällig. Und obwohl es stimmt, dass wir nur noch einen weiteren Tag vor uns haben, würde es unserer Reise eine andere Note geben, wenn wir vorher rausflögen. Das wäre einfach ein wirklich unwürdiger Abschluss.

Ich öffne meinen Koffer. Als ich meine ganze Kleidung sehe, die Jeans, die bunten T-Shirts und schönen Jäckchen, regt sich in mir allerdings so sehr das Bedürfnis, aus dieser Mönchskluft herauszukommen, dass meine Zweifel verdrängt werden. Wie schön es wäre, aufgebrezelt durch die Stadt zu spazieren, in ein Restaurant zu gehen, sich von der Speisekarte alles Mögliche zu bestellen, keinen Reisbrei wie zum Frühstück, keinen eingelegten Chinakohl wie zum

Abendbrot zu essen. Und überhaupt, es ist doch albern zu glauben, dass Spiritualität durch Genuss gebremst wird.

Ich suche mir ein hübsches Outfit aus. Nach der Zeit in der schlabbrigen zartrosafarbenen Mönchsrobe entscheide ich mich für eine Skinny Jeans und ein schwarzes T-Shirt mit V-Ausschnitt, dazu Pumps. Ich komme mir richtig verkleidet vor, so ungewohnt fühlt sich mein normaler Look plötzlich an. Und als ich mich schminke, bin ich erstaunt, wie sehr das Make-up mein Gesicht verändert. Ich sehe älter aus. Der Puder überdeckt die rötlichen Wangen und Sommersprossen, die die koreanische Sonne mir verpasst hat. Ich setze meine tiefblauen Kontaktlinsen ein, doch jetzt kommt mir mein Aussehen damit unglaublich künstlich vor. Während der Zeit im Tempel habe ich mich an das Mausgrau gewöhnt. Ich befreie meine Netzhaut von den unnatürlichen Linsen und fühle mich sofort besser. Trotzdem, ob ich wirklich so rausgehen sollte? Merkwürdigerweise habe ich mich in meiner Mönchsrobe wohler gefühlt. Auch wenn sie langweilig ist, ist sie irgendwie gemütlich. In der engen Jeans fühle ich mich hingegen, als hätte jemand meine Beine stramm mit Frischhaltefolie umwickelt. Doch ich habe keine Zeit, mir weitere Gedanken darüber zu machen, denn jemand klopft an die Tür. Mein Herz beginnt zu rasen. Was, wenn es jetzt gar nicht Miri und Hugo sind, sondern einer der Mönche? Wie soll ich meinen aufgetakelten Aufzug erklären?

»Herein!«, rufe ich möglichst unbeschwert.

Langsam öffnet sich die Tür. Gott sei Dank sind es, wie verabredet, Hugo und Miri.

»Wow! Ich hatte ganz vergessen, wie du normalerweise aussiehst. Ich habe mich schon an deine neue Nonnen-

Natürlichkeit gewöhnt.« Hugo beäugt mich von Kopf bis Fuß.

»Du bist so hübsch!«, sagt Miri, kommt auf mich zu und bleibt dicht vor mir stehen. »Darf ich mal deine Haare anfassen?«

»Meine Haare?«, frage ich verdattert.

»Ich habe noch nie europäische Haare berührt«, erklärt sie und streicht mir beherzt über den Kopf. »Die sind so weich!«, ruft sie dann begeistert und sieht Hugo an, als würde sie von ihm erwarten, dass er sich ebenso euphorisch zeigt.

Um die merkwürdige Darf-ich-mal-deine-Haare-anfassen-Situation zu durchbrechen, frage ich: »Wollen wir langsam los? Ich will nicht so spät zurück sein, um noch ein bisschen Schlaf zu bekommen.«

»Oh ja, natürlich, lasst uns gehen«, pflichtet Miri mir bei, und ich stelle fest, dass Hugo recht hat, es hört sich wirklich sehr niedlich an, wenn Miri Deutsch spricht. Ganz deutlich und bedacht betont sie die Wörter mit ihrer hellen Stimme.

»Äh, aber wir können da nicht einfach so rausmarschieren, oder? Vielleicht geht jemand vor und sieht nach, ob die Luft rein ist?«, schlage ich vor. Anscheinend begreift hier niemand außer mir den Ernst der Lage.

»Die Mönche schlafen. Keine Sorge«, sagt Miri, öffnet die Tür und läuft in den Flur. Hugo huscht hinterher, ich folge ihnen als Letzte.

Nachdem ich die ersten Schritte gemacht habe, wird mir bewusst, dass Pumps in einem Flur nicht die beste Idee sind, wenn man heimlich verschwinden will. Das Klackern und Klicken hallt durch den ganzen Korridor.

»Kannst du nicht leiser laufen?«, zischt Hugo über die Schulter.

Ich bemühe mich, den Klang zu dämpfen, indem ich langsamer gehe, aber es nützt kaum etwas, außer, dass die Geräusche in größeren Abständen zu hören sind. Selbst auf Zehenspitzen ist das Trippeln noch ziemlich laut.

»Wartet!«, befiehlt Miri mit unterdrückter Stimme und bleibt ruckartig stehen.

Ich spüre, wie mir der Schweiß auf die Stirn tritt. »Was ist denn?«, frage ich unsicher. Ich will jetzt endlich nach draußen!

Doch Miri antwortet nicht. Stattdessen hören wir das Geräusch einer Klospülung aus einem der Zimmer der Mönche. Die Koreanerin zeigt sich beruhigt, läuft weiter, und nach einer gefühlten Ewigkeit haben wir endlich den Ausgang erreicht.

Ich atme erleichtert die nächtliche Luft ein, als wir auf dem Tempelvorplatz stehen. Das Schlimmste haben wir hinter uns.

»Wir müssen zu Fuß den Berg runter, dort steht mein Auto«, erklärt Miri. Ich würde sie am liebsten drücken, so niedlich finde ich ihren Akzent. Statt »Fuß« sagt sie »Puß«, den F-Laut scheint es in der koreanischen Sprache nicht zu geben.

Während Hugo und ich Miri schmachtend anstarren, raschelt es plötzlich neben uns im Gebüsch, und Miri drängt uns schnell in eine andere Richtung, ein Stück den Berg hinunter.

»Was war das?«, frage ich, als wir ein paar Schritte gegangen sind.

»Aragog«, antwortet Hugo mit ernster Stimme, und ich muss lachen.

Während wir uns durch den Wald und den Hügel hinab einen Weg zur Straße bahnen, höre ich immer wieder Geräusche hinter uns und fühle mich zunehmend unsicher. Da stimmt was nicht.

»Bleibt mal stehen«, sage ich. Die beiden anderen drehen sich verwundert zu mir um. »Ich glaube, uns verfolgt jemand.«

Alles ist still. Doch dann bewegt sich etwas aus Richtung des Tempels schnell auf uns zu. Äste knacken, es raschelt in den Büschen, und ich starre wie gelähmt auf das Etwas, das immer näher kommt.

»Los, kommt!«, ruft Miri und nimmt Hugo bei der Hand, der wiederum nach mir greift, doch weil ich wie festgefroren dastehe, hat Hugos Ziehen nur zur Folge, dass ich längs nach vorne umkippe. Ich sehe, wie Miri panisch den Berg in Richtung Tempel hochblickt, während sie mir gemeinsam mit Hugo aufhelfen will. Doch es ist zu spät, das Etwas, das uns lawinenartig vom Tempel abwärts in den Wald verfolgt hat, hat uns eingeholt. Und es ist niemand anderes als … Kyusung. So ein Mist, da wäre mir Aragog noch fast lieber gewesen.

Keuchend steht der Mönch vor uns und stützt die Hände auf den Knien ab. Ich habe inzwischen wieder die Senkrechte erreicht, und mein Adrenalinspiegel sinkt schlagartig – ein Game-over-Gefühl. Wahrscheinlich hat Kyusung jede Nacht darauf gelauert, dass wir das Tempelgebäude verlassen, und heute war er endlich erfolgreich.

»Was ist eigentlich mit Ihnen los?«, fragt Hugo zu meiner Verwunderung ganz aufgebracht, noch bevor Miri oder ich zu Wort kommen. »Was haben Sie davon, uns jeden Spaß zu verderben? Sie sind unglaublich unfair!«

Hui, Hugo ist sauer. So habe ich ihn selten erlebt.

»Ich weiß, was Sie vorhaben«, sagt Kyusung, immer noch schwer atmend, und richtet sich auf. »Sie wollen nach Seoul. Bitte nehmen Sie mich mit.«

»Was?«, fragen Miri, Hugo und ich wie aus einem Mund.

»Ich … ich weiß nicht genau, wie ich das erklären soll«, stammelt der Mönch. Soweit ich es in der Dunkelheit erkennen kann, wirken seine Gesichtszüge ganz anders als sonst. Weicher, verletzlicher, fast verzweifelt. »Ich halte es hier nicht mehr aus. Ich muss einfach *raus*!«, bricht es dann regelrecht aus ihm hervor, und er sieht uns einen nach dem anderen flehend an.

»Sie wollen etwas Verbotenes tun?«, frage ich verwirrt. »Seit wann denn das?«

Kyusung seufzt. »Seitdem ich es leid bin, immer der schlecht gelaunte Idiot zu sein. Die anderen Mönche sind so … freundlich und gelassen. Ich weiß einfach nicht, wie sie das hinbekommen.« Er gestikuliert während seiner Erklärungen aufgebracht, als könnten wir ihn durch die Bewegungen besser verstehen. Da hat sich definitiv eine Menge in ihm aufgestaut.

Miri scheint von dem ganzen Schauspiel noch total perplex zu sein, während ich langsam so etwas wie Mitgefühl empfinde.

»Ich habe gedacht, wenn ich mich reinsteigere, alle Regeln genau befolge, mir keinen Fehltritt erlaube, dann werde ich irgendwann auch so wie sie. Ein fröhlicher, weiser Mönch. *Aber ich kann nicht mehr!* Ich gebe auf.

Alles, was ich jetzt will, sind ein Glas Cola und ein Reiskuchen.«

Ich zögere kurz, beschließe dann aber, dem Mönch einen Ratschlag zu geben, auch wenn die Rollenverteilung noch etwas neu für mich ist. Ich muss es einfach tun, denn das, was Kyusung hier beschreibt, kenne ich nur allzu gut. »Das wird Sie jetzt etwas verwundern, aber ich weiß genau, wie Sie sich fühlen.« Der Mönch sieht mich zunächst überrascht und dann ziemlich erleichtert an. »Mir ging es lange Zeit genauso.«

»Sie wollten ein fröhlicher, weiser Mönch werden?«, fragt Kyusung so unschuldig und dankbar, dass ich ihn am liebsten sofort in den Arm nehmen würde.

»Na ja, das nicht, aber ich wollte perfekt sein. Ich hatte ein Bild von mir im Kopf und dachte, wenn ich mich nur genug bemühe, dann werde ich ihm entsprechen und alles wird gut werden. Aber das stimmte nicht.« Ich denke an Mark und den Verlauf, den mein Leben in der letzten Zeit genommen hat. Meinen Liebeskummer, meinen Karriereknick, mein zerbröckeltes Ansehen. »Den besten Rat, den ich Ihnen geben kann, ist: Wenn Sie glücklich und weise werden wollen, dann hören Sie auf, es zu versuchen. Nehmen Sie sich so an, wie Sie gerade sind. Es spielt keine Rolle, ob Sie Cola trinken, Kuchen essen, früh aufstehen oder irgendwelche Regeln befolgen. Sie können die Fülle des Lebens nur auskosten, wenn Sie alles zulassen.« Ich kann nicht glauben, dass *ich* das gerade gesagt habe. Zugegeben, den letzten Satz habe ich von Bong-Soo Lee geklaut. Ob ich das hinzufügen sollte? Gibt es ein Copyright für buddhistische Weisheiten?

Miri und Hugo sehen mich ehrfürchtig an, und für einen

kurzen Moment kommt es mir vor, als würde ich noch in meiner Mönchsrobe stecken.

»Warum sind Sie nett zu mir? Ich war doch … so fies.« Kyusung blickt uns fragend an, als könne er noch nicht ganz fassen, was hier gerade passiert.

»Eigentlich fand ich Sie meistens ganz nett. Sie haben Ihr Geschirr immer selbst abgewaschen, um mir Arbeit abzunehmen, und egal wie viel es im Tempel zu tun gab, Sie haben sich nie beschwert«, gesteht Miri, und Kyusungs Gesicht hellt sich auf.

»Und ich finde es bewundernswert, dass Sie so ehrlich sind. Ein richtiger Mensch und kein unerreichbarer Heiliger. Manche Mönche könnten sich da etwas bei Ihnen abgucken«, sage ich und bin froh darüber, dass ich das alles über Kyusung erfahren habe. Bei manchen Menschen fragt man sich doch ein Leben lang, warum sie eigentlich so blöd sind. Wenn jeder von ihnen einmal seine Probleme und Sorgen offenbaren würde, könnte alles viel entspannter sein.

Nachdem Miri und ich etwas Positives gesagt haben, knuffe ich Hugo in die Seite, damit er auch etwas von sich gibt.

»Ähm … Also ich finde, Sie haben schöne Augen«, brummt er unbeholfen, und Kyusung blinzelt ihn ungläubig durch seine runden Brillengläser an.

Kurze Zeit später sitzen wir zu viert in einem Noraebang, einer Art privatem Karaokezimmer. Kyusung schlürft seine Cola, ich knuspere eine Portion koreanische Chips, und Miri und Hugo singen im Duett *We've got tonight* von Kenny Rogers und Sheena Easton.

Als wir durch die pulsierende Metropole Seoul liefen, stellte sich heraus, dass Miri nicht die einzige Koreanerin ist, die von meinen roten Haaren fasziniert ist. Die Passanten starrten mich an – einige ganz offen, andere schüchtern von der Seite –, als wäre ich eine Märchenfigur. Einmal erwischte ich sogar eine Frau dabei, wie sie mich fotografierte. In diesem Moment beschloss ich, dass Angriff die beste Verteidigung ist, zückte mein Handy und fing an, Menschen, Restaurants und Straßenmärkte abzulichten. Es war ein ziemlicher Kulturschock, sich von der Ruhe im Tempel in das Seouler Nachtleben zu stürzen. Die Shoppingstraßen sind von Läden gesäumt, aus denen Musik dringt, die so laut aufgedreht ist, dass man sich fühlt wie in einem Club. Als würden sich die Geschäfte gegenseitig mit der Lautstärke überbieten wollen. Überall gibt es Imbissbuden wie auf einem Jahrmarkt, und obwohl es schon nachts ist, sind so viele Leute unterwegs, dass es mir schwerfiel, meine drei Begleiter in dem Gewusel nicht zu verlieren. Das Noraebang war sozusagen unser Zufluchtsort.

»Mia, du bist dran!«, ruft Miri, nachdem die beiden das Gesangsduett beendet haben. »Welchen Song möchtest du singen?«

»Oh nein, nein, lass mal! Ich kann das wirklich nicht.«

Hugo sieht mich an, als würde er sagen wollen: »Ach komm, hab dich nicht so!« Seinem Blick nach zu urteilen, scheint das koreanische Bier bereits Wirkung zu zeigen. Seine Augen wirken etwas schläfrig, und sein Gesicht ist gerötet.

»Ich helfe Ihnen«, bietet Kyusung an und schnappt sich den Ordner, in dem alle Songs aufgelistet sind, die man auswählen kann. Dann drückt er auf der Fernbedienung herum, mit der man die Karaokemaschine bedient, und wenig später ertönt – zu meinem großen Schrecken – *Somebody that I used to know* von Gotye. Das Lied, mit dem alles seinen Anfang nahm.

Ich sehe mich auf Karos Geburtstagsparty auf den Boxen stehen. Sehe, wie belustigt, erschrocken, überrascht oder mitleidig mich die Leute anstarren. Und plötzlich weiß ich, was zu tun ist. Während Hugo noch versucht, Kyusung die Fernbedienung aus der Hand zu reißen, um den Song zu wechseln, stehe ich auf und stelle mich auf den Couchtisch, der in der Mitte des Raumes steht. »Los, kommen Sie!«, rufe ich Kyusung zu, und ohne zu zögern, klettert er tatsächlich zu mir hoch und stellt sich neben mich.

Dann beginnen wir zu singen. Und so unterschiedlich wir auch in diesem Zimmer, an diesem Ort in der Welt sein mögen, so gleichen wir uns auf einer gewissen Ebene doch alle. Wir wollen glücklich sein. Falls die Menschen, die auf Karos Geburtstagsparty waren, diese Erkenntnis noch nicht hatten und stattdessen auf mich herabgesehen haben, dann sind sie es, die einem leidtun können. Während Kyusung mit liebenswertem koreanischem Akzent den Refrain singt und ich die Strophen übernehme, wird mir außerdem klar, wie schnell auch ich über Menschen geurteilt habe. Ich hätte nicht gedacht, dass dieser strenge Mönch sich nur so unfair und verklemmt verhält, weil er leidet. Umso glücklicher macht es mich, ihn jetzt so ausgelassen zu sehen. Er tanzt in einem Rhythmus, der überhaupt nicht zum Lied passt, und auch Hugo und Miri schunkeln verliebt zum traurigen Text des Songs vor sich hin. Hier passt gerade gar nichts zusammen, und trotzdem, oder vielleicht genau deshalb, ist es so schön.

Doch im nächsten Augenblick stürmt eine wütende Frau in den Raum und unterbricht die fröhliche Stimmung. Ich meine mich zu erinnern, dass sie diejenige am Empfang war, bei der wir bezahlt haben. Sie schimpft etwas für mich Unverständliches auf Koreanisch, und Kyusung hüpft erschrocken vom Tisch. Auch ich steige lieber wieder auf den Fußboden, doch damit scheint die Angestellte noch nicht zufrieden zu sein. Sie deutet auf den Couchtisch und fuchtelt mit einer Hand darauf herum, als würde sie ein paar Krümel wegwischen, während Miri verständnisvoll auf sie einredet. Doch die Frau streckt ihren Arm aus und zeigt mit dem Finger zur Tür. Miri und Kyusung verbeugen sich schuldbewusst und stehen auf.

»Was ist denn los?«, frage ich verwirrt und greife nach meiner Chipstüte.

»Sie hat in der Überwachungskamera gesehen, dass ihr auf dem Tisch steht. Das darf man nicht, deshalb müssen wir gehen«, erklärt Miri.

»Wir werden rausgeworfen?«, fragt Hugo aufgebracht. Irgendwie scheint er heute auf Krawall gebürstet zu sein.

»Ja. Lassen Sie uns verschwinden«, beschließt Kyusung und wirkt dabei fast so locker, als wäre ihm das schon öfter passiert.

Als Nächstes landen wir bei Pizza Hut. Obwohl Miri und Kyusung keine allzu große Vorliebe für Fast Food haben, scheinen sie es zu genießen, Hugo und mich so glücklich zu sehen. Allerdings hält das Glück nur so lange an, bis die bestellte Vierkäsepizza tatsächlich auf unserem Tisch landet, denn sie schmeckt fürchterlich. Sowohl der Teig als auch der Käse sind süß! Die Tomatensoße schmeckt nach Ketchup und der Boden ist so dick, dass man ihn als Kopfkissen benutzen könnte. Kein Wunder, dass die Koreaner keine Fans von westlichem Essen sind, wenn es so schmeckt!

»Gibt es hier irgendwo auch richtige Pizza?«, fragt Hugo vorsichtig.

»Was meinst du damit?«, fragt Miri.

»Ach, nicht so wichtig«, winkt er ab. Wahrscheinlich will er sich nicht weiter beschweren.

Für einen kurzen Moment sehen sich die beiden so vertraut in die Augen, dass ich damit rechne, dass sie sich jeden Augenblick küssen. Doch stattdessen säuseln sie sich gegenseitig etwas ins Ohr, und mir fällt auf, wie gut sie zusammen aussehen. Ganz gegensätzlich und trotzdem so, als würden sie zusammengehören.

Während die beiden miteinander beschäftigt sind, sieht Kyusung mich interessiert an, räuspert sich und fragt: »Darf ich Sie etwas fragen?«

Ich nicke.

»Warum wollten Sie in einen Tempel gehen? Wie kommt man auf diese Idee?«

Ich finde die Frage etwas merkwürdig für jemanden, der selbst seit Jahren dort wohnt. »Na ja, es ist interessant zu sehen, wie die Mönche leben. Man kann eine andere Kultur kennenlernen. Es ist außergewöhnlich. Und man verspricht sich davon ein wenig … Ruhe, inneren Frieden, vielleicht auch Erkenntnis oder, wie soll ich sagen, Weisheit.«

Der Mönch nickt. »Und, haben Sie gefunden, wonach Sie gesucht haben?«

Ich denke an die Zeit vor unserer Reise zurück. An

meine Gefühle, Gedanken, die Tendenz, alles abzublocken, was nicht in mein Leben passt, die schiere Verzweiflung über die Trennung und die Ratlosigkeit, was meine Zukunft betrifft. »Ja, das habe ich«, antworte ich und lächle.

»Puh, es ist schon zwei Uhr morgens«, verkündet Hugo, nachdem er einen Blick auf seine Armbanduhr geworfen hat.

»Wie bitte? Das heißt, in zwei Stunden müssen wir schon wieder bei der Morgenzeremonie sein?« Ich kann mir nicht vorstellen, wie ich das bewerkstelligen soll. Wie soll ich die hundertacht Verbeugungen hinter mich bringen? Vielleicht schaffe ich es gerade so, mich einmal niederzuwerfen und dann liegen zu bleiben.

»Ach, so genau muss man es damit nicht nehmen. Dann kommen wir eben alle ein wenig zu spät«, beschließt Kyusung und grinst fröhlich, als wäre er richtig stolz auf das, was er gerade gesagt hat. »Wissen Sie, was mir in dieser Nacht klar geworden ist?«, fragt er dann in die Runde.

Wir alle sehen ihn neugierig an.

»Was der Buddha meinte, als er vom *mittleren Weg* sprach. Es geht nicht darum, sich zu quälen und in Askese zu leben. Und auch nicht darum, sich jeden Tag zu betrinken und vollzustopfen. Sondern um etwas dazwischen. Es geht darum, ab und zu mal eine Cola zu trinken.« Dann hält er sein Pepsi-Glas hoch, und wir stoßen auf diese wundervolle Rede an.

Habe ich einen Mönch dazu gebracht, nicht mehr emsig seiner spirituellen Praxis nachzugehen? Vielleicht. Habe ich ihm zum Koffeintrinken und zu nächtlichen Aktivitäten geraten? Mag sein. Aber dafür sieht er endlich so zufrieden und fröhlich aus, wie er es sich gewünscht hat.

39

Die Mutprobe

Als ich aufwache, sehe ich erschrocken auf mein Handy: acht Uhr siebenundvierzig!

Ich hüpfe vom Futon. Acht Uhr siebenundvierzig – das heißt, die anderen waren schon bei der Morgenzeremonie, haben gefrühstückt und müssten auf dem Weg zum Yoga sein. Schnell ziehe ich mir Robe und Schuhe an und stürme aus dem Zimmer in den Flur. Alles ist vollkommen reglos. Ich zögere. Vielleicht liegt ja auch noch jemand von den anderen in den Federn? »Hallo?«, piepse ich unsicher. »Hugo? Kyusung?«, frage ich etwas lauter.

Eine Zimmertür wird geöffnet, und Bong-Soo Lee tritt in den Korridor. »Oh, Frau Mia! Wir haben Sie heute früh vermisst«, sagt er und lächelt.

Heute früh vermisst, wenn ich das schon höre! Ist ja nicht so, als wären wir fast wieder beim Abendessen, es ist gerade mal halb neun am Morgen. Diese Mönche haben wirklich merkwürdige Vorstellungen von Tageszeiten.

»Geht es Ihnen besser?«, erkundigt er sich dann und sieht besorgt aus. »Ihr Gesicht sieht so komisch aus. Da sind solche Flecken.« Er fährt mit der Hand über seine Wangen, als würde er prüfen, ob die Flecken ansteckend sind und er sich schon infiziert hat. »Vielleicht sehen Sie vor dem Yoga noch einmal in den Spiegel. Keine Sorge, wir warten auf Sie, wenn Sie möchten.«

Ich nicke verunsichert und auch etwas beschämt. Warum fragt er, ob es mir besser geht? Sah ich in den letzten Tagen etwa aus, als würde es mir schlecht gehen? Langsam trete ich den Rückzug in mein Zimmer an. Und was stimmt mit meinem Gesicht nicht? Muss man im Tempel plötzlich einem Schönheitsideal entsprechen und Make-up tragen? In diesem Moment fällt es mir wie Schuppen von den Augen: *mein Make-up!* Ich habe mich gestern Abend nicht abgeschminkt. Als ich in mein spartanisches Badezimmer komme und in den Spiegel sehe, kann ich mich selbst nur schwer von einem Pandabären unterscheiden. Der Mascara ist in kleinen Krümelchen rund um die Augen verteilt, der rote Long-Lasting-Lippenstift verschmiert, sodass es aussieht, als hätte ich nachts im Wald ein Eichhörnchen verspeist, und die nachgezeichneten Augenbrauen stehen in einem sehr ungesunden Winkel zueinander. Gott sei Dank habe ich Bong-Soo Lee auf dem Flur getroffen, nicht auszudenken, welche Blamage es gewesen wäre, wenn ich so vor allen anderen beim Yoga aufgekreuzt wäre. Aber ich bin es einfach nicht mehr gewohnt, mich morgens hübsch zu machen. Hier im Tempel herrscht der absolute Nude-Look. Da konnte ich bisher nichts falsch machen.

Nachdem ich mich wiederhergestellt habe, gehe ich zur Waldlichtung, wo die Yogaübungen stattfinden. Die anderen haben tatsächlich auf mich gewartet. Ich lege einen Zahn zu, damit wir endlich beginnen können. Erschöpft stelle ich mich neben Hugo und flüstere ihm zu: »Warum hast du mich nicht geweckt?«

»Ich habe gesagt, du kurierst eine Erkältung aus und

musst ein bisschen länger schlafen. Dachte, das tut dir ganz gut.«

»Und warum bist du schon wach?«, frage ich irritiert. Ich kann in Hugos Zügen keinen Funken Müdigkeit entdecken.

»Ich weiß auch nicht. Aber ich fühle mich fit wie ein Turnschuh«, wispert er stolz und beginnt die Bewegungen des Ältesten nachzuahmen. Er macht eine Rumpfbeuge und kommt dabei mittlerweile sogar mit den Fingerspitzen auf den Boden. Meine Güte, was Glückshormone so alles bewirken können.

Auch Miri turnt leichtfüßig und ausgelassen vor ihm, und mit Erstaunen stelle ich fest, dass Marie sich auf das vordere Ende ihrer Yogamatte gelegt hat. Das nenne ich einen wahren Liebesbeweis. Scheinbar hat der Kater endlich eine würdige Stiefmutter auserkoren. Alle scheinen also trotz durchzechter Nacht wahnsinnig harmonisch drauf zu sein.

Nur Kyusung hat zwei Reihen vor mir Probleme damit, das Gleichgewicht zu halten. Er schwankt wie eine koreanische Nationalflagge im Wind hin und her, als wir unseren rechten Fuß auf dem linken Fußspann abstellen sollen.

Ich grinse. Erst jetzt fällt mir auf, dass es ein wunderschöner Morgen ist. Die Vögel singen, und die Sonne brennt ausnahmsweise noch nicht brütend heiß auf uns hinab, sondern scheint gebrochen durch die Baumkronen auf unsere Yogamatten. Auch wenn ich mich auf die zwei Tage im Wellnesshotel freue, ist es doch schade, dass wir morgen schon nach Hause fliegen. Luxus ist zwar etwas sehr Angenehmes, aber inzwischen habe ich mich sogar an mein hässliches Zimmer gewöhnt. Und wenn ich ehrlich bin, hat der Aufenthalt hier gerade erst angefangen, so richtig Spaß zu machen.

Nach dem Yoga kündigt der Klosterleiter an, dass der Tagesablauf heute ein wenig anders aussehen wird. Statt Teezeremonie und Abendmeditation wird schon nachmittags ein Lagerfeuer entzündet, und abends findet der Lauf über die glühenden Kohlen statt. Die Gemeinschaftsarbeit besteht daraus, Feuerholz zu sammeln und auf dem Vorplatz aufzustapeln.

Doch zunächst haben wir Freizeit, und ich lege mich wieder schlafen. Kyusung hat eine Packung Reiscracker von letzter Nacht gebunkert und mir ein paar zugesteckt, bevor ich in mein Zimmer verschwunden bin, weil ich das Frühstück verpasst habe. Laut Hugo hat der Mönch die Morgenzeremonie selbst zur Hälfte geschwänzt, und ich bin erleichtert, dass ich nicht die einzige Langschläferin bin.

Als ich aufwache, riecht es nach Rauch. Das darf doch nicht wahr sein! Habe ich schon wieder zu lange geschlafen und diesmal die Gemeinschaftsarbeit verpasst? Im Unperfektsein werde ich langsam unschlagbar. Ich stehe auf und laufe vorsorglich ins Badezimmer, um mir das Gesicht zu waschen, falls sich während meines Mittagsschlafs die letzten Make-up-Reste verteilt haben sollten. Aber zum Glück ist das nicht der Fall. Ich sehe zwar nicht gerade aus wie das blühende Leben, aber immerhin wieder wie ich selbst.

Als ich auf den Vorplatz komme, ist das Feuer schon in vollem Gange. Besonders beeindruckend sieht es allerdings nicht aus. Die Mönche haben mit Steinen ein langes Rechteck abgetrennt, in dem sich das gesammelte Holz befindet. Die Flammen lodern etwa eine Armlänge hoch. Ziemlich unspektakulär. Aber ich schätze, dass es eher darum geht, irgendwann die abgebrannten Äste zu entfernen und über die darunter liegenden glühenden Kohlen zu laufen. Ich bin etwas verwundert, dass um das Feuer herum so viele Menschen stehen. Es sind nicht nur die Mönche, sondern noch etwa zwei Dutzend anderer Leute hier. Wahrscheinlich ist der Lauf ein richtiges Event, zu dem auch andere Buddhisten aus Seoul oder dem Umland kommen.

Ich stelle mich neben Hugo und Miri.

»Hey Mia, bist du von den Toten auferstanden?«, fragt Hugo und mustert mich von oben bis unten, als könne er nicht glauben, mich hier zu sehen.

»Wie du siehst«, sage ich und lächele. Der Schlaf hat mir gutgetan, endlich fühle ich mich wieder richtig wach.

»Wirst du auch über die Kohlen laufen?«, fragt Miri und sieht mich erwartungsvoll an.

»Ich denke nicht, nein. Bong-Soo Lee hat uns davon abgeraten.«

»Hugo wird es machen«, antwortet Miri schulterzuckend, als würde sie mein Argument nicht sonderlich überzeugen.

»*Hugo* wird es machen?«, wiederhole ich und sehe meinen besten Freund dabei skeptisch an. »Seit wann denn das?«

»Ja, ich möchte es versuchen.«

Okay, ich habe Hugo zwar selbst ein bisschen dazu getrieben, den Lauf anzutreten, aber realistisch gesehen ist das definitiv keine gute Idee. »Bist du dir sicher? Ich meine, du könntest dich ernsthaft verletzen«, gebe ich zu bedenken und muss zu meiner Schande gestehen, dass ich dabei auch im Hinterkopf habe, dass wir uns den Besuch im

Luxushotel abschminken können, wenn er mit dampfenden Fußsohlen im Krankenhaus liegt.

»Beruhig dich Mia! Ich weiß, was ich tue«, versichert mir Hugo und versucht, eine entschlossene Miene aufzusetzen, doch so ganz überzeugend wirkt seine Entschlussfreudigkeit nicht.

»Kann ich dich mal kurz alleine sprechen?«, frage ich und ziehe ihn, ohne seine Antwort abzuwarten, ein paar Schritte vom Feuer weg. »Du machst das jetzt nicht nur wegen Miri, oder? Um sie zu beeindrucken?«

»Nein, natürlich nicht«, druckst Hugo herum. »Ich tue das für mich. Du hattest vollkommen recht, als du vorgestern gesagt hast, dass ich mutiger werden wollte. Du hast unsere Wette gewonnen, und ich will auch ein Erfolgserlebnis haben. Wir haben diese Reise geplant, damit ich mich mehr traue, und irgendwie habe ich das Gefühl ... dass ich etwas Handfestes brauche, um morgen mit mir selbst im Reinen zurückfliegen zu können.«

Ich sehe Hugo verständnisvoll an. Ich hatte keine Ahnung, dass es ihn so beschäftigt, dass ich diejenige bin, die unsere Wette gewonnen hat. Er hat sich rein gar nichts anmerken lassen. Ich dachte, dadurch, dass er Miri kennengelernt hat, ist ihm das schnuppe. »Das verstehe ich. Aber diese Mutprobe ist wirklich gefährlich! Du wirst dir höchstwahrscheinlich verdammt die Füße verbrennen.« Ich verziehe alleine beim Gedanken daran schmerzlich das Gesicht.

Hugo seufzt. »Ach Mia, ich habe den Großteil meines Lebens kalte Füße gehabt – es muss jetzt einfach eine Veränderung her.«

Ich nicke und hoffe, dass die Mönche ihn noch davon abhalten werden, diese verrückte Aktion durchzuziehen.

Als die Äste vollständig runtergebrannt sind, werden die glühenden Kohlen sichtbar. Scheinbar muss nun alles ziemlich schnell gehen, denn der Älteste tritt rasch, doch wie immer würdevoll, an den Anfang des länglichen Rechtecks.

Der Weg über den glühenden Untergrund ist etwa fünf Meter lang, und ich fühle mich ein wenig an Dr. Samiras magische Show zurückerinnert. Auf heißen Kohlen laufen, wie soll das funktionieren? Es ist doch ein Naturgesetz, dass etwas verbrennt, wenn es mit Hitze in Berührung kommt. Fast wünsche ich mir, der Älteste würde mit schmerzverzerrtem Gesicht zurückschrecken, nachdem er den ersten Schritt gewagt hat. Dann müsste ich mir nicht die Frage stellen, ob ich an übersinnliche Phänomene glaube. Doch das ist nicht der Fall. Der Klosterleiter schreitet viel mehr in solcher Ruhe über den rauchenden Untergrund, dass man meinen könnte, er liefe auf einer Sommerwiese. Zügig danach treten auch die anderen Mönche ihren Gang an, und keiner von ihnen macht eine Miene, die verrät, was sie hier eigentlich gerade tun. Sie sehen so entspannt aus, dass man ihre Gesichter problemlos in einen Werbesport für irgendein Medikament gegen nervöse Unruhezustände retuschieren könnte. Ich bin vollkommen baff, doch scheine ich die Einzige zu sein. Die Tempelbesucher geben keine »Ohs« und »Ahs« von sich, und es wird auch nicht geklatscht, wenn einer der Mönche den Weg beendet hat. Stattdessen halten viele der Umstehenden ihre Mala in den Händen und murmeln vor sich hin, einige haben sich auch im Schneidersitz niedergelassen und starren konzentriert auf den Ort des Geschehens.

Als Letzter läuft Kyusung über das Rechteck, und er sieht, zu meiner Freude, besonders zufrieden aus. Als wäre er sehr glücklich darüber, endlich nicht mehr so streng mit sich sein zu müssen und trotzdem über glühende Kohlen gehen zu können.

Dann setzt sich Hugo in Bewegung. Er läuft direkt auf den Punkt zu, von dem auch die anderen ihren Weg über die glühenden Kohlen angetreten haben. Oh Mann! Mir fällt nichts Besseres ein, als die Hände zu falten. Kurz bevor ich ein Stoßgebet gen Himmel schicken will, fällt mir jedoch ein, dass das nicht so recht in die buddhistische Zeremonie passt. Vielleicht wäre es besser, darauf zu vertrauen, dass Hugo dieselben Fähigkeiten besitzt wie die Mönche? Meditationserfahrung hin oder her, alle Menschen haben dasselbe Potenzial. Der Klosterleiter ist kein Superman und Bong-Soo Lee meines Wissens nach auch nicht als kleiner Junge in den Zaubertrank gefallen, wieso sollte Hugo also nicht können, was sie können? Entgegen meiner Vermutung macht keiner der Mönche Anstalten, ihn von seinem Vorhaben abzubringen, aber die Zuschauer scheinen sich sehr über diesen mutigen Europäer zu wundern. Das Mantra-Gemurmel hört auf, der starre Blick der Menschen, die im Schneidersitz auf dem Boden sitzen, wird plötzlich fokussierter, als wären sie aus einer Trance aufgewacht. Ich blicke zu Miri hinüber, die nun doch etwas unsicher aussieht.

Hugo steht mit sichtbarer Anspannung vor dem Rechteck. Dann wagt er den ersten Schritt. Zunächst sieht er so gelassen aus wie die Mönche, doch kaum berührt er mit dem zweiten Fuß die Kohlen, schreit er plötzlich wie am Spieß los und sprintet so schnell wie ein abgeschossener Pfeil über den schwelenden Boden – direkt in Miris Arme, die ihm entgegengerannt ist.

Nun wird doch geklatscht. Die Mönche und Zuschauer applaudieren, und ich atme erleichtert aus, denn die Tatsache, dass Hugo noch steht, lässt mich hoffen, dass sich seine Verbrennungen in Grenzen halten. Die beiden Turteltauben liegen sich in den Armen, und während ich zu ihnen hinüberlaufe, um mich von der Unversehrtheit meines Freundes zu überzeugen, wird mir eines klar. Vor ein paar Wochen wäre ich mit Sicherheit die Erste gewesen, die aus sturem Perfektionismus und Ehrgeiz über die glühenden Kohlen gelaufen wäre, auch wenn ich mir dabei die Fußsohlen abgefackelt hätte, und Hugo wäre der Letzte gewesen, der überhaupt mit dem Gedanken gespielt hätte. Ich sehe zum rauchenden Mutprobenfeld hinüber und gerate kurz in Versuchung. Vielleicht nur ein paar Schritte, um zu sehen, ob ich so mutig bin wie die anderen? Doch in diesem Moment merke ich, dass ein alter Bekannter zurückgekehrt ist, den ich lange Zeit überhaupt nicht vermisst habe – mein innerer Schweinehund. Ich bin so glücklich, ihn wieder bei mir zu haben, dass ich plötzlich kein Bedürfnis mehr verspüre, ihn in irgendeiner Form zu überwinden.

Langsam verstehe ich, warum Bong-Soo Lee sich so über die stinknormale Holzperle an der Mala des Buddhas gefreut hat. Es sind nicht nur die glänzenden, außergewöhnlichen Erlebnisse und Leistungen, die zählen. Nicht nur die Feuerläufe, Karrieresprünge, Hochzeiten und Höhepunkte. Es sind Alltag und Normalität, die Zufriedenheit schenken. Die mausgrauen Augen und der DVD-Abend zu zweit auf der Couch, das Ein- und Ausatmen und Fast Food, die unspektakuläre Mönchsrobe und eine klitzekleine Tasse Tee, kurz gesagt *der buddhistische Nude-Look*.

40

Das Abschiedsgeschenk

Am nächsten Morgen, während der hundertacht Niederwerfungen bei der Morgenzeremonie, werde ich richtig wehmütig. Bin ich wirklich bereit, wieder nach Berlin zurückzukehren? Ich war so lange nicht mehr in meiner vertrauten Umgebung, und die ganzen Ortswechsel haben mir unglaublich gutgetan. Wie ich mich wohl zu Hause fühlen werde?

Ich sehe zu Hugo hinüber, der die Bewegungen, wie jeden Morgen, im Schneckentempo vollzieht. Zudem ist ihm deutlich anzumerken, dass ihm heute auch noch die Füße wehtun. Nach jeder Verbeugung hievt er sich schwerfällig in den Stand zurück. Er hat keine größeren Verletzungen davongetragen, das muss man ihm lassen. Ich bin stolz auf ihn. Vielleicht braucht man gar nicht zwingend die Meditation, um Überirdisches zu vollbringen, vielleicht kann es auch die Liebe sein, die einem ungeahnte Fähigkeiten schenkt. So komisch es sich anhört, ist es gerade die Liebe zu Mark, die mich auch über seinen Verlust hinwegtröstet. Ich will, dass er glücklich ist, und dieses positive Gefühl hält mich davon ab, in Wut und Groll zu versinken. Vielleicht werde ich es trotzdem weiter mit der Meditation versuchen. Nicht unbedingt jeden Tag um vier Uhr morgens, aber hier und dort mal ein paar Minuten. Gedanken beobachten. An die Leere denken. Und an das Nicht-Getrenntsein.

Nach der Morgenzeremonie ist es so weit. Hugo und ich stehen mit gepackten Koffern auf dem Vorplatz. Marie beschwert sich lauthals über seinen Aufenthalt in der Transportbox. Der arme Kerl tut mir wirklich leid. Für ihn war die Freiheit im Tempel bestimmt ein Highlight. Ob er Hugos Wohnung in Zukunft überhaupt noch als sein Domizil akzeptieren wird? Schließlich war er eine Woche lang in der koreanischen Wildnis zu Hause.

Miri wird uns mit ihrem Wagen zum Flughafen fahren und steht bereits mit klapperndem Autoschlüssel neben uns. Da wir das Frühstück verpassen, drückt Kyusung jedem von uns ein Lunchpaket in die Hand, das, seinen freudigen Aussagen hinter vorgehaltener Hand nach, nur ungesundes Zeug enthält, das er während unserer Nacht in Seoul gekauft hat. Alle Mönche haben sich zum Abschied vor uns aufgestellt, und mir kommt es gar nicht so vor, als hätten wir nur eine Woche gemeinsam verbracht. Mit einigen von ihnen habe ich in der ganzen Zeit zwar kein einziges Wort gewechselt, doch trotzdem sind sie alle mit dafür verantwortlich, dass ich mich hier letztlich sehr wohlgefühlt habe. Die Atmosphäre im Tempel wird spürbar von den Menschen und der wunderschönen Natur geprägt. Insgeheim hoffe ich, dass auch Hugo und ich für die Mönche in irgendeiner Form besondere Gäste waren und nicht nur zwei von vielen Besuchern, die hier ein und aus gehen.

»Na dann«, sage ich unbeholfen und weiß nicht recht, wie ich mich verabschieden soll.

Der Klosterleiter nimmt mir die Entscheidung ab, faltet

die Hände vor der Brust und verbeugt sich tief. Die anderen Mönche folgen nacheinander seiner Geste.

Hugo und ich widerstehen dem gewohnten Impuls, jedem Einzelnen die Hand zu schütteln, und senken stattdessen unsere Oberkörper. Danach sehe ich Bong-Soo Lee noch einmal dankbar lächelnd in die Augen. Er erwidert meinen Blick, und mir kommt es vor, als wüsste er von all dem, was uns in der Zeit hier geschehen ist: von meiner anfänglichen Unzufriedenheit, dem endgültigen Abschied von Mark, meinen Fortschritten in der Meditation, Hugos Liaison, unserem nächtlichen Ausflug, Kyusungs Offenbarung und unserem stetig gewachsenen Wohlbefinden.

Ich sehe auch noch einmal zum Klosterleiter hinüber, und obwohl seine Augen wieder milchig und abwesend wirken, spricht sein Lächeln Bände. Vielleicht ist es Einbildung, aber ich bin mir ziemlich sicher, dass er in diesem Moment an seinen Bi-Ba-Butzemann-Traum denkt.

Schweren Herzens machen wir uns auf den Weg. Als wir in Miris Auto sitzen und in Richtung Flughafen fahren, betrachte ich noch einmal, genau wie auf der Hinfahrt, die koreanischen Berge. Sie sind so schön und strahlen diese unglaubliche Sicherheit aus. Wer will schon Berge versetzen? Ich möchte sie mir nur anschauen.

Ich öffne Kyusungs Fresspaket, Abschiedsschmerz macht hungrig. Ein süßes Brötchen gefüllt mit roter Bohnenpaste, eine Packung der gleichen Chips, die ich im Noraebang gegessen habe, eine Dose Cola. Außerdem entdecke ich einen Umschlag in der Papiertüte, auf dem mein Name steht. Gespannt öffne ich ihn, ein kleiner Zettel befindet sich darin.

Liebe Frau Mia,
Ihr Besuch im Tempel hat mir sehr viel bedeutet.
Ich wünsche mir von Herzen, dass Sie das Leben der Menschen in Ihrer Heimat so sehr bereichern wie das meine.
Als Dank und Erinnerung lege ich Ihnen ein Andenken bei. Ich habe es im Flussbett nahe des Wasserfalls gefunden und sofort an Sie denken müssen.
Halten Sie es in Ehren.
Alles Gute für Sie und Herrn Hugo
Ihr Kyusung

Ich werfe einen weiteren Blick in den Briefumschlag. Dort liegt – unschuldig und unversehrt – Marks Swarovskikette.

41

Überraschung im Paradies

»Und ihr habt euch nicht mal geküsst? Wie kann denn das sein?«, frage ich verständnislos.

Hugo und ich sitzen mittlerweile in der Limousine des Luxushotels, die uns vom Flughafen Tegel in den Spreewald fährt. Wir haben fast die ganze Flugzeit verschlafen – und das war auch gut so. Wer glaubt, dass das Leben buddhistischer Mönche von Ruhe und Muße geprägt ist, der liegt definitiv falsch. Eigentlich geht es in einem Tempel ähnlich zu wie bei der Bundeswehr, nur in schönerer Umgebung und mit munter lächelnden Buddhafiguren drumherum. Die Ankunft in Berlin war deshalb etwas ernüchternd. Der Flughafen kam mir schmucklos vor, und die schwarze Limousine, in der wir jetzt sitzen, ist zwar luxuriös, aber auch ungewohnt farblos und bieder.

»Ich weiß nicht«, antwortet Hugo. »Irgendwie will ich es langsam angehen. Klar, da ist nichts gelaufen zwischen uns, aber trotzdem fühle ich mich … so sicher.«

»Du meinst, du bist dir sicher, dass bei eurem Wiedersehen etwas laufen wird?« Miri hatte Hugo nämlich am Flughafen gefragt, ob sie ihn demnächst in Berlin besuchen dürfe, und die beiden haben Telefonnummern und E-Mail-Adressen ausgetauscht.

»Ja, nein, ich meine, nicht nur das. Natürlich freu ich mich, dass Miri in einigen Wochen zu mir nach Berlin kommen will. Und ich würde auch gerne mit ihr schlafen. Aber vielleicht muss das gar nicht passieren – zumindest nicht sofort –, damit ich mir sicher bin, dass eine Frau mich anziehend findet und mit mir zusammen sein möchte.«

Ich werfe dem Fahrer unserer Limousine einen unauffälligen Blick zu, doch er tut ganz professionell so, als würde er unser Gespräch nicht belauschen. Für mich ist es, im Gegensatz zu Hugo, ganz klar, dass Miri nicht nur nach Berlin kommt, um sich die Siegessäule anzusehen. Schließlich hat sie Hugo geradeheraus gefragt, ob sie bei ihm übernachten kann. Und ich habe ihren sehnsüchtigen Blick gesehen, als sie sich am Flughafen von ihm verabschiedet hat. Sie will ihn. Ich bin mir ganz sicher, dass es zwischen den beiden schnell zur Sache kommen wird, wenn sie in Deutschland ist – aber das kommt für Hugos Wettgewinn leider zu spät.

»Außerdem«, fährt Hugo fort, »bin ich die ganze Zeit davon ausgegangen, dass du unsere Wette gewonnen hast. Vielleicht hätte ich mich ein wenig mehr ins Zeug gelegt, wenn ich geahnt hätte, dass sich das Blatt noch einmal wendet.«

»Was meinst du denn bitte damit?«

»Du bist disqualifiziert, *das* meine ich damit«, bestimmt Hugo selbstbewusst. »Die Kette ist wieder in deinem Besitz, deshalb hast du dein Ziel nicht erreicht.«

»Aber das ist doch vollkommener Quatsch!«, verteidige ich mich. »Ich *habe* die Kette weggeworfen! Was kann ich dafür, wenn Kyusung sie mir in mein Lunchpaket steckt? Das ist nicht fair!«

»Gut, dann schmeiß sie auf der Stelle aus dem Fenster, das ist deine letzte Chance.«

Nun zeigt der Fahrer doch eine Reaktion, er dreht den Kopf minimal zu uns herum. Vermutlich ist er beunruhigt, ob ich tatsächlich mitten auf der Landstraße etwas aus seiner Limousine pfeffere. Schließlich könnte das einen handfesten Swarovski-Steinschlag auf einem anderen Auto hinterlassen.

Ich krame in meinem Handgepäck und hole die Kette aus Kyusungs Umschlag. Ich solle sie in Ehren halten, hatte er mir geschrieben. »Du bist so gemein«, sage ich zu Hugo. »Sie ist doch inzwischen nicht nur eine Erinnerung an Mark, sondern auch an Kyusung.«

»Dann musst du in den sauren Apfel beißen und das Muffelfurz-Monster selbst spielen.«

Ich seufze genervt und stecke das Schmuckstück wieder in meine Tasche. Ich kann das jetzt nicht. Ich werde sie bestimmt nicht wieder täglich tragen, aber vielleicht hänge ich sie zu Hause einfach zu meinen anderen Ketten. Und wenn das Licht auf sie trifft und sie ihre Leuchtpunkte im Zimmer verstreut, werde ich mich an die Mönche, die Zeit im Tempel und unsere Reise erinnern. Es hat gleichzeitig etwas Witziges und Gruseliges, dass Kyusung mir die Kette zugesteckt hat. Wie in einem Horrorfilm, in dem ein Gegenstand immer wieder auftaucht, obwohl man ihn schon x-mal vernichtet hat.

In diesem Moment biegen wir in eine Einfahrt und fahren im Schritttempo auf mehrere Landhäuser zu, die von Scheinwerfern bestrahlt am Ende einer Allee thronen. Das Hotel liegt sehr abgeschieden, um uns herum befinden sich nur Wald und Felder.

»Da wären wir«, sagt der Fahrer und hält direkt vor dem Eingang des mittleren Gebäudes.

Als wir mit unseren Koffern und Maries Transportbox den Empfangsbereich betreten, läuft ruhige Klaviermusik. Von irgendwoher höre ich Wasser plätschern, eine breite beigefarbene Ledercouch steht in der Mitte des Raumes auf dunkelgrauem Steinboden, ein Hirschgeweih hängt an einer Wand, die zur Hälfte in hellen Natursteinen belassen wurde. Darüber beginnen dunkelbraune Dachbalken, die sich bis zur hohen Decke ziehen. Auf schweren, urigen Kommoden sind farnartige Pflanzen platziert, und als ich hochsehe, entdecke ich einen innen liegenden Balkon, auf dem ein weinroter Ohrensessel und einige Bücherregale stehen. Es sieht aus wie eine Bibliothek, die über der Rezeption schwebt.

»Kann ich Ihnen helfen?«, fragt die Dame am Empfangstisch. Sie trägt ein graues Kostüm, die braunen Haare sind zu einem Dutt gebunden. Ihr Make-up ist so makellos, als würde sie in der Kosmetikabteilung der Galeries Lafayette arbeiten.

»Hallo«, sage ich, knuffe Hugo in die Seite, der sich immer noch staunend im Empfangsbereich umsieht, und bewege mich Richtung Rezeption. »Wir haben einen Aufenthalt hier gewonnen, für zwei Nächte«, erkläre ich und komme mir dabei ein wenig komisch vor. Ich habe noch nie irgendetwas gewonnen. Ob es wirklich wahr ist und alles mit der Reservierung geklappt hat?

»Ah ja, wir haben Sie schon erwartet. Frau Meinecke und Herr Helms?«

»Genau.«

»Sehr schön. Wir haben für Sie die Landhaussuite reserviert. In der Buchung sind außerdem unser Frühstücksbuffet, ein Vier-Gänge-Abendmenü und die Nutzung unserer viertausend Quadratmeter großen Landtherme enthalten. Dort stehen Ihnen verschiedene Saunen, ein beheizter Außenpool, ein Whirlpool, das Schwimmbad am Kamin, das Dampfbad, der Fitnessraum, die Bibliothek, unser Kinosaal sowie zahlreiche Ruheräume zur Verfügung. Sollten Sie eine Massage wünschen, geben Sie mir einfach Bescheid. Eine Liste mit den Anwendungen liegt in Ihrer Suite bereit. Haben Sie noch Fragen zu Ihrem Aufenthalt?«

»Äh«, bringe ich hervor. »Und das ist ganz sicher alles umsonst?« Es ist fast zu schön, um wahr zu sein.

Die Rezeptionistin lächelt geschmeichelt. Es muss ein tolles Gefühl sein, in einem luxuriösen Resort zu arbeiten, wo man die Gäste verwöhnen kann. So fühlt man sich als Motelangestellter an der A24 bestimmt nicht. »Alles wird komplett von Ihrem Reiseveranstalter übernommen.«

»Und kann mein Kater auch in der Suite wohnen?«, erkundigt sich Hugo.

»Selbstverständlich. Haustiere sind uns sehr willkommen, wir stellen gerne alles Notwendige für Ihren Vierbeiner zur Verfügung. Lassen Sie Ihre Koffer einfach hier stehen, ich führe Sie schon einmal zu Ihrer Suite.«

Als wir der Frau durch die Gänge folgen, wächst in mir der Wunsch, sofort hier einzuziehen. Jeder Korridor ist so gestaltet, dass man sich am liebsten in einen der gemütlichen Sessel fallen lassen, die Stehlampe anknipsen und lesen möchte. Manche Ecken, an denen wir vorbeikommen, sind rundherum von bodenlangen Fenstern umgeben, sodass man freie Sicht in den Garten und auf die grüne Umgebung hat.

»Das ist ja der Wahnsinn!«, zischt Hugo mir zu.

»Das hätte ich auch nicht erwartet«, gestehe ich. Da

wir im Tempel keinen brauchbaren Internetzugang hatten, konnten wir uns vorher überhaupt nicht über das Hotel informieren.

Die Angestellte öffnet die Tür zu unserer Suite. Wie durch Zauberhand befindet sich unser Gepäck bereits im Raum, und für Marie wurden ein Katzenklo und ein kleines Körbchen bereitgestellt, in dem sich ein noch verpacktes Leckerli befindet. Die Suite ist ungefähr doppelt so groß wie meine Wohnung. Ein offenes Wohnzimmer geht in das geräumige Schlafzimmer über, durch das man auf die riesige Terrasse gelangen kann.

»Die Schlüssel lege ich auf Ihren Schreibtisch. Wenn Sie irgendetwas brauchen oder Fragen haben, rufen Sie mich einfach an.«

Ich nicke vollkommen benommen, während die Rezeptionistin unsere Suite verlässt. Der flüchtige Blick ins Badezimmer hat mich sprachlos gemacht. Als Hugo und ich es gemeinsam betreten, fällt uns die Kinnlade runter. Alles ist mit glatten Marmorfliesen ausgelegt, die Badewanne ist so groß wie ein Swimmingpool, es gibt eine Sauna, eine Dusche, die in ihren Ausmaßen ein eigenes Badezimmer hergeben würde, und verschnörkelte goldene Wasserhähne, die man problemlos auch fürs Interieur im Buckingham Palace verwenden könnte.

»Sag mal ehrlich, meinst du, wir sind mit dem Flugzeug abgestürzt und direkt im Paradies gelandet?«, frage ich und starre Hugo an.

»Das scheint mir momentan die plausibelste Erklärung zu sein. Eins ist klar, Reisen buchen wir in Zukunft nur noch über deine Frau Waramara.«

Ich hätte nie gedacht, dass ich diesen bescheuerten Satz

einmal sage, aber in diesem Augenblick muss er einfach raus: »Kneif mich mal!«

Hugo zwickt mich in den Unterarm.

»Okay. Ich spüre etwas, das heißt, wir sind tatsächlich hier. Mensch Hugolein, jetzt geht's aufwärts mit unseren Leben. Ich habe es dir doch gesagt: Eine Weltreise ist *die* Lösung für *alles*!«

»Oh, ich habe vor lauter Aufregung vergessen, Marie aus seiner Transportbox zu lassen.« Hugo sprintet ins Wohnzimmer.

Ich folge ihm selig grinsend. Hätte mir jemand vor drei Wochen gesagt, dass ich jemals wieder so glücklich sein würde, hätte ich ihn für verrückt erklärt.

Hugo und ich haben es uns den ganzen Nachmittag richtig gut gehen lassen. Sofort, nachdem Hugo Marie aus seiner Transportbox entlassen hatte, sind wir in unsere Bademäntel geschlüpft und in den Spa-Bereich marschiert. Die Rezeptionistin hatte nicht zu viel versprochen. Es gibt so viele verschiedene Saunen, Ruheräume, Kaminzimmer und Schwimmbecken, dass wir zwischenzeitlich überhaupt nicht mehr wussten, wo wir uns befanden. Die Landhäuser scheinen alle miteinander verbunden zu sein, sodass man in immer neuen Bereichen landet. Es ist magisch. Am besten gefallen haben mir die Kräutersauna und der Ruheraum mit offener Feuerstelle. Die Sofas sind dort so göttlich weich, dass man sich am liebsten häuslich einrichten möchte.

Jetzt sitzen wir gespannt im Gourmetrestaurant und warten auf unser Vier-Gänge-Menü. Wir haben ein separates Esszimmer, das hinter dem Restaurant liegt und in dem kein anderer Gast außer uns das Essen serviert bekommt.

»Ist es nicht großartig, dass wir auch noch den ganzen morgigen Tag hier verbringen können? Fortuna ist auf unserer Seite. Durch meinen Pokergewinn in Las Vegas habe ich jetzt sogar *mehr* Geld als *vor* unserer Reise!«

Es ist komisch, plötzlich fällt es mir viel leichter, die positiven Dinge in meinem Leben zu sehen. Ein zuversichtliches Gefühl breitet sich in mir aus. Seitdem ich ins Reisebüro zu Frau Jawara gegangen bin, hat mein Schicksal sich langsam, aber stetig gedreht und inzwischen einen Höhepunkt erreicht. Vielleicht sollte ich irgendwann noch mal dort vorbeigehen und mich persönlich bei ihr bedanken.

Der erste Gang wird serviert. »Gratinierter Ziegenkäse auf Feldsalat mit Walnussvinaigrette«, sagt der Kellner und stellt die Teller vor uns ab.

»Es ist fast, als hätte sich der Schneckenschleim im Tempel gelohnt. Jetzt weiß ich so ein Essen erst richtig zu schätzen«, sagt Hugo und deutet auf den liebevoll angerichteten Teller.

»Sind das Goldblättchen auf dem Rand?«, frage ich verblüfft. Doch Hugo ist so auf das Essen konzentriert, dass er mich gar nicht zu hören scheint. Es folgt eine asiatische Suppe als Zwischengang, für Hugo mit Garnelen und für mich die vegetarische Variante mit Räuchertofu und Shiitakepilzen. Nachdem ich den ersten Löffel gekostet habe, beschließe ich, dem Koch einen Antrag zu machen. Säuerliches Zitronengras, scharfe Ingwerstifte, frischer Koriander, geröstete Chiliflocken, salzige Sojasoße und eine Prise Süße – eine wahre Geschmacksexplosion.

»Wirst du jetzt in Berlin eigentlich nach einem neuen Job suchen?«, fragt Hugo, während er genüsslich seinen Löffel ableckt.

»Mhm«, brumme ich und zucke mit den Schultern. »Ich habe daran gedacht, mich eventuell selbstständig zu machen. In meinem Beruf könnte ich damit ganz gute Chancen haben. Ich würde versuchen, Kunden zu gewinnen, und schauen, wie es läuft. Es wäre so toll, sich seine Arbeitszeit frei einteilen zu können.«

»Ja, das klingt wirklich super«, stimmt Hugo mir zu. »Vielleicht können wir uns zusammentun, wenn ich endlich mit meinem Studium fertig bin. Möglicherweise habe ich Kunden im Ausland und brauche eine Fremdsprachenkorrespondentin.« Er strahlt über das ganze Gesicht.

»Dazu musst du aber endlich dein Examen machen! Wer über glühende Kohlen laufen kann, wird doch wohl auch diese Prüfung schaffen«, ermutige ich ihn.

»Auf jeden Fall, ich werde mich noch diesen Sommer anmelden und den Mist endlich hinter mich bringen. Ganz sicher.« Nach allem, was er in den letzten drei Wochen gemacht hat, glaube ich ihm das sogar.

Bevor wir weitere berufliche Pläne schmieden können, wird der Hauptgang serviert. Hugo bekommt Jakobsmuschel-Saltimbocca an Seeigelcreme auf einem Salatbett, und vor mir steht ein Teller mit Spargelstangen in Parmesankruste mit einem Töpfchen zerlassener Salbeibutter an Radieschen-Carpaccio.

»Wir müssen echt mal nachsehen, wie viel eine Nacht in diesem Luxusschuppen normalerweise kostet. Ich meine, jetzt mal ernsthaft – *Seeigelcreme*? Ich habe noch nicht mal gewusst, dass so etwas existiert«, begeistert sich Hugo.

»Ehrlich gesagt kann ich mir absolut nicht vorstellen, wie das schmeckt«, sage ich. »Wie ist es denn?«, will ich neugierig wissen.

Hugo nimmt einen Teelöffel der Creme und schließt genießerisch die Augen. »Schmeckt ein wenig wie Pilz, aber auch recht nussig. Im Abgang eher süßlich«, beschreibt er und grinst.

»Ach, du Spinner! Als hätte der Seeigel einen Abgang, das haben doch nur Weine. Apropos, der ist auch super«, stelle ich fest und trinke einen Schluck. Der Alkohol ist natürlich auf jeden Gang abgestimmt, sodass wir mit jedem Gericht ein neues Glas serviert bekommen. Dann stürze ich mich auf meine Hauptspeise. Ich tunke die Spargelstücke in die Salbeibutter, als würden sie in der heißen Soße ein ausgiebiges Bad nehmen müssen, spachtele das Radieschen-Carpaccio, als befürchtete ich, die pink-weißen Scheiben könnten weglaufen, und spüle so kräftig mit dem Rotwein nach, dass der Kellner mir noch zweimal nachschenken muss.

Gerade will ich mich müde, befriedigt und glückselig zurücklehnen, als mir das Blut in den Adern gefriert. Während Hugo schweigend die letzten Gourmethappen seines Hauptgangs genießt, höre ich jemanden im Restaurant hinter uns sagen: »Entschuldigen Sie, das ist vielleicht eine blöde Frage, aber könnte ich morgen früh Smacks auf mein Zimmer bekommen? Haben Sie so etwas im Haus?«

Es ist die Stimme von Mark.

Es ist die Stimme von Mark?

Es ist die Stimme von Mark!

Plötzlich zittere ich am ganzen Körper. »Hugo, das war Mark!«, flüstere ich verzweifelt, als ich wieder genug Flüssigkeit in meinem Mund zur Verfügung habe. Ich kann nicht glauben, dass ich diesen Satz gerade gesagt habe. Ist das hier vielleicht doch alles nur ein Traum, der jetzt eine ungeahnte Wendung nimmt?

»Was war Mark?«, fragt Hugo verdattert und blickt auf meinen leeren Teller.

»Psssst! Bist du verrückt geworden? Nicht so laut! Da draußen sitzt Mark. Im Restaurant!«

»Ach so ein Quatsch. Mark ist in Afrika.«

»Hör doch mal, es ist seine Stimme.«

Wir lauschen angestrengt.

Vor unserer Tür bespricht der Kellner immer noch mit ihm die Frühstücksoptionen. Falls es wirklich Mark ist, hat der Angestellte mit Alternativen zu Kellog's Smacks jedoch schlechte Karten – Mark braucht jeden Morgen seine Dosis. Wie ich ihn kenne, hatte er sich garantiert sogar ganze Pakete mit nach Afrika genommen.

Ich überlege. Er ist direkt nach unserer Trennung für sechs Wochen weggeflogen, es könnte zeitlich passen, dass er inzwischen wieder zurück ist. Und nach weiterem Grübeln wird mir klar, es kommt sogar ziemlich genau hin. Ich werfe Hugo einen Blick zu.

Er schluckt. »Mia, ich glaube, du hast recht«, flüstert er dann mit Grabesstimme.

»Scheiße«, murmele ich und weiß überhaupt nicht, was ich denken, geschweige denn tun soll. Was macht Mark denn ausgerechnet *hier*? Im Spreewald?

In diesem Moment kommt der Kellner in unser Esszimmer. »Ich würde die Herrschaften dann gerne in unsere Käsekammer führen, dort stehen Ihnen als Nachspeise zwanzig verschiedene Rohmilchkäse-Spezialitäten zur Auswahl. Wenn Sie mir bitte folgen wollen.« Er läuft vor, und ich gerate in Zugzwang.

»Wir können nicht einfach sitzen bleiben«, sagt Hugo zu mir und steht auf. »Ich höre Mark nicht mehr. Los komm! Er ist bestimmt schon weg.« Hugo eilt dem Kellner hinterher.

Ich setze mich ebenfalls langsam in Bewegung. Wenn Hugo schon ins Restaurant gelaufen ist, ist sowieso alles egal. Sobald Mark ihn sieht, wird er ihn begrüßen, und Hugo wird ihm sagen, dass er mit mir hier ist. Ich beschließe, der Devise »Augen zu und durch« zu folgen. Schnell laufe ich durch das Restaurant und erspähe gerade noch einen Zipfel von Hugos blauem T-Shirt, das in einem Nebenraum verschwindet. Gott sei Dank scheint Mark tatsächlich schon auf sein Zimmer verschwunden zu sein. Wie kann er sich nach der großen Afrikareise überhaupt noch so einen Luxusaufenthalt leisten? Ich hetze Hugo hinterher und erreiche, tatsächlich ganz ohne Mark zu begegnen, die Käsekammer. Bereits von Weitem sehe ich die verschiedenen Sorten, umgeben von pompösen Kerzenständern, auf einem rustikalen Tisch thronen. Ich trete durch den Türrahmen, doch bevor ich vollständig im Raum bin, baut sich vor mir eine dunkelblaue Wand auf, in die ich ungebremst hineinrenne. Ich hebe den Blick. Die blaue Wand ist ein T-Shirt. Und der Körper, der in diesem T-Shirt steckt, gehört Mark.

42

Zwischen Käse, Tür und Angel

»Mia?«

»Mark.« Ich sage das so nüchtern, als würde ich mir lediglich selbst noch einmal bestätigen, dass er es ist. Seine Haut ist dunkelbraun gebrannt, wodurch seine Haare noch heller aussehen, sein T-Shirt hat einen etwas zu weiten V-Ausschnitt – seit wann trägt er denn so was? –, und zu meinem Erstaunen lächelt er übers ganze Gesicht. Freut er sich etwa, mich zu sehen?

»Was machst du hier?«, fragt er gut gelaunt, und ich spüre, dass er mich am liebsten in den Arm nehmen würde. Er macht einen Schritt auf mich zu und streckt die Hände unbeholfen in meine Richtung, lässt sie dann aber wieder sinken. Vermutlich liegt es daran, dass ich sein freundliches Lächeln nicht erwidern kann. Nicht, weil ich mich nicht freue, ihn zu sehen, aber ich bin einfach komplett *überfordert*. Ich meine, da steht *Mark*. Direkt vor mir!

»Ähm, ich mache hier Urlaub«, bringe ich hervor.

Hugo taucht neben mir auf. Jetzt wird mir auch klar, dass ich nicht seinem blauen T-Shirt in die Käsekammer gefolgt bin, sondern Marks. Sie tragen beide genau die gleiche Farbe.

»Mia, Mark, hallo«, sagt Hugo, und ich sehe ihm an, dass er nicht weiß, was genau er tun soll. Mark die Hand geben? Sofort verschwinden? Mich aus der Situation befreien? »Ich habe den Kellner verloren, aber wie ich sehe, hast du die Käsekammer auch so gefunden, Mia.«

»Ja, das habe ich«, bestätige ich seltsam förmlich. »Und was machst du hier?«, frage ich dann an Mark gewandt, denn natürlich interessiert es mich, was ihn in dieses Hotel verschlägt. Fast hätte ich noch hinzugefügt: »Und wo ist Lena?«, aber ich habe mich rechtzeitig gebremst. Letztendlich bin ich nicht scharf darauf, Näheres über die beiden zu erfahren. Man stelle sich vor, er würde antworten: »Die rekelt sich gerade im Negligé in meinem Zimmer. Nach dem Essen gehe ich zu ihr und knete ihre riesigen Brüste.« Nein danke, auf so eine Antwort kann ich verzichten.

»Ich habe bei so einem Reisegewinnspiel zwei Übernachtungen gewonnen.«

»Wir auch«, sagt Hugo verblüfft. »Das gibt's doch nicht!«

»Anscheinend schon ...«, murmele ich.

»Und ... wie geht's dir so?«, fragt Mark unsicher. »Du siehst anders aus.«

Er mustert mich, meine leicht gewellten Haare, die ich früher immer geglättet habe, meine Haut, die ungeschminkt die vielen Sommersprossen preisgibt, meinen Hals, um den keine Kette mehr hängt, die mausgrauen Augen, die er nur mit der künstlichen Farbe »Sky« kennt.

»Ähm, inzwischen ganz gut«, antworte ich wahrheitsgemäß.

»Du siehst auch sehr zufrieden aus«, stimmt er zu.

Nun breitet sich doch noch ein leichtes Lächeln auf meinem Gesicht aus. Es tut gut, Mark ganz ohne Maske zu begegnen. Es ist so befreiend. Wie ausatmen, nachdem man lange die Luft angehalten hat.

»Und dir?«, frage ich.

Er wiegt den Kopf hin und her. »Mal so, mal so.«

»Also, ich bediene mich mal am Käse«, sagt Hugo und geht in Richtung Tisch. Dabei wirft er mir einen fragenden Blick über die Schulter zu, als würde er sich vergewissern wollen, ob ich okay bin. Ich lächele ihm zu.

»Ich... ich find's wirklich toll, dich zu sehen. Das mit unserem Abschied und Afrika und allem kam so plötzlich«, murmelt Mark verlegen.

»Wem sagst du das.« Ich weiß nicht recht, was ich dazu sagen soll. *Er hat immerhin mit allem angefangen*, denke ich kindisch, doch sofort erinnere ich mich daran, dass er mir durch die Trennung auf verquere Weise ermöglicht hat, mich selbst zu finden. »Du hast recht, es kam alles sehr plötzlich, aber im Nachhinein war das vielleicht ganz gut. Wärst du nicht abgehauen, hätte ich niemals mit Hugo diese Weltreise gemacht, und alles wäre noch so wie vor unserer Trennung.« Ich habe keine Ahnung, ob Mark meine Worte nachvollziehen kann, ich sage sie eigentlich mehr zu mir selbst.

»Abgehauen? Das klingt jetzt aber ein bisschen hart. Als hätte ich meine Nummer gewechselt und wäre von einem auf den anderen Tag unauffindbar gewesen. Und was für eine Weltreise ist das, die ihr gemacht habt?«

»Hast du ja auch.«

»Was habe ich?«

»Deine Nummer gewechselt – wegen mir.«

»Was redest du denn da für einen Blödsinn?«, fragt

Mark irritiert und denkt einen Augenblick nach. »Ich habe meinen Vertrag für zwei Monate auf Eis gelegt. Für die Zeit, in der ich in Afrika war. Das hatte nichts mit dir zu tun. Die Nummer ist jetzt wieder aktuell.«

»Oh«, sage ich irritiert. Er hat mir den Wind aus den Segeln genommen. Wie sind wir überhaupt so schnell in dieses ganze Thema eingestiegen?

In diesem Moment kommt Hugo auf uns zu. Er balanciert einen Teller mit ungefähr zehn verschiedenen Käsesorten, läuft an uns vorbei und sagt: »Ich setz mich mal wieder an unseren Tisch.«

Ich sehe mich unbeholfen um. Ich stehe vor einer Käsekammer im Spreewald und erörtere mit Mark die Vergangenheit. Hätte mir das jemand heute Morgen gesagt, ich hätte ihn für vollkommen verrückt erklärt.

»Ist ein bisschen blöd, zwischen Tür und Angel zu sprechen, oder?«, fragt Mark, der anscheinend meinen verwirrten Gesichtsausdruck bemerkt.

»Ja, ich bin sicher, du musst zu deiner Begleitung zurück. Und ich mag Hugo auch nicht alleine essen lassen.«

»Ich habe keine Begleitung«, sagt Mark und sieht mir fest in die Augen.

Ich atme tief durch. »Mark, ich bin gerade ein bisschen überfordert. Ich weiß nicht, was ich sagen soll.«

»Du musst nichts sagen. Aber darf ich?« Ich sehe ihn überrascht an, und ohne meine Erlaubnis abzuwarten, fährt er fort: »Es tut mir leid. Es tut mir alles furchtbar leid.«

»Was war das denn?«, fragt Hugo neugierig, als ich zurück an unseren Tisch komme.

»Keine Ahnung«, antworte ich wahrheitsgemäß.

»Was hat er gesagt? Und was hast du gesagt?«

»Er hat gesagt, dass es ihm leidtut.«

»Wie bitte? Und was hast du geantwortet?«

»Dass ich jetzt zu dir zurück an den Tisch gehe. Dann bin ich geflüchtet.«

»Warum das denn?«

»Keine Ahnung.«

»Du bist wirklich komisch.«

»Bekomme ich was von deinem Käse ab? Ich kann nicht noch mal zurückgehen.«

Hugo schiebt seinen Teller in die Mitte des Tisches und fixiert mich dabei weiter. »Ist er mit Lena hier?«

»Nein.«

»Er liebt dich noch. Ich hab's gesehen.« Hugo durchbohrt mich mit seinem Blick, als würde er sehr gespannt auf meine Reaktion warten.

»Wieso?«

»Er sieht dich an, als würde er dich am liebsten sofort küssen.«

Ich stecke mir ein Stück Brie in den Mund. »Ist es nicht sonderbar, dass er zur selben Zeit wie wir hier ist? Und dass er auch bei diesem Gewinnspiel gewonnen hat?«, frage ich schmatzend.

»Das ist mehr als sonderbar. Praktisch unmöglich. Aber was ist denn nun? Wartet ihr ab, bis ihr euch wieder zufällig über den Weg lauft, oder trefft ihr euch irgendwann?«

»Treffen? Hugo, er ist mein Ex! Warum sollte ich ihn treffen?«

»Weil diese Begegnung *Schicksal* ist. Das kannst du doch nicht ignorieren. Außerdem ist er ohne Lena hier.«

Ich seufze.

»Willst du ihm nicht deine Sicht der Dinge erklären? Ihm den Grund verraten, warum du dich in eurer Beziehung so verstellt hast, und ihm sagen, dass du deinen Perfektionismus an den Nagel gehängt hast?«

»Ich weiß nicht.«

Hugo schweigt einen Augenblick. »Du hast Angst, wieder verletzt zu werden, oder?«

»Kann schon sein.«

»Ach Mia. Wie fühlst du dich denn jetzt?«

Ich überlege und versuche, in mich hineinzuhorchen. »Irgendwie bin ich erleichtert, ihn gesehen zu haben. So lange habe ich nur über ihn nachgedacht, jetzt stand er wirklich vor mir. Und es war nicht schlimm. Das ist ein wirklich gutes Gefühl.«

»Liebst du ihn noch?«

Ehe ich antworten kann, kommt der Kellner in unser Separee. »Ich hoffe, es hat Ihnen geschmeckt?«

»Es war göttlich«, sage ich zufrieden. Allerdings kommt es mir vor, als läge unser Menü schon eine Ewigkeit zurück. Die Begegnung mit Mark hat mein zeitliches Empfinden vollkommen durcheinandergewürfelt.

»Das freut mich. Dann darf ich Ihre Teller mitnehmen?«

Hugo und ich nicken und warten, bis der Tisch abgeräumt ist.

»Ich weiß nicht, wie es dir geht, aber ich bin reif fürs Bett«, sage ich dann und gähne. Ich muss definitiv nicht nur das Viergängemenü, sondern auch dieses Zusammentreffen erst mal verdauen.

Hugo sieht mich noch einmal prüfend an, als würde er überlegen, ob er mich noch weiter mit Fragen löchern soll. Doch dann sagt er: »Okay, lass uns gehen«, und steht auf.

43

Schlaflos im Spreewald

Ich liege neben dem schnarchenden Hugo im Bett und bin hellwach. Jedes Mal, wenn ich die Augen schließe, sehe ich Marks tiefen Blick vor mir und höre ihn sagen: »Ich habe keine Begleitung.« War das ein Hinweis? Wollte er mir damit sagen, dass er alleine hier ist oder dass er nicht mehr mit Lena zusammen ist? Und was spielt es für eine Rolle? Ja, das ist eigentlich die wichtigste Frage. Warum interessiert es mich? Was erhoffe ich mir? Mein Körper hat einen sofortigen Fluchtreflex ausgelöst, als ich tiefer mit Mark ins Gespräch hätte kommen können. Hat Hugo recht, und ich habe nur Angst, wieder verletzt zu werden? Ich erinnere mich an die Situation im Park, den Moment, in dem Mark mir gesagt hat, dass er mich nicht mehr liebt. Mein Herz ist zersprungen, mein Leben den Bach runtergegangen, das will ich nicht noch einmal erleben, auch wenn sich schlussendlich alles für mich zum Guten gewendet hat. Aber mir reicht es mit der persönlichen und emotionalen Entwicklung für die nächsten siebzig Jahre.

Nervös drehe ich mich auf die Seite. Ich schwitze, bin ruhelos. Kurzerhand stehe ich auf und werfe mir den Bademantel über. Marie, der zwischen uns im Bett liegt, hebt den Kopf und blickt mich an, als sei ich nicht mehr ganz dicht.

»Ich kann hier nicht mehr rumliegen. Ich mache einen kleinen Spaziergang«, erkläre ich ihm, ziehe mir die Hotelschlappen über und trete auf den Gang hinaus.

Schon komisch, hier herumzugeistern, wenn alle schlafen. Erst als ich das Untergeschoss erreiche, denke ich daran, dass die Hotelbar vielleicht noch offen hat und ich mir etwas zu trinken holen könnte. Aber nur in Schlappen und Bademantel kann ich dort unmöglich aufkreuzen. Stattdessen laufe ich in Richtung Spa, denn mir ist eine Idee gekommen. Was könnte mich besser beruhigen als ein prasselndes Kaminfeuer? *Bingo!* Als ich den gemütlichen Raum betrete, ist er, kaum überraschend, vollkommen leer. Die hellen Sofas stehen einladend in dem warmen Zimmer, und das Feuer im Kamin schwelt noch. Ich schnappe mir eine flauschige Decke aus einem der Körbe, die am Eingang stehen. Dann lasse ich mich auf eine Couch fallen und schließe die Augen. Die Glut wärmt mein Gesicht. Ich glaube, so bequem und lauschig habe ich noch nie irgendwo gesessen. Das war eine sehr gute Idee. Gerade als ich kurz davor bin, endlich in einen Halbschlaf abzudriften, höre ich ein Räuspern hinter mir. Ich schrecke hoch und drehe mich um.

»Kannst du auch nicht schlafen?«, fragt Mark und kommt auf mich zu.

»Du hast mich fast zu Tode erschreckt«, sage ich und spüre, wie mein Herz wild in der Brust klopft.

»Sorry, das war nicht meine Absicht.« Mark setzt sich neben mich. Er hat eine knielange graue Shorts und ein weißes T-Shirt an, und auch er trägt die Hotelschlappen. Es ist fast so, als befänden wir uns zu Hause und nicht in einem Luxushotel. »Bekomme ich was von deiner Decke ab?«, fragt er und guckt mich an. »Das sieht so gemütlich aus«, fügt er schüchtern hinzu.

Ich reiche ihm einen Zipfel.

»Also, warum kannst du nicht schlafen?« Mark erkundigt sich so sachlich, als wären wir in einem Schlaflabor und ich der Patient mit Schnarchproblemen. Die alte Mia hätte jetzt sicherlich behauptet, sie hätte noch ein kurzes nächtliches Work-out gemacht und säße jetzt hier, um ihre Pulsfrequenz wieder in den aeroben Bereich abklingen zu lassen. Doch mir ist überhaupt nicht danach zumute, so einen Mist zu erzählen.

»Ehrlich gesagt frage ich mich, warum du ohne Begleitung hier bist. Wo ist Lena?«

»Wo ist *Lena*?«, wiederholt Mark ungläubig.

»Ja, wo ist sie?«

»Keine Ahnung. Zu Hause in ihrem Bett?«

»Ach komm, jetzt stell dich nicht so dumm. Ich weiß, dass ihr ein Paar seid. Sie hat dich sogar in Afrika besucht.«

Mark stützt die Ellbogen auf den Knien ab und legt den Kopf in beide Hände. Ihm scheint zu dämmern, dass ich auf dem neuesten Stand bin. »Ah, du hast also auch das Foto bei Facebook gesehen«, stellt er fest. »Da hat Lena ja wirklich ganze Arbeit geleistet.« Er setzt sich wieder auf, schüttelt den Kopf und sieht mir in die Augen. »Ja, sie war bei mir in Afrika. Und zwar auf ihre Initiative hin, ohne dass ich vorher etwas davon gewusst hatte. Ich hätte ihr gleich gesagt, dass sie nicht kommen soll. Ich wollte einfach alleine sein, aber diese Wahl hat sie mir nicht gelassen.«

Ich finde es ziemlich feige von Mark, dass er sich jetzt

auch noch als das Opfer darstellt. »Ist ja auch egal«, lenke ich schnell ein. »Ich muss nicht wissen, wie es zwischen euch beiden gefunkt hat und wie viele romantische Abende ihr in der Serengeti bei Sonnenuntergang erlebt habt. Ich kann es mir ungefähr vorstellen. Ich wünsche euch alles Gute.«

Mark grinst, als hätte die ganze Sache irgendeinen witzigen Aspekt, der mir bisher leider entgangen ist. »Dieses Foto, das du gesehen hast, du hast schon registriert, dass *Lena* es hochgeladen hat und nicht ich, oder?«

Ich nicke. Was spielt das für eine Rolle?

»Es war ein vollkommen erzwungener Schnappschuss. Sie hat behauptet, ein Selfie von uns beiden machen zu wollen. Das hat sie auch getan, und als ich dachte, damit hat sich die Sache, hat sie mich plötzlich geküsst und im selben Moment noch mal auf den Auslöser gedrückt. Danach haben wir uns total gestritten, und sie ist am nächsten Morgen nach Berlin zurückgeflogen. Ich wollte nicht, dass die Bilder bei Facebook landen, aber sie hatte sie schneller hochgeladen, als ich gucken konnte.«

»Und warum stand unter dem Foto: Mein Liebster und ich in Afrika?« So ganz glaube ich diese ganze Geschichte noch nicht.

»Weil Lena eine Macke hat. Du hattest vollkommen recht, sie erhofft sich mehr als Freundschaft von mir, und weil es mit uns beiden vorbei ist, hat sie scheinbar gedacht, wir würden sofort übereinander herfallen. Ich habe es allerdings erst kapiert, als sie mich mit ihren Flirtereien quasi überfahren hat. Seit dieser Nummer ist aber definitiv Abstand zwischen uns beiden angesagt. Mann Mia, was denkst du denn? Dass ich mit dir Schluss mache, um dann mit Lena zusammenzukommen? Das wäre ein Abstieg von der ersten in die letzte Liga.«

Ich starre in die Feuerstelle und versuche zu verarbeiten, was er gerade gesagt hat. Mir wird klar, dass ich noch nicht ehrlich genug zu ihm war.

»Ich weiß nicht, was du damit meinst, ich verstehe nichts von dem dämlichen Ligensystem beim Fußball. Aber wenn du denkst, dass ich so großartig bin, wie ich dir immer vorgespielt habe, muss ich dich enttäuschen. Ich hasse Sport und gesunde Ernährung. Ich gehe noch nicht mal gerne spazieren, stattdessen gucke ich lieber Fernsehen. Manchmal pupse ich ganz laut auf dem Klo. Du hast das nur nie gehört, weil ich immer den Wasserhahn voll aufgedreht hatte.« Ich seufze, bevor ich fortfahre: »Und meine Augen sind nicht blau, sondern, wie du siehst, grau. Außerdem habe ich meinen Job verloren, weil ich Herrn Keppler aus Versehen einen Stift in die Poritze gesteckt habe. Meine fünfjährige Cousine ist eine der wenigen Vertrauten, die mir im Leben beisteht, weil ich alleine nichts auf die Reihe bekommen würde, und mein Chinesisch ist so schlecht, dass ich noch nicht mal die Speisekarte im Imbiss verstehe. Und ich kann nicht kochen. Alles, was ich dir jemals vorgesetzt habe, habe ich bestellt und dann so getan, als hätte ich es selbst zubereitet. Ich bin total weinerlich, wenn ich krank bin, deshalb wollte ich nie, dass du zu mir kommst und mich pflegst. Ich benutze Duschgel anstelle von Rasierschaum und bin nachts meistens zu faul, mir nach dem Pinkeln die Hände zu waschen. Ich bin auch keine Frau zum Pferdestehlen, ich habe lediglich mal eine Badeperle geklaut! Und ich hasse es, früh aufzustehen. Ich habe mich nur verstellt, um dich zu beeindrucken, und dann hast du mit mir Schluss gemacht.« Ich setze ihm den rechten Zeigefinger wie eine Pistole auf die Brust. Es tut so gut, ihm das alles zu sagen. All die Mühe, die ich auf mich genommen habe, um ihn zu halten, endlich erfährt er davon. Von meiner verqueren Art der Liebe.

Dann tut Mark etwas, mit dem ich nicht gerechnet habe. Mit beiden Händen nimmt er meinen anklagenden Finger von seiner Brust, rutscht näher an mich heran – und küsst mich. Ich spüre, dass mein Gesicht rot wird, mein Herzschlag läuft noch einmal zu Hochtouren auf, und plötzlich macht sich in meinem Unterleib die Erkenntnis bemerkbar, dass ich lange keinen Sex mehr hatte.

Nachdem Mark seine Lippen wieder von meinen gelöst hat, blickt er mir in die Augen. »Mia, ich hatte ja keine Ahnung. Ich habe gemerkt, dass wir beide nicht glücklich waren. Aber ich wusste nicht, woran das lag. Es war fast, als würdest du leiden, und ich konnte dir nicht helfen. Und darunter habe ich dann wiederum gelitten. Ich dachte, unsere Liebe sei irgendwie verschwunden, und ich wusste nicht, was ich tun sollte.«

»Und eiskalt mit mir Schluss zu machen war deine super Lösung?«, frage ich vorwurfsvoll.

»Nein. Es war aber das Einzige, womit ich mir zu helfen wusste. Ich bin auch nicht perfekt. Ich könnte dir eine ebenso lange Liste mit Dingen aufzählen, die mich unvollkommen machen, und da würde definitiv draufstehen: Ich war Mia gegenüber ein feiger Idiot, der das Weite gesucht hat, obwohl er hätte dableiben sollen. Glaub mir, ich habe mich mit dieser beschissenen Trennung keine Sekunde lang wohlgefühlt.«

»Du hättest einfach offen mit mir reden sollen. Wir hätten das irgendwie regeln können«, sage ich gekränkt.

»Vielleicht. Vielleicht hättest du aber auch zu mir gesagt: Ich weiß nicht, was du meinst. Wir haben keine Probleme.« Leider ahmt er meine Stimme bei diesen Sätzen sehr glaubhaft nach.

»Okay, möglicherweise war die Trennung notwendig«, gebe ich zu.

»Dann bist du glücklich darüber, wie alles gelaufen ist?«, fragt Mark und schluckt.

Ich denke kurz darüber nach. »Ich bin glücklich. Aber irgendetwas fehlt«, stelle ich fest. »Weißt du, was das Problem am Viergängemenü heute Abend war?«, frage ich.

Mark schüttelt den Kopf.

»Es war einfach zu perfekt. Das ist doch langweilig.«

»Vielleicht hättest du dann mal laut pupsen sollen, so wie auf dem Klo.« Mark lacht mich vorsichtig an. »Wie kommst du eigentlich darauf, dass ich das nicht mitbekommen habe? So laut ist der Wasserhahn nicht.«

»Du hast es gehört?«

»Das waren meine Lieblingsmomente am Morgen.«

Ich grinse verschämt, und Mark lehnt sich wieder zu mir herüber, um mich noch einmal zu küssen. Bevor ich es zulasse, frage ich: »Bist *du* glücklich darüber, wie alles gelaufen ist?«

»Nein. Du fehlst mir unglaublich. Und ich würde alles dafür geben, endlich deine unperfekten Seiten kennenzulernen.« Dann landen seine weichen Lippen auf meinen, und er lehnt sich noch etwas weiter zu mir.

Ich lasse mich ins Sofa sinken und breite die Decke über seinen Rücken, als er sich auf mich legt. Das ist doch nicht wahr! Passiert das hier gerade wirklich? Falls das ein Traum ist, dauert er allerdings schon verdammt lange an.

»Und wenn jemand kommt?«, flüstere ich.

»Ich gehe stark davon aus, dass hier gleich jemand kommt«, antwortet Mark, öffnet meinen Bademantel, schiebt mein T-Shirt hoch, küsst sich über meine Brust meinen Bauch hinunter und verschwindet dann in meiner Schlafanzughose.

44

Eine alte Bekannte

Am nächsten Morgen wache ich in Marks Armen auf. Dass meine Reise *so* endet, hätte ich mir im Leben nicht träumen lassen. Nachdem wir gestern unentdeckten Sex im Kaminzimmer hatten, sind wir auf sein Zimmer verschwunden – und endlich konnte ich einschlafen.

»Hey, guten Morgen«, brummt Mark, der gerade die Augen aufschlägt. Er küsst mich liebevoll auf den Kopf.

»Guten Morgen«, sage ich verträumt.

»Hast du gut geschlafen?«

»Supergut.« Die Hotelbetten sind wirklich der Knaller. Die Matratzen sind wahrscheinlich mit Feenstaub gefüllt, und die Kissen mit Pusteblumen. Außerdem hat Marks Armkuhle auf magische Art und Weise genau meine Kopfform. Das war mir bisher nicht aufgefallen, weil ich mich zum Einschlafen früher fast nie an ihn gekuschelt habe. Ich dachte immer, Männer stehen nicht so auf Schmusen.

Mark hat sich auf einen Ellbogen aufgestützt und blickt auf mich hinunter. Wir grinsen uns an. Er sieht glücklich und erholt aus.

»Mir gefällt deine Augenfarbe, sie hat etwas Mystisches«, sagt er.

»Etwas Mystisches?«, wiederhole ich. »Ich finde, meine

Augenfarbe ist genauso mystisch wie der Wurzelgemüseeintopf meiner Tante.«

»Hmmmm lecker, den könnte ich übrigens mal wieder essen. Apropos, wie geht es ihr denn?« Mark setzt eine merkwürdige Miene auf. Er sieht plötzlich so mitleidig aus, als hätte Paula ein schweres Schicksal zu tragen.

»Äh, ganz gut, soweit ich weiß«, antworte ich und zucke mit den Schultern. »Warum guckst du denn so zerknirscht?«

»Na, sie hat mich angerufen und... es mir erzählt.« Mark setzt sich langsam auf, wodurch ich aus seiner Armkuhle geworfen werde, und schaut betroffen auf seine Hände.

»Sie hat dich *angerufen*?«, frage ich entgeistert. »Und was hat sie dir bitte erzählt?«

In diesem Moment klopft es. Wir tauschen einen kurzen Blick, und ich nicke in Richtung Tür, um Mark zu verstehen zu geben, dass er öffnen kann. Das Klopfen wird bereits lauter, und kurz bevor Mark an der Tür angelangt ist, klingt es, als würde jemand mit voller Wucht mit der Faust gegen das Holz hämmern.

»Mia ist entführt worden!«, höre ich kurz darauf Hugos Stimme. Ich ziehe mir schnell das Laken über die nackten Brüste. Eine lohnende Aktion, denn einen Moment später steht Hugo auch schon mitten in Marks Suite.

»Hi Hugo«, sage ich und hebe unbeholfen die rechte Hand.

»*Mia?* Da bist du ja!«, Hugo stürzt zu mir ans Bett.

»Ja, es ist alles okay«, versichere ich ihm, während er mich mit beiden Armen umklammert.

Ein wenig unangenehm ist mir die ganze Sache schon,

schließlich bin ich unter der Decke splitterfasernackt. Mark sieht uns ebenfalls ziemlich verdattert an.

»Entschuldige, entschuldige«, sagt Hugo und steht wieder auf. »Es ist nur, ich dachte, du bist *gekidnappt* worden. Ich habe mal so einen Krimi gelesen, der spielte im Spreewald, und bei der Hauptfigur gab es einige Parallelen zu dir. Warum haust du auch einfach ab und tauchst nicht wieder auf?«

»Ich tauche doch wieder auf. Ich wäre gleich zu dir rübergekommen.«

»Aber es ist schon fast Mittag! Ich habe wegen dir das ganze Hotel auf den Kopf gestellt.«

»Ach Hugolein, das tut mir leid. Ich komme gleich, okay? Dann gehen wir etwas frühstücken. Ich bin bloß noch …« Ich nicke in Richtung Bettdecke und beende meinen Satz mit: »Nicht ganz ausgehbereit«.

Hugo wirkt etwas erschrocken, dann murmelt er: »Verstehe. Sorry, tut mir leid.« Dann sieht er zu Mark hinüber, wird rot und läuft schnellen Schrittes in Richtung Tür. Auf halbem Weg dreht er sich noch einmal um und sagt: »Mark, du brauchst dir übrigens keine Sorgen wegen mir und Mia zu machen. Ich weiß nicht, ob sie es dir erzählt hat, aber ich hatte auf unserer Reise fast Sex und bin so gut wie in festen Händen.« Ohne Marks Reaktion abzuwarten, stürmt er auf den Flur hinaus.

»Hugo ist schon etwas speziell«, stellt Mark fest und lässt sich wieder zu mir aufs Bett fallen.

Gerade will ich ihn küssen, als es erneut an der Tür klopft. Ich seufze. »Scheint, als wäre der entspannte Morgen vorüber«, stelle ich resigniert fest und stehe auf, um mich anzuziehen. »Treffen wir uns nach dem Frühstück im Spa? Ich will unbedingt noch mal in die Kräutersauna.«

Es klopft erneut, aber dieses Mal artet es Gott sei Dank zu keinem hysterischen Hämmern aus.

»Hört sich gut an«, sagt Mark, steht ebenfalls auf, kommt auf mich zu und küsst mich. Dann dreht er sich um und läuft zur Tür.

»Herr Lauterbach, hier sind Ihre Smacks«, höre ich einen Hotelangestellten sagen. Kurz darauf wird ein kleiner goldener Wagen ins Zimmer gerollt, auf dem eine Packung Smacks, eine Glaskanne mit Milch und ein frisch gepresster Orangensaft stehen. »Guten Morgen«, begrüßt mich der Page, als er mich sieht. Inzwischen bin ich glücklicherweise angezogen.

»Morgen«, sage ich belustigt. Nicht zu fassen, dass Mark tatsächlich sein geliebtes Frühstück aufs Zimmer serviert bekommt wie andere Leute Kaviar. Aber irgendwie niedlich.

Nachdem Mark dem Mann ein Trinkgeld gegeben hat, verschwindet er wieder aus dem Zimmer.

Ich räuspere mich. »Herr Lauterbach, hier sind Ihre Smacks«, ahme ich die Stimme des Pagen nach, rolle den Wagen noch etwas weiter ins Zimmer und beuge mich dabei weit nach vorne, sodass Mark freie Sicht auf mein Dekolleté hat.

»Frau Meinecke, wenn mir das Frühstück von Ihnen serviert wird, schmeckt es mir noch viel besser«, sagt er, legt sich aufs Bett und grinst verschmitzt.

»Ach wirklich?« Ich greife in die Cerealienpackung und stecke mir lasziv einige der mit Honig ummantelten Flakes in den Mund.

»Ich dachte, du isst keinen Zucker«, sagt Mark und schmunzelt.

»Ich esse noch ganz andere Sachen«, raune ich mit möglichst erotischer Stimme.

Mark greift vom Bett aus nach meiner Hand und zieht mich in die weichen Pusteblumenkissen zurück. »Du bist toll«, flüstert er, als er die Hände unter mein T-Shirt schiebt und meinen unteren Rücken streichelt.

Ich werde Hugo mit dem Frühstück wohl noch etwas warten lassen müssen.

Aber mein bester Freund ist mir natürlich nicht böse. Beim Frühstück erzähle ich ihm alles von Marks und meinem Kaminzimmergespräch, von Lena, die gar keine Liaison mit ihm hatte, von meiner Ehrlichkeit, seiner begeisterten Reaktion darauf und unserer heißen Liebesnacht.

Hugo freut sich für mich. Er hat den Tag bereits mit Massagen und Wohlfühlbädern verplant, um Mark und mir Zeit zu zweit zu geben, ohne sich selbst zu langweilen.

Mir gelingt es erstaunlich gut, Marks Beweggründe für die Trennung nachzuvollziehen. Er hat vollkommen recht, er ist nicht perfekt, und ich muss es auch nicht sein. Die Atmosphäre zwischen uns ist jetzt viel ehrlicher und unverkrampfter. Als würde alles auf natürliche Art und Weise seinen Lauf nehmen, ohne dass ich versuche, mich oder ihn zu kontrollieren. Wie befreiend! Wer hätte gedacht, dass er meine ganzen Geständnisse so einfach wegsteckt und mich trotzdem, oder vielleicht gerade deswegen, liebenswert findet? Ein tolles Gefühl.

In dieser guten Stimmung buchstäblich badend, liege ich

wenig später mit Mark im Außenwhirlpool und lasse mir die Sonne ins Gesicht scheinen.

»Was ist eigentlich mit deinem Job? Du hast gestern gesagt, dass du deinem Chef etwas in die Poritze gesteckt hast«, erkundigt sich Mark amüsiert. Wir sind gerade dabei, die Geschehnisse der letzten Wochen aufzuarbeiten.

»Erinnere mich nicht daran!«, sage ich lachend, und weil ich dabei den Mund weit öffne, schlucke ich ein wenig Wasser, woraufhin ich noch mehr lachen muss. Ich kann kaum glauben, dass ich mittlerweile so unbefangen über dieser ganzen Poritzen-Situation stehe. »Er ist unter den Kopierer gekrochen und hatte genau die gleichen Boxershorts an wie du! Und weil ich die ganze Zeit an dich denken musste und ich dir immer etwas hinten in die Hose gesteckt habe, wenn du dich runtergebeugt hast, habe ich bei ihm das Gleiche gemacht. Ehe ich mich's versah, hatte er mich fristlos gekündigt.«

»Wow«, sagt Mark, und ich weiß nicht, ob er aus irgendeinem Grund beeindruckt oder nur geschockt ist. »Irgendwie finde ich das süß. Es ist so kopflos und unüberlegt, so kenne ich dich gar nicht.«

Noch immer komme ich mir bei solchen Sätzen aus Marks Mund vor wie im falschen Film. Laute Pupse, die seine Laune heben, peinliche Aktionen, die er für niedlich hält. Er findet es sogar erotisch, wenn ich zuckriges Zeug esse. Was soll ich sagen? Von diesen *Aktionen*, wie er sie nennt, kann er gerne mehr haben. Das Schönste ist, dass er mich gar nicht fragt, wie es für mich beruflich weitergeht. Er erwartet nicht, dass ich einen Plan und mein Leben im Griff habe. Stattdessen sagt er: »Weißt du was, Mia? Irgendwie ist es Quatsch zu sagen, dass ich es besonders toll finde, wenn du verplant und chaotisch bist. Ich will, dass du so bist, wie *du* glücklich bist. Egal wie. Das ist mir durch die Zeit ohne dich klar geworden.«

»Und mir ist klar geworden, dass ich keine von meinen und unseren Höhen und Tiefen mehr verpassen will. Ich habe dir doch erzählt, dass ich in diesem koreanischen Tempel war?«

»Mhm.«

»Dort habe ich etwas vollkommen Neues gelernt. Dass all die Auf und Abs im Leben im Prinzip das Gleiche sind. Nur wenn man anfängt, eine Seite auszuschließen, verstrickt man sich in der Vorstellung, dass es tatsächlich die Kategorien gut und schlecht gibt. Aber wenn beides irgendwie okay ist, findet man langsam heraus, dass es eigentlich keinen Unterschied macht, weil sich alles ständig verändert. Die Buddhisten sagen deshalb: Alles ist leer.« Ich blinzle philosophisch in die Sonne.

»Diese Mönche haben dich wohl mächtig beeindruckt«, sagt Mark und starrt auf die Blubberblasen hinunter. »Ist es okay, wenn ich trotzdem lieber Poker spiele, anstatt zu meditieren?«

»Wenn ich auch mal mitspielen darf«, sage ich und bin froh, dass sich ganz neue Perspektiven für unsere Zukunft eröffnen.

»Gibt es da noch etwas, was ich nicht von dir weiß? Bist du Mitglied in einem Pokerklub?«, fragt Mark hoffnungsvoll. Wahrscheinlich nimmt er inzwischen an, ich könnte auch ein Sky-Abo und eine ausgeprägte Vorliebe für blutige Steaks besitzen, die ich bisher vor ihm geheim gehalten habe.

»Pokerklub? Das ist doch was für Anfänger. Für

mich geht's bald zur Meisterschaft. Ob du da mithalten kannst?«

»Ich muss wohl noch etwas üben. Magst du mir eigentlich mal Bilder von eurer Reise zeigen? Gerade Korea würde mich interessieren«, sagt Mark und legt den Arm um mich.

»Gerne. Das Handy steckt in meinem Bademantel. Meine Haut ist sowieso schon ganz schrumpelig. Wollen wir uns zwei Liegestühle suchen? Dann gibt's eine kleine Fotoshow.«

»Cool.«

Ehe ich mich's versehe, begebe ich mich noch einmal virtuell auf Hugos und meine Weltreise. Ich zeige Mark die Bilder von Paris, dem Eiffelturm, von den Brücken über der Seine, erzähle die Geschichte, wie Hugo fast erstickt und fast entjungfert worden wäre (zugegeben, im Rückblick eine recht merkwürdige Kombination), und es taucht auch das Bild von Hugo, mir, François und Estelle, seiner Teekanne, auf, was ebenfalls einer kleinen Erklärung bedarf. Unbeschwert klicke ich Bild für Bild einfach weiter – bis plötzlich Annabelle Garcia auf dem Bildschirm erscheint. Schnell ziehe ich das Handy zu mir heran und drücke panisch auf den Homebutton.

»Wer war das denn?«, fragt Mark und macht ein ernstes Gesicht. Dabei rutscht er nur ein paar Zentimeter von mir weg, aber es fühlt sich an wie eine Marathonstrecke.

»Ähm, das war …« Verdammte Scheiße! Keine Ahnung! Mir fällt nichts ein. »Jemand, den ich in Paris getroffen habe«, lüge ich und fühle mich bei meinen Worten so elend, als wären sie Gift. Ich will Mark nicht belügen. Aber ich kann ihm meine dämliche Annabelle-Aktion unmöglich gestehen. Zumindest noch nicht. Nicht hier. Nicht jetzt. Es ist gerade alles so schön.

»Aha«, sagt er. »Und wie heißt diese Person?«

Bitte lieber Gott, Buddha, heiliger Bimbam, kann er das Thema nicht einfach fallen lassen? »Warum willst du das wissen?«

»Weil ich sie kenne«, sagt er trocken. »Und es wundert mich sehr, dass sie wie du in Paris war. Und auch in Las Vegas. Ist sie vielleicht auch in Korea unterwegs gewesen?«

Wieso musste ich ihm unbedingt schreiben, dass Annabelle in Las Vegas beim Pokern gewonnen hat? Ich hatte noch darüber nachgedacht, ob dadurch alles auffliegen könnte, aber ich hatte ja nicht ahnen können, dass ich mir *selbst* einen Strick daraus drehen würde.

»Ich glaube, ich gehe mal aufs Zimmer«, sagt Mark zu meinem Entsetzen, steht einfach auf und läuft in Richtung Hotelgebäude.

»Mark! Warte mal! Ich kann das erklären«, rufe ich ihm hinterher, nur um mir im selben Moment darüber klar zu werden, dass ich es ihm eben *nicht* erklären kann. Was sollte ich ihm sagen? Ich habe dich ganz schön verarscht, aber es tut mir leid? Ich habe dich ausgehorcht, weil ich zu feige war, dir in meinem Namen zu schreiben? Ich habe dich glauben lassen, du lernst eine verdammt attraktive Frau über Facebook kennen, dabei war es nur deine verzweifelte Ex? Wie würde ich mich fühlen, wenn Mark so etwas mit mir abgezogen hätte?

Ich lasse mich zurück auf den Liegestuhl sinken und lege mir meinen Bademantel über den Kopf. Da wäre ich wieder. Zurück in meiner Unterhalb-meiner-Bettdecke-Schrägstrich-Bademantel-Realität. Für einen winzigen Moment habe ich große Lust, mein dämliches Handy einfach in den Whirlpool zu schmeißen. Warum habe ich das Bild von Annabelle nicht längst gelöscht? Aber wie hätte ich ahnen können, dass ich Mark so bald begegne? In den letzten vierundzwanzig Stunden war das Letzte, woran ich gedacht habe, dass das Foto noch in meinem Speicher sein Dasein fristet.

Ich hole tief Luft. Okay. Passiert ist passiert. Ich gebe Mark jetzt ein paar Minuten alleine in seinem Zimmer, und dann werde ich mutig zu ihm gehen und mein Haupt mit Asche bestreuen. Er hat all meine Makel, die ich ihm seit unserem Wiedersehen offenbart habe, gelassen hingenommen, und wir hatten eine großartige Zeit. Warum sollte er mir diesen Fehler nicht auch verzeihen können?

45

Aus und vorbei

»Also, ich würde ihm noch ein, zwei Stündchen geben, um sich zu beruhigen«, schlägt Hugo vor, der glücklicherweise in unserer Suite ist, als ich geknickt und ratlos in unser Zimmer stolpere. Ich habe ihm natürlich sofort von meinem unüberlegten Fotopatzer und Marks Verschwinden erzählt. Komisch, jetzt sitzen wir zwar nicht mehr auf der Burger-Couch in seiner Neubauwohnung, sondern in einem Luxushotel auf einem goldfarbenen Sofa mit Barockmuster, aber trotzdem fühlen sich die Probleme genauso beschissen an.

»Meinst du wirklich? Was soll ich ihm überhaupt sagen?«

»Die Wahrheit.«

»Und die wäre?«, frage ich, obwohl ich die Antwort kenne. Nur gefällt mir der Gedanke nicht, Marks und meine gerade wieder knospende Annäherung mit dem ganzen Blödsinn aus der Vergangenheit zu belasten.

»Die Wahrheit ist, dass du ihn liebst und deshalb nach der Trennung total verzweifelt warst. Du wolltest wissen, ob es ihm ähnlich geht oder ob er schon bereit für etwas Neues ist und sich deshalb auf diese Facebook-Bekanntschaft einlassen würde. Und mal ehrlich, Mia, so lange hast du ihn gar nicht an der Nase herumgeführt. Ein paar Nachrichten hin und her, dann hast du die Sache beendet.«

»Trotzdem, das war eine absolut bescheuerte Aktion.«

»Dann sag ihm genau das! Dass du ihn verstehen kannst und es bereust. Ich finde es übrigens gar nicht so schlecht, dass die Sache jetzt auf dem Tisch ist, dann steht nichts mehr zwischen euch. Sieh es positiv!«

»Du bist wirklich ein Glücksguru. Woher kommt deine gute Laune? Liegt das am Ganzkörper-Salzpeeling?«

»Viel besser. Miri hat mir eine E-Mail mit möglichen Daten für ihren Berlinbesuch geschickt. Ehrlich gesagt hatte ich bisher etwas Angst, dass sie es nur so dahingesagt haben könnte. So nach dem Motto: Wir sehen uns bestimmt bald mal wieder. Aber sie scheint es wirklich ernst zu meinen.«

»Natürlich, Hugolein, die wirst du so schnell nicht mehr los«, prophezeie ich. Dann werde ich sofort wieder traurig. Ich habe es hingegen ziemlich schnell geschafft, Mark ein zweites Mal zu vergraulen. »Weißt du, was mich am meisten an der ganzen Sache stört?«, frage ich und seufze.

»Dass du in Wahrheit in mich verliebt bist und jetzt vor Eifersucht platzt, weil ich eine wunderschöne koreanische Freundin habe?«

»Nein«, sage ich lachend. Obwohl ich zugeben muss, dass Miri einen ziemlich guten Fang gemacht hat. Mit Hugo hat sie sich einen treuen, lieben und zuverlässigen Mann geangelt. »Ich meine an der Sache mit Mark. Mich wurmt, dass ich ihm immer noch nicht gesagt habe, dass ich ihn liebe.«

»Kopf hoch! Nimm ein langes Bad, ruh dich ein bisschen aus, zieh dir etwas Schönes an, und dann geh zu ihm rüber. Die ganze Sache wird sich schneller einrenken, als du denkst. Ich muss jetzt zur Klangschalenmassage.«

Doch schon die Sache mit dem Ausruhen gestaltet sich schwierig. Nachdem ich gebadet habe, kuschle ich mich im Bademantel ins Bett, aber anstatt zu entspannen, gehe ich im Geist die Dinge durch, die ich Mark sagen will. Das klingt in meinen Gedanken ungefähr so: *Mark, ich weiß, du bist sauer, und ich wäre es an deiner Stelle auch. Aber ich wollte dich nicht auf den Arm nehmen oder dir einen Streich mit dieser Annabelle-Sache spielen. Ich habe so sehr unter unserer Trennung gelitten, dass ich einfach wissen musste, ob es noch eine Chance für uns gibt oder ob du längst wieder als Single glücklich bist und mit Frauen über Facebook flirtest. Ich weiß, das war total bescheuert, und du fühlst dich mit Sicherheit extrem hintergangen. Aber ich werde so etwas nie wieder tun. Und der einzige Grund, warum ich überhaupt zu diesen absurden Methoden gegriffen habe, ist, dass ich dich wahnsinnig liebe.*

Ob ich mir den Text aufschreiben sollte? Vielleicht merkt Mark, wie wichtig mir meine Entschuldigung ist, wenn ich sozusagen eine kleine Rede vorbereitet habe. Ich bin nicht sonderlich erfahren darin, mich zu entschuldigen, weil ich in den letzten Jahren so sehr darauf bedacht war, jeden Fehler zu vermeiden.

Ich stehe auf und ziehe mich an. Es ist schon fast Zeit zum Abendessen, und in diesem tollen Hotel liege ich mit einem schwarzen Kleid sicherlich nicht falsch. Nach meiner Entschuldigung könnten Mark und ich friedlich und in romantischer Zweisamkeit das Viergängemenü genießen.

Hugo ist ohnehin noch bis spätabends mit seinen ausgefallenen Körperbehandlungen beschäftigt.

Während ich mir die Haare föhne, werde ich richtig aufgeregt. Gar nicht mehr so sehr wegen meiner Annabelle-Entschuldigung, sondern wegen der Liebeserklärung. Ich werde es Mark also tatsächlich sagen, hier und heute. Mein Herz macht bei diesem Gedanken vor Freude einen kleinen Sprung. Es ist ein wunderbares Gefühl. Als würde sich eine Blüte nach langem Warten öffnen, als wäre mein Herz endlich in der Lage, in Worten nach außen zu tragen, was es schon lange fühlt. Jetzt kann auch ich eine Frau sein, die ihre Emotionen zeigt. Ich bin so weit.

Nachdem ich noch etwas Wimperntusche aufgelegt habe, mache ich mich auf den Weg zu Marks Suite. Ich bin nervös. Noch immer ist es ganz neu für mich, dass er plötzlich wieder in meinem Leben ist, und gleich werde ich ihm auch noch die bedeutungsschweren drei kleinen Worte sagen. Hugo hat vollkommen recht. Die Sache mit Annabelle zu klären wird uns noch enger zusammenschweißen. Vielleicht haben wir danach wahnsinnig innigen Sex und fühlen uns unglaublich verbunden.

Endlich stehe ich vor seiner Tür. Also dann … Ich klopfe. Ich spüre, wie meine Halsschlagader fleißig pumpt, mein Gesicht ist mit Sicherheit vor Aufregung rot-orange gefleckt. Meine Hände sind feucht. Doch aus dem Inneren der Suite kommt keine Reaktion. Ich klopfe erneut, diesmal etwas lauter. Vielleicht ist Mark eingeschlafen. Das fände ich zwar ein wenig unfair, weil ich mich wegen der blöden Situation zwischen uns beiden keine Sekunde lang entspannen konnte, aber Männer ticken da wahrscheinlich etwas anders. Es wäre auf jeden Fall durchaus positiv für mich zu werten, wenn er inzwischen gelassener mit der Sache umgehen kann.

Ich klopfe noch lauter und rufe: »Mark?« Langsam schwingt meine positive Aufregung in leichten Frust um. Da stehe ich mit meiner Entschuldigung und einem Liebesgeständnis, und keiner ist da, um sie zu hören! Zaghaft hämmere ich gegen die Tür, dann stärker, bis es nun wirklich nicht mehr zu überhören ist.

Dabei schreie ich: »Maaaaaark! Mach auf!« Anschließend presse ich mein Ohr gegen das Holz. Nichts. Keine Regung.

»Pardon, suchen Sie Herrn Lauterbach?«, fragt eine Stimme hinter mir.

Ich erschrecke fast zu Tode. Als ich mich umdrehe, steht vor mir ein Hotelmitarbeiter. Ich glaube, es ist der Page, der Mark heute Morgen seine Smacks gebracht hat.

»Äh, ja genau. Haben Sie ihn aus dem Zimmer kommen sehen? Wissen Sie, wo er ist?«

Der Page sieht auf die Uhr. »Herr Lauterbach ist vor etwa einer Stunde abgereist.«

»Wie bitte?«, entfährt es mir. »Das kann nicht sein. Er hatte bis morgen gebucht.«

»Ich habe seine Koffer persönlich zur Limousine gebracht«, erklärt der Angestellte und sieht mich entschuldigend an.

»Und… er kommt nicht zurück?« Ich weiß nicht, aus welchem Winkel meines Gehirns diese dämliche Frage kommt, aber mir fehlen die Worte für einen sinnvolleren Satz.

»Aller Wahrscheinlichkeit nach nicht. Tut mir leid.«

Es gewittert, als Hugo und ich am nächsten Mittag in die Limousine steigen, die uns zurück nach Berlin bringt. Dicke Tropfen prasseln auf das Autoblech und die Scheiben. Das Wetter passt gut zu meiner Stimmung. Ich bin traurig und wütend. Ja, ich habe Mist gebaut mit dieser Facebook-Aktion, aber muss Mark gleich wieder das Weite suchen? Ich war ein paar Mal kurz davor, ihm eine Nachricht zu schreiben, doch meine Wut hat mich davon abgehalten. Ich will diese blöde Sache klären, aber Mark anscheinend nicht. Er haut lieber wieder ab. Warum sollte ich ihm jetzt hinterherlaufen?

»Ich bin traurig«, sagt Hugo und starrt auf die Fensterscheibe, durch die man überhaupt nicht nach draußen sehen kann, weil das Wasser daran in Strömen hinunterfließt.

»Weil du heute Abend statt eines Viergängemenüs einen Salamitoast essen musst?«

»Nein. Ich meine, ja deswegen auch, aber eigentlich wegen etwas anderem. Ich bin traurig, weil unsere Reise vorbei ist. Ab morgen müssen wir wieder telefonieren und ein Treffen vereinbaren, wenn wir uns sehen wollen. Du bist nicht mehr automatisch da.«

»Stimmt. Das ist echt blöd. Jetzt sitzen wir wieder alleine zu Hause und nicht mehr in Paris, Las Vegas, im schönen Tempel oder im Luxushotel. Aber wenn es immer so wäre, wäre es nichts Besonderes zu verreisen. Du weißt doch, die Leute, die auswandern, sind irgendwann auch nicht mehr wirklich glücklich. Sie träumen von einem Leben am Strand, aber wenn sie dort ein paar Monate lang gewohnt haben, ist das kaum mehr etwas wert. Dann setzen sie sich etwas Neues in den Kopf.«

»Ja, ich weiß. So können wir uns auf das nächste Mal freuen, wenn wir zusammen in den Urlaub fahren.«

»Das nächste Mal?«, frage ich und grinse.

»Na, es gibt schließlich noch mehr Orte auf diesem Globus, die man gesehen haben muss. Galapagos zum Beispiel und Neuseeland. Nach Hawaii will ich auch mal. Und diese Russland-Sache geht mir auch nicht aus dem Kopf.«

»Und ich möchte gerne mal nach Rom«, beschließe ich aus dem Bauch heraus.

»Dann müssen wir vorher aber alle Asterix-Filme gucken«, sagt Hugo und sieht bei diesem Vorschlag fast begeisterter aus als beim Aufzählen seiner Reiseziele.

»Abgemacht. Das heißt, nächsten Sommer gibt's die Weltreise numero due?«

»Si, claro!«

»Das war Spanisch«, erkläre ich lachend.

»Pardon«, sagt Hugo mit französischem Akzent und vollführt eine kleine Vorbeugung mit dem Kopf wie die Mönche im Tempel.

»Ach Hugolein, was würde ich nur ohne dich machen?«

»Die gleiche Frage könnte ich dir auch stellen. Aber das müssen wir ja Gott sei Dank nicht. Hast du Lust, in Vorfreude auf Italien heute Abend eine Pizza zu essen? Dieses Mal ohne Zucker im Teig.« Hugo verzieht das Gesicht beim Gedanken an unser Pizza-Hut-Erlebnis in Seoul.

»Würde ich gerne, aber heute ist doch diese merkwürdige Geburtstagsparty meiner Tante beim Griechen.«

»Ach, stimmt.«

»Ich weiß nicht, ob ich meiner Familie von dem Zusammentreffen mit Mark erzählen soll. Die reißen mir bestimmt den Kopf ab, wenn ich ihnen beichte, dass ich es zum zweiten Mal vermasselt habe.«

»Warte es erst mal ab. Vielleicht ist Mark einfach nur ein paar Tage lang stinkig. Was hast du denn erwartet? Dass es bei euch vom einen auf den anderen Tag wieder vollkommen rund läuft? Es wird bestimmt noch öfter krachen, so ist das bei einem Neuanfang.«

Ich werfe Hugo einen skeptischen Blick zu. »Woher weißt du denn so was?«

»Ich habe alle Staffeln von *How I met your mother* gesehen. Als Lily wieder mit Marshall zusammengekommen ist, lief auch nicht alles reibungslos. Das braucht ein bisschen Zeit. Man trägt sich Dinge nach, man erfährt, was der andere in der Zeit der Trennung so getrieben hat, man muss sich wieder aneinander gewöhnen.«

Ich traue meinen Ohren kaum. »Ich kenne jemanden, der würde in dieser Situation sagen: Das ist nur eine Serie!«, äffe ich Hugo nach und zwicke ihn in den Oberschenkel.

»Quatsch. Eine Serie ist auch nichts anderes als fiktive Realität.«

Hört sich doch schon fast wieder buddhistisch an, denke ich und lehne mich zufrieden grinsend zurück.

»Da wären wir«, sagt der Fahrer. Da es inzwischen aufgehört hat zu regnen, kann ich durch die Scheibe erkennen, dass wir vor meiner Haustür halten. Hugo und Marie haben wir bereits vor ihrer Wohnung abgesetzt, und jetzt ist es auch für mich Zeit, den letzten Ort zu verlassen, der noch an unsere Reise erinnert.

Der Fahrer trägt mir die Koffer bis zum Fahrstuhl, dann

lässt er mich alleine zurück. Da wäre ich also wieder. Im Hausflur hat sich nichts verändert, Ina hat brav meinen Briefkasten geleert, und auch als ich vor meiner Wohnungstür stehe, sieht alles noch so aus wie vor der Reise. Mein Blick fällt auf das Namensschild, das unter der Klingel klebt. *Meinecke*. Irgendwie ist es merkwürdig, dass ich noch den gleichen Namen trage und trotzdem auf die eine oder andere Weise eine neue Person hinter dieser Tür wohnt. Jemand, der nicht mehr jeden Morgen zu seinem Job hastet, sondern selbstständig arbeitet. Eine Frau, die keinen besonderen Wert auf gesunde Ernährung legt, dafür ab und zu meditiert, eine, die halbwegs glücklich im Liebeschaos steckt, weil bei ihr nicht alles nach Plan laufen muss. Sie hat nämlich keinen. Ich bin wirklich nicht mehr dieselbe wie vor gut drei Wochen. Und meine Wohnung wird auch nicht mehr zwanghaft nach Vanille riechen, so viel steht fest. Mit diesem Vorsatz stecke ich den Schlüssel ins Schloss und stehe kurz darauf mit meinen Koffern im Flur. »Hallo Wohnung«, sage ich leise und ziehe meine Schuhe aus.

Als ich in die Küche gehe, sehe ich, dass Ina mir einen Strauß frischer Blumen hingestellt hat. Daneben liegt ein Zettel.

Hi Mia, ich hoffe, du hattest eine wundervolle Reise!
Ich habe dir den Kühlschrank vollgepackt, und deinen Pflanzen geht es bestens. Selbst die Orchidee hat sich wieder erholt. Die Post liegt auf dem Couchtisch.
Hast du Lust, nächste Woche eine Weinschorle trinken zu gehen?
Liebe Grüße, Ina

Eine Weinschorle. Warum eigentlich nicht? Ich kann mich nicht entsinnen, warum ich mich eigentlich nie privat mit Ina getroffen habe. Sie scheint wirklich sehr nett zu sein. Als ich weggeflogen bin, war sie die Einzige, die ich überhaupt noch um einen Gefallen bitten konnte, weil ich meinen anderen Freundinnen nicht mehr unter die Augen treten mochte. Und obwohl Ina von meiner ganzen Misere wusste und wir bisher nicht wirklich befreundet waren, hat sie sich ohne Weiteres um meine Wohnung gekümmert und sogar für mich eingekauft. Ich öffne den Kühlschrank und entdecke eine Flasche Cola in der Seitentür, die mich sofort an Kyusung erinnert, eine Packung Toast, Schnittkäse, Tomaten, eine Gurke, Erdbeeren und zwei Becher Schokopudding. Auf dem Herd liegt eine Packung Mirácoli. *Das ist wirklich eine gute Mischung,* denke ich und gönne mir einen Pudding.

Als ich zufrieden löffelnd in der Küche sitze, überfällt mich plötzlich ein unglaubliches Gefühl der Dankbarkeit. Diese ganze Reise, die einzelnen Stationen, der Abschluss im Luxushotel – das alles wäre nie geschehen, wenn Frau Jawara nicht gewesen wäre. Intuitiv hat sie genau die richtigen Orte ausgewählt, die Hugo und mich bei unserer Wette vorangebracht haben. Dass ich im Spreewald dann auch noch auf Mark getroffen bin, grenzt eigentlich an ein Wunder. Ich laufe in den Flur und hole mein Handy aus der Handtasche, fest entschlossen, dieser talentierten Reisekauffrau eine kleine Dankeschön-E-Mail zu schreiben. Jeder freut sich doch darüber, wenn seine Arbeit gelobt wird, und außerdem hat sie sich mit der Planung solche Mühe gemacht. Nach Feierabend noch einen Kunden zu beraten, wo findet man so etwas heutzutage noch?

Ich schreibe ihr, ohne zu sehr ins Detail zu gehen, dass uns alle Reiseziele wahnsinnig begeistert haben, und bedanke mich für ihr Engagement und die erstklassige Beratung. Außerdem versichere ich ihr, dass ich allen Bekannten ihr Reisebüro wärmstens empfehlen werde. Nachdem ich die E-Mail abgeschickt habe, fühle ich mich richtig gut. Früher habe ich öfter mal eine Beschwerdenachricht geschrieben, wenn mir der Service in einem Restaurant nicht gefallen hat, aber so eine E-Mail aus purer Zufriedenheit, die habe ich noch nie verfasst. Umso enttäuschter bin ich, als ich schon nach ein paar Sekunden eine Fehlernachricht als Antwort auf meine Lobeshymne bekomme.

Delivery Status Notification (Failure): e-mail address does not exist.

Hä? Aber ich habe doch noch vor einigen Tagen mit Frau Jawara über diese Adresse kommuniziert. Ich probiere es ein zweites Mal, doch wieder erhalte ich die Fehlermeldung. Kurzerhand google ich das Reisebüro und sende die Nachricht an eine allgemeine Infoadresse mit der Bitte um Weiterleitung an Frau Jawara. Gott sei Dank klappt wenigstens das.

46

Alles in Buddha

Ein paar Stunden später bin ich auf dem Weg zum Griechen. Ich habe beschlossen, Paula, Werner und Emma zunächst nichts von Mark zu erzählen, schließlich gibt es noch so viel mehr von meiner Reise zu berichten. Und obwohl die Geburtstagsankündigungen etwas merkwürdig waren, freue ich mich jetzt sehr, meine Familie zu sehen. Vor allem Emma. Ich habe ihr Winnie-Puuh-Kuscheltier dabei, für meine Tante habe ich eine verzierte Holzkiste mit original koreanischem Ginsengtee und für Onkel Werner ein Kartenspiel in Las Vegas gekauft.

Gerade will ich in die Straße zum Restaurant einbiegen, als mein Handy eine Nachricht empfängt. Ich krame es aus der Handtasche und sehe den Namen meiner Tante aufleuchten.

Vergiss die Rose nicht! Ich freu mich, bis gleich.

Verdammter Mist! Total vergessen. Ich drehe noch einmal um, um zum U-Bahnhof zurückzulaufen, in dem ein vietnamesischer Laden ist, der hoffentlich auch Schnittblumen verkauft. Ein Blick auf die Uhr verrät mir, dass ich inzwischen fast zu spät bin. Aber was soll's, meine Tante reißt mir eher den Kopf ab, wenn ich ihre Rose vergesse.

Zwanzig Minuten später ist es endlich so weit, ich stehe

vor unserem Stammlokal. Als Alexandros, Emmas Lieblingskellner, mich, mit den Geschenken und der Rose bepackt, vor der Tür stehen sieht, macht er mir freundlicherweise auf.

»Ah Mia! Mamma Mia!«, ruft er. Diesen Wortwitz bringt er jedes Mal, wenn er mich sieht. Dann drückt er mir ganze drei Küsschen auf die Wangen.

»Hallo, ich bin etwas spät. Es sind bestimmt schon alle da, oder?«, frage ich und sehe mich suchend im Restaurant um. Doch ich kann meine Familie nirgendwo entdecken.

»Ja, ja, ja. Komm, komm!« Alexandros setzt sein charmantes Grinsen auf, wobei die Oberlippe fast an die herausschauenden Nasenhaare stößt, was die Sache wiederum weniger charmant macht.

Ich folge ihm, als er sich den Weg durch das Lokal bahnt. Dann bleibt er vor einem Zweiertisch im hinteren Teil des Raums stehen. Er zündet die Kerze an, die auf dem Tisch steht, während ich scheinbar halluziniere. An der rechten Seite des Zweiertisches sitzt Mark.

»Hi, äh, das ist jetzt etwas unangenehm, bist du hier verabredet? Alexandros dachte bestimmt, dass du mich erwartest – so wie in alten Zeiten –, aber ich bin eigentlich wegen des Geburtstags meiner Tante hier. Ich werde sie dann mal suchen«, erkläre ich und drehe mich um. Alexandros ist inzwischen längst wieder nach vorne zur Bar verschwunden.

»Mia«, sagt Mark. Er steht plötzlich hinter mir und hält meinen Arm fest. »Ich bin auch wegen deiner Tante hier, sie hat mich schon vor Wochen gebeten zu kommen. Wegen ihrer Krankheit. Sie … sie hat es sich von mir gewünscht. Aber als hier niemand aufgetaucht ist, habe ich sie angerufen, und sie hat nur gesagt, ich solle mich nicht wundern. Wenn jemand mit einer roten Rose auftauche, würde sich alles klären. Dann hat sie einfach aufgelegt.«

»Hä? Ich verstehe überhaupt nichts mehr.«

Marks Blick fällt auf die Blume in meiner Hand. »Wenn ich mal raten soll, hat deine Tante das Ganze vielleicht eingefädelt, damit wir uns wiederbegegnen?« Er sieht mich fragend an.

»Aber ... ich verstehe gar nicht, wovon du sprichst. Was denn für eine Krankheit? Was hat sie dir erzählt?« Ich muss an die Situation im Hotel denken, als Mark eine ähnliche Andeutung gemacht hatte. Wir sind nicht dazu gekommen, noch einmal über die Sache zu sprechen.

»Wollen wir uns vielleicht hinsetzen?«, schlägt er vor und sieht sich um. Einige der anderen Gäste folgen bereits interessiert unserer Unterhaltung.

»Okay«, murmele ich.

Als wir sitzen, sieht Mark mir in die Augen und lächelt. »Schön dich zu sehen«, sagt er.

»Du bist wirklich komisch«, entfährt es mir. »Und diese ganze Situation hier ist total abgedreht. Warum bist du einfach aus dem Hotel verschwunden? Ich habe dich gesucht. Ich war enttäuscht. Und jetzt sagst du, es sei schön, mich zu sehen?« Ich weiß gar nicht, mit welchem Thema ich zuerst anfangen soll.

Mark scheint es ähnlich zu gehen, denn er antwortet: »Ich war auch enttäuscht. Aber wo sollen wir beginnen? Bei deiner Tante? Bei Facebook? Bei meinem Verschwinden?«

Ich überlege kurz. »Bei meiner Tante«, sage ich schließlich. »Was hat sie dir erzählt, damit du hier auftauchst?«

»Kurz nach unserer Trennung hat sie mich angerufen und gebeten, zu ihrer Geburtstagsparty zu kommen. Ich habe ihr geantwortet, dass das keine gute Idee sei, weil wir gerade erst Schluss gemacht hätten. Ich fände es etwas komisch, wenn ich dann bei einem Familienfest aufkreuze. Daraufhin hat sie gesagt, dass sie das sehr gut verstehen könne. Aber sie habe leider vor einigen Tagen nach einer Routineuntersuchung einen Anruf von ihrem Arzt erhalten, und sie würde sich wirklich von mir wünschen, dass ich bei ihrer Feier dabei bin, weil sie zurzeit jedes freundliche Gesicht gut gebrauchen könne. Und ich solle mir wegen dir keine Sorgen machen, sie hätte das schon abgesprochen. Ich wollte ihr den Wunsch dann natürlich nicht abschlagen, es hörte sich nach so etwas wie dem letzten an.«

Ich bin platt. »Und sie hat nicht gesagt, was der Arzt ihr mitgeteilt hat?«

»Nein, ich bin davon ausgegangen, dass sie irgendeine Krankheit hat. Krebs vielleicht. Und weiter nachfragen wollte ich nicht, da sie es nicht von sich aus erzählt hat.«

In diesem Moment bekomme ich eine Nachricht. Und schon wieder leuchtet auf dem Display der Name meiner Tante.

Mialein, bitte sei nicht sauer, mit mir ist alles in Ordnung. Der Zweck heiligt die Mittel. War das mit der roten Rose als Erkennungszeichen nicht wirklich romantisch? Hab einen schönen Abend mit Mark! Ich melde mich morgen bei dir.

Ich seufze. »Meine Tante ist nicht krank«, erkläre ich. »Sie wollte scheinbar nur einen triftigen Grund haben, damit du herkommst und wir uns begegnen. Es tut mir leid, dass sie dich mit so einer schrecklichen Geschichte belastet hat.«

»Puh«, Mark atmet erleichtert aus. »Da bin ich wirklich froh. Ich habe in Afrika immer mal wieder an sie gedacht und gehofft, dass es ihr und eurer Familie gut geht.« Er überlegt einen Moment und fügt dann hinzu: »Es muss ihr wirklich wichtig sein, dass wir uns treffen, wenn sie dafür quasi über ihre eigene Leiche geht.« Es scheint fast, als würde ihm Paulas Verhalten eher schmeicheln als ihn wütend machen.

»Ich werde definitiv noch ein ernstes Wörtchen mit ihr wegen dieser Sache reden, aber ja, du bist meiner Familie unglaublich ans Herz gewachsen.«

»Das ist schön zu hören. Und sei bitte nicht allzu sauer auf Paula, ich war wirklich froh darüber, zu wissen, dass ich dich heute Abend sehen werde.«

In diesem Moment kommt Alexandros an unseren Tisch, um die Bestellung aufzunehmen.

»Ich bekomme ein großes Hefeweizen«, sagt Mark und sieht mich bittend an. Als ob er befürchtet, ich würde vielleicht gar nichts bestellen und wieder gehen.

»Eine Weinschorle«, sage ich.

Alexandros lächelt mich an. »Ah, Mamma Mia ist erwachsen geworden«, scherzt er und verschwindet zwinkernd, bevor ich noch etwas entgegnen kann. Ich habe sonst immer, so wie Emma, einen kleinen O-Saft bestellt.

Dann wird es plötzlich still an unserem Zweiertisch. Ich habe die Worte, die ich Mark im Hotel sagen wollte, zwar immer noch im Kopf, aber ich bin etwas überrumpelt, dass er so urplötzlich vor mir sitzt. Außerdem war das *vor* seinem Verschwinden, und in meinen Augen ist er mir inzwischen ebenfalls eine Erklärung schuldig.

»Diese Annabelle, das warst du, richtig?«, fragt er irgendwann, und ich sehe ihm an, dass ihm das Thema unangenehm ist.

Ich nicke. »Aber ich habe das nicht gemacht, um dich auf den Arm zu nehmen. Ich habe dich einfach wahnsinnig vermisst und wusste überhaupt nicht, wie ich mir helfen sollte. Ich dachte, wenn ich dir als eine andere Frau schreibe, und du gehst darauf ein, dann würde es mir dabei helfen zu erkennen, dass du über mich hinweg bist.« Kurz überlege ich noch hinzuzufügen, dass das Ganze Hugos Idee war, aber ich lasse es. Keine Ausreden mehr. Immerhin bin ich euphorisch auf seinen Vorschlag eingegangen. Es war allein meine Entscheidung. »Ich habe mir auch nicht ins Fäustchen gelacht, als du dieser nicht existierenden Person geantwortet hast. Ich war am Boden zerstört. Letztendlich habe ich mir ebenso geschadet wie dir. Es war einfach eine absolut bescheuerte Aktion, und ich wünschte, ich hätte es gelassen. Habe ich dann ja auch ziemlich schnell.«

»Das stimmt. Aber kannst du verstehen, wie mir zumute ist? Ich habe das aus dem Nichts heraus erfahren und mich wie ein Idiot gefühlt. Ich weiß nicht, warum ich dieser *Annabelle* überhaupt zurückgeschrieben habe. Zuerst dachte ich, es geht um Afrika, und dann wurden ihre Nachrichten so schräg, dass ich sie irgendwie lustig fand. Bis wir auf das Trennungsthema kamen. Da war ich froh, dass ich das einfach mal jemandem schreiben konnte, der dich nicht kennt. Und plötzlich war das Profil verschwunden. Als ich dieses Bild bei dir auf dem Handy gesehen habe … das hat mich kalt erwischt.«

»Ich verstehe dich. Und ich wollte mich auch gleich bei dir entschuldigen, aber da warst du schon weg. Ich stand vor einer leeren Suite.«

Mark nickt, als Alexandros wieder an unserem Tisch erscheint und die Getränke bringt. »Möchtet ihr auch etwas essen?«, fragt er fröhlich.

Es ist wirklich unpassend, im Restaurant zu streiten. Zwischen all den bedeutungsschweren Geständnissen und Entschuldigungen sagt man plötzlich Sachen wie »Gebackener Schafskäse« oder »Die Schweinefiletmedaillons, bitte!«.

Nachdem ich, wie immer, die vegetarische Vorspeisenplatte und Mark den Gyrosteller bestellt hat, führen wir unser Gespräch weiter. Irgendwie bin ich meiner Tante, trotz der ganzen Vorwände und heimlichen Planungen, dankbar, dass ich hier mit Mark sitze. Egal wohin unsere Unterhaltung führt, endlich können wir buchstäblich alles auf den Tisch packen.

»Ich weiß, es war richtig blöd von mir abzureisen, ohne dir Bescheid zu sagen. Ich habe mich nur einfach so hintergangen gefühlt, und, ja, irgendwie wollte ich dir damit auch eins auswischen. Dir zeigen, dass ich wirklich sauer bin. Aber glaub mir, kaum stand die Limousine vor meiner Wohnungstür, wäre ich am liebsten wieder umgedreht.«

»Warum hast du es dann nicht getan?«, frage ich und nehme einen Schluck Weinschorle.

»Weil mir in diesem Moment eine bessere Idee gekommen ist.« Mark steht auf und kommt auf meine Seite des Tisches. Dort lässt er sich auf sein linkes Knie fallen und zieht einen kleinen Zettel aus der Hosentasche. Mit leicht belegter Stimme beginnt er vorzulesen, während ich ihn vollkommen perplex anstarre. Kniet Mark gerade wirklich? *Vor mir?* Eine Entschuldigung hatte ich erwartet, aber ganz bestimmt keinen Kniefall.

»Mia, ich werde auch in Zukunft manchmal blöd

reagieren, und du wirst hoffentlich auch nicht wieder so perfekt werden, wie du es früher warst. Aber das spielt letztendlich alles keine Rolle. Die Hauptsache ist, dass wir immer wissen, dass wir zusammengehören und nichts uns grundlegend erschüttern kann. Du hast mir gesagt, dass Höhen und Tiefen im Prinzip genau das Gleiche sind, und wenn man beides zulässt, kann man diese Tatsache entdecken. Durch unsere zum Teil unglaublich schönen und andererseits auch sehr schwierigen Zeiten in den letzten Jahren und besonders den letzten Wochen habe ich gemerkt, dass du recht hast: Alles ist das Gleiche. Alles ist Liebe, und man kann sie in allem sehen. Und als Zeichen meiner Liebe zu dir…« – er legt den Zettel auf den Tisch und holt etwas aus seiner Hemdtasche – »…habe ich das hier besorgt. Ich habe sie beim Juwelier gesehen und sofort an dich denken müssen. Außerdem ist mir aufgefallen, dass du deine alte nicht mehr trägst, und da dachte ich, es ist vielleicht Zeit für einen Neuanfang.« Von seinem Zeigefinger baumelt ein dünnes goldenes Kettchen mit einem dicken, lachenden Buddhaanhänger. Mark sieht mich erwartungsvoll an.

»Ich… ich liebe dich«, wispere ich zu Marks sichtlicher Erleichterung und Freude. Ja! Ich habe es tatsächlich gesagt! Und es fühlt sich toll an.

Als Mark sich erhebt und ich ebenfalls aufstehe, um ihn zu küssen, kommt Alexandros an unseren Tisch und sagt: »Die vegetarische Vorspeisenplatte und der Gyrosteller.«

Ich lächele. Es ist so schön, dass in meinem Leben nichts mehr vollkommen und perfekt ist, denn so ist es einfach viel besser – es ist endlich alles in Buddha.

Epilog

Zwei Monate später humpele ich, Rülpse und Furze vortäuschend, in einem sackähnlichen braunen Kostüm auf die Bühne im Tobekeller von Emmas Kita. Die Kinder im Publikum kreischen vor Freude, als mein Auftritt als Muffelfurz-Monster beginnt. Emma und zwei ihrer Freundinnen sind als Fliegen verkleidet und umkreisen mich, als wäre ich ein frischer Hundehaufen, und eine von ihnen lässt sich sogar, vom Gestank betäubt, mit einem lauten Klatschen auf den Boden plumpsen. Tosendes Gelächter im Publikum. Selbst ich muss lachen, weil alle so begeistert sind von meiner Rolle. Es ist immer noch unglaublich – da strenge ich mich jahrelang an, perfekt zu sein, um letztendlich festzustellen, dass unperfekt sein viel lustiger ist.

»Mia, dein Text«, raunt Fliege Emma mir kritisch zu.

»Oh«, sage ich. »Ach ja.« Ich bin so perplex, dass die Menge mich feiert, dass ich vergessen habe, dass ich auch noch etwas sagen muss.

»Und so vertrieben die Olchis aus Schmuddelfing die Putzfirma Blitzeblank aus ihrem Zuhause und lebten von diesem Tag an wieder glücklich und zufrieden im Müll. Sie feierten ein großes Fest zu ihrem Sieg, und Mama Olchi kochte einen riesigen Topf Schnürsenkelsuppe, und zum

Nachtisch gab es Matschknödel mit Dreckpfützensoße.« Ich habe Angst, dass einige Kinder im Publikum vor Lachen kollabieren, deshalb mache ich eine kleine Pause. »Und wenn sie nicht gestorben sind, dann furzen sie noch heute«, schließe ich meine Abschlussrede und erzeuge mit Hand und Achsel einen weiteren künstlichen Pups.

Wir bekommen Standing Ovations. Alle Kinder, die im Theaterstück mitgespielt haben, kommen noch einmal hinter der Bühne hervor, und wir verbeugen uns.

Mit Lachtränen in den Augen sehe ich in die erste Reihe. Dort stehen Werner, Paula, Miri, Ina, die sich meinen Auftritt nicht entgehen lassen wollte, Giselle, mit der ich in den letzten Wochen Freundschaft geschlossen habe, und Mark. *Mein Mark*. Wenn ich in diesem Aufzug an mir herunterschaue, kann ich kaum glauben, dass er mich tatsächlich toll findet. Doch er sieht mich so bewundernd an, als würde ich nicht in einem braunen Sack stecken, der von undefinierbaren Flecken übersät ist, sondern als wäre ich ein glamouröser Star. Er klatscht eifrig in die Hände und stößt dann sogar einen Jubelschrei aus.

Meine Tante sieht glücklich zu ihm rüber. Natürlich führt sie unsere ganze Versöhnung auf ihre Initiative zurück, auch wenn ich ihr erklärt habe, dass es noch viele andere Faktoren gab, die zu unserem Happy End beigetragen haben.

Da wäre zum Beispiel Frau Jawara. Wobei die Geschichte mit ihr wirklich höchst merkwürdig ist. Das Reisebüro hat mir auf meine Dankes-E-Mail zurückgeschrieben, dass sie meine Nachricht gerne an besagte Dame weiterleiten würden, eine Person mit diesem Namen allerdings nie bei ihnen gearbeitet habe. Ich habe mich telefonisch noch einmal versichert, dass es sich um die richtige Filiale handelt, habe dort aber die gleiche Auskunft bekommen. Es ist mysteriös. War Frau Jawara eine Einbrecherin, die sich nach Geschäftsschluss Zugang zum Reisebüro verschafft und mich dort bedient hat? Oder so etwas wie ein Schutzengel, der mich wieder auf den richtigen Weg gebracht hat?

Und noch etwas Sonderbares ist passiert. Ich habe den Namen Dr. Samira bei Google eingegeben, immerhin hat sie verblüffende Ähnlichkeit mit der Reisebürokauffrau, doch auf den Bildern im Internet sieht sie ganz anders aus als die Frau, die wir auf der Bühne gesehen und in ihrer Garderobe besucht haben. Dr. Samira hat glatte hellbraune Haare, sie ist jünger, und ihr Gesicht hat rein gar nichts mit dem von Frau Jawara gemein. Hugo vermutet, dass vielleicht mehrere Personen die Show in Las Vegas unter dem gleichen Namen anbieten, aber mich überzeugt diese Theorie nicht ganz. Ich habe jedoch auch keine bessere Erklärung.

Jedenfalls haben alle meine Erfahrungen mich tatsächlich wieder auf die richtige Bahn gebracht, und das habe ich einzig Frau Jawaras Reiseplanung zu verdanken. Selbst mein Jobproblem ist gelöst. Ich lerne nämlich inzwischen, inspiriert durch unseren Temple Stay, Koreanisch. Ich würde gerne noch mehr und vor allem entlegenere Tempel für das Programm finden und zwischen Mönchen und Reiseveranstaltern vermitteln. In China könnte man etwas Ähnliches etablieren, vorausgesetzt, ich bessere meine Sprachkenntnisse etwas auf, aber die Zeit dafür habe ich ja jetzt. Und Miri steht mir bei den Startproblemen mit der koreanischen Sprache mit Rat und Tat zur Seite.

Sie und Hugo sind inzwischen fest zusammen, und vor

ein paar Tagen wurde mein bester Freund tatsächlich entjungfert. Ich konnte es kaum glauben, als er mich anrief und sich mit den Worten »Es ist passiert« meldete.

»Wirklich? Erzähl! Wie war's?«, löcherte ich ihn begeistert.

»Also, na ja … Ich war so aufgeregt, dass ich mich gar nicht richtig auf das Gefühl konzentrieren konnte. Die ganze Zeit war ich damit beschäftigt zu denken: Ich habe Sex. Ich habe tatsächlich Sex. Ich schlafe gerade mit Miri. Es war quasi zu schön, um wahr zu sein!«

»Aber das ist doch toll! Und beim nächsten Mal kannst du das Gefühl bestimmt richtig genießen.«

Und so war es dann auch. Miri ist wirklich eine wundervolle Frau. Sie hat meinen Muffelfurzauftritt nicht einmal hinterfragt und blickt jetzt stolz in Richtung Bühne, denn dort steht Hugo im Hintergrund an der Stereoanlage und hat gerade die Abschlussmusik aufgelegt – er erfüllt sich seinen DJ-Traum. Zur Hochzeit seiner Cousine muss der Glückspilz nun auch nicht alleine fahren, denn Miri wird ihn nach Houthalen-Helchteren begleiten. Sie plant außerdem, sich langfristig nach einem Job in Berlin umzusehen, um näher bei Hugo zu sein. Mit ihren hervorragenden Deutschkenntnissen wird das bestimmt kein schwieriges Unterfangen. Was ich besonders sympathisch an Miri finde, ist, dass sie seit unserer Abreise vom Tempel alle zwei Wochen mit Kyusung nach Seoul abhaut. Dort trinken sie eine Cola. Seither ist er anscheinend kaum wiederzuerkennen, und die Mönche im Tempel bewundern seine muntere Gelassenheit.

Und die Kette, die er mir in den Umschlag gelegt hat? Die habe ich über die Ecke meines Spiegels gehängt und seither nicht mehr getragen. Stattdessen sieht man mich jetzt manchmal mit einem kleinen goldenen Buddha um den Hals herumlaufen. Der Klosterleiter wäre sicher stolz auf mich und würde sagen: »Es ist nicht falsch, Besitz zu haben und sich daran zu erfreuen. Aber man sollte ihm nicht anhaften.« Und genauso fühlt es sich an.

Langsam verstummt der Applaus. Unsere Theatertruppe löst sich auf, einer nach dem anderen verschwindet backstage oder klettert von der Bühne zu seinen Eltern ins Publikum. Die Show ist vorbei. *Schade eigentlich*, denke ich, *es hat doch gerade erst angefangen, Spaß zu machen …*

Danksagung

Als Erstes möchte ich meinem Mann Bela für den großartigen Buchtitel danken. Ohne diesen Titel gäbe es die Geschichte wahrscheinlich nicht. Das wäre blöd. Außerdem danke ich meiner Agentin Katrin Kroll von der Agentur Eggers für die schöne und immer unkomplizierte Zusammenarbeit sowie meiner Lektorin Michelle Stöger und dem ganzen Heyne-Team!

Außerdem möchte ich mich für die Geduld meiner Familie, Freunde und Bekannten bedanken, die sich auf interessierte Fragen hin mit »Geht wieder um 'ne Reise«, zufriedengeben mussten. Ich weiß auch nicht, ich kann einfach nicht übers Schreiben reden. Es fühlt sich an wie mit Wünschen – wenn ich sie verrate, gehen sie vielleicht nicht in Erfüllung (oder die Geschichte nicht aufs Papier).

Ein Sonderdank gilt zudem meiner Mutter, die wahrscheinlich wieder die Hälfte der Auflage dieses Buches kaufen wird. Du bist die Größte!

Besonders bedanken möchte ich mich natürlich auch bei all den anderen Leserinnen und Lesern, die nicht meine Mutter sind. Es ist immer noch unvorstellbar für mich, dass es tatsächlich Menschen gibt, die mein Buch in den

Händen halten. Ein unglaublich tolles Gefühl. Danke! Ich hoffe, ihr hattet viel Freude beim Lesen und bei euch ist *Alles in Buddha*. Bis bald!